Heidrun Bücker

Der kalte Hauch der Rache

Thriller

Schardt Verlag Oldenburg

Originalausgabe – Erstdruck

Bibliographische Information der Deutschen Bibliothek:

Die Deutsche Bibliothek verzeichnet diese Publikation in *Der Deutschen Nationalbibliografie*; detaillierte bibliographische Daten sind im Internet über *www.d-nb.de* abrufbar.

Titelbild: Rainer Griese, Troisdorf
Umschlaggestaltung: Marlies Mittwollen, Mangoblau, Agentur für Mediendesign und Text

1. Auflage 2013

Schardt Verlag
Uhlhornsweg 99 A
26129 Oldenburg
Tel.: 0441-21 77 92 87
Fax: 0441-21 77 92 86
E-Mail: kontakt@schardtverlag.de
www.schardtverlag.de
Herstellung: PRINT GROUP Sp. z o.o., Poland

ISBN 978-3-89841-684-9

Prolog

Sie erwachte benommen. Desorientiert und verängstigt versuchte sie die Augen zu öffnen. Es misslang. Rasendes Herzklopfen bemächtigte sich ihrer Sinne.

Angst schnürte ihr die Kehle zu.

Sie versuchte die Hände zu bewegen, es klappte nicht. Sie versuchte aufzustehen, es gelang ihr nicht. Ihr Kopf schmerzte erbärmlich, gnadenlos.

Furcht umklammerte ihre Seele.

Sie fluchte laut, wenigstens das funktionierte. Langsam, sehr langsam erreichte die Erinnerung ihre Gehirnwindungen. Sie lag in ihrem Bett, schlief bereits, als ein leises Geräusch sie weckte. Noch bevor sie das Licht einschalten konnte, spürte sie etwas auf ihrem Gesicht. Hände hielten sie fest, drückten sie zurück ins Bett, sie schlug um sich, wehrte den fremden Körper ab, nichts half. Das feuchte Etwas wurde weiter auf Nase und Mund gedrückt, sie würgte, bekam keine Luft, es roch schrecklich, abscheulich, es roch nach ... Dann verlor sie das Bewusstsein.

Grauen. Es kroch ihr über den Rücken.

Man hatte sie betäubt, nun lag sie irgendwo alleine in einem dunklen, kalten Raum. Sie versuchte erneut die Augen zu öffnen, aber man hatte ihr diese mit einem Tuch verbunden. Wie lange lag sie schon hier, auf den kühlen, muffigen Steinfliesen? Die Dunkelheit ermöglichte es ihr nicht festzustellen, ob es Tag oder Nacht war.

Vorsichtig versuchte sie sich von dem Lappen zu befreien, indem sie den Kopf auf dem Boden hin und her rieb. Langsam rutschte er nach oben, nur minimal, aber sie erkannte schemenhaft die Umrisse eines alten, unwirtlichen und dunklen Kellerraumes.

Ihr Schädel brummte, der Blick verschwamm. War es abends? War es morgens? Sie wusste es nicht. Wie lange war sie weggetreten? Wie ein Blitz schoss ihr der Schmerz durchs Gehirn. Mühevoll versuchte sie sich aufzurichten.

Zeit spielte im Augenblick keine Rolle, nicht nur momentan, nein, schon seit zwei Jahren nicht, seit sie untergetaucht, seit sie offiziell tot war.

Sabine stutzte. Hörte sie gerade ein Geräusch? Sie lauschte, verharrte einige Sekunden bewegungslos. Nichts! Sicherlich eine Täuschung.

Panik beherrschte ihre Gedanken.

Nur wenn sie sich befreien konnte, steigerte das die Wahrscheinlichkeit zu überleben.

Sie überlegte, wie sie sich der Handfesseln entledigen konnte. Ein winziger Streifen Licht wäre hilfreich, aber obwohl sich ihre Augen an die Dunkelheit gewöhnten, sah sie so gut wie nichts. Dem Gefühl nach hatte man sie in einen feuchten Keller gesperrt. Konnte sie wagen, um Hilfe zu rufen?

Lieber nichts riskieren, dachte sie. Sie fluchte, stöhnte leise bei den vergeblichen Versuchen, ihre Hände zu befreien. Langsam lockerte sich der Strick. Sie atmete auf, froh, dass ihr Entführer keine Kabelbinder bevorzugte. Erschöpft blieb sie erst einmal sitzen, atmete mehrmals tief durch und lauschte.

„Hallo?“ Leise, verhalten testete sie die Akustik. Ich bin in einem Gewölbe, mutmaßte sie, groß, feucht, aber nicht zu kalt. Der Modergeruch war überwältigend. Sie raffte sich auf, auch die Fußfesseln zu lösen. Erleichtert sprang sie wackelig auf, reckte sich, versuchte einige Schritte zu laufen und stieß unwillkürlich an die Grenze ihres Gefängnisses.

Lähmendes Entsetzen ließ einen eisigen Hauch ihren Rücken herabgleiten. An der kaltfeuchten Wand entlang bewegte sie sich nach rechts, tastete, fühlte. Schritt für Schritt versuchte sie sich einen Überblick zu verschaffen. Nach fünf Schritten erreichte sie die erste Ecke, weiter nach rechts, gelangte sie nach acht Schritten an die nächste Begrenzung ihres Gefängnisses. Die Dunkelheit erschwerte ihre Bemühungen, nach weiteren drei Schritten stieß sie gegen ein Hindernis. Steinstufen, ungefähr sechzig Zentimeter breit, ohne Gelände. Auf Knien kletterte sie hoch, fünf Stufen, dann der nächste Widerstand, eine Tür. Sabine tastete sie ab. Wenigstens ein Griff, leider verschlossen. Deprimiert wollte sie gerade zurückrutschen, als sie daran dachte, nach einem möglichen Lichtschalter zu suchen. Tatsächlich, sie wurde fündig, zögerte allerdings, bevor sie es wagte, den alten Drehschalter zu betätigen.

Kapitel 1

Jan Hombach schaute sich unauffällig um, musterte die Menschen, die in seiner unmittelbaren Umgebung das Flughafengebäude betraten. Noch im Flieger schaltete er sein Handy wieder ein und kontrollierte die beiden SMS, die ihn eine Stunde zuvor erreicht hatten. Verena teilte ihm mit, dass er Vorsicht walten lassen sollte: Paul Durante, der vor zwei Jahren entkommen konnte, schien in Abu Dhabi aufgetaucht zu sein.

Dann noch eine erfreulichere Nachricht: Nick und Doro, zwei Mitglieder der untergetauchten Clique, wollten morgen früh heiraten. Er schüttelte den Kopf. Da ist man mal eine knappe Woche nicht zu Hause, dachte er, lächelte aber dann. Das wurde Zeit, die beiden passten hervorragend zusammen.

Er kannte die Vorgeschichte der Spezialeinheit, die vor zwei Jahren untertauchen musste, nur aus Erzählungen, wusste aber, dass der Feind die Clique aufgespürt zu haben schien. Trotz des umständlichen Reiseverlaufes – denn als einer der wenigen, die zur de Winter Corporation gehörten, konnte er ungehindert reisen, und das auch noch mit seinen echten Papieren –, zog er es vor, nicht den direkten Weg Düsseldorf – Abu Dhabi zu wählen. Noch wussten weder Paul Durante noch Thomas Enders, der seit zwei Jahren hinter Gittern saß, was es mit der de Winter Corporation auf sich hatte und wer dahintersteckte, und so sollte es auch bleiben.

Jan Hombach nahm den Weg von Düsseldorf aus nach Amsterdam, dann weiter nach London, und erst in Heathrow stieg er in den planmäßigen Flieger nach Abu Dhabi. Mittlerweile hatte er einen Zwölf-Stunden-Flug hinter sich, rechnete er das Umsteigen mit. Und nun diese SMS!

Vor dem Flughafen winkte er sich ein Taxi und ließ sich zur Marina Mall bringen. Er seufzte. Er dachte an Julia de Winter. Eine starke Frau, eine tödliche Person. Als sie noch ein richtiges Leben besaß, hieß sie Julia Eschwege, war Computerspezialistin und eine Koryphäe auf diesem Gebiet. Ein Attentat löschte ihre gesamte Familie aus. Ihr Ehemann Holger, ihr Sohn Christoph, ihre Tochter Linda – alle starben, als ihr Auto in die Luft flog. Julia überlebte. Ein Staatsanwalt, Thomas Enders, holte sie in seine Spezialeinheit, einer Truppe, die offiziell nicht existierte, allerdings effizient im Untergrund arbeitete. Sie lebten jahrelang in einer alten Kaserne, dem Camp, wie sie es nannten, einem riesigen Areal, nicht einsehbar und streng bewacht: Julia, Doro, Verena und Claudia, seine Frau.

Vier Frauen, intelligent, gutaussehend. Einzeln nicht zimperlich und äußerst gefährlich, zusammen eine geballte Kraft mit nahezu tödlicher Wirkung. Trainiert wurden sie von Nick und Patrick, zwei ehemaligen Mitgliedern des LKA. Sie lernten Selbstverteidigung, sie lernten zu manipulieren, und sie lernten das Töten. Mit fingierten Beweisen überführten sie Verbrecher, Mörder, Drogendealer und brachten sie ins Gefängnis. Fünf Jahre lang!

Fünf einsame Jahre lang glaubten Julia und die anderen daran, etwas Gutes zu tun, knapp an der Legalität vorbeizuarbeiten, mit der schützenden Hand der Staatsanwaltschaft und zweier Richter im Hintergrund. Fünf Jahre lang lief alles glatt, sie arbeiteten effektiv, sie waren gut, sie waren die Besten – bis ... ja, bis ein Befehl misslang. Julias Auftrag. Sie hatte Order, Cora Durante zu überreden, aus Florida nach Deutschland zu reisen um gegen ihren gewalttätigen Mann, einen Drogendealer, Waffenhändler und Mörder auszusagen. Cora wurde in Deutschland, kurz vor dem sicheren Haus, ermordet, Julia entkam schwerverletzt und konnte sich in die Niederlande retten. Irgendjemand hatte sie verraten. Aber wer?

Wilhelm de Winter, ein älterer Witwer, und wie sie später feststellten, sehr reich, mit ungeahnten Beziehungen, half Julia, pflegte sie gesund und adoptierte sie. Als Julia de Winter kehrte sie einige Monate später nach Deutschland zurück, nahm Kontakt zu Patrick auf, ihrem Partner, mit dem sie fünf Jahre lang zusammenarbeitete und dem sie vorbehaltlos vertraute.

Jan Hombach war immer wieder erstaunt, wie es dieser Clique gelungen war, den Feind außer Gefecht zu setzen, diese Zweckgemeinschaft, zu der auch seine Frau Claudia gehörte. Damals, kurz bevor sie heirateten, kurz bevor Cora Durante umgebracht wurde, quittierte Claudia den Dienst. Allerdings ahnte er nicht einmal im Entferntesten, was seine Frau bis dahin gemacht hatte. Claudia vermisste ihre Arbeit, ihr gefährliches Leben, wurde launisch und lief erst wieder zur Hochform auf, als die Clique sie zur Hilfe rief, um die Verräter auszuschalten.

Sie recherchierten. Thomas Enders und die beiden Richter steckten unter einer Decke, aber ihr Ziel war es nicht, Verbrecher hinter Schloss und Riegel zu bringen, sondern sich selbst zu bereichern.

Als die Clique endlich dahinterkam, taten sie das, was sie bislang auch gemacht hatten: Sie fingierten Beweise, stellten Thomas Enders und den Richtern Müller und Reinbach eine Falle. Sie nahmen Rache, sie schalteten ihre Gegner aus, wieder einmal auf die nicht legale Art.

Aber zu welchem Preis? Offiziell waren seine Frau Claudia und auch Sabine Enders tot. Sie mussten beide untertauchen, der Preis der Freiheit, wie Sabine Enders es nannte, die ihnen half, die Beweise gegen ihren kaltherzigen Mann zu finden und zu manipulieren. Sabine, die im spanischen Dénia untertauchte, zusammen mit dem Sekretär Eduardo Di Lauros. Eduardo Di Lauros, der Vater Cora Durantes, der seiner Tochter nicht helfen konnte.

Den „Mord" an Claudia und Sabine lasteten sie Thomas Enders an. Die Beweise waren so erdrückend, dass er, obwohl keine Leichen gefunden wurden, zu lebenslanger Haft verurteilt wurde.

Die Clique arbeitete eben gut, sie waren nun mal die Besten.

Jan Hombach schaute aus dem Fenster des Taxis. Noch zehn Minuten, und er hatte die Mall erreicht. Er lächelte. Nun lebten sie hier in Abu Dhabi, seit nahezu zwei Jahren. Die Clique tauchte unter, dank der Hilfe Wilhelm de Winters. Dank seiner exzellenten Beziehungen zum Königshaus wurde ihnen eines der Gästehäuser auf dem Areal des Palastes zur Verfügung gestellt. Doro, die beste Freundin Julias, arbeitete als Leibwächterin Yasmines, einer der Schwägerinnen des Königs.

Julia heiratete Patrick, ihren ehemaligen Partner, und vor einem Jahr gesellte sich ein weiteres Mitglied zu der Patchworkgroßfamilie, wie Verena es nannte, dazu. Lennard de Winter, mittlerweile ein Jahr alt und der Sohn Julias und Patricks.

Wieder schweiften Jan Hombachs Gedanken unweigerlich zu Julia, der Frau, die bereits einige Kerben in den Griff ihres Colts ritzen konnte, die nicht zimperlich mit der Waffe umging, die geheimnisvolle Frau, die über Verbindungen zur Unterwelt verfügen musste, denn sonst hätte sie nie in Erfahrung bringen können, dass ihre totgeglaubte Tochter Linda noch lebte. Linda und Julia verband eine übersinnliche Fähigkeit, die es beiden ermöglichte, geistig Kontakt zueinander aufzunehmen.

Julia entführte vor zwei Jahren ihre Tochter mit Waffengewalt aus dem Haus ihrer Adoptivfamilie. Thomas Enders, der Staatsanwalt, der Linda verschleppte und Julia suggerierte, ihre Tochter sei tot, verkaufte das zehn Jahre alte Mädchen an Tondheimer, einen Großindustriellen aus Aachen.

Linda, nun mittlerweile siebzehn, lebte auch bei ihnen in dem großen Gästehaus am Rande des riesigen Areals das sich um den Königspalast zog.

Die Hintergründe, warum das alles geschah, warum Cora Durante umgebracht wurde, warum man es auf Julia abgesehen hatte, fanden sie nie heraus, auch nicht den Aufenthaltsort Paul Durantes, dem Ehemann Cora Durantes, der anscheinend einer der Drahtzieher war, der seine Frau aus dem Weg räumen ließ. Paul Durante, der Mann, der ihnen gefährlich werden konnte. Paul Durante, der sie anscheinend aufgespürt hatte.

Er war Durante nie persönlich begegnet. Auf den Fotos, die er kannte, wirkte er wie ein netter Geschäftsmann, aber Jan wusste es besser.

Jan stieg vor der Mall aus dem Taxi, schaute herüber zum Emirates Palace und hoffte, er müsste die nächste Nacht nicht dort verbringen. Die Hitze schlug ihm entgegen, schnell bezahlte er den Fahrer und verschwand ins kühle Innere der eleganten Mall. Im Eingangsbereich wandte er sich nach rechts, ging zielstrebig an den kleinen, exklusiven Läden vorbei direkt auf das Café zu. Dort setzte er sich und holte sein iPad hervor. Vielleicht wartete eine Nachricht von Claudia auf ihn. Richtig, dort standen weitere Anweisungen. Er trank sein Glas Wasser aus, zahlte und ging zum Taxistand. Die wenigen Meter zum Emirates Palace legte der Fahrer in zwei Minuten zurück. In den gesicherten Bereich gelangten nur auserwählte Besucher und Bewohner des Palace. Am Eingang wurde ihm die Autotür geöffnet, und eilig verschwand er in die kühle Eingangshalle. Für die de Winter Corporation war hier stets ein Zimmer reserviert. Die Firma, die von Julia und der Clique gegründet wurde und für die er nun tätig war. Julia und Nick, beide Computerspezialisten, entwickelten seit zwei Jahren Programme und berieten große Firmen und Banken in Sicherheitsfragen. Doro, Claudia und Verena arbeiteten unter der Führung Patricks weiterhin als Bodyguards, übernahmen aber auch Aufträge, um die Sicherheitsfragen größerer Unternehmen zu überprüfen.

Praktisch arbeiteten sie in ihrem alten Gewerbe, praktisch war es aber nur noch selten nötig, die Waffe in die Hand zu nehmen.

Als er die Nummer 2011 betrat, wurde er von Claudia erwartet.

„Was ist passiert?" Er umarmte seine Frau, die er immer wieder zurücklassen musste, in Abu Dhabi, in der sicheren Obhut der Clique. Claudia konnte in den nächsten Jahren das Land nur mit gefälschten Papieren verlassen.

„Verena hat Durante gesehen, er sucht uns! Wir müssen sicher sein, dass er dich nicht beobachten lässt. Aber wir glauben, er ahnt nichts. Solange wir nicht wissen, welche Spur er verfolgt, welcher Hinweis ihn nach Abu Dhabi führte, müssen wir sehr vorsichtig sein."

Jan nickte. „Soll ich hier bleiben? Oder gibt es schon einen Plan, wie ich ungesehen zum Haus komme?"

Claudia grinste: „Schon mal Rolls gefahren?"

Der weiße hoteleigene Rolls Royce wartete im Untergeschoss. Das für das breite Publikum nicht zu erreichende Versorgungsgeschoss besaß eine eigene Zufahrt und somit auch eine separate Ausfahrt. Die Limousine, durch die getönten Scheiben nicht einsehbar, verließ geräuschlos das riesige Grundstück des Emirates Palaces.

Keine fünfzehn Minuten später fuhren sie den kiesbedeckten Weg entlang, der direkt zum Gästehaus führte.

„Geschafft", Jan stieg aus und mit ihm Claudia, die ihn in der Zwischenzeit über alle Fakten informierte.

Begeistert wurde er von Linda, Julias Tochter, empfangen. „Hast du mir meine Bücher mitgebracht?"

Jan nickte, deutete auf den Koffer: „Alle Befehle ausgeführt." Linda freute sich stets, wenn er ihr aus Deutschland Lesestoff mitbrachte.

„Hast du die Neuigkeiten schon gehört? Morgen früh heiraten Nick und Doro." Jan nickte schmunzelnd. „Mama und Claudia wollten zur Abu Dhabi Mall, shoppen, aber das ging natürlich nicht wegen Durante. Er scheint uns aufgespürt zu haben, sie waren ganz schön stinkig!"

„Ich hörte es bereits, aber wieso waren sie stinkig?"

„Na, weil sie nichts zum Anziehen haben! Ist doch klar! Aber meine Mutter fand schnell eine Lösung!"

Jan musste sich beherrschen, um nicht laut zu lachen. Wenn sich bei Julia eine Lösung herauskristallisierte, hatte es stets mit Komplikationen zu tun. „Also, was improvisierten die Damen?"

„Sie riefen im Palast an, Yasmine stellte ihnen ihren Kleiderschrank zur Verfügung!"

Yasmine, die erste Frau eines Prinzen und eine Freundin der vier Frauen, besaß sicherlich genügend Auswahl. Da sich ihre angemietete Villa auf dem riesigen Palastgrundstück befand, brauchten sie nicht die öffentlichen Straßen zu benutzen, die Abkürzung führte über gepflegte, bewachte Pfade und Wege quer über das Grundstück.

„Und? Sind sie fündig geworden?"

Linda nickte. „Natürlich, aber nun haben sie ein anderes Problem", sie kicherte, grinste und schüttelte den Kopf, „es wird keine kleine Hochzeit im engsten Familienkreis – fast alle unsere Nachbarn kommen!" Sie stöhnte theatralisch, Jan wusste sofort, was das bedeutete: Der halbe Königspalast würde erscheinen!

„Doro half den Damen eben schon sehr oft", sagte er, „sie betreute Yasmine schon häufig und einige andere Frauen aus der Palastwelt ebenfalls. Du erinnerst dich doch, letztes Jahr, als man Yasmine entführen wollte ..."

Linda unterbrach ihn: „Natürlich erinnere ich mich. Doro schaffte es, sie aufzuspüren und zu befreien!" Sie nickte. Sie wusste aber auch, dass Doro einen der Entführer erschossen hatte. Man verschwieg es ihr, aber sie erfuhr es trotzdem. Immerhin las sie Zeitung. Man erzählte ihr immer noch nicht alles, aber mittlerweile reimte sie sich vieles zusammen, was in den fünf Jahren passiert sein musste, als sie bei den Tondheimers leben musste, als man ihr unmissverständlich erklärte, ihre Familie sei tot. Als ihre Mutter und Patrick sie endlich in Aachen aufspürten, sah sie mit eigenen Augen, zu welchen Leistungen ihre Mutter fähig war, als es darum ging, sie aus dem Haus zu befreien, in dem sie fast wie eine Gefangene und nicht wie eine Tochter lebte.

All das ging ihr nun durch den Kopf. Man warnte sie vor Paul Durante, man warnte sie vor Michael Sterner, der rechten Hand von Thomas Enders, der auch entkommen konnte, man warnte sie vor einigen anderen Personen, die ihnen gefährlich werden könnten. Und nun der Schock: In ihrem kleinen Paradies kehrte Unruhe ein. Der Blick ihrer Mutter, als Verena Durante erwähnte, sprach Bände. Kreidebleich, mit einem eisigen Blick in den Augen, fluchte sie laut und vernehmlich: „Verdammte Scheiße, nimmt das denn gar kein Ende?“

Diesmal korrigierte niemand der Anwesenden Julias Fluchen. Zu betroffen, um eine Reaktion zu zeigen, ließ sie sich in den Gartenstuhl fallen. Erst einige Sekunden später setzte ihr Denkapparat ein: „Was genau hast du gesehen oder gehört?“

Verena, die neben ihr stand, ebenso blass, berichtete: „Ich war in der National Bank of Abu Dhabi. Wie ihr wisst, sollen wir uns um die Sicherheit im Eingangsbereich kümmern ...“ Sie stockte kurz, sammelte ihre Gedanken, schüttelte den Kopf und begann nochmals: „Also, ich stand am Nebenschalter und unterhielt mich mit dem Vice Director, Mr. Maglan. Er zeigte mir gerade am Computer ... ach, ist ja auch egal, auf jeden Fall, als ich zum Eingang schaute, dachte ich, mich trifft der Schlag. Paul Durante!“

„War er alleine?“ Julias Professionalität kehrte zurück. „Hast du Fotos gemacht?“

Verena nickte.

„Wie viele Personen hatte er dabei? Alleine wird er nicht gewesen sein, er brauchte schon früher stets zwei, drei Leute um sich, meist bis unter die Arme bewaffnet, dunkle Brillen, dunkler Anzug – war es diesmal genau so?“

Wieder nickte Verena, holte ihr iPhone hervor und gab es Nick, der sofort ins Haus ging. Ohne zu fragen wussten alle, dass er mit den ausgedruckten Bildern zurückkehren würde.

„Hat er nach uns gefragt?“ bohrte Julia weiter.

„Sobald ich ihn erkannte, drehte ich mich zur Seite, Mr. Maglan irritierte es gewaltig, ich flüsterte ihm nur zu, dass es sich bei den zwei Herren am Schalter aller Wahrscheinlichkeit um Gangster handeln würde. Er reagierte sofort, stellte sich so, dass ich ungehindert die Fotos schießen konnte, dann duckte ich mich hinter den Tresen, und er gab nach einigen Minuten Entwarnung. Da er uns kennt und wir schon oft für ihn arbeiteten, hielt ich einige Minuten später dieses Blatt in Händen." Nun grinste sie, „Durantes Kontodaten, er hob per ec-Karte Geld ab, am Schalter, nicht am Automaten."

Nick runzelte bei Verenas Worten die Stirn. Gerade hatte er die Fotos ausgedruckt und reichte sie herum. Sie saßen immer noch auf der Terrasse, als Miriam, ihre Haushälterin, ein Tablett mit Kaffeetassen auf den Tisch stellte. Ihr fragender Blick Richtung Julia ließ Sorge erkennen. Zögernd, eigentlich nicht ihre Art, sich in ein Gespräch einzumischen, wagte sie zu fragen: „Ist etwas passiert? Sie sehen alle unruhig aus."

Julia hielt es für angebracht, sie einzuweihen und ihr auch ein Bild Durantes zu zeigen. Miriam blickte es lange an, schien es sich genauestens einzuprägen und nickte: „Ich werde auf die Kinder aufpassen, ihnen wird nichts passieren, dafür sorge ich."

Julia bedankte sich lächelnd. Miriam, Mitte dreißig, Inderin, arbeitete für sie, seit sie das Haus bezogen hatten, und leistete ihnen zuverlässige Dienste, kümmerte sich hingebungsvoll um Lennard und Linda und wohnte mit im Haus, in einem eigenen kleinen Appartement.

Miriam zog sich nickend zurück.

„Er besitzt hier also ein Konto! Kennst du aber auch schon die Kontonummer!"

Verena schaute Julia entrüste an: „Natürlich! Mr. Maglan druckte mir sofort einen kompletten Beleg des letzten halben Jahres aus und meinte, es sei eigentlich nicht nötig, da wir ja sowieso den Code in kürzester Zeit selbst knacken könnten und dann Zugriff auf die Daten hätten!" Sie strahlte, freute sich ständig, wenn man ihr Unmögliches zutraute.

„Viel hat er nicht auf diesem Konto", nachdenklich runzelte Julia die Stirn, „in Florida war es um einiges mehr, das hier sind Peanuts, eine lächerliche Viertel Million Dollar!"

„Wie viel war es denn in Florida?" Nick wurde neugierig.

„Er besaß oder besitzt dort fünf offizielle Konten, und auf jedem befand sich damals fast eine bis fünf Millionen, für ihn nur Kleingeld. Es existiert aber noch eins auf den Caymans, das sagte mir Cora damals, das Konto, auf dem er sein ‚richtiges' Geld deponierte."

„Puh, er besitzt ja ganz schön viel", Verena staunte, „sicherlich gehören ihm auch noch Immobilien, nehme ich an, das Haus in Florida, das Gebäude am Strand ..."

„Richtig, nicht zu vergessen die Yacht, die Sportwagen", Julia zuckte mit den Schultern, „also bleibt die Frage zu klären: Was macht er hier? Warum das Konto, warum nur bestückt mit Taschengeld? Hast du gehört, dass er nach uns fragte? Hat er unsere Namen genannt?"

Verena holte tief Luft: „Als er die Bank verließ, konnte ich endlich nachfragen, und er erwähnte beiläufig beim Schalterbeamten, er sei hier, weil er jemanden suche und er Hinweise hätte, diese Person lebe nun in Abu Dhabi."

Nachdenklich rieb sich Julia das Kinn: „Das besagt noch nichts. Vielleicht sucht er jemand anderen."

Verena unterbrach sie entrüstet: „Natürlich. Er sucht den Weihnachtsmann!"

Doro, die bislang schweigend zugehört hatte, stand auf und wanderte ziellos auf der Terrasse auf und ab. „Nein, ich glaube nicht an Zufälle. Er muss einen Hinweis erhalten haben, der ihn zu uns führt." Sie dachte angestrengt weiter nach. „Ist es der Name? De Winter", sie wandte sich Wilhelm zu, der verzog sein Gesicht zu einer nachdenklichen Miene: „Ich kann es nicht sagen. Es ist gut möglich, dass er es später herausfand, als Gerrit Albers Linda per Gerichtsbeschluss wieder Julia zusprechen ließ."

Linda hörte mit Interesse zu. Da sie selbst fünf Jahre lang viel durchmachen musste, bis Julia, ihre Mutter, sie aus den Fängen der reichen Familie Tondheimer befreite, an die Enders sie nach dem Attentat verkaufte, wurde sie stets nach ihrer Meinung gefragt.

„Ihr solltet ihn genauso fertigmachen, wie ihr es gemeinsam bei Enders und den beiden Richtern gemacht habt. Wollt ihr ewig davonlaufen? Sollen wir uns bis an den Rest unserer Tage verstecken? Wenn er schon hier auftaucht und wir es nun wissen, drehen wir den Spieß einfach um!"

„Gut gebrüllt Löwe", Doro lächelte Linda stolz an, „meine Schule. Als deine imaginäre Tante, stimme ich dir zu", sie schaute den anderen tief in die Augen, „lasst uns einen Plan aushecken! Ich weiß auch schon, wie wir an Informationen kommen, die sehr hilfreich für uns sein könnten." Nun blickte sie direkt zu Verena. „Julia, als alte und ehemalige Schulfreundin, einstige Haushälterin, beste Freundin von Cora, können wir nicht gebrauchen. Verena, dich kennt er nicht. Also baggerst du ihn an, wirf dich ihm an den Hals, häng dich an ihn wie eine Klette, mach ihm schöne Augen!"

„Alter Kotzbrocken", murmelte Verena, „aber ich mache es. Sollte er mich allerdings schlagen, dann ..." Sie sprach nicht weiter.

Linda lachte: „Armer Durante, er kann mir jetzt schon leidtun. Aber ich glaube, schlagen würde er nur seine Ehefrau, und so weit wollen wir es nicht kommen lassen."

„Wer weiß, wo er abgestiegen ist?“ Nick hielt bereits den Telefonhörer in der Hand.

„Im Crown Plaza, ich habe es bereits überprüft, bevor ich hier ankam. Er wird sich im Meridian aufhalten, dem ‚Deutschentreff‘. Wenn er uns sucht, dann vermutlich zuerst dort. Ich werde heute Abend der Bar einen Besuch abstatten. Wollen wir doch mal sehen, ob ich eine Reaktion bei ihm hervorrufe, wenn er mich sieht.“

Nick sprang auf:

„Wir werden prüfen, wer mit ihm eingereist ist. Auf den Fotos ist noch ein Mann zu erkennen, wahrscheinlich sein Bodyguard. Er ging auch früher nie ohne Begleitung vor die Tür. Das ist eine Aufgabe für Julia, die ab sofort das Haus hüten muss.“ Doro verteilte die Aufgaben, übernahm das Organisieren. „Heute Abend ist also das Meridian angesagt, morgen früh heiraten Nick und ich, und anschließend folgt eine Besprechung der Lage, und wir überlegen, wie wir Durante ausschalten können.“ Sie wiegelte mit einem Blick auf Julia ab, die gerade auf Linda deutete. „Ich meine natürlich“, ein schelmisches Schmunzeln untermalte ihre Worte, „wie wir ihn Kraft des Gesetzes und völlig lauteren Mitteln hinter Gitter bringen können.“ Patrick, sichtlich erleichtert, dass Julia sich zurückhalten musste, sah ihren Blicken an, dass sie nicht glücklich darüber war. Ihn irritierte das unheilvolle Blitzen in ihren Augen. Julia spürte das untrügliche Gefühl der Gefahr in sich aufkeimen, Unheil für ihre Familie. Trotz des Desasters schmunzelte sie über Doro. Sie setzte Prioritäten und würde die Liste auch genau in dieser Reihenfolge abarbeiten.

„Wir müssen die Kinder in Sicherheit bringen“, gab Patrick zu bedenken, „wir sollten sie außer Landes schaffen, am besten zu Sabine.“ Julia stimmte sofort zu. Linda murrte, wurde aber augenblicklich überstimmt, leider besaß sie außer einer richtigen auch noch drei Ersatzmütter, gegen die sie selten ankam.

Nick eilte ihr zu Hilfe: „Morgen Nachmittag, nach unserer Hochzeit und nach dem großen Essen, werden wir dich und Lennard verschicken!“

„Alleine? Ich soll mit ihm alleine zu Sabine fliegen?“

Nick schüttelte den Kopf: „Nein, Claudia wird dich begleiten. Ich finde, sie ist sicherer bei Sabine aufgehoben, wir beabsichtigen sie noch nicht von den Toten auferstehen zu lassen, noch kann sie für uns im Untergrund Informationen sammeln. Sie soll anschließend, wenn wir ihr grünes Licht geben, nach Amsterdam fahren oder nach Düsseldorf, je nachdem, wo wir sie brauchen. Es ist besser, sich in der Höhle des Löwen zu verstecken, dort, wo sie niemand vermutet. Auch wenn Durante sie nicht erkennen wird.“

„Morgen Nachmittag schon, oder warten wir noch ab, was Verena herausfindet?"

„Nein, Claudia, du fliegst auf jeden Fall", Julia schüttelte den Kopf, „ich will die Kinder hier weghaben, außerdem müssen wir Sabine warnen, hat schon jemand dran gedacht, sie anzurufen oder eine E-Mail zu schicken?" Julia schaute sich um und blickte in Doros fröhliches, gutgelauntes Gesicht: „Erledigt, hab ich sofort gemacht." Trotz ihrer eigenen Hochzeitsvorbereitungen funktionierte sie in brenzligen Situationen und verfolgte konsequent das Ziel, „Linda", nun sprach sie direkt Julias Tochter an, „wir kneifen nicht, wir werden ihn erledigen, das verspreche ich dir. Aber es ist besser, und wir alle können beruhigter handeln, wenn Lennard und du nicht in unmittelbarer Gefahr seid. Wir vertrauen Sabine." Die eindringliche Rede wirkte. Nick fragte sich, ob Doro wusste, wie hart ihre Worte klangen. Linda nickte, zwar nicht völlig überzeugt, aber sie sah es ein.

Patrick, der in der Zwischenzeit den Computer befragte, sein persönliches Orakel, schüttelte den Kopf, nachdenklich, überlegend, zweifelnd. „Ich verstehe es nicht", grübelte er, „ich glaube ich habe etwas entdeckt: Durante ist pleite, wenn man mal von dem Kleingeld hier auf dem Konto absieht. Bei den anderen Banken, die uns Julia und Cora nannten, besitzt er zwar noch die Konten, die sind aber leer. Auf den Caymans ebenfalls. Nur noch geringfügige Beträge. Dann wissen wir, was er sucht: Coras Erbe und das vermutet er bei Julia. Also stimmt Verenas Vermutung, er sucht Julia."

„Pleite? Gut, dann weiß ich wie ich ihn ködern kann." Verenas messerscharfer Blick wurde verwegen. Die dunkle Seite in ihr heckte bereits einen Plan aus.

„Okay", Nick schaute sie einzeln an, „dann wäre alles für heute geklärt, oder hat noch jemand eine Frage? Julia? Wie schätzt du die Lage ein? Sollen wir einen Abstecher nach Fort Meyers machen? Patrick und du, ihr kennt euch doch da bestens aus. Wäre es von Nutzen für uns?"

Patrick übernahm für Julia, die immer noch nachdenklich grübelnd die Stirn runzelte: „Im Augenblick denke ich nicht, dass wir Florida einen Besuch abstatten sollten, Durante ist hier, Enders und der Richter im Gefängnis, hier werden wir gebraucht. Kennt er die Kinder? Ich glaube nicht, wenn sie in Dénia bei Sabine sind, werden wir ihn nach Deutschland locken, dafür wird Verena sorgen. Dort ist unser Spielfeld, dort kennen wir uns aus."

„Es geht ihm um Rache, aber in erster Linie will er an Coras Vermögen. Wenn er pleite ist, braucht er Geld! Seit Enders im Gefängnis ist, arbeitet für ihn kein Verbündeter mehr. Immerhin versorgte er Paul mit Drogen, Waffen und Falschgeld." Julia wanderte auf der Terrasse auf und ab, Doro deutete ihr an, sich endlich zu setzen und nicht wie ein nervöser, wildgewordener Tiger auf Beutefang herumzurennen.

„Locken wir ihn hier weg", Doro war pragmatisch wie immer, „legen eine falsche Fährte. Ich glaube, er hat die Zusammenhänge zwischen de Winter und Julia noch nicht herausgefunden, sonst stünde er schon vor dem Tor ..." Nick konterte weniger sachlich: „... durch das er nicht zu uns gelangen kann, da das Personal des Prinzen es bewacht. Damit rechnet er nicht, dass wir uns auf einer Ebene befinden, die er niemals erreichen wird."

Wilhelm und Eduardo hörten schweigend und fasziniert zu.

„Ihr könnt das Stadthaus in Amsterdam jederzeit benutzen, als Rückzugspunkt, haltet euch nur nicht in Spanien lange auf, das könnte Durante zu Sabine und den Kindern führen."

„Claudia, begleite Linda und Lennard. Es sieht dann nach einem Familienausflug aus, Rudolfo ist bei Sabine in Dénia", warf Di Lauro ein, „mein Exschwiegersohn kennt ihn nicht."

Verena stand auf, schaute auf ihre Armbanduhr, grimmig zischte sie: „Sollte er mir auch nur ein Haar krümmen, diese Kanalratte, dieser Mistkerl, dann wird es ihm leid tun." Jeder wusste von Durantes schlagkräftigen Argumenten, die er hauptsächlich an seiner Frau Cora erprobte, die er umbringen ließ, um an ihr Vermögen zu kommen, wenn Julia ihm nicht dazwischengefunkt hätte.

„Sei ein braves Mädchen", Patrick versuchte sie zu beruhigen, denn alle wussten, Verena war nicht zimperlich.

„Brave Mädchen kommen in den Himmel, ich weiß", grinste sie, „und die Bösen überall hin!"

„Genug überlegt", Doro sprang auf, „es ist schon spät. Wir sollten die nötigen Vorbereitungen treffen, Verena wird gleich losziehen, wir müssen ihr noch ein Auto besorgen, ich glaube, wir leihen uns eins von unseren Nachbarn aus. Ich ruf Yasmine an. Sie soll einen Wagen herüberschicken, immerhin stellt sie keine Fragen, obwohl sie sicherlich ein Abenteuer wittert. Wir werden sie in groben Zügen einweihen. Es hat einen Vorteil, die Fahrzeuge unserer ‚Nachbarn' sind nicht registriert, es wird Durante nicht gelingen herauszufinden, wem es gehört", sie lächelte spitzbübisch, „das macht Verena umso geheimnisvoller, er wird Geld wittern, viel Geld, er wird anbeißen und sich hoffentlich bald verschlucken!"

Es dauerte keine halbe Stunde, bis Yasmine vor der Tür stand und den Wagen, einen Maserati, vorbeibrachte. Sie gab sich mit einer sehr kurzen Zusammenfassung zufrieden, versprach zu helfen, und als sie hörte, dass man Linda und Lennard nach Spanien verfrachten wollte, schien sie beleidigt: „Ihr hättet sie doch auch im Harem lassen können, ich hätte mich schon um sie gekümmert."

Doro schlug sich theatralisch vor den Kopf: „Daran haben wir echt nicht gedacht. Keine Sorge, wir kommen vielleicht noch darauf zurück."

Verena hatte sich inzwischen umgezogen. Begeistert registriere sie den Sportwagen. Die weite, weiße Hose, das luftige, elegante Top, ebenfalls in Weiß, die Gucci-Sonnenbrille, moderne Schuhe, die vornehme, etwas größere Handtasche und nicht zu vergessen das präparierte Edelhandy zeugten von Geld und Klasse. Nick reichte ihr eine Chipkarte. Extra für gewisse Fälle vorbereitet, eine nicht registrierte Nummer. Das Handy und die Karte sendeten fortwährend getrennt ein Signal über einige Kilometer hinweg, so dass sie ständig informiert waren, wo sich der Besitzer des Telefons aufhielt. Patrick befestigte zusätzlich einen Sender an dem Maserati.

Verena setzte den Chip ein, überprüfte die Verbindung, außerdem das Seitenfach ihrer Handtasche und nickte zufrieden, nachdem sie ihre Waffe überprüft und wieder dort verstaut hatte.

Kapitel 2

Paul Durante fluchte leise. Er hielt sich nun schon den dritten Abend im Meridian auf. Hier, in der Bar des Hotels, die hauptsächlich von Europäern besucht wurde, hoffte er, einen Hinweis auf Julia zu finden. In Düsseldorf spielte man ihm eine Nachricht zu, dass sie hier zu finden sei.

Er musste sie auftreiben, er musste herausfinden, wie viel sie wusste und was Cora ihr vor ihrem Tod alles erzählt hatte. Da Enders im Gefängnis für ihn nach seiner Verhaftung unerreichbar war, konnte er sich einige Punkte lediglich zusammenreimen.

Die Unterlagen, die Cora in Florida gesammelt hatte, waren spurlos verschwunden. Ebenso ihre anderen Habseligkeiten, ihr Schmuck und, was er auch vor einigen Monaten in Erfahrung brachte, Immobilien. Hatte Cora ein Testament hinterlassen? Und wenn ja, wo war es? Wann in drei Teufels Namen und wie hatte sie es geschafft, es aufzusetzen, zu beglaubigen und außer Landes zu schaffen? Doch nur mit Hilfe von Julia. Alles lief schief, der so exakt eingefädelte Plan, sich einiger unbequemer Leute zu entledigen. Erst später stellte sich heraus, dass Thomas, sein alter Freund, ein doppeltes Spiel spielte. Sollte er doch in der Hölle schmoren.

Nun saß Paul wieder an der Bar, einen Bourbon vor sich, und dachte nach, grübelte, überlegte, starrte in das Glas, als seine Aufmerksamkeit auf eine Dame gelenkt wurde, die sich einige Meter von ihm entfernt auf einen der freien Barhocker niederließ. Sie knetete ein Taschentuch, das sie in der Hand hielt, die rotgeränderten Augen, das Aufschluchzen, das nervöse Umherblicken signalisierten ihm, dass sie gerade eine herbe Enttäuschung erlebt hatte und nun Trost und Vergessen bei einem Glas ... ja was? Richtig, sie sprach Deutsch, bestellte sich einen Gin Tonic und kippte ihn mit einem Zug hinunter, schüttelte sich kurz und gab dem Barkeeper zu verstehen, dass sie das Gleiche noch einmal wünschte. Kurz rieb sie sich mit dem zerknüllten Taschentuch durch die Augen, verwischte die Wimperntusche und machte einen hilflosen Eindruck.

Durante fühlte sich zu ihr hingezogen. Er musterte sie: edles Outfit, elegante Erscheinung, Klasse. Und was für ihn äußerst wichtig war: Es roch nach Geld.

Der Wagenschlüssel, achtlos auf den Tresen gelegt, die Gucci-Sonnenbrille daneben, dann ihr Blick ins Leere. Mit großer Traurigkeit nahm sie das gefüllte Glas ein zweites Mal und kippte es in einem Zug hinunter. Diesmal kein Schütteln, nur erneut Tränen, die sie diesmal nicht mit dem Taschentuch einzudämmen versuchte.

Durante fühlte sich verpflichtet, der Frau beizustehen. Er wechselte seinen Platz, setzte sich auf den leeren Hocker neben sie und stellte die unverfängliche Frage: „Kann ich Ihnen irgendwie helfen? Warum weint eine so schöne Frau wie Sie?“ Mitleidvoll sah er sie an, winkte gleichzeitig der Bedienung und deutete mit der rechten Hand auf beide Gläser. Gleich danach standen zwei gefüllte Gläser auf der Theke. Durante schob den Gin Tonic weiter. „Durante, Paul Durante, ich komme aus Florida, bin aber Deutscher.“ Er hob sein Glas und prostete der Fremden zu.

„Vera“, hauchte sie, „ich heiße Vera und lebe schon einige Jahre hier. Mein Freund hat mich heute verlassen, er hat eine andere, sie ist“, ein Jammern entfleuchte ihren Lippen, „jünger als ich und hat mehr Geld“, nun schlug ihre Stimme in Wut um, „dabei habe ich doch auch einiges an den Füßen, ich bin doch nicht arm, aber dieser Mistkerl“, sie ballte ein Faust und schlug auf den Tresen, die Gläser klirrten, „sucht sich eine Jüngere, und dann ist sie auch noch blond!“ Nun war es aus mit Veras Fassung, unkontrolliert weinte sie.

„Aber, aber“, versuchte er sie zu beruhigen, „das ist doch kein Grund zu weinen. Wenn dieser Mistkerl eine so schöne Frau wie Sie einfach gegen eine andere eintauscht, dann hat er Sie gar nicht verdient. Sie sollten ihm keine Träne nachweinen, im Gegenteil, drehen Sie den Spieß um! Jawohl, zeigen Sie ihm, dass es nicht seine Idee war, sondern Sie ihn über kurz oder lang verlassen hätten. Vielleicht wollte er nur an Ihr Geld“, er wagte den Vorstoß, dann sah er ihr bestürztes Gesicht, „oder haben Sie ihm schon Geld gegeben? Ich hoffe doch nicht! Und dann brennt er mit einer Blondine durch und zahlt alles mit Ihrem Geld!“

Vera schüttelte verwirrt den Kopf: „Nein“, stotterte sie, „nein, an mein Geld kommt er nicht. Daddy hat verfügt, dass ich es erst bei der Hochzeit erhalte, mein Erbe, meine ich, jetzt gibt er mir nur monatlich ein Taschengeld.“

„Gott sei Dank. Dann ist er nicht mit Ihrem Geld durchgebrannt!“

Sie schüttelte niedergeschlagen den Kopf: „Daddy meinte, ich solle nach Florida, Urlaub machen, mich erholen, oder nach Deutschland“, sie seufzte, „ach ja, das wäre schön, Urlaub, ich habe das wirklich bitter nötig“, sie schniefte erneut, wischte sich mit dem Taschentuch über die Augen, die Wimperntusche verschmierte nun völlig, sie sah mitleiderregend aus, dann holte sie tief Luft: „Dann fliege ich eben alleine.“ Sie winkte dem Ober, erneut schenkte er nach.

„So ein Zufall, ich habe ein kleines bescheidenes Häuschen in Fort Meyers, wenn Sie dort einige Zeit Urlaub machen wollen ... das wäre kein Problem. Ein Anruf genügt, ich gebe meiner Haushälterin Bescheid, und Sie können anreisen, wann immer Sie wollen.“

Durante witterte ein Geschäft. Vera schien reich, Vera schien verwöhnt, Vera schien vom Himmel geschickt, ein Engel, er musste es nur schaffen, sie für sich zu gewinnen. Er setzte seinen Charme ein: „Aber wenn Sie lieber mal wieder in die alte Heimat möchten, auch da kann ich behilflich sein. Ich unterhalte gute Verbindungen nach Düsseldorf und Frankfurt“, nun ging er auf Ganze, „wann soll ich den Flug buchen?“ Er lächelte sie spitzbübisch an.

„Flug buchen?“ Verdattert schaute Vera hoch, nahm das mittlerweile vierte Glas Gin Tonic, trank einen Schluck und meinte konsterniert: „Aber ich nehme doch unseren Privatjet!“

Paul Durante, der gerade einen Zug seines Bourbons trinken wollte, verschluckte sich entgeistert, hustete und dachte: Noch besser, noch mehr Geld. Laut sagte er: „Dann umgehen Sie die lästige Abfertigung am Flughafen!“ In Gedanken entwickelte er bereits einen Plan, als Vera ihn endlich bewusst anschaute, das Taschentuch in die Handtasche stopfte und ihn mit geröteten, verweinten Augen zum ersten Mal interessiert anblickte.

„Ach“, sagte sie, „Sie haben mir gewaltig geholfen, ich werde Ihnen auf ewig dankbar sein. Wie kann ich mich erkenntlich zeigen? Darf ich Sie zum Essen einladen? Morgen vielleicht? Morgen Abend hätte ich Zeit.“

Es lief besser, als er zu hoffen wagte. „Das wäre nett. Wo treffen wir uns? Soll ich Sie abholen?“

„Nein, wir treffen uns morgen um die gleiche Zeit hier im Restaurant. Ich lasse einen Tisch reservieren“, sie lächelte, „aber wir reden die ganze Zeit nur von mir und meinen Problemen, nun erzählen Sie von sich. Was machen Sie hier in Abu Dhabi? So fern der Heimat? Sind Sie geschäftlich hier?“

Durante überlegte kurz, was er ihr erzählen sollte, ohne zu weit von der Wahrheit abzuweichen. „Ich suche jemanden, eine alte Bekannte. Ich verlor sie vor einigen Jahren aus den Augen. Sie war eine gute Freundin meiner verstorbenen Frau.“ Veras Kopf fuhr hoch, es machte sich immer gut, den armen Witwer zu spielen, stellte er zum widerholten Male fest. „Sie kam ums Leben“, nun schniefte er gekonnt, „meine Frau hat ihrer Freundin einige Erinnerungsstücke hinterlassen. Ich möchte meiner Frau den letzten Wunsch erfüllen, und nun suche ich sie. Sie heißt Julia Eschwege. Ich habe durch gute Freunde erfahren, dass sie hier in Abu Dhabi leben soll“, die Lüge kam ihm geschmeidig über die Lippen, „Sie kennen nicht zufällig diese Julia?“

Neugierig schaute er sie nun an, aber Vera schürzte nachdenklich die Lippen und schüttelte den Kopf: „Ich glaube nicht, dass ich eine Julia kenne. Wie sieht sie aus, was macht sie beruflich, haben Sie ein Foto von ihr? Man sollte vielleicht ein Inserat aufgeben oder noch besser im Melderegister nachhaken!“

„Das habe ich schon“, schüttelte Paul den Kopf, „aber man kennt hier keine Julia Eschwege.“

„Ich werde mich bei meinen Freunden umhören: Wie kann ich Sie erreichen? Handy?“

Er fischte aus seiner Jackentasche eine Visitenkarte hervor: „Das ist meine Adresse in Florida und Düsseldorf. Über die Handynummer bin ich immer erreichbar.“

„Ich melde mich“, der Augenaufschlag Veras versprach viel, „auch wenn ich nichts herausfinde“, sie schaute auf die Armbanduhr, Rolex natürlich, „oh, ich bin spät dran. Man erwartet mich!“ Wer sie und wo erwartete, erwähnte sie nicht. Sie stand leicht wankend auf, nachdem sie die Karte in ihre Tasche verschwinden ließ, signalisierte dem Barkeeper, dass sie zahlen wollte, aber Durante winkte ab: „Ich erledige das schon." Er gab dem Mann hinter sich ein Zeichen, sein Bodyguard erledigte es augenblicklich, während Paul Vera nach draußen begleitete, um einen Blick auf das Auto zu erhaschen. Lässig stieg sie in den Maserati ein, winkte, versprach, sich schnell zu melden, und fuhr zügig los. Erst nachdem sie die Ausfahrt passiert hatte, gestattete sie sich ein langsames Ausatmen.

Verena überlegte, kurz anzuhalten, um sich abholen zu lassen. Dieser dämliche Alkohol, dachte sie, gut, dass der Wagen nicht angehalten werden würde, das Nummernschild war bei der Polizei bekannt. Yasmines Auto würde nicht belästigt oder kontrolliert werden, das wagte niemand. Langsam und vorsichtig fuhr sie nach Hause zurück, wo sie bereits erwartet wurde. Kaum ausgestiegen, überhäufte man sie mit Fragen.

„Langsam, ich brauch erst mal etwas Kaltes, Alkoholfreies zu trinken und anschließend einen Kaffee. Mensch, bin ich fertig, diese Gin Tonics ..."

„Du solltest dich ja auch nicht besaufen", Nick schüttelte den Kopf, „was hast du herausbekommen?"

„Er sucht Julia. Von irgendjemand in Deutschland scheint er einen Tipp bekommen zu haben, er erzählte eine fast glaubhafte Story, aber er weiß nichts von de Winter oder unserer Corporation."

Julia nickte. „Er kann nichts finden, wir haben unsere Spuren gut verwischt ... aber ich möchte wissen, von wem er den Hinweis auf uns erhalten hat. Die Änderungen des Namens, unsere Heirat", nun schaute sie zu Patrick, „das alles ist nicht in Deutschland dokumentiert, und ob er einen heißen Draht nach Amsterdam hat, da bin ich überfragt. Kann er von van der Fries, deinem Anwalt, Wilhelm, etwas erfahren haben?"

„Nein, keineswegs. Van der Fries würde nichts verraten. Edmund hätte mich sofort informiert, wenn jemand nach dir gefragt hätte, Julia." Wilhelm legte zwar für seinen Freund, Rechtsanwalt und Notar die Hand ins Feuer, griff aber sofort zum Hörer. „Ich glaube es zwar nicht, aber vielleicht ist es besser, ihn kurz anzurufen und auf jeden Fall zu warnen."

„Ich habe seine Adresse", berichtete Verena weiter, die eine erste Tasse Kaffee trank und in einem Zug ein Glas eiskaltes Wasser leerte, „er ist hier im Crown Plaza abgestiegen. Die Adresse in Florida", sie reichte die Visitenkarte an Julia weiter, „ist immer noch die in Fort Meyers, die du kennst. Also besitzt er das Haus dort noch, aber die Anschrift in Düsseldorf ist neu", Verena schenkte sich einen weiteren Kaffee ein, „er hat auf jeden Fall angebissen. Morgen treffe ich mich mit ihm", sie lächelte Doro zu, „aber erst abends, ich will doch eure Hochzeit nicht verpassen", sie hob skeptisch die Augenbraue, „vorausgesetzt, ich bin bis dahin wieder nüchtern, dabei vertrage ich normalerweise mehr.“ Sie gähnte herzzerreißend.

„Ja“, stimmte Nick zu, gab die Daten von Durantes Düsseldorfer Adresse in den Laptop ein, „aber in westlichen Ländern, dort ist es nicht so heiß. Wir hatten heute über fünfundvierzig Grad, da reicht ein kleiner Schluck Gin“, er drückte die Entertaste, wandte sich zu Verena und musste grinsen: sie war eingeschlafen, „wir sollten uns im Nebenzimmer weiter unterhalten, lassen wir sie schlafen.“ Er stand auf, die anderen folgten ihm.

„Was ist mit Verena?“ Linda verstand nicht so recht: Verena die immer Starke, Energische, die, die immer alles im Griff hatte, sie machte schlapp. „Ist sie krank?“ Besorgt drehte sie sich im Hinausgehen um.

„So würde ich es nicht direkt nennen“, Patrick fand es belustigend, eine verwirrte Linda, die sich stets altklug gab, vor sich zu haben, „lassen wir Verena einfach schlafen, dann wird sie sich morgen besser fühlen.“

Doro und Julia saßen mit Eduardo und Wilhelm im heruntergekühlten, überdachten Terrassenbereich ihres Anwesens. Von hier genossen sie einen phänomenalen Blick auf den Persischen Golf. Sie nahmen den fesselnden Ausblick nicht wahr, die Welt um sie herum versank, ihre Konzentration richtete sich nach innen, in die Vergangenheit, die Gegenwart vergaßen sie.

„Wir müssen ihn nach Düsseldorf locken, da ist Verena gefragt, dort ist unser Spielfeld.“ Nachdenklich betrachtete Doro das Innere ihres Glases, trank einen Schluck und schaute dann forschend zu Julia: „Du weiß genau, was wir tun müssen, es bleibt uns nichts anderes übrig. Als letzte Konsequenz, sonst werden wir nie zur Ruhe kommen. Denk an die Kinder, aber ich glaube, das tust du ohnehin.“ Zögernd fuhr sie einen Moment später fort, nachdem Julia immer noch nicht antwortete: „Ich heirate morgen und will nicht mehr länger auf der Flucht sein, im Untergrund leben, ständig neue Namen tragen“, nun grinste sie doch kurz, „außer es ist hilfreich für einen Job“, schnell wurde sie wieder ernst, „ich habe nicht vor, mein Leben, so wie es ist, aufzugeben, ich brauche die Spannung, ich benötige das Nervenkitzeln, aber ich brauche keinen Killer im Nacken, der mich mein Leben lang verfolgt und erst Ruhe gibt, wenn ich unter der Erde liege. Und dir geht es nicht anders!“

„Wir schaffen die Kinder und einige andere Personen“, Julias Blick ging Richtung Wilhelm und Eduardo, „aus der Gefahrenzone, und dann bin ich dabei.“

Julia durchlief verschiedene Empfindungen, Verzweiflung, Mutlosigkeit zuerst, aber dann eroberte ein anderes Gefühl die Oberhand: Rache! Rache und der Wunsch, allem ein Ende zu setzen, was unweigerlich bedeutete, sie mussten ihren Gegner endgültig beseitigen, töten.

Enders und auch Durante hatten ihr etwas Grundlegendes gestohlen: ihre erste Familie, von der nur Linda überlebte. Ihre zweite Familie, Patrick, Linda und Lennard, sollte dem Mörder nicht in die Hände fallen. Sie kannte den Feind, sie durchschaute seine Denkweise, sie verstand seine Motivation, sie begriff, was er wollte, haben musste, aber handelte es sich nur um Coras Erbe, oder steckte noch etwas dahinter? Sicherlich, das Geld, das enorme Vermögen Coras, war nicht von der Hand zu weisen, aber die Erklärung wäre zu einfach. Ein Jahr lang hatten sie Coras Hinterlassenschaft durchforstet, analysierten jedes Wort in ihren Dokumenten, fanden aber nicht das, was Cora stutzig gemacht hatte. Leider blieb ihr nicht die Zeit, Julia genauere Details mitzuteilen, denn vorher wurde sie brutal niedergeschossen. Wenn ich nur wüsste, welche zwei Personen sie mir damals nennen wollte! Sämtliche Namen von der Liste, die sie anschließend überprüften, wiesen nichts Merkwürdiges, Seltsames oder Abnormes auf. Lediglich als Beweismaterial für die dubiosen Machenschaften Durantes und Enders wurde es vor Gericht benötigt. Durante konnte nicht verurteilt werden, er war spurlos verschwunden. Natürlich versuchte Enders alle Betrügereien und Morde auf Durante zu schieben, aber das Material war eindeutig. Cora hatte einwandfreie Arbeit geleistet.

Cora konnten sie nicht mehr fragen, Eduardo, Coras Vater, fand die Liste sehr hilfreich, um einige Individuen und Mittäter hinter Gitter zu bringen, aber auch er sah nichts Aufsehenerregendes.

„Wir sollten uns noch mal Coras Papiere vornehmen“, grüblerisch, in Gedanken versunken, löste sich Julia langsam aus der Vergangenheit, „wir haben etwas übersehen!“

Doro stöhnte, wie oft Julia bereits Stunden über den einzelnen Blättern gesessen hatte, vermochte man nicht mehr zu zählen. „Was veranlasst dich zu dieser Feststellung?“ Gereizt und mit einer Grimasse zu Wilhelm stand sie auf. „Ich heirate morgen früh, also lasse ich dich jetzt allein, suche in Gottes Namen weiter, ich hab zu tun!“

Wilhelm nervte es zwar genauso, es lag Verwirrung in seinem Blick, trotzdem merkte er, dass die Sinne Julias, seiner Adoptivtochter, auf ein unerträgliches Maß geschärft waren.

„Warum sucht er mich? Ich verstehe es nicht. Er war abgetaucht, wir verschwunden. Keiner ist dem anderen in die Quere gekommen. Was bewegt ihn nun, nach Julia Eschwege zu suchen? Es muss noch etwas in Coras Unterlagen versteckt sein, was er unbedingt haben muss, und es muss etwas damit zu tun haben, dass er fast bankrott ist."

Wilhelm seufzte vernehmlich.

„Vielleicht siehst du es richtig", Eduardo, der bislang ruhig zugehört hatte, gingen die Gedanken Julias nicht aus dem Sinn, „vielleicht braucht er die Unterlagen, er könnte Angst haben, dass du etwas entdeckst, er weiß mittlerweile genau, dass du alles Wichtige von Cora hast – aber vielleicht ist es von Durante auch nur einfache, simple Rache, weil du seinen Plan durchkreuzt hast. Das wirst du nur erfahren, wenn du persönlich mit ihm sprichst, und dann ist es noch nicht einmal gesagt, dass er dir die Wahrheit sagt."

„Es bleibt bei unserem Plan: Hochzeit abwarten, Kinder in Sicherheit bringen, Durante ablenken, Durante nach Düsseldorf locken und dann ..." Der Gedanke ließ Julia frösteln. Entschlossen stand sie auf. „Ich bin für heute erledigt", sie trank den letzten Schluck Wasser, „ich brauche Schlaf. Es wäre unklug, heute noch etwas zu unternehmen."

Patrick, stets ruhig und besonnen, folgte ihr. „Du weißt, ich unterstütze dich bei all deinen Unternehmungen, obwohl ich nicht immer glücklich bin, wenn du zu viel riskierst. Ich gehe aber doch davon aus, dass du mittlerweile begriffen hast, dass du zwei Kinder hast, die ihre Mutter noch brauchen."

Julia begriff, was er meinte, sie blieb stehen und nickte.

„Ich werde dich begleiten, wenn, dann ziehen wir es gemeinsam durch, alle, die gesamte Clique. Ich will keine Alleingänge von dir! Verstanden?"

„Sonst fesselst und knebelst du mich?" Sie lächelte. „Ich bin davon ausgegangen, dass ich auf eure Hilfe zählen kann, alleine schaffe ich es nicht, aber du siehst es doch selbst ein, wir müssen etwas unternehmen, sonst nimmt es niemals ein Ende."

Kapitel 3

Acht Uhr morgens, schon spürte man die beginnende Hitze. Die gereizte Stimmung im Domizil de Winter lag spürbar in der Luft. Doro versuchte es zu überspielen, fegte wie ein Orkan durchs Haus, kommandierte herum, erinnerte an die kleine Feier in zwei Stunden, wirbelte in Julias Ankleidezimmer, um sich des einzigen Kleides zu bemächtigen, das die vier Damen besaßen: Julias Hochzeitskleid. Lennard, der Einzige der schon munter war, brabbelte hocherfreut und streckte seine Ärmchen Doro entgegen, als er sie erblickte.

„Lenny, mein Kleiner, hat man dich hier vergessen? Wo kommst du her? Hat deine Mutter dich ausgesetzt?“

„Ich habe ihn nicht verstoßen, ihn nicht verkauft und auch nicht vergessen. Er ist die einzige Person in diesem Raum, die schon gefrühstückt hat, während seine arme, geplagte Mutter noch nicht einmal Kaffee hatte.“ Julia, verstrubbelt und im Schlafanzug, gähnte herzhaft. „Ich wollte gerade duschen und mich anziehen ... Findest du es eine gute Idee, auf der Terrasse die Trauung stattfinden zu lassen?“ Sie schaute hinaus, die Sonne blendete. Sie öffnete die Tür des Kleiderschranks und suchte sich etwas Luftiges heraus. „Eigentlich bin ich froh, nach Hause zurückzukehren. Es muss toll sein, mal wieder zu frieren. Hoffentlich regnet es in Deutschland.“

Doro schüttelte den Kopf, nahm das weiße Kleid nachdenklich in die Hand: „Hast du mal darüber nachgedacht, dass es auch schiefgehen kann? Ich meine, wir leben nicht mehr so gefährlich wie früher, es ist immer ein gewisses Risiko bei unseren Zusatzmissionen, aber nun ... Es kann für uns böse enden!“

„Warum auf einmal so pessimistisch? Nur weil du heute heiratest? Ich finde“, Julia gähnte nochmals, „wir sollten es optimistischer sehen. Aber falls es dich beruhigt, ich habe Angst. Ich habe ständig Angst, dass den Kindern etwas passieren kann, dass Patrick etwas passieren kann oder euch, Wilhelm ... Aber ich will jetzt nicht darüber nachdenken“, schnell lenkte sie vom Thema ab, „soll ich das gleich anziehen?“ Sie hielt eine Hose mit einem ärmellosen Top hoch. „Ich werde mich erst wieder an Schuhe gewöhnen müssen“, nachdenklich schaute sie auf ihre Füße, „ich übe schon mal mit ein paar Sandalen.“ Julia schnappte sich die Sachen und verschwand im Bad.

Doro schaute ihr nach, war sich bewusst, dass Julia nicht darüber reden wollte. Aber sie hatte recht, sie mussten das Thema Paul Durante angehen und eine Lösung finden, eine endgültige, und wie die aussah, wussten Julia und auch Doro.

Kurz vor zehn trafen sie sich auf der Terrasse. Wilhelm und Eduardo schafften es tatsächlich, einen Priester herbeizuschaffen, der nun lächelnd und wartend im kühlen Wohnzimmer stand und sie alle einzeln begrüßte. Anschließend begann die Trauung. Woher Linda die Blütenblätter, die sie für Doro streute, so schnell herbeizauberte, blieb ein Rätsel, sogar passende Orgelmusik aus der gigantischen Musikanlage untermalte die Hochzeit. Doros Brautstrauß, ein perfekt gestyltes Blütenmeer in Rot, das Brautkleid, ein schlichter Traum in Weiß, dazu ein eleganter Hut mit breiter Krempe – alles perfekt. Die Stimmung war gut, das Wetter optimal, sogar einige Wolken am

Himmel, die Fröhlichkeit steckte an, die gute Laune, das Lachen ... Nach der Trauung die Glückwünsche. Nichts schien den Tag trüben zu können. Miriam hatte ein Essen gezaubert oder zaubern lassen. Auf einer Anrichte stand gekühlter Sekt, den Miriam nun herumreichte. Braut und Bräutigam stritten sich mal nicht, eine Anmerkung Lindas, die zu allgemeinem Gelächter motivierte. Im Einklang verbesserten sie Linda: „Wir streiten nie, wir diskutieren nur ..."

Wilhelm und Eduardo überreichten die Geschenke, eine neue Pistole für Doro nebst einer schlichten Halskette mit einem wunderschönen Diamanten und einen neuen Laptop mit allen erdenklichen Extras für Nick. Wilhelm und Eduardo ließen sich immer etwas Besonderes einfallen.

Die Stimmung wurde noch ausgelassener. Sie vergaßen die Gefahr, die sich schleichend näherte, sie wollten feiern. Vielleicht signalisierte ihnen das Unterbewusstsein, es könnte das letzte Fest sein, das sie gemeinsam begingen. Jan und Claudia, die sich zum wiederholten Male trennen mussten, Verena, die die Aufgabe erhielt, Durante zu beschatten, einen Mörder und Schläger, um ihn gegebenenfalls ans Messer zu liefern oder es selbst zu erledigen, Doro und Nick, die beide ahnten, nach ihrem Fest wurde es ernst, Julia und Patrick, gerade zwei Jahre verheiratet, konnten ihre neue Familie schnell verlieren. Sie alle schoben die negativen Gedanken beiseite. Sie stießen mit Sekt an, sie gratulierten, sie bewunderten die Geschenke.

Gegen zwölf Uhr fuhr Yasmine vor, mit ihr die drei anderen Frauen des Prinzen. Das Geschnatter der Damen, die den Diamanten bewunderten, Wilhelms Präsent, nahm zu. Die vier überreichten Doro eine wunderschöne Perlenkette mit den passenden Ohrringen und brauchten nicht überredet zu werden, am Dinner teilzunehmen, das anschließend serviert werden sollte.

Außer Lennard hatte noch niemand an diesem Tag etwas gegessen. Gerade nahmen sie Platz, lautes Stühlerücken, Lennards Brabbeln wurde lauter, als er das Essen erblickte, ihn hielt nichts zurück, er tapste zum Tisch und zog an der Tischdecke, Patrick rettete Teller, Gläser und Deko, indem er ihn in seinen Hochstuhl setzte, als Linda zögerte. Sie schaute sich stirnrunzelnd um. Irgendetwas hörte sie, etwas, das diesen sonst unüblichen, lauten Geräuschpegel übertönte. Ein Telefon läutete. Die „Miss Marple" Melodie: Julias Handyton!

Niemand achtete darauf, also übernahm Linda es, das kleine Ding zu suchen, und wurde auf der Anrichte fündig. In diesem chaotischen WG-Haushalt, in den sie schnell eingelebt hatte, nichts Ungewöhnliches. „Sie sprechen mit der de Winter Corporation, Linda de Winter am Apparat? Hallo Rudolfo! Wie geht es euch in Dénia? Morgen kommen wir dich und Sabine besuchen. Wir fliegen heute Abend los und sind morgen früh da. Aber das weißt du sicherlich schon alles, Eduardo wird dich selbstverständlich sofort angerufen haben", plapperte sie munter drauflos, stockte dann, wurde unterbrochen. Die ernste Stimme Rudolfos machte sie nervös. „Ja, Eduardo ist hier, die anderen auch ..." Rudolfo, sonst fröhlich und gut gelaunt, lebte als rechte Hand Di Lauros in dessen Haus in Dénia, in der Nähe Valencias, dort, wo auch Sabine vor zwei Jahren untergetaucht war.

Der Ernst in der Stimme ließ Linda zögernd den Hörer weiterreichen. Nur Julia entging es nicht, diese Stimmung. Etwas passte nicht.

Sie runzelte die Stirn, saß aber zu weit entfernt, als dass sie auch nur einen Gesprächsfetzen ergattern konnte. Sie erhob sich und näherte sich Linda, die gerade den Hörer Eduardo reichte, „Rudolfo für dich", sagte und stand schon neben ihrer Tochter, als sie „Oh Gott, wie konnte das passieren", kreidebleich von Eduardo hörte, der in sich zusammenfiel. Beinahe hätte er den Hörer fallen lassen, wenn Linda ihn nicht geistesgegenwärtig aufgefangen hätte.

Julia riss ihr das Telefon aus der Hand. „Rudolfo? Julia hier. Was ist passiert?" Ihre Worte ließen die Gäste verstummen. Die Stimmung katapultierte sich von ausgelassen fröhlich, in stilles Entsetzen. Doro eilte herbei.

„Ich verstehe", Julia ruhig, zu ruhig, leise, „wir kümmern uns darum. Schick mir alles, was du hast, Fotos, Infos usw. per E-Mail rüber. Du hörst von uns. Unternimm nichts, was du nicht vorher mit uns abgesprochen hast!"

Die Clique stand geschlossen hinter ihr. Sie alle warteten auf eine Erklärung.

„Sabine ist spurlos verschwunden, sie haben Sabine!"

„Wer?"

Julia zuckte mit den Schultern. „Rudolfo weiß nur: Sabine ist gestern Abend zu Bett gegangen, es muss gegen zehn gewesen sein, und als sie heute Morgen nicht zur gewohnten Zeit zum Frühstück erschien, ist Rudolfo zu ihr ins Zimmer, als sie nicht auf Klopfen und Rufen reagierte. Es war leer, Sabine verschwunden. Sie muss bereits im Bett gelegen haben, es war zerwühlt. Ihre Sachen sind noch da, ihr Portemonnaie, Handy ... Wir können ihr Verschwinden zeitlich eingrenzen, zwischen zehn Uhr abends und acht Uhr morgens. Keine Nachricht, kein Zettel, kein Anruf. Von Sabine fehlt jede Spur."

Doro erholte sich als Erste von dem Schock: „Okay", reagierte sie ruhig und besonnen, zog sich den Hut vom Kopf und winkte Miriam zu, die Vorspeise zu servieren, „überlegen wir beim Essen weiter. Wir dürfen nichts überstürzen. Fassen wir zusammen: Die Kinder können heute Abend nicht zu

Sabine fliegen. Claudia muss untertauchen", bevor sie weiterreden konnte, wurde sie von Yasmine unterbrochen:

„Die Kinder ziehen zu uns, in den Harem. Wo könnten sie besser aufgehoben sein, und Claudia ebenfalls? Bei uns wird alles strengstens bewacht. Ihr seid eine Sorge los und könnt euch um alles andere kümmern." Die vier Araberinnen nickten. Sie durften aus Sicherheitsgründen nur in Begleitung einiger Bodyguards das Grundstück verlassen, und in den letzten Monaten übernahmen das immer häufiger Doro und Julia.

„Linda und Lennard sollten heute Abend nach Europa fliegen, also sind die Koffer gepackt, wir nehmen sie gleich mit." Yasmine und die anderen drei standen auf. Julias Erleichterung hing spürbar im Raum.

„Gut", der Kommentar Doros hielt sich kurz und bündig, Miriam eilte mit dem Gepäck der Kinder herbei, Claudias Tasche zog diese selber.

„Kommen wir zum nächsten Punkt: Verena, du fliegst nach Düsseldorf und schickst Durante eine Nachricht, dass du eine Julia gesichtet hättest. Er wird dir nachreisen."

Verena nickte kauend. Claudia verspürte keinen Hunger. Die bevorstehende Trennung von Jan, ihrem Ehemann machte ihr zu schaffen. Da nun Sabine, die genauso als tot galt wie sie selbst, spurlos verschwunden war, schien ihnen jemand auf die Schliche gekommen zu sein. Aber wer?

Durantes Aufenthaltsort kannten sie, er war hier! Vielleicht schickte er Helfershelfer nach Dénia, vielleicht brauchte er Sabine als Pfand, um sie gegen Julia zu tauschen. Es hatte ihre schwächste Stelle erwischt, Sabine! Sabine, die nie zu ihnen, zu der perfekt ausgebildeten Truppe gehörte, Sabine, die sich nicht wehren konnte, Sabine, die nicht die Erfahrung der Clique hatte, sich in gefährlichen Situationen selbst zu helfen.

Wie spürte man Sabine auf? Welche Spur führte nach Dénia? Das Haus dort gehörte Rudolfo. Der Name Di Lauro tauchte nirgends auf. Es gab keine Verbindung zur de Winter Corporation. Was war es dann? Wer war es? Wer, was, wie, wo ...

Als könnte Nick Claudias Gedanken lesen, beruhigte er sie: „Es kann eine andere Ursache für ihr Untertauchen geben", er versuchte zu scherzen, „vielleicht trifft sie sich heimlich mit einem Freund!"

„Das glaubst du doch selbst nicht, sie hätte uns zumindest eine Nachricht geschickt, wenn sie freiwillig fortgegangen wäre. Sie weiß, wir sorgen uns um sie, sie kennt die Gefahr."

Ein ‚Pling' signalisierte die Ankunft einer E-Mail. Nick stürzte zum Computer und öffnete den Anhang, den Rudolfo geschickt hatte. Fotos! Bilder von Sabines Schlafzimmer, so wie er es vorgefunden hatte. Nick speicherte sie, um sie sich später in aller Ruhe anzusehen. Dann druckte er Rudolfos Bericht aus, mit den exakten Zeitangaben. Die Kurzfassung die Julia ihnen bereits gab, nun in ausführlicherer Form.

Mittlerweile hatten sie gegessen, Yasmine einen zweiten Wagen geordert, der innerhalb von Minuten erschien. Julia verabschiedete sich schweren Herzens von ihren Kindern und Claudia. Linda wehrte sich und schlug vor, bei Rudolfo und Wilhelm zu bleiben, sah aber dann ein, zu Yasmine zu ziehen. Sieben Personen verließen das Haus, und mit einem Mal kehrte Stille ein. Miriam brachte Kaffee und räumte das Essen ab. Doro zog sich um, und kurze Zeit später trafen sie sich im Wohnzimmer.

Julia saß vor ihrem Laptop, sie vergrößerte bereits das erste Foto, um sich einen Gesamtblick über Sabines Zimmer zu verschaffen. Ein großer Raum, modern möbliert, zwei schwarze Ledersofas, ein Glastisch im vorderen Teil des Raumes, zwei Seiten vollgestellt mit weißen Regalen, in denen sich die Bücher stapelten, dazu ein kleiner Schreibtisch, ein Laptop, aufgeklappt, ein Drucker mit Scanfunktion und integriertem Fax befanden sich darauf, ein Stuhl stand davor. Im nächsten Raum ein schlichtes Bett. Rechts davon ging es durch eine weiße Tür ins Bad. Das Bett war zerwühlt, genau wie Rudolfo es am Telefon beschrieben hatte, die Bettdecke halb auf dem Boden, das Kopfkissen zerdrückt. Auf dem Nachttisch sah man eine Uhr mit Leuchtziffern, Rudolfo hatte die Fotos gegen 13:30 Uhr gemacht. Wenn man die Zeitverschiebung berücksichtigte, waren die Fotos erst wenige Minuten alt.

Leicht verschoben lugte unter der CBN, der deutschen Zeitung an der Costa Blanca, die auf dem Nachttisch lag, Sabines Armbanduhr hervor, vor dem Bett, auf den Terrakottafliesen ein gewebter Läufer, auf dem einsam eine Pantolette stand. Das Gegenstück fehlte und war auch auf den anderen Fotos nirgends zu finden. Sabine lief selten barfuß und noch seltener ohne ihre Armbanduhr herum. Das wasserdichte Teil trug sie sogar im Pool. Etwas Glitzerndes lag auf dem Boden. Auf dem Stuhl vor dem Schreibtisch stand Sabines Handtasche, das Handy lag neben dem Laptop. Julia schrieb schnell eine E-Mail an Rudolfo, er solle das Zimmer nochmals akribisch durchsuchen und nachsehen, was vor dem Bett auf den Steinfliesen lag. Er antwortete innerhalb einer halben Stunde mit neuen, genaueren Fotos. Auf den Bodenplatten, nun exakter zu erkennen, der Ohrring Sabines. Sie kann ihn nicht einfach nur verloren haben, dachte Julia, sie wurde gewaltsam aus dem Bett gezerrt.

Wie viele Entführer waren es? Wer kannte Sabines Aufenthaltsort? Steckte Thomas, ihr Ehemann, dahinter? Das würde bedeuten, er wusste, dass sie noch lebte! Aber hätte er dann nicht alle Hebel in Bewegung gesetzt, das den deutschen Gerichten mitzuteilen, seinem Verteidiger, seinem Rechtsanwalt, um endlich aus dem Gefängnis zu kommen? Nein, überlegte Julia weiter, da steckt etwas oder jemand anders dahinter. Warum Sabine? Weil sie der einzige Unsicherheitsfaktor in ihrer Clique war? Sie grübelte weiter, dachte nach, überlegte und hörte nicht, dass Verena hinter ihr stand.

„Ich fliege in drei Stunden nach Amsterdam", sagte sie leise, fast flüsternd, „wo treffen wir uns?"

Julia zuckte unmerklich mit der Schulter, rümpfte die Nase: „Keine Ahnung", sie dachte kurz nach, „wir sollten als allerletzten Treffpunkt Wilhelms Stadthaus wählen. Jeder kennt den Zugangscode, und wir müssen keine Schlüssel mitschleppen, aber", sie zögerte, „wir sollten uns überlegen, in Deutschland ein Gebäude oder Haus zu organisieren. Ein größerer, nicht einsehbarer Garten wäre vorteilhaft, einsam gelegen noch perfekter. Wenn du Zeit hast, kümmere dich darum."

„Kein Problem", stimmte Verena zu, „ich werde sehen, was ich finde." Dann lächelte sie schelmisch. „Vielleicht steht die alte Kaserne zum Verkauf, das wäre doch perfekt. Dort kennen wir die Umgebung."

„Gar nicht schlecht, die Idee ist gut. Kehren wir zurück in die Höhle des Löwen." Entschlossen stand sie auf. „Ich bringe dich zum Flughafen. Ich schaue mir die Bilder nun schon so lange an, dass ich vor lauter Bäumen den Wald nicht erkenne." Julia streckte sich. „Ich werde packen, vielleicht hilft es, mich abzulenken."

„Wir brechen morgen früh auf", Patrick hielt die Tickets in der Hand, „unser Flug geht um neun, Rudolfo erwartet uns."

„Vielleicht ist das der Grund", sinnierte Verena, „vielleicht will man euch beide nach Spanien lotsen!"

„Möglich, aber dann müsste derjenige wissen, dass wir mit Sabine in Kontakt stehen, dass Patrick und ich nun verheiratet sind, dass wir es sofort erfahren, wenn sie entführt würde ... Wer weiß das alles?" Julia wanderte nervös und angespannt vor dem Schreibtisch auf und ab, schüttelte dann grimmig den Kopf: „Zu viele zusammenhängende Faktoren, die nur wenige Menschen wissen können. Die Entfernung zwischen den Orten, länderübergreifend – Spanien, Holland Deutschland, die Emirate – zwei Kontinente ... Nein, da gibt es nur eine sehr geringe Zahl Menschen, die nicht einmal alles wissen, und davon sitzen zwei im Gefängnis, und der andere sucht uns hier in Abu Dhabi, also gibt es eine vierte Person!"

„Aber wer?"

„Das müssen wir herausfinden", Julia blickte Doro nun direkt in die Augen, sie standen dicht voreinander, „die Antwort finden wir vielleicht in Spanien, vielleicht aber auch in Deutschland."

Patrick griff ein: „Wir handhaben es wie besprochen." Dann wandte er sich seiner Frau zu: „Deine Sachen habe ich bereits gepackt, wir fliegen, und wir werden Sabine finden! Es ist uns klar, dass es eine Falle sein könnte, aber wir sind vorsichtig, wir sind achtsam, wir handeln überlegt. Es wäre noch besser, wenn wir den Gegner kennen würden."

„Wir haben im Flieger Zeit, darüber nachzudenken, wer der Feind sein könnte", Julia lächelte Patrick zu, der ihr aufmunternd zunickte, „ich schaue mal nach, ob du es richtig gemacht hast, ich meine, das mit dem Packen meiner Sachen." Sie wollte alleine sein, Patrick merkte ihr die Verzweiflung an und hoffte, sie würde nicht schlappmachen. In den letzten zwei Jahren hatte sie sich langsam aber beständig der ständigen Bedrohung durch den Tod entzogen. Und nun sollte es von vorne beginnen?

Ihre größten Ängste erwachten wieder, und es drang direkt bis in ihr Gehirn, die Tatsache, dass es nie enden würde, solange gewisse Personen sich noch auf freiem Fuß befanden. Ob ihnen die Möglichkeit beschert wurde, auf genauso hinterlistige Art Durante außer Gefecht zu setzen, wie sie es bei Enders geschafft hatten, blieb dahingestellt. War Durante der einzige Feind? Julia glaubte es nicht. Ihr Gefühl, ihre innere Stimme suggerierte ihr etwas anderes. In ihrem Schlafzimmer angekommen, stand sie einen Augenblick nervös im Raum. Die Kinder fehlten ihr, sie musste sich zusammenreißen, ihr Motor musste laufen, dann würde auch der Denkapparat wieder perfekt funktionieren. Sie stieß einen Seufzer aus. Ihnen allen fehlte ein Plan. Sobald sie handelten, sobald sie eine ausgereifte Anweisung zur Verfügung hatten, wurde sie stets ruhig, kämpfte kühl und überlegen.

Sie bemerkte Patrick, der leise hinter sie trat und beruhigend die Hand auf ihre Schulter legte. „Wir finden sie, und wir schaffen es." Die leisen, beruhigenden Worte trösteten sie.

„Ich weiß, dass wir alles daran setzen, Sabine aus dieser Lage zu befreien. Aber", sie zögerte kurz, „hört es denn nie auf?" Abrupt wandte sie sich ihrem Koffer zu. Natürlich musste sie nichts kontrollieren. „Wann fahren wir morgen?"

„Gegen sieben zum Flughafen, um neun geht es los."

Sie nickte, schaute ins Bordcase, natürlich war es auch perfekt gepackt. Patrick dachte stets an alles.

Am nächsten Morgen stand die Clique geschlossen, außer Claudia, bereit, um ihnen die letzten Ratschläge zu geben und sich zu verabschieden. Wilhelms Gesichtsausdruck, Eduardos traurige Miene ... Die Sorge in ihren Gesichtern ließ Julia fast in Panik geraten. Sie zwang sich, fröhlich Abschied zu nehmen und positive Gedanken zu verbreiten. Ihr Lächeln, nur Patrick merkte, dass es aufgesetzt war, zeigte Wirkung. Die anderen schöpften Mut, und wünschten sich gegenseitig Glück.

Kapitel 4
Irgendwo am gleichen Tag

Das Büro mit den eleganten, dunklen Möbeln erinnerte an die Zeit in den Siebzigern, als dieses Braun in Chefzimmern noch den Ton angab.

Trotz der älteren, dennoch teuren Möbel war der Raum mit allen nur erdenklichen modernen Geräten ausgestatte. Zwar passte der Computer, eins der neusten und besten Geräte, die zur Zeit auf dem Markt waren, nicht zu diesem stillen Ort, ebenso wenig wie Drucker, Telefonanlage, das Fax und die Kaffemaschine, dennoch – der Raum hatte Stil, das ließ sich nicht leugnen. Dennoch herrschte eine bedrohliche Atmosphäre.

Der lässig, trotzdem korrekt gekleidete Mann hinter dem voluminösen Schreibtisch arbeitete konzentriert einige Akten durch, als es an der massiven, dunklen Eichentür leise klopfte.

„Ja, bitte." Er blickte nicht auf, es konnte nur jemand vom Personal sein, denn seine Frau und Tante befanden sich nicht im Haus.

„Es ist Besuch für Sie da", sagte das Hausmädchen, als auch schon ein hochgewachsener Mann in einfachen Jeans, einem karierten Hemd, nebst Blouson bekleidet, hastig eintrat. Er sah sich um, sein Blick suggerierte dem Mädchen, sich sofort zurückzuziehen. Erst nachdem sich die beiden Männer alleine im Raum befanden, sprach der Besucher endlich.

„Chef, wir haben sie. Sie ist gut untergebracht. Dort wird sie niemand finden." Nervös wartete er auf Antwort. Ein Nicken des Mannes hinter dem Schreibtisch, der es endlich für notwendig erachtete, den Blick auf den Besucher zu richten. Er hielt es nicht für nötig, ihm einen Platz anzubieten. Die Unterhaltung würde nicht lange dauern.

Als er sprach, ließ absolut nichts eine Gefühlsregung erkennen. „Gut", er verzog keine Miene, „dann werden wir sie aus ihrem Versteck hervorlocken, es wird Zeit, ich kann und will nicht länger warten."

„Wie sollen wir vorgehen?" Man merkte dem Besucher an, dass er sich unwohl fühlte. „Sollen wir sie ..."

„Nein, vorerst nicht, vielleicht benötigen wir sie noch einmal. Sollte die Aktion allerdings zufriedenstellend enden, dann ...", er machte eine abwertende Handbewegung, es schien seinem Chef egal zu sein, was mit der Frau passierte. „Was ist mit Unterlagen? Habt ihr nichts in dem Haus entdeckt?"

„Nein. Nichts. Die Papiere müssen woanders lagern. Vielleicht existieren sie nicht mehr. Immerhin sind über zwanzig Jahre vergangen."

„Auf ein Vielleicht kann ich mich nicht verlassen", ungehalten stand er auf, „die einzigen Unterlagen, die mir sehr gefährlich werden können, sind und bleiben verschwunden", er ging auf und ab, nun merkte man eine leichte Nervosität, „sie existieren noch, ich spüre es", wütender, ungehaltener, „ich weiß es, ich muss sie wiederhaben!"

„Vielleicht sind sie bei ihrer Schwester?"

Sein Chef schüttelte den Kopf, spöttisch schaute er ihn an: „Wenn sie diese Papiere hätte, wäre die Polizei schon längst erschienen", sein Ton wurde schärfer, eisiger, „sie würde auch nur einen Teil der Unterlagen in ihrem Besitz haben, die andere Hälfte, die weitaus Wichtigeren muss sie besitzen!"

„Aber wenn die Schwester und auch die andere noch nicht zur Polizei gegangen sind, dann gibt es keine Unterlagen mehr, dann wurden sie vernichtet, dann brauchen Sie keine Angst oder Bedenken zu haben. Ich glaube nicht, dass ..." Er wollte noch etwas sagen, überlegte es sich und zog es vor, zu schweigen.

Auf der Stirn seines Chefs bildete sich eine Zornesfalte. Die nächsten Worte kamen gepresst über seine Lippen: „Hol sie her", er ballte die Faust, knallhart schlug er auf die Arbeitsplatte seines Schreibtisches, „verdammt noch mal, hol sie her, sofort!" In seinen Augen loderte grimmige Wut.

„Sie sind der Boss. Wenn Sie wollen, holen wir sie", er zögerte, zuckte mit den Achseln, „nur, vor morgen Abend können wir nicht zurück sein."

Sein Chef gab keine Antwort, für ihn war das Gespräch beendet.

Mit einem unguten Gefühl in der Magengegend verließ der Mann das Arbeitszimmer seines Chefs. Wenn der Boss wollte, dass er die Frau nach Deutschland holte, dann würde er es tun, auch wenn er den Sinn nicht verstand, aber darüber würde er bei der guten Bezahlung nicht weiter nachdenken.

Kapitel 5

Verena landete planmäßig in Amsterdam. Sie reckte und streckte sich, nachdem sie das Flugzeug endlich verlassen konnte. Das stundenlange Sitzen ermüdete. Entgegen ihrer sonstigen Gewohnheit flog sie die Strecke Abu Dhabi – Amsterdam in der Holzklasse. Natürlich erreichte ihr Koffer als Letzter das Band. Nur nicht aufregen, dachte sie, sich unauffällig umsehend, gewohnheitsmäßig in den letzten, sie überlegte, sieben Jahren, die sie mittlerweile im Untergrund lebte und arbeitete. Die frische Luft, die sie endlich inhalieren konnte, als sie den Taxistand erreichte, ließ ihre Sinne wieder aufatmen. Sie winkte dem nächsten Fahrer zu, stieg ein und gab als Ziel die Kanzlei von Edmund van de Fries an.

Edmund erwartete sie bereits. Er sorgte für die Papiere, die sie dringend benötigte, um weiter mit dem Auto nach Deutschland fahren zu können. Zunächst würde sie einen Zwischenstopp in Wilhelms Stadthaus einlegen, um einige Telefonate zu führen.

Edmund, Wilhelms alter und zurzeit einziger Vertrauter, war über die Hintergründe informiert und unterstützte sie, wenn sie Hilfe in Europa benötigten. Von Edmunds Büro aus nahm Verena ein Taxi zum Stadthaus. Ein neues Fahrzeug, ein Porsche Cayenne, stand vollgetankt in der Garage. Die Schlüssel lagen in Wilhelms Arbeitszimmer bereit, genauso die Schlüssel zu einem Haus in Münster, das Edmund angemietet hatte.

Der Porsche sollte Durante beeindrucken. Sie meldete sich kurz telefonisch bei Wilhelm. Von Sabine fehlte immer noch jede Spur, ein Entführer hatte sich nicht gemeldet, und Forderungen waren immer noch nicht gestellt.

Anschließend legte sie sich erschöpft in einem der Gästezimmer hin. Bevor sie ihre Telefonate erledigte, wollte sie ausgeschlafen sein.

Bereits um Fünf Uhr morgens stand sie in der Küche und musste die Zeit bis zehn Uhr überbrücken. Vorher wollte sie Durante nicht anrufen. Um sechs, fertig geduscht, trank sie auf der Terrasse ihren ersten Kaffee, um sechs Uhr dreißig stand sie vor dem Bäckerladen und kaufte für ein spärliches Frühstück ein. Nervös, die Ruhe nicht gewohnt, lief sie gegen sieben ruhelos durchs Haus, checkte zehn Minuten später die Mails, fragte in Abu Dhabi nach Neuigkeiten, erhielt prompt Antwort, was sie nicht inspirierte, ruhig zu bleiben: Eine Nachricht hatte die de Winter Corporation erreicht. Der seltsame Text warf weitere Fragen auf. Handelte es sich um eine geschäftliche Transaktion? Wurde die Clique benötigt? Oder schickte der Entführer Sabines eine Nachricht?

Wollt Ihr das Geheimnis lüften? Dann sollten wir uns Treffen: dort, wo alles begann!

Bin auf dem Weg zum Airport. Grübel mal über diese Nachricht nach, wir wissen nicht, was wir davon halten sollen, schrieb Julia, *hat es etwas mit Sabine zu tun? Oder ist es ein Auftrag? Wo ist besagter Ort: wo alles begann?*

Verena antwortete sofort: *Ich strapaziere mal mein Gehirn! Vielleicht ist Julianadorp gemeint. Die Nachricht ging an alle, dort steht: Wollt Ihr. Es besteht auch die Möglichkeit, dass es die Kaserne ist. Unser Camp!*

Kann sein. Gibt es bei dir Neuigkeiten?

Gleich rufe ich Durante an, denk an die Zeitverschiebung. Also?

Zunächst verfolgen wir weiter unseren Plan, wie abgesprochen. Wir werden improvisieren müssen. Peilen wir also zunächst das Camp an!

Verena fuhr den Laptop herunter, sah auf die Uhr. Erst acht! Sie stieß einen Seufzer aus, was die Zeit allerdings nicht beschleunigte, erhob sich und stieg eine schmale Treppe hinunter in ein altes, niedriges Kellergewölbe, durchquerte zwei der Räume und stieß nach wenigen Metern auf eine Stahltür, die mit einem Code zu öffnen war. Der brisante Inhalt: Pistolen, Kleinkaliber, Munition, eine höchst explosive Mischung.

Das Waffenarsenal konnte sich sehen lassen. Verena kontrollierte den Bestand, wählte eine der handlichen, kleineren Pistolen, handtaschengeeignet, aus und nahm sie mit ins Gästezimmer. Edmund sorgte für alles. Wie und wo er seine Kontakte knüpfte, wollte er nicht mitteilen, sicherte ihnen aber zu, dass es sich um nicht registriertes Material handelte. Seine Ausdrucksweise in Ehren – er besaß versteckte Talente.

Gegen zehn, nach einem weiteren Kaffee, nach erneutem, zermürbendem, ruhelosem Warten, griff sie zum Telefon. Endlich. Nun die konzentrierte Ruhe selbst, wählte sie und hatte fast unmittelbar Paul Durante an der Strippe.

„Hier ist Vera“, hauchte sie, „können Sie sich noch erinnern? Wir trafen uns in Abu Dhabi.“

„Natürlich. Selbstverständlich erinnere ich mich an Sie. Ich habe schon auf Ihren Anruf gewartet. Ich wollte Sie einladen, ein Abendessen zu zweit, wie wäre es mit heute Abend ...?“

Sie gluckste, lachte gekonnt auf: „Gerne, aber es wird nicht möglich sein“, ein Seufzen am anderen Ende der Leitung ließ sie kurz inne halten.

„Warum? Ich könnte Sie heute Abend abholen, oder wir treffen uns im Meridian, Emirates Palace oder wo immer Sie wollen.“

„Oh, wie gesagt, eigentlich gerne, aber ich musste nach Düsseldorf. Ich bin in Deutschland. Schaffen Sie es bis heute Abend? Dann könnten wir uns in meinem Hotel treffen“, sie lachte nun laut auf, „auch wenn Sie es bewerkstelligen würden, heute noch einen Flug zu ergattern ... Leider würden Sie es nicht pünktlich schaffen. Aber“, überlegte sie zögernd, „vielleicht morgen?“

„Ich buche gleich, wir treffen uns morgen! Ganz bestimmt, ich bin morgen in Düsseldorf, und wir werden zu Abend essen! Wohin muss ich kommen?“

„Ich wohne im Breidenbacher Hof. Die Grand Suite. Ich werde am Empfang Bescheid geben.“

„Nach welchem Namen muss ich fragen?“

„Vera genügt. Dann bis morgen Abend, seien Sie pünktlich. Ich esse stets Punkt acht!“ Die letzten Worte hauchte sie, legte dann abrupt auf, ohne auf eine Antwort zu warten.

„So, du mieser Kerl“, dachte sie laut, atmete tief durch, „das wäre der erste Zug. Was du kannst, können wir besser.“ Nun, da das Abenteuer begann, fühlte sie sich nicht mehr ruhelos, das Handeln, das Agieren, das Planen des Rachefeldzuges, endlich war es so weit. Vielleicht hätte man es schon eher durchziehen sollen, dachte sie, wir hätten ihn suchen müssen, damals, vor zwei Jahren, als wir noch nicht so eingerostet waren. Mittlerweile haben wir uns an das müßige Leben gewöhnt, trainieren kaum noch, außer Nick zwingt uns. Lediglich das geistige Denken klappte immer besser. Nun hieß es für sie alle, wieder fit werden, wer wusste, was nötig sein würde, Sabine zu finden.

Julia und sie gingen davon aus, dass man Sabine als Tauschobjekt anbieten würde für irgendetwas, das Julia unwissentlich in ihrem Besitz hatte. Aber was? Und vor allem: Lebte Sabine noch?

Paul Durante legte hektisch sein Handy zur Seite und drehte sich zu seinem Begleiter um: „Buch sofort auf der nächsten Maschine nach Düsseldorf zwei Plätze. Ich muss morgen Abend spätestens acht Uhr da sein. Besser eher, besser sofort.“

Vera, dieses Modepüppchen, musste aus sehr wohlhabendem Hause stammen. Als er ihr nach ihrem zufälligen Treffen im Meridian folgte, sah er, dass sie durch ein stark bewachtes Tor gewunken wurde, welches zu einem Teil des Palastes gehörte. Er begriff sofort. Vera musste eine äußerst prominente, reiche Person sein.

Sollte seine Pechsträhne endlich ein Ende haben? Nun diese Einladung nach Deutschland. Hätte sie angerufen, wenn sie nicht an ihm interessiert wäre?

Eine Geldspritze konnte er sehr gut gebrauchen. Seit Coras Tod vor nunmehr zwei Jahren verfolgte ihn das sprichwörtliche Pech. Enders' Aktionen, seine gezielten Festnahmen, das Konfiszieren der Drogen und Waffen, alles lief jahrelang perfekt. Niemand bemerkte etwas, bis Julia auf der Bildfläche erschien. Aber auch das wäre nur ein minimales Problem gewesen, wenn diese hirnlosen Blödmänner Julia nicht verfehlt hätten.

Tony, Pauls Begleiter, telefonierte mit dem Flughafen und ergatterte zwei Plätze in der 19-Uhr-Maschine nach Düsseldorf. Das würden sie bequem schaffen und am nächsten Morgen ausgeruht in Düsseldorf landen. Alles passte. Durante konnte sich das Schmunzeln nicht verkneifen. Land in Sicht, die Durststrecke trieb dem Ende entgegen.

Er wollte gerade das Handy aus der Hand legen, als es erneut klingelte.

„Durante", noch freundlich, da er vermutete, es würde nochmals Vera sein, „hallo?"

„Paul Durante?" Eine unbekannte Stimme.

„Am Apparat!" Mürrisch, wütend.

„Ich habe Ihre Rufnummer von einem gemeinsamen Bekannten erhalten, der zurzeit unabkömmlich ist. Die nächsten Jahre", ein kurzes freudloses Auflachen, „er und Sie arbeiteten früher zusammen, es müsste jetzt ungefähr zwei Jahre her sein, seit keine Aktivitäten mehr stattfinden", abwartend lauschte der Fremde, hörte nur ein scharfes Einatmen, „Sie vermuten sicherlich, wen ich meine? Thomas meinte, es besteht die vage Möglichkeit, dass Sie an einer weiteren Geschäftsbeziehung interessiert sind."

„Wer sind Sie", fuhr Durante den Fremden an, „wie darf ich das verstehen: Geschäftsbeziehung?"

„Wie ich es meine! Wir sollten uns treffen und nichts am Telefon bereden, aber ich kann Ihnen zusichern und versprechen, es lohnt sich für Sie. Ich habe da eine Lieferung ...", nun zögerte er kurz, „am besten, wir klären die Einzelheiten persönlich. Ich bin augenblicklich in Amsterdam, wenn Sie gerade in der Nähe sind, sollten wir morgen alles besprechen. Interessiert?"

„Übermorgen", leider klappte es zeitlich nicht, dachte er zerknirscht, morgen an zwei Orten gleichzeitig zu sein, „wenn wir uns treffen sollen, dann geht es erst übermorgen", sehr bestimmend, fast gelangweilt, „um 17:00 Uhr, im De l´Europe. Amsterdam. Dort steige ich ab."

Er legte auf, noch bevor er eine Antwort erhielt. Diese arrogante Art war ihm auch in früheren Zeiten oft von Nutzen. Nun hielt er zwei Eisen im Feuer.

Die Laune besserte sich gewaltig.

Er winkte herrisch Tony zu: „Packen, aber zügig, nicht dass wir den Flieger verpassen." Tony kannte mittlerweile die gesamte Palette von Paul Durantes Stimmungsschwankungen, er konnte freundlich sein, aber auch von weißglühender Wut erfasst werden, wenn ihm etwas gegen den Strich ging, und dann schlug er zu. Egal wen er vor sich hatte. Seit fast zwei Jahren arbeitete er nun für Durante, alle Einzelheiten des früheren Lebens und die Umstände die zum Tod seiner Frau führten, kannte er nur aus bruchstückhaften Erzählungen. Nun suchte er eine Julia, die er als sein privates Inferno betrachtete. Immer wieder, ständig, fortlaufend suchte er nach Hinweisen, wo sie sich aufhalten könnte. Tony konnte sich des Eindrucks nicht erwehren, dass Durante einem Phantom nachjagte. Existierte diese Frau überhaupt? Im Augenblick sorgte diese Vera für einige aufbauende Momente. Dass Paul knapp bei Kasse war, begriff Tony schon nach einigen Monaten im Dienste seines neuen Arbeitgebers. Der letzte Anruf beflügelte seine Stimmung positiv. Ging es aufwärts? Ein Hinweis, wo diese Julia steckte? Oder bahnte sich ein Geschäft an? Tony hoffte, es würde sich bald etwas ändern, die momentanen Wohnverhältnisse zum Beispiel. Dieses schäbige Hotel, keine drei Sterne wert, allerdings die orientalische Version, war kein Ort, gutbetuchte Damen zu empfangen.

Tief in grüblerische Gedanken versunken, packte Tony die Koffer, während Durante nachdenklich aus dem Fenster starrte.

„Boss? Kann ich Sie etwas fragen?" Tony wagte einen Vorstoß.

„Nein", schnauzte Durante weniger freundlich zurück und ging aus dem Zimmer. Tony zuckte mit den Schultern. Dann eben nicht, dachte er. Durante würde ihm freiwillig nicht erzählen, was es mit seiner verstorbenen Frau und dieser Julia auf sich hatte. Wie sollte er dann helfen?

Durante unterdessen dachte über den merkwürdigen Anruf nach. Das die Nachricht von Enders stammen musste, war klar, wer sonst wusste über die damaligen Ereignisse Bescheid! Enders würde nach der Haftentlassung Geld benötigen, auch wenn es bis dahin noch einige Jahre dauern würde. War das der Grund, warum er einen Auftrag an ihn vermittelte?

Kapitel 6

Hoch über den Wolken auf halber Strecke Abu Dhabi – Deutschland schlief Julia tief und traumlos, während Patrick sich in Unterlagen einarbeitete, die sie für einen weiteren Auftrag in New York benötigten. Eine Ablenkung. Er wollte nicht ständig an die momentanen Komplikationen denken, in denen sie steckten. Einmal musste es so weit sein, der Tag der Abrechnung nahte, unweigerlich, solange würden sie im Untergrund bleiben, bis sie auch Paul Durante erledigt hatten.

Er merkte nicht, dass Julia ihn seit einigen Minuten aus halbgeöffneten Augen anstarrte.

„Denk nicht daran." Konnte seine Frau Gedanken lesen?

Er zuckte mit den Achseln: „Es geht einfach nicht anders. Ich muss ständig an Durante denken, obwohl", er deutete auf die Akten vor sich, „ich versuche mich abzulenken."

„Durankowsky, dieser Mistkerl", entfuhr es ihr, „hätte ich ihn nie kennengelernt."

„Durankowsky? Wen meinst du?"

„Paul Durante! Er ließ seinen Namen ändern. Früher in der Schule hieß er Paul Durankowsky!" Erstaunt blickte sie ihren Ehemann an. „Ich dachte, das wäre dir bekannt. Hat Enders es nie gesagt? Das wundert mich. Aber vielleicht wusste er es selbst nicht."

„Hat Enders es dir gesagt?"

„Nein. Ich kenne seinen alten Namen noch aus der Schulzeit, er ließ ihn irgendwann ändern, später, jemand erzählte es mir", sie grübelte verbissen, „ein ehemaliger Mitschüler, der Name fällt mir nicht mehr ein. Aber als mir damals Enders das Foto zeigte, erkannte ich ihn sofort, da erinnerte ich mich wieder, hielt es aber für nicht relevant."

Julia schloss die Augen, für sie war das Thema erledigt, und Patrick widmete sich erneut den Akten.

Als sie das nächste Mal die Augen öffnete, servierte man das Frühstück. Nicht mehr lange und sie würden in München landen.

Langsam drehte sie den Kopf zur Seite, Patrick schlief, und die Akten, die er während des Fluges durcharbeiten wollte, lagen zusammengeklappt auf dem kleinen Tischchen vor ihm. Julia lächelte, so viel dazu, sich ablenken zu wollen.

Sie schubste ihren Mann an, der sofort die Augen aufschlug und verwirrt um sich blickte.

„Frühstück, du kannst langsam wach werden, aufhören zu schnarchen und etwas essen. Wir landen in knapp einer Stunde.“

Ein undefinierbares: „Mmpf“ kam über seine Lippen, er rieb sich die Augen, gähnte und nahm das kleine Tablett mit dem Frühstück in Empfang.

„Hat irgendeine Erkenntnis während des Schlafes deine Gehirnwindungen erreicht? Ich bin noch immer ratlos was wir als Nächstes tun sollen. Zuerst zum Camp, dann nach Spanien?“

„In Spanien erwartet man uns, zumindest sollten wir davon ausgehen – das Camp?“ Patrick zuckte mit den Schultern. „Sollten wir uns dort sehen lassen? Ich bin unschlüssig. Aber das Gelände steht zum Verkauf, da es nicht mehr genutzt wird. Ich habe Wilhelm darauf angesetzt.“

Erstaunt blickte Julia Patrick an: „Es wird verkauft? Warum hat man mir das nicht gesagt? Wilhelm und du? Ihr wusstet davon? Wer noch?“

„Nur noch Nick. Wir wollten erst einmal auskundschaften, was dort los ist, warum man es verkaufen will und wie es finanziell aussieht.“

„Und?“

Nun folgte wieder das jugendhafte, schelmische Grinsen in den Gesichtszügen Patricks: „Gar nicht so schlecht. Edmund van de Fries, sag ich nur. Er ist am Ball.“

„Toll.“ Julia war weniger begeistert, aber nach kurzer Überlegung nicht völlig abgeneigt, wieder ins Camp ziehen zu können, die gewohnte Umgebung zu spüren und in ihrer ehemaligen Schaltzentrale einen Unterschlupf zu besitzen. In der Höhle des Löwen. Nach zwei Minuten des Nachdenkens gewöhnte sie sich an die Fiktion und nickte. „Gar nicht schlecht, die Idee, könnte von mir stammen. Und? Wie weit ist Edmund?“

„Ich glaube, die Verträge werden vorbereitet. Aber erwähne bitte mit keinem Wort, dass ich dir etwas verraten habe. Wilhelm lyncht mich, es soll eine Überraschung sein!“

Innerlich schüttelte Julia den Kopf. Wilhelms seltsame Ideen! Sie stutzte. Etwas schien merkwürdig, oder überlegte Wilhelm seit längerem, einen Angriff auf Paul Durante zu starten? Steckte Di Lauro mit ihm unter einer Decke? Was heckten die beiden wieder aus? Es ergäbe einen Sinn, wenn sie planten, Paul Durante zu erledigen. Zumal Eduardo und auch Wilhelm sicher sein konnten, dass die Clique in absehbarer Zeit etwas unternehmen würde, um auch den letzten Mittäter dieser korrupten Mörderbande auszuschalten.

Noch immer grübelte sie darüber nach, warum Durante ausgerechnet sie, Julia, suchte und nicht auch die anderen Mitglieder der Clique. Vielleicht würde Verena mehr herausfinden.

Irgendetwas vermutete er in Julias Besitz. Wenn sie doch nur wüsste, was. Irgendetwas musste so wichtig sein, dass er alles dafür riskierte.

Die Tabletts wurden abgeräumt, und Julia spürte, dass der Sinkflug begann. Nach über zwei Jahren würde sie wieder deutschen Boden betreten. Die Reisepässe wiesen beide als Niederländer aus.

Ungehindert reisten sie ein, niemand beachtete sie, kurz wurden die Reisepässe kontrolliert, wenig später hielten sie ihre Koffer in Händen und befanden sich am Stand der Autovermietung.

Ein kleiner, unauffälliger, silberfarbener Golf sollte genügen. Den Wagen würden sie in Düsseldorf wechseln. Zu Patricks eigener Wohnung, die seit zwei Jahren leer stand, konnten sie sich nicht wagen. Die Hintermänner von Enders und Durantes schienen noch nicht alle ausgeschaltet zu sein. Ob und wie viele es noch davon gab, konnten sie nicht einmal ahnen.

Zwei Stunden später checkten sie in ein kleines Hotel ein, hatten ihr Fahrzeug bereits gewechselt und an einer anderen Autovermietung einen grauen Mercedes Kombi angemietet.

„Grau ist sehr bescheiden“, gab Julia zu bedenken, „und unauffällig wollen wir doch bleiben. Außerdem ist das eine bequeme Reiselimousine, wenn wir nach Dénia fahren. Sabine wird irgendwo dort festgehalten, da bin ich mir sicher.“

„Ich glaube auch, dass es eine Finte ist, uns zum Camp zu locken“, warf Patrick ein, „ich überlege schon die ganze Zeit, ob wir nicht sofort nach Spanien aufbrechen sollten ...“

Aber Julia schüttelte den Kopf: „Wir werden uns die alte Barackenanlage vornehmen, immerhin kennen wir uns dort bestens aus. Sie wird nicht mehr bewacht, da sie zum Verkauf steht.“

Sie wandte sich zum Telefon, während Patrick einige Sachen auspackte, die sie zur Übernachtung benötigten. Edmund van de Fries wartete bereits auf ihren Anruf. Sofort fragte Julia ihn nach dem Camp.

„Der Vertrag wird heute unterzeichnet, der Notar in Deutschland ist ein guter und vor allem vertrauensvoller Bekannter von mir. Wenn ihr euch ab 15:00 Uhr auf dem Gelände aufhaltet, dann als rechtmäßige Eigentümer!“

„Und Verena?“

„Ist hier, hat das Haus bezogen und einen ersten Kontakt mit Durante aufgenommen. Er müsste morgen in Düsseldorf erscheinen. Er hat einen äußerst knappen Zeitrahmen“, Edmund lachte auf, „das andere Treffen ist auch avisiert. Warten wir einfach ab, keine Hektik, Ruhe bewahren, das soll ich euch allen von Wilhelm ausrichten.“

Julia schnaubte. „Wer ist die Ruhe selbst? Wir! Wer ist nervös? Wilhelm“, sie wanderte im engen Hotelzimmer auf und ab, „teile unserem verehrten Wilhelm mit, dass er sich nicht von der Stelle rühren soll, er nicht und auch Eduardo nicht. Dann bin ich ruhig, wenn ich weiß, er läuft mir nicht vor den Füßen herum.“

Als sie auflegte, hörte sie noch ein lautes Auflachen Edmunds und musste selbst grinsen.

„Wir werden hier im Restaurant etwas essen und dann zum Camp aufbrechen“, unterbrach Patrick Julias Gedanken, „mal sehen, wie es dort ausschaut.“ Seine Frau nickte.

Vier Stunden später umrundeten sie mit ihrem gemieteten Kombi das alte, mittlerweile zugewucherte Grundstück, auf dem die Baracke stand. Von der Zufahrtsstraße aus sah man das Gebäude nicht. Die Schranke fehlte, und das Wärterhäuschen stand einsam und leer da. Normalerweise hätten sie einfach auf das Areal fahren können, vermieden es aber.

Sie parkten den Wagen ein Stück weiter im dichten Unterholz und legten die wenigen Meter bis zum maroden Zaun zu Fuß zurück. Gekonnt hechteten sie über die Absperrung und liefen vorsichtig den nicht mehr sichtbaren, mittlerweile überwucherten, Pfad entlang, der kurz vor ihrer ehemaligen Baracke endetet.

Überall, gut sichtbar, der Verfall der unbewohnten Unterkunft.

Kurz vorher bogen sie rechts ab, steuerten direkt auf einen alten, mittlerweile halb verfallen Holzschuppen zu und zogen die ebenfalls nicht mehr heile Holztür auf. Sie ließ sich verhältnismäßig leicht öffnen, und nach drei Schritten standen sie vor einem Bretterverschlag, der den versteckten Gang bis zu ihrer Baracke versperrte. Hier musste Patrick bereits kräftiger ziehen, bis auch dieses Hindernis beseitigt war. Überall um sie herum Spinnweben, Staub und Mäusekot.

„Hier war lange niemand mehr“, Julia schaute sich um, griff zum Lichtschalter, und einige dürftige Lampen leuchteten auf. Keine Fußabdrücke, keine menschlichen Spuren auf den Steintreppen.

„Es sieht unbewohnt aus, aber es kann täuschen“, Patrick ging vorsichtig die Stufen hinab, Julia folgte ihm, und nach wenigen Metern endete der verborgene Gang vor einer weiteren Kellertür. Auch diese, unverschlossen, ließ sich leicht öffnen und knatschte nur ein wenig.

Sekunden später standen sie im Keller ihrer ehemaligen Unterkunft.

„Leer. Unbewohnt. Hier ist niemand“, flüsterte Julia. „Ich gehe hoch, mal schauen, wie es oben aussieht.“

Sie durchquerte den Keller, mied den verborgenen Teil des Untergeschosses, in dem sie sich kurzzeitig verstecken musste, und nahm die Treppe hoch zu den Schlaf- und Aufenthaltsräumen. Patrick schaute sich im Untergeschoss weiter um, aber außer Staub fand er nichts Relevantes.

Julia erreichte die oberste Stufe, blieb kurz stehen und schaute den Korridor entlang, durchquerte ihn und ging auf den Raum zu, der ihr damals als Unterkunft diente. Als sie die Tür aufstieß, quietschte diese.

Sie konnte kaum glauben, wie klein das Zimmer war, und doch war es ihre Zuflucht, damals, nach dem Mord an ihrer Familie, das einzige Zuhause, das sie für Jahre besaß.

Sie spürte urplötzlich Kälte um sich herum.

Irritiert drehte sie sich abrupt um, verließ den Raum, ging zurück und fand sich im Wohnbereich wieder. Es roch muffig, alt, unbewohnt, nach abgestandener Luft, Staub wirbelte bei jedem Schritt auf. Patrick hatte mittlerweile das Erdgeschoss erreicht.

Tief in Gedanken versunken starrte Julia aus dem ehemaligen Wohnzimmerfenster hinaus und meinte in einiger Entfernung eine Bewegung ausgemacht zu haben.

Sie winkte ihren Mann herbei: „Da drüben“, flüsterte sie, „auf drei Uhr“, sie deutete mit der Hand in besagte Richtung, „ich glaube, da bewegte sich etwas!“

Beide duckten sich und versuchten einen genaueren Blick aus dem Fenster zu werfen, in dem die Glasscheibe fehlte. Wieder erkannte sie eine vage Bewegung, ein Schatten, etwas helles bewegte sich in einiger Entfernung zwischen den Bäumen.

Auf einmal lachte Patrick leise: „Es ist eine ältere Dame, und sie führt ihren Hund hier spazieren.“ Die ungemeine Spannung wich einem erleichterten Aufatmen. Julia grinste spöttisch: „Wir sollten, sobald das hier vorbei ist, wieder anfangen zu trainieren. Wir lassen nach, dieser Irrtum wäre uns früher nie passiert.“

Sie stutze, hielt inne und beobachtete die ältere Lady stirnrunzelnd.

„Was ist los?“ Patrick war es nicht entgangen. „Sie kann uns nicht gefährlich werden.“ Doch seine Neugierde siegte, auch er beobachtete die Person weiter.

Der Schäferhund der Frau schien etwas bemerkt zu haben, er spitzte die Ohren und drehte seinen Kopf Richtung Fenster. Die Dame, nun ebenfalls aufmerksam geworden, blieb stehen, zögerte kurz, reckte sich und warf einen Blick in ihre Richtung. Julia hechtete einen Schritt zurück, fast meinte sie,

Blickkontakt gehabt zu haben. Sie duckte sich hinter die Brüstung, holte tief Atem, zählte langsam bis zehn und wagte einen weiteren Blick durch das marode Fenster.

Beide, Hund und Frau entfernten sich bedächtig, langsam und liefen zielstrebig zur alten Schranke, die ihre Funktion nicht mehr inne hatte.

Der Schäferhund drehte, kurz bevor beide das Gelände endgültig verließen, nochmals den Kopf und starrte Julia, trotz der Entfernung, in die Augen. Sein Frauchen zog an der Leine, und sie verschwanden auf der wenig befahrenen Landstraße.

Patrick, der wahrnahm, dass Julia sich duckte und dann wieder ins freie Feld starrte, verharrte schweigend im Hintergrund und wartete geduldig ab. Erst als Julia sich wieder rührte, wagte er sich einen Schritt vor.

„Ist dir aufgefallen, wie zielsicher sie über das Gelände geht? Sie ist nicht zum ersten Mal hier. Außerdem erinnert sie mich an jemanden ... mir fällt nur nicht ein, an wen." Gedankenverloren schaute sie ihr nach. „Die Lady, nein, beide, sie und der Hund haben etwas bemerkt", sie nickte, „sie merkten, dass sie nicht alleine hier auf dem Grundstück waren!"

„Wenn sie diese Runde mit ihrem Hund jeden Tag läuft, dann sollten wir sie fragen, ob sie in den letzten Wochen etwas Ungewöhnliches bemerkt hat", überlegte Patrick, „aber nicht heute, später, wir sollten verschwinden, hier sind nur leere Räume und einsame Stille."

„Die Baracke ist leer. Sabine ist nicht hier. Ich werde vorsichtshalber die anderen Räume im Keller kontrollieren, aber ich kann dir jetzt schon sagen, hier ist alles verlassen."

Sie nahmen den gleichen Weg zurück, kontrollierten noch die versteckten Räume des Kellers, aus dem Nick kurz vor ihrer Flucht aus Deutschland sämtliche technische Spielereien und Überwachungsmonitore nebst Kabel und Zuleitungen entfernt hatte. Die meisten seiner Geräte funktionierten über Funk, aber eben nicht alle. Auch hier, in den völlig abgeschiedenen Räumen herrschte gähnende, verlassene, trostlose Leere.

„Auf nach Dénia", kam es Patrick über die Lippen."

Dreißig Minuten später saßen sie im Kombi, und warteten geduldig, um eine Begegnung mit der Frau und Hund zu vermeiden. Als er sicher sein konnte, freie Fahrt zu haben, ließ Patrick den Motor an und fuhr zurück zum Hotel.

„Morgen früh, nach dem Frühstück brechen wir auf." Als Julia ihn fragend anschaute, ergänzte er: „Spanien, Dénia!"

Er nahm sein Handy zur Hand. Der mit allen Errungenschaften der modernsten Technik ausgestattete Kleincomputer diente ihnen, um E-Mails zu versenden, Fotos zu schießen, und man konnte sogar, wie Julia spöttisch bemerkte, damit telefonieren.

Alle Daten, E-Mails und Bilder wanderten sofort auf den Server ihrer Computeranlage zu Hause in Abu Dhabi.

Sollte irgendjemand nicht Autorisiertes den Versuch unternehmen, sich einzuhacken, würden alle Daten augenblicklich und automatisch nicht wiederherstellbar gelöscht. Dass zuvor ein Sicherheitsupdate erstellt und anderweitig gespeichert wurde, verstand sich von selbst.

„Sabine ist nicht im Camp, aber das vermuteten wir ja bereits. Obwohl die Zeitspanne es zugelassen hätte, sie hierherzuschaffen.“ Patrick wählte eine Nummer und gab einige Informationen an die Person weiter, die sich augenblicklich meldete.

Sie ließen sich einen Kaffee aufs Zimmer bringen.

„Ich werde meiner alten Wohnung noch einen Besuch abstatten“, merkte er an. „Meinst du, sie wird beobachtet oder abgehört?“

Julia schüttelte den Kopf. „Das glaube ich nicht, nicht nach so langer Zeit ...“

„Oder nun wieder, seit Sabine verschwunden ist“, gab Patrick zu bedenken, „auf jeden Fall werde ich dort vorbeigehen, alleine“, fügte er hinzu, als er Julias Reaktion richtig interpretierte, die aufsprang und anfing, in ihrem Koffer nach einer entsprechenden Maskerade zu suchen.

„Mach nicht zu lange“, gab sie resigniert auf, „und wirklich nur aus sicherer Entfernung ...“ Die anderen Ratschläge verkniff sie sich, wechselte das Thema: „Ich rufe Yasmine an und frage nach den Kindern.“

„Tu das“, nickte Patrick, der sich bereits umzog und in der legeren Kluft eines Spaziergängers die Umgebung erkunden wollte.

Kapitel 7

Vom Hotel aus legte er die wenigen Meter zu seinem ehemaligen Penthouse joggend zurück. Während einiger Dehnübungen in Sichtweite der Wohnung nahm er die Umgebung in Augenschein. Nichts, bis auf eine dunkle Limousine, in der zwei Männer gelangweilt saßen und ihre Blicke auf das große, moderne Mehrfamilienhaus gerichtet hielten.

Also doch, dachte er, man erwartet uns, weiß aber nicht, aus welcher Richtung wir eintreffen. Aber wer? Wer steckt dahinter? Reichte Enders' Macht so weit, dass er aus dem Gefängnis heraus die Fäden zog?

Etwas anderes zog seine Aufmerksamkeit auf sich. Das konnte doch kein Zufall sein: wieder eine Frau, und wieder in Begleitung eines Schäferhundes!

Bestand die vage Möglichkeit, dass es sich um die gleiche Dame handelte, die sie auf dem alten Übungsplatz bemerkten? Diesmal trug sie einen Blazer, keinen Trenchcoat. Sie verlangsamte ihren Schritt, als sie sich auf gleicher Höhe mit dem dunklen Wagen befand, starrte wenige Sekunden auf das Nummernschild, als ob sie sich die Buchstaben und Ziffern gut einprägen wollte, ging dann zielstrebig weiter, ohne zu merken, dass Patrick ein Foto von ihr, dem Wagen und dem Nummernschild schoss.

Außer Sichtweite Patricks und des Autos, was nun wiederum niemand sah, blieb sie stehen, zog einen kleinen Zettel und Kugelschreiber aus der Jackentasche und notierte etwas. Leise sprach sie mit ihrem Hund: „Hast du das auch gesehen?" Sie wartete die imaginäre Antwort des intelligent dreinblickenden Hundes ab und erklärte ihm weiter: „Die stehen seit zwei Tagen dort und beobachten das Haus! Merkwürdig, die obere Wohnung ist schon lange leer, da geht Merkwürdiges vor." Sie bückte sich und kraulte ihren vierbeinigen Begleiter hinter den Ohren. „Du hast etwas bemerkt auf dem alten Übungsgelände! Ja, ich bin mir sicher, denn du hast die Ohren gespitzt. Ich habe es auch gespürt. Da war jemand, und es war weder eine Maus noch ein Waschbär", sehr energisch und bestimmt erwähnte sie es dem Hund gegenüber, ging dann langsam weiter, grübelte, überlegte und war tief in Gedanken versunken, als sie von einem Jogger überholt wurde.

Ein Schauer lief ihr über den Rücken, wieder spürte sie etwas, dass sie nicht zuordnen konnte, etwas Surreales, etwas Unwirkliches, etwas, dass ihr nicht richtig erschien, aber noch bevor sie die Überlegungen weiter intensivieren konnte, verflogen sie auch schon.

Der Hund schlug kurz, dumpf an und verfolgte die männliche Person mit seinem Blick. Erst als er sich fast hundert Meter entfernt hatte, registrierte die ältere Dame ihn. „Ich glaube, ich sehe schon überall Gespenster", sie schüttelte den Kopf, „aber merkwürdig ist das alles doch schon."

„Bist du sicher, dass wir diese Person noch nie zuvor gesehen haben?" Julia betrachtete die Fotos, die Patrick ihr auf dem Bildschirm des Laptops zeigte.

„Ich bin mir nicht sicher", nachdenklich rieb sie sich den Nacken, es schien kälter geworden zu sein, „sie kommt mir irgendwie ... ich weiß einfach nicht, wie ich es beschreiben soll ... bekannt vor, aber dann doch wieder nicht! Ich habe schon alle möglichen Personen, die mir in den letzten Jahren begegnet sind, durch die Datenbank meines Gehirns geschleust, aber es machte noch nicht Ping.“ Patrick starrte weiter auf den Monitor, betrachtete nun die nähere Umgebung, deutete kurz auf das dunkle Fahrzeug.

Julia nickte: „Die Wohnung wird beobachtete! Wir gehen kein Risiko ein, wir verschwinden und versuchen es auf dem Rückweg von Spanien noch einmal.“

„Sind die Koffer gepackt? Ach, ich sehe, alles erledigt.“ Patricks Blick schweifte durch das Hotelzimmer, sah die Rechnung auf Julias Koffer liegen und räumte seine Computersachen zusammen, schob sie in die letzte, noch nicht verschlossene Tasche und griff nach seiner Jacke.

„Ich habe mit Yasmine gesprochen“, Julia nahm ihre Jacke, „den Kindern geht es gut, Linda mault, aber dass ahnten wir bereits, Lennard scheint uns zu vermissen, und unsere Altherrenriege nörgelt vor Langeweile, da alle ausgeflogen sind.“

Sie erreichten die Lobby. Julia legte den Schlüssel auf den Tresen und verabschiedete sich mit einem holländischen Akzent, passend zu ihren Reisepässen. Patrick schwieg, nickte lediglich kurz. In der hoteleigenen Tiefgarage luden sie ihr Gepäck ein und fuhren eine halbe Stunde später auf die Autobahn Richtung Süden.

„Von Sabine immer noch nichts?“

„Nein“, erklärte Julia, „weder eine Lösegeldforderung noch ein Anruf oder ein Lebenszeichen. Wir haben absolut nichts.“ Sie schüttelte bestätigend den Kopf, griff dann zu ihrem Handy. „Wir benötigen einige Sachen, die du uns sicherlich besorgen kannst“, begann sie sofort, als ihr Gesprächspartner sich meldete, „wir brauchen einen anderen Wagen, keinen gemieteten, kauf einen, einen Van“, sie schaute zu Patrick, der wild gestikulierte, „ach ja, mit Automatik, das versucht mir Patrick gerade mit dubiosen Handbewegungen zu verklickern“, sie lachte, „und dann maile ich dir eine Liste mit Kleinigkeiten, so wie ich dich kenne, wird das kein Problem sein. Wir sind auf dem Weg nach Spanien. Sobald wir zurück sind, treffen wir uns!“ Sie lächelte, als sie auflegte: „Unsere Altherrenriege on Tour“, meinte sie schmunzelnd zu Patrick, der zügig gen Süden fuhr. Sie hatten noch einige Stunden Fahrt vor sich, Julia kurbelte den Beifahrersitz herunter, legte sich zurück und schloss die Augen. „Wenn wir wechseln sollen, dann wecke mich.“ Damit schlief sie auch schon. Für ihren Mann nichts Unbekanntes. Schon vor Jahren, als die

Clique noch gezielt für Enders arbeitete, konnten Julia und Doro es: abschalten, schlafen, auf Knopfdruck aufwachen und voll funktionieren.

Beim nächsten Tankstop wechselten sie. Laut Navigationsgerät betrug die restliche Fahrtstrecke noch ungefähr tausend Kilometer. Bei Rudolfo meldeten sie sich nicht, er wusste, sie würden auftauchen, irgendwann, wenn es ihre eigene Sicherheit zuließ.

„Ist Enders immer noch im Knast? Hat Nick es überprüft?“

„Sofort nachdem wir von dem Verschwinden Sabines informiert wurden. Er kann natürlich dahinterstecken, sicherlich, aber definitiv ist er noch hinter Gittern.“

„Wenn wir nur wüssten, was oder wer dahinter steckt ...“ Er erwartete keine Antwort.

Neun Stunden später näherten sie sich vorsichtig und bedächtig Di Lauros Haus in Dénia. Alles wirkte ruhig und beschaulich, fast einsam und verwaist in der Nachsaison. Einige wenige standhafte Besucher, die sich am Strand tummelten, ansonsten war es übersichtlich und leer.

Das außerhalb der Stadt am Meer liegende Domizil lag einsam und verschlafen hinter den grünen Büschen, Palmen und großen Pinien. Die Ruhe, fast beängstigend, wirkte auf beide beklemmend. Sabine schrieb vor einigen Monaten, dass sie sich nicht daran gewöhnen könnte, fern der Heimat zu leben, die Gegend selbst gefiel ihr zwar, aber alles hatte etwas Unwirkliches an sich.

Nun, selbst in Dénia, verstand Julia, was Sabine meinte. Nicht der Ort, nein, die Einsamkeit machten ihr zu schaffen. Während die Clique weiter zusammenlebte, wohnte Sabine hier alleine, abgesehen von Rudolfo.

„Wenn wir sie gefunden haben, nehmen wir sie mit zu uns“, Julia sprach mehr für sich, aber Patrick verstand, was sie meinte.

„Ja, sie sollten beide, Rudolfo und auch Sabine, nicht alleine bleiben.“

Einige Meter weiter und sie erreichten das weit geöffnete Tor. Rudolfo erwartete sie bereits. Nun, da Sabine verschwunden war, brauchte er keine Vorsicht walten zu lassen. Julia fuhr den Kiesweg hoch, bis vor das großzügig überdachte Eingangsportal und stieg aus. Noch bevor sie drei Schritte Richtung Haustür gehen konnte, wurde diese aufgerissen.

„Da seid ihr ja schon! Ich habe euch erst morgen erwartete, nehmt euer Gepäck und kommt herein.“

Die Begrüßung Rudolfos fiel kurz und knapp aus. Er eilte ins Haus, ließ die Tür offen, so dass Patrick und Julia mit ihrem Gepäck eintreten konnten. In der großen Eingangshalle blieben sie stehen.

„Rechts! Hier! In der Küche", hörten sie Rudolfos Stimme und dann das altbekannte Geräusch der Kaffeemaschine, „ihr könnt euch gleich alles ansehen, aber zuerst wollt ihr sicherlich einen Kaffee. Ich führe euch herum und zeige euch auch Sabines Zimmer. Ich habe nichts verändert."

Julia ließ ihre Tasche in der Diele fallen und ging dem Kaffeeduft nach. „Mmm", seufzte sie schwärmerisch glücklich lächelnd, „die letzte Mal Kaffee hatte ich in Deutschland, und das ist lange her", sie griff schnell nach der ersten Tasse, aus Angst, jemand könne ihr zuvorkommen, trank einen Schluck und sprach dann erst weiter: „Hallo Rudolfo, es ist blöd, dass wir uns unter diesen Umständen wiedertreffen. Aber wie du weißt, wollte ich euch alle in Abu Dhabi haben, auch Sabine und dich, ich verstehe immer noch nicht, warum sie nicht mitwollte."

„Heimweh, die Emirate sind zu weit weg. Und einer", er stutzte kurz, „oder zwei", bestätigte er, „müssen auf Di Lauros Immobilien aufpassen und sie verwalten."

Patrick trug inzwischen das zusätzliche Gepäck hinein. „Wo können wir schlafen? Zeig uns unser Zimmer, ich werde diese Utensilien schon mal dort hinschaffen und aufbauen", er hielt die Taschen in beiden Händen und blickte sich suchend um.

„Treppe hoch, die zweite Tür rechts", instruierte Rudolfo ihn, „ich habe alles vorbereitet, das Zimmer hat Internetanschluss und eine kleine zusätzliche Kammer für die Dinge, die ihr benötigt", als er das verdutzte Gesicht Patricks sah, lachte er auf, „Eduardo gab mir die Infos, und ich habe vor zwei Jahren einiges mitbekommen, hielt es aber für besser, zu schweigen und mich ein wenig", er überlegte, suchte nach den passenden Worten, „nun, nichtwissend zu geben."

Patrick grummelte, seufzte, schüttelte den Kopf und ging die Treppe hoch in die angegebene Richtung. Julia hörte die Tür.

„Das hättest du ihm etwas galanter beibringen können, nun zweifelt er an seiner gesunden Menschenkenntnis."

Rudolfo, ihn erschütterte so leicht nichts, deutete in die andere Richtung: „Sabine wohnt hier unten, sie besitzt hier ihre eigenen Zimmer, ein kleines Appartement, mit Terrasse und einer eigenen kleinen Teeküche." Er ging vor. „Es war als Gästesuite gedacht, für Cora. Eduardo hoffte bis zuletzt, Cora würde wiederkommen, ihren Mann verlassen und zu ihm ziehen", er seufzte traurig auf, „aber daraus wurde leider nichts."

Noch mit der Tasse in der Hand lief Julia hinter Rudolfo her, um Sabines Zimmer genauer anzusehen.

Rudolfo öffnete die Tür, sie führte in einen Vorraum, hier sah sie sofort einen Wandschrank, der sicherlich als Garderobe diente und eine schmale Tür, die offen stand. Hinter ihr erkannte sie das innenliegende Gäste WC. Dieser Raum war für sie zunächst unwichtig, da er keinen unmittelbaren Ausgang oder ein Fenster besaß. Vom Flur aus ging es durch eine doppelflügelige, weiß lackierte Tür in einen gemütlich eingerichteten Wohnraum. Alles wirkte ordentlich, aufgeräumt und nicht durchwühlt. Julias erster Eindruck: Es ging um Sabine und nicht um Dinge, die sich in ihrem Besitz befinden konnten, denn sonst wäre dieses Zimmer mit den vielen Bücherregalen und einem Schrank mit Sicherheit durchsucht worden. Auf der gegenüberliegenden Seite befanden sich drei bis auf den Boden reichende Fenster, das mittlere eine Tür, durch die man auf die großzügig angelegte Terrasse gelangte. Die älteren, grauen Steinplatten, sie schienen bereits bessere Zeiten durchlebt zu haben, wirkten trotz manch fehlender Ecken edel, vornehm und gemütlich. Einige Meter weiter glitzerte das kristallblaue Wasser des Pools.

Sie ließ den Raum und die Aussicht auf sich wirken, stellte sich Sabine hier vor, wie sie sich in diesem Zimmer bewegte, auf die Terrasse trat, zum Pool ging, einige Runden schwamm und wieder zurück in dieses Zimmer kam.

Eintönig, dachte Julia, langweilig. Sabine konnte nichts machen, außer sich hier auf dem mit einer Mauer eingegrenzten Grundstück aufzuhalten. Sie war offiziell tot, lebte nicht mehr. Sie konnte es nicht riskieren, zufällig von einem Touristen gesehen zu werden, der vielleicht aus ihrer Heimatstadt anreiste und sie erkannte. Ein Schauer lief über Julias Rücken, Sabine musste sich wirklich tot gefühlt haben. Kurz schüttelte sie den negativen Gedanken ab und wandte sich zielstrebig dem nächsten, rechts der drei Fenster liegenden Raum zu, dem Schlafzimmer. Dort sah es anders aus, nicht aufgeräumt, das Bett zerwühlt, die Bettdecke hing halb auf dem Boden, genau wie auf den Fotos, die Rudolfo ihnen zumailte. Die Zeitung lag immer noch aufgeschlagen auf dem Nachttisch. Julia streifte, in Gedanken versunken, den Text des Berichtes: Deutsche Jugendliche, Internatsschüler aus Düsseldorf, die in der Nähe Dénias einen Unfall hatten. Die CBN war eine Woche alt, wie sie feststellte.

Hier hatte ein Kampf stattgefunden, ein Stuhl lag umgekippt auf dem Boden. Das Schlafzimmer war größer, als sie es von den Fotos her vermutete. Auch hier bodentiefe Fenster. Drei. Eins davon als Tür ausgebildet, von dieser gelangte man ebenfalls direkt auf die Terrasse. Die Tür stand einen Spaltbreit offen. Die Gardinen blähten sich kurz auf, verursacht durch einen eisiger Windstoß, der nach wenigen Sekunden abflaute. Julia runzelte die Stirn. „War das Fenster offen?“

Rudolfo nickte und deutete auf die Klimaanlage über der Tür: „Sie schlief immer bei geschlossenem Fenster, da sie abends den Raum herunterkühlte, und, ich hatte den Eindruck, aus Angst.“

„Dann ist ihr Entführer hier hereingekommen“, nachdenklich und stets darauf achtend, nichts zu berühren oder zu verändern, näherte sie sich der Terrassentür, schob vorsichtig den Vorhang zur Seite, bückte sich, untersuchte den Boden und das Schloss nach Einbruchspuren und fand eine kleine Beschädigung am Fensterrahmen in Türgriffhöhe.

„Es sind alte Holzfenster, zwar in einem gepflegten, stabilen und gutem Zustand, aber doch Holzfenster, durch die man schnell mit dem entsprechenden Werkzeug das Schloss öffnen kann.“

Julia deutete auf die kleine, fast unsichtbare Stelle, die sich Rudolfo nun genauer anschaute: „Das da? Das ist alles? Ich hätte es nicht erkannt.“ Verblüffte starrte er auf die entsprechende Stelle und wollte gerade darüberstreichen, als Julia seine Hand festhielt: „Nein, nichts anfassen, Patrick nimmt gleich Proben, vielleicht findet sich etwas, ein Fingerabdruck wäre optimal. Aber was ist das?“ Sie bückte sich, sah etwas in der Ecke schimmern, betrachtete die Tür nun von der anderen Seite, der Seite, die nach außen zeigte, und sah hier etwas Braunes, Verschmiertes, auf dem weißen Fensterrahmen.

„Blut? Es könnte Blut sein. Von außen, nicht innen, wenn wir Glück haben, stammt es vom Entführer.“

Aufgeregt rief sie nach Patrick, der aber bereits hinter ihr stand, mit einem Aluminiumkoffer in der Hand. Er klappte ihn auf, zielsicher zog er einige Sachen hervor und fing an.

„Was macht er da?“ Ehrfurchtsvoll schaute Rudolfo ihm zu. Julia wandte sich der Terrasse zu, ging hinaus, blieb vor der Tür stehen: „Das lass dir von Patrick erklären, ich schaue mich mal hier im Garten um.“

„Ich suche nach Fingerabdrücken und nehme eine Blutprobe, beziehungsweise schabe das getrocknete Blut ab, vielleicht haben wir Glück und finden die Gegenstücke in unserer eigenen Datenbank.“ Ohne Zögern arbeitete Patrick konzentriert, verschloss die Probe und legte den kleinen Glasbehälter zurück in den Koffer. Danach gab er eine puderähnliche Substanz auf beide Seiten des Türrahmens, fuhr mit einem Pinsel darüber, und erkennbar wurden einige Fingerabdrücke, die Patrick gekonnt mit einem durchsichtigen Klebestreifen abzog und auf ein dafür vorgesehenes Plastikstück klebte.

„Das sieht ja so professionell aus, wie bei CSI im Fernsehen", staunte Rudolfo, „aber", kam ihm der Gedanke, „ist es als Beweis vor Gericht zulässig, wenn ihr das selbst macht?"

„Nein", erklärte Patrick, „es ist alles illegal, genau wie der Tod Sabines, wir können nicht zur Polizei. Wen sollen wir als vermisst oder entführt melden? Jemand, der nicht mehr existiert?"

Rudolfo seufzte, aus diesem Grund war er nicht zur Polizei gegangen, sondern hatte Eduardo informiert, seinen Boss, und die anderen der Clique.

„Wir haben unsere eigene Datenbank, die Fingerspuren überprüfen wir selbst, und das Blut lassen wir in einem Labor untersuchen, einem Privatlabor. Julia", er blickte in ihre Richtung, „knüpfte die Kontakte und spendete eine nicht unerhebliche Summe, ist praktisch Teilhaberin, daher geht es sehr schnell. Die Ergebnisse stehen uns in kürzester Zeit zur Verfügung. Wir brauchen noch deine Fingerabdrücke." Rudolfo, nun verwirrt, schaute auf seine Hände. „Das Ausschlussprinzip", erklärte Patrick weiter, „ich werde hier noch an anderen Stellen Proben nehmen, an den Orten, an denen wir vermuten, dass ein Fremder sie angefasst haben könnte."

Rudolfo begriff und hielt Patrick seine Hände hin:

„Gleich", winkte Patrick ab, „ich will zuerst noch draußen nachschauen. Irgendwie müssen der oder die Täter bis zur Terrassentür gekommen sein. Das Haus ist mit einer hohen Mauer eingefasst, sie ist nicht leicht zu überwinden! Gibt es eine Stelle, die einfach zu überwinden ist? Ein Tor innerhalb der Mauer vielleicht? Oder ein Teilstück, das niedriger ist?"

„Nur das Tor zum Strand. Es ist immer abgeschlossen. Mit einem Wagen kann man nicht dorthin gelangen, es ist zu steinig", erläuterte Rudolfo.

„Nichts", Julia trat wieder ins Zimmer, „ich habe mir den Garten angeschaut", und als sie den vorwurfsvollen Blick Patricks spürte, verbesserte sie sich schnell: „Aus der Ferne, keine Angst, ich habe nichts angefasst oder Spuren zerstört. Sabine ist schon vor einigen Tagen verschwunden. In der Zwischenzeit können markante Spuren von Tieren, dem Täter selbst, vom Wind oder was weiß ich beseitigt worden sein."

Sie gingen hinaus, über die Terrasse, am Pool vorbei, schauten kurz auf das blaue Gewässer in unmittelbarer Nähe, blieben dann stehen und ließen sich von Rudolfo erklären, wo sie sich befanden.

„Wie ihr seht, geradeaus ist das Meer. Die Mauer grenzt den Garten zum Strand hin ab. Rechts geht es zum Eingang, und wenn wir uns links halten", er lief vor, „kommen wir zur Pforte. Den Weg, den ihr vom Tor zum Eingang gefahren seid, liegt hier, vor uns, hinter dem Gebüsch", einige Schritte weiter und sie sahen es, er deutete mit der ausgestreckten Hand in die angegebene Richtung, „die Steinmauer, die das Grundstück umgibt, liegt ziemlich nah an Pool und Terrasse."

„Was ist dahinter? Hinter der Mauer, man sieht es von hier aus nicht." Julia stand schon vor der Wand und suchte einen Weg, um sich darüberzuangeln.

„Dort ist Wald, Bäume, Sträucher."

„Kann man mit einem Auto dorthin gelangen?" Sie hatte einige Steine gefunden, die aussahen, als ob man sie als Treppe nutzen könnte. Zwei kurze Sätze, und Julia hatte sich hochgeangelt. Nun konnte die gegenüberliegende Seite der Absperrung betrachten. Oben, auf der Mauer, wieder einige Blutstropfen. „Blut. Hier kannst du auch noch eine Probe nehmen", sie deutete auf die besagte Stelle.

„Das mache ich sofort, wenn du heruntergekommen bist", winkte Patrick Julia hinunter, „wir werden die andere Seite der Umzäunung noch untersuchen, mal sehen, was wir dort finden", er überlegte, „sie sind sicherlich hier über die Mauer, dann muss auf der anderen Seite ein Fahrzeug geparkt haben, denn man wird Sabine nicht weggetragen haben."

Patrick nahm Proben, gab sie ebenfalls in die dafür vorgesehenen Behälter, beschriftete sie und folgte dann Rudolfo und Julia, die vorgingen, nicht ohne einen Blick auf die Umgebung, den Boden und die Bäume zu werfen.

„Ich habe schon alles abgesucht, aber vier oder sechs Augen sehen mehr als zwei", gab er suchend an Julia weiter. Langsam näherten sie sich dem Tor, das Rudolfo mit einer Fernbedienung öffnete, wanderten dann an der Außenseite der Umfassungsmauer bis zu dem Punkt, den sie als Übersteigepunkt annahmen. Schnell erfasste Julia die Reifenspur und deutete darauf. „Hier! Wir sind richtig. Hier stand ein Fahrzeug, vom Tor aus, bis zu dieser Stelle kann man problemlos mit einem Geländewagen fahren. Ich sehe zwei Spuren, eine, die hierher führt, und eine, die wieder zur Straße geht. Aber ... was ist das da?" Julia bückte sich, schaute mit verkniffenen Augen unter einen der wildwüchsigen Sträucher, ging in die Knie, robbte vorwärts und griff nach einem kleinen Gegenstand.

Kapitel 8

Sie hielt den Atem an. Sollte sie oder nicht? Wer nicht wagt ... Kurz zögerte sie, dann drehte sie den alten, museumsreifen Schalter um. Jetzt erst merkte sie, dass sie nicht nur die Luft angehalten, sondern auch die Augen geschlossen hatte, die sie nun langsam öffnete. Eine kleine, dreckverschmierte Glühbirne mit höchstens zehn Watt – gab es die überhaupt? – erhellte ihr Gefängnis.

Sabine erstarrte.

„Oh, mein Gott“, dachte sie laut, „wo bin ich nur gelandet?“ Das heruntergekommene Verließ, dieser feuchtnasse Kellerraum, ohne Fenster, nur diese eine schwere Tür, die sie nicht bewegen konnte, entstammte einem Horrorfilm. Es wäre besser gewesen, das Licht hätte nicht funktioniert. Nun war es zu spät, sie musste sich dieser Situation stellen.

In den letzten beiden Jahren, die sie offiziell nicht mehr lebte, in denen sie untertauchen musste, in denen sie versteckt in der Nähe Dénias lebte, lief sie mit ihren Freunden zur Höchstform auf.

Die Geheimniskrämerei, ständig andere Verkleidungen wählen, wenn sie mal das Haus verließ, fortwährend um sich schauen, in jedem Fremden einen potenziellen Mörder sehen, unbeirrt die Gefahr ahnen und wittern, all das wurde ihr geläufig.

„Ich werde es schaffen, ich werde hier herauskommen, ich gebe nicht auf, ich ...“ Die zuerst mutige Stimmung änderte sich mit jedem Wort, langsam, sehr langsam wurde ihr die fast ausweglose Situation bewusst. Niemand wusste, wo sie war. Vielleicht war es Rache von Thomas, vielleicht hatte er mittlerweise herausgefunden, wie er hereingelegt worden und wegen Mordes ins Gefängnis gewandert war, vielleicht gab es andere Helfershelfer, die er einschaltete, um sie ausfindig zu machen. Wenn sie erst einmal wieder von den Toten aufstand, dann wären die anderen Anklagepunkte gegen ihn ebenfalls hinfällig, das Verfahren würde neu eröffnet, und mit an Sicherheit grenzender Wahrscheinlichkeit erlangten dann seine Anwälte einen Freispruch.

Mit Geld konnte man alles kaufen, und Geld musste er noch besitzen, denn er engagierte die besten Rechtsanwälte für seinen Prozess. Wie er sie bezahlte, konnte man ahnen, nicht beweisen. Die ausweglose Situation wurde ihr mit jedem Atemzug klarer, zuerst lief eine Träne aus ihren Augen, über die Wange und tropfte auf den verdreckten Steinboden, dann eine zweite, und schlussendlich heulte sie, herzzerreißend, laut. So plötzlich wie die Tränen kamen, versiegten sie. Ihre Traurigkeit, ihre Verzweiflung wandelte sich in

Zorn, grenzenlose Wut, und endlich, endlich klickte es in ihrem Gehirn, der Schalter legte sich um, der Schalter, der ihren Denkapparat aktivierte.

Sie saß grübelnd auf der untersten Stufe der Treppe, die sie in die Freiheit bringen könnte. Die Funzel, Licht wollte sie es nicht nennen, zeichnete einige Konturen ab, hilfreiches Werkzeug lag nicht herum. „Es wäre toll", murmelte sie, „wenn der Schlüssel von innen stecken würde." Der Sarkasmus tat gut, wenigstens für den Augenblick. Sie schaute sich um, betrachtete die Tür genauer: alt und schwer, massives Holz, nicht einfach einzutreten. Sie stand auf, klopfte dagegen, erst leise, dann etwas lauter. Nichts! Es rührte sich niemand, kein Geräusch, kein Laut, absolute Stille. Allerdings, was sie nun erst bemerkte, die Türscharniere befanden sich innen. Wenn es ihr gelingen würde, die Bolzen hochzuschieben, würde sie die Tür öffnen können. Wenn ... „Scheiße, verfluchte Scheiße, ich hab kein Werkzeug, verflucht, verdammt ..." Die Verwünschungen sprudelten nur so über ihre Lippen, sehr laut, etwas, das sie sich früher nie erlaubt oder gewagt hätte.

Trotz der Ausweglosigkeit versuchte sie es, sie musste diese Splinte nur hochschieben, ganz einfach, sie versuchte es mit den bloßen Fingern, es klappte nicht. Die Hände, nun fettverschmiert, wischte sie am Mauerwerk ab, als sie etwas ertastete: einen Nagel, erkannte sie bei genauerem Hinsehen, weder groß noch zu klein, allerdings verrostet, der dort einsam, vergessen in der Ecke lag. Einige Sekunden starrte sie ihn an, bis sie endlich begriff, dass sie es schaffen konnte, sich mithilfe dieses Stifts zu befreien. Sie tastete nach einem losen Stein, den sie als Schlagwerkzeug oder Hammerersatz benutzen konnte, und hatte Glück. In diesem alten, gemauerten Kellergewölbe fand sich auch so ein Gegenstand.

Sie lächelte, holte tief Luft, als die Birne anfing zu flackern. Sie stöhnte, fluchte erneut, schwor, denjenigen, der ihr das angetan hatte, umzubringen, kaltlächelnd, ohne mit der Wimper zu zucken. Nun hieß es Beeilung, ehe die Birne völlig den Geist aufgab.

Sie nahm den Nagel in die linke und den Stein in die rechte Hand, versuchte zu zielen, stand sich nur leider selbst im Licht, ging einen Schritt zur Seite, aber es wurde nicht besser. „Dann eben auf gut Glück", knurrte sie, schlug mehrmals zu, traf zweimal ihre Finger, biss die Zähne zusammen und holte nochmals aus. Der Splint bewegte sich aufwärts, die Birne flackerte erneut, sie schlug wieder zu und schaffte es, den Stift zu lösen. Erleichtert atmete sie auf, wollte sich, mittlerweile schweißüberströmt, eine Pause gönnen, schüttelte den Kopf und sprach wieder laut: „Oh nein, ich gebe noch nicht auf", und fing an, den zweiten Splint zu bearbeiten. Diesmal dauerte es länger, wiederholt flackerte die Birne, aber das lenkte sie nicht von ihrem Ziel ab. Verbissen schlug sie weiter, traf mehr ihre Hand, die mittlerweile schmerzte und, wie sie annahm, blutete, als den Nagel, aber dieser schien sich zu bewegen. Sie fluchte erneut, verstand mittlerweile Doro, die dauernd irgendjemanden verdammte und verwünschte, und nahm sich vor, nie wieder ihre Freundin zu instruieren, das nicht mehr zu tun. Noch mehrere kräftige Schläge waren nötig, bis sie auch diesen Splint löste.

Das nächste Problem war die Richtung der Tür, sie ging nach innen auf. Wie sollte sie das bewerkstelligen? Sie überlegte kurz, schob den Nagel so weit in die Öse, dass er sich nicht mit der Halterung der Wand verband, und zog kräftig daran. Mittlerweile besaß sie keinen heilen Fingernagel mehr, dafür aber zerschürfte, kaputte Hände, und in den Fingerkuppen keinerlei Gefühl. Sie zog mit den Fingerspitzen, schrie vor Schmerz, stöhnte, litt und fluchte, aber nach einer gewissen Zeit, sie wusste nicht, wie lange sie für ihre Rettungsversuche brauchte, bewegte sich die Tür. Endlich.

Zuerst wenige Millimeter, und mit jedem noch so winzigen Zentimeter griff sie nach, fasste kräftiger zu und schaffte es. Die Tür ließ sich so weit öffnen, dass sie hindurchschlüpfen konnte.

Sie befand sich in einem weiteren Kellerraum, der durch ein Oberlicht etwas erhellt wurde. Niemand in der Nähe, alles verlassen und einsam. Aber am Ende sah sie etwas, das wie ein Ausgang ohne hinderliche Tür aussah. Sie blieb kurz stehen und schnupperte. Es roch nach Salz. Sie musste in der Nähe des Meeres sein.

Nach wenigen Schritten stand sie vor einer Treppe, die nach oben führte. Vorsichtig, langsam, Schritt für Schritt bewegte sie sich hoch. Lauschte. Hörte keine Stimme. Mutig, aber achtsam näherte sie sich dem Ausgang. Die nächste Tür, die sich ihr in den Weg stellte, war nur angelehnt und ließ sich sofort aufschieben.

Fast meinte sie die frische Luft zu riechen, der übelerregende, muffige Mief des feuchten Kellerraumes schwand. Stufe für Stufe, die sie höher kletterte, änderte sich der Gestank, und der Geruch wurde fast angenehm. Noch ein Hindernis. Bretter, sie verstellten den Ausgang. Sie sah bereits durch die Ritzen blauen Himmel, Bäume, und Sträucher, sie musste im Wald sein, aber wo?

Trotz der überschwänglichen Freude, es fast geschafft zu haben, blieb sie wachsam. Endlich, nachdem sie einige Bretter entfernt hatte, schaffte sie es, einen Durchgang zu bilden, der es ihr ermöglichte, nach draußen zu kriechen.

Erschöpft ließ sie sich auf den Waldboden fallen, atmete tief durch. Wald, Hügel, und es war warm. Wie lange sie eingesperrt gewesen war, wusste sie nicht. Wie lange hatte sie besinnungslos dort unten in dem Verlies gelegen? Ihre Armbanduhr legte sie abends immer ab, und da sie nachts überwältigt wurde, fehlte sie. Welcher Tag mochte es sein?

Sie verspürte Durst, sah sich suchend um, vielleicht gab es einen Bach oder einen Tümpel. Langsam stand sie auf, lief ein Stück, was nicht angenehm war, denn ihre Schuhe fehlten ihr. Immer wieder um sich blickend, entdeckte sie einen Pfad. Hier schien vor noch nicht allzu langer Zeit ein Auto entlanggefahren zu sein. Sabine spähte auf den Weg, entschloss sich, es in die Richtung der Autospuren zu versuchen, auch wenn sie riskierte, ihrem Entführer in die Arme zu laufen.

Immer wieder hielt sie an, schaute auf ihre nackten Füße, denen es gar nicht gut bekam, auf dem unebenen, rauen, felszerklüfteten Boden zu laufen. Immer öfter lehnte sie sich an einen Baum, pausierte. Ihre Füße bluteten mittlerweile und, wie sie feststellte, weit war sie noch nicht gekommen. Sie kannte sich in dieser verlassenen Gegend nicht aus. Die verfallene Hütte schien die einzige Behausung weit und breit zu sein, nirgends erkannte sie einen Anhaltspunkt, einen Weg, geschweige denn eine Straße. Immer wieder blickte sie zurück, jedes Geräusch, jeder knackende Ast irritierte sie. Es dämmerte. Wenn sie nicht langsam Hilfe fand, würde sie die Nacht hier im Wald verbringen müssen. Vielleicht war das gar nicht so schlecht, vielleicht sah sie dann irgendwo Licht.

Wie lange sie mittlerweile unterwegs war, ahnte sie nicht einmal annähernd. Aber ihre Pausen wurden stets länger. Wieder einmal ließ sie sich in die trockenen, braunen Piniennadeln fallen, lehnte sich an einen Baum und schloss die Augen, atmete tief durch und ermahnte sich, nicht einzuschlafen.

Als sie die Augen öffnete, war es dunkel, aber sie sah ein Licht, gar nicht mal weit entfernt. Mit neuem Mut und einem Ziel vor Augen sprang sie auf, achtete nicht auf die Schmerzen in den Füßen und lief, alle Vorsicht außer Acht lassend, in die Richtung, aus der der Schein kam, hielt sich an Büschen und Sträuchern fest und ... erstarrte, als sie ein Geräusch hörte, ein Knacken von Ästen? Ein Tier oder ein Mensch. Sie verharrte, blieb stehen, lauschte. Nichts. Ruhe. Sie atmete tief durch und wollte weiterlaufen, dem Lichtschein entgegen, zu Menschen, von denen sie sich Hilfe erhoffte, als sie die Gegenwart einer anderen Person spürte. Entsetzt verharrte sie bewegungslos. Sie hörte die Stimme, die Stimme der Person, die sie meinte nie wieder hören zu müssen: „Hallo Sabine, nett dich wiederzusehen!“

Einen Tag später – viele Kilometer entfernt

Das junge Hausmädchen zog den Kopf ein, bevor es an der dunklen, schweren Tür des Arbeitszimmers anzuklopfen wagte. Der Mann, der hinter ihr stand und ihn, den Boss, sprechen wollte, vermittelte ihr nicht gerade Courage. Er sah blass aus, geknickt, mutlos. Die Jeans nicht mehr sauber, ungewaschen, verdreckt, ebenso das karierte, eingerissene Hemd. Mit den groben, halbhohen, ungeputzten Stiefeln war er durch die Diele hinter ihr hergerannt, nachdem sie die Haustür geöffnet hatte.

Tiefe, dunkle Ringe um die Augen zeugten von schlaflosen Nächten. Er wischte sich verstohlen die schmutzigen Hände an der Hose ab.

Konnte sie es wagen, ihren Chef zu stören? Die exakten, genauen Anweisungen besagten das Gegenteil. Sie schluckte, fasste all ihren Mut zusammen und riskierte ein zögerliches, leises Klopfen. Keine Antwort. Sollte sie es nochmals versuchen? Etwas lauter? Sie schluckte, zitterte nervös, wollte nicht riskieren, gegen die Vorschriften zu verstoßen, sie betrat vermintes Gebiet, sollte sie entgegen den Vorschriften in das Arbeitszimmer gehen.

Kreidebleich, mit einem hintergründig paranoiden Blick flüsterte der Mann ihr zu: „Mach schon, es ist wichtig.“ Die Angst beider stand greifbar im Raum.

Sie vermutete, es wäre ein taktischer Fehler, sich lautlos zurückzuziehen und ihm alles Weitere zu überlassen. Ihr Herz hämmerte in ihrer Brust, sie klopfte nochmals, diesmal lauter, aber immer noch zaudernd. Die Antwort, ein eisiges, kaltes „Herein“, ließ sie zusammenzucken. Sie öffnete die Tür vorsichtig, aber der Besucher schubste sie zur Seite und hastete in den Raum. Erleichtert atmete das Mädchen auf, zog eiligst die Tür hinter sich zu und verschwand zu den oberen Schlafräumen, um dort weiter aufzuräumen.

„Wer war das, und warum hast du ihn ins Arbeitszimmer geführt? Die Order lautete: nicht stören. Wie konntest du es wagen, diese Instruktionen zu missachten?“ Leise, kalt, wütend und beängstigend. Die Frage ließ sie erstarren. Nun lauter, mit zusammengepressten Lippen: „Was ist so schwer daran zu verstehen?“ Der frostklirrende Tonfall ließ sie erschauern.

„Ich ... ich ...“, sie stotterte, „aber er sagte doch, es sei sehr, sehr wichtig, ich wollte ...“ Sie suchte verzweifelt nach Worten, zuckte zusammen. Als die Frau ihr gegenüber die Hand hob, bereitete sie sich seelisch auf die Ohrfeige vor, die sie aber nicht ereilte. Im letzten Augenblick zögerte die Frau vor ihr, überlegte es sich, nahm die Hand herunter, schüttelte den Kopf und wandte sich ab. Erleichtert stieß das Mädchen die angehaltene Luft aus, flüchtete in eins der Zimmer und wünschte sich die Fähigkeit, unsichtbar werden zu können. Unter sich, aus dem Arbeitszimmer hörte sie laute Stimmen.

„Was willst du mir sagen? Höre ich richtig?“ Die Stimme verriet verhaltene Wut.

„Ich hatte Karl als Bewachung dort gelassen. Sie muss ihn überwältigt und umgebracht haben. Seine Leiche entdeckte ich unter Piniennadeln, Sträuchern und Steinen versteckt. Sie hat ihn erstochen, nahm anscheinend seine Waffe mit, denn die fand ich nirgends“, hektisch, versuchte der Mann seinem Boss die Lage zu erklären, „ich habe die Umgebung abgesucht, fand weder Karls Auto noch die Waffe noch das Miststück. Wie sie entkommen konnte, ist mir schleierhaft.“

„Wieso sollte sie ihn erstochen haben, wenn sie die Pistole hatte? Das ist völlig aus der Luft gegriffen, unlogisch, sie muss einen Helfer gehabt haben“, die Worte seines Chefs knallten ihm entgegen, er wich zurück, „wie konnte sie entkommen? Wie konnte sie eine verschlossene Tür öffnen, gefesselt, geknebelt, ohne Werkzeug? Für“, seine Stimme wurden lauter, „wie dumm haltet ihr mich? Ich habe zwei Jahre gebraucht, um die Spur zu finden, ich gab dir die Adresse und einen einfachen, gelinde gesagt, überschaubaren Auftrag, das Weibsbild aus dem Haus zu holen, einzusperren, damit ich sie als Tauschobjekt benutzen kann! Warum hast du es nicht fertiggebracht, einen einfachen, simplen Befehl auszuführen? Bist du so blöd, so dumm, so unreif und unterentwickelt ...“ Er verschluckte vor Zorn seine Worte, lief hochrot an, sein Herz hämmerte, sein Puls raste. „Raus. Raus hier, such sie, sofort, und wage dich nicht eher wieder unter meine Augen, bis du sie gefunden hast.“ Er ließ sich erschöpft in den Sessel fallen, registrierte nicht, dass der andere aus dem Arbeitszimmer rannte und die Tür hinter sich zuknallte. Nur Sekunden später hörte er die Haustür. Augenblicklich kehrte Ruhe ein, tiefe Reglosigkeit, Stille. Er musste nachdenken. Etwas passte nicht.

Wie konnte sie entkommen? Er glaubte nicht, dass sie es alleine geschafft hatte. Aber wer konnte ihr zur Hilfe geeilt sein? Die verdammte Clique sicherlich nicht. Wäre das der Fall, wären sie ihm auf die Spur gekommen, hätten sie die Beweise, und wenn sie die hätten, wäre die Polizei bereits hier im Haus und würde es durchsuchen. Nein, dachte er, sie ahnen nichts, vermuten immer noch Enders und Durante als Hauptdrahtzieher. Er lachte kurz auf, nein, sie sind mir noch nicht auf der Spur. Sie ahnen immer noch nicht, was wirklich hinter all diesen Aktionen steckt, dass Durante ein kleines Nebengeschäft abwickelte, in Florida. Ebenso Enders.

Langsam beruhigte er sich. Nein, noch ist nicht aller Tage Abend. Noch ist nicht alles vorbei.

Er hörte ein leises Klicken, die Tür zum Nebenraum öffnete sich leise. Natürlich hatte sie nebenan gelauscht.

„Tu endlich etwas, so kann es nicht weitergehen“, giftete die Frau ihn an, „wenn die Leute, die du angeheuert hast, es nicht schaffen, dann mach es selbst!“ Wutentbrannt verließ sie das Büro so, wie sie es betreten hatte, durch die versteckte Tür.

Kapitel 9

Verena wählte für ihren Auftritt als Vera ein betont legeres Outfit, es sollte nicht zu teuer, aber dennoch gekonnt lässig wirken. Sie fuhr schon früh am folgenden Morgen nach Düsseldorf, checkte im Hotel ein und gab an der Rezeption für den Abend die Anweisung, falls ein Herr nach Vera fragen sollte, ihn in das Restaurant zu komplementieren. Ein großzügig bemessenes Trinkgeld steigerte die Bereitwilligkeit, sich an sie und ihre Bitte zu erinnern.

Da es erst elf Uhr vormittags war und sie vor acht nicht mit Durante rechnete, wollte sie noch einen Abstecher zu einer Adresse unternehmen, die van der Fries ihr gegeben hatte.

Paul Durante landete gegen acht Uhr morgens mürrisch und unausgeschlafen in Frankfurt. Sein Begleiter organisierte die Zugfahrt nach Düsseldorf. Den Aufenthalt in der großen Bahnhofshalle nutzen sie für ein zweites Frühstück, als es auch schon weiterging.

Nach nicht einmal zwei Stunden erreichten sie Düsseldorf, hievten die Koffer zum Taxistand und ließen sich zu Pauls Haus chauffieren.

„Zwölf Uhr! Was machen wir bis heute Abend?“ Tony, der die Koffer auspackte, wartete auf weitere Befehle. Wünsche konnte man das bei Pauls Stimmungslage nicht nennen.

„Bring in Erfahrung“, brüllte Durante im Kommandoton, „ob Enders noch im Knast sitzt. Ruf seinen Anwalt an. Ich will wissen, ob er mir den Kontakt zu dem mysteriösen Geschäftspartner vermittelt hat.“

Als Tony ihm kurze Zeit später berichtete, dass Durantes Anwalt in Urlaub sei, nahm er es gelassener hin.

Der einwöchige Aufenthalt in Abu Dhabi hinterließ im Haus Durantes Spuren. Eine Putzfrau leistete er sich im Augenblick nicht, erst musste er wieder flüssiger werden. Er überlegte sogar schon, das Haus zu verkaufen, zögerte diese Entscheidung aber seit Monaten hinaus. Nun gab er sich insgeheim nochmals einen Monat, bis dahin wollte er die reiche Lady aus Abu Dhabi vor den Traualtar gezerrt haben, die leider erst nach der Hochzeit an ihr Vermögen kam. Dann musste er sich eben zähneknirschend einige Zeit wohlverhalten, wie er es insgeheim grinsend nannte, und mit der nächsten Ehefrau nach Florida ziehen.

Schon besser gelaunt wies er Tony an, einen seiner besten Anzüge aufzubügeln. In diesem reinen Männerhaushalt beherrschte Tony auch diese Tätigkeit. Fast so gut wie einige andere Aktivitäten.

Seufzend wählte er einen der Armani-Anzüge aus, suchte die passenden Gucci-Slipper hervor und mietete wieder einen Porsche, er kannte mittlerweile Durantes Gepflogenheiten und kannte auch den Kontostand, der es gewaltig nötig hatte, aufgepolstert zu werden.

„Ich habe den Wagen für eine Woche gemietete“, erklärte er, „wenn wir morgen früh nach Amsterdam fahren, sollte es standesgemäß sein.“ Er hielt Durante den Schlüssel vor die Nase.

Dieser nickte und wollte gerade etwas erwidern, als sein Handy läutete:

„Durante?“

„Wie sieht es mit unserem Treffen morgen in Amsterdam aus? Steht der Termin, oder muss ich mich nach einem anderen Partner umschauen?“

Die fremde, aber mittlerweile doch vertraute Stimme wirkte nun nicht mehr so freundlich, eher unzufrieden und missgestimmt.

„Nein“, beeilte sich Durante zu sagen, „das Treffen steht, ich werde da sein. 17:00 Uhr, wie vereinbart. “

Diesmal legte der andere ohne weitere Worte auf.

Jan Hombach setzte sich auf seinen Platz, im Flieger von Emirates, der ihn im Direktflug in die alte Heimat bringen würde. Fast.

Den Umweg über Amsterdam fand er nicht weiter tragisch. Mittlerweile flog er die Strecke Abu Dhabi in die westliche Welt so oft, dass er, wie er meinte, die Sanddünen oder Wellen unter sich schon namentlich kannte. Die letzten Jahre reiste und handelte er nur als Geschäftsführer der de Winter Corporation, diesmal pokerte er mit. Ein merkwürdiges Spiel, ausgetüftelt von der Clique, dessen einzelne Schachzüge vorerst noch undurchschaubar, nicht nachvollziehbar, aber dennoch Sinn ergaben, betrachtete man das Ganze. In Amsterdam würde er auf den Gegner treffen, den Feind endlich kennenlernen und ihm in die Augen schauen. Er, einer der Wenigen, den Durante nicht kannte, spielte den Lockvogel, stellte die Weichen. Das Schwein, wie Nick sich ausdrückte, sollte bluten.

Die Gewissheit, dass seine Frau in der Sicherheit des Harems zurückblieb, ließ ihn beruhigt den Kopf an die Rückenlehne sinken, um die ersten Stunden im Flugzeug schlafend zu verbringen. Natürlich rief er zuvor Yasmine an, um sie nochmals zu bitten, Claudia notfalls in den Kerker zu werfen, sollte sie einen Fluchtversuch unternehmen.

„Ich werde die Palastwachen auf sie ansetzen, davon haben wir ja genug, sie wird nicht entkommen, das verspreche ich dir."

Jan zweifelte daran. Claudia, willensstark, Überlebenskünstlerin und ohne jegliche Angst, würde nicht in Abu Dhabi bleiben.

Er rechnete wie Julia und Doro damit, dass Claudia spätestens in drei Tagen in Deutschland auftauchen würde. Sie ließ ihre Freunde nie im Stich, obwohl er hoffte, sie würde diesmal Vernunft walten lassen.

Was die Clique genau vorhatte, verstand er nicht so richtig, aber das musste man auch nicht, wie ihm Wilhelm erklärte und an dessen Gesichtsausdruck er erkannte, dass dieser auch nicht alles begriff.

„Aber", erklärte Wilhelm bereitwillig weiter, „es klappte immer, egal was sie sich bislang vornahmen und was sie sich ausdachten. Hinterher kapierte ich jeden Schachzug dieses Spiels, wie Julia es immer nannte, aber", nickte er bestätigend, „immer erst hinterher. Dann ergab alles einen Sinn, dann wurde es logisch." Er stutzte kurz, dachte nach. „Ich hoffe, sie sind noch so fit wie früher!"

Jan begnügte sich mit dieser Erläuterung. Warum sollte er zweifeln?

Nun besaß er genaue Instruktionen, die er heute noch abarbeiten musste. Einige Telefonate hatte er bereits geführt. Er stand wenige Stunden später vor dem Stadthaus Wilhelms, in dem er sich sein eigenes Zimmer eingerichtet hatte, seit er für die de Winter Corporation arbeitete.

Er spürte Verenas Gegenwart, obwohl sie nicht mehr anwesend war, einige ihrer Sachen, die sie achtlos auf dem kleinen Tischchen am Eingang deponiert hatte, ihre Jacke an der Garderobe, all das gestaltete das zur Einsamkeit verurteilte Stadthaus in Amsterdam menschlicher. Van der Fries, der stets über seine Ankunft informiert wurde, den Kühlschrank entsprechend füllte, hatte auch diesmal dafür gesorgt, dass niemand hungern musste.

Jan setzte sich in die Küche und holte sein Handy hervor, auch eins der Modelle, die Nick präpariert hatte, also nicht zu orten, aufzuspüren oder abzuhören war. Die Nummer, die dem Display des Gesprächspartners angezeigt wurde, existierte nicht.

Allerdings konnte er einprogrammieren, woher der Anruf kommen sollte und wie er, der Gesprächspartner, heißen sollte. Die imaginäre Rufnummer konnte er so einstellen, dass sie weitergeleitet wurde auf ein anderes Handy, auf einen Computer oder zu einem Festnetzanschluss. Alle Möglichkeiten, die man eventuell einmal benötigte, all das ausgetüftelt von der de Winter Corporation. Diese sicherheitsrelevanten Systeme, diese Spielereien, diese Hightechcomputerprogramme nebst Abhörvorrichtungen, wurden von ihnen geschrieben, konstruiert und eingebaut. Manchmal nicht ganz legal, manchmal für höchste Kreise der Politik, oft für Banken oder einfach nur für Leute, die gut bezahlten.

Nun halfen ihnen diese Kleinigkeiten, um die letzte Person außer Gefecht zu setzen, die ihnen noch gefährlich werden konnte, berücksichtigte man, dass Sabine verschwunden war.

Nach den Telefonaten – er hielt sich genau an die Instruktionen, legte entsprechend auf, zögerte nicht, gab sich arrogant und wissend – schaltete Jan die Saeco ein, er brauchte Koffein, und das nicht zu knapp. Nervös fuhr er den Laptop hoch und schaute nach, ob sich die Anweisungen geändert hatten.

Nichts, alles blieb wie besprochen und geplant.

Okay, dachte er, dann werde ich im Keller nachschauen, was van der Fries dort für mich deponiert hat. Van der Fries, der Rechtsanwalt und Notar, einer der besten und zuverlässigsten Freunde Wilhelms und nun einer von ihnen, ein geheimnisvoller Mann, aber absolut loyal, griff auf Quellen zurück, deren Hintermänner er nicht begegnen wollte.

Hinter einem einfachen, alten Holzregal, das er bequem zur Seite schieben konnte, stand verdeckt ein großer, alter Safe. Er öffnete ihn und fand dort das Päckchen, das er später benötigte. Nochmals überprüfte er die Anweisungen. Ja, er hatte verstanden. Die eindringliche Warnung Nicks, sein Pokerface aufzusetzen, übte er vor dem Spiegel an der Garderobe und fand sich schon ganz gut darin.

Verena fuhr Richtung Münster, nachdem sie noch in Düsseldorf das Navigationsgerät programmierte, um die besagte Adresse zu finden, die van der Fries ihr in Amsterdam gegeben hatte. Das Gehöft, ein alter Bauernhof, lag abseits, von Bäumen umgeben und über einen langen, nicht befestigten Pfad erreichbar. Einsam, halb verfallen, genau das Richtige. Sie fuhr bis kurz vor die Eingangstür, parkte den Wagen, stieg aus, sondierte die Umgebung und versuchte dann die Tür zu öffnen. Verschlossen, aber für Verena kein Problem. Sie griff in ein Seitenfach ihrer Handtasche und zog einen Dietrich hervor. Sekunden später stand sie in der Eingangsdiele, die groß, aber einen völlig verstaubten Eindruck machte. Hier wohnte schon lange niemand mehr. Schnell schoss sie Fotos mit ihrem iPad, schickte sie sofort an Nick, mit einem kurzen Begleittext, dass dieser Hof ideal für ihre Zwecke war.

Verena schaute auf die Uhr, es wurde Zeit, zurückzufahren. Das Abendessen mit Durante wartete. Kurz bevor sie ins Auto stieg, meldete sich Nick. Er hatte sich die Fotos bereits angesehen, wünschte ihr viel Glück bei dem Treffen mit Durankowsky. Erstaunt stutzte sie, was war das für ein Name? Sie mailte per iPad zurück und erfuhr von Nick, dass es sich um Durantes Ursprungsnamen handelte, den er später in Durante umändern ließ. Eine Sache, die offiziell lief und sogar bei den entsprechenden Behörden aktenkundig war.

Sie stieg ins Auto und lachte. Da sie alleine im Wagen saß, führte sie Selbstgespräche: „Durankowsky, das ist doch mal etwas, was mich zur Heiterkeit animiert“, amüsierte sie sich auf der Fahrt zurück nach Düsseldorf, „hoffentlich verplappere ich mich heute Abend nicht, dass wäre zu peinlich“, sie überlegte, summte eine Melodie mit, die im Autoradio spielte, und musste immer wieder an den ungewöhnlichen Namen denken. „Aber da ich gleich die blöde Blondine abgeben muss“, sie zuckte mit den Achseln, „werde ich auch das schaffen.“

Pünktlich erschien Verena als Vera in der Eingangshalle des noblen Hotels, räusperte sich kurz, der Auftritt, ihre Show begann. Durante hatte sich tatsächlich an der Rezeption nach ihr erkundigt, und versucht, einige weitere Informationen über Vera zu ergattern. Die Dame, die sich natürlich an das Trinkgeld erinnerte, spulte ihren Text gekonnt lässig herunter, verfasste dann aber noch eine eigene Version, in der sie Veras Vermögen noch um einiges nach oben spulte und lächelte amüsiert in sich hinein, als sie sah, wie Durante aufsprang, um seine Herzensdame zu begrüßen.

„Vera, wie Sie sehen, ich bin hier, pünktlich, auf die Minute“, dann etwas leiser, „bei einer so schönen Frau kann ich doch nicht Nein sagen, wenn sie mich um die halbe Welt schickt, nur damit ich mit ihr zu Abend essen kann!“

„Oh, Paul“, erstaunt, als ob sie nicht mit ihm gerechnet hätte, dann ergeben, leicht errötend, „ich freue mich, dass Sie es geschafft haben“, schüchtern, „wenn ich es geahnt hätte, dann“, sie blickte an sich herab, „dann hätte ich mich umgezogen“, nun traurig, „ich dachte, ich müsste, wie in letzter Zeit so oft, alleine essen." Sie hakte sich bei Paul unter und geleitete ihn an einen Tisch im Restaurant. Sie wurde wie eine gute alte Bekannte empfangen. Ein Stammgast in diesem edlen, teuren Hotel, der oft hier abstieg und dessen Wünsche man kannte.

„Frau Müller, nett Sie wieder hier begrüßen zu dürfen", empfing sie der Hotelmanager und deutete eine leichte Verbeugung an.

Sie wurden zu einem separaten Platz geführt, Vera nickte, bedankte sich und wies die Bedienung an, ihr das Gleiche wie immer zu servieren, als nach Getränken gefragt wurde.

Durante staunte, versuchte sich aber diese leichte Verwirrung nicht anmerken zu lassen. „Müller? Ist das Ihr Name? Bislang kannte ich nur den Vornamen, Vera." Paul, leicht desorientiert, stammelte nun und musste sich auf das Gespräch konzentrieren.

Vera lachte, ein wohlklingendes, rauchiges, betörendes Lachen: „Nein, aber es ist immer besser, unter einem Allerweltsnamen zu reisen, als dass man hier meinen korrekten Namen herausposaunt. Daddy will es so", erläuterte sie weiter, „er ist darauf bedacht, wissen Sie, wegen Entführung und so ..." Sie trank einen Schluck ihrer Cola light, die gerade serviert wurde. „Ich bin für meinen Vater hier", erklärte sie weiter, „einige Bankangelegenheiten, die er nur mir und sonst niemandem anvertraut." Sie klopfte auf ihre Handtasche, die an der Stuhllehne hing und aus der ein Zipfel Papier ragte. „Aber nun lassen Sie uns das Essen bestellen", sie deutete auf die Karte, die man ihnen mit den Getränken brachte, „ich werde heute ein herrliches Schnitzel bestellen, so etwas gibt es in den Emiraten nicht", genüsslich leckte sie sich die Lippen, „und Sie?"

„Ich verlasse mich auf Ihr Urteil und werde das Gleiche nehmen." Er winkte dem Ober und bestellte.

„Ich verlasse Sie kurz", sie lächelte weiterhin bezaubernd, „das Gesicht pudern, nicht weglaufen, ich bin gleich wieder zurück."

Vera stand auf und bewegte sich elegant auf die Toilettenanlage zu. Sofort registrierte Durante, dass sie ihre Handtasche vergessen hatte, er vergewisserte sich, dass sie nicht zurückkam. Schnell öffnete er die Tasche, zog mehrere Blätter hervor und prägte sich den Inhalt ein, was ihm zunächst schwerfiel, vor Staunen. Die Kopie des Bankauszuges, auf dem der Kontostand vermerkt war, ließ ihn nach Luft japsen. Nun wusste er, was er bislang nur ahnte: Veras Vater war millionenschwer. Seine Hand zitterte vor Erregung, als er sich das zweite Blatt genauer anschaute: Ein Schreiben der Bank, auf dem man Vera mitteilte, dass ihr Vater das tägliche Limit, welches er ihr zu Verfügung stellte, angehoben hatte. Sie konnte täglich frei über eine halbe Million Euro verfügen.

Der kalte Schweiß stand ihm auf der Stirn, und sein Gesicht nahm die fahle Farbe einer weißgetünchten Wand an, als er das las. Hätte er nicht schon auf einem Stuhl gesessen, wäre er sicherlich umgefallen.

Aber was wesentlich aufschlussreicher als der Kontostand war, nun wusste er ihren richtigen Namen: Vera van Buren. Ihr Vater, Jacob van Buren, aus den Niederlanden stammend, wie aus den Unterlagen ersichtlich wurde, war der Inhaber der van Buren Limited.

Irgendwie kam ihm der Name bekannt vor. Hastig steckte er die Blätter wieder in Veras Tasche zurück, verschloss sie und wischte sich erschöpft den Schweiß von der Stirn. Schnell zog er sein Handy aus der Jackentasche, schaute sich nochmals nach Vera um und schickte eine SMS an Tony. Er sollte im Internet recherchieren, was es mit van Buren auf sich hatte.

Dann ließ er sich zurücksinken und merkte erst jetzt, dass er die ganze Zeit angespannt auf der Vorderkante seines Stuhls gesessen hatte.

Verena beobachtete indessen von der Tür des Vorraumes aus die Aktivitäten Durantes, grinste innerlich und dachte nur: Wenn du bislang nur ahntest, dass ich eine gute Partie für dich wäre, nun bist du sicher.

Zuerst hatte sie mit Nick geschimpft, als sie sah, wie er die Kontoauszüge manipulierte: „Meinst du nicht, es ist etwas zu dick aufgetragen?"

Nick hatte nur ruhig und überlegen den Kopf geschüttelt. „Nein, für die nächsten Aktionen, die wir planen, benötigt er Geld, viel Geld, da können wir Daddys Bankkonto nicht minimieren."

Daran dachte Verena, während sie, innerlich abgeschaltet, den belanglosen Themen Paul Durantes folgte. Er raspelte Süßholz. Es nervte, aber Verena wollte und musste um jeden Preis durchhalten. Als das Essen serviert wurde, hielt sie es nicht mehr aus, dieser Selbstverherrlichung Pauls länger anzuhören. „Paul, erzählen Sie mir doch von sich, nicht von Ihrer Firma oder Unternehmen, von sich privat! Sind Sie verheiratet, haben Sie Kinder, eben all die Dinge, die eine Frau interessieren ...", säuselte sie.

Paul ließ sich nicht ein zweites Mal auffordern. Auf diese Gelegenheit wartete er schon seit einiger Zeit: „Ich bin Witwer, meine Frau, die Liebe meines Lebens, starb vor zwei Jahren. Sie wurde ermordet!"

„Ermordet?" Entsetzt beugte sich Vera vor, blass geworden, vergaß sie das Kauen. „Wer hat sie ermordet? Hat man den Mörder gefasst?"

Durante schüttelte mitleiderregend den Kopf: „Die Mörderin fasste man nie!"

Auf eine Reaktion wartend, legte er eine Pause ein, Vera reagierte natürlich sofort, zumal sie äußerst neugierig wurde: „Mörderin?“ preschte sie vor und duzte Paul Durante, „erzähl mir genau, was passiert ist“, mitleidvoll legte sie ihre Hand auf Pauls Arm. Paul drückte eine Träne aus seinen Augen, fasst könnte man die Trauer ernst nehmen. Bereitwillig begann er: „Die Mörderin heißt Julia und war unsere Hausangestellte. Sie brauchte Geld. Meine Frau Cora war reich, aber Julia schaffte es, sie nach Deutschland zu locken, wir lebten damals in Florida. Dort stahl sie ihr alles, das Geld, Unterlagen, die sehr wichtig für mich waren, tötete, als sie alles in ihrem Besitz hatte, meine Frau. Sie erschoss sie einfach“, nun schluchzte er gekonnt auf und Verena ballte unter dem Tisch eine Faust, um nicht unkontrolliert zuzuschlagen. Sie beherrschte sich, tat weiterhin mitleidvoll und hörte zu, „die Polizei unternahm nichts. Julia ist seitdem spurlos verschwunden, untergetaucht, was ihr mit dem vielen Geld, das sie Alice stahl, nicht schwerfiel“, er stutzte, jammerte erneut, diesmal etwas lauter, auf, schaute seiner Vera tief in die Augen, die, obwohl sie es sofort begriff, auf diesen Fauxpas gelassen reagierte, sich zu keiner Regung hinreißen ließ, außer mit einem Pokergesicht weiter zuzuhören.

„Meine innig geliebte Frau“, tieftraurig, „das ist der Grund, warum ich nach dieser Julia suche. Ich erhielt einen Hinweis, dass sie vielleicht in Abu Dhabi untergetaucht sein könnte. Aber dort kennt sie niemand“, klagte er, „seit meine Frau tot ist, verließ mich mein Glück. Mit ihr an meiner Seite feierte ich geschäftliche Erfolge, aber nun“, er schüttelte den Kopf, „nur noch Pech“, er ließ diese Worte auf Vera wirken, dann überlief ein vorsichtiges Strahlen seine Gesichtszüge, „aber nachdem wir uns kennenlernten, scheint es bergauf zu gehen. Ich habe einen Termin in Amsterdam mit einem ehemaligen Geschäftsfreund, der sich an mich erinnert. Ich treffe ihn, deshalb muss ich leider morgen früh für ein oder zwei Tage weg“, er fasste Veras Hand, die tröstend auf seinem Unterarm lag, drückte sie, „mit dir scheint mein Glück wieder zurückgekommen zu sein!“

Vera lächelte ihn liebenswürdig an: „Das freut mich“, natürlich merkte sie sofort, dass auch er sie nun duzte, „ich bin noch einige Tage hier, in diesem Hotel. Bevor ich zurückfliege, werden wir uns sicherlich wiedersehen“, energisch nickte sie, „nein, ganz bestimmt, ich warte hier auf dich“, hauchte sie, „aber nun lass uns weiteressen, es wird sonst völlig kalt“, sie nahm einen Bissen, und wenn Durante in diesem Augenblick ihre Gedanken gelesen hätte, wäre mehr als nur ein unerträglich eisiger Schauer seinen Rücken heruntergelaufen, er wäre aufgesprungen und davongerannt.

Als das Essen serviert wurde, wollte sie Durante nur einfach erschießen, ihm eine Kugel durch den Kopf jagen, nun aber überlegte sie sich eine Foltermethode, die lange, schmerzvolle und ausgiebige Qualen für ihn bereithielt. Das Schnitzel schmeckte nicht mehr, der Appetit verging ihr, je mehr sie den Lügengeschichten zuhörte. So also stellte Durante es hin. Wenn sie zu Anfang ihres Treffens noch geringfügige Bedenken hatte, verschwanden diese mit jeder Sekunde, die sie länger mit ihm an einem Tisch saß. Aber sie musste durchhalten. Doro an ihrer Stelle, da war sie sicher, hätte ihre Pistole gezogen und ihn kaltblütig umgelegt. Sie lief natürlich nicht mit diesem Ding in der Handtasche herum, zumal sie tausendprozentig davon ausging, dass Durante ihre Handtasche durchsuchen würde. Ihre gesamte Strategie hing davon ab.

„Ich könnte jetzt noch einen Espresso vertragen", sie winkte der Bedienung, „du auch?" Durante nickte. Im Gegenteil zu Verena war sein Teller leer. „Zwei Espresso bitte", gab sie gerade die Bestellung bei einem jüngeren Mädchen auf, als ihr Handy klingelte. „Entschuldigung", meinte sie zu Paul, zog es aus ihrer Handtasche, drückte eine Taste und hörte dem Anrufer zu. „Natürlich", antwortete sie nach wenigen Sekunden, „das kann ich gleich noch erledigen, nein, Daddy, das macht mir überhaupt keine Umstände, darum kümmere ich mich. Ich bin gerade im Restaurant und esse zu Abend, du hast die Zeitverschiebung vergessen." Damit legte sie, mit einem um Entschuldigung heischenden Blick Richtung Paul, auf. „Daddy! Ich muss gleich noch etwas für ihn organisieren. Er wird in letzter Zeit vergesslich, aber ich bin ja für ihn da." Der Espresso wurde serviert. „Den trinken wir noch in Ruhe aus, bevor ich wegmuss", sie warf Paul einen atemberaubenden Blick zu, „sehen wir uns übermorgen? Wann ist dein Termin in Amsterdam? Dauert er lange? Vielleicht schaffst du es bis acht, aber ich könnte mir auch vorstellen, etwas später als üblich zu Abend zu speisen."

Durante fasste es wie seine private Siegesfeier auf und flirtete gekonnt zurück: „Ich beeile mich, ich rufe dich an, falls es später werden sollte, aber ich verspreche dir, wir sehen uns auf jeden Fall morgen noch."

Traurig erhob Vera sich, traurig, dass sie dieses atemberaubende Stelldichein verlassen musste: „Das mit der Rechnung ist geklärt", beeilte sie sich klarzustellen, „das Hotel gehört Daddy, ich habe dich faktisch nach Hause eingeladen." Sie lachte hell auf, als sie Durantes Gesicht sah, winkte ihm kurz zu und verschwand aus dem Restaurant. Völlig verdutzt und nicht mehr klar denkend, blieb dieser noch einige Augenblicke sitzen.

Er merkte nicht, wohin Vera verschwand, die eine Tür hinter der Rezeption öffnete und dort bereits sehnsüchtig erwartet wurde.

„Frau van Buren, war alles zu Ihrer Zufriedenheit?“

„Perfekt“, gab sie zur Antwort, „es hätte nicht besser laufen können, zumal Sie alle mitgespielt haben. Ist alles einwandfrei aufgezeichnet worden?“

„Frau van Buren, wir hatten eine der besten Firmen mit der Installation des Sicherheitssystems beauftragt, wollen Sie etwa das Können dieses Unternehmens in Frage stellen?“

„War nur so eine Frage“, spitzbübisch grinste sie zurück, „wenn der Mistkerl hier nochmals erscheint, wissen Sie ja, was zu tun ist. Ich werde mich kurz zurückziehen, habe noch zu arbeiten. Hat er das Haus verlassen?“

Einer der Angestellten, der die Monitore überwachte, von denen es in diesem kleinen, aber effizient gestalteten Raum mehrere gab, nickte: „Hat er, er ließ seinen Wagen vorfahren und fuhr ab. Ist er wirklich ein Verbrecher?“

„Einer der übelsten Sorte, er ist ein Betrüger und wahrscheinlich auch ein Mörder, zumindest hat er andere angestiftet, seine Frau umzubringen. Wir wollen, und wir werden ihm das beweisen, und ein klein wenig helfen Sie uns dabei. Vielleicht benötige ich nochmals Ihre Unterstützung“, Verena schaute dem Manager eindringlich in die Augen, dieser beeilte sich, ihr uneingeschränkte Hilfe zuzusichern. „Sie haben uns geholfen, einen Dieb in diesem Hotel zu fassen, der es auf Geldbörsen und Schmuck unserer Gäste abgesehen hatte, haben ein erstklassiges Überwachungssystem installiert und uns geholfen, das Gesicht zu wahren, es ist nichts an die Öffentlichkeit gedrungen, und wir fragen uns bis heute, wie Frau de Winter das schaffte.“

„Tja, unsere Julia ist nun mal einsame Spitze, hat eine erstaunliche Menschenkenntnis, die uns immer wieder inspiriert, sie für solche Maßnahmen persönlich einfliegen zu lassen. Aber, ganz ehrlich, sie lässt uns nie in ihre Trickkiste schauen. Was sie den Gästen versprach, damit sie ihre Anzeigen zurückziehen, kann ich nicht sagen, aber ihre Worte wirken immer, absolut immer.“

Sie wandte sich ab, holte ihr Handy aus der Tasche und drückte die Rückruftaste. Nick meldete sich sofort, er wartete bereits auf ihren Anruf.

„Danke, Daddy“, lachte sie in den Hörer, „dass du mich erlöst hast, länger hätte ich es mit Durante nicht ausgehalten“, sie berichtet kurz, „aber da ist noch etwas: er verplapperte sich und meinte ich hätte es nicht gemerkt. Er nannte einen Namen: Alice. Ich habe da so eine Ahnung, dass es sich um die gleiche Person handelt, die Cora meinte. Natürlich ahnt er nicht, dass ich beide Namen kenne, aber irgendetwas ließ mich stutzig werden.“

„Hast du noch etwas für mich, einen Nachnamen zum Beispiel, Geburtsdaten vielleicht, Tag der Eheschließung ...?"

„Ich besorge dir gleich auch noch den momentanen Aufenthalt, und ihre DNA-Analyse, dann veranlasse ich weltweit eine Massenspeichelprobe ...", giftete sie zurück.

„Okay, okay", beschwichtigte Nick, „ich habe begriffen!"

„Versuch es mit Alice Durante oder Durankowsky, sie müsste älter als Cora sein, und wenn es sich tatsächlich um seine erste Frau handelt, dann ist sie vermutlich in seinem Alter oder etwas jünger."

„Was ist mit morgen und Amsterdam?"

„Er hat angebissen. Was ist eigentlich mit Julia und Patrick? Haben sie schon etwas in Erfahrung bringen können? Ich glaube nicht, dass Durante hinter Sabines Entführung steckt. Er fährt morgen nach Amsterdam, wenn er Sabine in seiner Gewalt hätte, dann müsste er sich um sie kümmern. Anscheinend beherrscht noch der Faktor X das Spiel, und das passt mir ganz und gar nicht!"

„Wir dürfen eine andere Möglichkeit nicht völlig ausschließen." Nicks ernste Stimme rief tiefe Besorgnis in Verena hervor, sie antwortete niedergeschlagen: „Ich weiß! Ist noch keine Lösegeldforderung gekommen? Hat sich bislang niemand gemeldet bis auf diese seltsame Botschaft, uns im alten Camp zu treffen?"

„Patrick und Julia sind dort gewesen, haben das Gelände erkundet, aber nichts festgestellt. Es ist leer, völlig leer, einsam und verlassen. Außer einer älteren Dame, die dort mit ihrem Hund spazieren ging, sahen sie niemanden. Das gesamte Anwesen ist nicht mehr gesichert und der Zaun an vielen Stellen defekt. Sie schickten Fotos, aber trotz Bildvergrößerung und Bearbeitung konnte ich nichts entdecken."

„Sind sie noch dort?"

„Nein, sie fuhren anschließend weiter nach Dénia. Ach ja, ehe ich es vergesse: Patricks Wohnung wird überwacht. Lass dich erst gar nicht dort blicken. Van der Fries hat das Camp für Wilhelm gekauft, aber ich halte es im Augenblick für unklug, dort aufzutauchen."

„Das habe ich auch nicht vor. Gibt es etwas das ich wissen müsste, aus Spanien, meine ich?"

„Bis jetzt noch nicht", antwortete er, „aber Daddy wird dich anrufen, sobald er etwas weiß. Ich mache mich nun auf die Suche, nach Alice." Im Hintergrund hörte Verena Doros schmetternde Stimme: „Wer ist Alice? Kaum verheiratet, und schon will er sich eine andere suchen?"

Verena zog es vor, das Gespräch zu beenden, bevor sie aus einigen tausend Kilometern Entfernung Zeuge der Kabbeleien zwischen Doro und Nick wurde.

In Abu Dhabi informierte Nick seine Frau über Verenas neuste Erkenntnisse.

„Okay", meinte sie, nun konzentriert am Computer arbeitend, „dann legen wir mal los und befragen Mr. Google."

Nick, der ihr gerade erklären wollte, dass diese Auskünfte sicherlich nicht bei Mr. Google zu finden seien, konnte gerade noch seine Belehrung stoppen, als er sah, in welchem Programm Doro suchte. Sie will mich mal wieder ärgern, dachte er, forschte nun selbst und blickte nach einer Viertelstunde hoch und Doro direkt in die Augen. „Ich glaube, ich sehe vor lauter Bäumen den Wald nicht mehr. Wir gehen die Sache falsch an", sagte sie.

„Welche Bäume? Welcher Wald?"

„Alice Durante! Was, wenn sie nicht verheiratet waren? Was, wenn ihr Verschwinden noch gar nicht registriert ist? Was, wenn wir in der falschen Zeit suchen, am verkehrten Ort?"

„Okay! Überlegen wir mal: Der Mord an Cora ist zwei Jahre her, vor nunmehr sieben Jahren wurde Julias Familie umgebracht, damals war Durante bereits mit Cora verheiratet, wir müssten Eduardo fragen, wann seine Tochter den Mistkerl ehelichte. Aber wenn ich die Zeiten zusammenrechne, wenn wir davon ausgehen, dass Durante genauso alt ist wie Julia, immerhin gingen sie zusammen in die Grundschule, dann müsste er nun auch 42 sein. Rechne von heute an, zehn Jahre zurück, so lange könnte die Heirat zurückliegen, rechnen wir dann nochmals zehn Jahre zurück, also zwanzig Jahre insgesamt, dann müssten wir in den Jahren 1990-1992 nach vermissten Personen mit Namen Alice Durante suchen. Bist du ausnahmsweise meiner Meinung, oder spricht etwas gegen meine Zeitbegrenzung?"

Gnädig nickte Doro, hämmerte selbst auf den Tasten ihres Laptops herum, stutzte urplötzlich nach einigen Minuten und rief laut: „Falsch!" Nick stöhnte. Es wäre ja auch zu schön gewesen, wenn sie synchron arbeiten würden. „Nein, nein", beeilte sie sich zu erklären, „die Zeitangabe, dieses Zeitfenster wird richtig sein, sollten wir nichts finden, können wir problemlos einige Jahre zurückgehen und ab 1985 suchen. Ich meine den Namen. Wir gehen von Alice Durante aus. Lass uns nur nach einer Alice suchen, nicht nur in Deutschland, sondern auch in Florida. Immerhin besitzt er dort schon lange ein Haus."

Wieder arbeiteten sie, jeder für sich, nur ein leises Hämmern auf die Computertastatur war zu hören. Nach einer Stunde des Schweigens lehnte sich Doro zurück, reckte ihre Schultern, rieb sich die Augen und stöhnte: „Ich muss mich bewegen. Es ist zum Verzweifeln: Nichts. Ich finde nichts. Vielleicht hat er sich wirklich nur versprochen und meinte Cora, und eine Alice ist seine momentane Freundin, die er nun vorhat auszuschalten, da ihm die reiche Vera über den Weg gelaufen ist."

Nick stutze. „Du könntest recht haben, aber in einer etwas abgewandelten Form. Wenn Alice gar nicht abgängig ist? Wenn sie keine Verwandten hatte und sie niemand vermisst, ist sie offiziell noch mit Durante verheiratet. Wenn er sie umgebracht hat und es seit zwanzig Jahren nicht aktenkundig ist, was dann? Ich glaube, ich hab etwas gefunden", er starrte auf den Bildschirm, „das gibt's doch nicht ...!"

Kapitel 10

Patrick starrte in die Richtung, in die seine Frau kroch. Sie hob einen Gegenstand auf, hielt in der Hand, runzelte die Stirn, und betrachtete ihn genauer.

„Hast du etwas gefunden?"

„Ich bin mir nicht sicher", flüsterte sie nun, deutete auf das kleine Teilchen und hielt es Patrick vor die Nase.

„Sieht aus wie der Teil einer SD Karte, aus einem Fotoapparat", überlegte er, betrachtete nachdenklich das kleine, blaue Ding von allen Seiten, „Wenn es das ist, für was ich es halte, ist vielleicht noch etwas darauf gespeichert, das uns weiterhelfen könnte. Da es hier, wo scheinbar das Auto des Entführers stand, lag." Er überlegte kurz. „Wir haben alle technischen Raffinessen mit, wir versuchen die Daten wiederherzustellen."

„Nick hat uns sicherlich etwas eingepackt, womit es geht." Sarkasmus war in letzter Zeit ihre Stärke, stellte Patrick fest und hoffte, dass sie sich nicht beleidigt fühlte, da sie es eigentlich war, die sich weit besser mit diesen modernen Errungenschaften auskannte als Nick.

„Okay", gab er zu, „du hast sicherlich etwas dabei, um es zu überprüfen!"

„Schon besser", grinste sie, ihr Gesichtsausdruck wurde aber augenblicklich wieder ernst, was Patrick zu einer weiteren Frage veranlasste: „Ist da noch etwas? Etwas, das ich wissen müsste? Oder behältst du es vorerst für dich?"

Julia schüttelte den Kopf, fasste in ihre Hosentasche und holte einen kleinen Gegenstand hervor: „Das habe ich vorhin unter Sabines Bett entdeckt."

„Es sieht nach einem Teil eines kleinen Peilsenders aus!"

„Richtig, Sabine wurde beobachtet und abgehört. Und wenn das der Fall ist, dann brauche ich die weiteren Einzelheiten nicht zu erklären: Nur so viel, wir telefonierten auch ab und zu miteinander!"

Patrick griff nach seinem Handy und wählte Nicks Nummer. Als er wieder auflegte, schüttelte er den Kopf: „Das Telefon ist gesichert, man kann die Nummer nicht zurückverfolgen, er hat es vor zwei Jahren geändert, als wir bereits in Abu Dhabi waren. Du erinnerst dich? Nick und Jan kamen erst später nach."

„Trotzdem, ich überprüfe das Telefon. Andere sind auch nicht dumm. Wir sind zwar die Besten", Minderwertigkeitskomplexe besaß Julia nicht, „aber andere sind auch nicht von gestern."

„Wenn jemand die Gespräche belauscht hätte", gab Patrick zu bedenken, „und gehen wir davon aus, Durante steckt dahinter, dann würde er uns nicht suchen, dann wüsste er bereits, wo wir sind."

„Sollten wir dann im Haus besser nicht reden?" wagte Rudolfo Julia zu fragen.

„Ich werde sofort nachschauen, ob und wo sich noch Sender oder Überwachungsgeräte befinden. Wir unterhalten uns innerhalb des Hauses erst wieder, wenn ich es sage." Sie rannte los, beide Männer stapften wortlos hinterher. Im Haus griff sie nach ihrem Metallkoffer, baugleich mit dem Patricks, nur der Inhalt sah anders aus. Sie holte ein Gerät hervor, kontrollierte und suchte sofort in der Eingangsdiele nach Gegenständen, die normalerweise nicht dort sein sollten. Einige Augenblicke später schüttelte sie den Kopf, nahm sich den nächsten Raum vor, auch nichts. Dann pirschte sie durch zur Küche, kontrollierte diese, negativ.

„Koch uns mal einen Kaffee", wandte sie sich leise an Rudolfo, „hier, in der Küche gibt es keine Krabbeltiere." Es war ihr interner Code für Wanzen, Abhörgeräte und Peilsender. „Ich schlage vor, das hier wird unser Hauptquartier."

„Natürlich, direkt neben der Kaffeemaschine", brummte Patrick, als sich seine Frau außer Hörweite befand. Rudolfo lächelte nur und tat, was ihm aufgetragen wurde. Patrick nahm sein eigenes Handwerkszeug aus dem Koffer, fuhr seinen Laptop hoch und scannte die sichergestellten Fingerabdrücke ein, um sie anschließend durch das System laufen zu lassen.

„CSI? Tatort oder Quincy?“ Rudolfo schaute Patrick interessiert über die Schulter.

„Eher Cold Case“, er schüttelte den Kopf, „ich finde nichts. Im System ist er nicht gespeichert, der Fingerabdruck tauchte bislang noch nicht auf, und ich besitze die allerneusten Daten.“

„Woher du sie hast, will ich sicherlich nicht wissen?“

„Aber Rudolfo! Würde die Clique je etwas Unrechtmäßiges tun?“

„Wo ist mein Kaffee?“ Julia betrat die Küche und hielt in der linken Hand einen Gegenstand, der dem ähnelte, der bereits auf dem Küchentisch lag. „Bei dir im Schlafzimmer“, sie griff sich die Tasse Kaffee, die Rudolfo ihr reichte, „man hat beide Schlafräume abgehört, so wie ich das sehe. Die Gästezimmer nicht, sie sind sauber.“ Sie nahm einen weiteren Schluck Kaffee, griff über den Tisch nach dem Rest der vermeintlichen Speicherkarte, stand auf, holte ihren Laptop, und fuhr ihn hoch. „Mal sehen, ob wir dich zum Sprechen bringen“, strich sie fast zärtlich über das kleine Teil, „etwas Folter, um die Zunge zu lösen“, was ihr einen hämischen Blick Patricks einbrachte, „mal sehen, was ich noch so im Repertoire habe, aber denke immer daran, besser du erzählst mir gleich deine Story, denn zum Schluss sprechen sie alle mit mir!“ Sie schob den kläglichen Rest in ein extra dafür konzipiertes Gerät, natürlich eine de Winter Produktion, und wartete, während sie Rudolfo ihre leere Tasse hinhielt, der sie eilig auffüllte. Geistesabwesend, den Blick stur auf den Laptop gerichtete, sah sie nicht den Blick, den Patrick Rudolfo zuwarf, ihm ein Zeichen gab und beide die Küche leise verließen.

„Wir lassen sie in Ruhe arbeiten“, meinte er, als sie sich in den angrenzenden Wohnraum verzogen, „gibt es Essbares im Kühlschrank? Wir haben nur gefrühstückt.“

„Ich hole etwas, es ist ein kleiner Laden, hier ganz in der Nähe, es wäre ungünstig, den Pizzaservice zu bestellen“, sagte Rudolfo schnell, schnappte sich seine Autoschlüssel und spurtete los.

Nur eine Viertelstunde später kehrte er zurück. Froh, eine Beschäftigung zu haben, bereitete er einen kleinen Imbiss zu.

„Ich habe etwas entdeckt“, Julia deutete auf den Laptop, „die Daten, die ich wiederherstellen konnte, sind sicher gespeichert. Das hier“, sie zeigte auf einige Fotos, „sind Bilder, die bereits gelöscht waren, ich habe sie restauriert. Der normale Benutzer solcher Karten weiß meist nicht, wie er etwas unwiderruflich löschen kann. Es ist schwierig, aber nicht unmöglich, für uns eigentlich keine unüberwindbare Sache. Ein Problem gab es nur, weil es sich lediglich um einen nicht kompletten Speicherchip handelte, aber“, nun versuchte sie es mit einfachen Worten, dem Nichtfachmann zu erklären, „die wichtigsten Bestandteile sind vorhanden. Also“, nun deutete sie auf den Rechner, „hier ist die Bildershow! Es sind Fotos von Sabine, also gehörte der Chip ihr. Sie muss in den letzten Tagen vor ihrem Verschwinden fotografiert haben. Noch ist mir nicht klar, warum sie von ihrem Wohnzimmerfenster aus die Mauer knipste und umgekehrt. Hier kann ich lediglich vermuten: Sie hat etwas beobachtet und sicherheitshalber fotografiert. Okay, aber warum sagte sie uns nichts? Es muss etwas gewesen sein, dass sie an der Mauer vermutete, es ist die gleiche Stelle, an der wir das Blut und die Reifenspuren fanden. Die Fotos die sie von der Stelle der Mauer aus Richtung Haus machte, dienten sicherlich zur Überprüfung, ob man sie in ihrem Wohn- oder Schlafzimmer sehen konnte. Die Büsche und Sträucher verdeckten zwar einen Teil der Sicht, aber sehen konnte man doch ins Innere der Räume, und wenn sie abends bei Licht beobachtet wurde, dann verbesserte sich die Sicht um einiges. Sie löschte diese Fotos, sicherlich weil sie sich nicht mehr bedroht, beobachtet oder verfolgt fühlte. Ich habe eine vage Ahnung: Was ist, wenn doch etwas auf den Bildern zu erkennen ist, was nur mit einem Bildbearbeitungsprogramm sichtbar zu machen ist, Vergrößerungen usw.? Denn hier“, sie deutete auf eine Stelle des vergrößerten Fotos von der Mauer, „hier meine ich, etwas zu erkennen,“ sie zoomte das Bild heran, nun war es zwar verschwommen, aber zweifelsfrei eine Person zu sehen, „na, was sagt ihr dazu“, sie lachte triumphierend, aber wütend auf, „damit habt ihr nicht gerechnet.“ Sie starrte in die Gesichter der beiden Männer. „Wenn ich es weiter bearbeite, Schärfe hereinbekomme, ist der Faktor X vielleicht kein Unbekannter mehr.“

Kapitel 11

Durante jagte mit beinahe 200 km/h über die niederländische Autobahn, bis ihm brühwarm einfiel, welche Geschwindigkeit hier in Holland erlaubt war. Sofort nahm er den Fuß vom Gas und wurde augenblicklich langsamer. Jede seiner Bewegungen mit dem Wagen wurde registriert, nicht von der Polizei, nein, da ließ ihn sein Glück nicht im Stich. Der Peilsender, den Verena unter seinem Porsche befestigte, nachdem sie vor dem Hotel sah, welchen Wagen er fuhr, übermittelte ständig und in exakten Zeitabständen die genaue Position des Wagens an einen Empfänger, der sich in der Tasche Verenas befand und zeitgleich diese Angaben an Nick sandte. Dieser verfolgte auf seinem

Monitor die Fahrstrecke und informierte Verena und Jan in Abständen, wo sich der Feind gerade aufhielt.

„Es dürfte nun nicht mehr allzu lange dauern, maximal eine halbe Stunde, dann erreicht Durante den Treffpunkt. Er scheint etwas im Schilde zu führen, er ist erheblich vor der geplanten Zeit am Ziel. Gebt Acht ...“ Jan unterbrach ihn: „Ich bin schneller als er, ich bin schon da und habe alles im Visier. Wenn er ankommt, sehe ich es. Es gibt nur einen Parkplatz, den wird er anfahren. Mal schauen, was er so vorhat.“

„Er ist nicht alleine im Wagen, Tony, der Butler, ist bei ihm, oder was auch immer er darstellen soll.“

„Sein Bodyguard? Vielleicht hat er Angst“, Nick lachte auf, „oder er kennt Verena, und ihm schlottern die Knie. Ich habe mich übrigens in sein Handy geschaltet, sollte er telefonieren, habe ich es sofort auf dem Computer. Sollte er mit Spanien sprechen, dann wissen wir, dass er hinter Sabines Entführung steckt.“

„Oder er schickt eine E-Mail. Wie die erste, die an die de Winter Corporation ging.“

„Da ist bislang nichts weiter eingegangen“, informierte Nick seine beiden Gesprächspartner, „wäre das der Fall, wüsstet ihr es schon.“ Er stutzte. „Der gute Paul biegt ab! Besitzt er kein Navi? Sonderbar!“

„Vielleicht spricht sein Navi mit einer Frauenstimme, und er hat zugeschlagen, so wie er es bei Cora machte. Aber Scherz beiseite: Ich vermute, er heckt einen Plan aus. Er ist nicht mehr weit entfernt und nimmt einen kleinen Umweg zum Treffpunkt, er nähert sich dem Hotel von hinten.“

„Er kennt sich hier besser aus, als ich dachte“, gab Jan zu, „er versucht die Situation vom Hintereingang aus zu eruieren. Aber kein Problem, ich habe vorgesorgt!“

Glücklicherweise kannte Durante Jan nicht. Er betrat das Hotel durch den Vordereingang, nickte kurz der Person an der Rezeption zu und begab sich auf direktem Weg in den Vorraum der WCs. Von diesem Standort aus überblickte er den Vorder- und Hintereingang, ohne selbst gesehen zu werden.

Es dauerte nicht lange, und Durante lief, vom Hintereingang kommend, direkt zu einem der Fahrstühle, drückte einen Knopf und fuhr hoch. Auf der dritten Etage hielt der Lift und fuhr geraume Zeit später zurück zum Erdgeschoss. Jan verließ seinen Beobachtungsposten und fragte an der Rezeption: „Ich treffe mich hier mit einem Bekannten und meinte gerade, er wäre im Fahrstuhl hochgefahren. Herr Müller-Kantor, ist er schon eingetroffen? Eigentlich wollte ich ihn einladen, bei mir zu wohnen, ich hoffe, er hat hier kein Zimmer gemietet."

Die nette Dame schüttelte den Kopf: „Nein, ein Herr Müller-Kantor hat hier kein Zimmer gemietet, der Herr, den Sie gerade gesehen haben müssen, ist Herr Durante, er hat ein Zimmer vorbestellt, aber schon gestern."

„Entschuldigung, dann habe ich es nicht richtig gesehen, oder dieser Herr besitzt eine phänomenale Ähnlichkeit mit Herrn Müller-Kantor." Jan verabschiedete sich, verließ das Hotel, ging zu seinem Wagen und informierte Nick und Verena.

„Ich suche etwas anderes und rufe ihn an. Bis zu unserem Treffen sind es noch gut zehn Minuten." Er wählte Durantes Nummer und bestellte ihn in ein kleines Café, ungefähr 800 Meter entfernt. Die brummig fauchende Stimme Durantes, der mit dem anderen Treffpunkt nicht einverstanden war, sprach für sich. Im letzten Augenblick besann er sich. Der Deal mit Vera, den er anvisierte, seit er die Kontoauszüge eingesehen hatte, und das Geschäft mit dem Unbekannten, beides noch nicht spruchreif, animierte ihn, seine Stimme freundlicher klingen zu lassen. „Gut, ich bin in einigen Minuten dort, bestellen Sie mir schon mal etwas zu trinken." Jovial, heiter, nicht nervös, bemühte er sich, ein vertrauensvolles Image hervorzurufen. Immerhin wollte er, wenn tatsächlich ein gutes Geschäft anstand, nicht den Eindruck erwecken, er wäre nicht imstande, den Auftrag auszuführen.

Jan ließ Durante zehn Minuten warten und kontrollierte die Umgebung. Tony blieb diesmal im Auto. Jan setzte sich nur eine halbe Stunde später als geplant zu Paul Durante an den Tisch.

„Ich hoffe, Sie haben für mich mitbestellt." Kein Lächeln, eher ein eiskaltes Blitzen in den Augen, was zur Folge hatte, dass Paul den Mund hielt. Dieser nickte und deutete auf die zweite Tasse Kaffee.

Jan schaute ihn nicht an, zog ein kleines Tütchen aus seiner Jackentasche hervor und deponierte es neben der Tasse. Oben auf legte er einen Zettel, einige kurze Notizen, Angabe der Menge, die er kaufen könnte, und der Preis.

Ein Unbeteiligter würde es als Zucker ansehen. Paul wusste, um was es sich handelte.

„Für Sie", Jan schob beides in die Mitte des Tisches, „lassen Sie es überprüfen, und wenn Sie das Geschäft mit uns machen wollen, melden Sie sich. Meine Handynummer haben Sie." Als Durante nickte, wusste Jan sofort, dass dieser bereits auf den Zug aufgesprungen war. „Ich selbst habe hier in Europa nicht die Leute zur Verfügung, um es selbst an den Mann zu bringen. Aber Thomas meinte, Sie seien der Richtige für diesen Job."

Ohne den Kaffee anzurühren, erhob sich Jan und verließ das Café. Er ging zu seinem Auto, das in einiger Entfernung parkte, vergewisserte sich, dass ihm niemand folgte, stieg ein und fuhr zurück zum Stadthaus.

Durante würde den Stoff selbst prüfen. Nick ging davon aus, es würde nur eine Stunde dauern, bis der Anruf erfolgen würde. Wie immer erwies sich Nicks Prognose als fast korrekt.

Fünfzig Minuten später rief Durante an: „Ich könnte mir vorstellen, das Geschäft mit Ihnen abzuwickeln. Es kommt auf die Konditionen an", erklärte er sich, fast widerwillig, bereit, „wir sollten uns nochmals treffen, aber an einem Ort, der weniger der allgemeinen Menschenmenge zugänglich ist. Wie wäre es in meinem Hotelzimmer?"

„Grundsätzlich ja, aber leider bin ich heute nicht mehr in Amsterdam, morgen! Wir treffen uns morgen, zwölf Uhr. In meinem Hotelzimmer. Die Adresse geben ich per SMS durch."

Jan legte auf, noch bevor er eine Antwort hörte. Der Fisch hing an der Angel. Der Stoff würde Durante einen Reingewinn von gut achthunderttausend Euro bringen, sollte die Rechnung aufgehen, die er sicherlich schon aufgestellt hatte. Natürlich würde er handeln, natürlich würde Jan mit dem Preis noch etwas heruntergehen, natürlich.

Für Durante bedeutete es einen ungeahnten Aufschwung, wieder an Geld zu kommen, und für die Clique hing er bereits am Haken. Aber da sie nicht wissen konnten, ob er hinter der Entführung steckte, mussten sie die Übergabe der Ware verzögern.

Jan traf mit Verena fast zeitgleich im Stadthaus ein.

„Wie ist es gelaufen?"

„Er hat angebissen. Dieses Geschäft und die reiche Erbin Vera bedeuten für ihn der Glücksgriff schlechthin. Wann triffst du dich wieder mit dem Mistkerl?" Jan schaffte es nicht, Durante bei seinem richtigen Namen zu nennen.

„Eigentlich morgen, zum Abendessen", gelassen setzte sich Verena in einen der tiefen Sessel des Wohnzimmers, „aber dieses Rendezvous hast du mir leider vermasselt. Mal sehen, wann er sich meldet und welche Ausrede er parat hat. Eigentlich bin ich froh, ihn nicht treffen zu müssen, dieser schleimige, widerliche Kerl." Sie schüttelte sich, beherrschte sich sofort und wirkte wieder ruhig und gelassen. Gekonnt ist gekonnt, dachte Jan, der es beobachtete. Diese Art der Selbstbeherrschung würde er auch gerne erlernen, dieses Pokerface, das sie alle aus der Clique beherrschten.

„Dann essen wir beide gemeinsam", überlegte Jan, „wir lassen etwas liefern."

„Oh ja, die zwei Stunden Fahrt haben mich hungrig gemacht, aber ich öffne die Tür. Du bleibst im Hintergrund. Wir sind zu dicht am Feind, und ein dummer Zufall könnte uns reinreißen.“

„Aber dich kennen Durante und Tony. Wenn sie dich nun zufällig an der Tür sehen ...“ Jan begriff sofort, was Verena meinte, die lachte laut auf. „Mich? Die Person, die gleich die Tür öffnet, kennt niemand, verlass dich darauf! Also order etwas, aber bitte nichts vom Chinesen, das kann ich mittlerweile nicht mehr sehen. Ruf den Italiener um die Ecke an, bestell mir eine Thunfischpizza, nein, besser gleich zwei. Gib eine Großbestellung auf, vier oder fünf von den Dingern“, sie stand auf und bewegte sich lautlos zur Treppe, drehte sich dann um, „du darfst dir natürlich auch etwas aussuchen!“

„Wie gnädig von dir, aber warum so viele?“

„Erstens, wer weiß, wie lange wir hier festsitzen, dann müssen wir morgen nicht noch einmal etwas bestellen, und zweitens, es irritiert den Pizzaboten, und drittens, einfach sehr banal: Ich habe Kohldampf.“ Danach entschwand sie lachend die Treppe hoch in ihr Zimmer, als sie kurze Zeit später herunter eilte, starrte Jan sie baff erstaunt an: Die ältere Dame in Schwarz wirkte unscheinbar, irgendwie kleiner als Verena, und schüchtern. Sie hielt bereits Geld in der Hand, als es eine halbe Stunde später läutete.

Jan sprach zwischenzeitlich per Skype mit Patrick.

„Wir haben die Daten der SD Karte an Nick weitergeleitet, vielleicht kann er etwas mehr herausfiltern. Julia hat hier nicht die Möglichkeiten, und vier Augen sehen bekanntlich mehr als zwei.“

„Werdet ihr nach Amsterdam fahren? Ich glaube, das ist keine besonders gute Idee, solange Durante hier ist.“

„Nein, wir suchen hier weiter. Wir haben noch nicht alles durch- und untersucht. Julia will sich noch die Umgebung anschauen und mit einigen Leuten sprechen. Es gibt zwei Häuser, fast in unmittelbarer Nachbarschaft, vielleicht haben die Bewohner etwas gesehen. Ein Auto, vielleicht Fremde, jemand der hier herumstrolchte“, er überlegte kurz, „irgendwer muss doch etwas bemerkt haben. Immerhin ist keine Saison und kaum Touristen da.“

„Sobald wir hier fertig sind“, Jan lachte kurz auf, „sobald er die Ware hat, fahren wir zurück. Verena wird ihn weiter bearbeiten, und ich bereite die nächste Aktion vor, wie besprochen, natürlich nur, wenn ich keine anderen Anweisung von euch erhalte. Bleib mal kurz dran, Verena will dich noch sprechen.“

„Hallo Süßer“, hauchte sie, „hier ist Vera“, die Stimme änderte sich von Dummchen blond, blöd, in kompetent, energisch, „habt ihr noch eine Idee, wie, was und wo wir Alice finden können? Andere Namen, Orte oder – warte mal, was ist mit früher, mit dem merkwürdigen Namen, den er, wie Julia sagte, umänderte!“

„Das haben Nick und Doro überprüft, eine Alice Durankowsky gab es nie. Zumindest nicht in Deutschland. Nick forscht nun in anderen Ländern nach, wir haben noch die Niederlande und die USA im Angebot.“

„Vielleich änderte er den Namen vorher, ich meine bevor er Durante wurde, schon einmal. Oder aber, das könnte auch sein, er nahm kurzzeitig den Namen dieser Alice an.“ Verena seufzte.

„Tja, das ist das Problem, es existiert nichts über eine Änderung, nur der Wechsel von Durankowsky in Durante. Weitere Daten wurden entweder gelöscht, manipuliert, gefälscht oder sind nicht existent. Nick bearbeitet die Fotos, so dass Doro sich mit dem Thema beschäftigt. Wir suchen immer noch nach einer weiblichen Person, so um die vierzig bis fünfundvierzig mit Namen Alice oder Alicia, die in dem entsprechenden Zeitraum verschwunden ist. Vielleicht hat er sich nur scheiden lassen“, überlegte Patrick. Er wurde aber sofort von Verena energisch unterbrochen: „Nein, keine Scheidung, das wäre zu einfach, dann brauchten wir sie, die Exfrau, ja nur zu befragen, und wenn sie sich bester Gesundheit erfreut, warum sucht er dann Julia? Das hängt zusammen, Cora muss etwas herausgefunden und diese Information unwissentlich an Julia weitergegeben haben.“

„Julia zermartert sich schon das Gehirn, kann sich aber nicht erinnern, nur dass Cora ihr während der Flucht etwas von zwei Namen sagte. Mehr nicht.“

Sie beendeten die Verbindung. Verena, die Langeweile nicht endlos aushielt, befragte nun ihrerseits das Internet. Eine Idee keimte auf. Konnte es eine ehemalige Schulfreundin sein? Sie meldete sich bei Stayfriends unter einem falschen Namen an, suchte im besagten Jahrgang nach alten Schulfotos und hoffte auf einen Hinweis. Tatsächlich, einer der Mitschüler hatte ein altes Schwarzweiß-Foto eingestellt und sich tatsächlich die Mühe gemacht, einige Mitschüler namentlich zu benennen. Leider nur einen kleinen Teil. Eine Alice war nicht dabei.

Sie erkannte Durante oder Durankowsky, wie der ehemalige Mitschüler ihn hier nannte. Julia meinte sie ebenfalls zu erkennen, war sich aber nicht sicher. Unter der vermeintlichen Person stand kein Name.

Verena druckte das Klassenfoto aus und schickte es weiter an die de Winter Corporation und Julia. Sie reckte sich, stand auf, rieb sich die Augen und gähnte. Sie brauchte Kaffee, also schlich sie sich leise in die Küche, um Jan nicht zu stören, der intensiv arbeitete und die Welt um sich herum nicht registrierte.

„Bring mir einen Kaffee mit.“ Ohne vom Bildschirm seines Laptops aufzuschauen, berichtete er: „Claudia ist immer noch nicht ausgerissen, ich habe gerade eine E-Mail von ihr gelesen, den Kindern geht es auch gut. Yasmine beschäftigt alle drei intensiv.“

„Gut zu wissen, wir haben hier schon Probleme genug. Ich will nicht noch von einer zweiten Entführung hören“, fast zornig ging sie in die Küche und kam kurze Zeit später mit zwei Tassen Kaffee zurück, „hämmere ihr ein, dass sie auf die Kinder achten muss. Ich will sie erst wieder hier sehen, wenn sich die Lage positiv gebessert hat. Dann, aber auch erst dann, können alle zurückkommen – oder auch nicht ... Ich bin auf ein altes Schulfoto gestoßen“, sie zeigte Jan den Ausdruck, „vielleicht ist unser gute Alice ja auf dem Foto zu sehen.“

„Du gehst von einer Jugendliebe auf?“ Er nickte, betrachtete das Foto genauer. „Ist das Julia?“

„Ich glaube schon. Aber das wird sie uns selbst sagen müssen.“

„Wenn man das Alter berücksichtigt, immer unter der Prämisse, unsere Vermutungen stimmen, dann konnte er Alice eigentlich nur während der Schulzeit kennengelernt haben. Wo sonst?“

„Gibt es in der Schule vielleicht noch Unterlagen mit den Adressen der Schüler von damals? Wir müssten zur Schule und vielleicht auch mit einem der älteren Lehrer sprechen. Vielleicht gibt es einen Hinweis auf ein merkwürdiges Verschwinden oder den Tod einer ihrer ehemaligen Schülerinnen. So etwas vergisst man nicht. Es ist zwar nur ein Strohhalm, aber er könnte uns weiterbringen.“

„Okay“, Jan stellte seine leere Tasse auf den Schreibtisch, „ich schlage vor, sobald wir hier wegkönnen, sollten wir der Schule einen Besuch abstatten.“

Kapitel 12

„Wir müssen miteinander reden“, Patrick richtete die ernsten Worte an seine Frau, „es gibt einige grundsätzliche Dinge zu klären!“ Erstaunt, mit gerunzelter Stirn, aber doch angstvoll, blickte Julia ihn an, sagte kein Wort, wartete darauf, dass er den Anfang machte. Er beruhigte sie sofort: „Es ist niemandem etwas passiert“, er merkte die Erleichterung, die von ihr ausging, „nein, alle gesund und munter, aber Linda hat sich beschwert, du würdest dich nicht melden", er registrierte ihre gerunzelte Stirn mit einem Grinsen, „sie wollte ein Foto von dir, weil sie nicht mehr weiß, wie du aussiehst. Aber Scherz beiseite. Das ist nicht das Thema, über das ich mit dir reden will. Es ist etwas Wichtigeres, etwas, das uns als Familie betrifft!" Er besaß ihre volle Aufmerksamkeit. „Was machen wir mit Durante? Er ist schuld, dass wir alle keine Nacht ruhig verbringen, und seitdem er aufgetaucht und wieder in unser Leben eingetreten ist, schläfst du gar nicht mehr, wirst von Albträumen geplagt, hast wieder deine Schweißausbrüche ..." Als sie ihn unterbrechen und dazwischenfahren wollte, ließ er sie nicht zu Wort kommen. „Lass mich ausreden. So kann es nicht weitergehen. Wir ruinieren uns, die Kinder, die gesamte Großfamilie ... Also, bist du dir im Klaren darüber, was passieren muss?"

Diese eindringliche Standpauke saß, Julia nickte, spürte einen eiskalten Luftzug: „Eine weitere Kerbe im Griff meines Colts!"

Er nickte. „Also wäre es geklärt. Wir alle sind der gleichen Meinung."

„Hast du etwa mit den anderen schon darüber gesprochen? Wann? Heute? Bevor wir nach Europa geflogen sind? Wann?"

Ein vages Lächeln zeigte sich auf seinen Lippen, die Stirn blieb leicht gerunzelt. „Wir sind uns eben alle einig, ohne viele Worte, sogar Jan. Er erträgt es nicht mehr, mit einer Toten zusammenzuleben und mit diesem Geist nicht öffentlich ausgehen zu können. Sabine wird es ähnlich ergehen, obwohl die Lage bei ihr etwas anders ist. Ich möchte, dass du dich nicht mehr ohne das hier bewegst, ob im oder außerhalb des Hauses", er reichte ihr eine kleine, handliche Pistole, die sie nahm und in ihren rückwärtigen Hosenbund steckte.

„Verstehe", Julia beugte sich wieder über die Bilder und es machte den Anschein, es interessiere sie nicht weiter. Patrick wusste es besser. Sie starrte die Fotos an, sie grübelte, sie dachte. Sie hatte ihren internen Computer, ihr Gehirn, eingeschaltet und überlegte. Endlich legte sie das Foto zur Seite, ohne es überhaupt betrachtet zu haben.

„Ich verstehe", begann sie erneut, tief in Gedanken versunken, sie weilte in einer anderen Welt, imaginär stand sie neben sich, „und ich glaube, ich weiß auch schon ..." Sie sprach es nicht aus, nickte. „Ja, ich glaube, sobald wir genau wissen was mit Sabine ist, wenn wir sie gefunden haben, dann, erst dann machen wir ernst." Patrick beobachtete sie genau. Sie drehte sich entschlossen um, die müde Stimmung verflog, rigoros bearbeitete sie die Tasten ihres Laptops. Lächelte.

„Hast du dir schon überlegt, ob du eine Alice kennst, von der Schule her, meine ich, war ein Mädchen mit diesem Namen in eurer Klasse?“ Er erzählte Julia die Gedanken, die Verena verfolgte.

„Gute Idee, aber in unserer Klasse? Nein. Daran könnte ich mich erinnern. Aber halt“, aufgeregt sprang sie auf, riss das Telefon aus der Ladestation und wählte eine Nummer. Doro war sofort am Apparat, als ob die beiden per Gedankenübertragung kommunizierten, dachte Patrick. Sie hielten sich nicht mit langen Vorreden auf.

„Das Band aus der Kamera, du weißt schon, die Aufnahme von Cora“, Julia wartete kurz eine Erwiderung ab, „genau. Wir sahen doch zum Schluss eine Frau und einen kleinen Jungen am Strand, du erinnerst dich? Prima. Ich habe den Film nicht gespeichert dabei und möchte nicht von hier aus auf den Server zugreifen. Kannst du mir die beiden Personen, ich nehme an Mutter und Sohn, als Foto speichern und schicken? Die Kamera war ein älteres Modell, wir müssen zuerst ein Standbild produzieren, dass einigermaßen deutlich ist. Stimmt“, meinte sie nach einer kurzen Pause, „die Software haben wir in unserem Büro auf dem alten Laptop: Modell Dampfmaschine“, nun lachte sie laut auf, „korrekt, das Gerät, welches auch noch über ein Diskettenlaufwerk verfügt, es entspricht nicht unserem gewöhnlichen, modernen Standard, aber so ein altertümlicher Gebrauchsgegenstand kann immer mal wieder von Nutzen sein, wie wir nun sehen. Ich brauche das Foto von Frau und Kind, möglichst genau und, wenn es geht, vergrößert. Ich hab eine Idee, die erklär ich euch, wenn sie spruchreif ist.“

Sie lehnte sich lässig zurück. Ihr Blick schweifte zu Rudolfo, der in der Küche alles mithören konnte, aber bei der eindringlichen Ansage Patricks nicht dabei sein wollte, schlenderte nun wieder zurück ins Esszimmer, an dessen großen, langen Tisch sie sich mit ihren Computern nebst Zubehör ausgebreitet hatten. In der Hand, wie nicht anders zu erwarten, ein Tablett mit drei Tassen Kaffee, schwarz natürlich.

„Ihr meint also“, fing er an, während er sich zu ihnen setzte, „es hat etwas mit einer alten, ehemaligen Schulfreundin zu tun? Cora lernte er aber im Urlaub kennen“, gab er zu bedenken, „und wenn das bei dieser Alice auch der Fall war, dann ist es fast unmöglich herauszufinden, woher sie stammt.“

„Richtig“, Patrick lief nachdenklich im Esszimmer auf und ab, „aber wir müssen irgendwo anfangen, mehr Anhaltspunkte haben wir nicht, lediglich den winzigen, sehr kurzen Filmausschnitt auf Coras Kassette.“

„Wenn er vermutet, dass Cora mir erzählt hat, um wen es sich handelt, und er irgendetwas mit dem Verschwinden dieser Frau oder des Kindes zu tun hat, dann könnten wir ihm vielleicht sogar einen Mord nachweisen. So wie er bei Cora zugeschlagen hat ... Vielleicht schlug Durante bei dieser Alice zu hart zu und ..."

„Aber dieses Kind, dieser kleine Junge, was ist mit ihm? Wo ist er? Wer war er? Durantes Sohn?"

„Wir können nur spekulieren, Beweise haben wir nicht. Noch nicht."

„Vergiss nicht, unsere Tochter anzurufen", erinnerte sie Patrick nachdrücklich, „sie wird sonst sauer. Erst sperren wir sie ein, und dann rufst du sie nicht an. Sie wollte übrigens heute Wilhelm und Eduardo besuchen und hat sicherlich die Bodyguards von Yasmine im Nacken", er seufzte mitleidvoll auf, „sie tun mir jetzt schon leid!"

„Sie will zu Doro", sagte Julia, „die beiden tuscheln in letzter Zeit häufig miteinander, verschwinden stundenlang und tauchen verschwitzt und durchtrainiert wieder auf! Haltet mich nicht für naiv! Was ist es? Judo, Karate oder beides?"

Patricks Gesichtsausdruck sprach Bände, er fühlte sich ertappt. Rudolfo lachte laut auf: „Julia hört, sieht und erfährt alles!"

„Wenn du es wusstest, warum hast du nichts gesagt?" fragte Patrick.

„Weil ich es sehr gut finde, dass sie Selbstverteidigung lernt", Julia verstand Patricks Zögern nicht, „wir befinden uns auf der Flucht, Sabine ist verschwunden, unser Leben ist gefährdet, und da soll ich etwas dagegen haben, dass sie sich gegebenenfalls wehren kann?" Energisch schüttelte sie den Kopf.

„So betrachtet hast du natürlich recht", er nickte, „wenn sie nach Hause geht, muss sie ja nicht einmal über eine öffentliche Straße, das riesige Anwesen ist streng bewacht. Ich fand nichts dabei, ihr zu erlauben, den heutigen Tag bei ihren Ersatzopas zu verbringen."

„Ist Selbstverteidigung wirklich alles, was sie bei Nick und Doro lernt? Oder lernt sie auch schon das Hacken?" Erleichtert atmete Patrick auf, hob die Schultern. „Ich nehme an, den Grundkurs beherrscht sie schon", er beeilte sich zu ergänzen: „Naja, sie wird sicherlich schon wissen, wo sich der Ein- und Ausschaltknopf eines Laptops befindet."

Julia stöhnte. „Das wissen die Kids in dem Alter schon lange, das ist nichts Neues, ich befürchte, da ist mehr. Wir haben sie eindringlich gewarnt, sich nicht bei Facebook registrieren zu lassen und Bilder von sich und der Familie hochzuladen. Da ist es mir schon fast lieber, sie hackt sich in Fort Knox ein. Was noch?"

Patrick schluckte, er konnte es nicht weiter verheimlichen, Doro hatte ihn bereits gewarnt. „Den Gebrauch der Waffe“, versuchte er ihr schonend beizubringen.

Auf Julias Antwort waren beide Männer nicht gefasst. „Gut“, war alles, was sie nickend von sich gab, „sehr gut“, wiederholte sie Sekunden später. Ihre Stimme besaß augenblicklich wieder den normalen Klang. Sie widmete sich ihren Unterlagen, ihrem Laptop und ihren innersten Gedanken. Dann aber, einige Minuten nach dem Gespräch, fuhr sie den Laptop herunter und griff zu ihrem Handy. Ohne sich namentlich zu melden sagte sie: „Was machen deine Schießübungen? Triffst du wenigstens schon die Nähe der Scheibe?“

Was Linda am anderen Ende erwiderte, hörten die Männer nicht, allerdings besserte sich die starre Miene Julias: „Prima. Nein“, sie schüttelte den Kopf, „dein Ersatzvater“, nun blickte sie Patrick direkt in die Augen, „hat dich nicht verpfiffen. Keine Angst, so etwas tut er nicht. Was macht Lennard? Vermisst er uns?“

„Mama, er wird verwöhnt, von allen, auch von Yasmine, von der sowieso. Doro meint, Schokolade würde nicht schaden“, sie lachte auf, „ich nehme ihn mit zum Training, er muss seine Pfunde wieder abstrampeln, sonst erkennst du ihn in einer Woche nicht wieder.“

Julia stöhnte, sie hatte es geahnt.

„Gleich erklärt mir Nick die Feinheiten der Bildbearbeitung. Wir knöpfen uns die Fotos vor, die du uns gesandt hast. Mal sehen, was wir herausfiltern können ...“

„Was ist mit Mathematik, Deutsch, Englisch, Rechtschreibung? Dir ist aber schon bekannt, dass man ‚und‘ mit d und nicht mit t schreibt?“

„Das kleine Einmaleins beherrsche ich schon zur Hälfte, die Gleichung mit acht Unbekannten löse ich aber schneller“, spottete Linda zurück, „und wirklich, ‚und‘ schreibt man mit d? Das ist neu, das muss ich mir merken ...“ Es ging eine ganze Zeit so weiter, endete mit einigen Ermahnungen an Linda, sie konterte mit Ratschlägen für Patrick und Julia, die versprach, sich so bald als möglich wieder zu melden. „Hoffentlich mit Neuigkeiten und Grüße von Sabine.“ Sie schaute sich um, sie war allein. Den Kindern ging es gut, zu Hause schien alles ruhig, dennoch haderte sie mit sich selbst, es ging nicht voran. Einige Spuren, die sie verfolgten, einige Hinweise, denen sie nachgingen, nichts Halbes und nichts Ganzes. Nachdenklich starrte sie den Bildschirm an, wartete auf die Eingebung, den Gedanken, den Durchblick schlechthin, seufzte und rief zur Küche: „Wir können hier nichts mehr machen. Patrick und ich fahren zurück“, sie stand auf, diesmal fest entschlossen, „Rudolfo, du bleibst hier. Vielleicht klärt sich alles auf, oder es kommt eine Lösegeldforderung. Meine innere Stimme sagt mir, wir sollten ins Camp. Wenn Patricks Wohnung überwacht wird, ist das der Ort, wohin man uns haben will. Vielleicht ist Sabine da, irgendwo in der Nähe, vielleicht finden wir sie dort.“ Nachdenklich wandte sie sich ihrem Bildschirm zu. „Wir haben hier zwar Sender gefunden, sie besitzen aber keine große Reichweite. Also sollten wir davon ausgehen, dass sie nicht mehr aktiv sind. Sie wurden sicherlich nur benötigt, um den passenden Moment zu finden, Sabine unbeobachtet aus dem Haus zu bekommen.“

„Dennoch ist es gefährlich, keine Vorsicht walten zu lassen. Wir fahren morgen früh zurück. In der Nähe des Camps gibt es ein kleines Hotel, dort checken wir ein, aber nicht unter dem Namen de Winter. Die E-Mail ging an die de Winter Corporation, also haben sie einen Hinweis, einen Tipp oder sonstige Informationen. Wir riskieren nichts, wir benutzen die Reservepässe.“

Rudolfo schaute Patrick stirnrunzelnd an, Julia erklärte es ihm: „Die Pässe mit Reservenamen“, sie lächelte, „man sollte stets mehrere im Angebot haben. Ich besitze doch auch nicht nur eine Handtasche.“

Das verdutzte Gesicht Rudolfos sprach Bände. „Das mit mehreren Handtaschen verstehe ich ja“, wagte er den Einwand, „aber Reservenamen?“

Als Julia ihn ansah, begriff er. „Auf den Pässen sind keine Eintragungen, aus denen ersichtlich ist, dass wir gerade aus den Emiraten kommen. Neue Namen. Diese Pässe sind praktisch leer, also ideal für unsere Zwecke.“

„Wie kann ich euch erreichen?“

„Per Handy eigentlich immer und E-Mail natürlich. Versuche es nicht im Hotel, es ist eine familiengeführte Pension, da schwätzt man mit dem Postboten, und der tratscht weiter, und schon sind wir aufgeflogen.“

Patrick begann die Koffer zu packen.

„Ist es zu abwegig in Betracht zu ziehen“, überlegte Rudolfo nachdenklich, „dass der Feind ein Haus in der Nähe des Camps gekauft oder gemietet hat? Wir gehen doch davon aus, dass der oder die Unbekannten Julia in die Finger bekommen wollen, Julia und ihre Informationen, was immer das auch sein mag. Sabine, so nehmen wir ebenfalls an, stellt das Tauschobjekt dar. Der oder die Entführer müssen davon ausgehen, dass man Sabine eventuell noch mal braucht, aus welchen Gründen auch immer – dann wäre es vorteilhaft, das Tauschobjekt in der Nähe zu haben, also in der Nähe des Camps!“

„Die Idee ist nicht völlig abwegig“, Julia grübelte, Patrick unterbrach das Packen, „wenn ich jemanden verstecken will, nehme ich keine Mietwohnung, dann brauche ich ein Haus, ein Gebäude das möglichst einsam liegt, damit die Nachbarn nicht sehen, was dort passiert.“

Patrick nickte. „Wir sollten uns das Grundbuch anschauen und dann die Daten zwei Jahre zurückverfolgen. Ich weiß auch schon, wen wir darauf ansetzen könnten“, grinste er und griff zum Telefonhörer. Verena meldete sich sofort.

„Ich habe Arbeit für dich.“ Er erläuterte seine Gedanken und fand ihre Zustimmung.

„Ich kann im Augenblick nichts machen und hätte schon eine Idee. Der Stadtplan! Ich werde mir die außerhalb der Ortschaft liegenden Bereiche zuerst vorknöpfen, dort, wo die Häuser weit auseinander liegen, und arbeite mich dann zur Stadtmitte vor.“

„Vergiss nicht, Hallen oder Garagen zu überprüfen. Auch die kämen in Frage!“

„Lass mich nur machen.“ Begeistert, endlich eine Beschäftigung zu haben und sich von Durante ablenken zu können, der immer noch ein Grauen in ihren Gedanken hervorrief, legte sie auf und fing sofort mit der Suche an.

Kapitel 13
Abu Dhabi

„Sie hat es bemerkt“, zähneknirschend und naserümpfend grinste Linda Doro an. „Patrick hat geplaudert, nehme ich an, woher sollte sie es sonst erfahren?“

„Nein“, rigoros schüttelte Doro den Kopf, „Patrick würde dich nie verpetzen. Geh einfach davon aus, dass sie es gemerkt hat. Erinnere dich, sie hat dich gesehen, in ihren Träumen. Sie hat metaphysische Fähigkeiten, wenn es um dich geht, und wahrscheinlich auch, wenn sie ahnen würde, dass mit Lennard etwas nicht stimmt.“

Linda nickte zögernd: „Ich habe versucht an sie zu denken, obwohl ich dachte sie wäre tot. Irgendetwas sagte mir, wenn ich fest genug daran glaube, dann ... Naja, hat ja geklappt.“

„Siehst du! Daher bemerkte sie auch das mit unserem Training, es sind die übersinnlichen Begabungen! Genau werden wir es nie erfahren. Nun lass uns mal den Computer auseinandernehmen. Damit meine ich nicht mit dem Schraubenzieher, sondern mit Wissen. Ich erkläre dir das Bearbeitungsprogramm für Bilder, es ist neu und wurde von Julia und Nick entwickelt. Und damit ich es verstehe", nun lachte sie Linda offen an, „erhielt ich die Version für Einfachgestrickte!"

Doro, stets zu Scherzen aufgelegt, aber eine ausgezeichnete Lehrerin, führte Linda nun in die Grundkenntnisse des neuen Programms ein.

„Muss ich gleich wieder zurück?" jammerte Linda.

Doro nickte. „Yasmines Bodyguards holen dich in einer Stunde ab. Ich gebe dir einen unserer älteren Laptops mit und das Foto. Versuche es zu bearbeiten, versuche dem Bild das Geheimnis zu entlocken, dann bist du erst mal beschäftigt und", nun flüsterte sie, „behalte Claudia im Auge, pass auf, dass sie nicht verschwindet, das wäre gefährlich, und zwar nicht nur für sie!"

„Du bist genau wie meine Mutter, du redest mir ein, dass ich benötigt würde, dabei weiß ich ganz genau, dass mich alle nur aus der Schusslinie haben wollen."

„Schlaues Mädchen", Doro klopfte ihr auf die Schulter, „guter Drill, meine Schule! Da diese Kleinigkeiten nun geklärt sind, schlage ich vor, du besuchst kurz unsere Altherrenriege, verabschiedest dich und packst deine Sachen", sie deutete auf den Schreibtisch, „vergiss ihn nicht, das neue Programm ist schon installiert. Morgen, sollten Nick und ich nicht gebraucht werden, treffen wir uns um die gleiche Zeit wieder hier, zum Training!"

Eine Stunde später kehrte Stille und Ruhe ein. Yasmine holte Linda persönlich ab, natürlich in Begleitung zweier starker, durchtrainierter Männer, denen man bestimmt nicht im Dunkeln begegnen wollte. Doro machte es sich im Arbeitszimmer bequem.

Nick hatte mittlerweile das unscharfe Foto soweit rekonstruiert, dass man zwei Personen darauf ausmachen konnte. „Die beiden", er deutete auf den Bildschirm, „sind schon mal da. Das Foto hat Sabine aus dem Fenster ihres Wohnzimmers geknipst, Richtung Grundstücksmauer." Die große Entfernung – immerhin lagen der Pool, Bäume und Sträucher dazwischen – verringerte Nick zwar, es blieb aber noch unscharf. Mit einigen wenigen Tastenklicks wandelte es sich in ein fast scharfes Bild. Leider sah man die beiden Personen, die dort versteckt standen und den Rückzug über die Mauer gerade antreten wollten, nur von hinten.

„Mist", sagte Doro, „warum fotografierte sie nicht einige Sekunden eher, oder gibt es ein Foto, das die beiden von vorne zeigt?" Nick schüttelte den Kopf.

„Irgendwelche außergewöhnlichen Kennzeichen? Merkmale? Fehlt ein Bein, ein Arm, keine Haare auf dem Kopf, oder etwas ähnlich Gravierendes?“

Wieder schüttelte Nick den Kopf. „Nichts“, seufzte er, „einfach nichts. Obwohl ich bei dem rechts meine, er käme mir bekannt vor“, er zuckte mit den Schultern, „sicher bin ich mir nicht, erkennst du etwas?“

Nachdenklich betrachtete Doro das Foto, vergrößerte es und meinte: „Kann es sein, dass der Linke da etwas an der Hand hat? Einen Siegelring oder fehlt ihm da ein Glied des kleinen Fingers? Kannst du es noch etwas vergrößern?“

Nick kniff die Augen zusammen, konnte aber nichts erkennen.

„Es ist eher eine Ahnung, richtig erkennen kann ich es nicht, ein Gefühl“, grübelte sie, „vielleicht wenn man es verkleinert? Vielleicht“, sie scrollte die Vergrößerung des Bildes leicht zurück, „vielleicht erkennt man es nun besser?“

Nick schüttelte den Kopf: „Ich brauch eine Brille, denn ich sehe nur einen dunklen Fleck, dort an der Hand“, er deutete die Stelle an, „wenn ich es mir genau überlege – es ist möglich.“

„Lass dieses Merkmal“, sie deutete auf die Hand, „durch unsere eigene Datenbank laufen, bleibt immer noch die Frage, warum Sabine fotografiert hat. Sie muss etwas registriert haben, aber es schien nicht relevant und wichtig, sonst hätte sie uns verständigt!“

Nick machte sich sofort an die Arbeit. „Was ist mit Linda? Schon wieder zurück, zu Yasmine?“

„Ja, ich habe ihr das Programm und den alten Laptop eingepackt. Das Foto“, sie deutete nun auf den Bildschirm, „habe ich ihr ebenfalls mitgegeben. Ich hoffe, sie ist so beschäftigt, dass sie morgen nicht hierherkommt, zumal Julia herausgefunden hat, das wir zusammen üben und trainieren!“

„Patrick? Ob er sich verraten hat?“

„Ich glaube nicht, eher mütterlicher Instinkt. Denk daran, wie mystisch verknüpft die beiden waren, in der Zeit, in der sie nicht wussten, dass der andere noch lebte. Linda berichtete von den gleichen Träumen, von den mystischen Rufen, wie auch Julia.“

„Stimmt“, bestätigte Nick, der sich noch genau an die nächtlichen Schreie Julias in ihren Träumen erinnerte, „wenn sie so eine imaginäre Verbindung auch zu Sabine aufnehmen könnte ...“

„Dann wüssten wir, wo Sabine steckt“, ergänzte Doro, „besser noch, ihre übersinnliche Wahrnehmung würde sie zu Mördern, Betrügern oder Entführern führen, dann könnten wir in eine andere Branche wechseln, und ich glaube, die Bezahlung wäre dann exorbitant." Nun musste auch Nick lachen, als das Telefon klingelte.

„Hallo Süße", begrüßte er Linda, „kann es sein, dass du dich nicht von mir verabschiedet hast und holst das nun nach? Nein? Na gut, dann bin ich ab sofort beleidigt", er lauschte einen Augenblick, „ja, das ist richtig", nun folgten einige Erklärungen, „wenn du das erledigt hast, dann ist sicherlich etwas mehr zu erkennen!" Er verabschiedete sich. „Linda", erklärte er seiner Frau, „sie hatte einige Fragen bezüglich des Programms und arbeitet bereits an dem Foto, nun ist sie beschäftigt und denkt nicht immer an Julia, denn ich glaube, die Trennung und die herannahende Gefahr ist ihr nur zu bewusst, obwohl sie es nicht zugeben will."

„Sie wird uns nicht alles erzählt haben, was ihr in den fünf Jahren, in denen sie bei den Tondheimers lebte, passiert ist. Julia meint, sie verdrängt etwas. Vielleicht erzählt sie es uns irgendwann einmal, oder wenigstens Julia. Dass der Aufenthalt dort, in diesem riesigen, vornehmen und wohlhabenden Haus nicht angenehm, sondern eher katastrophal und kaltherzig war, das berichtete sie, aber ich finde es merkwürdig, dass sie keine Einzelheiten preisgibt. Wer weiß", Doro schüttelte den Kopf, „am liebsten würde ich nach Aachen fahren und dieser Haushälterin gehörig den Kopf waschen." In Einzelheiten ging sie nicht, Nick ahnte, was dabei herauskommen würde, denn Doro war alles andere, aber nicht zimperlich. „Luise Tondheimer und ihre missmutige Haushälterin, diese Gefängniswärterin mit ihren zusammengekniffenen Lippen." Doro erinnerte sich noch sehr gut an den Tag, an dem sie, als unscheinbare Sekretärin von Gerrit Albers, van der Fries und Wilhelms Rechtsanwalt, der für sie in Deutschland die Fäden zog, vor Gericht saß. Er versuchte Julias Ansprüche auf ihre Tochter zu legalisieren. Einfach war die Angelegenheit nicht, aber als Schreibkraft hatte sie die Möglichkeit, in dem Verfahren neben Albers zu sitzen und ihm während der Anhörung die entsprechenden Zettel mit den korrekten Daten und passenden Widerlegungen hilfreich zuzuschieben. Doro lernte so Luise Tondheimer und ihre Haushälterin kennen, die gemeinsam mit ihrem Anwalt in der Anhörung zugegen waren. Der seltsam ruhige Gesichtsausdruck Luise Tondheimers, anders dagegen der verbissene Gesichtsausdruck der Hausangestellten, das giftige Blitzen in ihren Augen, man merkte sofort, sie verkraftete keine Niederlagen, die Wut, die Rage, der Zorn, all das spiegelte sich in ihrem Gesicht, all das lief vor Doros Augen nochmals ab. „Ich hätte beide umbringen sollen. Wie kann man so viel Gemeinheit einem kleinen Mädchen zumuten, das mit neun seine Eltern und seinen Bruder verloren hat. Statt ihr bei der Trauer zu helfen, wurde sie gedrillt!“ Doro schüttelte den Kopf, musste sich beherrschen, nicht laut zu toben und Dinge auszusprechen, die man ihr anvertraut hatte, die Linda nur ihr und ihrer Mutter erzählte. Was Doro nur vermutete, eine Tatsache, die Linda nur Julia beichtete, waren die Züchtigungen, die Schläge teils verbal, teils Wirklichkeit. Wie man ihr stets erklärte: ‚Nur durch Schmerz lernt man‘, schien das Schlagwort Ilse Grefs, der Haushälterin, gewesen zu sein, und Luise Tondheimer rührte sich nicht, hielt einen gewissen Abstand, befürwortete es aber nicht. Sie schien Angst vor der Haushälterin zu haben, allerdings hielt sie oft die Gref auf, wenn sie wutschnaubend Linda, bzw. Elisabeth, wie sie bei den Tondheimers hieß, züchtigen wollte, und stellte sich vor ihre Adoptivtochter.

Linda rief nachts im Schlaf verzweifelt ihre Mutter, obwohl sie wusste, dass es nichts nützen würde. Zweimal riss sie aus, was ihr weitere Strafen einbrachte. Dann gab sie auf, nur nicht das nächtliche Rufen nach Julia und die Hoffnung, irgendwie aus dieser verzweifelten Lage erlöst zu werden. In den letzten zwei Jahren wurde sie wieder zu einem fröhlichen Mädchen, dank der Hilfe ihrer neuen Großfamilie. Vor allem Doro wuchs ihr ans Herz, zumal sie ihr alles erzählen konnte und sie in ihr eine Mitstreiterin fand.

Dann fingen sie irgendwann vor Monaten mit dem Training an. „Damit dir so etwas nicht noch einmal passiert“, erklärte Doro wütend, „damit du das nächste Mal zurückschlagen kannst.“

Und nun, nachdem Patrick und Julia wieder in Europa waren, versuchte sie Linda abzulenken, indem sie ihr Aufgaben übertrugen.

„Sie geht schon sehr fachmännisch mit dem Programm um.“ Nick schmunzelte. „Bei ihrem Können wird sie uns bald erklären, was wir falsch gemacht haben, und uns ihre lupenreinen Erkenntnisse nebst Lösungen präsentieren.“

„Ich will nach Deutschland“, Doro sprang auf, „ich bin irgendwie unruhig. Ich kann doch nicht einfach hier sitzen und die anderen machen lassen. Eine innere Stimme sagt mir, ich müsste ebenfalls dort sein, zumindest in der Nähe, um gegebenenfalls sofort einzuschreiten.“ Sie wanderte im Büro auf und ab, blieb stehen und schaute Nick an. „Hast du nicht auch das Gefühl, dass wir etwas übersehen, etwas Wichtiges?“

„Du musst nicht immer an vorderster Front mitmischen“, gab dieser zu bedenken, „aber ich verstehe dich. Ich bin der gleichen Meinung.“ Er überlegte. „Wir können die Altherrenriege getrost alleine lassen, zur Not ist Claudia hier, die Kinder sind bei Yasmine bestens aufgehoben, ich glaube, wir können es riskieren und nach Europa reisen, mit den anderen Pässen natürlich."

„Ich packe, du buchst und sagst den anderen Bescheid!" war alles, was Doro erleichtert hervorbrachte.

Kapitel 14

„Die Begeisterung hielt sich in Grenzen", stöhnte Nick, „es passte ihnen nicht!"

„Natürlich", Doro machte es sich im Flieger bequem, „aber wenn wir es ausdiskutiert hätten, dann wäre nichts Produktives dabei herausgekommen." Nachdenklich starrte sie aus dem Fenster, in wenigen Augenblicken würde die Maschine starten. Nick lehnte sich zurück, schloss die Augen und dachte laut: „Linda tobte, ich musste sie beruhigen, sie dachte, es wäre etwas mit Julia passiert."

„Aber nachdem du es ihr erklärt hast, dass mit meinen unbestimmten Ahnungen meine ich, wurde sie friedlicher, und als sie dann Julia per Handy erreichte, beruhigte sie sich."

„Ich habe ihr eine Menge Denksportaufgaben zurückgelassen, wenn sie die alle, erfolgreich natürlich, bearbeitet hat, dann sind wir schon wieder zurück."

Doro schwieg, sie ging nicht davon aus, zumal sie Lindas IQ mittlerweile sehr gut kannte und zum anderen, weil sie nicht annahm, so schnell das Problem Durante in den Griff zu kriegen und Sabine gefunden zu haben. Die dunkle Seite in ihr zog bereits in Gedanken die Waffe und zielte.

In acht Stunden würden sie in Frankfurt sein. Treffpunkt: das Camp.

„In der Höhle des Löwen werden sie uns nicht vermuten", hoffte Doro.

Elf Stunden später trafen sie sich im ehemaligen Wohnzimmer, mittlerweile verstaubt und verlassen, als auf Julias Handy ein Anruf einging. Wilhelm berichtete, dass eine weitere E-Mail ohne Absender eingegangen sei.

„Was schreibt der Unbekannte?" Julia fischte einen Block und einen Stift aus ihrer Tasche, hielt den Hörer in der linken und balancierte Stift und Block in der rechten Hand.

„Das Geheimnis nähert sich der Lösung. Da ihr sicherlich schon alle in Deutschland seid, sollten wir uns treffen, an dem Ort, wo alles begann", notierte sie Wilhelms Worte.

„Merkwürdig", Wilhelm holte tief Luft, „warum wird der Treffpunkt nicht genannt? Der Ort, wo alles begann ...", meinte er, mit einem Anflug von Zorn in der Stimme, „wo soll das sein? Das Camp? Das Boot?"

Julias Gehirn verarbeitete die Information langsam und bedächtig. Sie starrte das Blatt mit ihrer Notiz an, bis ihre Nervenstränge es schafften, bis zum Aha-Erlebnis vorzudringen.

„Ich ahne", murmelte sie, „wo der Treffpunkt ist!" Sie fuhr sich mit der linken Hand durch das kurze Haar, eine Geste, die sie stets machte, wenn sie nachdachte und der Lösung auf der Spur war. „Ich melde mich wieder." Die Antwort Wilhelms wartete sie nicht ab.

„Wo?" Doro blickte sie an. Patrick und Nick schwiegen, starrten unverändert auf die Notiz, als versuchten sie, aus den Buchstaben die Lösung zu filtern.

„Unser Gegner ist sich nicht sicher", langsam kamen die Worte aus Julias Mund, mit ihren Gedanken weilte sie tief in ihrem Innern und zog die Erkenntnisse langsam an die Oberfläche, „Er weiß nicht, ob er die Richtigen aufgespürt hat, daher die vagen Andeutungen. Er gibt keine detaillierten Angaben weiter, der Text wirkt unverfänglich, nur die, um die es geht, wissen damit etwas anzufangen. Er hofft, uns gefunden zu haben. Wir sollten antworten, spielen wir das Spiel mit."

„Wo?" Doros Stimme war ungeduldig. Julia spürte ihren Blick, ihre Augen verengten sich. „Für mich begann alles mit der Explosion", leise und erschüttert hielt sie sich die Ohren zu, augenblicklich schmeckte sie wieder den Qualm, spürte den Rauch, die Detonation. Schnell schüttelte sie den Kopf, schüttelte die Gedanken ab, die sie verfolgten, wie die Endlosschleife eines Films. Sie ließ sich auf den Boden fallen. „Der Treffpunkt ist unser ehemaliges Haus!"

„Das ergibt keinen Sinn, es wurde verkauft.", Doro schüttelte den Kopf. „Nein, ich bin immer noch der Meinung, wir sind am Treffpunkt."

„Lass uns nach einem Hinweis suchen", Nick sprang auf, „ich bin Doros Meinung", er, der bislang nachdenklich an der Tür gelehnt zuhörte, winkte Patrick zu, der sofort verstand. Während Nick die einzelnen Räume durchforstete, kontrollierte Patrick den Keller und Doro das Areal rund um ihre ehemalige Behausung.

Julia, immer noch nicht überzeugt, holte ihren Laptop hervor. Sie wollte sich die E-Mail näher ansehen.

„Verlassen", der Eindruck erhärtete sich, nachdem sie sich wieder im Aufenthaltsraum trafen, „hier ist nichts und niemand." Nick zögerte. „Wir haben allerdings noch nicht den Teil durchsucht, der uns damals als Unterstellplatz der Fahrzeuge diente.“ Er sprang auf, zeitgleich Patrick, beide liefen hinaus.

Irritiert registrierte Doro den plötzlichen Aufbruch: „Das hab ich übersehen. Ich glaube, ich werde alt“, sie schüttelte den Kopf, „ich muss mich intensiver konzentrieren, aber seit wir nicht mehr aktiv sind und nur noch im Büro sitzen ...“

„Ich verstehe dich“, Julia schloss die E-Mail, „Wilhelm hat nichts übersehen, trotzdem“, sie runzelte nachdenklich die Stirn, „ich vermute den Treffpunkt immer noch an unserem ehemaligen Haus.“

„Wenn du sicher bist, lass uns hinfahren“, Doro, keine Frau von langwierigen Entscheidungsprozessen, verstand ihre Freundin, „wir nehmen das Haus und die Umgebung morgen früh näher unter die Lupe.“

Die beiden Männer kehrten zurück. Nick hörte die letzten Worte Doros.

„Morgen früh fahren Julia und ich zu ihrem ehemaligen Haus. Finden wir nichts, haben wir zumindest diese Alternative ausgeschlossen. Du und Patrick könnt hier aufräumen. Sollen wir uns nicht im Keller häuslich einrichten? Die Schlösser sind schnell repariert oder erneuert. Die notwendigen Möbel organisiert, Licht können wir überbrücken ...“ Sie zählte einige Kleinigkeiten auf.

„Es wäre machbar. Seid ihr einverstanden?“ Patrick blickte in die Runde, drei Augenpaare signalisierten Zustimmung. „Wir fangen morgen früh an. Für heute Nacht suchen wir ein Hotel.“

„Um sieben fahren wir los. Es ist eine knappe Stunde Fahrt. Ihr habt dann die Möglichkeit, uns hier ein gemütliches Zuhause zu schaffen“, Julia grinste, „Whirlpool wäre nicht schlecht“, was ihr einen strafenden Blick Patricks einbrachte, „aber nun erzählt, habt ihr in den Garagen etwas entdeckt?“

„Tja, wir wissen es nicht so genau“, zögerte Patrick, „es scheint in letzter Zeit jemand dort gewesen zu sein, es sind Fußspuren zu erkennen, einige alte Latten wurden zur Seite gerückt, als ob jemand etwas gesucht hat. Die Spuren sind frisch, es muss erst kürzlich gewesen sein. Einige Bretter an der hinteren Wand standen auf Gras, darunter war es noch grün.“

„Die Spaziergängerin mit Hund, die wir kürzlich gesehen haben“, überlegte Julia laut, „was ist mit ihr? Kann sie es gewesen sein?“

„Möglich, aber warum sollte sie dort herumstöbern und schwere Bretter verstellen?“

„Eine Frau, die hier spazieren ging?“ Doros Augen funkelten, sie witterte eine Spur.

„Die Dame schien älter zu sein", was Julia ein lautes „Pah", von Doro einbrachte, „du scheinst auch älter zu werden", konterte sie, „eine ältere Dame, wahrscheinlich mit Stock ... der Hund dabei ... also wirklich, bis auf den Hund – das ist eine Variante, die könnte von uns stammen."

„Du meinst, das Camp wird beobachtet?"

„Möglich. Hat besagte ältere Dame euch gesehen?"

Julia schüttelte den Kopf: „Nein, natürlich nicht, unser Auto parkte im Wald, nicht einsehbar von der Straße und der Einfahrt zum Areal."

„Lass uns zusammenpacken und ins Hotel fahren. Ich muss nachdenken. Wir sollen Vorsicht walten lassen. Alles kann Zufall sein, aber an Zufälle glaube ich nicht mehr."

Sie packten ihre Taschen, schauten sich nochmals um, ein Blick durchs Fenster zeigte ihnen absolute Menschenleere, so dass sie es vorsichtig wagten, den Rückweg durchs unwegsame Gelände zu ihren Autos zu starten.

Sie bemerkten nicht die Augen, die sie in der Dämmerung beobachteten, sie spürten nicht die Anwesenheit einer Person, die sich hinter einem der größeren Bäume versteckte und die merkwürdigen Schatten im Innern des alten Gebäudes registrierte. Sie sahen nicht den Hund, der lediglich ein leises, knurrendes Jaulen von sich gab und dann zu der Person hochschaute, neben der er saß.

„Ich weiß auch nicht, was das alles zu bedeuten hat, Bobby", sprach die ältere, grauhaarige Frau flüsternd zu dem Hund, „in den letzten Wochen gingen hier merkwürdige Dinge vor sich. Wenn ich an Gespenster glauben würde, bekäme ich nun Angst, aber es sind reale Menschen", sie kraulte den Hund hinter den Ohren, „wir haben sie schon mal gesehen, ich weiß es, ich kann mich nur nicht mehr erinnern, wann und wo", als der Hund mit einem kurzen „Wuff", reagierte, meinte sie weiter, „nein, ich meine nicht vor ein paar Tagen, da waren zwei der vier schon mal hier, so schusselig bin ich nun auch wieder nicht, nein, ich kenne sie von einer anderen Gelegenheit her. Wenn ich nur das Wann wüsste, dann würde mir sicherlich auch das Wo einfallen." Sie seufzte, diesmal lauter. Die vier dunkel gekleideten Personen hatten sich mittlerweile weggeschlichen. „Obwohl", sinnierte sie weiter, „von denen scheint nichts Gefährliches auszugehen, bei ihnen spüre ich keine Gefahr, dagegen machten mir die zwei Männer, die letzte Woche hier waren, Angst. Sie strahlten so ein Unbehagen aus, fast furchteinflößend, denen würde ich nicht gerne begegnen."

Als ob Bobby sie verstand, bestätigte er ihre Worte abermals mit einem kurzen, leisen: „Wuff." Langsam bewegte sie sich im Schatten der Bäume auf den Ausgang zu, nicht ohne sich ständig umzuschauen. Bobby trottete neben ihr her, blieb aber plötzlich stehen und spitzte die Ohren. Seine Begleiterin spürte es sofort, registrierte jede kleinste Emotion des Hundes und versteckte sich sofort tiefer in dem unwegsamen Gebüsch.

„Pst, Bobby“, sie zog ihn näher zu sich, legte eine Hand auf seine Schnauze, Bobby hielt still, er wusste genau, dass er ab sofort keinen Laut von sich geben durfte, „das sind nicht unsere vier Freunde, das sind die beiden Männer von letzter Woche.“ Ihr Herz raste, sie verharrte hinter den Sträuchern, wagte nicht einmal Luft zu holen, eine eisige Kälte erfasste sie.

Die angsteinflößenden Gestalten liefen zielstrebig auf die alte Remise zu und verschwanden im Inneren des halb verfallenen Bretterverschlages.

Erst als sich der Abstand zu den bedrohlich wirkenden Fremden vergrößerte, wagte sie es hastig weiterzulaufen. Sie erreichte atemlos den Ausgang, blieb am Zufahrtsweg stehen und holte erst einmal tief Luft.

„Wir werden es herausbekommen, was da Merkwürdiges vor sich geht, und wir werden herausfinden was mit ihr passiert ist“, energisch wollte sie sich gerade aus dem dunklen Schatten der Bäume hervorwagen, als sie ein Motorengeräusch vernahm. Da sie kein Licht erspähte, schaute sie sich irritiert um, trat sicherheitshalber einen Schritt zurück, stand fast im Straßengraben und spürte das Auto mehr, als dass sie es sah, das ohne Licht langsam und vorsichtig an ihr vorbeifuhr. „Das sind zwei der vier“, flüsterte sie Bobby zu, „wo stecken die beiden anderen? Sind sie schon hier entlanggefahren?“ Sie verharrte noch eine Minute, und als sich nichts mehr rührte, beeilte sie sich, schnell den Heimweg anzutreten.

Kapitel 15

„Soll ich fahren?“ Doro stand gähnend vor dem Mietwagen Julias und hielt die Hand auf, aber Julia hielt den Schlüssel fest und schüttelte den Kopf: „Ich kenne mich dort besser aus, es ist nicht allzu weit, du kannst die Rückfahrt übernehmen.“ Sie setzte sich eine Baseballkappe mit blondem Pferdeschwanz auf. Es suggerierte ein völlig fremdes Bild der Person, die vor ihr stand, während Doro eine schwarze Langhaarperücke trug. Die karierten alten Baumwollhemden trugen sie locker über verwaschenen Jeans. Die Hemden verdeckten die Waffen, die beide im rückwärtigen Hosenbund bei sich trugen.

Julia setzte sich ans Steuer und startete den Motor. In diesem Augenblick sahen sie ihn: einen kleinen Zettel, er klemmte hinter dem Scheibenwischerblatt. Doro sprang stirnrunzelnd aus dem Wagen, zog den gefalteten Zettel hervor, schlug ihn auf und betrachtete nachdenklich den Inhalt. Julia, in der Zwischenzeit angefahren, sagte zunächst nichts, bis ihre Ungeduld siegte. „Haben wir falsch geparkt?“ Sie lenkte zielstrebig Richtung Autobahn, fuhr zügig, fast zu schnell auf die Zubringerspur und fand sich Sekunden später auf der dreispurigen Autobahn wieder, setzte erneut den Blinker und schwenkte nach einen Blick in den Rückspiegel auf die dritte Spur. „Also was steht da, oder kannst du nicht mehr lesen?“

„Merkwürdig“, brummte Doro und seufzte dann, „ich finde es immer wieder klasse, wenn man nur Andeutungen macht und keine klaren Texte verwendet.“ Dann las sie laut vor: „Ihr werdet beobachtet und wahrscheinlich verfolgt, passt auf, seid vorsichtig.“ Sie verstummte, ließ die Worte auf sich einwirken und schüttelte dann den Kopf. „Weißt du, wer da was meint?“

„Scheint eine Warnung zu sein“, Julia fuhr langsamer, „wenn dort stehen würde: ‚Ich beobachte euch‘, würde ich es als Drohung sehen, so aber ...“ Sie gab wieder Gas. „Wer könnte etwas von uns wissen?“

„Das überlege ich auch schon die ganze Zeit. Jemand hat gesehen, dass man uns beobachtete oder verfolgt. Aber wer? Und wann?“

„Dieser Jemand hat uns mit dem Wagen in Verbindung gebracht. Den fahren wir doch erst seit ein paar Tagen. Wo waren wir in der letzter Zeit ... im Camp!“ Blitzschnell zog sie an mehreren Lastern vorbei. Wenigstens sind die Reaktionen Julias noch genauso effizient wie vor zwei Jahren, dachte Doro, und ihr Verstand schien auch zu funktionieren.

„Im Camp bemerkten wir bei unserem ersten Besuch die ältere Dame mit Hund“, Julia sinnierte weiter über das Problem nach, „was ist, wenn sie uns doch gesehen oder bemerkt hat? Was ist, wenn sie uns gestern wieder erspähte? Vielleicht befanden wir uns nicht allein auf dem Grundstück. Ich hatte den Eindruck, sie ging dort öfter mit dem Hund spazieren. Immerhin sind Teile dort zugewuchert und unwegsam. Es wurde bereits dunkel, als wir verschwanden, da kann man leicht etwas übersehen, auch Menschen oder Hunde.“

„Warum warnt sie uns? Wir könnten ja die Bösen sein.“ Doro gab sich mit der Erklärung nicht zufrieden. Julia setzte abermals den Blinker, minderte die Geschwindigkeit, da sie sich der Ausfahrt näherten. Nur noch wenige Minuten und sie würden sich dem Haus nähern und genau an der Stelle vorbeifahren, an dem vor sieben Jahren der Wagen mit Julias Familie in die Luft gejagt wurde.

Sie verringerte das Tempo, je näher sie dem Haus kam, hielt das Lenkrad krampfhaft fest, Schweiß stand auf ihrer Stirn.

„Stopp, halt an!“ Der Kommandoton Doros ließ sie zusammenschrecken und unverzüglich auf die Bremse zu treten.

„Wir wechseln!“ Schon stieg sie aus, ließ die Beifahrertür offen und erreichte mit wenigen Schritten die Tür der Fahrerseite, zog sie los und zugleich Julia aus dem Auto, die den Türgriff fest umklammerte. Blass starrte sie Doro an, sagte immer noch keinen Ton, nickte nur.

Wie im Zeitlupentempo lief sie um den Wagen herum zur anderen Seite und wollte gerade einsteigen, als ihre Freundin es sich anders überlegte, neben ihr stehen blieb, den Arm festhielt und leise, aber doch resolut meinte: „Es sind laut Navi nur noch wenige Meter, lass uns zu Fuß gehen, etwas frische Luft tut uns beiden gut!“ Per Fernbedienung verschloss sie den Wagen, ließ Julia nicht los und zog sie in die Richtung, in der sie das Haus vermutete. „Sind wir richtig?“

Julia nickte und merkte, dass Doro sie ablenken wollte. „Langsam, ruhig, wir haben Zeit.“ Doros beruhigende Worte wirkten. Julia holte tief Luft, straffte ihre Schultern und lief weiter. Ihre Schritte wurden langsamer, je näher sie dem Haus kamen, fast zog Doro sie vorwärts.

In Julias Gehirn flackerten die damaligen Bilder auf, sie spürte imaginär den Rauch, atmete ihn ein, hörte den Schrei, spürte die Erschütterung und die Explosion, die sie gegen die Haustür schleuderte. Sie versuchte die Emotionen abzuschütteln und einen klaren Gedanken zu fassen. Sie stöhnte leise. Diese Endlosschleife sollte nicht wieder beginnen. Sie wollte nicht erneut von der Strömung erfasst werden, die sie in die Tiefe zog, in die Bewusstlosigkeit.

Doro spürte es. Sie hielt Julia fest, ihre Hände schlossen sich um Julias Arme. Durch den kurzen Schmerz wurde Julia von der Erinnerung abgelenkt, fand Zeit, sich wieder zu fassen, holte tief Luft und schaute ihre Freundin an. „Danke, es geht wieder, die Erinnerung, ich spürte es wieder, dieses Unheil, diese Katastrophe von damals. Lass uns weitergehen, lass uns schauen, wer nun das Haus bewohnt.“

Doro hörte ihr stumm zu. Sie konnte Julia nicht helfen, sie konnte ihr nur zur Seite stehen. Vielleicht half es, sich der Erinnerung zu stellen. Sie wünschte es und hoffte, wenn Julia sehen würde, dass ganz normale Menschen nun dort wohnten, in ihrem ehemaligen Heim, dann könnte etwas

Normalität in ihr neues Leben treten. Nach Doros innerster Überzeugung konnte nur eine einzige Maßnahme helfen. Aber es war noch zu früh, um mit Julia darüber zu sprechen.

„Komm", sachlich und ruhig führte sie Julia weiter, fasste nach einigen Metern ihre Hand und drückte diese zur Beruhigung, „denk an etwas Banales, etwas Gewöhnliches, denk an einen einfachen, simplen Beobachtungsauftrag, schalte alles andere ab." Julias Gesichtsfarbe normalisierte sich wieder.

Urplötzlich kam eisiger Wind auf. Genauso unerwartet wie er heraufgezogen war, herrschte wieder totale Windstille.

Irritiert stockte Julia. Sie spürte Energie, Energie, die aus ihrem Innersten zu kommen schien. Sie schnappte nach Luft. Doro schien von all dem nichts gespürt zu haben. Eine Sinnestäuschung?

Das große Haus mit dem kleinen Vorgarten, wirkte so alltäglich, als hätte es niemals eine Explosion gegeben. Auf dem Rasen vor dem Haus lagen Kinderspielsachen, ein kleines Fahrrad, ein Lastauto, ein buntes Eimerchen, ein Ball ... Alles wirkte so furchtbar gewöhnlich. Einiges hatte sich geändert, der Rasen des Vorgartens wurde von einer Hecke umfasst.

„Es sieht nicht danach aus, als sei dieser Ort als Treffpunkt vorgesehen", überblickte Doro die unmittelbare Umgebung, schaute nach rechts und links, reckte den Hals, „aber da wir nun schon mal hier sind, wäre es fast grob fahrlässig, nicht nachzuschauen, wer hier nun wohnt. Du bleibst hier stehen", sie zog Julia die Baseballkappe tiefer ins Gesicht, „verhältst dich absolut ruhig und bewegst dich nicht von der Stelle." Dann überflog ein Lächeln ihre Miene. „Außer, du weißt schon: Erdbeben, Schüsse, Mäuse, Spinnen ..." Sie nickte Julia aufmunternd zu, die ihre Lippen leicht verzog. Man konnte es als Lächeln interpretieren. Doro zögerte einen Augenblick, dann zog sie einen Umschlag aus ihrer Jackentasche und stiefelte los.

Ihren Blick hielt Julia gesenkt. Die Augen starr auf die Haustür ihres ehemaligen Heims gerichtet, beobachtete sie, wie Doro klingelte. Nur Sekunden später öffnete sich die Tür, eine junge Frau mit einem kleinen Jungen auf dem Arm, schaute Doro fragend an. Julia hörte nichts von der Unterhaltung, sie stand zu weit entfernt. In diesem Augenblick öffnete sich die Haustür des Nachbarhauses. Julia erkannte Sybille Allert, ihre ehemalige Nachbarin, die den Weg von der Haustür zu ihrem Wagen nahm, der vor der Garage parkte, einstieg und ihn rückwärts auf die Straße setzte. Für den Bruchteil von Sekunden trafen sich ihre Blicke, Julia wandte sich sofort ab, ihre ehemalige Nachbarin stutzte kurz, runzelte die Stirn, fuhr dann aber weiter, nicht ohne nochmals einen Blick in den Rückspiegel zu werfen. Doro unterhielt sich immer noch mit der neuen Bewohnerin, ging langsam einige Schritte rückwärts, während sie ein lautes „Dankeschön“, in Richtung Haustür rief. Dann eilte sie zurück zum Gehweg und lief in die entgegengesetzte Richtung. Julia reagierte, ging zum Wagen zurück, fuhr Doro nach, überholte sie, und blieb gut zweihundert Meter entfernt am Straßenrand und außerhalb der Sichtweite des Hauses stehen. Doro schlenderte betont langsam auf den Wagen zu, stieg ein, und sie fuhren sofort los.

„Was hast du herausgefunden“, Julia, wieder ganz professionell, fuhr einige Straßen weiter und blieb auf einem Supermarktparkplatz stehen.

„Also“, begann Doro, „besagte Frau Meier“, sie deutete auf den Umschlag, „wohnt nicht dort, welch ein Pech auch. Dann fragte ich nach merkwürdigen Vorkommnissen, dass wir vom Botendienst bereits mehrere Briefe für die besagte Adresse in unserer Verteilerstelle liegen hätten, was uns sehr merkwürdig vorkam, daher wäre ich heute persönlich gekommen, um nachzufragen, was es mit diesen unterschiedlichen Namen auf sich habe. Sie war genervt, diese Karin Höfer. In letzter Zeit tummelten sich merkwürdige Gestalten ums Haus herum und in der Nachbarschaft, wie sie mir gestresst berichtete. Ich tat sehr mitfühlend, gab ihr meine Handynummer und bat sie, mich sofort anzurufen oder auch die Polizei, wenn sie wieder etwas Außergewöhnliches beobachten würde. Sie behielt sogar schon ihren kleinen Sohn im Haus, denn von den Nachbarn hatte sie von der Explosion erfahren, die hier vor über sieben Jahren passierte. Es scheinen einige merkwürdige Gerüchte über dich im Umlauf zu sein. Im Allgemeinen ist man hier in der Gegend vorsichtig geworden und passt genau auf.“

„Und was genau ist über mich im Umlauf?“ Julias wütende Reaktion ließ Doro aufhorchen.

„Nichts Genaues, aber man erzählt sich, also ich gebe nur wieder, was ich von Karin Höfer hörte“, betonte sie, „dass nach besagter Explosion mehrere Männer auftauchten, nicht die Spurensicherung der Polizei und auch nicht die Beamten, die die Nachbarn später befragten, ob sie etwas gesehen hatten, nein, zwei Männer, die dann im Haus herumstöberten und einige Sachen herausholten. Sie luden Kartons in ihr Auto, und es sah fast so aus, als wären Sachen aus dem Kinderzimmer darunter gewesen, aber nun kommt das Interessante: Diese beiden Männer seien, so hätte Karin Höfer es von deiner ehemaligen Nachbarin Sybille Allert gehört, in den letzten Tagen wieder aufgekreuzt. Und man hatte Sybille damals erzählt, du wärst auch bei der Explosion ums Leben gekommen!“

„Ich bin tot?“

„Offiziell ja“, bestätigte Doro mit einem Nicken, „aber Sybille meinte, sie hätte damals etwas anderes gesehen. Kann es sein, dass sie mitbekommen hat, wie du vor der Explosion aus dem Auto gestiegen bist? Wenn sie das Unglück gesehen hat, muss sie doch auch einen Notarzt und Krankenwagen beobachtet haben, oder?“

„Ich bin erst in der Klinik aufgewacht, wie ich dorthin gekommen bin, kann ich beim besten Willen nicht sagen. Das ist auch egal. Wenn die gleichen Männer wieder aufgetaucht sind, dann bedeutete das doch ...“, Julia stockte kurz, „dann bedeutet das doch, dass der Treffpunkt doch hier und nicht im Camp ist. Schade, dass wir kein Foto von den Männern haben!“

Nun grinste Doro schelmisch: „Haben wir bald! Ich gab der guten Karin meine Handynummer, sie hat clevererweise die merkwürdigen Typen mit dem Handy fotografiert, da es ihr nicht ganz geheuer schien. Sie schickt uns das Foto.“

Kapitel 16

Verena bereitete sich auf ein weiteres Treffen mit Paul Durante vor. Dieser Kerl war ihr so widerwärtig, dass sie sich zusammenreißen musste, um nicht schnurstracks eine Kehrtwende zu machen und den nächsten Flieger zurück nach Abu Dhabi zu nehmen. Wenn sie nicht auf Dauer dort leben wollte, und das hatte sie nicht vor, musste sie sich dieser Herausforderung stellen und Durante in die Falle locken. Mittlerweile hatte sie versucht, an die Unterlagen des Grundbuchamtes zu gelangen. Es klappte, da sie immer noch ihren alten Zugangscode besaß. Eigentlich leichtsinnig, überlegte sie, niemand dachte daran, ihn zu sperren. Sie benötigte nicht viel Zeit und fand vier Objekte, die in Frage kommen könnten. Diese Daten sandte sie per E-Mail an Julia. Wenn sie das Ergebnis sah, würde sie schlicht weg vom Hocker fallen. Nachdem sie die Grundstücke in der näheren Umgebung des Camps durchforstet hatte, stieß sie auf eine Frau mit Namen Alice. Sofort stutze sie und forschte intensiver. Ein größeres Mehrfamilienhaus, fast in unmittelbarer Nähe von Patricks Wohnung, gehörte seit nahezu dreißig Jahren einer Alice Halbstett. Daneben, etwas kleiner, ein Einfamilienhaus. Zufall?

Julia oder Doro sollten sich besagte Dame mal näher ansehen. Zufrieden mit dem vorläufigen Suchergebnis, lehnte Verena sich zurück. Trotzdem spürte sie ein leichtes Unbehagen, schob es zuerst auf das Treffen mit Durante, dann aber, bei genauerem Überlegen, schüttelte sie den Kopf. Mit dir, mein Freund, werde ich fertig. Da ist noch etwas, aber was? Übersehe ich irgendeinen Zusammenhang? Eine innere Stimme drängte sie, ebenfalls nach Deutschland zu fahren, ins Camp, sie hatte den Eindruck, dort händeringend gebraucht zu werden. Das Rendezvous mit Paul verlangte ihre ganze Willenskraft.

Seufzend reckte sie sich und stieg die Treppe hoch. In ihrem Zimmer stand sie vor dem geöffneten Kleiderschrank, überlegte, was sie anziehen sollte, und entschied sich für eine Hose und einer weiten Bluse, so blieb Platz für die Waffe, die dann bequem rückwertig verstaut werden konnte. Sie vervollständigte ihr Make-up, riss sich zusammen und ging die Treppe hinunter.

Jan erwartete sie bereits im Wohnzimmer: „Wir haben ein Foto, verschwommen zwar, aber immerhin etwas. Es könnte den Entführer zeigen“, er deutete auf seinen Laptop, „sind dir diese beiden Typen irgendwie schon mal untergekommen?“

Verena runzelte die Stirn, kniff die Augen zusammen und schüttelte dann den Kopf. „Es ist eine zu schlechte Aufnahme. Bearbeitet Nick das Bild noch? Vielleicht wenn es deutlicher wird ... Ich muss gleich los“, ächzend griff sie ihre Tasche, kontrollierte die Pistole, steckte sie ein, seufzte: „Dann bis nachher. Es wäre nett, wenn Daddy mich heute noch mal brauchen würde ...“ Sie grinste. „Aber da muss ich durch. Ich rechne heute mit einem Heiratsantrag!“

„Ich gebe dir zwei Stunden, dann starte ich den ersten Telefonanruf, der dich erlöst.“

Übellaunig verließ Verena das Haus, stieg in ihren Wagen und fuhr zum Treffpunkt. Durante wartete gutgelaunt, den Deal vermutete er bereits in der Tasche. Ohne zu zögern wandelte sich das missmutige Gesicht Verenas in das strahlende Antlitz Veras, einer jungen, schüchternen Frau. Gekonnt himmelte sie Durante an: „Sind deine Geschäfte heute gut gelaufen? Hat alles geklappt?“

Durantes Gesichtszüge spiegelten Traurigkeit wider. „Ach“, seufzte er melancholisch, „ich hoffe doch, denn seit ich dich kennengelernt habe ...“ Er klang fast schwermütig, riss sich dann aber zusammen. Alles gespielt, dachte Verena, und das noch nicht einmal gut. „Leider fehlt mir das nötige Kleingeld. Ich muss noch einige Transaktionen starten und einige Depots auflösen, dann könnte es klappen. Es ist ein Immobilieninvestmentfonds, sehr lukrativ und absolut sicher. Ich kann morgen die erste Investition starten, würde gerne den Einsatz, die Einlage erhöhen, aber ... naja, das Geld fehlt mir. Wie ich es bereits erzählte, die ehemalige Freundin meiner Frau hat das Geld unterschlagen. Erst bringt sie Cora um, und dann verschwindet sie mit dem gesamten Vermögen, und ich kann nichts dagegen unternehmen", wieder ein herzzerreißendes Seufzen, ein traurig melancholischer Blick, „und niemand unternimmt etwas. Keiner versucht die Mörderin dingfest zu machen. Ich besitze nicht genug Geld, um richtig zu investieren, denn dann würde ich das Geld dafür ausgeben, um die Mörderin zu suchen, um sie der Justiz zu übergeben. Aber so", verstohlen wischte er sich eine Träne aus dem Augenwinkel, „so kann ich es leider nicht."

Verena reagierte sofort, wie Durante es anscheinend von ihr erwartete. „Soll ich dir das Geld vorstrecken, leihen? Du kannst es mir später zurückzahlen", sie schaute ihn mit einem äußerst mitfühlenden Blick an, „ich verstehe dich, ich würde genauso handeln."

„Das würdest du wirklich tun? Aber", zögerte er kurz, „besitzt du denn so viel Geld? Ich meine, ich will dir nicht zu nahe treten, aber ich brauche mehr als nur ein Taschengeld, sonst geht es nicht."

Verena lachte verhalten auf: „Darum mache dir keine Sorgen, zu wann brauchst du wie viel Geld? Wir werden es vertraglich festhalten, dann bist du beruhigt, und ich kann es vor meinem Vater verantworten! Wenn du einverstanden bist, können wir morgen schon die Verträge unterzeichnen. Unser Anwalt schafft es locker bis elf Uhr. Ist es dir recht?"

Innerlich frohlockte Durante, tat sichtlich gerührt, fasste Verenas Hand, drückte sie inbrünstig und hauchte erleichtert: „Danke, das wirst du niemals bereuen, ich werde dir alles zurückzahlen, wenn ich erst einmal wieder flüssig bin."

Verena lächelte ihm zu. „Wann tätigst du denn die Investition? Hast du schon einen Termin? Ich kann dir sofort nach Unterzeichnung des Vertrags, die Summe überweisen. Das ist gar kein Problem! Du hast die Möglichkeit, unverzüglich über das Geld zu verfügen."

Sie verabredeten sich für den nächsten Vormittag, Punkt elf Uhr in ihrem Hotel. „Unser Anwalt wird zu mir kommen", erklärte Verena, „unsere geschäftlichen Transaktionen begleitet er schon seit Jahren. Daddy und ich haben vollstes Vertrauen zu ihm, außerdem ist er Daddys ehemaliger Schulfreund, sie studierten gemeinsam in Den Haag."

Daher der niederländische Name, überlegte Durante, etwas Besseres konnte ihm gar nicht passieren, denn in Deutschland wurde ihm langsam aber sicher der Boden zu heiß unter den Füßen.

„Wir können auch nach Den Haag“, meinte Paul, was ein energisches Kopfschütteln Verenas zur Folge hatte, „Vera“, begann er nochmals, „das werde ich dir nie vergessen!“

Verena stimmte ihm innerlich zu. Ja, mein Lieber, das wird dir auf ewig im Gedächtnis haften bleiben. Morgen um elf beginnt dein Untergang, langsam, unausweichlich, sicher, unaufhörlich und beharrlich.

Jans Anruf unterbrach die scheinbar harmonische Idylle: „Kannst du reden? Bist du alleine?“

„Oh, hallo“, sie hielt den Hörer etwas zur Seite und wandte sich Durante zu, „es ist Daddys Privatsekretär, er ruft nur an, wenn es wichtig ist“, dann konzentrierte sie sich auf das Telefongespräch, hörte kurz zu, „ja natürlich, ich werde sofort kommen“, wieder eine Pause, „natürlich ist das wichtig, das muss sofort geklärt werden, ich bin praktisch schon im Büro!“ Sie legte auf und sah Paul traurig an. „Daddy ruft“, mit einem resignierten Blick erhob sie sich, hauchte ein, „gute Nacht, mein Lieber, und nicht vergessen, morgen um elf Uhr bei mir im Hotel.“

Erleichtert, aber trotzdem sehr beunruhigt stieg sie in ihren Wagen und fuhr los. Die Nachricht beunruhigte, sie und als sie fünfzehn Minuten später Jan erreichte, lief dieser nervös im Raum auf und ab.

„Was ist passiert“, japste Verena, „welche Nachrichten gibt es von Sabine?“

„Rudolfo erhielt einen Anruf von einem alten Freund Eduardos, aus seiner Mafiazeit“, Verena wusste sofort, dass über diese Namen niemals gesprochen wurde, die alten Kontakte nie abrissen und Eduardo oder Rudolfo sofort nach Sabines Verschwinden ihre eigenen Informationsquellen angezapft hatten, „es gibt einen Hinweis auf Sabine, sie muss in Dénia sein und scheint noch zu leben.“

Jan hielt bereits eine Landkarte der Umgebung Dénias in der Hand und deutete auf eine markierte Stelle. „Dort, in der Nähe von Marnes wurde ein Geländewagen gesehen, mit zwei Personen, der ins unwegsame Hinterland fuhr, nach drei Tagen in Benissa aufkreuzte, Lebensmittel einkaufte und für weitere zwei Tage verschwand.“

„Eigentlich nichts Ungewöhnliches“, grübelte Verena, „und was hat die Aufmerksamkeit dieses besagten Fahrzeuges auf sich gezogen? Was machte den Bekannten des Bekannten von Rudolfo stutzig?“

„Es handelte sich um ein deutsches Nummernschild. Der Wagen kam völlig verdreckt zurück, als sei er durch Schlamm, Geröll und sehr unwegsames Gelände gefahren. An sich auch nichts Befremdliches, aber aus der Richtung, aus der das Auto wiederkam, gibt es nichts außer Wildnis, keinen Ort, kein Haus und auch keine nennenswerte Offroadstrecke, die es wert wäre, befahren zu werden. Aber nun kommt es, es existiert ein alter Stollen, verfallen, halb zugeschüttet, also ideal, um jemanden zu verstecken. Rudolfos Informant erinnerte sich daran, da er in früheren Zeiten dort mit Freunden gespielt hatte. Also zählte er eins und eins zusammen und rief seinen alten Kumpel Rudolfo an."

Verena nickte nachdenklich. „Hast du schon die anderen verständigt? Ich muss mich morgen um Durante kümmern, ich kann im Augenblick hier nicht weg!"

„Sie sind auf dem Weg nach Dénia. Rudolfo erwartet sie. Wir wissen, was passiert, wenn sie Sabine nicht lebend finden?"

„Das ist mir bekannt, so hart es sich anhört, sie müssten Sabine Leiche beseitigen, unauffällig, unauffindbar. Wir können nicht riskieren, dass man herausfindet, wer sie ist. Das würde bedeuten, Enders käme frei, man würde die damaligen Beweise genau überprüfen und vielleicht Ungereimtheiten feststellen. Noch ist nicht sicher, ob wir auf der richtigen Spur sind, vielleicht ist es eine völlig kalte Fährte. Aber es ist ein Anfang, irgendwo müssen wir beginnen, Sabine zu suchen."

„Unsere vier sind unterwegs, sie wollten sofort los. Ich weiß, wie schnell sie packen können, und ich bin mir sicher, dass sie die ersten hundert Kilometer Richtung Dénia schon hinter sich haben!"

Dénia, Spanien

Jan lag mit seiner Vermutung fast richtig. Nick jagte über die Autobahn, stets knapp über der Geschwindigkeitsbegrenzung. Rudolfo erwartete sie bereits voller Ungeduld, als sie sechzehn Stunden später das Haus erreichten.

Sie saßen um den Esszimmertisch, eine Landkarte ausgebreitet, und ließen sich von Rudolfo erklären, wo sie sich mit ihrem Verbindungsmann treffen würden. Nachdem sie sich umgezogen, die Waffen eingesteckt und für eine Bergwanderung vorbereitet hatten, fuhren sie los. Rudolfos Kollege Fabio erwartete sie bereits, als sie knapp eine Stunden später Jàlon und das kleine Restaurante erreichten. Er hielt eine Landkarte bereit, größer und genauer als die, die ihnen Rudolfo besorgt hatte.

„Hier müssen wir hin, hier wurde der Wagen gesehen, ein Land Rover. Da er sehr verschmutzt war, schlammig, muss er durch Wasser gefahren sein“, er deutete auf eine Stelle der Wanderkarte, die ein Flussbett kennzeichnete, „hier ist eine Durchfahrt, die es ermöglicht, zur anderen Seite der des Flusses zu gelangen. Da es noch nicht geregnet hat, führt der Bach nicht viel Wasser, so dass wir noch mit einem normalen Fahrzeug hindurch können.“ Sie schauten sich die Stelle auf der Karte genau an, speicherten die Umgebung und Daten in ihrem Gehirn und wollten losziehen, sobald es dunkel wurde.

„Kannst du uns führen, Fabio?“ Dieser nickte Rudolfo zu. „Wir werden auch meinen Jeep nehmen, er ist unauffälliger, und man kennt mich hier in der Gegend. Ein fremdes Auto würde auffallen, das möchte ich nicht riskieren. Der alte Schacht liegt dort, wir können den Wagen hier stehen lassen und gehen dann zu Fuß weiter, es ist ein Marsch von ungefähr einer Stunde.“

„Kein Problem für uns“, Patrick schaute sich um, „Rudolfo, du bleibst hier und wartest. Fabio, Doro, Julia, Nick und ich fahren mit, wir sind geübter, solche Einsätze sind nichts Neues für uns. Wie sieht es mit dem Gelände aus, ist es schwierig zu erklimmen, brauchen wir Seile?“

Fabio schüttelte den Kopf. „Nicht wirklich. Zum alten Stollen führte früher ein Weg, der aber durch einen Erdrutsch verschüttet wurde. Damals gab es noch ein Haus dort, der Vorarbeiter bewohnte es mit seiner Familie, aber nun ist es seit über sechzig Jahren dem Verfall überlassen.“

„Dann gab es also vor grauer Vorzeit eine Straße zum Stollen? Vielleicht existiert sie wieder. Wir sollten gleich etwas weiterfahren und nachsehen“, schlug Julia vor, schaute auf ihre Armbanduhr. „Wenn ich es richtig verstanden habe, brauchen wir ungefähr dreißig Minuten bis zu dem Ort, von wo aus wir laufen müssen. Es dämmert, wir sollten los.“

Die fünf stiegen in Fabios Jeep und fuhren schweigend los. Fünfzehn Minuten später wurde es sehr unwegsam, Geröll lag auf dem Weg, den man nur schwer als solchen erkennen konnte. Sie schraubten sich Meter für Meter höher. Noch war es Fabio möglich, weiterzufahren, nach weiteren fünfzehn Minuten endete der Pfad. Seitlich begrenzten Pinien und dichtes Gebüsch die ehemalige, nicht asphaltierte Straße.

„Wir müssen den Wagen verstecken“, erklärte er seinen Mitfahrern. Er wich gekonnt vom Weg ab, fuhr durchs Gebüsch, vorsichtig, langsam, nun wurde es abschüssig. Konzentriert lugte er durch die Frontscheibe, lächelte dann. „Ich habe den Trampelpfad durch den Wald von damals gefunden“, murmelte er, „es geht hier etwas bergab. Wir werden den Jeep dort drüben stehen lassen, ungefähr noch einhundert Meter weiter, dann laufen wir.“ Fabio platzierte den Jeep unter Sträuchern, nachdem die vier Mitfahrer ausgestiegen waren. Sie schulterten ihr Gepäck, kontrollierten die Waffen, die Seile, die Taschenlampen, setzten sich die Headsets auf, so dass sie sich untereinander verständigen konnten. Julia hielt zusätzlich die Erste-Hilfe-Tasche in ihrem Rucksack parat, da sie nicht wussten, in welchem Zustand sie Sabine vorfinden würden, wenn überhaupt. Es war bereits dunkel, aber Fabio versprach, sie sicher bis zum Stollen zu führen.

Hintereinander laufend, Fabio vorne weg, marschierten sie leise los.

„Ungefähr dreißig Minuten, wenn wir zügig gehen, weiter ist es nicht", flüsterte er, schob Zweige zur Seite, vermied das Geröll und stapfte über den weichen, moosigen Boden des Waldes. Ab und zu knackten einige Zweige, aber es blieb ruhig um sie herum. Schweigend hielten sie nach ungefähr fünfundzwanzig Minuten an, die schemenhaften Umrisse einige gemauerter Wände wurden sichtbar.

„Das alte Vorarbeiterhaus", erklärte er den anderen, „mehr eine Ruine. Vom Erdgeschoss stehen nur noch einige Außenwände, das Dach fehlt, aber es gibt einen Keller."

Er wollte auf die alten Gemäuer zulaufen, aber Doro hielt ihn am Ärmel zurück, schüttelte den Kopf. „Erst kontrollieren, ob sich hier jemand aufhält", sie sprach leise, fast unhörbar ins Headset, ihre Augen hatten sich mittlerweile an das Dämmerlicht gewöhnt. Sie sahen niemanden. Nachdem sie eine Minute lang gelauscht hatten, nichts hörten außer den Geräuschen des Waldes, nickte Doro den anderen zu, flüsterte: „Weiter." Für Fabio waren die kurzen und knappen Erläuterungen bestimmt, sie selbst hätten sich problemlos durch Blick und Fingerzeige verständigen können.

Langsam robbten sie näher, erreichten so die Außenwand der verfallenen Gebäudeecke, wieder stoppten sie, um die Umgebung zu überprüfen. Fabio lernte schnell, Fabio begriff augenblicklich, Fabio brauchte keine gesonderten Anweisungen mehr, er verhielt sich fast so, als ob er schon Jahre zum Team gehörte. Trotzdem schüttelte er kurz Richtung Doro den Kopf, deutete mit der Hand in eine andere Richtung und flüsterte: „Stollen", deutete auf seine Augen. Doro nickte. Fabio wollte sich zuerst einen Überblick am Stollen verschaffen. Sie winkte Julia zu sich, beide Frauen schlichen hinter Fabio her, während Nick und Patrick das verfallene Wohngebäude im Blickfeld behalten sollten.

Fabio lief tief gebückt los, sah sich um, die Frauen blieben ihm dicht auf den Fersen. Gezielt wählte er einen kleinen Umweg, umging so eine Mulde, und nach wenigen Minuten sahen sie schwach, trotz der mittlerweile herrschenden Dunkelheit, den Eingang des Stollens, der sich als Kontur gegen den wolkenlosen Himmel abhob. Er lag, halb zugeschüttet durch einen Gesteinsrutsch, verlassen da. Nichts rührte sich. Fast eine ganze Minute behielten sie, auf dem Bauch liegend, den Eingang und die nähere Umgebung im Auge. Kein Ton, kein Geräusch. Keine Menschenseele.

Julia zweifelte mittlerweile, ob sie hier Sabine finden würden. Doro ahnte ihre Gedanken und zuckte mit den Schultern, als sie sich kurz durch Blickkontakt verständigten.

Urplötzlich hörten es beide: irgendetwas, irgendein Geräusch in nicht allzu weiter Entfernung. Doros Hand schnellte hervor, hielt Fabio fest, der sich erheben und weiterlaufen wollte, und schüttelte den Kopf. Er reagierte, warf sich wieder hin, schien die Luft anzuhalten und wagte einen Blick zu Doro.

Sie starrte Richtung Stolleneingang. Wieder ein leises Knacken im Unterholz, nun etwas weiter entfernt. Ein Tier?

Julia winkte vorwärts, Doro nickte. Beide Frauen, mit ihren Waffen in Händen, hielten Fabio fest, deuteten an, er solle zurückbleiben. Leise robbten sie vorwärts, bis sie wieder ein Geräusch ausmachten. Atemlos verharrten sie einige Sekunden.

„Es sind Tiere“, flüsterte Julia, erhob sich vorsichtig und schlich gebückt näher an die Überreste des Stolleneingangs. Das geräuschmachende Individuum entfernte sich. Also doch ein Tier.

Ein Hügel? Eine schmale, längliche Erhebung? Was war das, was sie im Dunkeln nicht richtig erkennen konnte? Julia kniete vor dem Erdhügel und tastete ihn ab. Sie hielt die Luft an, gut, dass ihre Hände in Handschuhen steckten, denn was sie vage erfühlte – ließ sie augenblicklich zurückschrecken. Sie musste die Luft angehalten haben, denn nun stieß sie den Atem stoßweise, mit einem jammervollen Laut aus. Ein Mensch, leblos, ein Toter, eine Leiche. Sabine?

Augenblicklich kniete Doro neben ihr und knipste entschlossen die Taschenlampe an. Voller Entsetzen sahen sie in ein Gesicht, starr, leblos, die Augen weit geöffnet und ins Nirgendwo blickend ...

Irgendwo

Das Handy läutete. Verwundert schaute er es an. Tief in Gedanken versunken hatte er gearbeitet. Diese Nummer kannte niemand – außer ... Er drückte die Taste, Unterbrechungen akzeptierte er nur, wenn sie wirklich wichtig waren.

Die zwei Männer, seine Angestellten – bei dieser Bezeichnung lachte er kurz auf –, wussten es genau. Er runzelte die Stirn.

„Was gibt es, warum rufst du an?“ herrschte er die Person am anderen Ende der Leitung an. „Habt ihr sie? Seid ihr auf dem Weg zurück nach Deutschland?“ Wiederwillig legte er die Akte, in der er gerade einige Korrekturen vorgenommen hatte, zur Seite und erwartete eine sofortige Antwort. Positiv natürlich. Die Ruhe am anderen Ende ließ ihn stutzen.

„Sie ist nicht mehr da.“ Es war ein leises, angstvolles Flüstern, fast glaubte er sich, verhört zu haben.

„Wie bitte? Habe ich richtig verstanden? Sie ist nicht da?“

„Wir hatten sie in einem sicheren Versteck untergebracht, normalerweise konnte sie nicht entkommen, es muss ihr jemand geholfen haben.“

„Verdammt“, schmetterte er seinem Untergebenen entgegen, „wie konnte das passieren? Ich gebe dir vierundzwanzig Stunden Zeit, dann ist sie hier“, er beendete das Gespräch ohne weitere Erklärungen.

Nach dem Telefonat starrte er die dicke Holzplatte des alten, gepflegten Schreibtisches an. Er schlug mit der flachen Hand wutentbrannt auf die Platte. Etwas an der makaberen Konstellation kam ihm leider nur allzu bekannt vor. Fast sieben Jahre waren mittlerweile vergangen, als es die gleiche Situation schon einmal gab. Er versuchte sie mithilfe Müllers und Reinbergs zu meistern. Sie versagten. Leider ...

Er setzte sich wieder an seinen Schreibtisch und starrte auf die Akten, die vor ihm lagen, ohne sie wirklich zu sehen. Seit zwanzig Jahren verfolgte ihn der Schatten einer Frau, die ihm gefährlich werden konnte, obwohl sie nicht mehr existierte, vermochte sie ihn noch immer ins Unglück zu stürzen. Als er meinte, die Sache geregelt zu haben, gab es erneut ein imaginäres Feuer, das es zu löschen galt. Äußerst trickreich schaffte er es, dieser zweiten Bedrohung seiner Existenz ein Ende zu bereiten. Langsam, so vermutete er, arbeitete er nur mit Stümpern zusammen. Wenn alle Stricke reißen, dachte er wutentbrannt, widerwillig, dennoch entschlossen, muss ich es selber machen.

Kapitel 17

Sie trafen sich Punkt elf in der Suite Verenas. Der Notar, Gerrit Albers, legte Durante die fertigen Verträge vor und bat ihn, sie genau zu lesen.

„Ich vertraue Vera, da muss ich mir nicht auch noch den Schriftkram durchlesen“, sagte er und unterschrieb. In einer gesonderten, schwarzen

Mappe, in der vorab Gerrit Albers Blatt für Blatt kopiert und säuberlich abgeheftet hatte, beinhaltete die letzte Klarsichthülle nochmals den gesamten, notariell beglaubigten und von Durante, Vera und dem Notar unterschriebenen Vertrag. Das zweite von allen unterzeichnete Exemplar packte der Notar sofort in seinen Aktenkoffer. Die schwarze Mappe überreichte er Durante.

„Damit Sie wissen, was Sie unterschrieben haben. Sie können alles nachlesen, ohne den Originalvertrag aus der Mappe zu ziehen." Der Notar lächelte, Durante nickte, und Vera erinnerte ihn: „Paul, das Allerwichtigste fehlt noch! Die Kontonummer, ich brauche deine Kontonummer", lächelte sie Durante an, „sonst kann ich dir das Geld doch nicht überweisen!"

„Selbstverständlich, das hätte ich fast vergessen." Er zog einen Zettel aus seiner Jackentasche und reichte ihn Vera.

„Ich muss gleich wieder zurück", in ihrer Stimme lag grenzenlose Traurigkeit, „Daddy braucht mich, aber ich werde sofort das Geld überweisen, dann muss ich leider für einige Tage verschwinden, aber", nun lächelte sie verschwörerisch, „wir bleiben in Verbindung, wir telefonieren oder schreiben E-Mails. Ich hoffe, wir sehen uns schnell wieder!"

„Natürlich, Vera, ich melde mich, sobald ich den Deal abgeschlossen habe, sobald das Geschäft erledigt ist."

Erleichtert atmete Verena auf, als sie endlich mit dem Notar alleine war. Sie tätigte schnell die Buchung, während der zuverlässige Mitarbeiter van der Fries den Vertrag nochmals kopierte, um ihn Edmund zu schicken.

„Danke, Gerrit." Der aber winkte ab: „Gern geschehen, ich bin immer dabei, wenn ihr die Verbrecher aufs Glatteis führt", er grinste verschwörerisch, „ich will gar nicht wissen, was ihr vorhabt, wenn der Coup gelungen ist, dann wäre es toll, wenn ihr es mir erzählen würdet." Er überlegte kurz, zögerte. „Es ist übrigens ein Schreiben gekommen, an meine Kanzlei, wegen Linda!"

Gerrit leitete vor zwei Jahren alles Nötige in die Wege, damit die Adoption Lindas rückgängig gemacht wurde, stellte Strafantrag gegen Tondheimer, dem allerdings nichts Illegales nachzuweisen war, und regelte die Rückführung Lindas zu ihrer Mutter. Er wickelte alles in Deutschland ab, kein Weg führte in die Niederlande, wo anschließend van der Fries die Namensänderung vornehmen ließ. Gefälschte Papiere waren nur einmal notwendig, um die Spur in die Niederlande zu verwischen.

„Was will Tondheimer? Ist Julia schon informiert?"

Gerrit schüttelte den Kopf. „Ich vertrete nur eine Frau de Winter, keine Julia Eschwege mehr. Daher kann ich ruhigen Gewissens sagen, dass ich keine Ahnung vom derzeitigen Aufenthaltsort einer Julia oder Linda Eschwege habe.“ Er zuckte resigniert die Schulter. „Julia muss aufpassen, Tondheimer will Linda zurück, er hat eine Klage angestrengt. Sie sei nicht fähig, bei ihrem Lebenslauf, ein Kind zu erziehen!“

„Wie das? Welcher Lebenslauf?“

„Sie haben anscheinend herausgefunden, was Julia, bis sie Linda aufspürte, gemacht hat, dass sie für Enders arbeitete usw.“

„Wie konnten sie das herausfinden? Wer hat ihnen etwas erzählt, außer“, Verena dachte angestrengt nach, schüttelte den Kopf, „das kann nicht sein!“

„Das sollte genauestens überprüft werden“, sinnierte Gerrit, „oft trügt der Schein, und der erste Gedanke erweist sich als richtig.“ Er blickte eindringlich Verena an. „Julia soll sich nicht in Deutschland blicken lassen.“ Als er Verena Gesichtsausdruck sah, seufzte er. „Sie ist schon da. Stimmt’s?“

Kapitel 18

Das Gesicht, das sie aus den Blättern anstarrte, kannten sie nicht. Der bewegungslose Blick, gen Himmel gerichtet, sah ins Jenseits.

Die Leiche schien schon zwei Tage hier zu liegen, urteilte Doro, die nun Fabio zu sich winkte. „Hol Patrick und Nick, wir müssen die Umgebung absuchen, es ist einer der Männer, die von Sabine fotografiert wurden“, flüsterte sie, „es gibt einen Zusammenhang.“ Fabio starrte entsetzt auf den Toten. Doro schaltete hastig die Taschenlampe aus. Julia bewegte sich bereits geräuschlos auf den Stolleneingang zu.

„Wir sollten zuerst das Untergeschoss, den Keller des Vorarbeiterhauses durchsuchen“, meinte Doro nachdenklich, „der Stollen ist dicht, er bietet sich nicht als Versteck an.“

„Das machen wir anschließend“, Julia schaltete ihre Taschenlampe ein, richtete sie auf den Boden, wagte sie kurz vor dem ersten Geröllhaufen etwas höher zu halten, kontrollierte, ob es Spuren, einen Weg oder eine weitere Leiche gab. Nichts. Langsam kam sie zurück, schüttelte den Kopf: „Nur ein Toter, aber verdammt noch mal, wo ist Sabine?“

Patrick hatte mittlerweile die Leiche untersucht und deutete auf das Einschussloch in der Brust. „Jemand hat ihn niedergestreckt, vielleicht die andere Person auf dem Foto, der Mann, den wir nicht erkennen konnten.“

„Das ist einer der beiden, die wir im Geländewagen sahen“, Fabio beugte sich über den Toten, um im Strahl der Taschenlampe etwas zu erkennen, „der andere war blond und sein Gesicht schmaler“, grübelte er nachdenklich,

„aber ob größer oder kleiner kann ich nicht sagen. Der da“, er zeigte auf den Toten, „liegt, man müsste ihn hinstellen“, er grinste, als er Julias missbilligende Miene sah.

Patrick durchsuchte die Taschen des Toten, zog ein Portemonnaie hervor, was bei ihm ein Stirnrunzeln zur Folge hatte. „Kein Raubmord“, er deutete auf die goldene Armbanduhr und hielt die Brieftasche hoch.

„Absicht!“

Patrick nickte. „Scheint, man will uns auf eine falsche Fährte locken, oder“, er zögerte kurz, „auf die richtige!“

„Ihr meint“, nachdenklich stand Fabio auf, „es war Absicht? Ihr solltet die Leiche, Brieftasche und Armbanduhr finden?“

Patrick nahm dem Toten die Uhr ab, steckte sie ein, drehte ihn um, durchsuchte seine Taschen, fand nichts Aufschlussreiches mehr. „Er muss verschwinden“, sagte er und deutete auf den Stollen. Nick fasste mit an, sie legten ihn seitlich des verschütteten Stolleneinganges ins Gebüsch und deckten ihn mit Steinen und Zweigen ab.

Doro und Julia schlichen zurück zur verlassenen Behausung des Vorarbeiters.

„Sabine?“ Mit einem leisen, aber deutlichen Ruf versuchten sie sich bemerkbar zu machen, als sie sich der Ruine näherten. Sie schlichen nicht mehr absolut geräuschlos, da Julia meinte, man müsse sie gehört und bemerkt haben, sollte sich jemand in der Nähe aufhalten. „Wenn es Sabine war“, Julia deutete zurück, „muss sie an eine Waffe gekommen sein, oder sie hatte Hilfe.“ Sie erreichten das Haus. „Aber wo ist sie? Und wo ist dann der zweite Mann?“ erinnerte Doro. „Hat sie beide umgelegt und ist dann geflohen? Oder half er ihr?“

„Mit Sicherheit erfahren wir es erst, wenn wir mit ihr gesprochen haben, vorausgesetzt“, zögerte Julia, „sie lebt noch.“

Sie durchsuchten das Erdgeschoss, es war leer, sie fanden den Abgang in den Keller und schauten auf bemerkenswert gut erhaltene Steinstufen, noch erstaunlicher, sie wiesen Spuren auf. Die Treppe war in letzter Zeit benutzt worden.

Sie stiegen hinab und fanden sich vor einer alten, intakten, halb offen stehenden Brettertür wieder.

„Sie war hier“, atemlos zeigte Doro auf Sabines Hausschuh, „wir haben eine erste Spur entdeckt.“

Julia prüfte die stabile, alte Holztür, an der die Splinte entfernt wurden.

„Sie hat es geschafft, sich zu befreien, schau mal“, Doro sah es, „tatsächlich, aber wie ist sie an eine Waffe gekommen? Sie muss ihren Entführer draußen entdeckt haben, vielleicht konnte sie ihn überwältigen.“ Zweifel lag in ihrer Stimme, sie schüttelte den Kopf. „Wir sollten warten, bis es hell wird und dann die Umgebung genauer absuchen. Wenn sie problemlos entkommen wäre, hätte sie sich bei uns gemeldet.“

Zehn Minuten später fanden sie sich erneut am Fundort der männlichen Leiche ein.

„Wer hält zuerst Wache?“

Julia meldete sich. „Schlaft, ich wecke in drei Stunden Patrick“, als ein lauter Ruf Fabios sie aufschreckte: „Der Autoschlüssel, den habt ihr doch nicht gefunden, sie ist mit dem Geländewagen weg!“

„Hast du die Autonummer zufällig notiert?“

Fabio kramte schon in seiner Jackentasche und zog einen kleinen Zettel hervor. Strahlend reichte er ihn Julia. „Sie kann nur auf dem gleichen Weg wieder zum Dorf gefahren sein“, überlegte Fabio laut, „außer“, nun stockte er kurz, „außer der Wagen stand drüben, auf der anderen Seite des Hügels. Man kann bis kurz vor den Stollen von der anderen Seite herankommen. Das lässt nur eine Schlussfolgerung zu: Derjenige, der gefahren ist, muss sich auskennen.“

„Das glaube ich nicht“, Julia grübelte, „sie hat uns nie etwas davon erzählt, dass sie sich weiter als bis zum Dorf bewegt hat. Sie traute sich nicht, hatte Angst, gesehen zu werden. Also denke ich, sie hatte Hilfe! Aber wer?“

„Derjenige, der die Waffe besaß“, gab Doro an, „derjenige, der sie befreit und den anderen“, sie deutete mit dem Kinn Richtung Toten, „ausgeschaltet hat. Bleibt die Frage offen: Kam sie vom Regen in die Traufe, oder ist sie nun mit ihrem Befreier auf der Flucht? Wenn Letzteres passiert ist, warum meldet sie sich nicht?“

„Ich hasse die unbekannten Faktoren, die ich nicht einschätzen kann“, stieß Julia mit gedämpfter Wut hervor, beruhigte sich aber augenblicklich, „ich hasse Rätsel, ich hasse die Ungewissheit.“

Doro nickte verhalten. Ihnen blieb nichts anderes übrig, als geduldig bis zum Morgengrauen zu warten.

„Wir nehmen zuerst den anderen Weg und suchen dort nach brauchbaren Spuren“, erklärte Fabio, als sie gemeinsam nach einer unbequem verbrachten Nacht froh waren, sich zu bewegen und mit ihren Nachforschungen weitermachen konnten, „wir hätten es gesehen, wenn der Geländewagen zurückgekommen wäre, in den letzten Tagen." So stapften sie zu zweit, in einigem Abstand voneinander, den Boden und die Umgebung absuchend, durch den unwegsamen Wald, bis sie nach einigen hundert Metern zu dem Feldweg gelangten. Sie sahen lediglich abgeknickte Äste, nicht sicher, ob sie von Menschen oder Tieren stammten.

Zu Beginn des Feldwegs fanden sie Reifenspuren. Hier stand vor nicht allzu langer Zeit ein Fahrzeug, der Tiefe und Größe der Abdrücke nach musste es ein voluminöserer, schwerer Wagen gewesen sein. Besagter Geländewagen?

„Sucht die Umgebung gründlich ab", wies Patrick sie unnötigerweise an, „jeden Millimeter, wir müssen etwas finden, damit wir sicher sein können, dass Sabine hier war."

Kapitel 19
Abu Dhabi

Linda spielte mit dem Computer, übte, versuchte, probierte. Sie vergaß die Zeit. Rief sich stetig in Erinnerung, was Doro ihr beigebracht hatte: Mein Mädel, du kannst nichts falsch oder kaputtmachen, keine Daten unwiederbringlich löschen, wir finden immer einen Weg, alles wieder sichtbar hervorzuzaubern. Probiere einfach. Sie vermisste die Clique, die nun schon einige Tage untergetaucht war. Hier, am Computer fühlte sie sich ihrer Großfamilie nahe. Nun träumte sie wieder vor dem Bildschirm, träumte dabei zu sein, aber sie verstand auch, dass es nicht möglich war. Zu sehr waren ihre Mutter, Patrick und die anderen um ihre Sicherheit besorgt. Sie hatte Order, sich nicht bei ihnen zu melden, lediglich E-Mails zu schicken. Da sie in den letzten zwei Jahren immerzu Bruchstücke der alten, vergangenen Aktivitäten der Clique erfahren hatte, wurde ihr langsam bewusst, wie gefährlich sie gelebt hatten, und dass sie nur überleben konnten, weil sie sich strikt an die Vorgaben gehalten hatten. Also stand für sie zweifelsfrei fest, genau das zu tun, was man ihr gesagt hatte: ruhig verhalten.

Sie starrte weiter auf den Bildschirm des Laptops, ohne ihn bewusst wahrzunehmen, als ihr eine Idee kam. Schnell probierte sie einige Eingaben auf der Tastatur aus. Und tatsächlich, das Foto, das ihr Doro als Übungsbild gab, genau jenes, das wahrscheinlich vom Chip aus Sabines Digitalkamera stammte, wurde schärfer. Sie schaffte es, das Bild so zu bearbeiten, dass es genauer wurde. Sie zoomte es heran, vergrößerte gewisse Ausschnitte, erkannte Details und hatte ein Déjà-vu. Ihr stockte der Atem. Sie erkannte einen der Männer! Das war doch nicht möglich! Nun war sie in der Zwickmühle. Sollte sie ihre Mutter anrufen? Nein, das kam nicht in Frage! Sollte sie eine E-Mail schicken? Dann konnte es zu spät sein! Sollte sie ...?

Sie sprang auf, nervös, unruhig. Wilhelm fiel ihr ein, Eduardo! Konnte sie ihre Adoptivgroßväter damit behelligen? Beide würden unruhig werden und vielleicht das Falsche tun, würden sofort aufbrechen, nach Deutschland oder Spanien eilen und die anderen warnen. Was wäre, wenn sie sich irrte? Im tiefsten Innern glaubte sie nicht daran. Sie war sich sicher, hundertprozentig sicher. Ich muss sie suchen, ich muss nach Deutschland, aber wie?

Yasmine fiel ihr ein, sie könnte helfen, aber hatte sie nicht von Julia den Auftrag, sie keinesfalls aus den Augen zu lassen? Heimlich durchbrennen? Nein! Yasmine würde Himmel und Hölle in Bewegung setzen, um Julia oder Doro aufzuspüren. Sie musste sich etwas anderes überlegen.

Es blieben nur Wilhelm und Eduardo übrig, die sie um Hilfe bitten konnte. Kurz entschlossen druckte sie das Bild aus, speicherte es außerdem auf einem USB-Stick und fuhr den Laptop herunter. Anschließend suchte sie Yasmine, fand sie am Pool und sagte ihr, dass sie ihre Großväter besuchen wollte. Yasmine winkte einen der Bediensteten herbei, er sollte Linda begleiten. Zwecklos zu streiken und zu erklären, den kurzen Weg schaffe man alleine.

Linda seufzte, wartete auf ihren Bodyguard, der sofort herbeieilte und sie sicher bei Wilhelm ablieferte.

„Was ist los? Sehnsucht? Ich kann mir vorstellen, dass es bei den Damen drüben“, er nickte mit seinem Kopf in Richtung Palast, „langweilig ist“, er atmete laut aus, „sie fehlen mir auch alle!“

„Ich muss dir etwas zeigen“, Linda holte das Foto hervor und hielt es Wilhelm unter die Nase, der es verständnislos anstarrte und dann fragend Linda anschaute.

„Weißt du, was ich vermute, wer es ist? Ich bin mir fast hundertprozentig sicher. Wir müssen sie warnen, wir müssen nach Deutschland, wir können sie nicht anrufen, wir ...“ Nervös brachte sie keinen vollständigen Satz hervor.

„Nun mal ganz ruhig“, kam es von der Tür her. Eduardo und Claudia lehnten am Türpfosten. „Warum bist du so aufgeregt?“ Claudia kam näher und starrte auf das Foto, auf dem nun die Personen deutlicher und exakter zu erkennen waren. „Wer soll das sein? Was vermutest du?“

Linda schüttelte den Kopf: „Nicht vermuten, ich weiß wer, es ist!“ Angstvoll nannte sie den Namen.

Kapitel 20

Verena arbeitete die Akten von Gerrit Albers durch, die er zur Einsicht vom Gericht angefordert hatte. Beide saßen sich gegenüber, intensiv in den Schriftverkehr vertieft.

„Haben Tondheimers eine Chance?“ Verena meinte die Klage, die sie angestrengt hatten, um Linda per Gerichtsbeschluss wiederzubekommen.

„Die Begründung ist fadenscheinig, der erste Eindruck sagt mir nein, aber ich kann nicht sagen, welchen Richter sie bestechen oder was sie noch in der Hinterhand haben. Julia holte Linda mit Waffengewalt vom Grundstück der Tondheimers. Man kann es auch so auslegen, dass sie gewalttätig und kriminell ist, daher kann der Richter entscheiden, dass Linda wieder zu den Tondheimers zurückkehren muss. Einen Vorteil haben wir, sie ist mittlerweile siebzehn. Ihre Aussage hat Gewicht. Ich meine aber, sie sollte noch ein Jahr lang untertauchen, dann ist sie achtzehn und kann selbst entscheiden, dann haben die Tondheimers keine Handhabe mehr.“

Verena grübelte, dachte, begriff. Aber warum?

„Da muss noch etwas dahinterstecken. Warum machen sie sich die Arbeit, strengen einen Prozess an? Nur um Linda wieder bei sich zu haben?“

Gerrit verfolgte die gleichen Gedanken. Es ergab keinen Sinn.

„Wir brauchen mehr Hintergrundinformation über die Tondheimers. Wir übersehen etwas. Nur um eine Tochter zu haben betreiben sie diesen Aufwand? Bei einem Erben, also einem Sohn, könnte man es annähernd verstehen.“

„Wir unterhalten uns nochmals eingehend mit Linda, sobald wir die Möglichkeit haben. Wir brauchen jeden Hinweis, absolut jeden, sie lebte lange genug in dem Haus, vielleicht hat sie etwas mitbekommen, etwas gehört, etwas, das uns Aufschluss geben könnte, warum das hier alles passiert.“

„Um Geld kann es nicht gehen“, grübelte er laut, „Linda hatte nichts. Sie war Waise. Julia erbte das Vermögen von Cora erst später, davon konnten Tondheimers nichts wissen, diese Situation ergab sich erst später, vor zwei Jahren. Linda wurde aber schon vor sieben Jahre, also fünf Jahre vorher, von ihnen adoptiert. Wir suchen also etwas, das vor sieben Jahre passierte.“

„Sie wollen Linda unbedingt zurück! Warum adoptieren sie nicht ein anderes, jüngeres Mädchen? Sie hätten die Möglichkeit, es nach ihren Vorstellungen zu formen.“ Verena schüttelte den Kopf, leise fuhr sie fort: „Wir übersehen etwas. Das Gefühl hatte ich auch schon vor zwei Jahren. Irgendetwas muss Linda wissen, irgendetwas“, sie murmelte, grübelte. Gerrit hörte ihr nachdenklich zu.

„Ich habe mal von einem Fall gelesen, da ging es um eine Erbschaft. Das Adoptivkind erbte ein Vermögen, davon wussten aber nur die Adoptiveltern …“

„Erbschaft? Nein“, Verena schüttelte den Kopf, „Linda könnte nur etwas von Tondheimers erben. Julia besaß nichts. Holger? Ich glaube, er auch nicht. Er hinterließ angeblich nur Schulden.“

„Bist du sicher? Ich meine absolut sicher? Es ist damals so viel gelogen worden, man schreckte noch nicht einmal vor mehrfachen Mord zurück. Für mich ist das eine Variante, die Hand und Fuß hat. Wir sollten es überprüfen.“

„Wo? Holger ist schon sieben Jahre tot. Es hat sich noch kein Gericht gemeldet, um Linda über eine Erbschaft zu informieren.“

„Es gibt verschiedene Möglichkeiten. Wir werden zuerst die Gerichte in der näheren Umgebung anschreiben, dort wo Julia und Holger damals wohnten. Es wird aus den Niederlanden geschehen, nicht von Deutschland aus.“ Gerrit lächelte Verena an.

„Wenn es etwas gibt, dann werden wir es finden!“

„Das ist es nicht, was mir Kopfzerbrechen macht. Ich überlege gerade eine andere Sache, eine, die erschreckend und zugleich logisch erscheint!“

„Erzähl!“

Nachdenklich, mit geschlossenen Augen, begann Verena leise: „Linda muss der Schlüssel sein: Gehen wir davon aus, dann ist sie weiterhin in Gefahr. Aber warum? Was ist Besonderes an einer fast Siebzehnjährigen? Sie wurde vor sieben Jahren adoptiert. Von Tondheimer und seiner Frau. Verfolgen wir diesen Weg weiter, dann ergibt sich automatisch die Frage: Wie kam Linda zu den Tondheimers? Wurde sie legal adoptiert? Ich glaube nicht, ich glaube immer mehr daran, dass Enders Linda direkt zu Tondheimer brachte und die Adoption nachträglich legalisierte. Für ihn kein Problem, mit zwei Richtern an der Hand, die alle unter einer Decke steckten!“

„Das würde ja bedeuten, Tondheimer gehört dazu!“ Gerrits entsetztes Gesicht wurde blass, Verenas eiskalter Blick ließ sein Blut gefrieren. „Wir müssen sie warnen. Sie dürfen keinesfalls nach Deutschland kommen.“

„Wir haben absolute Funkstille vereinbart. Julia meldet sich, sobald es gefahrlos möglich ist. Ihre Handys können zwar nicht geortet werden, aber Nick meint, die Technik verändert sich täglich, er will kein Risiko eingehen. Sie sind nicht in Gefahr und benötigen keine Hilfe, ansonsten wüssten wir es schon.“

„Wie das?“

„Nick hat uns allen einen Sender mitgegeben“, sie erklärte es betont vage. „Er ist in fast jeder Situation zu aktivieren. Wir überlegten alle lange, wo wir ihn deponieren“, dieses Wort betonte sie grinsend, „damit er nicht gefunden wird. Aber egal“, sie winkte ab, „sie rufen noch nicht um Hilfe.“

Mehr würde er nicht von Verena in Erfahrung bringen. Sie hielt ihre Augen wieder geschlossen. Die nächsten Worte sprach sie mehr zu sich selbst: „Wir übersehen etwas. Cora, Julia, es muss einen Zusammenhang geben. Wenn wir den finden, dann wissen wir auch, warum Tondheimer Linda unbedingt haben muss. Wäre sie eine Gefahr für ihn, hätte er sie schon umbringen lassen, immerhin lebte sie fünf Jahre in seinem Haus. Nein! Er braucht sie lebend. Es fragt sich nur, wie lange?“

„Die magische Zahl ist achtzehn!“ Gerrit sprang auf. „Volljährig! Er braucht Linda, wenn sie volljährig ist. Also doch eine Erbschaft!“

„Was erbt Linda wenn sie achtzehn ist, vorausgesetzt, unsere Vermutungen sind richtig.“

„Das müssen wir eben herausfinden!“

„Was wollt ihr herausfinden?“ Jan lehnte am Türrahmen und hatte die letzten Worte mitbekommen. Kurz berichtete Verena. „Plausibel“, meinte er nickend, „das eröffnet uns völlig neue Möglichkeiten, für die wir weiter recherchieren sollten.“

„Aber nun erzähl uns von Durante. Hat er angebissen? Ist die Ware übergeben worden?“ Verenas Augen blitzten. Jan bestätigte es.

„Es läuft. Alles läuft seinen geregelten Gang“, er grinste spitzbübisch, „er meint immer noch, den Coup seines Lebens zu starten.“

Gerrit hatte zugehört und zeitgleich seine Unterlagen zusammengepackt. Die Kopien der Klage Tondheimers schob er Verena zu.

„Wir suchen beide, wer etwas entdeckt, meldet sich. Ich bin in den nächsten Tagen in Edmunds Kanzlei zu erreichen. Wir werden von dort aus unsere Nachforschungen betreiben.“

Nachdem Gerrit sich verabschiedet hatte, besprachen Jan und Verena die nächsten Aktionen. Zeitgleich bestiegen in Abu Dhabi, International Airport, zwei ältere Herren in Begleitung eines jungen Mädchens, die Business Class des Etihad Airways Fliegers mit Ziel Amsterdam. Niemand beachtete die Dame mittleren Alters, die fünf Sitzreihen hinter ihnen, schon in der Economy Class, einen Gangplatz einnahm. Die etwa Sechzigjährige ließ sich aufseufzend auf ihren Platz sinken, grüßte freundlich ihre beiden Sitznachbarn und erzählte ihnen, dass sie Tochter und Enkelkind in den Niederlanden besuchen wollte. Niemand nahm Notiz von ihr, als sie ihre Brille abnahm, um diese ausgiebig zu putzen. Niemand sah die wachen, intelligenten Augen, die ihre Umgebung beobachteten. Nach dem Start lehnte sie sich zurück, schloss die Augen.

Kapitel 21

Amanda Halbstett lief wie jeden Tag mit ihrem Hund am ehemaligen Camp vorbei. Ein hoher Zaun war in den letzten Tagen um das gesamte Grundstück errichtet worden. Die neuen Eigentümer, so erfuhr sie von den Arbeitern, wollten das Gelände sichern. Was genau sie damit vorhatten oder wie der neue Besitzer hieß, wussten die Handwerker nicht. Amanda beabsichtigte so schnell wie möglich das Gelände innerhalb der Umzäunung zu erkunden. Noch fehlte das Tor, so dass es ihr möglich wäre, abends eine Erkundungstour zu starten.

Seit einiger Zeit herrschte Stille. Die Warnung hinter der Windschutzscheibe schien zu wirken, denn die Personen, die sie zuvor beobachtete, ließen sich nicht wieder blicken. Eine innere Stimme suggerierte ihr, wer die Guten und wer die Bösen sein mussten. Zwei von den, wie sie vermutete, „Guten" reparierten das Licht, räumten auf und lagerten einige Gegenstände ein. Sie beobachtete die Aktion, fand aber die Sachen nicht. Irgendwo musste ein versteckter Raum existieren.

Sie wollte diesen undurchsichtigen Vorgängen auf den Grund gehen. Dieser Hochsicherheitstrakt, den man bis vor zwei Jahren nicht betreten konnte, zog sie magisch an. Etwas, eine geheimnisvolle Kraft, wie es ihr schien, zog sie immer wieder an diesen Ort, einen Ort, an dem sie in Ruhe nachdenken konnte. Die bewachte Schranke stand über Nacht plötzlich offen, kein Mensch weit und breit zu sehen, alles wirkte verlassen. Die bis dahin herrschende Betriebsamkeit um und auf dem Gelände, endete abrupt. Zwei Wochen später wagte sie sich zum ersten Mal auf das Grundstück, und der erste Eindruck bestätigte sich: leer, verlassen.

Dabei hoffte sie hier eine Spur zu finden, eine Spur, die sie seit Jahren verfolgte und die sie unwiderstehlich, fast magisch immer wieder an diesen Ort zog. Sie suchte ihre jüngere Schwester, die irgendwann spurlos verschwand, ohne eine Nachricht zu hinterlassen, ohne sich je wieder bei ihr zu melden. Als sie eine Vermisstenanzeige bei der Polizei aufgab, was nun schon fast zwanzig Jahre zurücklag, konnte man ihr nicht weiterhelfen. Ihre

Schwester war volljährig, daher nahm man ihr Verschwinden nicht ernst. Eine Spur führte nach Aachen, eine nach Florida, eine andere nach Düsseldorf, also wieder zurück, zurück in ihre gemeinsame Heimatstadt. Amanda weigerte sich, ihre kleine Schwester für tot erklären zu lassen. Da sie, seit ihre Eltern vor fünfundzwanzig Jahren starben, eine Vollmacht ihrer jüngeren Schwester besaß, damit sie sich um ihre Angelegenheiten und auch um die beiden Häuser kümmern konnte, war es ihr möglich, in dem Einfamilienhaus weiterhin zu wohnen. Das Mehrfamilienhaus, direkt daneben, war vermietet. Die Einnahmen lagen auf einem gesonderten Konto. Zwar hatte sie Zugriff auf das Geld, benötigte es aber nicht. Es lag dort, es wartete, es wartete geduldig auf die Rückkehr ihrer kleinen Schwester. Einige Male versuchte sie es mit einem Privatdetektiv. Der verfolgte eine erste Spur nach Aachen. Dort arbeitete sie in einem Forschungslabor, dann von einem Tag auf den anderen schien sie ihre gutdotierte Stellung gekündigt zu haben, um nach Florida zu ziehen. Alleine? Hatte sie zwischenzeitlich geheiratet? Warum meldete sie sich nicht? Einen letzten Brief erhielt Amanda aus Aachen. Ausführlich berichtete ihre Schwester von einem Projekt, an dem sie mitarbeitete. Eine sensationelle Entdeckung würde bald bekannt gegeben, über die sie nicht reden durfte, aus Gründen der Geheimhaltung. Die Spione lauerten überall. Der letzte Satz in dem Brief erfüllte Amanda mit Freude.

Ich habe jemanden kennengelernt. Wir halten unsere Beziehung noch geheim. Er ist ein guter Freund meines höchsten Chefs. Aber bald, wenn wir mit der Entdeckung an die Öffentlichkeit gehen, dann werde ich Dir mehr erzählen können, dann werde ich ihn Dir auch vorstellen. Es ist vielleicht der letzte Brief, den ich Dir schicken kann, denn ab sofort herrscht hier im Labor Funkstille. Es wurde uns sogar untersagt, zu telefonieren. Aber bald werde ich Dir alles erzählen können. Du wirst staunen. Sei also nicht beunruhigt, wenn Du eine Zeitlang nichts von mir hören wirst. Ich melde mich, sobald ich kann.

Deine kleine Schwester
Ally

Der Grund, warum man bei der Polizei nichts unternahm, war der Brief. Amanda machte den Fehler, ihn mit einem Foto ihrer Schwester der Polizei zu zeigen. Der Beamte weigerte sich, eine Vermisstenanzeige aufzunehmen: „Ihre Schwester hat jemanden kennengelernt, das steht in dem Brief, sie wird sich eine Zeitlang nicht melden können, auch das schreibt sie, also, warum machen Sie sich Sorgen? Ihre Schwester ist volljährig, zweiundzwanzig. Sie hängt nicht mehr an ihren Rockzipfeln“, er schaute Amanda herablassend an, „vielleicht will sie nicht mehr von Ihnen bevormundet werden, vielleicht will sie ihr Leben an der Seite eines netten, jungen Mannes genießen. Sie ist erst seit“, er schaute auf den Brief, schüttelte den Kopf, „vier Monaten in Urlaub. Was wollen sie? Kommen Sie in zehn Jahren wieder, wenn sie sich bis dahin nicht gemeldet hat, dann können Sie sie für tot erklären lassen“, er lachte laut auf, „suchen Sie erst mal selber, die Polizei hat Besseres zu tun!“

Als Amanda fluchtartig das Büro des Beamten verließ, hörte sie ihn grummeln: „Alte Schreckschraube, kein Wunder, dass die gutaussehende Schwester geflüchtet ist.“ Halbblind, mit Tränen in den Augen, rannte sie nach Hause.

Sie suchte ihre kleine Schwester jahrelang. Nichts. Sie war vom Erdboden verschluckt. Sogar ihren Arbeitgeber suchte sie auf, nur um von ihm zu erfahren, dass Ally ihren Job gekündigt hätte, da sie kein Interesse mehr an den Forschungen zeigte, die alle im Sande verliefen. Die Aussage veranlasste Amanda, nicht weiter nachzufragen. Sie wollte nicht den letzten Brief, der ihr bei der Polizei nicht weiterhalf, nochmals vorzeigen. Etwas machte sie stutzig. Als sie nach dem Freund ihrer Schwester fragte, meinte man nur, vielleicht sei sie mit dem durchgebrannt, kennen würde man ihn nicht. Einen Namen? Nein! Einen Namen hatte sie nie genannt. Die Frage, ob es der Freund des Chefs sein könnte, brachte Amanda nur eine arrogante Lachsalve ein.

Durch Zufall entdeckte sie eine Spur nach Florida. Nachdem Ally bereits fünf Jahre verschwunden war, meldete sich die ehemalige Vermieterin bei Amanda. Ally löste schon Monate vor ihrem Auszug die Wohnung auf, vergaß aber einige Kartons abzuholen, die immer noch im Keller lagerten und die von der ehemaligen Vermieterin zufällig wiedergefunden wurden. Sie entdeckte in einem der Kartons Amandas Adresse und rief sie an. Amanda fuhr nach Aachen, lud sie in den Kofferraum ihres kleinen Ford Fiesta und brachte sie in ihr Haus. Neugierig, ob sie einen Hinweis finden würde, durchsuchte sie den Inhalt und fand Unterlagen, Prospekte und Fotos von Florida. Auf einem der Fotos: Ally und ein fremder Mann. Ob es ihr Freund war? Sie versuchte es erneut bei der Polizei, wurde aber genauso angefahren wie beim ersten Mal. Für den Beamten bestätigte sich seine erste Vermutung: Ally war mit einem Mann durchgebrannt und wollte nicht gefunden werden, schon gar nicht von ihrer älteren Schwester.

Resigniert gab sie auf, engagierte zwei Jahre später einen Privatdetektiv, der in Florida auf ihre Kosten Urlaub machte, aber leider keine Nachforschungen betrieb. Ein ganzes Jahr lang zeigte er dort Allys Foto herum und tauchte in Deutschland mit leeren Händen und ohne Ergebnisse auf. Keine Ally, kein Freund. Allerdings brachte er eine Adresse aus Deutschland mit.

Amanda fuhr sofort dort hin. Ein Fehlschlag. Die Familie, die dort wohnte, kannte Ally nicht, hatte noch nie etwas von ihr gehört. Amanda stand vor einem nervös und unruhig um sich blickenden Mann. Sie zeigte ihm Allys Foto. Vor etwas schien er Angst zu haben. „Nein“, meinte er, „ich habe diese junge Dame noch nie gesehen.“ Er schaute sich interessiert das Foto an, schüttelte den Kopf und meinte: „Auch ihren Freund kenne ich nicht.“

Eine innere Stimme flüsterte ihr zu, dass der Mann log. Sie hielt es für besser, keine weiteren Fragen zu stellen, entschuldigte sie sich für die Störung, ging zurück zu ihrem Wagen, setzte sich hinein und fuhr bis zur nächsten Straßenkreuzung. Dort stellte sie den Motor ab und wartete. Eine Tätigkeit, die sie in den vergangenen acht Jahren ausgiebig zu bewältigen lernte.

Es dauerte nur fünf Minuten, dann verließ ein Mercedes Geländewagen das Grundstück, hinter dem Steuer der Mann, den sie zuvor nach Ally befragte. Er hatte es eilig, Amanda schaffte es trotzdem, ihm zu folgen. Merkwürdigerweise führte die Fahrt zu einem Ort, der sich fast in unmittelbarer Nähe ihres Hauses befand.

Stirnrunzelnd ließ sie ihren Wagen in einiger Entfernung des gesicherten Areals stehen und pirschte sich zu Fuß näher an den Zaun. Beobachten konnte sie nicht viel, Sträucher, Bäume und Zäune verdeckten die Sicht. Eine halbe Stunde später entfernte sich der Geländewagen wieder. Sie zog es vor, ihm nicht zu folgen, denn eine Ahnung suggerierte ihr, dass die Lösung ihres Problems hinter der Umzäunung lag, hinter der Schranke, innerhalb des gut gesicherten Geländes.

Jahrelang beobachtete sie das Areal nun schon, die Menschen, die dort lebten, die Aktivitäten. Auch der Mann, dessen Adresse sie vor Jahren vom Privatdetektiv erhielt, Thomas Enders, schien dort bekannt zu sein. Irgendetwas Geheimnisvolles ging dort vor sich. Eine Gruppe Männer und Frauen trainierten auf dem Areal. Der Eindruck verstärkte sich bei ihr, dass es sich um eine Militär- oder Polizeieinheit handeln musste. Die Art der Übungen ließ sie vermuten, dass es sich um Spezialisten handelte. Mal beobachtete sie mehrere Personen, dunkel gekleidet, die trainierten, dann wieder hektisches Treiben, dann wiederum herrschte gähnende Leere, Einsamkeit.

Plötzlich, von einem Tag auf den anderen, war das Camp leer, verlassen. Die Schranke, jahrelang streng bewacht, stand offen, das Pförtnerhäuschen war leer, und es war möglich, das Areal zu erkunden.

Leider fand sie keinen Hinweis auf Ally, keine Spur, die zu ihrer Schwester führte. Aber sie hatte die Mitglieder dieser mysteriösen Einheit aus sicherer Entfernung beobachtet, wusste, dass einer von ihnen in einem Penthouse nahe dieser Baracke wohnte, kannte die Mitglieder dieser Truppe und wusste auch, dass sie im Dunkeln agierten und trotzdem zu den Guten gehörten, irgendwie sagte ihre innere Stimme ihr das. Noch bevor sie einen der Männer oder Frauen ansprechen konnte, verschwanden sie spurlos, es war, als hätten sie nie existiert. Bis vor ein paar Tagen, als sie meinte, zwei bekannte Gesichter zu erkennen, auf dem Grundstück, auf dem Gelände, das sie seit nunmehr zwei Jahren beobachtete, zwei der acht, die eventuell etwas über Ally wissen könnten.

Nachdenklich blieb sie vor dem neuen Zaun stehen, ein großes, zweiflügliges Tor versperrte die Zufahr. Nun stand es offen, und Lieferwagen fuhren ständig ein und aus.

Ein schwarzer Geländewagen mit holländischem Nummernschild steuerte zielstrebig die Einfahrt an und fuhr zügig den Weg entlang Richtung Baracke, die von der Straße aus nicht zu erkennen war. Amanda, mit dem Gelände von ihren langen Spaziergängen her vertraut, wusste, wohin der Weg führte. Sie nahm all ihren Mut zusammen und betrat zielstrebig das Grundstück, um dem Geländewagen zu folgen. Er stieg gerade aus, der ältere Herr, und wollte ins Haus, als Amanda ihm zurief: „Hallo? Einen Augenblick bitte, ich muss unbedingt mit Ihnen sprechen!" Sie holte ihn ein, er drehte sich erstaunt um. „Mein Name ist Amanda Halbstett", sie keuchte, erreichte den Geländewagen japsend, „ich weiß, ich befinde mich auf einem Privatgelände und habe eigentlich kein Recht, hier zu sein. Aber ich muss unbedingt mit Ihnen sprechen." Bobby, ihr Hund, setzte sich und schaute van der Fries wachsam an.

„Langsam, ruhig", er lächelte, „Sie werden nicht gleich erschossen, kommen Sie erst einmal herein", er reichte ihr die Hand, „mein Name ist van der Fries, Edmund van der Fries, und wie Sie sicherlich bemerkt haben, ich komme aus den Niederlanden."

Erschöpft atmete sie einige Male tief durch. Der nette Herr, sie schätzte ihn in ihrem Alter, wirkte nicht beängstigend, kurz zögerte sie, konnte sie es wagen, ihm ins Haus zu folgen? Wer nicht wagt, wird nie etwas erfahren, dachte sie, also folgte sie dem Holländer ins Haus.

„Kommen Sie bitte hierher, in diesen Raum, der ist schon etwas wohnlicher eingerichtet und verfügt über eine Küchenzeile mit Kaffeemaschine." Er winkte sie durch, erstaunt betrat sie einen Raum, der nichts mehr mit der alten Baracke und dem noch vor wenigen Wochen verlassenen und verstaubten

Innern zu tun hatte. Mittlerweile hatte man aufgeräumt, geputzt, die Wände gestrichen, den Boden gefliest und neue Möbel angeliefert. „Nehmen Sie Platz“, er rückte ihr einen Stuhl zurecht.

Amanda schaute sich in dem großen Raum um, der fast schon gemütlich wirkte. „Ziehen Sie hier ein?“

„Nein, es werden Büroräume. Ein Bekannter von mir benötigt eine Unterkunft, er ist auch Niederländer, er und seine Familie betreiben ein Unternehmen, das mit Computer und Sicherheit zu tun hat. Sie arbeiten weltweit. Sie werden von hier aus deutschlandweit tätig werden.“ Er wechselte das Thema. „Aber nun erzählen Sie mir bitte, wie ich Ihnen helfen kann.“

Amanda wirkte niedergeschlagen. „Ich glaube fast, es ist aussichtslos“, sie schüttelte den Kopf, „ich möchte Sie nicht weiter belästigen, denn es ist eine lange, sehr lange Geschichte und geht über fast zwanzig Jahre“, sie stand schon niedergeschlagen auf, als van der Fries andeutete, sie solle sich wieder setzen. „Und ich habe Zeit, sehr viel Zeit. Vielleich kann ich helfen, erzählen Sie.“

Und Amanda begann.

Zwei Stunden und etliche Tassen Kaffee später lehnte sich van der Fries sprachlos und nachdenklich zurück. Er musste das Gehörte erst verdauen. Schweigend rührte Amanda in ihrem Kaffee, sie wartete auf eine Reaktion, lachte kurz und freundlos auf.

„Sie sehen, ich bin so verzweifelt, dass ich sogar einem Fremden die Geschichte erzähle, die die Polizei für die wahnwitzige Story einer alten, griesgrämigen Frau hält. Ich erhoffte mir Hilfe von den Menschen, die ich hier vor zwei Jahren und nun wieder vor einigen Tagen gesehen habe. Aber anscheinend täuschte ich mich.“ Sie erhob sich schwerfällig, müde, freudlos und wollte gehen, da von van der Fries, der tief in Gedanken versunken war, keine Gefühlsregung kam.

Endlich reagierte er, schüttelte den Kopf und sagte nur wenige Worte, die Amanda seelisch aufrichteten: „Ich glaube, ich kann Ihnen helfen“, verbesserte sich sofort, „nein, nicht ich, aber die Menschen, die hier bald einziehen werden. Geben Sie mir Ihre Adresse, ich versichere Ihnen, sie melden sich, sobald sie hier sind, und ich glaube“, nun lächelte er zuversichtlich, „sie können Ihnen helfen.“ Er griff in seine Jackentasche, zog eine Visitenkarte hervor und reichte sie Amanda, „Sie können mich jederzeit telefonisch erreichen, sollten Sie noch etwas in Erfahrung bringen. Ich schlage vor, Sie gehen nach Hause und notieren sich alle Einzelheiten, alle Erinnerungen, die Sie noch an Ihre Schwester haben, und es wäre sehr gut, wenn wir ein Foto von Ally hätten. Jede Kleinigkeit ist wichtig, auch wenn sie noch so belanglos erscheint. Und tun Sie mir einen Gefallen, erwähnen Sie unser Treffen nicht, und auch nicht, dass Sie mir etwas von Ihrer Schwester erzählt haben. Wir werden eine Spur finden."

„Wer ist ‚wir'? Wie heißen die Leute, die hier einziehen werden? Wer wird sich bei mir melden?"

„Die de Winter Corporation, Frau de Winter persönlich."

„Ich suche die Fotos heraus und bringe sie vorbei. Wie lange sind Sie noch hier?"

„Einige Tage", Edmund erhob sich ebenfalls, „ich bin für die Organisation zuständig. Es werden noch einige Möbel angeliefert und diverse Kleinigkeiten", er begleitete Amanda zur Tür, Bobby, ihr Hund, hatte ruhig gewartet, „morgen früh ab neun Uhr treffen Sie mich wieder hier an. Es wäre gut, wenn Sie mir dann ein Foto Ihrer Schwester bringen könnten."

Er blieb noch lange still und nachdenklich im Wohnbereich sitzen, nachdem Amanda mit Bobby den Heimweg angetreten hatte. Das Gehörte musste er erst einmal verdauen. Ein Gedanke suchte sich aus dem tiefsten Innern den Weg an die Oberfläche. Sollte die Möglichkeit bestehen ...?

Im Augenblick hatte niemand Kontakt zu Nick, Patrick, Doro und Julia. Natürlich konnte er eine E-Mail schreiben, natürlich konnte er eine Nachricht auf dem Handy hinterlassen, aber es brachte zurzeit nichts. Er wurde aus seinen tiefen Gedanken gerissen, als ein Fahrzeug den Kiesweg entlangfuhr und vor dem Eingang anhielt. Er eilte hinaus.

„Bin ich hier richtig bei einem Edmund van der Fries?" Der junge Fahrer hielt Edmund mürrisch einen Wagenschlüssel und eine Mappe mit Unterlagen hin.

„Sie haben mich gefunden", betont freundlich nahm er alles entgegen, „vielen Dank. Wir haben schon auf den Van gewartete."

„Wie komme ich wieder zurück?" Ungehalten, ärgerlich schaute er sich um.

„Ich bringe Sie zurück, junger Mann", Edmund griff in seine Tasche, zog ein großzügig bemessenes Trinkgeld hervor und reichte es dem jungen Mann. Staunend griff er zu. Innerlich lachte van der Fries. Wer ein solches Auto fährt, einen älteren Voyager, galt in den Kreisen dieses Jungen sicherlich nicht als gut betucht. Diesen unscheinbaren Eindruck sollte das Fahrzeug auch hervorrufen.

Mittlerweile war Edmund mit den Gepflogenheiten der Clique vertraut. Der geräumige Van mit den getönten hinteren Scheiben, würde sicherlich von Nick noch eine kosmetische Behandlung erfahren, wie er sich ausdrückte. Edmund schwang sich auf den Fahrersitz, deutete auf die Beifahrerseite, wartete, bis der Fahrer des Autohändlers Platz genommen hatte, und fuhr ihn zum nächsten Taxistand. Anschließend nahm er den Weg zum Lebensmittelmarkt, um eine Großbestellung aufzugeben. Konserven und Getränke standen auf der langen Liste, die ihm Verena zugefaxt hatte. Sie war auf den Weg ins Camp, Jan würde folgen. Er hatte ein weiteres Treffen mit Durante eingefädelt.

Die Übergabe der Ware sollte in Münster stattfinden, in dem alten, weit abgelegenen Haus, welches sich Verena zuvor angeschaut hatte.

Ein Helfer Edmunds deponierte zuvor einen größeren Koffer mit heißer Ware im hintersten Raum des Hauses, ebenso eine über Funk gesteuerte Überwachungsanlage, die jegliche Aktivitäten im und um das Haus herum aufzeichnete. Auch wieder Geräte der de Winter Corporation, wie Edmund unschwer feststellte. Die Clique arbeitet effizient und erfolgreich, und Edmund hoffte, dass sie endlich aus dem Untergrund auftauchen und wieder ein normales Leben führen konnten, wenn diese Sache hier erledigt wäre. Er seufzte, als er die lange Einkaufsliste einer netten, jungen Dame im Supermarkt reichte, die ihn erstaunt anblickte und eine Erklärung erwartete.

„Großfamilie“, zuckte er mit den Schultern, „und ich habe Geburtstag, sie kommen alle, meine Kinder, meine Schwiegerkinder und Enkel“, er wischte sich theatralisch über die Stirn, „da brauche ich Vorräte, vor allem Kaffee, Sie wissen doch, wir Holländer lieben diese schwarze Brühe und vor allem eine meiner Schwiegertöchter“, er hielt inne und winkte lässig ab, „nun brauche ich noch Porzellan, Tassen, Besteck und so weiter, ich bin gerade erst umgezogen, die Möbelwagen sind noch nicht angekommen.“

Ob ich Amanda Halbstett anrufen und um Hilfe bitten könnte? Sie scheint Zeit zu haben. Eine Frau an seiner Seite, wenn die Möbel geliefert wurden ... Die Idee sagte ihm immer mehr zu. Die nette Verkäuferin versprach, heute noch die Lieferung zusammenzustellen. Den ersten Teil packte er gleich ein, gut, dass der Voyager über genügend Stauraum verfügte. Dann programmierte er Amandas Adresse in das Navigationsgerät und fuhr los.

Kapitel 22

Jan Hombach fuhr vor seinem Telefonat mit Durante nach Münster, kontrollierte die Räume in dem einsamen Haus, manipulierte eine winzige Kleinigkeit, nickte zufrieden und rief Durante an, der bereits ungeduldig auf den Anruf wartete. „Sie können das Material abholen.“ Er gab die Adresse durch. „Wir treffen uns nicht persönlich. Tauschen Sie die Koffer aus, Bargeld gegen Ware. Es liegt eine Liste mit Telefonnummern dabei. Wenn Sie wollen, haben Sie die Möglichkeit, diese Leute anzurufen. Die übernehmen sicherlich einen Teil vom Inhalt des Koffers, dann sind sie die Ware schneller los, und wir können das nächste Geschäft starten. Ich rufe in drei Tagen wieder an, dann müssten Sie alles verteilt haben und Nachschub benötigen.“

„Wir sehen uns nicht persönlich? Was ist, wenn ich die Ware nehme und das Geld nicht deponiere?“

Jan lachte laut auf: „Mr. Durante, das wollen Sie wirklich wagen? Glauben Sie, das wäre gut für Ihre Gesundheit?“ Durante hörte das glucksende, spöttisch kalte Lachen durch den Telefonhörer. „Versuchen Sie es. Aber bedenken Sie, hinter mir steht eine größere Organisation, ich bin nicht alleine, vielleicht sind Sie es schon jetzt auch nicht mehr!“

Durante schluckte, kalte Nervosität bereitete ihm Herzklopfen, noch bevor er antworten konnte, unterbrach sein Gesprächspartner die Verbindung.

Jan beglückwünschte sich zu seiner Glanzleistung. Er hatte lange geübt, um seine Stimme professionell, kalt und überlegen klingen zu lassen.

Verena erhielt kurze Zeit später zwei Anrufe: Jan teilte ihr mit, dass alles perfekt lief. Durantes Anruf dauerte etwas länger: „Meine Geschäfte laufen“, frohlockte er, „lass uns morgen gemeinsam zu Abend essen, dann kann ich dir sicherlich auch schon einen Teil deines Geldes zurückzahlen. Es läuft besser, als ich zu hoffen wagte, viel besser, und mit dem Gewinn kann ich weitere Investitionen tätigen“, seine Stimme wurde vertraulicher, „du hast mir Glück gebracht, Vera, meine Pechsträhne scheint vorbei zu sein“, säuselte er, „es geht bergauf, ich möchte mich mir dir treffen, und ich will ... Ach nein, das muss ich dir persönlich sagen, nicht am Telefon.“

„Ja“, hauchte Vera, „ja, wir treffen uns morgen, ich freue mich bereits und hoffe, dass wir etwas mehr Zeit füreinander haben.“ Verena musste all ihre Kraft zusammennehmen, um nicht wütend den Hörer aufzulegen. „Wo treffen wir uns? Ich bin im Augenblick in Düsseldorf und schlage vor ...“ Sie gab ihm die Adresse eines eleganten Restaurants durch.

Durante frohlockte, er musste nicht zurück nach Amsterdam. Ein Gedanke streifte seine äußersten Gehirnwindungen und ließ ihn stutzig werden: So viel Glück? Konnte es möglich sein?

Dank des Navigationsgerätes fand Durante problemlos das abgelegene Gebäude in der Nähe Münsters. Vorsichtig betrat er das Haus, rief einige Male laut: „Hallo? Ist hier jemand?“Er stellte fest, dass er sich allein im Gebäude befand, und schritt nun mutiger durch die Räume.

Am Ende des langen Flures sah er eine verschlossene Tür, die irgendwie nicht zu den anderen halbverfallenen, nikotingelben Holztüren passte. Vielleicht hatte man sie für diesen speziellen Zweck erneuert, kam ihm in den Sinn. Mutig schritt er darauf zu, fasste nach dem Griff, wollte die Klinke schwungvoll herunterdrücken, als ihn etwas stach. Er zuckte zurück, schmerzvoll ließ er sofort los, schaute auf die Innenseite seiner Hand. Blut quoll hervor, tropfte auf den Boden. Sein Handballen war aufgerissen. Er untersuchte die Klinke und sah ihn, den scharfen, abgesplitterten metallenen Dorn.

„Mist“, fluchte er, suchte in seiner Hosentasche nach einem Taschentuch, um es auf die Wunde zu drücken. Fest das Tuch auf den Stich gepresst, öffnete er die Tür, darauf bedacht, die Türklinke vorsichtig zu betätigen. Erleichtert sah er direkt vor sich einen großen, neuen Koffer auf einem alten Tisch stehen. Schnell öffnete er ihn, kontrollierte den Inhalt und lächelte erleichtert auf. Kurz dachte er daran, einfach zu verschwinden, überlegte es sich dann aber doch, holte seinen Koffer mit dem Geld aus dem Wagen und stellte ihn auf den alten Tisch.

Die Blutung an der Hand hatte mittlerweile aufgehört. Das blutgetränkte Taschentuch warf er achtlos auf den Boden und verließ eilig das Haus, das Grundstück und Münster.

Er bemerkte nicht die Kameras, die all seine Schritte verfolgten, er sah nicht die Person, die aus dem Keller des Hauses hochstieg, mit behandschuhten Händen das blutgetränkte Taschentuch in eine gesonderte Plastiktüte packte und vorsichtig die Tür aus den Angeln hievte, nach draußen brachte, den Koffer mit dem Geld nahm und alles in einen Kombi packte, den sie zuvor aus einem Versteck hinter dem Haus hervorholte.

Noch während der Fahrt zog Durante den Zettel mit Adressen potenzieller Käufer hervor und tätigte die ersten Anrufe.

Kapitel 23

Zwei Stunden nachdem sich Durante in dem alten Haus verletzte, erreichten Verena und Jan fast zeitgleich das Camp und wurden von van der Fries freudig begrüßt.

„Schon etwas von Julia gehört?"

„Nein, Funkstille. Dann sind sie noch in Spanien." Verena hievte ihren Koffer aus dem Wagen und betrat erstaunt um sich schauend die Baracke. „Du hast ja Wunder bewirkt", lobte sie Edmund, „nach den Bildern, die ich per E-Mail erhielt, dachte ich nicht, dass es schon wieder so wohnlich sein würde." Ihr Blick fiel auf die Kaffeemaschine und die Frau, die danebenstand. Ohne eine Gefühlsregung erkennen zu lassen, grüßte sie Amanda, die ihr neugierig entgegenblickte.

„Ist es eine längere Geschichte? Dann", sie schaute zu van der Fries, „bringe ich erst mal mein Gepäck in meine Suite." Sie lachte, dachte an die spartanisch kleinen Zimmer ihrer damalige Behausung. „Sie sind sicherlich nicht größer geworden?"

„Kaffee, nehme ich an?" Nickend verschwand Verena, während Jan sich höflich vorstellte. Wenige Augenblicke später saßen sie am großen Tisch, der, wie früher, die Küchenzeile vom Wohnbereich optisch trennte.

Jan sah sich immer noch erstaunt um, das Camp kannte er nicht. Claudia quittierte den Dienst, bevor sie heirateten, und bei der Aktion vor zwei Jahren hatte sie das alte Militärgelände nicht mehr betreten.

„Darf ich euch Amanda Halbstett vorstellen? Sie nahm vor einigen Tagen Kontakt zu mir auf, und ich kann nur sagen, Gott sei Dank", Edmund lächelte Amanda an, „sie half mir beim Einrichten und Organisieren. Sie half mir, die lange Liste mit euren Wünschen abzuarbeiten. In Amsterdam habe ich Angestellte", hilflos wedelte er mit den Armen, „da ihr nun alles sitzt", wechselte er das Thema und schaute zu Verena, „kann ich beginnen, euch eine Sache zu erzählen, die mich stutzig machte, daher bat ich Amanda, alles niederzuschreiben, Fotos zu besorgen und ... Ach ja, eine Kleinigkeit noch, es geht eigentlich nicht um Amanda, sondern um ihre Schwester Ally, Ally Halbstett."

Verena sagte nichts, Jan schwieg, als Edmund sie grinsend anlächelte: „Alice Halbstett, besser gesagt, verschwand vor fast zwanzig Jahren!"

Die volle Aufmerksamkeit Verenas war Edmund nun gewiss. „Alice", flüsterte sie, „haben wir wirklich Alice gefunden, nach der wir schon lange suchen? Ist sie des Rätsels Lösung?"

Amanda staunte. Mit dieser Reaktion hatte sie nicht gerechnet. Sollte sie endlich eine Spur gefunden haben?

„Leider muss ich Ihnen sagen, dass Ihre Schwester wahrscheinlich tot ist", Verena griff Amandas Hand und drückte sie kurz, „es tut mir leid, aber wenn unsere Vermutungen stimmen, war Ihre Schwester mit einem gewissen Paul Durante verheiratet."

„Dann war Durante der Mann, den sie in Aachen kennenlernte", grübelte Amanda, „sie arbeitete dort in einem Forschungslabor." Sie stand auf, ging zu einem Regal im Wohnbereich und zog einige Unterlagen hervor. „Diesen Brief erhielt ich, kurz bevor sie verschwandt", sie reichte ihn Verena, „als ich damals Ally suchte, fragte ich auch ihren damaligen Chef, der erzählte mir aber eine ganz andere Geschichte, das Gegenteil von dem, was Ally mir schrieb! Warum verschwieg man mir, dass sie geheiratet hat? Das verstehe ich nicht! Warum hat man mir gesagt, die Forschungen wären ergebnislos, während Ally schrieb, sie hätten eine bahnbrechende Entdeckung gemacht?"

„Wo hat sie in Aachen gearbeitet? Wer war ihr Arbeitgeber?"

„Die Firma hieß Meditec!"

Irgendetwas ließ Verena stutzig werden, sie meinte den Namen schon mal gehört zu haben, wusste aber nicht, in welchem Zusammenhang. Schrillte da irgendwo eine Alarmglocke?

„Ich habe es mir schon gedacht, tief im Innern wusste ich es", die Traurigkeit in Amandas Stimme ging in Resignation über, „dass sie nicht mehr lebt, meine ich, sonst hätte sie sich gemeldet. Ich konnte die Polizei nicht überzeugen, sie zu suchen. Können Sie mir mehr erzählen? Wo lebte sie? Wo wurde sie beerdigt?"

Verena schüttelte den Kopf. „Das wissen wir nicht, aber um alle Zweifel auszuräumen, zeige ich Ihnen einen alten Film. Wenn Sie darauf Ihre Schwester erkennen, dann lebte sie in Florida."

Verena fuhr ihren Laptop hoch, während van der Fries erneut Kaffee kochte.

Amanda erbleichte, als sie sich die wenigen Sekunden Filmmaterial anschaute. „Das ist sie, das ist Ally", ihre Stimme versagte fast, „warum Florida und warum hat sie sich nie bei mir gemeldet?"

„Durante ist ein Kontrollfreak", sagte Verena, „wahrscheinlich durfte sie weder anrufen oder schreiben."

Verwundert stellte Jan fest, wie gelassen, fast teilnahmslos Verena reagierte.

„Ich werde eine Nachricht an Julia schicken, irgendwann werden sie ihre E-Mails lesen und entsprechend reagieren können. Da sie sich bislang nicht meldeten, scheint alles in Ordnung zu sein. Der Notruf wurde nicht betätigt."

„Sie sollten so schnell wie möglich ins Camp kommen", meinte Jan, aber Amanda rief entsetzt: „Was ist mit den anderen, die die hier erst kürzlich herumstrolchten? Sie scheinen nicht zu euch zu gehören! Was haben die vor?"

Zum ersten Mal beobachtete Jan Entsetzen in Verenas Augen. Sie reagierte heftig, heftiger als er es je bei einem Mitglied der Clique sah. Verena schnellte auf, griff in ihre Handtasche und zog eine Pistole hervor. Nun wieder ruhiger, gezielter: „Wo? Wo haben Sie jemanden bemerkt, Amanda? Wir sitzen hier auf dem Präsentierteller."

„Es ist eine Woche her. Ich gehe hier fast jeden Tag mit dem Hund spazieren, auf dem Gelände, da habe ich sie bemerkt, dort drüben", sie zeigte in Richtung der alten Remise, dort, wo sie früher ihren Wagenpark untergebracht hatten, „dort verschwanden sie, nie lange, aber doch einige Male. Ich sah aber nicht, was sie dort machten."

„Ihr bleibt hier", Verena, nun ruhig, beherrscht, gefasst, kontrollierte ihre Waffe, winkte den anderen zu, sich möglichst normal zu verhalten, und verschwand durch den versteckten Kellerausgang. Im Freien dankte sie den hohen Sträuchern, die es ihr ermöglichten, ungesehen zur Remise zu gelangen. Sie schlich dicht an der Außenwand der Baracke lang, bog am Ende, wieder geschützt durch unwegsames Gestrüpp, ab, weiter zur Remise. Gott sei Dank, dachte sie, habe ich es noch nicht verlernt. Lautlos erreichte sie die ehemalige Autounterkunft und schob vorsichtig die schief in den Angeln hängende Tür auf. Durch die alten, glaslosen Fenster schimmerte Licht, so dass sie genug erkennen konnte. Sie suchte die Wände ab, fand die aufeinander geschichteten, an der Wand lehnenden Bretter, sah, dass sie erst vor kurzem bewegt worden waren, und nahm sie genauer in Augenschein. Ohne sie von der Stelle zu bewegen, suchte sie die unmittelbare Umgebung nach Drähten oder anderen gefährlicheren Gegenständen ab. Das stümperhaft verlegte Kabel sah sie sofort, verfolgte es bis hinter den Holzstoß und fand ein Aufzeichnungsgerät, verbunden mit einem Bewegungsmelder. Sie folgte dem Kabel, schüttelte unmerklich den Kopf, es gab mittlerweile bessere, hochempfindliche Geräte, die außerdem kabellos hervorragend funktionierten.

Wer diese Installation fabriziert hatte, benötigte Strom und schien nicht zu viel Ahnung von Technik zu haben. Vorteil? Nachteil? Um das einzuschätzen, müsste sie den Gegner kennen. Am Ende der Montage sah sie sofort, was überwacht werden sollte: Der Eingang zur Baracke! Aber was ihr auffiel, die Apparaturen schienen älter. Vielleicht liegen sie schon über zwei Jahren unbenutzt dort, und man wollte sie nun wieder aktivieren, überlegte sie.

Wann sollte die Überwachung des Einganges beginnen? Alles deutete auf das Camp als Ausgangspunkt. Sollten sie hierher gelockt werden? Merkwürdig, Verena starrte den Sensor einige Sekunden an und eilte dann zurück.

„Seit wann haben wir Strom?"

„Seit vier Tagen", Edmund sah sie verwundert an, „nur der alte Tunnel verfügte über ein batteriebetriebenes Aggregat, wie Nick mir sagte. Was ist los? Was hast du entdeckt?"

Verena berichtete ihnen von der Anlage, die betriebsbedingt den Saft aus der Steckdose benötigte. „Sie ist nicht einsatzbereit, sie müssten nochmals herkommen, um sie anzuschließen. Gut, dass Amanda sie gesehen hat. Wir drehen den Spieß um", sie lächelte, „noch ist nichts passiert. Edmund, du solltest überprüfen, ob noch jemand einen Antrag auf Stromversorgung für dieses Gelände gestellt hat. Als Eigentümer kannst du das. Du erhältst sofort Auskunft."

„Dann wissen wir nun definitiv, dass hier der Treffpunkt ist", Jan wurde unruhig. Verena beruhigte ihn. „Kein Problem", sie lächelte triumphierend, „dieser winzige Hinweis fehlte uns noch. Ich manipuliere die Anlage. Den Fehler, wenn überhaupt, werden sie nur unter Schwierigkeiten finden. Es ist schnell gemacht, und dann werde ich Julia eine E-Mail schicken. Diese Informationen kann sie gebrauchen."

Verena nahm ein Taschenmesser aus ihrer Handtasche und lief zurück. Am Aufnahmegerät entfernte sie das Verbindungskabel, schabte die Isolierung vorsichtig, kaum sichtbar ab und steckte es wieder zurück. Das Gleiche machte sie noch ein zwei weiteren Stellen und unterbrach so die Verbindung. Sollte die Anlage nun angeschlossen werden, würde sie nicht funktionieren. Beruhigt lief sie zurück.

„Hier können wir nicht bleiben", sie schüttelte den Kopf, „wir müssen uns eine andere Unterkunft besorgen, ein Hotel hier in der Nähe." Sie packte schon ihre Sachen zusammen.

„Ihr könnt alle mit zu mir", sagte Amanda, „ich habe genug Platz, und ihr seid in unmittelbarer Nähe des Geschehens."

„Keine schlechte Idee, aber man bekommt uns meist nur in der Großpackung."

„Damit meint sie", übersetzte Jan, „sie greifen immer zu acht an."

„Kein Problem, ich liebe Menschen um mich herum. Wenn ich nur endlich herausfinde, was mit meiner Schwester passiert ist.“

Verena griff zu ihren iPhone und schrieb eine Nachricht an Julia, in der Hoffnung, sie würde sie möglichst bald lesen. Anschließend packten Jan und sie ihre Sachen zusammen.

„Wir sollten die beiden Mietwagen zurückbringen“, schlug Verena vor, „da wir nun über den Voyager verfügen und auch Edmund seinen Wagen hier hat, brauchen wir die beiden Autos nicht mehr.“

„Was ist mit deinem nächsten Treffen mit Durante?“

„Taxi“, bestimmte sie, „ich werde mit einem Taxi vorfahren.“ Sie stiegen in ihre Autos, und Amanda dirigierte sie zu ihrem Haus. Sie luden aus, und Jan und Edmund brachten die Mietwagen zurück. In der Zwischenzeit versuchte Verena, mehr Informationen aus Amanda hervorzulocken.

„Überlegen Sie in Ruhe, jede Kleinigkeit kann wichtig sein, jede noch so unbedeutende Begebenheit. Haben Sie Fotos von Allys damaligem Chef? Das wäre sehr günstig, Bilder sind immer hilfreich, auch wenn sie schon alt sind, und Fotos, Fotos von ihrer Schwester brauchen wir.“

„Ich suche sie gleich heraus, aber zuerst zeige ich euch eure Zimmer.“

„Perfekt“, meinte Verena, als sie einen Blick hineinwarf, „ich helfe Ihnen, die Betten zu beziehen, das lenkt ab.“

Eine Stunde später saßen sie im Wohnzimmer, und Verena checkte die E-Mails, in der Hoffnung, eine Antwort von Julia erhalten zu haben.

Kapitel 24

Patrick und Doro bildeten den Anfang, gefolgt von Julia und Nick. Fabio führte sie den Weg hinunter. Sie suchten die nähere Umgebung ab, in der Hoffnung, einen Hinweis auf Sabine zu entdecken. Vielleicht hatte sie die Möglichkeit, eine Spur zu hinterlassen, obwohl sie, nur im Schlafanzug bekleidet, barfuß, keine große Möglichkeit hatte, irgendetwas unbemerkt fallen zu lassen. Sie erreichten den unteren Punkt des Berges. Hier fanden sie nochmals Reifenspuren und einen der Anhänger von Sabines Kette. Sie lebte, und sie hatte eine Möglichkeit gefunden, eine Spur zu hinterlassen.

„Sie hat noch den zweiten Anhänger und die Kette selbst“, überlegte Julia laut, „wenn man nur wüsste, wie lange er schon hier liegt.“

„Es hat vorgestern geregnet, dann sähe der Anhänger anders aus“, gab Fabio zu bedenken, „sie muss gestern oder heute hier gewesen sein.“

„Und wo könnte man sie hingefahren haben? In den nächsten Ort? In einen Unterschlupf? Kannst du nicht einige Bekannte fragen, die hier in der Nähe wohnen, ob sie den Wagen gesehen haben?"

Fabio grinste spitzbübisch, zog sein Handy hervor und wählte eine Nummer. Jemand meldete sich, und eine Unterhaltung mit gestikulierenden Händen und ausschweifender Mimik begann, als Resultat kam ein einfaches, „Ja" über Fabios Lippen.

„Und? Wo sind sie hingefahren?" Aufgeregt verharrte Julia kurz vor Fabios Nasenspitze.

„Oh, oh", sah Doro die heftige Ungeduld in Julias Augen, „nun würde ich aber doch etwas sagen, Fabio, es könnte sonst die Möglichkeit bestehen, dass Julia um sich schlägt, das passiert immer, wenn wir nicht schnell genug sind."

Fabio schaute Patrick und Nick belustigt in die Augen, sah aber auch dort nur bedrohliche Präsenz, er räusperte sich, stotterte: „Der Wagen ist gestern dort entlanggefahren", er wollte eine ausschweifende Erklärung geben, unterließ es nach einem kurzen Blick in Julias blitzende Augen, besann sich und meinte: „Zurück, sie fuhren zurück!"

Mit Julias Geduld war es am Ende, sie fasste Fabio an den Kragen, zog ihn einige Zentimeter hoch, er stand nur noch auf Zehenspitzen, die überdeutliche Frage erkannte nun auch er, als dem Ernst der Lage angepasst: „Zurück, sie fuhren Richtung Deutschland!"

„Warum nicht gleich so", knurrte Julia, „also bedeutet es für uns, wir laufen zurück? Oder gibt es eine andere Möglichkeit?"

Fabio schüttelte den Kopf.

„Dann los", auch Doro wurde ungeduldig, „wir haben einen ganzen Tag verloren! Mist!" Sie drehte sich um und stiefelte hinter Julia her, die die ersten Meter in entgegengesetzte Richtung bereits hinter sich hatte.

„Fabio! Los, avanti, führ uns an!" Und zu Patrick gewandt: „Sobald wir zurück sind, müssen wir die E-Mails checken und uns bei Verena und Jan melden, ich habe ein ungutes Gefühl, als ob es dringend wäre!" Auf Julias Gefühl war immer Verlass, daher widersprach niemand.

Es dauerte weitere zwei Stunden, bis sie Fabios Jeep erreichten. Doros Miene verriet Bitterkeit, Enttäuschung und Wut.

Nach weiteren zwei Stunden befanden sie sich wieder im Haus. Sie wollten keine Zeit verlieren und schnellstens zurückfahren, zurück nach Deutschland, zurück ins Camp.

Julia telefonierte bereits mit Verena, die froh war, etwas von ihr zu hören, und berichtete kurz, was sich inzwischen ereignet hatte.

„Gib uns sechzehn Stunden“, erklärte Julia, „wenn alles klappt, müssten wir dann wieder zurück sein. Achtet darauf, ob sich jemand dem Camp nähert.“

Kapitel 25
Zwei Tage zuvor

Sabines Blut gefror in ihren Adern. Sie wich zurück, hielt den Atem an. Die Zeit verlangsamte sich, stand still. Mit einer Klarheit des Schreckens bemerkte sie, dass der Mann vor ihr eine Pistole in der Hand hielt und auf sie zielte.

„Schickt Thomas Sie?“ stammelte sie. „Wie ... haben Sie mich überhaupt gefunden?“

Er lachte gackernd auf: „Thomas? Oder Müller? Nein, wenn die wüssten, dass du noch lebst, dann hätten sie bereits Himmel und Hölle in Bewegung gesetzt, um aus dem Gefängnis zu kommen. Immerhin sitzen beide wegen Mordes. Wenn herauskäme, dass du noch lebst, dann würden sie sofort entlassen, weil man dann eure manipulierten Beweise erst einmal ausgiebig überprüfen und vielleicht Unstimmigkeiten feststellen würde. Nein, Thomas weiß nichts, und ich werde es ihm nicht erzählen.“

„Und wie haben Sie mich gefunden?“

„Oh, ich weiß schon lange, wo ihr alle steckt. Ich beobachtete euch, hielt mich im Hintergrund und machte mir meine eigenen Gedanken.“ Er gluckste. „Wissen ist Macht. Ich weiß mehr, als ihr vermutet!“ Er schwieg, ein Lächeln umspielte seine Lippen.

Sabine saß neben ihm im Wagen. Vor einem kleinen Laden hielt er an.

„Ich werde dir etwas zum Anziehen besorgen“, er schaute sie an, „so können wir nicht weiterfahren. Bleib im Auto sitzen, bitte versuch nicht wegzulaufen, du bist in Sicherheit, ich habe nicht vor, dich zu entführen oder zu verschleppen. Wir werden zurückfahren, nach Deutschland.“

Es dauerte nur fünfzehn Minuten, und er erschien mit einer Jeans einer Bluse und Jacke.

„Steig nach hinten, dort kannst du dich umziehen. Du solltest während der Fahrt auf dem Rücksitz bleiben, besser noch hinlegen. Man sollte nicht unbedingt sehen, dass wir gemeinsam unterwegs sind!“

„Nach Deutschland?“ Sabine seufzte, schnappte sich die Kleidung und stieg nach hinten auf die Rückbank. Er ist nicht verheiratet, dachte Sabine, sonst wüsste er, was noch fehlte, die Unterwäsche, dafür gab es Sportschuhe, eine Nummer zu groß. Sie zog es vor, sich nicht zu beschweren, da sie immer noch nicht ahnte, was er vorhatte und ob sie ihm vertrauen konnte.

Schnell zog sie sich um, blieb dann auf der Rückbank sitzen. Durch die getönten Scheiben konnte man sie von außen nicht erkennen.

„Wir halten in einer Stunde, dann können wir etwas essen.“

„Kann ich meine Freunde anrufen?“

Er schüttelte den Kopf. „Besser nicht, sie werden ihre Handys nicht eingeschaltet haben, wir werden uns erst in Deutschland mit ihnen in Verbindung setzen.“

„Mit der Clique?“ wagte sie zu fragen. „Sind sie in Deutschland?“

„Ich erkläre euch alles, wenn wir dort sind. Du wirst dich wundern, wenn du die Neuigkeiten erfährst. Keine Angst, ich tue dir nichts, ich habe auch mit dem Mord an Cora nichts zu tun, konnte ihn aber nicht verhindern.“

Sie blieb nachdenklich auf der Rückbank sitzen, konnte sich einfach keinen Reim darauf machen, was sie gerade hörte. „Wo sind die beiden Entführer? Es waren doch zwei, und wenn Sie nicht dabei waren, suchen sie mich doch sicherlich schon!“

Er schüttelte den Kopf. „Ich habe sie ausgeschaltet“, ernst blickte er weiter auf die Straße, mittlerweile hatten sie die Autobahn erreicht, „schau nicht so entsetzt, ich war nicht bei deiner Entführung dabei, es ging nicht anders, beinahe hätten sie mich erwischt, einer bewachte dich und einer das Auto. Wir werden es übrigens bald wechseln, das Auto, ich habe meinen Wagen an der nächsten Tankstelle stehen lassen und bin dann mit einem Taxi weiter. Ich nehme an, dieser Geländewagen wird bereits gesucht.“

„Umgebracht? Sie haben beide umgebracht?“

„Es blieb mir nichts anderes übrig, jetzt sei bitte nicht so entsetzt. Wir sollten uns übrigens duzen, da wir nun für eine gewisse Zeit zusammenbleiben müssen“, er blickte weiter lächelnd auf die Straße, „wenn wir das Auto gewechselt“, er setzt gerade den Blinker, „und die Grenze passiert haben, dann könntest du ein Stück fahren.“ Sie fuhren auf einen Parkplatz. Neben einem einfachen, unscheinbaren weißen Toyota bleiben sie stehen.

„Sie hat das auch immer gemacht, die Clique“, er grinste, „unscheinbare Autos gefahren, keine protzige Schlitten, aber das kannst du nicht wissen, denn du bist erst später dazugestoßen. Ich habe Julia mal in der Verkleidung eines Penners erlebt. Eindrucksvoll. Gekonnt.“ Er nickte anerkennend.

Dass er über sie und auch die Clique sehr gut Bescheid wusste, lag auf der Hand. Aber es schien fast beängstigend, dass er sie gefunden hatte.

„Hast du eine Ahnung, wie wir sie erreichen können?"

Sabine stutzte. War es das, worauf er es abgesehen hatte? Eine Falle? Waren ihre Entführer gar nicht ausgeschaltet? Ein Trick, um die Clique in die Falle zu locken?

„Nein", antwortete sie, „sie werden mich suchen, und während einer solchen Aktion kann man keinen Kontakt zu ihnen aufnehmen."

Die Aussage schien ihn nicht zu irritieren oder wundern, er nickte lediglich. „Dann warten wir eben noch etwas und versuchen es, wenn wir im Camp sind. Irgendwie werden wir es schon schaffen – oder sie finden uns."

Sie wechselten das Fahrzeug.

„Soll ich fahren?"

„Nachher. Ich will erst die Grenze passieren, wenn wir in Frankreich sind, wechseln wir."

„Und wenn ich dann einfach flüchte?"

Er zuckte fast gelangweilt mit den Schultern: „Ich habe dich hier herausgeholt, es wäre dumm, wenn du das machen würdest. Aber du kannst dich gerne alleine nach Deutschland durchschlagen."

Gut einhundert Kilometer weiter passierten sie die Grenze. Er hielt am nächsten Parkplatz. „Bitte!" Er stieg aus, hielt ihr die Tür auf, noch bevor sie auf dem Fahrersitz Platz nahm, saß er bereits, ließ die Rückenlehne nach hinten gleiten und schloss die Augen.

Sabine lächelte missmutig, und fuhr los. Drei Stunden später hielt sie an einer Raststätte: „Wir müssen tanken, und ich habe kein Geld. Also", grimmig dreinblickend hielt sie das Steuer umklammert, „tanke! Und etwas zu essen und trinken benötigen wir auch."

Schläfrig, aber keinesfalls verwirrt erhob er sich langsam, stellte die Rückenlehne wieder in eine aufrechte Position und stieg aus dem Wagen. „Stimmt, du hast ja seit einigen Tagen nichts gegessen und getrunken. Warum hast du mich nicht eher daran erinnert", er reichte ihr ein Sandwich und eine Flasche Wasser, legte drei weitere auf die Rückbank, „ich kann mal wieder ein Stück fahren." Sabine nickte nur, biss in das belegte Weißbrot und merkte, dass sie großen Hunger hatte.

Er hatte inzwischen den Wagen gestartet und fuhr wieder auf die Autobahn: „Nur noch ein paar Stunden", sagte er, „dann sind wir am Camp."

„Erfahre ich dann endlich, was das alles zu bedeuten hat? Oder schweigst du weiter, ist es doch eine Falle für die Clique?"

„Wenn wir sie gefunden haben, werde ich alles erklären, denn dann brauche ich die Clique, ihre Erfahrung, ihr Können und auch ihre Fertigkeit, mit ungewöhnlichen Situationen umzugehen."

„Dann hättest du sie eher hinzuziehen müssen."

„Hätte ich, wenn ich sie eher aufgespürt hätte", nun lächelte er wieder, „ich habe Informationen, die nicht einmal Julia besitzt. Wenn ich mein Wissen den anderen mitteile, dann können wir endlich einen großangelegten Schwindel und Betrug aufdecken, an dem zwar dein Mann beteiligt war, aber nur am Rande. Ich glaube, dass was ich nun weiß, davon hatte er bislang keine Ahnung. Er war nur Mittel zum Zweck, die beiden Richter eigentlich auch. Den Drahtzieher, den Big Boss, den müssen wir erledigen." Wieder schwieg er, und Sabine war sich bewusst, dass sie keine Antwort auf ihre dringendste Frage erhalten würde. Langsam aber stetig näherten sie sich ihrem Ziel: dem Camp.

Kapitel 26

Wilhelm betätigte die Tastatur neben der Haustür, gab den Code ein und wie von Wunderhand öffnete sich seine Haustür. Immer noch erstaunt, dass es funktionierte, schüttelte er diese imaginäre Bestürzung ab, und alle drei betraten das Haus. Linda war zuletzt vor über zwei Jahren hier gewesen, kurz nach ihrer Flucht von den Tondheimers. Nun konnte sie sich das Haus genauer anschauen, durchstöberte Zimmer für Zimmer und suchte sich eins aus, in dem sie sich häuslich niederlassen wollte. Wilhelm und Eduardo gingen sofort ins Arbeitszimmer und riefen van der Fries an, den sie per Handy in Deutschland erreichten. Die Informationen, die beide nun erhielten, veranlassten sie, genau zu überlegen, ob sie es wagen konnten, zum Camp oder zu dieser unbekannten Amanda aufzubrechen.

„Wir müssen Mama erreichen", überlegte Linda, „sie muss diese neuen Informationen erhalten", es klang verzweifelt, „sie rennen alle in ihr Unglück, sie kennen den Feind nicht, aber ich, wir, wir wissen nun Bescheid."

„Wir werden hier übernachten und morgen früh nach Deutschland fahren. Vielleicht haben sie dann schon Nachricht von Julia, sonst überlegen wir, wie wir sie benachrichtigen können."

„Wen?" Sie hatten überhört, dass eine Dame das Haus unbemerkt betreten hatte, die sich nun ihrer Verkleidung entledigte, die Perücke vom Kopf zerrte, die Jacke auszog und in ihrem Koffer nach ihren Sachen suchte.

„Wo kann ich mich frischmachen?“ Claudia hörte der Kurzinfo Lindas zu, nickte und folgte zeitgleich Linda, die ihr ein Zimmer und das Bad zeigte.

„Ich bin nicht hier, denkt daran, verplappert euch nicht, wenn ihr mit Jan redet, er bringt mich um“, was Linda zu einem Stirnrunzeln veranlasste, kannte sie doch die Verteidigungskünste Claudias. „Ich bleibe im Hintergrund, folge euch. Ich bin auch der Meinung, wir sollten morgen zurück zum Camp. Linda“, wandte sie sich ironisch an Julias Tochter, „es klappte doch damals, vielleicht auch jetzt noch. Versuche per Gedankenaustausch Julia zu erreichen, suggeriere ihr, sie soll zurückkommen, zum Camp.“

Linda blickte ihr kritisch in die Augen, zuckte die Achseln und lächelte. „Okay, vielleicht klappt's! Du bleibst in der Nähe?“

Claudia nickte. „Ich bin immer hinter euch, ein, zwei Schritte, ein, zwei Autos. Ihr werdet mich nicht erkennen, aber ich sehe euch“, sie griff in ihre Handtasche, zog Schere und Kamm hervor, hielt sie Linda entgegen, „bevor du die Augen schließt und eine metaphysische Nachricht an Julia verschickst, werde ich dir die Haare schneiden und färben. Du bist schlank, groß und gehst als Junge durch. Es ist zu gefährlich für dich in Deutschland. Tondheimer sucht dich, er will dich zurück. Er sucht ein nettes, blondes Mädchen, aber keinen Jungen.“ Zwei Stunden später stand ein dunkelhaariger Junge vor ihnen, etwas größer und selbstsicherer als vor zwei Jahren und nicht als Linda zu erkennen.

Am nächsten Morgen fuhren sie los. Wilhelm mit Linda, in kurzem Abstand gefolgt von Claudia in einem kleinen Mietwagen. Eduardo blieb in Amsterdam zurück.

Drei Stunden später erreichten sie das Haus Amandas und hielten zwei Straßenecken weiter. Linda stieg aus.

„Ich schaue mich unauffällig um. Wenn die Luft rein ist, hole ich dich.“ Wilhelm sah ihr nach, wie sie fast gelangweilt die Straße entlanglief, unbemerkt die Umgebung betrachtete. Der Gang, die Ähnlichkeit mit Julia wurde immer offensichtlicher. Als ob sie Wilhelms Gedanken ahnte, änderte sie ihre Bewegungen. Sie wird immer besser, dachte Wilhelm, sie passt sich der Umgebung an. Doro als Lehrmeisterin unterrichtete sie bislang perfekt, dazu Julias Gene, das ergab eine gefährliche Kombination.

Linda bewegte sich auf die nächste Straßenkreuzung zu, hielt den Blick starr auf den Boden gesenkt, ab und zu hob sie den Kopf, ihre Augen funkelten auf, während sie sich umschaute. Zielstrebig ging sie auf Amandas Haus zu und klingelte. Fast sofort wurde die Tür aufgezogen und Linda von Verena hineinbugsiert. Die neue Haarfarbe schien sie nicht zu wundern.

„Da bist du ja! Wo ist Wilhelm?"

„Er wartet auf ein Zeichen von mir. Er steht einige Straßen weiter, rechts, holländische Nummernschild."

„Das übernehme ich", Amanda begrüßte Linda nahm dann die Hundeleine und lächelte, „das sieht immer sehr unverfänglich aus. Sobald Herr de Winter im Haus ist, erkläre ich dir alles." Sie hielt bereits den Türgriff in der Hand, winkte dem Hund, und beide verschwanden nach draußen.

Amanda bewegte sich langsam auf den Wagen zu, in dem sie Wilhelm vermutete, blickte kurz hinein, blieb neben der Tür stehen und sprach mehr mit sich selbst, dennoch so laut, dass Wilhelm es verstehen musste.

„Linda ist bei uns, ich bin Amanda, kommen Sie mit, es ist alles in Ordnung, wir werden nicht beobachtet." Sie ging langsam zurück. Im Augenwinkel sah sie, dass Wilhelm ihr folgte.

Minuten später saßen sie in Amandas Wohnzimmer, und es begann eine Marathonberichterstattung.

Linda verschwieg Jan die Anwesenheit Claudias in Deutschland. Wahrscheinlich würde selbst er sie dank der perfekten Verkleidung nicht erkennen, selbst wenn sie vor ihm stünde.

„Und du bist dir ganz sicher?" Skeptisch betrachtete Verena das bearbeitete Foto, welches Linda ausgedruckt hatte.

„Ganz sicher, auf dem Papier ist es etwas ungenauer, aber wenn man das Foto am Bildschirm betrachtete, erkennt man ihn sofort. Ich habe diesen Mann einige Male gesehen. Er wirkte stets verschlagen und falsch auf mich. Einmal sah er nur in meine Richtung und grinste sofort. Ein kalter Schauer lief mir über den Rücken." Linda schüttelte sich, die Gedanken an diese Person ließ sie unwillkürlich zusammenzucken, „wenn er Sabine beobachtet hat, wenn er sie entführte, dann muss es einen Zusammenhang geben."

„Nehmen wir mal an", Verena hing ihren eigenen Gedanken nach, blickte nachdenklich aus dem Fenster und sprach mehr zu sich selbst, „nehmen wir einfach mal den unwahrscheinlichen Fall an, dass es zusammenhängt, dann führen alle Wege, auch die von Amandas Schwester, in eine Stadt! Dann ist Durante nur ein kleines Rädchen im Getriebe, dann gibt es einen anderen Drahtzieher."

„Womit wir leider wieder bei unserem unbekannten Faktor X sind, einer Person, die wir nicht kennen, einen Gegner, den wir noch nicht lokalisiert haben." Jan erhob sich, nahm seine Kaffeetasse und füllte nach. „Gut, dass

Claudia aus der Schusslinie ist", erleichtert trank er einen Schluck, „wenn dieser Unbekannte Sabine aufgespürt hat, weiß er mehr, als uns lieb sein kann, dann ist er vielleicht auch darüber informiert, dass Claudia noch lebt."

Den Blick Lindas, den sie starr auf den Fussboden gerichtet hielt, bemerkte nur Wilhelm. Er räusperte sich laut und sprach das aus, was die anderen ebenfalls dachten: „Wir müssen versuchen, Julia oder die anderen zu erreichen. Dringend. Habt ihr es schon per E-Mail versucht? Das Handy werden sie ausgeschaltet haben. Gibt es eine Möglichkeit, sie in Notfällen zu erreichen? Haben sie etwas gesagt?"

Jan schüttelte den Kopf. „Sie haben alle vier die Möglichkeit, ein Notsignal zu senden. Das erfolgte bislang noch nicht. Also sind sie noch unterwegs. Das Telefon ist nicht eingeschaltet, eine E-Mail haben wir bereits losgeschickt, sie wird automatisch auf Nicks Handy geleitet. Sobald er es einschaltet, hat er sie vor Augen. Wir müssen abwarten und Ruhe bewahren."

„Treffpunkt ist das Camp. Ich gehe einige Male am Tag mit dem Hund dort vorbei, aber bislang habe ich noch nichts gesehen, auch nicht die mysteriösen Gestalten, die einige Male auf dem Gelände herumlungerten."

„Wir sollten das Camp mit Kameras überwachen", Linda schaute zu Jan, „wir beide können sie installieren, ich weiß, wie es geht, Nick hat es mir gezeigt, du kannst es doch auch, wir beide schaffen es, da bin ich sicher", Linda bettelte, sie brauchte eine Beschäftigung.

Jan nickte: „Gute Idee, leider kommt sie zu spät, ich bin fast fertig damit, Morgen ändere ich noch eine Kleinigkeit um, denn wir wollten die Überwachungsanlage anfangs im Camp selbst, also im Untergeschoss installieren, nun aber hier in Amandas Haus. Wir haben dann von diesem Monitor aus den perfekten Überblick, was im Camp vor sich geht. Also, leg dich etwas hin, wir wecken dich, sollte es Neuigkeiten geben." Er merkte ihr die Müdigkeit an und vermutete, dass sie in Sorge um Julia und Patrick nicht schlafen konnte. Obwohl sie munter wirkte, fielen ihr fast die Augen zu. Geknickt grummelte Linda und lehnte sich zurück. Sekunden später schlief sie tief und fest.

Verena, die bislang schweigend aus dem Fenster gestarrt hatte, drehte sich abrupt um und ging zu ihrem Computer. „Amanda", sagte sie, „wie hieß die Firma, das Labor, in dem Ally arbeitete? Meditec Aachen? Dann habe ich gerade den Zusammenhang gefunden!" Sie lehnte sich im Sessel zurück, verschränkte die Arme hinter ihrem Kopf und deutete lächelnd mit dem Kinn auf den Monitor.

Nur einige hundert Kilometer entfernt schreckte Julia vom Rücksitz hoch. „Linda!“ Gehetzt, nervös und irritiert rief sie den Namen ihrer Tochter. Patrick am Steuer, Nick neben ihm sitzend, sahen sich irritiert an. Doro, die auf der Rückbank in einen leichten Schlaf gefallen war, fuhr hoch.

„Was ist los?“ Nun völlig wach, schaute sie sich hastig nach allen Seiten um, blickte aus dem Seiten- und rückwärtigen Fenster ihres Wagens. Sekundenschnell glitt ihre Hand in den rückwärtigen Hosenbund zu ihrer Waffe.

„Was ist mit Linda? Wo ist sie? Hier?“

„Oh mein Gott“, Julia rieb sich die Augen, „es ist wieder passiert. Zwei Jahre hatte ich Ruhe und träumte nicht mehr von Linda, nachdem ich sie gefunden hatte. Nun erschien sie mir wieder im Traum. Merkwürdig, sie ist doch in Sicherheit bei Yasmine. Warum meine ich, von ihr gerufen zu werden?“

„Wahrscheinlich wartet sie auf ein Lebenszeichen von uns. Wir haben uns seit drei Tagen weder bei Verena noch bei Jan gemeldet. Lass es uns schnell nachholen!“

„Es ist nicht mehr weit bis zum Camp. Wenn wir weiterhin so gut durchkommen, erreichen wir es in maximal zwei Stunden.“ Patrick, der nur kurz beim Aufschrei Julias vom Gas ging, beschleunigte erneut.

„Sobald wir angekommen sind, schalten wir alle Kommunikationsgeräte wieder ein“, versprach Nick, obwohl niemand seine Vorsicht verstand, widersprach man ihm nicht.

„Gibt es etwas, das wir wissen sollten?“ Was Patrick andeutete, war jedem klar. „Welche geheimnisvollen Spielereien hast du eingebaut?“

„Frag deine Frau, ein Großteil der Sperenzchen entsprang ihrem schlauen Köpfchen!“ Nick ließ sich zu keiner Erläuterung verleiten.

„Es war wie damals, ich habe das unbestimmte Gefühl, Linda will mir etwas Wichtiges mitteilen.“

„Linda ist in Abu Dhabi“, energisch schüttelte Doro den Kopf, „ruf sie an, sobald Nick uns gnädig die Erlaubnis erteilt, ein einfaches simples Handy zu benutzen.“

„Das habe ich auch vor. Wie weit ist es noch bis zum Camp?“ Julia beugte sich vor, um einen Blick auf das Navi zu erhaschen. „Zwanzig Minuten.“

„Was sagte Linda in deinen Träumen oder Gedanken? Übermittelte sie dir eine Nachricht? Schrie sie um Hilfe?“

Julia schüttelte den Kopf: „Nein, sie warnte mich, ich solle aufpassen und Kontakt zu ihr aufnehmen, sie hat Informationen für uns!“

Doro runzelte die Stirn. Die übersinnlichen Empfindungen, die Linda und Julia verbanden, waren ihr bekannt. Aber ob Julia tatsächlich einen mystischen, metaphysischen Kontakt zu Linda besaß, blieb dahingestellt. Allerding, sollte es sich als Tatsache erweisen, würde sie nie wieder zweifeln. Sobald sie im Camp eintrafen, würde sie Gewissheit haben. Im Augenblick konnte sie Julia nur trösten: „Warten wir ab", beruhigend tätschelte Doro Julias Arm, „die Anstrengungen in den letzten Tagen, die Trennung von den Kindern, immer noch nicht zu wissen, wo Sabine steckt, das alles hat dich mitgenommen."

Missbilligend verzog Julia den Mund. „Doro", meinte sie mürrisch, „ich bin weder senil noch psychisch angeknackst, habe keine Halluzinationen und sehe auch keine Ufos am Himmel, ich spürte lediglich Linda, die uns warnte. Also sollten wir aufpassen."

„Aber das tun wir doch, schalten keine Handys ein, benutzen nicht einmal das eingebaute Navigationsgerät des Mietwagens, man kann uns also nicht orten, wir wechselten auf der Fahrt nach Deutschland zweimal das Auto – also, ich finde, wir sind vorsichtig genug, außerdem habe ich noch meine Hausordnung dabei", grinsend klopfte Doro auf ihre Pistole, „die versteht jeder, die Hausordnung meine ich!" Nun lächelte auch Julia wieder.

„Noch zwanzig Minuten", Nick wandte sich ihnen zu, „dann, hoffe ich, wissen wir mehr!"

Es dauerte lediglich fünfzehn Minuten, bis der Wagen vor der Schranke zum Camp stehen blieb. Patrick betätigte den Zahlencode am Eingang, nichts rührte sich, das Tor schwang nicht auf. Alles schien ruhig, einsam, zu einsam, dachte Julia, schaute Doro an, die den Kopf schüttelte. Etwas stimmte nicht. Langsam legte Patrick den Rückwärtsgang ein und fuhr die wenigen Meter zurück zur Straße.

„Fahr zu deiner Wohnung", überlegte Nick, „vielleicht sehen wir dort etwas." Patrick nickte, genau das hatte er vor. Langsam bewegten sie sich nur Minuten später an Patricks Wohnung vorbei. Alles ruhig, allerdings wagten sie es nicht auszusteigen und nachzuschauen.

„Was nun? Telefonieren?" Doro zog ihr Handy hervor, um es endlich wieder einzuschalten.

„Warte", Nick reichte ihr ein anderes, neueres Modell, „nicht mit dem, nimm dieses Handy, alle wichtigen Nummern sind eingespeichert. Ruf Verena an."

Als diese den Anruf entgegen nahm, atmete sie erleichtert auf.

„Die Adresse, unter der du uns alle finden kannst, ist Schubertstraße 13. Es ist nur wenige Minuten von Patricks Loft entfernt. Wir erwarten euch", dann lachend, „und setzen schon mal den Kaffee auf."

Minuten später parkten sie den Wagen in sicherer Entfernung und stiegen aus. Niemand bemerkte die Frau, die beladen mit einer gefüllten Einkaufstasche auf der gegenüberliegenden Straßenseite entlanglief, den Blick starr geradeaus richtete. Nur die wachen Augen huschten hin und her, beobachteten die Autos, die nähere Umgebung und die Passanten. Für den Bruchteil einer Sekunde verharrte sie, als sie die vier Personen sah, die zielstrebig auf den Hauseingang zusteuerten. Dann lächelte sie. Sie sind angekommen, alle. Gott sei Dank. Claudia zog es immer noch vor, sich nicht sehen zu lassen. Linda und Wilhelm schwiegen, sonst hätte sich Jan schon gezeigt.

Doro steuerte die Haustür des eleganten Einfamilienhauses in der Schubertstraße 13 an, dicht gefolgt von Julia. Julia verharrte plötzlich kurz, spürte eine innere Warnung. Spielte ihr nur ihre Phantasie einen Streich? Sie schüttelte den Kopf. Patrick hinter ihr, starrte sie an.

„Was ist? Warum hast du kurz gestoppt? Hast du etwas bemerkt oder gesehen?"

„Ich bin mir nicht sicher, aber in letzter Zeit scheine ich überempfindlich zu reagieren. Es ist wie früher, wenn ich die Gefahr ahnte. Wenn mein Innerstes mir suggerierte, dass etwas nicht stimmte, und gerade hatte ich so ein merkwürdiges Gefühl. Aber", sie lächelte wieder, „es ist vorbei. Alles in Ordnung." Doro hielt den Finger fast auf der Klingel, als die Tür auch schon aufgerissen wurde. Amanda starrte sie stumm an. Doro zögerte, wollte bereits sagen, dass sie sich geirrt hatten, als schon Wilhelm im Hintergrund erschien. Noch bevor Doro einen Ton sagen konnte, sah Julia ihn an und schrie auf. Patrick stand sofort an ihrer Seite, Nick zog seine Pistole hervor, Doro winkte ab, um beide Männer zu beruhigen.

„Was machst du hier", schrie Julia, „was ist passiert? Ist etwas mit Linda oder Lennard? Ich habe es geahnt, ich habe es gespürt", erschöpft hielt sie einen Augenblick inne, „sagt doch was", bleich, blass und atemlos irrte ihr Blick hin und her. In diesem Augenblick erschien Linda hinter Wilhelm.

„Mama."

„Oh mein Gott", sagte sie noch, ihr Herz hämmerte schmerzhaft in ihrer Brust bevor sie die Kontrolle verlor. Die Zeit verlangsamte sich. Alles wurde schwarz, sie sackte in ein tiefes, bodenloses Loch.

„Komm zu dir, Julia", die flehende, verzweifelte Stimme Doros drang in ihr Bewusstsein. Linda kniete blass neben ihr.

Langsam öffnete sie die Augen. Es kam ihr vor, als würde ihr Gehirn schwerfälliger arbeiten.

„Es ist alles in Ordnung, Mama", beeilte sich Linda zu erzählen, beruhigend hielt sie die Hand ihrer Mutter, „wir sind nur hier, weil wir wichtige Informationen für euch haben, sehr wichtige, und da man euch telefonisch nicht erreichen konnte, sind wir drei nach Amsterdam geflogen."

„Drei?" Krächzte Julia, Angstschweiß stand ihr auf der Stirn.

„Eduardo ist in Amsterdam. Wilhelm ist mit mir hierher gefahren."

Amanda, die das Spektakel schweigend mit ansah, hatte mittlerweile ein nasses, kaltes Tuch geholt und wies Patrick an, Julia auf die Couch zu helfen. Fürsorglich kühlte sie die Stirn mit dem feuchten Lappen, während Doro grinsend meinte: „Ich glaube, eine Tasse Kaffee wäre im Augenblick hilfreicher!"

Wilhelm eilte davon und brachte in Windeseile eine dampfende Tasse des bitteren Gebräus.

Dankbar nahm Julia sie entgegen. Ihr Gesicht wechselte schleppend von kalkweiß in eine minimale rosa Schattierung. Langsam normalisierte sich ihr Pulsschlag.

„Lennard geht es gut", begann Linda vorsichtig, „er ist bei Yasmine, aber erzähl, was hast du gespürt?"

„Dich. Du hast mir etwas mitgeteilt, ich sah dich im Traum. Ich war im Wagen eingenickt, auf dem Weg von Dénia zum Camp. Ich fühlte es, die Warnung."

„Ich habe es genauso gemacht wie damals. Ich schloss die Augen und dachte intensiv an dich."

„Ab sofort glaube ich an alles Übersinnliche", murmelte Doro, „es ist faszinierend, wenn ich es nicht selbst erlebt hätte, würde ich es nicht glauben."

Schwerfällig, aber nicht mehr schneeweiß, richtete sich Julia auf und stellte die mittlerweile leere Tasse auf den kleinen Beistelltisch neben der Couch. Sie atmete tief durch und schaute sich die Personen genau an, die sich im Wohnzimmer Amandas aufhielten. Ihr Gehirn funktionierte wieder, wie Doro schmunzelnd feststellte.

„Ich kenne Sie", wandte sie sich an Amanda, „ich habe Sie auf dem Areal des Camps gesehen, Sie gingen dort mit Ihrem Hund spazieren." Amanda nickte. „Warum sind wir alle hier bei Ihnen?"

Die Angesprochene blickte nun zu Edmund van der Fries, der ihr zunickte: „Das ist Julia de Winter, erzählen Sie ihr alles. Sie, Doro, Patrick und Nick werden Ihnen wahrscheinlich auf ihre Fragen eine Antwort geben können. Ich glaube, wir haben hier einige Puzzleteile gefunden, die, sollten wir sie zusammenstecken, ein fertiges Bild ergeben." Er wandte sich an Julia. „Amanda ist die ältere Schwester von Alice."

Julia stutzte, die Gedanken in ihrem Gehirn überschlugen sich: „Alice, vermutlich der ersten Ehefrau Durantes?"

Amanda nickte und begann mit ihrem Bericht.

Nachdem sie geendet hatte, blieb es einige Sekunden still. Doro ergriff als Erste das Wort. „Alice ist also verschwunden. Sie arbeitete bei einer Firma Meditec Aachen im Forschungslabor. Sie behauptete in einem Brief, dass sie kurz vor einer sensationellen Entdeckung standen, was allerdings später dementiert wurde. Warum? Hatte sie sich geirrt? Oder steckte etwas anderes dahinter? Warum erwähnte sie nie den Namen ihres Freundes? Warum meldete sie sich nie?"

Linda versuchte allen etwas mitzuteilen, Doro winkte ab und sprach weiter: „Wenn sie mit Durante verheiratet war und in Florida lebte, hätte sie ohne Weiteres einen Brief an ihre Schwester schreiben können", Linda versuchte es erneut, Doro reagierte nicht, „es sei denn, Durante spielte damals schon ein falsches Spiel und ließ die Briefe an ihre Schwester verschwinden! Sie glaubte, ihre Schwester sei tief verletzt und wollte nichts mehr von ihr wissen, und Amanda dachte es ebenfalls, weil keine Nachricht und kein Brief sie erreichte. Aus dieser Entfernung und dann vor über zwanzig Jahren erscheint mir das durchaus möglich."

Energisch, fast wütend fuhr Linda dazwischen: „Darf ich auch endlich mal etwas sagen?"

Erst jetzt registrierte Doro, dass Linda und Wilhelm extra aus Abu Dhabi angereist waren, um ihnen etwas Wichtiges mitzuteilen.

„Aber natürlich, Linda-Maus, selbstverständlich darfst du etwas sagen!"

„Behandel mich nicht wie ein Kind, immerhin habe ich etwas herausgefunden, was ihr alle übersehen habt", giftete sie.

„Nun spann uns nicht weiter auf die Folter", versuchte Julia die Stimmung aufzubessern, „was hast du entdeckt?"

„Eigentlich wollte ich euch nur mitteilen, dass die Person auf dem Foto, was ich übrigens weiter bearbeitet habe, ihr wisst doch, die Person, die von Sabine fotografiert wurde ... Ich kenne diesen Mann, er war häufig Gast im Hause Tondheimer!"

„Tondheimer?" Nick fasste sich an die Stirn, „verdammt, den haben wir völlig außer Acht gelassen. Besteht die vage Möglichkeit, dass er mehr weiß, als wir vermuten?"

„Ganz bestimmt“, eifrig nickte Linda, „Meditec Aachen ist eine Firma von Tondheimer!“

Nun herrschte atemloses Schweigen. Einige Sekunden lang hätte man eine Stecknadel fallen hören können.

„Das Bindeglied? Haben wir den Zusammenhang entdeckt? Arbeiteten Durante, Enders und Tondheimer zusammen?“ Verwirrt sprang Julia auf, vor dem Fenster blieb sie stehen und starrte nach draußen. „Es scheint alles irgendwie zusammenzuhängen. Aber wie und warum? Wurde Linda nicht nur einfach von Tondheimer adoptiert, gibt es noch einen anderen Grund?“

Verena sprang hastig auf, eilte zu ihrer Tasche und zog einen Stapel Papiere heraus: „Verdammt, Gerrit Albers, der Mitarbeiter von Edmund, er hatte vor zwei Jahren alles in die Wege geleitet, um die Adoption Lindas durch Tondheimer rückgängig zu machen. Er gab mir diese Unterlagen. Tondheimer hat bei Gericht Klage eingereicht, gegen Julia, sie wollen Linda zurück. Begründung: Julias Lebenswandel! Es kommen hier einige Behauptungen auf den Tisch, die Tondheimer eigentlich nicht wissen dürfte. Wenn wir nun wissen, dass Tondheimer mit Durante und Enders unter einer Decke steckt, weiß ich auch, wie er an die Informationen gekommen ist.“

„Sie wollen mich zurück?“ Linda war blass zusammengesackt.

„Sie muss zurück nach Abu Dhabi, sofort, sie ist hier nicht mehr sicher“, Julia sprang hastig auf. „Pack deine Sachen. Wilhelm“, sie drehte sich zu ihm um, „du bringst sie zurück nach Amsterdam, dann schnapp dir Eduardo und fliegt alle drei zurück. Ich will euch hier nicht mehr sehen. Zum Glück ist Claudia zu Hause geblieben!“

Linda sog scharf die Luft ein. Starr sah sie gerade aus, vermied jeglichen Blickkontakt mit ihrer Mutter. Niemand bemerkte es, lediglich das minimale Zucken des linken Augenlides von Doro signalisierte Linda, dass sie die Wahrheit ahnte. Linda versuchte wieder normal zu atmen, stand auf und verschwand in den Flur. Doro folgte ihr.

„Wo ist sie?“

Linda wies mit dem Kopf nach draußen. „Irgendwo vor dem Haus, ich sollte nichts sagen. Sie wollte die Umgebung im Auge behalten. Sie war im gleichen Flugzeug, aber als alleinreisende Frau. Woran hast du es bemerkt?“

Doro lachte auf. „Du musst noch viel lernen, deine Gefühle besser unter Kontrolle halten und ruhig bleiben. Die Frage hättest du im Vorfeld erahnen müssen. Julia ist ein Kontrollfreak und nur zufrieden, wenn sie genau weiß, wo sich jeder gerade aufhält. Das Verschwinden Sabines macht ihr sehr zu schaffen. Eigentlich sollte sie vor zwei Jahren mit uns nach Abu Dhabi, deine

Mutter bestand darauf, aber sie setzte sich durch. Sie weigerte sich. Sie ist gerade zusammengebrochen, weil sie dich plötzlich im Traum sah. Auf der Fahrt von Spanien zum Camp verfügte sie wieder über eine geistige Verbindung zu dir. Ich habe es angezweifelt, aber als ich dich dann hier sah ..." Doro schüttelte den Kopf. „Mittlerweile glaube ich tatsächlich, dass es so etwas gibt. Komm, beichte! Jan und auch die anderen sollten wissen, dass Claudia in der Nähe ist."

Sie zog Linda ins angrenzende Zimmer. Julia schaute beide merkwürdig an. „Was tuschelt ihr im Flur? Gibt es etwas, das wir wissen sollten?"

Jan war es, dem ein Licht aufging: „Sie ist hier! Ich hätte es wissen müssen!"

„Claudia? Wo?" Patrick brummte und schnaufte. „Also wären wir alle wieder gemeinsam zurück!"

„Ruf sie an, Linda." Nick reichte Linda ein Handy, doch Linda musste nicht mehr wählen.

„Sehr leichtsinnig, die Terrassentür aufzulassen", die Stimme kam vom Wohnzimmer. Dieser Raum verfügte über einen direkten Zugang zum Garten. Eine fremde Dame, scheinbar Mitte fünfzig, lehnte am Türrahmen, „da Linda gepetzt hat, kann ich auch gleich aus dem Untergrund auftauchen. Also, bringt mich auf den neuesten Stand!"

„Ich könnte dich erwürgen, erdolchen und erschießen", Jan trat zu seiner Frau, „habe ich, nein, haben wir nicht alle gesagt, du sollst in Abu Dhabi bleiben? Kannst du nicht wenigstens einmal auf mich hören?"

„Aber mein lieber Schatz, dann wäre ich nicht hier", sie trat zu Jan und strich ihm liebevoll über die Wange, „wer soll dich denn retten, wenn etwas schiefgeht?"

Jan stöhnte, seine Frau würde ihn irgendwann vorzeitig ins Grab bringen. Edmund übernahm die Zusammenfassung für Claudia.

„Also sollten wir in Aachen suchen", überlegte Claudia laut, „alle Wege führen nach Aachen. Tondheimer muss überprüft werden. Irgendetwas sagt mir, wir müssen unser Aktivitäten beschleunigen. Jan", sie wandte sich an ihren Mann, „du solltest den nächsten Anruf starten. Durante ein weiteres Mal nach Münster locken, Verena, wir brauchen nun die Sachen von dir. Keine Angst, alles halb so schlimm, beiß die Zähne zusammen", ohne zu zögern riss Claudia Verena einige Haarbüschel heraus. „Aua, verdammt noch mal", schrie Verena auf, während Claudia frech grinste. „Nun hast du es schon überstanden, lediglich Blut brauchen wir noch."

Verena ahnte, dass sich Claudia nach einem Messer umsah, und japste: „Halt! Das mache ich schon selbst.“

„Wir sollten uns beeilen, es wird heiß, es wird ungemütlich und unsicher“, Julia drehte sich zu Jan um, „ruf ihn an, wir ziehen es vor. Doro“, gab sie weitere Anweisungen, „wie sieht es aus, können wir bis morgen alles im Hotel vorbereiten? Ich habe mir eine kleine Planänderung überlegt, da Wilhelm auch hier ist, also ...“ Nun hatte sie die ungeteilte Aufmerksam der Clique. Als sie endete, nickten sie, nur Lindas Miene schien kein Einverständnis zu signalisieren.

„Du bleibst bei Amanda“, diesmal teilte Patrick die Befehle aus, „wir wollen nichts riskieren, du bleibst in Deckung. Solange wir nicht wissen, warum Tondheimer dich unbedingt zurückhaben will, ist es zu gefährlich. Ich könnte es verstehen, wenn er versuchen würde, Linda aus dem Weg zu schaffen“, eine Bemerkung, die ihm einen Rüffel Julias einbrachte, trotzdem musste sie ihm innerlich zustimmen, „es muss noch eine andere Verbindung geben.“ Er winkte Linda zu sich. „Erzähl mir alles über Friedrich Tondheimer: Hat er auch zu Hause gearbeitet? Hatte er im Haus ein Arbeitszimmer? Wer besuchte ihn? Gibt es einen Tresor, groß genug, um Dokumente darin aufzubewahren? Wir brauchen den Grundriss des Hauses usw.!“

Ein Plan nahm langsam Form an. Nick reagierte mit einem wissenden Lächeln.

„Gewisse wichtige Unterlagen lässt man nicht im Büro, meinst du?“ Er nickte. „Wir sollten dem Haus einen Besuch abstatten, wie ich uns kenne in dunkler Kleidung, mit einem Spezialschlüssel und zu einem Zeitpunkt, an dem die Sonne nicht mehr scheint.“ Beide grinsten sich an, verfolgten den gleichen Gedanken und wurden aus ihren Überlegungen abrupt herauskatapultiert.

„Ich komme mit!“

Julia spürte ein ungutes Gefühl in der Magengegend. „Nein, Linda!“

Diese nickte gelassen und blickte Doro an: „Ich kann es. Doro hat mir einiges beigebracht. Ich kenne mich in dem Haus sehr gut aus. Immerhin habe ich fünf Jahre in dem Kasten gelebt! Ich kann euch zum Tresor führen, ich weiß, wo der Hintereingang ist, ich weiß, wie wir ungesehen auf das Grundstück kommen, ich kann euch führen. Etwas Besseres kann euch nicht passieren.“

Nachdenklich grübelte Doro, nickte dann: „Sie hat recht. Sie kann es. Wir sollten einen Zeitpunkt abwarten, wenn Tondheimers aus dem Haus sind.“ Doro drehte sich zu Linda. „Wie viel Personal lebt im Haus?“

„Nur der alte Drachen", womit sie Ilse Gref, die Haushälterin meinte, „wenn Tondheimers ausfahren, dann immer mit Chauffeur, der wohnt in einem der Nebengebäude, in unmittelbarer Nähe der Garagen!"

„Also haben wir es nur", Doro schaute zu Linda, „mit dem alten Drachen zu tun. Es dürfte nicht allzu schwierig sein, im Notfall mir ihr fertig zu werden. Nick, besorg uns einen Grundriss aus dem Archiv, wenn wir ihn vorliegen haben, prüfen wir, ob sich etwas im Laufe der Jahre an den Räumlichkeiten geändert hat. Die Villa ist älter, da wird schon mal umgebaut und modernisiert, vielleicht finden wir auch noch einen versteckten Raum, wer weiß."

„Sie streiten ja gar nicht." Erstaunt teilte Linda die Erkenntnis Patrick mit.

„Sie streiten nicht, sie diskutieren etwas heftiger, aber nur wenn sie Langeweile haben. Nun sind beide in ihrem Element, da funktionieren sie wie ein Gehirn, wie eine Person und können sich fast telepathisch verständigen." Patrick lächelte. „Es ist genauso bei deiner Mutter und mir."

Verena hatte mittlerweile den Telefonhörer in die Hand genommen und wählte eine ihr bekannte Nummer.

„Ich wollte eine Suite buchen, Yvonne, am besten die Nummer 313, wenn sie frei ist", kurz lauschte sie, „prima, ich brauche sie morgen und komme gegen zwölf Uhr vorbei. Es wäre nett, wenn man mir Champagner und eine Obstschale aufs Zimmer stellen könnte und natürlich die Kaffeemaschine, wie immer." Verena lächelte, bedankte sich und beendete das Gespräch. „Das wäre erledigt, die 313 ist gebucht, den Schlüssel für den Nebenraum haben wir, fehlt nur noch das Mercedes Cabrio am Hintereingang, das erledigt Jan. Wer übernimmt den anderen Part? Ich glaube, Doro sollte es machen, und Claudia leistet ihr Hilfestellung."

Jan passte es nicht, dass seine Frau sich in der Nähe Durantes aufhalten würde, doch diese winkte ab: „Er wird sich kein Zimmermädchen genauer anschauen, außerdem wird mich sogar keiner von euch erkennen." Verena wählte seufzend eine andere Nummer, holte nochmals tief Luft und säuselte ein gehauchtes: „Hallo, Paul", in den Hörer, „hier ist Vera, wir sollten uns morgen treffen. Wie wäre es um drei Uhr? Ich habe eine Suite im Hotel gemietet", sie gab ihm Adresse und Zimmernummer durch, „melde dich am Empfang."

Paul, am anderen Ende der Leitung, atmete glücklich auf. Fast hatte er schon die Hoffnung aufgegeben. Allerdings, wenn er genau überlegte, würde sie ihm so viel Geld nicht einfach überlassen und dann untertauchen. Er überlegte, wie er das mit der Suite verstehen sollte. Erwartete sie einen Heiratsantrag von ihm? Unsicher grübelte er über diesen bedeutsamen Punkt nach. Natürlich wollte er es nicht übereilen, aber zu lange zögern ...?

Er seufzte, nahm sich vor, dem morgigen Nachmittag gelassen entgegenzusehen und die Entscheidung aus dem Stegreif zu treffen.

Einige Kilometer weiter kümmerte sich Jan um einen auffälligen, knallroten Mercedes Sportwagen, mietete ihn an, brachte ihn zum Hotel und parkte ihn am Hinterausgang nahe der Fluchttreppe. Penibel achtete er auf die Tankanzeige, nickte, alles bestens, der Pegel befand sich knapp über einem Viertel. Es reichte maximal für hundert Kilometer. Perfekt. Anschließend holte er ein Label aus seiner Jackentasche, wischte über den Lack und klebte die in sich verschlungen Buchstaben v und B gut sichtbar an den Kofferraumdeckel. Zufrieden nickte er, verschloss das Auto und verließ den Parkplatz.

Verena würde zufrieden sein. Eine halbe Stunde später saß er wieder bei Amanda.

„Es ist wirklich sehr freundlich von Ihnen, Amanda, dass wir hier bei Ihnen übernachten dürfen, immerhin sind wir eine turbulente Großfamilie."

Amanda lachte. „Es macht mir nichts aus, und Bobby", sie deutete auf den Hund, „hat sich bereits mit Linda angefreundet. Ich habe jahrelang alleine gelebt, das war zwar sehr erholsam, aber zu ruhig. Wenn ich helfen kann, mache ich es gerne, vor allem, wenn die Aussicht besteht, Informationen über den Verbleib meiner Schwester zu erhalten."

„Amanda, Sie haben doch den winzigen, kurzen Film gesehen. Der kleine Junge, der von Ihrer Schwester Timo genannt wurde ... Sie wissen, was das bedeuten könnte?"

„Ich habe mir bereits Gedanken darüber gemacht. Es könnte mein Neffe sein. Aber wo ist er? Er wäre heute schon achtzehn Jahre alt." Amanda fuhr nachdenklich fort: „Er ist tot. Er wird nicht mehr leben, genau wie Ally. Ich sollte mir nichts vormachen, eigentlich weiß ich es schon lange." Tränen schimmerten in ihren Augen, sie schüttelte den Kopf, wischte so die negativen Gedanken fort. „Ich möchte nur in Erfahrung bringen, was aus ihr und dem Jungen geworden ist. War sie tatsächlich mit diesem Durante verheiratet? Hat er seinen eigenen Sohn umgebracht?"

„Ich weiß es nicht. Sollte Timo noch leben, müssen wir versuchen, ihn zu finden", Julia überlegte kurz, „wir sollten, wenn wir unsere Arbeit hier beendet haben, nach Florida. Dort lebten sie, von dort kam das letzte und einzige Lebenszeichen. Ich weiß, wo sich sein Strandhaus befindet, Patrick und ich kennen die Gegend, wir haben herausgefunden, dass das Haus in Fort Meyers Cora gehörte. Aber das Strandhaus, das besaß er schon vorher."

„Kann ich mit?"

„Natürlich, wir fliegen gemeinsam hin, auch Eduardo, den Sie noch nicht kennengelernt haben, Coras Vater. Er ist im Augenblick in Amsterdam. Wilhelm wollte vermeiden, dass er zufällig Durante, seinem Schwiegersohn, über den Weg läuft."

Eine Sache verschwieg Julia Amanda. Lediglich die Clique ahnte, was Julia und Patrick wirklich mit Durante vorhatten. Für Doro war die Lage klar, sie würde immer hinter Julia stehen und ihre Freundin allzeit unterstützen, notfalls eingreifen und, sollte Julia zögern, es selbst zu Ende bringen.

Julia schreckte erst aus ihren Rachegedanken auf, als die Haustür ins Schloss fiel.

„Der erste Teil ist erledigt", berichtete Jan und reichte die Autoschlüssel des Sportwagens Verena, „er steht direkt neben der Hintertür. Es ist alles für morgen vorbereitet. Ich werde nun nach Aachen fahren um den zweiten Teil zu erledigen. Wo ...", er schaute sich um, als auch schon Claudia ihm eine Tüte reichte, „ach, da sind sie ja. Handschuhe?"

„Im Beutel, vergiss nicht, den wieder mitzubringen!"

Neugierig und skeptisch beobachtete Amanda die Aktivitäten.

„Sie werden es nicht verstehen", las Edmund ihre Gedanken, „wir wollen es auch eigentlich gar nicht so genau in Erfahrung bringen!"

„Aber", meldete sich Wilhelm zu Wort, „wenn alles vorbei ist, werden Sie jede Handlung begreifen", er nickte Edmund zu, „das passiert uns ständig. Wir hinterfragen es erst gar nicht."

Nachdem Jan Amandas Haus wieder verlassen hatte, verspürte diese Hunger.

„Wie wäre es, wenn ich uns etwas zu essen zubereite? Ich könnte kochen, oder wir bestellen uns den Pizzaservice."

„Nein", winkte Julia ab, „das ist lieb gemeint, aber es würde auffallen, wenn hier bei einer alleinstehenden Dame auf einmal zehn Pizzas geliefert würden. Aber ich habe auch Hunger. Immer nur Kaffee, das ist auf Dauer nichts für meinen Magen."

Edmund sprang auf. „Das könnte ich erledigen. Amanda und ich fahren zum Lebensmittelladen und kaufen ein. Eigentlich habe ich genug im Camp eingelagert. Der Dame im Laden habe ich etwas vom Besuch meiner Großfamilie erzählt, also wird sie sich nicht wundern, wenn ich nochmals erscheine und Nachschub hole."

„Wir sollten uns alle duzen“, schlug Amanda vor, „das Siezen ist auf Dauer lästig, irgendwie meine ich schon, ich gehöre mit zur Familie.“ Ihr Vorschlag wurde dankend angenommen.

„Muss Bobby nicht mal an die frische Luft?“ Linda hielt die Leine bereits in der Hand.

„Untersteh dich“, warnten Doro und Julia sie gleichzeitig.

„Schade, war einen Versuch wert“, schmollte Linda mit einem lachenden und einem weinenden Auge.

„Ich nehme ihn mit, und wenn alles vorbei ist, darfst du sicherlich auch mit dem Hund raus“, versprach Amanda.

Nachdem die nächsten Personen das Haus verlassen hatten, wurde es ruhiger.

„Wir sollten uns Gedanken machen, wie und wo wir heute Nacht schlafen. Morgen nehmen wir uns das Camp vor“, schlug Patrick vor, „dort hätten wir genug Platz, dort kennen wir uns aus und hätten jeder ein eigenes Bett.“

„Ich habe meine Ausrüstung dabei“, erwiderte Nick, „morgen installieren wir die Sicherheitsanlage und suchen das Gelände nochmals nach Gegenständen ab, die nicht dorthin gehören. Jan meinte, die Geräte, die er hinter dem Bretterverschlag entdeckte, sind alt.“

Der Drucker ratterte. Nick hielt die Grundrisspläne der Aachener Villa Tondheimer in der Hand und überreichte sie Doro.

„Wollen wir sie uns anschauen? Ich meine die Geräte im Camp.“ Patrick stand auf. „Wir sind in zwei Stunden wieder zurück.“

„Was soll ich solange machen?“ Linda plagte Langeweile.

„Setz dich vor den Flachbild-Babysitter“, meinte Doro, „selbst schuld, wärst du in Abu Dhabi geblieben ...“ Weiter kam sie nicht, Linda konterte sofort: „Dann hättet ihr nicht die neusten Informationen.“

Doro seufzte und deutete auf Amandas Küche: „Spülen wäre auch nicht schlecht. Wenn du damit fertig bist, beschäftige dich mit den Grundrissen. Schau dir genau an, ob die Zimmeraufteilung noch mit den Plänen übereinstimmt, und zeichne Unstimmigkeiten, wenn vorhanden, ebenfalls ein. Gut wäre es zu wissen, wie die Türen gesichert sind – mit einem Schlüssel oder sind überall Zahlencodes? Was ist mit der Höhe des Zauns? Gibt es irgendwo eine Stelle, die leichter zu überwinden ist? Wie sieht es aus“, nun lächelte sie verschwörerisch, „gibt es eine geheime Stelle, die du immer benutzt hast?“

„Mache ich alles, immer der Reihe nach.“ Sie wandte sich der Küche zu. Doro und Julia suchten in ihrem Gepäck nach Kleidungsstücken, die sie am nächsten Tag im Hotel benötigten. Vorsorglich fischte Doro Schminke und Perücken hervor.

„Wo hast du sie her?“ Erstaunt schaute Julia in Doros Tasche.

„Gekauft, als wir in Dénia waren. Ich dachte, man kann ja nie wissen, wozu es nötig ist. Wir sind immer noch auf der Flucht. Einen Teil habe ich allerdings im Koffer mitgenommen.“

Julia fischte sich eine Perücke heraus: „Die kann ich nehmen, sie macht locker zwanzig Jahre älter.“

„Wenn man euch so reden hört“, kam es lachend aus der Küche, „andere unterhalten sich darüber, Botoxpartys zu organisieren, weil sie jünger aussehen wollen, und ihr beide macht euch um Jahre älter.“

Patrick stellte den Wagen außerhalb des Camps ab. Beide Männer nahmen den Weg durch das unwegsame Gelände und näherten sich der Baracke von der Hinterseite. Sorgfältig achteten sie auf Spuren, aber Gras und Gebüsch waren nicht niedergetreten. Durch den verborgenen Gang, der einige Meter vor dem Gebäude begann, suchten sie den Weg ins Innere.

„Edmund hat ganze Arbeit geleistet“, anerkennend nickte Patrick, sie durchwanderten die Räume, fanden nichts, was auf die Anwesenheit Fremder hindeutete, und machten sich dann an die Arbeit, „gut, dass ich das alles schon einmal gemacht habe.“ Nick installierte die Überwachungsgeräte, Kameras und Aufzeichnungsmonitore, richtete die Funkverbindung ein, während Patrick die alten Geräte aus dem Bretterverschlag holte.

„Man hat uns damals schon überwacht, wahrscheinlich ließ Enders sie einbauen.“

„Bestimmt, aber so dilettantisch, wie sie montiert wurden, haben es keine Fachleute gemacht.“ Nick arbeitete zügig weiter, sogar die unterirdisch verlegte Leitung zur Eingangsschranke existierte noch. Er schloss diese Drähte an die Überwachungskameras an. Per Funk war es ab sofort wieder möglich, das Tor zu öffnen und zu schließen.

„Ist das gesamte Areal nun unter Kontrolle?“

Nick programmierte, auf dem Boden kniend, die letzten Daten ein und schüttelte den Kopf. „Nicht komplett, wir müssen nur noch an diesen Punkten“, er deutete auf den Monitor, auf dem das Areal als Lageplan erkennbar war, „die kleinen, neuen Kameras befestigen. Ich hoffe, zwanzig reichen aus. Darum kümmere ich mich morgen, ich habe sie bereits geordert, bei unserem Lieferanten, der auch der de Winter Corporation die technischen Geräte in

Deutschland liefert. Man hat mir versprochen, dass wir sie bis morgen hier haben."

„Ich mache mir Sorgen. Julia schläft unruhig. Sie hat Angst um die Kinder. Dass Linda hier ist, passt ihr ganz und gar nicht. Ich hoffe, sie hält durch."

„Doro ist bei ihr. Wir haben schon darüber gesprochen, sie lässt Julia nicht aus den Augen, und sie hat Linda bereits so gut unterrichtet, dass es im Augenblick ein Vorteil für uns ist." Nick klappte den Monitor zu und stand auf. „In der Küche steht schon eine Kaffeemaschine, wir sollten ausprobieren, ob sie funktioniert."

Patrick folgte ihm langsam, schaute sich unruhig die Umgebung an, hatte ein ungutes Gefühl, aber als er nichts entdeckte, eilte er Nick nach, der in der Küche die Saeco einschaltete.

„Fast wie in alten Zeiten", meinte Patrick, „mir wäre wohler, wir hätten alle Kameras installiert und könnten wieder hier einziehen. Bei Amanda wird es eng heute Nacht."

„Morgen, mein Lieber, morgen." Nick nahm einen ersten Schluck, während sich die zweite Tasse noch füllte.

„Edmund hat an alles gedacht", Patrick öffnete die Schranktüren, „sogar Vorräte sind schon vorhanden. Mal schauen, ob sich heute Nacht ungebetene Gäste hier herumtreiben." Er zog einen der Stühle vom Tisch weg, stellte ihn halb in die Tür zum Flur. Um diesen betreten zu können, musste man ihn wegschieben. Vor dem rechten Stuhlbein platzierte er eine Büroklammer und betrachtete sich sein Werk mit einem zufriedenen Kopfnicken.

„Das wirkt immer wieder", Nick stellte seine leere Tasse in das Spülbecken, „lass uns das Terrain nochmals sondieren." Er packte das Werkzeug und seine technischen Spielereien ein, verschloss den Koffer und folgte Patrick, der an der Haustür stand.

„Sie hat einen Stahlkern, sie sieht nur von außen alt aus", erklärte Patrick, „Edmund hat wirklich exakt die Liste abgearbeitet, die ich ihm schickte", anerkennend strich er über die Tür, „bei den Fenstern ist es genauso."

„Ihr habt es anscheinend schon lange geplant", Nick lief neben Patrick durchs Gelände, „warum hast du mich nicht eingeweiht?"

„Es war Wilhelms Idee, ich habe auch erst vor wenigen Tagen davon erfahren. Er meint, wir brauchten einen Ort, an dem wir gefahrlos zurückkehren könnten. Er merkte, dass Julia etwas bedrückte. Ich selbst hatte nur eine vage Ahnung. Sie hat immer noch Angst wegen Durante. Sie ist nicht so hart, wie sie es mir und den anderen weiszumachen versucht. Solange wir nicht alle Beteiligten hinter Schloss und Riegel gebracht haben, wird die Furcht bleiben."

Sie näherten sich dem unwegsamen Gelände, der das Grundstück von dem Waldweg trennte, der ihnen als Versteck für das Auto diente, wenn sie ungesehen auf das Grundstück wollten.

„Nichts", stellte Patrick fest, „hier ist niemand, aber was nicht ist, kann noch werden", er überlegte kurz, wechselte das Thema und fuhr fort: „Ich habe es auch gemerkt, ich meine, dass Julia in den letzten Monaten unruhig wurde. Ich fragte sie, aber sie winkte nur ab. Es ist kein Leben auf Dauer, immer unterzutauchen, stets das Aussehen zu wechseln, nicht nur für Julia, auch für Claudia."

„Wir sind nun mal keine Engel, wir haben alle etwas auf dem Kerbholz. Eigentlich sind wir Gangster mit Niveau", Nick lachte verhalten, „wir müssen nur die, die uns auffliegen lassen könnten, aus dem Weg räumen, eine Kleinigkeit für uns, eine Übung, die wir beherrschen."

Per Fernbedienung öffnete Patrick das Auto, Nick packte seinen Koffer auf die Rückbank, während Patrick den Motor startete.

„Sollen wir das Risiko eingehen und an meiner Wohnung vorbeifahren? Mal sehen, wer sich dort tummelt?"

„Es liegt auf dem Weg", stimmte Nick zu, „es kann nicht schaden, die Umgebung im Auge zu behalten." Patrick nahm den altbekannten Weg zu seinem Loft, verlangsamte dann das Tempo. Nick hielt eine winzig kleine Kamera in der Hand, vollführte einen Schwenk und filmte die Umgebung des Hauses. „Meine neuste Errungenschaft. Ich will ausprobieren, ob sie so funktioniert, wie ich es mir vorstelle. Normalerweise wird sie im Auto montiert und ist für den Van vorgesehen. Das werde ich morgen in Angriff nehmen."

Patrick beschleunigte leicht, nachdem die Wohnung außer Blickweite lag. „Ich habe in den letzten Wochen und Monaten immer wieder darüber nachgedacht, ob wir damals, vor zwei Jahren wirklich alles herausgefunden haben. Irgendetwas irritierte mich damals", nachdenklich sprach er seine Überlegungen aus, „ich habe mit niemandem darüber gesprochen, da ich mir nicht sicher war. Minimale Kleinigkeiten, eigentlich nichts, aber dennoch", Patrick schwieg kurz, „aber als ich hörte, dass Tondheimer einen Antrag bei Gericht gestellt hat, um Linda zurückzubekommen, da war es wieder da, dieses Gefühl, diese unwirkliche Gewissheit, etwas übersehen zu haben."

„Ich verstehe, was du meinst", Nick deutete auf den Parkplatz eines Supermarktes, Patrick verstand, setzte den Blinker und bog ab, „wir sollten uns in Ruhe und vor allem alleine darüber unterhalten. Und da wir als beengt lebende Großfamilie im Augenblick nicht ungestört nachdenken können, sollten wir es hier versuchen. Also, erzähl es mir genauer, lass dir Zeit. Was irritierte dich damals? An was kannst du dich erinnern?“

„Zuerst schien alles logisch“, Patrick machte eine Pause, versuchte es in Worte zu fassen, „als wir vor der Villa der Tondheimers standen, waren wir abgelenkt, Linda musste aus den Klauen der Familie befreit werden, wir flohen nach Amsterdam. Vor dem Haus dachte ich für einen kurzen Augenblick: Merkwürdig, bei so viel Geld adoptiert man sich doch ein Kleinkind, einen Säugling, vorzugsweise einen Jungen, der alles einmal erben soll. Warum ein zehn Jahre altes Mädchen, das in diesem Alter auch sehr störrisch sein kann? Warum riskieren sie eine Adoption, die nicht einmal rechtens ablief?“

„Überlege, bitte“, gab Nick zurück, „Julia sollte auch aus dem Weg geräumt werden. Nur weil sie überlebte und weil sie irgendwie in einer übersinnlichen Verbindung zu Linda stand, hat sie diese überhaupt gefunden. Sonst ...“ Er führte es nicht weiter aus.

„Enders’ damalige Sekretärin, die mir wahrscheinlich den Zettel mit der Anschrift zusteckte, müsste mehr wissen. Sie hörte vor zwei Jahren auf, nachdem Enders verhaftet wurde. Es dürfte für uns nicht schwierig sein, ihre Adresse herauszufinden.“

„Gehen wir noch einmal alles in Ruhe durch“, begann Nick erneut, „meiner Meinung nach fing alles schon vor zwanzig Jahren an, mit Alice. Wenn wir wüssten, was damals passiert ist, was sie wusste, was es nötig machte, sie verschwinden zu lassen, ich glaube, dann würden viele Fragen, wenn nicht sogar alle gelöst werden. Also, Alice verschwindet. Was ist mit dem Sohn? War Timo Durantes Kind? Die Ehefrau bringt man um, das passiert sehr häufig, aber ermorde ich auch mein eigenes Kind?“

„Es sei denn, Timo hat etwas beobachtet, zum Beispiel den Mord an seiner Mutter“, gab Patrick zu bedenken, „dann wäre es annähernd verständlich. Oder Timo war nicht sein Sohn. Dann war es ihm egal.“

„Oder er lebt noch irgendwo“, warf Nick ein, „denk an Linda.“

Patrick schüttelte den Kopf. „Ich glaube, beide sind tot, Mutter und Sohn. Es muss etwas mit dem Forschungslabor in Aachen zu tun haben. Alice schreibt Amanda von einer bahnbrechenden Entdeckung, später stritt man es ab. Kann es sein, dass Alice ihrem Mann und Tondheimer mit ihrem Wissen gefährlich werden konnte?“

„Das ergibt Sinn“, überlegte Nick, „also hatte Cora später etwas entdeckt, Fragen gestellt und musste sterben.“

„Aber welcher Zusammenhang besteht dann zu Julia? Schickte Enders uns erst nach Florida, als Cora etwas herausfand und Unruhe stiftete? Aber warum wartete er dann vier Jahre? Es sei denn ...“ Patrick starrte Nick entgeistert an. „Es sei denn, alles war ein abgekartetes Spiel. Holgers Tod und Christophs, Julias und Lindas Überleben.“

„Die Bombe unter Holgers Auto wurde per Fernbedienung gezündet, die Reichweite war kurz, wir hatten damals schon festgestellt, dass derjenige, der den Knopf drückte, sah, dass Julia ausgestiegen war, er muss auch gesehen haben, dass Linda nicht mehr im Wagen saß.“

„Linda sollte überleben, genau wie Julia!“ Patrick wurde nervös. Seine Gedanken gingen in eine Richtung, die ihm die Nackenhaare zu Berge stehen ließ.

„Wir müssten nur noch herausfinden, warum.“

„Als dann Edmund erzählte, dass Tondheimer Linda unbedingt zurückhaben will, war alles wieder da. Die Erinnerungen an damals, diese Ungereimtheiten, die mir schon vor zwei Jahren übel aufgestoßen sind, alle Details spule ich seit einigen Tagen immer wieder in meinen Gedanken ab. Ich weiß genau, es gibt einen Zusammenhang, aber ich finde die Verknüpfung nicht.“

„Tondheimer, irgendwie läuft alles auf Tondheimer hinaus“, gab Nick zu bedenken, „wir müssen abwarten, was unsere Damen finden, wenn sie die Villa durchsuchen.“ Patrick wollte etwas sagen, aber Nick wiegelte ab. „Ich weiß, du bist nicht begeistert davon, dass die drei das alleine machen wollen, aber betrachte es als einen Einsatz, wie wir ihn auch früher bewerkstelligt haben. Sie schaffen es, sie machen es nicht zum ersten Mal, und Linda traue ich es auch zu, immerhin hat meine Frau ihr sehr viel beigebracht.“ Nun klopfte er Patrick aufmunternd auf die Schulter: „Lass uns zu Amanda aufbrechen und sehen, wo wir ein Plätzchen finden, um wenigstens kurzzeitig die Augen schließen zu können.“

Patrick ließ den Motor an und manövrierte den Wagen aus der Parklücke. „Vielleicht waren wir nachlässig. Wir vergaßen Tondheimer genauer zu überprüfen, nachdem wir Linda aus diesem Gefängnis herausgeholt hatten“, er fädelte sich in den laufenden Verkehr der Straße ein, „wäre es ein Auftrag von Enders gewesen, hätten wir ihn genauer durchleuchtet, sein Umfeld beobachtet, die Konten überprüft, eben alles auch nicht so Wichtige herausgefunden. Vielleicht wären wir dann auf eine Verbindung zu Durante, Enders, Alice und auch Linda gestoßen.“

„Linda ist noch zu jung, sie kann Alice nicht gekannt haben. Es muss einen anderen gemeinsamen Punkt, eine Verbindung geben, die wir noch nicht kennen, da fällt mir nur Julia ein, oder ..." Nachdenklich hielt er inne, versuchte seine Gedanken zu ordnen, die Fäden zusammenzuführen. „Holger?"

„Holger? Warum Julias verstorbener Mann?"

„Ermordeter Ehemann, meinst du wohl", korrigierte Nick ihn, „es ist nur ein Gefühl. Enders und Holger kannten sich. Julia, Holger, Enders und Durante kannten sich, mittendrin Linda."

Patrick hielt in der Nähe von Amandas Haus, sie stiegen aus, Nick nahm seinen Koffer, und beide gingen auf die Haustür zu. Der Van parkte wieder in der Einfahrt, also hatten Amanda und Edmund die Einkäufe erledigt.

Linda hatte sie bereits bemerkt und öffnete die Tür. Der Duft nach frischer Pizza schlug ihnen entgegen, und Patrick merkte, wie hungrig er war.

„Morgen Nachmittag können wir ins Camp zurück", begann Nick, nachdem er herzhaft in ein Stück Pizza gebissen hatte, „bis dahin sind alle Sicherheitsvorkehrungen erledigt und Haus und Hof videoüberwacht. Dort ist etwas mehr Platz." Er überlegte immer noch, wo er schlafen konnte, ohne am nächsten Tag sämtliche Knochen einzeln zu spüren. Langsam werde ich zu alt für solche Eskapaden, dachte er.

„Es macht mir nichts aus, wenn ihr länger bleibt", meinte Amanda, „aber ich kann verstehen, dass es euch hier zu eng ist. Edmund und Linda können gerne bleiben", sie nickte beiden zu, „hier vermutet niemand Linda, hier ist sie sicher. Bobby ist auch noch da, die beiden verstehen sich gut, und", nun lächelte sie verschmitzt, „ich besitze einen Fernseher, den habe ich im Camp nicht gesehen."

„Es wäre wirklich nett, wenn sie hier bleiben könnte", überlegte Julia, „wir ziehen also morgen ins Camp, und sobald wir unsere Durante-Aktion beendet haben, werden wir uns das Haus der Tondheimers vornehmen. Dazu brauchen wir leider Linda." Man merkte ihr an, wie unbehaglich ihr bei diesem Gedanken war.

„Ich habe sie trainiert", warf Doro ein, „und sie ist verdammt gut ... Ich weiß, nicht fluchen, aber Linda hat das Potenzial ihrer Mutter geerbt."

Ein „Mpff" kam als Antwort von Julia.

„Morgen geht es los", Verena versuchte abzulenken, „habt ihr euch vorbereitet?" Während Doro nickte, kam ein weiteres „Mpff" von Julia.

Eine Stunde später kam Jan zurück. „Alles erledigt, alles vorbereitet, und wenn es nicht so klappen sollte, wie wir es geplant haben, können wir problemlos Plan B in die Wege leiten."

„Hast du den gleichen Wagen nochmals gemietet?"

„Aber sicher doch, Verena", beruhigte Jan sie, „ich habe auch die Nummernschilder deines Mietwagens nochmals anfertigen lassen. Sogar das Emblem befindet sich auf dem Wagen, ich habe an alles gedacht. Es ist ein perfektes Duplikat. Sobald es morgen losgeht, werde ich startklar sein und ihm in einem sicheren Abstand folgen, bis zur Tankstelle."

„Sobald er getankt hat, kannst du zurück."

Kapitel 27

Die Nacht verbrachten Nick und Patrick je in einem der Sessel in Amandas Wohnzimmer. Patrick stöhnte und fluchte leise, als er versuchte sich aufzurichten.

Nick wurde durch das unruhige Gezappel Patricks wach. Er gähnte herzhaft. „Was gäbe ich um ein eigenes Feldbett ..." Auch er versuchte mühsam aufzustehen. „Kaffee?" Patrick reckte sich und nickte.

„Auf ihr müden Krieger", platzte Doro ins Wohnzimmer, „es geht gleich los. Claudia und ich werden nachher zum Hotel aufbrechen und alles vorbereiten. Fahrt ihr beide zum Camp und bereitet unseren Umzug vor, installiert endlich die Kameras." Damit wandte sie sich um, Richtung Kaffeemaschine.

„Madame hat schlecht geschlafen", grummelte Nick, „wenn sie nicht bald ihr eigenes Feldbett erhält, sind wir geliefert, dann wird sie mir das Leben zur Hölle machen." Er nahm einen ersten Schluck Kaffee, schaute nach, ob er ins Bad konnte, erblickte Linda, die den Kopf schüttelte und „Du bist noch nicht dran", stöhnte.

„Ich glaube, ich brauche nicht lange, um die Installation im Camp abzuschließen."

Doro und Julia kamen aus dem Bad. „Zu zweit geht es schneller", meinte Julia, „ist ja nicht das erste Mal, dass wir behelfsmäßig untergebracht sind, eine Wellness-Oase gehörte nicht immer dazu, ich erinnere mich ..." Sie schwieg, erging sich nicht in Einzelheiten, schüttelte nur den Kopf und packte mit Doro die Sachen zusammen, die sie für ihren Auftritt im Hotel brauchten. Patrick versuchte in der Zwischenzeit ins Bad zu gelangen.

Lachend bemerkte Amanda es: „Warte noch etwas, gleich, wenn Julia, Doro und Verena außer Haus sind und Jan sich um das Auto kümmert, wird es klappen, ich meine, mit dem Bad. Die Alternative wäre das Gäste-WC, aber", sie runzelte nachdenklich die Stirn, „da ist, glaube ich, Wilhelm."

„Bald bist du uns los“, Patrick raufte sich die Haare, „Edmund hatte Glück, er konnte ins Hotel ziehen, ihn sucht man ja nicht.“

Eine Stunde später fuhren Patrick und Nick mit dem Voyager zum Camp.

„Wir benötigen weitere fahrbare Untersätze, wenn es hier länger dauert. Ich will die Mietwagen zurückgeben, ich fühle mich nicht wohl, wenn wir sie weiterhin benutzen, da wir mit denen auch schon in Spanien waren.“

„Wir sollten uns darum kümmern, sobald wir das Camp wieder benutzen können, vielleicht sogar schon heute Nachmittag. Das wäre eine Aufgabe für Edmund und Wilhelm“, überlegte Patrick, „Linda kann bei Amanda bleiben, es wird ihr natürlich nicht passen, aber ich fühle mich besser, wenn sie nicht alleine ist, während alle anderen ausgeflogen sind.“ Patrick griff zu seinem Handy und wählte Edmunds Nummer. Der versprach, sich sofort darum zu kümmern.

„Bevorzugt ihr bestimme Marken?“

„Sieh einfach zu, dass die Autos fahrbereit, technisch in Ordnung, nicht zu auffällig sind und ein paar Macken und Beulen haben. Wir wollen uns nur von A nach B bewegen können, unauffällig. Um die technischen Details kann sich Nick kümmern. Wenn Kleinigkeiten defekt sind, reparieren wir es selbst im Camp. Kauf die Autos auf Rechnung der de Winter Corporation.“

Zehn Minuten später erreichten sie das Camp. Die Schranke öffneten sie per Fernbedienung und fuhren direkt zum Eingang durch.

Etwas irritierte Patrick, er blieb im Auto sitzen und deutete Richtung alter Remise, die vor über zwei Jahren als Unterstand ihrer Autos diente. Nick reagierte sofort. Beide griffen zu ihren Waffen.

„Was hast du bemerkt“, flüsterte Nick, „Personen?“

„Nur eine vage Bewegung, aber das Gras ist hier heruntergedrückt, es sieht aus wie Reifenspuren. Unsere von gestern sind es nicht, denn bis zur Remise sind wir nicht gefahren, nur gelaufen.“

Sie nickten sich zu. Betont lässig stiegen sie aus und gingen auf den Eingang der von außen unscheinbar aussehenden Baracke zu, öffneten die Tür per Zahlencode, den Nick tags zuvor einprogrammiert hatte. Beide schlüpften hinein und zogen die Tür hinter sich zu. Wieder fielen keine Worte, als sie zielstrebig auf die verborgene Tür zugingen, die immer noch hinter einem Wandelement verborgen war. Patrick schob es beiseite, drückte gegen das Holzpaneel, und vor ihnen tat sich ein Treppenabgang auf, der sie ungesehen in die unteren Räume führte. Hier hatte Julia vor über zwei Jahren einige Tage verbracht, nachdem sie zur Clique zurückgekehrt war und sich verstecken musste. Die leichte Staubschicht signalisierte ihnen, dass dieser Raum lange nicht betreten worden war. Von hier aus führte ein Gang, der sich nach einigen Metern teilte, bis unterhalb der Remise. Folgte man dem anderen Abzweig, gelangte man zum maroden Bretterverschlag der unmittelbar ins Freie führte. Sämtliche verborgene Räume und Geheimgänge legte die Clique selbst an, niemand, auch ihr damaliger Chef, Thomas Enders, wussten davon. Ein Vorteil, der ihnen vor zwei Jahren das Leben gerettet hatte. Nun nahm Patrick, gefolgt von Nick, den Gang zur Remise.

„Gut, dass anscheinend immer noch niemand den exakten Grundriss der Baracke kennt", flüsterte Patrick, „das war auch der Grund, warum Wilhelm vorschlug, das gesamte Areal zu kaufen."

„Er wusste es?"

Patrick nickte. „Er war einmal kurz hier, bevor wir uns nach Abu Dhabi absetzten. Julia zeigte ihm die Räumlichkeiten im Untergeschoss", er überlegte, „wir sollten die leerstehenden Räume im Obergeschoss auch herrichten. Dann ist für jeden etwas mehr Platz."

„Das besprechen wir später", flüsterte Nick, „lass uns erst mal nachschauen, wer sich in der alten Garagenanlage aufhält." Er zückte seine Pistole, entsicherte sie, Patrick tat es ihm gleich. Langsam, vorsichtig und leise schlichen sie sich zur Rückseite der Remise. Von hier aus hatten sie die Möglichkeit, ungesehen durch einige Ritzen ins Innere zu blicken.

Patrick sträubten sich die Nackenhaare, als er den nicht mehr ganz neuen Wagen sah, es irritierte ihn. Grübelnd runzelte er die Stirn, schaute zu Nick und deutete mit der Waffe Richtung Auto. Nick zeichnet mit seiner Pistole ein Fragezeichen in die Luft, und Patrick zuckte mit den Schultern.

Durch die beschlagenen Scheiben sahen sie zwei Personen, die auf dem Fahrer- und Beifahrersitz saßen.

„Schlafen sie?" flüsterte Nick.

„Scheint so", gab Patrick zurück, „wollen wir den fröhlichen Wecker spielen?"

Sie pirschten sich jeweils rechts und links an den Wagen heran. Etwas in seinem Innern warnte Patrick, kurz verharrte er, Nick bemerkte es, stockte ebenfalls und wartete auf einen Blick, auf einen gezielten Hinweis, doch der blieb aus. Patrick fasste sich nachdenklich mit der linken Hand ans Kinn, schüttelte die imaginäre Bedrohung, die er mehr ahnte als bewusst registrierte, ab, riss sich zusammen und schlich die wenigen Meter zur Tür des Wagens weiter. Zeitgleich mit Nick erfasste er den Türgriff, zeitgleich rissen beide die Türen auf, während sie mit ihren entsicherten Waffen auf die Personen zielten, die sich im Innern des Wagens befanden.

Erschrocken fuhren sie auf. Die Person auf dem Beifahrersitz schrie auf, wehrte die Bedrohung ab, versuchte aus dem Wagen zu flüchten, verhedderte sich, stolperte und fiel hin. Patrick packte ihren Arm und hielt sie fest.

Als Patrick die verängstigte, schreiende Gestalt vom Beifahrersitz umdrehen und ihr ins Gesicht blicken konnte, verschlug es ihm die Sprache. Das Erkennen erreichte das Zentrum seines Gehirns.

Nick hatte es einfacher. Der Mann am Steuer bewegte sich nicht, hob freiwillig beide Arme und blieb schweratmend regungslos sitzen.

„Verdammt", Patrick fand seine Worte wieder, ließ die Frau los, drehte sich sofort zu Nick um, der regungslos mit entsicherter Waffe auf den Mann zielte. „Langsam mit erhobenen Händen aussteigen", er trat einen Schritt zurück, „keine falsche Bewegung." Er behielt den Mann, während dieser langsam ausstieg, im Auge, bewegte den Kopf nicht einen Millimeter, als er mit Patrick sprach. „Ich habe alles im Griff", er zog Handschellen hervor, fesselte ihm die Hände auf dem Rücken und drehte ihn um.

„Mistkerl", spie Patrick ihm ins Gesicht, „du verdammter Mistkerl ..." Er holte aus, wollte ihm ins Gesicht schlagen.

„Nein", schrie die Frau, die sich aufgerappelt hatte, „halt, es ist alles anders, als es aussieht ..." Patrick hielt inne.

„Ich will euch helfen", rief der Mann, „ich kann euch helfen. Ich habe Informationen, ich muss aber dringend mit Julia sprechen."

„Dass du dich überhaupt in unsere Nähe wagst! Hast du sie entführt?" Patrick beruhigte sich immer noch nicht, wütend stampfte er auf und ab, „woher weißt du überhaupt, dass sie hier sein könnte? Julia ist vor zwei Jahren verschwunden ..." Patrick versuchte es mit einer lapidaren Erklärung, doch der andere beendete den Satz: „Um dich zu heiraten." Nun grinste er: „Ich weiß es, ich bin nicht der, für den ihr mich alle gehalten habt. Ich habe einiges herausgefunden, auch über Tondheimer, Linda und Julia. Einige der Zusammenhänge sind mir noch unklar, deshalb muss ich unbedingt mit Julia sprechen. Du gehst doch nirgends hin ohne sie, das war auch früher so, und du lässt sie nicht aus den Augen. Also muss sie in der Nähe sein. Habt ihr vor, euch Durante vorzuknöpfen? Deshalb ist er zurückgekehrt. Er hat euch in Abu Dhabi nicht gefunden, und ihr habt ihn nach Deutschland gelockt!"

„Es ist wirklich so, wie er es euch erzählt", die Frau trat nun näher, „lasst uns hineingehen, dann erzählen wir weiter. Er hat mich aus den Fängen der Entführer gerettet und zurück nach Deutschland gebracht. Ohne ihn wäre ich jetzt nicht hier."

Missmutig und gereizt, immer noch nicht völlig überzeugt, grummelte Patrick ein drohendes „Okay, lass uns hineingehen." Nick zögerte ihm die Handschellen abzunehmen. „Wenn es keine schlüssige Erklärung für deine Anwesenheit, hier im Camp, gibt, dann gnade dir Gott."

Nick lief vor, diesmal nahmen sie den direkten Weg zur Baracke. Patrick bildete den Schluss, mit der Waffe in der Hand und behielt wachsam die Umgebung im Auge. Seine Sinne waren geschärft. Etwas stimmte nicht, er fühlte es, er spürte es, eine Bedrohung, die er nicht zuordnen konnte, beängstigende Hilflosigkeit, eine Gefahr, nicht in unmittelbarer Nähe, dennoch greifbar.

„Verflucht noch mal", murmelte er, „wenn ich nur wüsste, um was es hier wirklich geht."

Kapitel 28

Doro und Claudia ließen ihren Wagen in sicherer Entfernung zur Hotelauffahrt stehen und legten die letzen Meter zum Hintereingang zu Fuß zurück. Bereits bei Amanda hatten sie sich umgezogen und trugen dünne Handschuhe. In der Arbeitskluft der Zimmermädchen erreichten sie den Hintereingang, stiegen die Treppe bis zum dritten Stock hoch und verschwanden mit ihrem Schlüssel in der Abstellkammer, die sich neben der Suite Nr. 313 befand. In dem kleinen, mit allerlei Putzmitteln, frischen Handtüchern und Bettwäsche ausgestatteten Raum stand einer der Wagen der Zimmermädchen. Claudia lud ihn voll mit Eimern, Wischern, Bettwäsche und sauberen Handtüchern. Überladen wie er war, wirkte er äußerst wackelig und war schwer zu schieben.

„Noch eine Stunde", meinte Doro mit Blick auf ihre Armbanduhr, „ich mache die Kontrollrunde alleine, es ist sicherer, obwohl du", sie musterte Claudia von oben bis unten, „eigentlich für niemanden zu erkennen bist."

Doro überprüfte ihre Pistole, kontrollierte das Magazin, schob sie in ihre Kitteltasche und lugte vorsichtig aus der Tür des Abstellraumes. Als sie sicher sein konnte, dass der Gang leer war, trat sie heraus und wandte sich der Nachbartür zu. Die verschnörkelten Messingzahlen 313 blitzen im Schein der Flurbeleuchtung. Mit dem Generalschlüssel öffnete sie die Tür und schlüpfte hinein. Sie überprüfte die beiden Zimmer, warf einen Blick ins Bad, schaute unter das Bett. Sauber, dachte sie, dennoch tastete sie mit einem kleinen, aber effizienten Gerät die Wände, Decken und sämtliche Gegenstände ab, in denen ein winziges Abhörgerät platziert worden sein könnte. Nichts. Zusätzlich befestigte sie im Eingangsbereich der Suite, an der Wand, einen Bewegungsmelder, der direkt über Funk mit dem Laptop im Abstellraum verbunden war. Das Gespräch und die Aktionen innerhalb beider Räume, Wohn-und Schlafbereich, wurden aufgezeichnet, sobald jemand den Raum betrat. Manuell konnte die Überwachung ausgedehnt werden, auf die Zeit, nachdem Vera, alias Verena, und Durante die Zimmerflucht verlassen hatten. Es lohnte sich immer, die Beobachtungen und Überwachungen nicht sofort abzubrechen, wenn man meinte, der oder die Räume wären leer. Oft tat sich im Nachhinein dort noch etwas.

Doro ging zurück. Im Abstellraum fuhr sie das kleine Netbook hoch, gab einige Befehle ein, und schon erschien der Nebenraum auf dem Bildschirm. Die Suite konnte vom Platz der Kamera aus optimal überblickt werden. Zufrieden nickte sie. Claudia, die den Reinigungswagen mittlerweile bis an die Tür geschoben hatte, drehte sich um und warf einen Blick auf den Monitor.

„Noch eine halbe Stunde. Besteht die Möglichkeit, die Kamera in der Lobby anzuzapfen, oder schaffst du es nicht?“ Auch sie zog ihre Pistole aus der Tasche, kontrollierte, wie zuvor Doro, das Magazin und steckte sie in ihre Kitteltasche.

„Willst du Krach, Ärger oder einen Schlagabtausch?“

„Ich meine ja nur. Dann könnten wir den Eingangsbereich überblicken und sehen, wer das Hotel betritt.“ Es dauerte nur Sekunden, und auf dem Laptop erschien die Hotelhalle, als der Vibrationsalarm an Doros Handy surrte.

Verwundert schaute sie auf das Display, runzelte die Stirn. „Merkwürdig“, murmelte sie, „Seltsam, damit habe ich nicht gerechnet.“ Sie drückte die grüne Taste und meldete sich. „Das ist kein Problem, reicht es, wenn wir uns morgen treffen?“ Sie wartete eine Antwort ab, nickte bestätigend, „dann treffen wir uns gegen vierzehn Uhr.“

Sie driftete vollständig in ihren Gedanken ab. Erst ein zweites, lautes „Doro, was ist?“ von Claudia brachte sie zurück in die Realität.

„Ich treffe mich morgen mit der ehemaligen Nachbarin Julias, Sybille Allert, sie hat etwas für mich. Meine Handynummer gab ihr Karin Höfer, die Frau, die nun in Julias ehemaligem Zuhause wohnt. Sie weiß nicht, ob es von Bedeutung ist, aber da damals bei dem Mord an Julias Familie einige merkwürdige Sachen passiert sind, fand sie es nach reiflicher Überlegung sinnvoll, nochmals mit uns zu sprechen. Ich gab Karin Höfer meine Handynummer, rechnete aber nicht damit, etwas von ihr oder der Nachbarin zu hören.“

„Was hast du ihr denn erzählt?"

„Die übliche Story, Briefe, die an diese Adresse gerichtet sind, wir aber nicht herausfinden können, wo besagte Personen tatsächlich wohnen, du siehst, ich habe sie neugierig gemacht. Sie hat Sybille Allert gefragt, die schon länger dort wohnt. Das Ergebnis: Es scheint etwas zu geben. Immerhin sagte man ihr damals, Julia sei bei der Explosion ums Leben gekommen, obwohl Sybille Allert meinte, etwas anderes gesehen zu haben."

„Lass uns dies hier zu Ende bringen. Morgen fahre ich mit dir zu dieser Nachbarin. Sagen wir Julia etwas davon?"

Doro schüttelte den Kopf, schaute gespannt auf den Bildschirm ihres Laptops und grinste. „Zu Punkt eins: Nein, wir sagen ihr nichts, und Punkt zwei, schau mal, wer dort hereinspaziert ist."

„Die Vorhut. Tony Benders, wie er leibt und lebt."

Benders schaute sich suchend um, ging dann auf eine Sitzgarnitur in der Lobby zu und nahm Platz. Halb verdeckt durch einen Pfeiler beobachtete er die Umgebung und den Eingangsbereich.

„Wir müssen ihn weglotsen, aber eigentlich gut, dass wir ihn auf Film gebannt haben, so können wir ihm eine Nebenrolle zukommen lassen", Claudia wies auf den Laptop, „vielleicht verschwindet er erst, wenn auch Durante abgefahren ist."

In diesem Augenblick betrat Verena alias Vera das Hotel. Gekonnt extravagant schritt sie zum Empfang: „Wenn ein Herr Durante nach mir fragt, schicken Sie ihn bitte hoch in meine Suite. Nr. 313. Ist der Kaffee und der Sekt schon auf dem Zimmer?" Laut und für alle sehr gut hörbar erteilte sie Befehle.

„Ja, Madam", zuvorkommend wurde ihr die Zimmerkarte überreicht. Vera rauschte zu den Aufzügen und fuhr in den dritten Stock, öffnete mit ihrem Schlüssel die Zimmertür und verschloss diese sofort. An die Tür gelehnt, holte sie erst einmal tief Luft. Nun war es so weit. Vor wenigen Sekunden noch nervös, überkam sie nun die Ruhe, die sie kannte, die antrainierte, disziplinierte Konzentration, die es ihnen allen ermöglichte, perfekt zu arbeiten. Noch einmal holte sie tief Luft, ging zu dem kleinen Tisch vor dem großen Panoramafenster, nahm die Flasche Sekt und öffnete sie mit einem leisen Plopp.

„Ich hoffe, ihr schneidet alles mit", meinte sie. Die Antwort konnte sie nicht hören, wusste aber, dass ihre Hilfe im Nebenraum war.

Nur Minuten später klopfte es an der Tür. Vera ließ sich einige Sekunden Zeit und öffnete dann die Tür. Ein strahlender Durante hielt einen überwältigenden Strauß Blumen in der Hand und begrüßte sie. Ihre Augen leuchteten zurück, dankbar nahm sie die Blumen entgegen.

„Wir sollten uns mit einem Gläschen Sekt erfrischen." Sie deutete auf die Flasche, Durante interpretierte es richtig, nahm sie und schenkte ein.

„Ich freue mich, dass wir uns doch noch treffen", er nahm einen Schluck, „ich hatte fast die Hoffnung aufgegeben. Leider", nun wechselte sein fröhlicher Gesichtsausdruck in gramvolles Leid, „kann ich dir das Geld noch nicht vollständig zurückzahlen." Er holte zu einer weiteren Erklärung aus, die er sich im Vorfeld zurecht gelegt hatte.

Vera winkte ab. „Das ist doch nicht so wichtig", entspannt lehnte sie sich im Sessel zurück, „ich sagte dir doch bereits, dass es Zeit hat." In diesem Augenblick klingelte das Handy Durantes, eine schrecklich laute Melodie. Peinlich berührt entschuldigte Paul sich und drückte die grüne Taste.

„Wie bitte? In zwei Stunden, in Münster? Ja", er stotterte, „das kann ich schaffen. Ich muss dringend nach Münster", zähneknirschend entschuldigte er sich, „es ist ein wichtiger geschäftlicher Termin, den ich einhalten muss. Wenn der Auftrag nicht zustande kommen sollte, kann ich dir dein Geld nicht zurückzahlen, und das wäre fatal."

Vera brachte einen sehr enttäuschten Gesichtsausdruck zustande.

„Oh schade, ich hatte bereits einen Tisch im Restaurant bestellt. Ich hoffte auf ein gemeinsames Abendessen. Aber du hast recht, das Geschäftliche geht vor, sagt Daddy auch immer. Du steigst in meiner und seiner Achtung enorm", ein verschwörerisches Lächeln huschte über ihr Gesicht, „ich habe meinem Vater von dir erzählt. Er möchte dich kennenlernen." Dieser Satz war Musik in Pauls Ohren. Er fühlte sich bereits am Ziel seiner Wünsche: die Heirat mit Vera, der Millionärstochter, die ihn mit ihrem riesigen Vermögen vor dem Absturz in die untersten Chargen bewahren würde.

„Ich beeile mich", versprach er, „und bin schnell wieder zurück, vielleicht schaffen wir dann noch ein verspätetes Abendessen. Man soll die Hoffnung nicht aufgeben." Er sprang auf, hielt bereits seine Wagenschlüssel in der Hand und ging eiligen Schrittes zur Tür.

„Ich begleite dich bis zu deinem Auto, aber du kannst auch meinen Wagen nehmen", sie winkte mit ihrem Autoschlüssen, „er ist ungemein schnell", sie hauchte die letzten Worte, begleitete ihn bis zur Tür, die Durante bereits geöffnet hatte. Gerade wollte er zum Lift, als er es bemerkte. Der Putzwagen der Zimmermädchen lag umgekippt im Gang und versperrte ihn. Ein Durchkommen war unmöglich. Er fluchte laut: „Verdammt noch mal, was ist hier passiert? Ich muss zum Fahrstuhl." Unwirsch stellte er sich vor das erste

Zimmermädchen, das versuchte, die Handtücher, das Bettzeug und die Putzmittel wieder auf dem Wagen zu verstauen. Leider gelang es ihr nicht, im Gegenteil, mehr als sie aufgepackt hatte, fiel wieder hinunter.

„Sie gehen müssen anderen Wegg", mühselig brachte das ausländische Zimmermädchen den Satz über die Lippen und deutete in die entgegengesetzte Richtung, „da sich befinden Treppenhaus." Tränen standen ihr in den Augen, schnell versuchte sie dem anderen Mädchen zu helfen, es misslang.

Eine wütende Vera trat zu ihnen: „Ich werde mich über die beiden beschweren, das ist eine unzumutbare Situation", sie stellte sich drohend vor das ausländische Personal, wollte gerade weiterschimpfen, als sie kurz überlegte. „Paul, nimm meinen Wagen, er steht am Hintereingang. Die Notausgangstreppe ist gleich neben meiner Suite, hier ist der Schlüssel, es ist das Mercedes Cabrio", sie zog ihn zur Treppe, „beeil dich, nicht dass der Termin platzt, je schneller du in Münster bist und alles erledigt hast, je eher bist du wieder zurück. Ach, ehe ich es vergesse, die Tankuhr funktioniert nicht immer richtig, du musst nach spätestens einhundert Kilometern tanken. Vergiss es nicht, sonst stehst du mit einem leeren Tank auf irgendeiner Landstraße, das wollen wir doch vermeiden." Bevor Durante einen klaren Gedanken fassen konnte, schob ihn Vera bereits zur Treppe, drückte ihm Schlüssel und Geld in die Hand und hauchte ihm ein: „Bis bald" zu. „Nimm das Geld zum Tanken, beeil dich, wenn alles klappt, stelle ich dich heute noch meinem Daddy vor."

Verena eilte in ihr Zimmer zurück, von dort aus hatte sie einen perfekten Blick auf den hinteren Parkplatz. Paul stieg gerade in den Mercedes ein und preschte mit quietschenden Reifen davon. Er bemerkte nicht, dass ihm ein identisch aussehendes Auto folgte. Aufatmend ließ sie sich in den Sessel fallen. „Geschafft", stöhnte sie. Wenige Sekunden später öffnete sich die Tür, die beiden Zimmermädchen traten ein. Ihre Hände steckten in dünnen Handschuhen. Claudia zog den Karren hinein.

„Beeilt euch, wir müssen das Zimmer präparieren und Vera, die Tochter aus reichem Hause, verschwinden lassen." Sie goss eine Tasse Kaffee ein, trank sie aber nicht, sondern stellte sie auf das Tischchen vor den Sesseln und kippte sie um. Die braune Flüssigkeit lief über den Tisch und tropfte auf den Boden. Anschließend griff sie unter die sauberen Handtücher, holte einige recht merkwürdig und beängstigend aussehende Objekte hervor und verteilte sie gekonnt.

Das künstlerische Gesamtwerk begutachtete Doro mit einem zufriedenen Lächeln. „Bei dem Chaos, das du hier angerichtet hast, kannst du das mit der Stelle als Zimmermädchen hier im Hotel vergessen", lachte sie.

„Ich hatte sowieso vor, heute noch zu kündigen", brachte Claudia lakonisch vor, „irgendwie sagt mir die Stelle nicht zu – zu blutig." Sie wandte sich an Verena. „Los, beeil dich, ab in die andere Kluft und in den Abstellraum."

Chaos beherrschte die Suite. Es erhärtete sich der Eindruck, dass hier ein Kampf stattgefunden haben musste. Kissen lagen auf dem Boden, auf dem Bett, wild durcheinandergeworfen, ein Sektglas zerschmettert auf der Erde, die Übergardine halb heruntergerissen – und Blut, Blut auf dem Boden, im Sessel, an der Gardine, ein Büschel Haare lugte halb verborgen unter der Bettdecke hervor, die wiederum halbseitig vom Bett, wie heruntergerissen, dalag.

„Uhh, gruselig", lachte Verena, mit einem letzten Blick zurück, „es sollte reichen." Sie nickte zufrieden. Alle drei Frauen bewegten sich lautlos in den Abstellraum zurück, die Tür zur Suite 313 ließen sie angelehnt. Im Abstellraum gab Doro einige Befehle in den Laptops ein.

„Was ist mit unserem guten Tony Benders? Sitzt er immer noch in der Halle im Erdgeschoss und wartet?" Sie kontrollierte über ihren Laptop den Eingangsbereich und nickte zufrieden. „Er sitzt immer noch geduldig da, dann lassen wir ihn dort. Die Vorstellung, die es nachher geben wird ..." Ihr schelmischer Blick hing auf dem Monitor ihres Notebooks, auf dem sie nun vergnügt weitere Befehle eingab.

Die nächste Stunde des Films wurde ab sofort direkt an Nick weitergeleitet. Verena, die mittlerweile im Outfit eines Technikers steckte, zog einen Werkzeugkoffer unter den Handtüchern hervor und verließ den kleinen Raum Richtung Hintertreppe.

Die nächste Instruktion, die Doro eingab, stellte wieder die Verbindung von Überwachungskamera des Flurs zum Technikraum des Hotels her, die sie kurzzeitig unterbrochen hatten und einen leeren Flur auf den Bildschirm projizierten. Die Aktion des umgekippten Servicewagens der beiden „Zimmermädchen", war nicht von der hauseigenen Überwachungsanlage aufgezeichnet worden, sie existierte nicht.

Zufrieden packten sie sämtliche Utensilien in einen Leinenbeutel zusammen und verließen das Hotel über die Hintertreppe.

Zwei Minuten später trafen sich am Auto und fuhren zurück.

„Zum Camp oder zu Amanda?“ überlegte Claudia. „Bei Amanda gäbe es eine Tasse Kaffee, im Camp Arbeit.“

„Amanda“, war die einhellige Antwort.

Amanda wartete schon ungeduldig, sie wollte Einzelheiten hören.

„Es klappte perfekt“, begann Claudia, die Doro gierig beobachtete, wie sie die Reste der Pizza vom Vorabend in die Mikrowelle schob, nachdem sie die Kaffeemaschine angeworfen hatte, „das Szenario in der Suite lässt keinen anderen Schluss zu, dass dort ein Verbrechen stattgefunden hat. Leider mussten wir einige Möbel, Gardinen und Teppiche ruinieren, ich nehme an, die de Winter Corporation wird für den Schaden aufkommen. Gleich wird Gerrit Albers auf der Bildfläche erscheinen, ich vermute, in zwei, drei Stunden.“ Amanda, die die einzelnen Abschnitte des „Spiels“, wie Julia es nannte, nicht verstand, wartete geduldig, bis die Erklärung folgte. „Albers ist ein Mitarbeiter Edmunds. Er arbeitet in Deutschland, während Edmund in Holland die Stellung für uns hält. Eine Verbindung gibt es offiziell nicht.“ Die zusammenfassende Erklärung Doros genügte für den Augenblick.

„Er hat meine Adoption rückgängig gemacht“, erklärte Linda weiter, „er fand auch heraus, dass mich die Tondheimers zurückhaben wollen, warum auch immer, aber ich gehe nicht zurück in dieses Gefängnis, nicht freiwillig, nur noch mit Julia und Doro, um die Unterlagen ausfindig zu machen, die dort irgendwo herumliegen müssten.“ Überlegen fügte sie hinzu: „Ich weiß auch schon, wo es sein könnte. Ich kenne einen Weg, wie wir ungehindert ins Haus einsteigen können.“

„Und du kennst das Arbeitszimmer“, lautete Doros Kommentar, „wir nehmen dich mit, weil wir sonst zu lange suchen müssten. Geh nicht davon aus, dass wir dich ab sofort stets beteiligen werden. Aber nun zu einem anderen Thema“, sie lachte nervös auf, „wo ist Julia? Was macht unser Umzug ins Camp?“

„Sie sind heute Morgen losgefahren, zwischenzeitlich einmal kurz hier erschienen“, berichtete Amanda, „holten einige eurer Sachen, auch das Gepäck, und dann verschwanden sie wieder.“

„Und mein Göttergatte? Ist er noch nicht wieder aufgetaucht?“

„Jan legte einen kurzen Stopp hier ein, wechselte die Nummernschilder, zog einen merkwürdigen Aufkleber vom Kofferraum des Mietwagens und verschwand. Er wollte den Wagen zurückbringen. Wilhelm folgte ihm, um Jan anschließend zurückzufahren. Sie müssten auch schon im Camp sein“, Amanda schaute sich traurig in der Küche um, „dann wird es hier wieder ruhig, leer und langweilig“, sie kraulte Bobby hinter dem Ohr, „wir beide sind dann wieder alleine. Schade.“

„Linda bleibt ja hier“, Doro schien über etwas nachzudenken, „wir treffen uns morgen mit eurer ehemaliger Nachbarin Sybille Allert, kannst du dich noch an sie erinnern? Sie will mit uns sprechen, vielleicht ist ihr etwas eingefallen, vielleicht hat sie etwas gesehen, damals ...“

„Ich kann mich vage an sie erinnern“, gab Linda zu, „ab und zu traf sie sich mit meiner Mutter, sie waren befreundet.“

„Morgen wissen wir mehr. Claudia und ich fahren zu ihr, wir wollen Julia noch nichts sagen“, sie schaute zu Linda und Amanda, die nickend zustimmten.

„Ich schlage vor, wir fahren ins Camp, zieht euch um“, Verena brachte die leeren Tassen in die Küche, „mal schauen, wie weit sie sind mit dem Umzug.“ Als Linda aufstand, wurde sie von drei Frauen auf die Couch zurückgedrückt.

„Du wartest hier, bis deine Mutter grünes Licht gibt, dass du ins Camp kannst. Hast du dein Handy an, das neue, das Nick dir gegeben hat?“

Linda zog es aus ihrer Tasche hervor. „Ich habe es immer dabei“, antwortete sie mit resignierter Miene, „und ich weiß auch, wie es funktioniert. Also gut, dann warte ich noch.“ Schelmisch lächelnd zuckte sie mit den Achseln. „Natürlich kenne ich die geheimnisvollen Details, die Nick eingebaut hat!“

Zufrieden verließen drei Frauen Amandas Haus, setzten sich in den neu gekauften, alten Wagen und fuhren über Umwege zum Camp.

„Denkt daran, Julia nichts von unserem morgigen Ausflug zu ihrer ehemaligen Nachbarin zu erzählen“, instruierte Doro ihre Freundinnen, „ich will erst einmal selbst feststellen, was es mit den Informationen auf sich hat. Dann entscheiden wir, ob es sich lohnt, Julia zu unterrichten.“

Nach zehn Minuten Fahrt standen sie vor dem neuen Tor ihres ehemaligen Übungsgeländes. Doro gab den Code ein, es öffnete sich sofort und schloss geräuschlos, nachdem sie es passiert hatten. Zügig fuhr sie bis zur Baracke vor.

Erstaunt über die absolute Stille, die vor und anscheinend auch innerhalb des Gebäudes herrschte, blieb Doro sitzen, schaltete den Motor nicht ab, zog automatisch ihre Waffe und blickte sich um.

„Hier stimmt etwas nicht. Die Autos sind noch mit unseren Sachen beladen, niemand hat sie ausgepackt.“ Claudia und Verena hielten fast zeitgleich ihre Pistolen entsichert in der Hand. „Wir brauchen keine neuen Feinde, wir haben doch schon genug“, meinte Doro. „Küche“, deutete sie an, nickte den anderen zu, ein Zeichen, den Wagen zu verlassen und vorsichtig nachzuschauen, was im Inneren ihrer ehemaligen Unterkunft vor sich ging. Verena wandte sich dem hinteren Gelände zu, Doro und Claudia bewegten sich vorsichtig auf die Eingangstür zu. Wieder kam ein Nicken von Doro, auf ein Zeichen Claudias hin, die ihr andeutete, den versteckten Kellereingang nehmen zu wollen. Doro tippte einmal auf ihre Uhr, das Zeichen für die beiden anderen, dass sie von drei Seiten in einer Minute das Gebäude stürmen würden.

Kurz vor der Haustür hielt Doro an, noch dreißig Sekunden, dachte sie, als sie plötzlich ein Geräusch hörte. Es kam aus der Küche und klang wie ein gedämpftes Murmeln mehrerer Personen. Sie zögerte, schaute auf die Uhr, noch zwanzig Sekunden, sie nahm die Türklinke in die linke Hand, in der rechten hielt sie ihre Waffe, noch zehn Sekunden, vorsichtig drückte sie die Klinke nach unten, es war nicht abgeschlossen, noch fünf Sekunden, sie holte tief Luft, konzentrierte sich, nun passierte alles synchron: An drei Stellen des Hauses drangen Verena, Claudia und Doro in die Baracke ein, Doro durch die Eingangstür, Verena durch den Hintereingang und Claudia durch den Keller. Es passierte leise, geräuschlos, vorsichtig, sie kreisten den Raum ein, weitere fünf Sekunden später standen sie in der Küche und zielten auf die Personen, die sich dort befanden.

Der Schock den sie nun erlebten, saß tief. Entsetzt ließ Claudia die Pistole beinahe fallen, ihr Puls beschleunigte sich, sie konnte sich gerade noch soweit zusammenreißen, dass sie nicht vor Schrecken in Ohnmacht fiel.

„Oh mein Gott“, stöhnte sie und lehnte sich an die Wand der Küche, Verena brachte kein Wort heraus, ihre Gesichtsfarbe wechselte von weiß in kreidebleich. Doros Bestürzung wandelte sich in Fassungslosigkeit. Alle drei schauten sich an, brachten in den ersten Sekunden kein Wort hervor. Das erste Mal, seit sie zusammenarbeiteten, zitterte Doros Hand, es herrschte absolute Stille.

Ein Schauer lief ihr eiskalt über den Rücken.

Langsam senkte Doro ihre Waffe. Verena, unschlüssig wie sie die Situation einschätzen sollte, zog es vor, ihre entsicherte Pistole weiterhin auf den Feind zu richten. Claudia schluckte, zögerte und zielte.

Ein entsetzter Schrei hallte durch den Raum: „Nein!“

Kapitel 29

„Gerrit Albers“, stellte er sich der jungen Dame am Empfang des vornehmen Hotels vor, „ich bin der Rechtsanwalt von Frau van Buren. Sie wohnt in diesem Hotel und bat mich vorbeizukommen, da ich noch einige geschäftliche Belange mit ihr zu besprechen habe.“ Gerrit Albers gelang es, völlig unbeteiligt zu wirken, in der Hoffnung, seinen in wenigen Augenblicken beginnenden Auftritt zu meistern. „Können Sie mir die Zimmernummer nennen? Frau van Buren muss mich angemeldet haben.“

Die junge Dame lächelte und nickte. „Das hat sie, Herr Albers, ich soll Sie sofort hochschicken. Sie wohnt in Suite 313. Dort entlang“, sie deutete nach rechts zu den Fahrstühlen, „fahren Sie in die dritte Etage, halten Sie sich dann links, es ist die erste Tür.“

„Vielen Dank!“

In der dritten Etage stieg Albers aus dem Aufzug, schaute sich um und ging zielstrebig auf die Zimmertür zur. Er wusste von den Überwachungskameras im Flur, also klopfte er. Erstaunt registrierte er die angelehnte Tür, drückte sie vorsichtig auf und betrat zögernd die Suite. Sofort griff er zu der winzigen Kamera, die sich immer noch an der Stelle befand, an der Doro sie befestigt hatte, und ließ sie in seiner Sakkotasche verschwinden. Erst leise, dann laut rief er mehrmals „Hallo?“ Als er sich weit genug in die Räume vorgewagt hatte, erbleichte er, als er das Durcheinander sah. Der erschütternde, laute Schrei den er ausstieß, klang täuschend echt. Fast meinte er, tatsächlich auf einen Tatort zu blicken. Seine Fassungslosigkeit war echt, bis er sich darauf besann, welche Rolle er in diesem Stück spielte. Er ließ seine Aktentasche fallen, rannte zurück in den Flur, wild gestikulierend rief er um Hilfe. Zwei Zimmertüren öffneten sich. Köpfe lugten hervor, die mit dem Lärm nichts anzufangen wussten. Gerrit Albers rief laut um Hilfe.

„Schnell, Polizei, hier ist etwas passiert, verständigen Sie die Polizei, schnell!“ wiederholte er einige Male entsetzt. Die Dame aus dem gegenüberliegenden Raum hastete zurück, er hörte sie mit dem Empfang telefonieren. Er wischte sich den Schweiß von der Stirn, lehnte sich kreidebleich an die Wand des Flurs, als der Mann aus dem zweiten Zimmer ihm zu Hilfe eilte.

„Was ist passiert? Ist jemand krank?“ Er wusste nicht mit der Situation umzugehen.

„Blut, Chaos“, stammelte Albers, „überall Blut und Frau van Buren ist nicht zu finden. Ihr muss etwas passiert sein. Wir hatten einen Termin ...“

Gerrit Albers atmete schwer, fasste sich an die Brust. „Da muss etwas Schreckliches geschehen sein."

Nur Sekunden vergingen, als die Glocke des Aufzugs ertönte. Ein uniformierter Mann stieg aus, gefolgt von der jungen Dame des Empfangs. Er erfasste die Lage und kam sofort auf Albers zu. Noch bevor er eine Frage stellen konnte, deutete Gerrit auf die Tür zur Suite 313, schüttelte entsetzt den Kopf und stammelte nur noch: „Blut, alles ist voll Blut ..." Der Wachmann zückte seine Pistole, betrat vorsichtig die Zimmerflucht und erfasste die Situation. Es dauerte nur Augenblicke, bis auch er bleich zurückkam, sein Handy aus der Tasche zog, die Polizei anrief und seiner Begleiterin kurz zunickte.

„Kommen Sie mit ins Foyer", das Mädchen vom Empfang, Lisa, wie das Namensschildchen besagte, zog Gerrit Albers vorsichtig am Arm und bugsierte ihn zum Fahrstuhl. Der Wachmann nickte ihr zu. Unten angekommen, führte sie Gerrit zu einer Sitzgruppe. „Setzten Sie sich. Ich bringe Ihnen einen Kaffee – oder lieber etwas Stärkeres?"

„Kaffee", flüsterte er, „eine Tasse Kaffee, bitte." Albers griff vorsichtig in seine Jackentasche, tastete nach dem Gegenstand, der sich immer noch dort befand, wohin er ihn hatte verschwinden lassen. Zufrieden atmete er auf. Bis jetzt lief alles perfekt.

Die Polizei benötigte nicht lange und erschien durch den Hintereingang, um die anderen Gäste nicht zu beunruhigen. Die beiden Beamten wurden von dem Mann des Wachpersonals in Empfang genommen. Er begleitete sie nach oben. Zwei Minuten später tauchten der Wachmann und einer der Polizisten unten in der Lobby auf. Der Wachmann deutete auf Gerrit Albers, der sich erhob und leicht schwankend auf den Polizisten zuging.

„Meine Name ist Blum, Lucas Blum", stellte er sich vor, „mein Kollege ist oben im Zimmer geblieben. Sie sind der Anwalt Frau van Burens und haben den Raum verwüstete vorgefunden?"

Gerrit nickte. „Es muss etwas passiert sein, Frau van Buren ist stets pünktlich, hält immer ihre Termine ein, wenn sie verhindert gewesen wäre, hätte sie mir Bescheid gegeben. Ihr ...", nun hielt er nachdenklich inne, „ihr Wagen! Ist ihr Auto noch da? Er steht normalerweise am Hinterausgang." Unruhig, nervös und voller Sorge rannte er zum Hinterausgang, gefolgt vom Polizisten, er riss die Tür auf und blickte sich suchend um. „Er ist nicht da!"

„Vielleicht ist Frau van Buren weggefahren", versuchte der Polizist die Situation zu analysieren, „aber das erklärt natürlich nicht das Chaos in ihrem Zimmer."

„Vielleicht steht das Auto auch vorne auf dem Parkplatz“, überlegte Gerrit weiter, „obwohl ich es nicht glaube. Was mache ich nur? Ich müsste ihren Vater anrufen, aber“, er schüttelte den Kopf, „er ist schon älter, und wenn ich ihm davon berichte, das Blut“, er fand keine Worte, schüttelte erneut den Kopf, „dann ...“

„Warten Sie noch einen Augenblick damit, wir müssen erst einmal feststellen ...“ In diesem Augenblick öffnete sich die schwere, große Eingangstür, die direkt ins Foyer führte, und eine Frau mit zwei Männern im Schlepptau rannte eiligen Schrittes auf sie zu. In der Hand hielt jeder einen Alukoffer, ziemlich groß und unhandlich.

„Nach oben, dritte Etage, Zimmer 313“, gab der Polizist, der immer noch bei Gerrit Albers stand, ungefragt an. Die Dame stellte sich als Dr. Kantor vor.

„Ich bin von der Spurensicherung. Wir werden den Raum nach möglichen Hinweisen durchsuchen. Blut, sagen Sie? Eine verschwundene Person? Hilfreich wäre es, wenn wir zum Abgleich der Blutgruppen bzw. DNA von der vermutlich vermissten Person hätten.“ Sie wandte sich an einen der beiden jungen Männer, der mit ihr angekommen war, und deutete nach oben an die Decke. „Kameras, Michael. Besorge mir die Bänder. Wenn hier alles videoüberwacht ist, kann niemand einfach so verschwinden.“ Damit eilte sie zum Fahrstuhl, der zweite folgte ihr unaufgefordert und fuhr in den dritten Stock.

„Wir können hier im Augenblick nichts tun.“ Blum dachte kurz nach. „Haben Sie noch irgendetwas Privates von Frau van Buren, etwas, das wir zum DNA-Abgleich benutzen könnten?“

„In meinem Büro. Sie vergaß bei ihrem letzten Besuch ihre Jacke. Was ist denn mit ihren Sachen im Bad, Haarbürste, Taschentuch?“

Blum nickte. „Das erledigt Dr. Kantor, sie ist gut, einsame Spitze. Wir könnten gemeinsam in Ihre Kanzlei fahren“, schlug Blum vor, „vielleicht gibt es bis dahin Neuigkeiten von Frau van Buren, und Sie können sich den Anruf bei Ihrem Vater sparen.“ Optimistisch klang seine Stimme nicht, eher zweifelnd. Beide Männer gingen zum Streifenwagen Blums, der sich kurz bei seinem Kollegen abmeldete. Albers nannte Blum die Adresse.

Zehn Minuten später überreichte Gerrit Albers Lucas Blum Verenas Jacke. Es gab immer noch keine neuen Erkenntnisse im Hotel, aber Albers wurde zurückgebeten, um eine Aussage zu machen.

Nach zehn weiteren Minuten befanden sie sich wieder in der Lobby des Hotels. Kurz bat Albers, austreten zu können, und verschwand auf der Herrentoilette. Erst hier fand er eine Möglichkeit, Edmund van der Fries anzurufen.

Es waren erst drei Stunden vergangen, nachdem die drei Frauen der Clique das Hotel verlassen hatten.

Wieder im Foyer des Hotels, führte man Albers in einen der hinteren Büroräume. Lisa brachte ihm eine weitere Tasse Kaffee und bat um etwas Geduld. Gleich, so meinte sie, würden Dr. Kantor und ein anderer Herr der Polizei kommen, um nochmals ausführlich mit ihm zu reden. Er wartete keine fünf Minuten. Dr. Kantor hielt einige Gegenstände in der Hand und stellte Albers Kommissar Ulf Becker vor, der hinter ihr das Büro betrat.

„Haben Sie schon einen Hinweis, wo Frau van Buren sein könnte?" Ängstlich, blass und besorgt fragte er Becker. „Was ist mit der Überwachungskamera? Ich hörte vorhin, dass Frau Dr. Kantor davon sprach, die Aufnahmen zu überprüfen."

Ulf Becker vermied es gekonnt, die Frage zu beantworten. „Wie wir erfahren haben, hatte Frau van Buren, kurz bevor Sie kamen, noch Besuch. Können Sie etwas darüber sagen?"

Gerrit Albers überlegte. Zögerlich berichtete er: „Ja, ich glaube", begann er, „sie wollte sich mit einem Mann treffen, dem sie sehr viel Geld geliehen hatte", wieder überlegte er angestrengt, „sie erwähnte, dass sie befürchtete, das Geld nicht wiederzusehen. Aber ob sie heute den Termin mit Herrn Durante hatte ... ich bin mir nicht sicher." Albers sah, wie sich Dr. Kantor und Ulf Becker einen kurzen Blick zuwarfen, reagierte aber nicht darauf, tat so, als ob er angespannt nachdachte. „Was ist denn mit ihrem Mercedes Sportwagen? Haben Sie ihn gefunden?"

„Wie lautete das Kennzeichen und können Sie uns die Handynummer Frau van Burens nennen? Nimmt sie stets ihr Handy mit? Wir haben keins in ihrem Zimmer gefunden." Albers schrieb beides auf einen Zettel. Becker verließ das Büro und gab es an einen Polizeibeamten weiter.

„Versuchen Sie das Handy zu orten, und geben Sie die Pkw-Fahndung heraus. Hier sind Auto-und Handynummer."

Zwei Stunden später erlebte Durante den schwärzesten Tag seines Lebens.

Verständnislos, verwirrt, nicht in der Lage, einen zusammenhängenden Satz zu formulieren, verschwand seine Selbstsicherheit, als mehrere Polizisten ihn mit Waffen umkreisten und anschrien: „Hände hoch, keine Bewegung!"

Er stand da, sprachlos, gelähmt, wusste im ersten Augenblick nicht, was man von ihm wollte ...

Kapitel 30

Am späten Vormittag des nächsten Tages fuhren Doro und Claudia zu Sybille Allert. Julia erzählten sie nichts von dem Treffen.

„Es war ein Schock für uns alle", begann Claudia endlich, nachdem sie fast eine Stunde schweigend nebeneinander im Wagen saßen. Sie schüttelte immer noch ungläubig den Kopf, „Verena hätte ihn beinahe abgeknallt, wenn sie nicht dazwischen gegangen wäre."

„Zuerst einmal ist Sabine nun in Sicherheit. Ich hoffe, niemand vermutet sie im Camp, bei uns, und ich hoffe, niemand vermutet uns hier in Deutschland", sie seufzte laut auf, „wenigstens ist Julia nun beruhigt. Sie will ihre Schützlinge immer in ihre Nähe haben. Aber die Informationen, die er uns gegeben hat, sind wirklich erstaunlich."

„Wir sind auf dem richtigen Weg, waren es eigentlich immer."

Doro ergänzte: „Nun kennen wir den Gegner. Wir brauchen keinen neuen Feind, wir haben schon genug alte."

Sie erinnerte sich voller Grauen an den Vortag.

Als Sabine am Tag zuvor den langgezogenen Schrei ausstieß, zuckte Verenas Hand nach unten, Julia sprintete vor und schlug ihr die Waffe aus der Hand: „Es ist alles anders, als ihr denkt. Waffen runter", befahl sie noch einmal energisch, „er hat sie gerettet. Nach dem, was er uns berichtet hat, können wir ihm vertrauen."

Die erstaunliche Geschichte, die sie danach hörten, verschlug ihnen den Atem. Nachdem er geendet hatte, blieb es minutenlang still, bis sie aufgeregt die ersten Fragen stellten. Auf manche Rätsel konnte er keine Antwort geben. Einige Ungereimtheiten ergaben nun einen Sinn, nachdem sie ihr Wissen zusammenlegten. Vieles ahnte er bereits, die letzten Beweise fehlten ihm. Allerdings kannte er die Verbindung Alices zu Meditec nicht. Dieses neue Wissen ließ ihn stirnrunzelnd in tiefes Grübeln versinken.

„Es fing also eher an, als ich dachte", brütete er, „viel früher. Cora stand nicht am Anfang. Diese Unterlagen können nur bei Tondheimer im Haus aufbewahrt werden, wenn er sie nicht schon entsorgt hat."

„Das glaube ich nicht“, in Julias Gehirn entwickelte sich eine Strategie, „diese alten Unterlagen von Meditec“, fuhr sie langsam fort, „ich vermute, dort finden wir einen Hinweis, einen sehr wichtigen.“

„Hast du spirituellen Kontakt zu Alice aufgenommen?“

Fast meinte Julia, den eisigen Wind zu spüren. „Schön wäre es, aber weder Alice noch Cora gewährten mir einen immateriellen Tipp, ich addiere nur die Fakten.“

„Ergo werden wir Tondheimer einen Besuch abstatten, ohne die Vordertür zu nehmen.“ Julia schaute Doro an. „Wir beide und Linda?“ Ihre Freundin nickte. „Wir sollten es morgen erledigen, je eher, je besser.“

Doro zuckte leicht zusammen, stotterte: „Ähmm, morgen? Das geht nicht, Claudia und ich müssen morgen noch etwas erledigen“, sie schaute Julia nicht in die Augen, ihre beste Freundin so zu hintergehen lag ihr einfach nicht. Sie wollte auch nicht große Hoffnung in ihr schüren, dass sie wichtige Unterlagen von ihrer ehemaligen Nachbarin erhalten würden.

Julia runzelte die Stirn. Ein vager Verdacht, hintergangen zu werden, machte sich in ihrem Innern breit. Sollte sie nachforschen, auf eine Antwort bestehen? Nein, sagte sie sich, wir konnten uns immer aufeinander verlassen, immer. Ich werde es auch diesmal tun.

„Wir sollten mit Linda alles durchgehen, sie auch instruieren, dass sie auf uns hören muss, egal, was wir sagen, egal, ob es Sinn macht, egal, ob sie anderer Meinung ist“, fuhr Julia energisch fort, „wir überarbeiten nochmals den Grundriss, Linda muss uns die Lage jeder Tür und jedes Fensters genau einzeichnen. Ich will wissen, welcher Eingang mit Kameras überwacht wird. Jede Einzelheit ist wichtig. Es darf nichts schiefgehen“, sie wanderte auf und ab, „wo ist der Tresor? Linda erzählte etwas von einem Kellertresor. Besteht die Möglichkeit, dass es noch ein Exemplar im Büro gibt?“

„Beruhige dich“, Doro winkte ungeduldig ab, „wir wissen, was zu tun ist. Ich fahre gleich zu Linda, mit den Plänen, ich verspreche dir, wir gehen alle Details durch. Bis übermorgen habe ich sie auch so weit vorbereitet, dass sie es schaffen wird. Immerhin ist sie deine Tochter und meine Schülerin.“

„Eine Waffe wird sie nicht in die Hand bekommen“, forderte Julia mit einer Stimme, die keinen Widerspruch duldete, „es reicht, wenn wir beide bewaffnet sind.“

„Hast du alles mit Linda besprochen? Sie muss unbedingt Ruhe bewahren, auch wenn es brenzlig wird“, Claudia zögerte, „hoffentlich klappt es.“

„Ich glaube schon, wir haben es oft und ausgiebig geübt“, Doro setzte den Blinker, sie hatten fast ihr Ziel erreicht, „Julia und ich sind dabei, Tondheimer und Frau sind donnerstags immer außer Haus, und der Drachen geht früh zu Bett, erzählte Linda mir. Außerdem schläft sie in einem Nebentrakt. Wir müssen durchs Hauptgebäude rein. Der Kellereingang befindet sich unterhalb des Hauswirtschaftsraumes. Die Gref wird nicht spätabends noch arbeiten." Doro stoppte vor dem Haus Sybille Allerts. „Wir haben einen Vorteil, niemand vermutet einen Einbruch in diese gut gesicherte Festung, und wir machen es nicht zum ersten Mal, wir sind sehr leise." Sie lächelte, stieg aus, Claudia folgte ihr.

Sie mussten nicht klingeln, sie wurden erwartet.

„Ich habe Sie letzte Woche hier gesehen, aber Sie nicht." Misstrauisch beäugte Sybille Allert ihren Besuch. „Warum ist die andere Person nicht mitgekommen?"

„Verhindert", erklärte Doro, hielt sich nicht mit Einzelheiten auf, „Sie haben etwas für uns?"

Sybille Allert drehte sich langsam um, nachdenklich hielt sie inne, zweifelte, ob sie das Richtige tat, ging einen Schritt weiter und flüsterte fast die nächsten Worte: „Ich habe sie gesehen, sie hat sich verändert, aber sie war es." Doro zuckte zusammen, Claudia sog entsetzt die Luft ein, keiner der beiden sagte einen Ton. „Ich weiß nicht was hier gespielt wird, man kann mich normalerweise nicht für dumm verkaufen, das ist sicherlich auch der Grund, warum ich die Unterlagen bislang noch niemandem gezeigt, geschweige davon gesprochen habe. Hätte ich sie nicht erkannt, wäre von mir aus kein Anruf erfolgt."

Doro gab sich geschlagen. „Wir sollten vielleicht unser Wissen zusammenwerfen."

Sybille Allert nickte zögernd. „Kommen Sie ins Wohnzimmer, setzen Sie sich, ich hole die Sachen." Es dauerte zehn Minuten, und sie erschien mit einem großen, braunen Karton. „Er ist von Eschweges. Als das Auto damals explodierte, herrschte hier Tumult. Das gesamte Grundstück, die Straße, einfach alles wurde abgesperrt. Die Polizei hielt sich ständig im Haus und auf dem Grundstück auf. Eine Woche nach der Explosion hielten hier einige große Lkw und einige Männer räumten das Haus aus. Ich fand es merkwürdig, zumal ich dachte, Julia wäre in einem Krankenwagen abtransportiert worden."

„Und? Was machte sie stutzig?" Nun wurde die Geschichte für Claudia spannend.

„Na, ja", fuhr sie bedächtig fort, „ich war in Sorge, wollte wissen, was da passiert war, und rief im Krankenhaus an. Niemand hatte etwas von Julia, einer Detonation oder einem Unfall gehört. Also suchte ich mir die Telefonnummern der Krankenhäuser in der Umgebung heraus. Aber auch dort konnte man mir nicht weiterhelfen. Julia war und blieb verschwunden", sie hielt inne, wechselte das Thema. „Ich glaube, ich koche uns einen Kaffee." Doro und Claudia stimmten zu und folgten Sybille in die Küche. Während sie die Kaffeemaschine einschaltete, berichtete sie weiter: „Ich fragte dann einen der Herren im Anzug, nicht die Umzugshelfer, was mit Julia Eschwege und ihrer Familie passiert sei. Sie gaben mir nur widerwillig eine Antwort: Sie seien alle tot. Ich war wie vor den Kopf gestoßen und konnte es nicht fassen, da ich immer noch fest daran glaubte, Julia im Krankenwagen gesehen zu haben." Der Kaffee war fertig. Sybille füllte drei Tassen, reichte je eine Doro und Claudia, nahm selbst eine, und sie gingen zurück ins Wohnzimmer.

Doro zog es vor, abzuwarten und nicht zu drängeln.

„Der Mann im Anzug, den ich fragte, war ungehalten, wütend, dass ich es wagte, ihn überhaupt anzusprechen. Als ich dann auch noch nach dem Termin der Beerdigung fragte, drehte er sich um und ließ mich stehen. Sie verstehen", wandte sie sich an Doro und Claudia, „dass ich misstrauisch wurde. Ich bin nicht blöd, ich weiß, was ich gesehen habe, zog es aber vor, den Mund zu halten. Wenn Sie die Männer gesehen hätten – alles Kerle, mit denen man lieber keinen Streit anfängt."

„Und weiter? Wie sind Sie an den Karton gekommen?" Doro deutete auf die Kiste, die vor ihnen stand.

Nun lächelte Sybille Allert spitzbübisch. „Ich sprach nicht mehr mit denen, aber ich beobachtete sie. Sie räumten das gesamte Haus leer, und dabei ging es ziemlich ungeordnet zu. Drei Männer befanden sich im Haus, packten die Sachen in Kartons zusammen und stellten sie im Vorgarten auf den Rasen. Vier weitere Männer schleppten die Möbel heraus und verfrachteten sie in Lkw, tja, und dabei ist es wohl passiert: Sie übersahen diesen Karton. Er blieb halb im Gebüsch versteckt stehen. Ich weiß nicht, warum ich es tat", die Erklärung klang keinesfalls entschuldigend, „aber ich schlich mich abends, als es dunkel war, heraus, packte den Karton und holte ihn zu uns ins Haus. Mein Mann weiß bis heute nichts davon. Die Männer, weder die im Anzug, noch die Umzugshelfer haben ihn gesucht. Niemand vermisste ihn. Im Laufe der Jahre dachte ich gar nicht mehr daran, dass er immer noch bei uns im Keller stand, bis Sie auftauchten." Sie trank einen Schluck, dachte angestrengt nach, was sie noch preisgeben könnte, entschloss sich dann, in die Offensive zu gehen. „Um was geht es genau? Sie können mir nicht sagen, dass es etwas mit falsch adressierter Post zu tun hat. Damals sind merkwürdige

Dinge passiert, jetzt, sieben Jahre später, geschieht wieder Eigenartiges. Vor einigen Wochen stellten zwei Männer in der Nachbarschaft Fragen, die keinen Sinn ergaben, dann sah ich sie und ..." Sie redete sich in Rage, sprach aber keinen Namen aus. „Irgendetwas stimmt hier nicht!"

„Sie haben recht", Claudia überlegte, wie weit sie gehen konnte, „wenn möglich, vertrauen Sie uns", sie lächelte, „das haben Sie, sonst wäre nie ein Rückruf erfolgt. Ich kann Ihnen nicht mehr sagen, das müsste eine andere Person erledigen." Es könnte natürlich eine Falle sein, überlegte Claudia, zuerst müssten wir den Inhalt des Kartons durchforsten, um endgültig zu sehen, ob wir auf der richtigen Spur sind.

Sybille Allert stand auf, ging in die Küche, holte die Thermoskanne mit dem Kaffee und reichte sie Doro. „Schenken Sie uns allen noch einmal nach, ich komme sofort zurück."

Doro hielt die Kanne in der Hand, unsicher, irritiert. Vorsichtshalber griff sie in die Innentasche ihres Blazers, beruhigt spürte sie die Pistole. Claudia zuckte mit der linken Augenbraue, deutete auf den Karton, aber Doro schüttelte leicht den Kopf. Nein, sie würden den Karton noch nicht öffnen.

„Abwarten", flüsterte sie Claudia zu, als auch schon Sybille Allert mit einem breiten Lächeln im Gesicht zurückkam: „Ich vertraue Ihnen." Sie öffnete ihre Hand und hielt Doro eine Speicherkarte hin. „Ich habe damals nicht nur zugeschaut, sondern auch Fotos gemacht. Vielleicht können Sie damit etwas anfangen. Wenn Sie sich die Bilder anschauen, werden Sie sehen, warum ich nicht glauben konnte, dass Julia gestorben sein soll."

„Fotos? Von der Explosion?" Doros Stimme ging in ein Krächzen über, „Sie haben alles fotografiert?"

„Nein, nicht alles, die Sprengung, den lauten, ohrenbetäubenden Knall habe ich nur gehört, nicht gesehen. Ich bin sofort zum Fenster gerannt, um nachzuschauen, was draußen los war. Zuerst konnte ich vor Rauch und Qualm nichts erkennen. Ich hatte Angst und traute mich nicht auf die Straße. Dann wollte ich nachschauen, was überhaupt passiert war, und griff automatisch zu meinem Handy. Die ersten Fotos machte ich damit, sie sind ungenau. Die Bilder, die ich einige Tage später schoss, als man das Haus ausräumte, sind schärfer." Doro zögerte, streckte dann die Hand aus und nahm die Speicherkarte vorsichtig in die Hand.

„Haben Sie einen Computer? Wir sollten uns die Fotos sofort anschauen und eine Kopie wegschicken."

„Im Arbeitszimmer meines Mannes ist ein Laptop, Sie können ihn gerne benutzen. Eine Kopie habe ich gespeichert."

Doro eilte in den Nebenraum, der Laptop war bereits hochgefahren, und schob die Speicherkarte ein. Sofort erschienen die Bilder auf dem Monitor.

„Ich schicke die Daten direkt zu Nick, meinem Mann", erläuterte Doro, „damit sind sie erst einmal gesichert. Wir besitzen eine besondere Software, um die Bilder zu bearbeiten, sehr gut zu bearbeiten." Sie verstummte und hoffte, nicht zu viel ausgeplaudert zu haben.

„Ich habe bis jetzt niemandem etwas erzählt, auch nicht meinem Mann, ich kann schweigen. Was damals passiert ist", sie schüttelte rigoros den Kopf, „begreife ich bis heute nicht, die merkwürdigen Dinge, die später im Haus vorgingen ..."

Doro unterbrach sie, hellhörig geworden. „Seltsame Sachen?"

Zwei Wörter Doros, die Sybille Allerts Redefluss weiter aktivierten. Sie nickte. „Tagelang wurde das leere Haus durchsucht", sie deutete auf die Bilder, „ich fotografierte auch das, soweit es möglich war. Ich hörte sogar Hämmern und Sägen, als ob etwas abgerissen würde. Fast ein Jahr lang stand das Haus leer, bis neue Nachbarn einzogen. Ich versuchte sie auszufragen. Nichts. Sie kauften das Haus über einen Makler und hatten nur gehört, dass die Familie, die früher hier wohnte, verstorben sei", sie wiegte den Kopf, „mehr konnte ich nicht in Erfahrung bringen. Aber vor einiger Zeit, es müsste schon drei oder vier Wochen her sein, konnte ich mich des Eindrucks nicht erwehren, dieselben Männer hier zu sehen wie vor sieben Jahren. Natürlich wurde ich sofort misstrauisch. Ich hielt meinen Fotoapparat griffbereit und schoss schnell zwei Fotos. Leider sind die Aufnahmen verschwommen, aber vielleicht können Sie etwas damit anfangen. Ich habe sie ebenfalls auf der Karte gespeichert."

Sybille füllte nochmals die Kaffeetassen, während Claudia die Fotos auf dem Laptop durchsah. Doro warf einen Blick in den großen, braunen Karton, voller Papiere. „Das bedeutet Arbeit für uns, bis wir die Unterlagen alle gesichtet haben ..."

Claudia und Doro tranken den letzten Schluck Kaffee und verabschiedeten sich von Sybille.

„Wenn möglich, halten Sie mich auf dem Laufenden." Dann fügte sie leise hinzu: „Grüßen Sie Julia von mir."

Doro, fast draußen, hörte die leisen, geflüsterten Worte und nickte fast unmerklich.

Kapitel 31
Einen Tag zuvor

Paul Durante beeilte sich. Leider musste er einen Umweg fahren. Das Bargeld lagerte zu Hause, griffbereit in einer Plastiktüte.

Der Wagen Veras schien eine Menge PS unter der Haube zu haben. Die Strecke nach Münster unterbrach er nur einmal, um zu tanken. Er zahlte bar mit dem Geld, das Vera ihm in die Hand gedrückt hatte. Hastig stieg er wieder in den Sportwagen. So schone ich meinen Geldbeutel, dachte er fast gehässig, Vera hat Geld genug, und wenn ich mich beeile, lerne ich den geheimnisvollen Daddy heute Abend noch kennen. Seine Stimmung besserte sich augenblicklich. Das Navi mit der einprogrammierten Adresse in Münster sagte ihm, die Fahrzeit würde nur noch zwanzig Minuten dauern.

Er ahnte nichts von dem Handy im Handschuhfach, das auf Vibrationsalarm eingestellt war, und dem Anruf, den er daher nicht entgegennehmen konnte. Er übersah auch die Kamera an der Tankstelle, die ihn, das Auto mit dem auffälligen Aufkleber und sein hastiges Wegfahren filmte.

Kurze Zeit später erreichte er die lange Auffahrt zu dem älteren Gebäude in Münster, in dem die Ware auf ihn wartete, und preschte bis vor die Haustür. Er schnappte sich die Plastiktüte und hechtete ins Haus. Er bemerkte auch hier die Kameras nicht, weder die im Gebäude noch die, die ihn filmte, als er die langgestreckte Auffahrt passierte. An der obersten Stufe stolperte er, fing sich aber wieder, stieß die Tür mit einem lauten Fluchen auf und rannte durch bis in das hintere Zimmer. Erleichtert atmete er auf. Dort lag die Ware, fein säuberlich in einer Reisetasche verpackt, auf einem alten, verstaubten Tisch. Er schnappte sich die Tasche, kontrollierte den Inhalt und legte die Plastiktüte mit dem Geld auf die Platte.

Er lächelte, er strahlte. Geschafft, dieser Deal noch und er wäre aus der momentanen finanziellen Misere heraus, könnte Vera heiraten und zurück nach Fort Meyers fliegen. Mit Veras Vermögen ließe sich erneut ein Geschäft aufbauen, er würde den Waffenhandel wieder aktivieren, die ehemaligen Kontakte aufleben lassen, den Drogenhandel ankurbeln und in der herrlichen Sonne Floridas faulenzen. Er träumte, sah es bildlich vor sich, wenn nur die eine, winzige Sache nicht wäre, die es noch zu erledigen gab. Er schaute auf seine Armbanduhr, er könnte es schaffen. Wenn er sich beeilte, wäre er pünktlich zum Abendessen bei Vera. Frohgelaunt stieg er ins Auto und fuhr zurück zur Autobahn.

Hätte er genauer hingeschaut, wären ihm sicherlich einige rostrote Flecken auf dem Boden des unbewohnten Zimmers aufgefallen. Auch die dunklen Haare, eingebettet in eine rötlich wirkenden Masse, die an der Kante der Fensterbank hafteten, sah er nicht.

Als ihn kurz vor der Autobahnauffahrt zwei Streifenwagen und ein Zivilwagen der Polizei stoppten, dachte er noch an ein Versehen. Er hatte strikt darauf geachtet, nicht zu schnell zu fahren. Wütend schlug er mit der Hand aufs Lenkrad, die Zeitverzögerung passte ihm nicht. Erbost ließ er die Scheibe an der Fahrerseite herunter und wollte nach dem Grund dieser perfiden Aktion fragen.

Er drückte sein Missfallen in ungehobelten Worten aus. Beschimpfte die Personen, denen er das Anhalten verdankte. Sie ließen sich nicht beirren.

Nachdem zwei Beamte die Fahrertür des Sportwagens aufrissen und ihn fast gewaltsam aus dem Wagen zerrten, erfasste ihn ein leichtes Unbehagen. Er schielte auf den Nebensitz, dachte an den Inhalt der Reisetasche, und erst dann begriff er ansatzweise, was in diesem Augenblick passierte. Die Stimmen der beiden Polizeibeamten hörte er lediglich als undurchdringliches Rauschen, die Worte erreichten sein Gehirn nur als unzusammenhängendes Gemurmel. Er erblasste, Schweiß rann ihm den Rücken herab, als er die Worte bewusst vernahm ... verhaftet wegen des dringenden Verdachts, Vera van Buren ermordet zu haben! Die Handschellen klickten.

Langsam, äußerst schleppend fügten sich seine Gedanken aneinander. Vera? Tot? Mord? Die Vorstellung war bizarr.

„Das kann nicht sein. Ich habe sie noch vor wenigen Stunden gesprochen. Wir sind verabredet. Gleich. Deshalb bin ich anscheinend zu schnell gefahren. Ich treffe sie gleich im Hotel und auch ihren Vater.“ Zusammenhanglos versuchte er eine Erklärung.

„... alles, was Sie sagen ...“, hörte er in weiter Ferne.

„Sie verwechseln mich!“ schrie er. „Was machen Sie da?“ Einer der Polizisten öffnete den Kofferraum, ein anderer das Handschuhfach, in dem Vera van Burens Handy lag.

„Das muss sie hier vergessen haben“, stotterte er, nicht begreifend, was gerade passierte, „es ist ihr Auto, ich habe es mir nur geliehen, weil ich doch nicht zum Aufzug kam, da waren die Zimmermädchen, die hatten den Wagen umgekippt ...“ Irgendwie hörte man ihm nicht zu.

Einer der Beamten wies in den Kofferraum, schüttelte den Kopf und meinte: „Sie ist nicht hier, aber schau mal, das sieht verdächtig nach Blut aus“, er wandte sich an Durante, „wann haben Sie Frau van Buren verlassen?“

Durante nannte die Uhrzeit.

„Danach sahen Sie Frau van Buren nicht mehr?“

Durante verneinte.

„Wenn Frau van Buren zu dem Zeitpunkt noch gelebt haben soll, wie kommt dann ihr Blut in den Kofferraum?“

Durante schwieg, nicht weil er sich schuldig fühlte, nein, auf die Frage wusste er keine Antwort.

Eine Antwort erwarteten die Beamten nicht, für sie schien die Sachlage klar. Durante wurde in den Polizeiwagen verfrachtet. Vera van Burens Mercedes Cabrio wartete auf die Spurensicherung, die wenig später eintraf. Eine gezielt genaue Untersuchung begann.

Die Beweislage war eindeutig.

Das Blut stimmte mit dem im Hotelzimmer überein.

Die Drogen wurden sichergestellt. Allein das reichte aus, um Durante erst einmal in Untersuchungshaft zu belassen.

Als er angab, wo er die letzte Stunde verbracht hatte, untersuchte man das alte Haus, fand aber kein Geld, sondern nur Blutspritzer und Haarbüschel. Die Fingerabdrücke Veras, einer ihrer Schuhe, in der hintersten Ecke des Zimmers, ließen keinen Zweifel aufkommen, dass sie hier gewesen sein musste.

Durante stritt alles ab. Es nützte ihm nichts. Die Adresse in Florida bestärkte die Richterin, ihn nicht auf Kaution frei zu lassen. Er saß fest.

„Suchen Sie Frau van Buren“, bat er verzweifelt, „sie kann alles aufklären. Sie ist nicht tot, sie ist ...“ Dann fehlten ihm die Worte.

Die Hauptkommissarin des Morddezernats, Samantha Engel, eine emanzipierte, dunkelhaarig, schlanke Frau Anfang vierzig, hörte sich kurzzeitig das Gejammer Paul Durantes an. Endlich antwortete sie: „Wollen Sie nun einen Anwalt oder nicht?“ Durante nickte, Samantha Engel telefonierte nach einem Pflichtverteidiger. Gleichzeitig erhob Paul Einwand gegen seine Verhaftung: „Ich habe Zeugen, dass Frau van Buren noch lebte, als ich das Hotel verließ“, aufgeregt fuhr er dazwischen, „die Zimmermädchen, die beiden Frauen. Im Flur befinden sich Kameras, die müssen es aufgezeichnet haben. Haben Sie diese ausländischen Zimmermädchen schon befragt?“

Samantha Engel wartete geduldig, ließ den vermeintlichen Mörder reden, ein System, dass sich fast immer bezahlt machte. Als sie noch immer nicht antwortet, fing Durante mit weiteren Erklärungen an: „Ich habe unterwegs getankt und bar bezahlt, prüfen Sie das nach, ich war alleine, es war niemand bei mir. Der Kofferraum des Sportwagens ist außerdem zu klein, um in ihm eine Leiche zu transportieren, dazu müsste man schon einen GMC haben, einen Geländewagen." Samantha fand die Ausführungen amüsant, verzog aber keine Miene. Er wird schon reden, dachte sie, irgendwann verplappert er sich, irgendwann gibt er auf. Sie verließ kurzzeitig den Vernehmungsraum, betrat das Zimmer dahinter und beobachtete Durante durch die Glasscheibe.

„Hol mir mal einen Kaffee", bat sie ihren Kollegen, „ich lass ihn etwas schmoren. Sein Anwalt schafft es erst in einer Stunde, bis dahin ist er mürbe."

„Bei deiner Art zu schweigen und ihm ab und zu einen Brocken hinzuwerfen? Ich glaube schon, dass er bald reden wird." Samanthas Kollege holte ihr einen Becher Kaffee aus dem Automaten, der scheußlich schmeckte, dafür aber wach hielt.

„Was ist mit der Überwachungskamera im Flur? Ist die Aufzeichnung überprüft worden?"

„Ja, aber es sind keine Zimmermädchen zu sehen, und im Hotel gab man an, ausländische Servicekräfte beschäftigten sie nicht."

Samantha grübelte. „Merkwürdig, ich glaube, meine Menschenkenntnis lässt nach. Ich hätte schwören können, er sagte diesbezüglich die Wahrheit. Er kam sehr überzeugend rüber."

„Die Hintertreppe nahm er nur, um schneller zu van Burens Auto zu kommen", sinnierte der Kollege, „ich frage mich nur, wo er die Leiche gelassen hat. Ob sie doch noch lebt?"

„Nach dem Zustand der Suite zu urteilen, der Blutmenge, dem Chaos, dem Blut im Auto, den Spuren in Münster", sie schüttelte den Kopf, „das grenzt schon an ein Wunder, wenn sie das überlebt hat."

„Und was ist mit dem Motiv?"

„Der Anwalt zeigte uns den Vertrag, den Vera van Buren mit Paul Durante geschlossen hat. Er hat sich eine Menge Geld von ihr geliehen. Er war pleite, einen Bankkredit erhielt er nicht, was liegt da näher, das Geld nicht zurückzuzahlen?"

„Aber das Chaos. Warum hat er es nicht beseitigt?"

„Das wollte er sicherlich. Er wusste nicht, dass Vera van Buren noch einen Termin mit Gerrit Albers hatte. Ich glaube, er wollte die Leiche beseitigen, die Drogen holen und dann erst in der Suite aufräumen. Leider klappte es zeitlich nicht so, wie er es sich vorstellte."

In diesem Augenblick öffnete sich die Tür, ein weiterer Mitarbeiter von Samantha trat ein, schaute durch die Glasscheibe und grinste. „Ich habe da etwas Interessantes herausgefunden“, er reichte Samantha eine Akte, sie aber bat um die Kurzfassung. „Durante“, holte er aus, „war bereits zweimal verheiratet. Beide Frauen sind auf merkwürdige Art ums Leben gekommen. Seine erste Frau, Alice Durante, ist in Florida unter merkwürdigen Umständen spurlos verschwunden, ebenso sein kleiner Sohn Timo. Das ist über zwanzig Jahre her. Aber nun kommt's. Seine zweite Frau Cora ist vor ungefähr zwei Jahren ermordet worden, hier in Deutschland. Täter unbekannt. Auch bei diesem Mord gab es viele Ungereimtheiten. Cora Durante war nicht alleine. Es muss noch jemand bei ihr gewesen sein, eine Frau. Sie ist ebenfalls verschwunden. Ob sie den Anschlag überlebte“, er zuckte mit den Achseln, „ist nicht bekannt. Es gab Blut von zwei Personen, Cora Durante, so stellte man bei der Obduktion fest, war schwer verletzt. Beide Frauen waren erst Stunden zuvor mit dem Flugzeug aus Florida nach Europa gereist. Man konnte es nachverfolgen, sie sind über Amsterdam eingeflogen. Das alles hatte den Charakter einer Flucht. Also, wie bereits erwähnt, Cora Durante war schwer verletzt, hatte eine Rippe gebrochen, wies eine Menge Hämatome auf. Nach der Farbe der Flecken zu urteilen hatte jemand sie circa zwei bis drei Tage vorher zusammengeschlagen, und das nicht zum ersten Mal. Sie war vollgepumpt mit einem sehr starken Schmerzmittel, das es eigentlich gar nicht auf dem Markt gibt. Ihre Begleiterin muss es ihr gegeben haben. Man fand nichts bei ihr, also muss die andere Person es verwahrt haben. Man konnte Durante nichts nachweisen, definitiv war er zur Mordzeit in Florida. Aber er wird sie verprügelt haben, da bin ich mir sicher. Übrigens: Cora Durante war reich, sehr reich sogar.“

„Gute Arbeit“, lobte Samantha ihren Mitarbeiter, „das dürfte erst einmal ausreichen. Er wird so schnell nicht wieder freikommen, mag er auch einen noch so guten Rechtsverdreher haben.“

In diesem Augenblick sahen sie den Anwalt, zielstrebig lief er auf den kleinen Nebenraum zu und öffnete die Tür.

„Dachte ich es mir doch, Sie alle hier zu finden“, begrüßte er Samantha Engel und ihre beiden Mitarbeiter, „was gibt es?“ Samantha erklärte es ihm kurz, überreichte ihm einen Ordner und wies in den Verhörraum.

„Bitte, Sie können ihn sprechen, ich werde mir eine Pause gönnen. Aber eins kann ich schon mal sagen, es sieht schlecht für ihn aus. Besser, er würde den Mord gleich gestehen.“ Sie verließ den Nebenraum, winkte ihrem Partner zu, der ihr sofort folgte.

„Wir sollten mal ein bisschen recherchieren, ich sage nur: Florida, verschwundene Gattinnen, untergetauchte Begleiterinnen, zusammengeschlagene, tote Ehefrauen ...“

Zwei Stunden nach der Verhaftung Paul Durantes beglückwünschte sich die Clique zu ihrer hervorragend gemeisterten Inszenierung. Sie saßen um den großen Tisch in ihrer Küche des Camps.

„Wir arbeiten immer noch perfekt“, Doro strahlte, „sobald wir uns morgen die Villa Tondheimers vorgenommen haben, fliegen wir nach Florida. Das Haus gehörte Cora, nicht wahr, Julia?“ Julia nickte. „Dann bist nun du die Besitzerin, wenn mich nicht alles täuscht.“ Julia nickte erneut. „Mit dem Testament Coras kannst du das Gebäude beanspruchen und auf deinen Namen umschreiben lassen.“

„Ja“, erwiderte Julia, „ich kenne sogar die Adresse des Notars, bei dem Cora das Testament aufsetzen ließ. Er war über alles im Bilde. Er kann sich um die Umschreibung kümmern. Aber das ist unser geringstes Problem. Unsere Aufgabe ist es herauszufinden, was aus Alice und Timo geworden ist, und welchen Zusammenhang es mit mir und Linda gibt.“

„Ich buche für übermorgen Flüge nach Florida“, Patrick war hinter Julia getreten, „wir beide kennen uns dort aus, viel wird sich nicht verändert haben in den letzten zwei Jahren.“

„Wir dürfen nur Eduardo nicht vergessen“, erinnerte Claudia, „er sitzt noch immer brav in Amsterdam fest.“ Sie lächelte, wurde aber sofort wieder ernst. „Was ist mir ihm?“ Sie deutete mit dem Kopf auf den Retter Sabines. „Ich traue ihm immer noch nicht.“

„Wir nehmen ihn mit, dann haben wir ihn unter Kontrolle“, meinte Patrick.

„Überprüft meine Angaben, dann werdet ihr mir endlich glauben. Ich werde euch helfen.“

Julia wurde wütend. „Und warum hast du es nicht gemacht, als Cora und ich Hilfe brauchten?“

Kapitel 32

Nachdem Claudia und Doro am Tag zuvor wieder das Camp erreicht hatten, hielten sie es für besser, den Karton im Auto zu belassen.

„Wir durchsuchen ihn, wenn wir alleine sind, ich möchte Julia nicht im Nacken haben, sie könnte zusammenbrechen, wenn sie den Inhalt sieht und private Sachen erkennt."

„Nach dem Abendessen", verschwörerisch deutete Claudia auf die Remise, die den Autos Schutz bot, aber noch nicht wieder vollständig hergerichtet war, „ich fahre den Wagen nachher unter die Überdachung, wir treffen uns dort."

Julia erwartete sie bereits misstrauisch: „Wo seid ihr gewesen? Ist etwas passiert?"

Claudia reagierte schnell: „Wir haben nur die Umgebung kontrolliert und sind etwas herumgefahren. Was macht Linda?" Die Ablenkung glückte.

„Mit Linda habe ich gerade telefoniert, Amanda begleitet sie und bleibt über Nacht bei uns." Ihr Blick deutete nach oben. „Dort ist noch eine komplette Etage frei, wir sollten uns überlegen, das Obergeschoss zu renovieren, für Linda und Amanda haben wir noch einen Raum frei, aber dann wird es eng, wir brauchen Gästezimmer und zwei oder drei Büros. Im Wohnbereich stapeln sich die Unterlagen und Akten, das ist nicht sonderlich gemütlich. Ich habe mir Gedanken gemacht, die sollten wir bei Gelegenheit mal erläutern."

Das Abendessen nahmen sie drei Stunden später gemeinsam ein. Der Lageplan des Erdgeschosses der Tondheimer Villa lag in der Mitte des Tisches, und sie diskutierten, wie sie am nächsten Abend vorgehen wollten. Linda erhielt eine exakte, genaue und mit Ermahnungen gespickte Einführung.

„Du hältst dich genau an unsere Anweisungen, wenn Doro oder ich etwas sagen, will ich keine Diskussionen hören", sehr eindringlich unterwies Julia ihre Tochter, ging Schritt für Schritt den Weg innerhalb der Villa auf dem Papier nach, „unsere Anweisungen werden punktgenau ausgeführt, keine Fragen nach dem Sinn gestellt, ist das klar?"

„Es ist zwar das erste Mal, dass ich so etwas mitmache, aber ich habe mit Doro geübt. Ich kann mich leise fortbewegen, ich beherrsche das Klettern, ich vermag sogar eine Tür mit dem Dietrich zu öffnen, und ich kenne mich im Zielobjekt besser aus als ihr."

„Du bist sicher, dass die Akten im Keller liegen?"

„Ja, aber es sind Unmengen, die können wir nicht alle mitnehmen, das ist unmöglich."

„Wir werden sie im Keller kontrollieren müssen. Wenn alles wirklich so exakt aufgeräumt ist, wie du sagst, müssen wir nur die Jahreszahlen vergleichen."

„Nein, Doro“, Julia schüttelte energisch den Kopf, „die exakte, genaue Jahreszahl kennen wir nicht. Wir wissen zwar, dass Alice vor zwanzig Jahren verschwand, aber es muss irgendetwas Gravierendes in ein oder sogar zwei Jahren davor passiert sein.“

„Stimmt, wann hat Alice den Brief geschrieben?“ Doro sah Amanda an. „Den Brief, in dem sie von einer bahnbrechenden Entdeckung schrieb?“

„Das war ungefähr ein halbes Jahr, bevor sie verschwand. Grenzt das die Zeit ein? Der Brief stammt vom März. Meint ihr wirklich, es geht um die Forschungsergebnisse?“

„Ich bin mir fast sicher“, Julias Vermutungen gingen sogar noch etwas weiter, wollte es aber noch nicht Amanda erzählen, „Forschungslabor, Forschungsergebnisse, die plötzlich nicht mehr existieren, da drängt sich die Vermutung förmlich auf. Aber“, sie erhob sich gähnend, „ich werde früh schlafen gehen, morgen haben wir ein anstrengender Tag vor uns, vor allem könnte es eine lange Nacht werden.“

Eine halbe Stunde später schlichen Claudia und Doro zum Auto, holten die Kiste hervor und breiteten den Inhalt auf der Rückbank aus.

„Kontoauszüge“, erstaunt blätterte Claudia sie durch, schüttelte den Kopf und reichte sie an Doro weiter, „ich sehe hier keine roten Zahlen, im Gegenteil, Holgers Firma ging es sehr gut. Ich finde keine Belege, die erkennen lassen, dass er Kredite aufgenommen hatte“, sie durchsuchte den Ordner weiter, schüttelte den Kopf, „nichts. Genau das, was wir vermuteten. Enders hat Julia belogen.“

Doro zog einen Umschlag hervor. Mehrere Fotos fielen heraus. Sie erbleichte, als sie sah, wer darauf abgelichtet war: Holger und Christopher, Julias Ehemann und Sohn.

„Sie sagte mir mal, sie besitzt keine Fotos mehr von den beiden.“ Doro musste sich beherrschen, der sonst so eiskalt berechnenden Frau standen Tränen in den Augen. „Mein Gott, wenn wir ihr die Fotos geben“, sie schniefte, „sie wird glücklich sein ... endlich wieder ein Bild von Holger und Christopher ...“ Ihr verschlug es die Sprache.

„Wir können sie ihr heute noch nicht geben“, Claudia schüttelte energisch den Kopf, „das würde sie ablenken, immerhin müsst ihr morgen absolut konzentriert sein.“ Sie nahm Doro die Fotos aus der Hand und legte sie zurück in den Karton.

„Patrick sollten wir einweihen, es sind Betriebsunterlagen, damit kennt er sich besser aus. Wir haben die Papiere nur kurz überschlagen und schon Ungereimtheiten entdeckt. Wenn er als Fachmann sich die Unterlagen ansieht, wer weiß, was er noch alles entdeckt, außerdem sind wir nicht Blatt für Blatt durchgegangen, aber“, sie klopfte anerkennend auf den Karton, „ich glaube, Sybille hat eine Goldgrube an Land gezogen.“

Sie schraken auf, als sie eine Bewegung hinter sich ausmachten: Wilhelm.

„Ich besitze nicht die Fertigkeit, mich geräuschlos anzuschleichen, aber ich erkenne, wenn zwei etwas aushecken! Was ist in dem Karton?“

Doro gab sich geschlagen und erklärte es Wilhelm, der sofort und sehr interessiert den Deckel des Behälters wieder öffnete und neugierig hineinschaute. Nicht einmal eine Minute später zog er eine Klarsichthülle hervor, in der einige amtlich aussehende Blätter mit dem Briefkopf eines Rechtsanwaltes steckten. Er starrte das Schreiben an und verarbeitet die erhaltenen Daten. Die Erkenntnis traf ihn unvorbereitet. Er schob das Blatt in die Klarsichthülle zurück, steckte sie in seine Jackentasche, lächelte Doro und Claudia an und nickte zufrieden.

„Wir sind einen Schritt weiter gekommen!“ Er klopfte auf die Tasche mit dem brisanten Inhalt. „Eigentlich ist Edmund gefragt. Leider ist er heute Nachmittag zurück nach Amsterdam gefahren, um dem armen Eduardo Gesellschaft zu leisten. Der Inhalt ist hochexplosiv. Also faxe ich die Seiten zu Gerrit, er muss sie offiziell in Deutschland bei Gericht einreichen.“

„Ich verstehe nicht. Welche Unterlagen, welches Gericht, was einreichen?“

„Das Testament!“

Doro, mit ihrem messerscharfen Verstand, starrte Wilhelm an. „Holgers Testament?“ Es schien die einzige logische Schlussfolgerung zu sein.

„Korrekt. Ihr habt einen Hinweis auf Holgers Testament aufgespürt. Der Karton hat einen unglaublichen Inhalt. Unfassbar, dass niemand ihn vermisst hat.“

„Was steht in den Unterlagen?“

„Der Name der Kanzlei, bei der Holger das Testament hinterlegt hat. Dieses Schreiben“, er klopfte wieder auf seine Jackentasche, „ist der Schlüssel zur Kanzlei, zum Testament und sicherlich auch zu weiteren Hinweisen.“

„Aber es muss offiziell eingereicht werden, nehme ich an“, Claudia grübelte, „muss Julia ihr sicheres Versteck aufgeben?“

Wilhelm schüttelte den Kopf. „Nicht Julia! Linda!“

Kapitel 33

„Mein lieber Göttergatte“, Doro umgarnte Nick wenig später, „ich habe da so eine Idee und brauche deine Hilfe.“ Verwundert stutzte Nick, Doro verlangte nie Unterstützung, bewältigte stets alles alleine. Neugierig sah er sie an. „Besteht die Chance“, begann sie erneut, „die Hintertür zu Tondheimers Computer zu öffnen? Wenn möglich, ohne Einbruchspuren zu hinterlassen?“

„Aber, aber, ich würde niemals etwas Unrechtes tun“, empört drohte er mit dem Finger, „und wenn ich Tür und Tor öffne, dann stets so, dass man es nicht merkt. Was soll ich suchen?“

„Kopier die gesamte Festplatte!“

Er nickte. „Mal schauen, ob ich noch nicht eingerostet bin. Allerdings“, grübelte er, „wenn du Hinweise suchst, die zwanzig Jahre zurückliegen, muss ich dich enttäuschen. Die wird er nicht auf seinem Computer gespeichert haben.“

Doro schüttelte nachdenklich den Kopf. „Nein, die Papiere werden wir in seinem Haus finden, hoffe ich. Es geht mir um Unterlagen, Briefe, Anschreiben der letzten sieben Jahre. Wenn wir Glück haben, finden wir etwas, das uns weiterbringt.“

„Ältere Dokumente wird er auf dem Server gespeichert haben, seinem privaten Server im Haus. Als ich mit Linda die Pläne des Hauses durchsah, deutete sie einen kleinen Raum an, der nur durch sein Büro zu erreichen ist. Niemand durfte diesen Flügel des Hauses in seiner Abwesenheit betreten. Linda nutzte einen Nachmittag, an dem sie alleine im Haus war, und durchsuchte auch diese Räume.“

„Nun spann mich nicht auf die Folter, was hat sie entdeckt?“

„Nur ältere technische Geräte, wie sie zunächst annahm. Ausrangierte Drucker, ein altes Faxgerät und dann ein Teil, viereckig, es blinkte und schien neu und in Betrieb zu sein. Sie beschrieb es. Ich suchte im Internet nach einem Vergleichsbild – es muss ein Server gewesen sein.“

„Normalerweise hat er doch die Möglichkeit, sich von zu Hause aus auf dem Server des Konzerns einzuloggen!“ Doros Gehirnzellen arbeiteten. „Denkst du das Gleiche wie ich? Das würde auch umgekehrt möglich sein. Ergo will er nicht, dass so etwas passiert. Es könnte jemand versehentlich auf seinen Server zu Hause zurückgreifen. Er hält die Unterlagen, Akten säuberlich getrennt. Wahrscheinlich viel brisantes oder belastendes Material.“

„Die Sache gefällt mir nicht“, Nick hämmerte einige Befehle auf die Tastatur, „den Server im Konzern brauche ich noch nicht anzuzapfen.“ Er starrte auf den Bildschirm, murmelte einige Worte, betätigte erneut eine Taste und lächelte erfreut auf: „Aha, nun weiß ich Bescheid, er ist gut gesichert, aber nicht gut genug für mich." Er drehte sich zu Doro um. „Ich habe eine kleine Sonderaufgabe für euch, wenn ihr heute Nacht der Villa einen Besuch abstattet." Er griff nach dem Lageplan des Erdgeschosses, vervollständigte die Anmerkungen Lindas. „Du musst nur hier ..." Nun folgte eine längere Einweisung, was Doro zu erledigen hatte, sobald sie in der Villa eingedrungen waren.

„Ich habe dir hier das Gerät im Maßstab eins zu eins ausgedruckt und die Tasten markiert, die du benutzen musst, es ist nötig, das Gehäuse abzuschrauben und hier", er deutete auf das nächste Blatt, wiederum technische Schaltpläne, „eine winzig kleine Änderung vorzunehmen."

Doro begriff. „Sollen die Einstellungen wieder rückgängig gemacht werden, sobald wir das Gebäude verlassen?"

„Nein, Tondheimer wird es nicht merken, und wir haben jederzeit ungehindert Zugriff auf seine Dateien, seinen Laptop und seinen Server. Ich kopiere die Festplatte sofort. Wenn ihr es geschickt genug anstellt, merkt er nicht, dass Fremde sich Zugang zum Haus verschafften. Linda erzählte uns von der nur einfach gesicherten Kellertür. Diese unangreifbare Festung hat einen Schwachpunkt. Keine Einbruchspuren, kein Einbruch. Ich hoffe, er merkt es erst viel später, oder, wenn wir Glück haben, gar nicht."

„Was heckt ihr aus?" Julia schaute sie misstrauisch an, wie sie über den Computer gebeugt, leise miteinander diskutierten. Seit sie alle wieder eine Aufgabe hatten, stritten sogar Doro und Nick nicht mehr.

„Nichts", Doro sprang fast einen Schritt zurück, „man wird doch noch mal mit dem eigenen Ehemann flirten dürfen."

„Wenn es nach Flirten ausgesehen hätte, hätte ich euch nicht gestört. Ihr habt einen Plan und wollt niemanden einweihen."

„Es geht nur um eine kleine Manipulation, die ich heute Nacht noch zusätzlich erledigen werde, wenn wir in der Villa sind. Nichts Aufwändiges, eine Kleinigkeit." Doros Gesicht verzog sich zu einem spitzbübischen Lächeln, sie wollte noch etwas sagen, als sich Patrick mit einem Blatt Papier in der Hand zu ihnen gesellte.

„Nun ist Fragestunde. Wir werden Sabines Retter ausquetschen. Ich habe Informationen von meinem ehemaligen Kollegen, dass Sterners Angaben stimmen."

„Dann ruf die Meute zusammen", Julias Blick verhieß nichts Gutes, „wir treffen uns in einigen Minuten am großen Tisch."

Missmutig setzte sie sich zwei Minuten später ans Kopfende und sah zu, wie nach und nach ihre Mitbewohner eintrafen, neugierig Julia anschauten und sich einen Platz suchten. Sabine setzte sich neben ihren Retter, runzelte die Stirn, zog es aber vor, zu schweigen.

Weniger freundlich, eher ungewöhnlich misstrauisch, forderte Julia Michael auf, ihnen seine Geschichte, haarklein zu erzählen. „Du arbeitest tatsächlich für das LKA, wir haben die Bestätigung“, begann sie das Verhör, „aber außer dass du Sabine gerettet hast, wissen wir keine Einzelheiten. Wie hast du herausgefunden, wo sie lebt, dass sie lebt, immerhin ist Sabine eigentlich von ihrem Mann ermordet worden. Für diese Tat und für den Mord an Cora sitzt dein ehemaliger Chef hinter Gittern. Warum bist du nicht eingeschritten, als es für Cora oder mich brenzlig wurde? Warum hast du uns nicht geholfen?“

Sterner winkte ab. „Eins nach dem anderen, ich erkläre es so gut es geht. Aber dass Enders vorhatte, Cora aus dem Weg zu schaffen, davon wusste ich nichts. Er übersah mich zwar immer, für ihn war ich Luft, aber trotzdem begleitete ich ihn nicht zu allen Terminen. Er nahm mich sehr selten mit zu Müller oder Reinbach, und wenn ich ihn gefahren habe, dann blieb ich meist im Auto sitzen“, er stand auf, ging zur Küchenzeile, holte ein Glas aus dem Schrank und goss sich Mineralwasser ein. „Vor einigen Jahren erhielt das LKA den Hinweis auf unlautere Machenschaften in Enders’ Abteilung, und ich wurde eingeschleust. Eigentlich ging es um Enders’ aufwendige, teure und kostspielige Lebensweise. Ich sollte lediglich die Fakten überprüfen, Beweise sammeln, ihn damit konfrontieren, um ihm gegebenenfalls den Prozess machen zu können. Anfangs suchte ich seine Geldquelle. Da ich stets der unscheinbare Sterner war, den man gerne übersah, fand ich sehr schnell heraus, dass er mit den beiden Richtern unter einer Decke steckte. Zuerst dachte ich, sie brauchten und wollten Erfolge, aber sie konnten ohne handfeste Beweise niemanden verurteilen, also riefen sie eure Einheit ins Leben und brachten einen Verbrecher nach dem anderen in den Knast – und ich entdeckte die Nebeneinnahmen. Fast dachte ich, mein Job sei zu Ende, Enders könnte überführt werden und ich wieder zurück an meinen Schreibtisch, als ich auf einen Hinweis stieß.“

„Waren noch mehr Leute daran beteiligt? Richter, Staatsanwälte oder sogar die Polizei?“

„Nein, Julia“, er schüttelte den Kopf, „ich stieß auf Durante.“

„Durante? Dann wusstest du, dass er Enders und die beiden Richter kannte?“

„Ja, ich fand es heraus, kurz bevor du zur Clique kamst. Durante unterhielt Geschäftsverbindungen zu Enders, das hatte ich sehr schnell entdeckt. Was ich dann erfuhr, ließ mich sehr nachdenklich werden: Durantes erste Frau. Sie war verschwunden. Ich vermutete sofort, dass er selbst dahinterstecken musste. Was mich aber noch stutziger machte, war die Tatsache, dass Durantes erste Frau in der Forschungsabteilung Tondheimers, bei Meditec, arbeitete. Beim LKA hatte ich den Namen einige Male aufgeschnappt. Ich wusste nicht genau, um was es ging. Daher traf ich mich an einem meiner freien Tage mit einem Kollegen, heimlich natürlich, denn ich rechnete immer damit, dass Enders mir nicht vertraute und beobachten ließ. Ich muss meine Arbeit bei ihm gut gemacht haben, er wurde nie misstrauisch oder spionierte mir nach, ich existierte einfach nicht für ihn."

„Und was erfuhrst du von deinem Kollegen?"

„Tondheimer kannte Enders, Enders kannte Durante, beide kannten Tondheimer. Alice, eine Angestellte Tondheimers, heiratete Durante und verschwand später spurlos. Bis heute ist weder sie noch ihre Leiche oder die des Jungen gefunden worden. Warum? Meiner Meinung nach, musste es einen Zusammenhang geben. Auch mein Chef beim LKA unterstützte meinen Standpunkt, und ich erhielt Order, weiter am Ball zu bleiben."

„Das sind zu viel Zufälle, stimmt, aber wir kennen die Hintergründe nicht. Warum sollte Durante seine erste Frau ermorden oder aus dem Weg schaffen lassen? Warum ließ er Cora umbringen, und wie passe ich ins Bild?" fragte Julia.

„Da bin ich mir nicht sicher, ich habe einige Vermutungen, nur fehlen mir die Beweise. Ich sah mehr, als ihr angenommen habt, ich bin nach Enders' Verhaftung nicht untergetaucht, sondern zurück in mein Büro beim LKA. Von dort aus stellte ich weitere Nachforschungen an. Ich dachte mir schon damals, dass ihr Enders mit fingierten Beweisen hinter Schloss und Riegel gebracht hattet. Ich verzichtete darauf, meinem Chef von meinen Vermutungen zu erzählen, dann hätte er genauere Untersuchungen anstellen lassen. Ich gönne Enders die schwedischen Gardinen für die nächsten Jahre. Aber es ging mir nicht aus dem Kopf, dass da noch etwas sein musste. Der Faktor X: Tondheimer, wie passte er ins Bild? Also versuchte ich, euch aufzuspüren. Es war nicht einfach. Es war wirklich nicht einfach."

„Wie hast du Sabine gefunden?"

„Ich beobachtete Tondheimer, kannte mittlerweile seine Männer fürs Grobe und hängte mich an sie. Ich verfolgte sie und landete in Spanien,

Dénia. Wie sie allerdings Sabine gefunden haben, warum sie gezielt Dénia wählten, kann ich nicht sagen."

Patrick fuhr nachdenklich dazwischen. „Wir sollten morgen weiterreden, Linda, Julia und Doro müssen sich umziehen, gleich losfahren."

Julia erhob sich, mit ihr Linda und Doro. Fünf Minuten später standen sie fertig im Wohnzimmer.

„Wir nehmen den Van", Julia hielt bereits die Wagenschlüssel in der Hand, „ich finde, wir sollten uns um weitere Autos kümmern", nachdenklich blickte sie in die Runde, „die Clique erweitert sich ständig, und die fahrbaren Untersätze werden weniger. Eine Sache, um die sich Wilhelm kümmern sollte."

„Ich habe bereits die Flüge für uns alle gebucht", jammerte dieser, „spiele das Mädchen für alles, rief Rudolfo an und erzählte ihm, dass wir Sabine wiedergefunden haben, und informierte Eduardo", ein Geistesblitz schien ihn zu ereilen, „übrigens, sie sind auf dem Weg nach Florida, Fort Meyers." Als er das verblüffte Gesicht Julias sah, erzählte er weiter. „Ich habe sie vorausgeschickt, Eduardo kann sich um eine Unterkunft für uns kümmern, ich nehme an, ihr wollt nicht in Durantes Haus ziehen?" Als er Kopfschütteln registrierte, fuhr er fort: „Rudolfo begleitet ihn, genau wie früher. Eduardo soll Kontakt zu den Anwälten Coras aufnehmen", er schaute Julia an, „dein Einverständnis vorausgesetzt, gab ich ihm die Adresse der Anwälte. Da das Haus Cora gehörte und du ihre Erbin bist, dachten wir, auch in Fort Meyers sollte der Besitz auf den rechtmäßigen Eigentümer übergehen."

„Gehörte das Strandhaus auch Cora? Ich habe immer noch eine dumpfe Ahnung, dass wir dort Hinweise auf Alice finden könnten. Ich hatte damals keine Zeit, es mir näher anzuschauen, geschweige denn zu durchsuchen", überlegte Julia laut. „Frag Eduardo", meinte sie zu Wilhelm, „sobald er sich meldet."

Zwei Stunden später stiegen drei dunkel gekleidete Gestalten aus dem Van, der unweit zum Haus Tondheimers in einer der vornehm angelegten Straßen Aachens parkte. Alle drei zogen Handschuhe über. Die knapp einhundert Meter zur hinteren Grundstücksgrenze der Villa, von Linda „Burg Alcatraz" genannt, legten sie geduckt zurück.

Linda schlich voran, drehte sich um und flüsterte: „Ich nahm diesen Weg, wenn ich raus wollte. Immer wenn der Drachen frei hatte, konnte ich es wagen. Jeden Donnerstag besucht sie ihre Schwester, und die Tondheimers essen im Golfclub. Deshalb ist heute der ideale Tag. Ich glaube nicht, dass sie ihre starren Gewohnheiten in den letzten zwei Jahren geändert haben."

„Sie haben nie etwas bemerkt?" flüsterte Doro und dachte erstaunt an die eigenartigen Verhältnisse. „Sie ließen dich alleine und dachten, du würdest es nicht riskieren, das Haus zu verlassen?"

„Stimmt, ich glaube, das meinten sie."

Sie erreichten, durch unwegsames Gestrüpp verborgen, eine nur knapp einen Meter hohe Umzäunung. Zielstrebig lief Linda auf eine Stelle des Zauns zu, der brüchig aussah, und sprang mit einem Satz darüber. Ihre Mutter und Doro folgten. Zufrieden nickte Linda und sagte leise: „Nein, sie ahnten nichts. Ich hatte immer den Eindruck, im Weg zu sein", sie blieb kurz stehen, grübelte, suchte nach dem richtigen Wort, „ein Hindernis, eine Plage. Es ist irgendwie nicht zu beschreiben, sie übersahen mich, und dennoch achtete man sehr darauf, dass ich stets präsent blieb." Linda winkte Julia und Doro zu: „Wir müssen nun geradeaus, folgt mir, hier ist es verwildert, passt auf, wo ihr hintretet. Das Grundstück ist zu groß, um es überall pflegen zu können, noch ein paar Schritte und wir kommen in den offiziellen Teil des Gartens."

Sie erreichten wenig später eine große, weitläufige Rasenfläche. Im Hintergrund, gut dreihundert Meter weiter, waren die dunklen Umrisse der Villa gegen den von Wolken verhüllten Himmel erkennbar. In keinem der Fenster brannte Licht.

„Alcatraz!" Zufrieden nickte Linda. „Wie ich es sagte, donnerstags ist niemand da. Wir müssen nun zur Westseite, dort befindet sich die Küche." Sie lief in besagte Richtung, gefolgt von Doro und Julia, und bog ein zweites Mal rechts ab. Wenige Meter weiter blieb sie vor Büschen und Sträuchern stehen und deutete auf einen versteckt dahinter liegenden Kellerabgang. Fünf Stufen führten hinab. Die vor der Kellertür befindliche Betonplatte wurde nie benutzt, sie lag voller Laub, der sich auch einige Zentimeter vor der Tür abgelagert hatte.

„Das ist der Nebeneingang. Ich glaube fast, außer Ilse Gref kennt niemand den Eingang. Mir wurde er auch nicht gezeigt, aber immer wenn ich mich alleine im Haus aufhielt, durchsuchte ich die Räume. Sogar den Dachboden ließ ich nicht aus. Die Kellertür entdeckte ich schon nach wenigen Wochen. Anfangs benutzte ich die Tür nur, um an der frischen Luft alleine zu sein. Ungefähr ein Jahr später wurde es meine Fluchttür, die ich immer donnerstags benutzte, sobald das Haus leer war."

„Das Schloss ist einfach zu öffnen", Julia holte schon das entsprechende Werkzeug aus ihrer Hosentasche, kontrollierte mit der Taschenlampe den Rahmen und auch das Schloss, entdeckte nirgends einen Hinweis, dass diese Tür alarmtechnisch gesichert war, „es geht sogar ohne die geringste Spur zu hinterlassen", nicht mal zehn Sekunden später schob sie die Tür auf.

Linda staunte. „Klasse, und so etwas ist meine Mutter, ich bin mächtig stolz auf dich."

„Ab sofort herrscht Ruhe", wies Julia Linda zurecht. Sie traten ins Innere des Hauses. Doro zog vorsichtig die Tür hinter sich zu, achtete darauf, dass die Blätter draußen blieben, und folgte Julia, die Linda nicht aus den Augen ließ.

Zielstrebig schoss Linda vor, sie bewegte sich im Dunkeln unbeirrt. Julia wagte es, die Taschenlampe einzuschalten. Sie standen in einem Flur.

„Dort entlang", kaum hörbar flüsterte Linda Julia die Worte ins Ohr, „da hinten ist der Raum mit den alten Akten, Kartons und Kisten." Sie schob eine Tür auf.

„Dort kann Julia schon mal suchen, wir beide", meinte Doro leise zu Linda, „müssen noch einen Abstecher in den Abstellraum am Hauseingang machen." Linda deutete Doro an, ihr zu folgen. Doro ließ kurz die Taschenlampe aufleuchten. Sie befanden sich in einem eindrucksvollen Treppenhaus. Dicke Läufer dämpften ihre Schritte, so konnten sie wagen, sich schneller fortzubewegen. Nach zweiundzwanzig Stufen landeten sie in der riesigen, vornehmen, aber kalt wirkenden Eingangshalle. Auch hier war der Steinboden mit dicken Teppichen belegt. Linda deutete auf eine unscheinbare Tür, neben dem Eingang.

„Dort ist der Abstellraum." Instinktiv registrierte Doro die Umgebung, sah die wertvollen Teppiche, die teuren, spartanischen Möbel, die in der kühl wirkenden Eingangshalle standen. Gemütlichkeit fehlte gänzlich, und ein eiskalter Schauer rann ihr den Rücken hinunter. Hier möchte ich nicht wohnen, dachte sie, bevor sie den Abstellraum betrat, das Licht einschaltete und sofort den Kasten, wie von Nick beschrieben, sah. Sie zog ein Etui mit winzig kleinen Schraubenziehern hervor, wählte den passenden aus und öffnete das Gehäuse des Apparats. Die Einstellungen nahm sie schnell vor, verschloss den kleinen Behälter und stand wenig später wieder in der großen Diele.

Linda führte Doro nun in den oberen Stock, direkt in Tondheimers Arbeitszimmer.

„Dort", sie öffnete die Tür. „Sie ist nie verschlossen, seine Befehle werden in diesem Haus nie angezweifelt, und wenn er sagt, dass der Raum nicht betreten werden darf, dann wagt es auch niemand."

„Außer du, nehme ich an."

Linda lächelte, zuckte mit den Schultern.

„Wo ist der Computer des Hausherrn?"

Linda deutete auf den Schreibtisch, leise erklärte sie: „Dort steht er, verbunden mit dem Server im Nebenraum, zumindest war es vor zwei Jahren noch so."

Doro saß bereits hinter dem Schreibtisch, fuhr den Computer hoch: „Passwort?"

„Tondheimer."

„Wie bitte?"

„Du hast richtig gehört: Tondheimer. Er ist so von sich überzeugt, dass er sich selbst als Passwort wählte."

Doro schüttelte den Kopf. „Das gibt es doch nicht", sie zog einen USB-Stick aus ihrer Tasche und schob ihn in den Computer, dann gab sie das Passwort ein und schmunzelte triumphierend. „Ich glaube es einfach nicht, wie simple manche Menschen ihre privaten und sensiblen Daten sichern."

„Kopierst du die gesamte Festplatte? Hat der Stick nicht zu wenig Kapazität?"

Doro schüttelte den Kopf: „Er ist von Nick, was glaubst du?" Linda schwieg, die Antwort erübrigte sich. Nur wenige Eingaben auf der Tastatur des Computers und Tondheimers Festplatte kopierte sich selbstständig auf Doros Datenstick. Weitere Eingaben folgten, sie löschte den Verlauf, entfernte den Stick und fuhr den PC herunter.

„Lass uns nachsehen, was deine Mutter macht." Die gesamte Aktion im Ober-und Erdgeschoss hatte nur fünfzehn Minuten gedauert.

An der Treppe zögerte Linda. „Lass mich noch einen Blick in mein Zimmer werfen." Schon bewegte sie sich in entgegengesetzte Richtung und verschwand. Doro hechtete fluchend hinterher.

Vor ihrem ehemaligen Zimmer blieb Linda auf der Schwelle stehen, öffnete die Tür und schaute nachdenklich hinein.

„Wage es ja nicht, irgendetwas zu verändern oder anzurühren", verärgert zog Doro Linda zurück, schloss die Tür, deutete nach unten, zum Keller und lief los. Linda gehorchte, konnte sich aber nicht beherrschen, öffnete auf den Weg nach unten eine weitere Tür, schlich mit Wut, Zorn und Entrüstung im Unterbewusstsein in einen Raum am Ende des langen Flures, holte einen Gegenstand aus ihrer Hosentasche und legte ihn unter das Kopfkissen, welches malerisch auf dem schmalen Bett in Ilse Grefs Zimmer lag.

Dank der dicken Teppiche, die jedes Geräusch ihrer Schritte verschluckten, erreichte Linda lautlos, nur wenige Sekunden nach Doro den Keller, in dem Julia bereits einen Großteil der Unterlagen gesichtet hatte.

„Wir nehmen sie mit“, energisch deutete sie auf acht Akten, „in fünf Ordnern sind Unterlagen von Meditec, aus der Zeitspanne, die für uns relevant sein könnte. Es sind die einzigen Akten von Meditec, also müssen sie wichtig sein, sonst würden sie nicht hier lagern. Außerdem habe ich noch etwas Interessantes gefunden. Diese Papiere sind sieben Jahre alt. Wir sollten sie uns im Camp in Ruhe ansehen. Irgendwie“, sie presste grimmig die Lippen aufeinander, „irgendwie ahne ich einen Zusammenhang mit gewissen Ereignissen.“

„Wir sollten uns die Ordner schnappen, Linda nimmt diese zwei, und dann hauen wir ab. Wir sind schon zu lange in diesen Gemäuern.“ Plötzlich riss sie den Kopf herum, denn sie glaubte ein Geräusch über sich gehört zu haben. Mit dem Daumen löste Doro den Sicherungsriemen an ihrem Gürtelholster, packte die Waffe und entsicherte sie.

„Los, verschwinden wir. Schnell, zum Kellerausgang.“ Linda und Julia, beide bepackt mit den Unterlagen, hasteten an ihr vorbei. Doro bildete den Schluss. Wenige Sekunden später erreichten sie den Ausgang. Kurz verschnauften sie. Julia öffnete vorsichtig die Kellertür und schaute sich um. In diesem Augenblick ging das Licht in der Küche über ihnen an.

„Der Drache ist nach Hause gekommen“, flüsterte Linda, „sie öffnet gleich das Küchenfenster und raucht eine Zigarette, solange müssen wir noch hier unten ausharren, sonst sieht sie uns. Es dauert nicht lange, maximal zehn Minuten, dann geht sie in ihr Zimmer, das liegt am anderen Ende des Hauses.“

„Schließ die Tür“, ermahnte Julia Doro, „bei Durchzug könnte oben eine Tür zuschlagen und die Gref veranlassen, nach der Ursache zu suchen.“ Sie warteten geduldig fast zehn Minuten, bis endlich das Licht in der Küche ausging. Linda wollte schon herausstürmen, als Julia sie am Arm festhielt.

„Geduld, einige Minuten noch, wenn sich bis dahin nichts rührt, laufen wir los.“ Nach fünf Minuten gab Julia das Zeichen zum Aufbruch. Sie öffneten die Kellertür, vergewisserten sich nochmals, dass die Luft rein war, und bewegten sich vorsichtig, geduckt Richtung Auto. Sie erreichten ungesehen den Van, luden das Material in den Kofferraum, sprangen hinein, und Julia preschte los.

Erleichtert holte Doro tief Luft. „Es ging so einfach, dass es schon fast beängstigend ist.“ Nervös schaute sie zurück, holte dann ihr Handy hervor und schrieb eine SMS. „Hoffentlich haben wir keine Überwachungskameras übersehen. Im Haus befanden sich keine, aber draußen ...?“

„Bis vor zwei Jahren gab es keine, warum sollte Tondheimer nun welche installiert haben?“ Linda griff hinter sich und zog einen ersten Ordner hervor. „Schade, es ist dunkel, sonst könnten Doro und ich auf der Rückfahrt schon mal die Akten durchwühlen. Wo sind eigentlich Nick und Patrick?“ Neugierig schaute sie zurück.

„Auf dem nächsten Parkplatz, gleich hier vorne“, Doro deutete auf das Straßenschild, und Julia setzte den Blinker. Einige Meter weiter stand der kleine, unscheinbare Toyota. Julia steuerte ihn direkt an, und beide Männer sprangen erwartungsvoll heraus.

„Wie ich sehe, hat alles geklappt, ihr seid unbeschadet entkommen, aber ...“, Nick lugte in den Van, „habt ihr auch etwas gefunden?“

„Ja und nochmals ja. Ich habe die Anlage manipuliert“, Nick blickte ihr strahlend in die Augen und deutete in den Toyota. Auf dem Beifahrersitz stand sein Laptop. „Ich sehe, du hast es bereits ausprobiert“, nickte Doro, holte den Datenstick hervor und gab ihn ihrem Mann, „es klappte besser, als ich dachte, vorsichtshalber habe ich die Festplatte kopiert.“

Sie stiegen in die Autos, Julia zu Patrick, während Nick in den Van zu Doro und Linda kletterte.

Zwei Stunden später erreichten sie das Camp. Die Tür der Baracke öffnete sich sofort. Amanda und Sabine halfen die Akten ins Haus tragen, während Sterner den Kaffee aufsetzte. Ihn, den Julia stets für unbedeutend und unterwürfig angesehen hatte, lief zur Höchstform auf. Endlich musste er sich nicht mehr verstellen.

„Sollen wir die Ordner einzeln durchschauen, protokollieren, wenn uns etwas auffällt, danach die Akten austauschen und zu guter Letzt unsere Notizen vergleichen?“ Doro hegte immer noch Zweifel wegen Sterner, nickte aber und reichte zwei Mappen Amanda: „Schau dir diese an, es sind die Unterlagen, in denen wir etwas über Alice finden könnten.“

„Es ist schon spät, wir sollten schlafen und uns morgen früh wieder hier treffen“, Julia trank den letzten Schluck Kaffee, gähnte und wünschte allen gute Nacht.

„Dass sie nach diesem Kaffeekonsum überhaupt noch schlafen kann“, Sterner schüttelte den Kopf, „das wundert mich. Ich bleibe noch auf und durchforste die Papiere.“

Außer Amanda, Sabine und Michael Sterner gingen alle zu Bett. Die drei blieben am Tisch sitzen und lasen. Ab und zu stand einer auf und nahm sich etwas zu trinken. Drei Stunden später flüsterte Amanda: „Ich glaube, ich habe etwas entdeckt."

Sterner nickte ebenfalls. „Ich auch, nicht nur etwas, sondern sehr viel. Leider können wir es nicht verwenden, da es sich um gestohlene Papiere handelt, aber ich kann den Ansatzpunkt weitergeben. Es ist haarsträubend, auf was wir hier gestoßen sind. Wir hatten Tondheimer unter Verdacht, mit unsauberen Mittel zu arbeiten, aber das er so weit ging ..." Er klappte den Ordner zu, lehnte sich zurück und meinte: „Morgen früh habe ich eine Menge zu berichten."

„Oh, ich auch", Amanda starrte ins Nichts und erhob sich nachdenklich.

„Morgen früh werden wir der Clique ein Horrormärchen erzählen können, glaube ich. Diese Details, die ich entdeckt habe ..." Sie ging kopfschüttelnd, tief in Gedanken versunken, in ihr Zimmer.

Den entsetzten Schrei, den Ilse Gref eine Stunde, nachdem Linda, ihre Mutter und Doro das Haus verlassen hatten, ausstieß, hörten sie nicht. Schockiert fiel diese neben ihrem Bett in Ohnmacht, als sie auf einen toten Frosch unter ihrem Kopfkissen blickte. Erst Minuten später kam sie langsam zu sich. Da sie sich alleine im Haus befand, flüchtete sie angewidert, voller Furcht und unfähig, das tote Tier selbst zu beseitigen, in eins der Gästezimmer.

Am kommenden Morgen, der Nebel, in denen ihre Gedanken sich verfangen hatten, lichtete sich, fegte sie wie ein wildgewordener Orkan, ohne anzuklopfen, in das Büro Tondheimers.

„Sie war hier", rief sie unkontrolliert, „sie war im Haus und hat mir einen toten Frosch unters Kopfkissen gelegt! Sie ist die Einzige, die weiß, wie sehr ich mich davor fürchte und ekle. Ich will, dass endlich etwas unternommen wird, nicht nur diese läppischen Versuche, sie zu finden, von Leuten, die nicht fähig sind, einfachen Hinweisen zu folgen."

Tondheimer hob erstaunt eine Augenbraue, runzelte die Stirn und wartete auf weitere Erläuterungen. Noch konnte er den Andeutungen Ilse Grefs keinen Sinn entlocken.

„Wer? Was ist mit dem Frosch?" Tondheimer versuchte nicht zu grinsen, er kannte die Angst Ilses vor Kröten und Frösche.

„Elisabeth."

Tondheimer begriff endlich und schüttelte den Kopf. „Linda Eschwege? Das kann ich mir nicht vorstellen. Wir suchen sie und ihre Mutter seit zwei Jahren, und nun soll sie hier im Haus gewesen sein?"

Die Gref nickte.

Luise Tondheimer stürmte ins Büro. „Was ist das für ein Lärm? Was ist mit Elisabeth? Wo ist sie? Habt ihr sie gefunden?"

Ilse Gref berichtete ein zweites Mal.

„Jeder kennt deine Angst vor Fröschen", meinte Luise mit einer wegwerfenden Handbewegung, „wie soll Elisabeth hier ins Haus gekommen sein? War sie alleine, hat sie etwas gesucht?"

Die Worte seiner Frau erreichten Tondheimers Denkapparat wie ein Blitz. Er schaute sich entsetzt um, versuchte sich gedanklich zu orientieren, stand alles noch an seinem Platz? Fehlte etwas? Schnell überflog er die Akten, die Ordner, seine Papiere auf dem Schreibtisch, es schien nichts zu fehlen, zumindest machte es den Eindruck.

Seine grimmige Wut versuchte er nicht zu verbergen. „Raus! Alle beide!" Luise Tondheimer wusste genau, wann es erforderlich war, den Raum schnellstmöglich zu verlassen, um einem Wutausbruch zu entgehen.

Kaum war er alleine, wählte er hektisch eine Nummer. „Komm sofort her", bellte er in den Hörer, „sofort!"

Kapitel 34

„Herr Durankowsky", Samantha Engel, die leitende Ermittlerin im Entführungsfall Vera van Buren, wählte betont lässig Durantes alten Namen, während sie im Vernehmungsraum geduldig auf und ab lief. Dieser zuckte zusammen, als er es hörte. „Wie Sie wissen, ist Frau van Buren verschwunden, Sie haben sie zuletzt gesehen. Ausgerechnet für die Zeit, als sie mit Frau van Burens Wagen wegfuhren, fielen die Kameras im Flurbereich und am Hintereingang des Hotels aus. Wie erklären Sie sich das? Zwei ausländischen Zimmermädchen gibt es nicht. Wie lange wollen sie uns noch anlügen? Sagen Sie endlich, wo Vera van Buren ist. Was haben Sie mit ihr gemacht? Lebt sie noch?"

„Durante, meine Name wurde geändert", muckte er kurz auf, „Sie haben mich das jetzt schon so oft gefragt", jammerte er, fast weinerlich, „ich weiß es nicht. Ich sage die Wahrheit. Als ich das Hotel verließ, lebte sie noch. Sie müssen mir glauben", inständig betete er Samantha die gleichen Worte immer wieder vor, „es muss jemand, nachdem ich weggefahren bin, bei ihr gewesen sein."

„Das kann nicht sein", Samantha Engel machte ihrem Namen alle Ehre, engelsgleich, betont freundlich, keinesfalls ungeduldig, mit weicher, fast zärtlicher Stimme, antwortete sie ihm, „sie geht nie ohne ihr Handy aus, und das lag im Handschuhfache ihres Autos, mit dem Sie fuhren, Durankowsky. Über das Handy konnten wir Sie orten und wussten, wo wir Sie finden konnten. Also nochmal ..." Mit einer äußerlich betonten Lässigkeit ging sie die Fragen zum wiederholten Male durch. Durante, mittlerweile am Rande eines Nervenzusammenbruchs, während sein Rechtsanwalt, ein Pflichtverteidiger, wortlos daneben saß und nicht eingriff.

„Wir können Ihnen im Augenblick keinen Mord nachweisen, Herr Durankowsky", erneut betonte sie den Namen. „Das Blut. Wir können es nicht wegdiskutieren. Es ist da, es ist im Auto, es ist in dem Haus, wo angeblich die Übergabe stattgefunden haben soll, es ist im Hotelzimmer, und, was, wie ich meine, sehr wichtig ist, Vera van Buren ist verschwunden. Wollen Sie das abstreiten? Sie wird vermisst! Haben Sie Vera van Buren umgebracht? Oder haben Sie Vera van Buren", sie schlug mit der flachen Hand auf den Tisch, „verschleppt? Wollten Sie Geld von ihrem Vater erpressen? Sie sind ein Drogendealer, Waffenhändler, Ihre erste Frau ist spurlos verschwunden, Ihre zweite Frau wurde auf mysteriöse Weise in Deutschland ermordet, und nun Vera van Buren – spurlos verschwunden!" Ihre Worte hingen im Raum. Der Anwalt gab ein „Einspruch" von sich.

„Wogegen? Ich habe nur die Fakten aufgezählt, Tatsachen, gegen die Sie Einspruch erhoben haben? Wie darf ich das verstehen?"

„Ich glaube", der Anwalt erhob sich, „ich sollte mal mit meinem Mandanten unter vier Augen reden."

„Tun Sie das", seufzte Samantha. Froh, eine Pause machen zu können, verließ sie den Raum und schloss sorgfältig die Tür hinter sich.

„Puh", sie lehnte sich erschöpft an die Wand, atmete tief durch, „die Beweise sind da, aber er gesteht nicht." Ihr Mitarbeiter reichte ihr einen Becher Kaffee und deutete auf den Raum neben dem Vernehmungszimmer, beide gingen hinein und setzten sich.

„Das haben Sie toll gemacht. Der Anwalt hat keine Lust, für ihn ist die Lage klar. Es sind ja auch eine Menge Beweise, die man nicht so einfach vom Tisch fegen kann." Er schlug eine Mappe auf, die vor ihm lag „Dr. Kantor gab mir die ersten Ergebnisse. Es ist jedes Mal das Blut ein und derselben Person, in der Hotelsuite, im Auto und in dem alten Haus in Aachen. Für eine kleine Schnittverletzung am Finger ist es zu viel. Ihr Rechtsanwalt Gerrit Albers sagt aus, dass sie ihn gegen 15 Uhr anrief, ihm sagte, sie wäre allein. Zeitgleich will Durante bei ihr im Hotel gewesen sein. Das passt nicht. Einer lügt, und ich weiß auch wer: Durante oder sollte ich besser Durankowsky sagen?"

„Trotz dieser Provokation ist er cool geblieben, abgebrüht, beherrscht. Ich glaube, so leicht ist er nicht zu knacken."

„Ich hoffe, sein Pflichtverteidiger überredet ihn zu einem Geständnis."

„Das wäre toll", sie seufzte, „aber das glaube ich nicht. Was wir brauchen, ist die Leiche Vera van Burens oder die von Alice Durante."

„Da ist noch etwas", nachdenklich strich sich Michael, Samanthas Kollege, übers Kinn, „diese Vera van Buren, sie ist eine geheimnisvolle Person. Niemand kennt sie, ich habe in den Niederlanden nachgefragt. Immerhin trägt sie einen holländischen Namen."

„Das besagt gar nichts. Haben wir denn keine Verwandte ausfindig gemacht?"

„Tja", wieder ein kleines Zögern von Michael, „es meldete sich ein Wilhelm de Winter, von der de Winter Corporation aus Abu Dhabi. Er sei der Geschäftspartner von Vera van Burens Vater. Er erlitt einen Schock und kann daher nicht selber aus Abu Dhabi anreisen. Aber Wilhelm de Winter ist bereits unterwegs, er hielt sich gerade in Amsterdam auf."

„Hast du Wilhelm de Winter überprüft?"

Michael nickte. „Er stammt aus Amsterdam, lebt seit einigen Jahren mit seiner Tochter, deren Mann, den beiden Enkeln in Abu Dhabi. Die de Winter Corporation wird in den Niederlanden von Edmund van der Fries vertreten. Kleinere Aufgaben hier in Deutschland übernimmt Gerrit Albers. Es ist richtig, dass Vera van Buren Durante Geld geliehen hat. Details konnten mir beide Männer nicht nennen. Nur", er atmete tief durch, „beide berichteten unabhängig voneinander, dass Frau van Buren Durante nicht traute, dass sie höllische Angst vor ihm hatte, vor seinen Drohungen, nachdem sie ihr Geld zurückverlangte und er sie nicht auszahlen konnte."

Kapitel 35

Zur gleichen Zeit, in der Baracke, saßen einige Personen um den großen Tisch und redeten durcheinander.

„Stopp“, fuhr Julia dazwischen, „einer nach dem anderen und nur das Allerwichtigste, ihr wisst, wir müssen bald los, zum Flughafen. Ich hoffe, ihr habt gepackt?“

Ein einvernehmliches Nicken folgte.

„Die Reisepässe?“

„Ja, Mama“, Doro ärgerte Julia mit ihrer übertriebenen Genauigkeit, „sogar Amanda hat alles dabei, nun lass uns kurz erläutern und zusammentragen, was wir im Einzelnen in den Unterlagen entdeckt haben.“

„Ich beginne“, Wilhelm schaute auf seine Uhr, „gleich muss ich zur Polizei, ich reise aus Amsterdam an“, er winkte ab, als Linda etwas sagen wollte, „das kann niemand nachprüfen.“

„Aber du bist doch schon einige Zeit in Europa“, meinte sie nachdenklich.

„Stimmt. Außerdem ist Vera van Burens Vater erkrankt, als er die Nachricht vom Verschwinden seiner Tochter erhielt, also kümmere ich mich darum. Verena und Claudia reisen mit anderen Papieren aus, somit sind beide aus der Schusslinie. Sie fliegen über Amsterdam nach Abu Dhabi. Ein Foto von Vera erhält die Polizei erst morgen, heute vergesse ich es, schließlich bin ich ein alter Mann“, schmunzelte er, „das glaubt mir jeder.“

„Jetzt fang endlich an“, Julia wurde ungeduldig, „wir haben nicht ewig Zeit“, drängelte sie, „was hast du herausgefunden?“

Und Wilhelm berichtete, zuerst von dem Karton mit Unterlagen aus Holgers Arbeitszimmer, ließ sich nicht eingehend darüber aus, wie er daran gekommen war. Der Blick Julias, den sie Doro zuwarf, besagte alles.

„Es sind, wie ihr wisst, Unterlagen aus Holgers Arbeitszimmer, die Sybille Allert verschwinden ließ. Ich fand dort einen Hinweis auf Holgers Testament. Er nahm sich einen Rechtsanwalt aus München.“

„München?“ Julia sprang auf. „Warum München? Wir hatten doch einen Anwalt ganz in der Nähe. Davon hat er mir nie etwas erzählt.“ Sie schwieg, dachte angestrengt nach, schüttelte den Kopf. „Dazu fällt mir einfach nichts ein. Wie sieht es aus“, wandte sie sich Wilhelm zu, „kommen wir an das Testament heran?“

„Nicht du“, betonte Wilhelm, „Linda ist in dem Testament erwähnt.“ Die Worte ließ Wilhelm einige Sekunden wirken, dann endlich begriff Julia.

„Linda? War es geplant? Der Mord an Holger und Christopher? Nicht aber an Linda und mir? Ich verstehe immer noch nicht die Zusammenhänge. Kann es sein, dass Tondheimer an Holgers Testament will, über Linda? Aber er ist doch reich, er schwimmt im Geld! Was will er denn über Linda von Holger haben? Uns ging es finanziell gut, aber wir waren nicht reich.“

„Geh nicht davon aus, dass es sich um Geld handelt", Doro grübelte, „dein Mann war Spezialist. Er kannte sich mit Computern aus, mit den Programmen, mit sämtlichen technischen Möglichkeiten ..." Julia fuhr dazwischen: „Die mittlerweile überholt sind. Du weißt selbst, was heute aktuell ist, läuft morgen schon unter überholte Software."

„Stimmt, aber vielleicht war es nicht die Software oder irgendein Programm", Doro überlegte weiter, „vielleicht wusste Holger etwas ... Halt, nein, dazu brauchte er kein Testament", wieder eine Pause, „er muss etwas in seinem Besitz gehabt haben, etwas, das so wichtig ist, dass man dafür mordet."

Julia sprang auf, rannte ziellos im Raum umher, blieb vor dem Fenster stehen und blickte hinaus. „Aber was? Was hat Holger Linda vererbt? Was ist so wichtig, dass Tondheimer Linda unbedingt braucht?" Sie fuhr wütend herum.

„Verdammt noch mal", diesmal rügte Doro niemand dafür, dass sie lauthals fluchte, „wir müssen an das verfluchte Testament kommen."

„Ich kümmere mich darum", Wilhelm schaute zum wiederholten Male auf seine Armbanduhr, „Holger ist tot, Linda seine Erbin. Gerrit muss behutsam Kontakt mit den Rechtsanwälten in München aufnehmen. Linda darf nicht in Erscheinung treten. Tondheimer hat es auf sie abgesehen. Er will sie zurück. Das Erbe ist vielleicht einer der Gründe."

„Oder der Hauptgrund." Julia wurde unruhig. „Ich will nicht drängeln, aber wir haben wenig Zeit. Ich frage auch nicht", diesmal schaute sie missbilligend Doro an, „warum ihr hinter meinem Rücken, ohne etwas zu sagen, die Unterlagen besorgt habt. Darüber reden wir später." Sie wandte sich an Patrick. „Du brauchst gar nicht so wohlwollend zu schmunzeln, du steckst sicherlich auch mit drin, aber was soll's, weiter. Amanda, hast du etwas entdeckt?"

Amanda nickte. „Hab ich. Alice hat tatsächlich für Tondheimer bzw. Meditec gearbeitet", sie hielt kurz inne, „ihr müsst verstehen, dass ich mittlerweile selbst daran zweifelte. Es geht eindeutig aus den Unterlagen hervor, sie stand auf der Lohnliste und arbeitete im Forschungslabor. Vor beinahe zwanzig Jahren kündigte sie. Der Grund ist nicht verzeichnet, aber ich nehme an, um zu heiraten. Es ist nur noch ein kleiner Eintrag am Rand vermerkt: Heirat, neue Adresse Florida. Leider kein Name, keine genaue Anschrift oder wen sie geheiratet hat. Aber das wissen wir. Was mich sehr stutzig machte, ist ein Anmerkung: ‚will an die Presse, mit allen Mitteln verhindern, Abfindung zahlen: Schweigegeld'. Nur mit was sie oder er an die Presse wollte, geht nicht daraus hervor. Und nun kommt es: da steht ‚erhielt Schweigegeld: eine Million Dollar'!"

„Eine Million Dollar?" Patrick schien als Erster zu einer Reaktion fähig zu sein. „Das passt zu Durante. Er hat sie des Geldes wegen geheiratet, oder", die absonderlichsten Gedanken spielte er durch, „oder er bekam das Geld von Tondheimer, um Alice zu heiraten und mit ihr außer Landes zu gehen!"

„Was in Herr Gottes Namen ist so viel wert, um eine solche Summe als Schweigegeld zu zahlen? Und wie hängt auf einmal Linda dazwischen? Vor zwanzig Jahren war sie noch nicht einmal auf der Welt!"

„Es gibt einen Zusammenhang", warf Patrick ein, „wir sehen ihn nur noch nicht."

„Da Tondheimer auf ein Verfahren drängt, um Linda wiederzubekommen, denke ich, dass es irgendetwas mit ihrem achtzehnten Geburtstag zu tun haben muss." Wilhelm ließ sich von diesem Gedanken nicht abbringen.

In dieser Sekunde läutete sein Handy.

„Wir sind in Amsterdam Schiphol ", berichtete Claudia, „Verena und ich gehen gleich an Bord. Es gab keine Komplikationen am Schalter oder bei der Passabfertigung. Du kannst Verenas Foto der Polizei geben. Bislang gilt Vera van Buren nur als vermisst, wenn mich nicht alles täuscht, wird eine groß angelegte Suche frühestens Morgen eingeleitet. Wir sehen uns dann in Abu Dhabi."

Zufrieden nickte Wilhelm.

„Es läuft alles wie geplant, das Foto Vera van Burens kann zur Polizei."

„Was ist mit Jan?"

„Er fliegt morgen zurück, von Düsseldorf aus. Wir können die de Winter Corporation nicht so lange alleine lassen. Wenigstens einer sollte präsent sein."

„Mein lieber Wilhelm, du meinst wohl eher, du willst ihn aus der Schusslinie ziehen", feixte Julia.

Wilhelm lächelte. „Er macht seine Arbeit gut, aber er ist eben nicht ein geborenes Mitglied der Clique. Er hat dir übrigens etwas aus Amsterdam mitgebracht."

„Schuster bleib bei deinen Leisten, finde ich. Was hat er mir mitgebracht?" Julia blickte neugierig zu Wilhelm.

„Das zeige ich dir gleich, lass uns jetzt erst einmal hier weitermachen, du weißt ..." Wieder schaute er auf seine Uhr.

Julia nickte und wandte sich Sabine und Michael Sterner zu. „Was habt ihr herausgefunden? Gibt es etwas Wichtige, was wir unbedingt wissen müssten?“

„Sehr viel sogar“, begann Michael, „es sind Dossiers über jeden von euch in einer Akte, auch über mich. Wir können nun definitiv davon ausgehen, dass er hinter dem Anschlag auf deine Familie steckte. Allerdings scheint er mit den Machenschaften Enders’ nicht direkt zu tun zu haben. Enders und Durante kannten sich, daher die Verbindung zu Tondheimer. Ich glaube eher, dass der eine immer mal wieder die Hilfe des anderen brauchte. Was mich aber stutzig machte, ist ein winzig kleiner Hinweis, eine Randnotiz: ‚Cora ausschalten, Gefahr‘!“

„Wann? Wann hat er es notiert?“

„Kurz bevor du zur Clique gestoßen bist, Julia.“

„Es war alles geplant“, Sabine konnte es nicht fassen, „ich dachte immer, es ergab sich einfach so. Er“, damit meinte sie ihren Ehemann, „hatte dich zur Verfügung, und da du Durante kanntest, solltest du Cora in die Falle locken!“

„Nein, Sabine. Tondheimer hatte alles mit deinem Mann, Durante und den beiden Richtern geplant, jede Kleinigkeit, jedes noch so unwichtige Detail war vorbereitet, sie überließen absolut nichts dem Zufall. Und, davon gehe ich nicht ab, der Grund liegt zwanzig Jahre zurück.“

„Alles scheint mit Alice angefangen zu haben, mit ihrer Arbeit im Forschungslabor“, Amanda deutete auf die vor ihr liegenden Unterlagen, „hier ist noch etwas. Leider entzieht sich der Inhalt meiner Kenntnis. Ich habe absolut keine Ahnung, was das sein soll. Es muss aber etwas mit dem Labor zu tun haben, denn“, sie deutete auf die Blätter, die in Hellgrau das Label von Meditec trugen, „jedes Blatt ist so gekennzeichnet, und ich erinnere mich an einen Block, den ich in Alices Unterlagen fand. Er trug die gleiche Aufschrift.“

„Kann ich es mal sehen?“ Sterner beugte sich vor, nahm das Blatt entgegen, starrte es an und bestätigte Amandas Vermutung. „Es ist einer der Blöcke von Meditec, ich sah so ein Ding auch schon mal bei Enders. Ich mache euch einen Vorschlag. Ich kopiere diese Blätter, es sind nur insgesamt drei, und schicke sie zum LKA. Dort haben sie auf jeden Fall die besseren Möglichkeiten herauszufinden, was das auf den Blättern zu bedeuten hat.“

„In Ordnung. Faxe sie sofort zu deinem Bekannten beim LKA“, sagte Julia. „Habt ihr sonst noch etwas entdeckt? Sabine, du vielleicht?“

Sabine schüttelte den Kopf. „Ich möchte nur brennend wissen, wie sie mich in Dénia finden konnten. Habe ich etwas falsch gemacht? In Deutschland habe ich mich nicht mehr blicken lassen, außer ...“

Julia fuhr herum. „Außer? Mein Gott, Sabine, warst du noch mal in Deutschland, nachdem wir alle geflüchtet sind? Hast du jemanden in Deutschland angerufen, jemandem geschrieben? Von Spanien aus?“

„Reg dich ab“, fast wütend reagierte Sabine auf den Wutausbruch Julias, „ich habe nur einmal das Internat wegen Michaels Söhnen angerufen. Ich wollte mich erkundigen, ob es ihnen gutgeht, da ich einen Artikel über die Jugendlichen aus Düsseldorf in der CBN gelesen hatte. Über die Burschen, die am Montgò verunglückt waren. Von einer öffentlichen Telefonzelle aus habe mich nach ihnen erkundigt. Ich nannte keinen Namen, sagte nur, ich wäre eine entfernte Verwandte ...“

Sabine zuckte zusammen, als Julia in eiskalter Wut mit der Faust auf den Tisch schlug und sie anschrie: „Ich, nein wir alle, haben dir eindringlich gesagt, du sollst keinen Kontakt nach Deutschland aufnehmen, nicht telefonieren, nicht hinfahren, nicht schreiben, absolut nichts unternehmen! Jetzt weiß ich, wie sie dich entdeckt haben!“

Michael Sterner, schwieg, während er die Blätter zu seinem Kollegen faxte, griff nicht ein, als Julia Sabine anschrie, auch er begriff sofort, was da passiert war.

Sabine sagte keinen Ton, Tränen standen in ihren Augen, sie hatte Julia noch nie so entrüstet erlebt. Verwirrt wagte sie die Frage: „Wie denn? Wie konnte Tondheimer mich ausfindig machen?“

„Er wird das Telefon im Internat der Jungen angezapft haben“, Sterner reagierte gelassener als Julia, „er ahnte etwas, da man deine Leiche nie gefunden hat, und er ahnte, dass die Clique dahinterstecken musste. Er zählte eins und eins zusammen, du machtest den Fehler anzurufen und dich ausgerechnet nach Enders' Söhnen zu erkundigen, und schon wusste er, wo er dich finden konnte!“

„Es hilft nichts, lasst uns mit dem Gejammer und den Schuldzuweisungen aufhören“, griff Wilhelm ein, „es ist zu spät, aber einen Vorteil hat es uns gebracht: Wir sind Tondheimer auf die Spur gekommen. Vielleicht hatte der Anruf ja etwas Gutes!“

„Ach Wilhelm, du siehst immer nur das Positive, das liebe ich so an dir“, Doro hatte sich bislang zurückgehalten, ebenso Patrick und Nick, „du wolltest doch Julia noch etwas zeigen, draußen“, sie versuchte Julia zu beruhigen und abzulenken, was ihr gelang. Beide, Julia und Wilhelm, standen auf.

„Jan brachte das zweite Mercedes Cabrio nach Amsterdam zurück. Da er schon mal dort war, dachten wir beide, er könnte auch mit ihm zurückfahren“, Wilhelm trug wieder sein spitzbübisches, jugendhafte Grinsen im Gesicht, noch war für Julia der Blick ins Innere verdeckt, er trat zur Seite, „da ist er!“

Julia blickte direkt auf den edlen Youngtimer, den 911er Porsche, den ihr Wilhelm vor zwei Jahren schenkte und den sie leider bei ihrer überstürzten Flucht nach Abu Dhabi in Amsterdam lassen musste. Er glänzte schwarz, frischgewaschen, poliert und wie neu.

„Es ist umgemeldet worden und hat andere Kennzeichen“, erläuterte Wilhelm, „falls Tondheimer oder seine Frau sich die Nummer bei Lindas Entführung gemerkt haben sollten, was Patrick und ich allerdings nicht glauben, ist auch diese Gefahr gebannt. Du kannst ihn jederzeit benutzen.“

„Oh Wilhelm“, sie fiel ihm glücklich um den Hals, „dass du daran gedacht hast! Danke! Schade, dass wir in wenigen Stunden nach Florida aufbrechen.“

„Oh Gott! Ich muss los“, Wilhelm sah auf die Uhr, er umarmte seine Adoptivtochter, „wir sehen uns in Florida, mach keine Dummheiten und passt auf euch auf.“

„Mach dir keine Sorgen, wir kommen alle gesund und munter zurück.“ Wilhelm eilte bereits zu seinem Wagen. Der Termin rückte näher, an dem er der Polizei das Foto Vera van Burens brachte.

Kapitel 36

„Bist du mir noch sehr böse?“, wagte Sabine einen ersten Vorstoß, als sie am Flughafen in der Wartezone saßen, „immerhin bin ich wohl an diesem Dilemma Schuld ...“ Julia winkte ab.

Sabine und Sterner flogen zurück nach Dénia und sollten sich erst wieder blicken lassen, wenn sie Tondheimer ausgeschaltet hatten.

„Niemand ist schuld, wir wissen noch nicht einmal mit absoluter Sicherheit, ob Tondheimer dir wegen des Anrufs auf die Spur gekommen ist. Eventuell war es etwas völlig anderes. Es hat möglicherweise auch etwas Gutes, dass es so gekommen ist. Wir sind auf Ungereimtheiten gestoßen, haben Amanda kennengelernt, fanden etwas über den Verbleib Alices und des Jungen heraus. Es sind noch viele Fragen offen, aber ...“ Sabine atmete erleichtert auf.

„Eher überrascht“, warf Patrick ein, „dass die Antwort so einfach war. Die Emotionen kochen im Augenblick über. Wir sind alle gestresst, genervt und bis aufs Äußerste angespannt“, beruhigte er Sabine weiter, „wir wissen nicht, was uns in Fort Meyers erwartet. Ich hoffe inständig, dass wir des Rätsels Lösung bald finden, damit wir wieder nach Hause können, obwohl“, nachdenklich zuckte er mit den Schulter, „obwohl ich eigentlich gar nicht mehr weiß, wo wir überhaupt zu Hause sind. Wo können wir uns noch sehen lassen?“

„Ich habe mir etwas durch den Kopf gehen lassen“, warf Michael Sterner ein. „Es besteht die Möglichkeit, wenn wir es geschickt anfangen, Sabine von den Toten auferstehen zu lassen.“

„Wie soll das geschehen?“

„Enders ist aufgrund sehr vieler Verbrechen, unter anderem dem Mord an Cora verurteilt worden, er kommt so schnell nicht wieder auf freien Fuß. Wenn wir also Sabine zurückkommen lassen, von einer Freundin aus dem Ausland, zum Beispiel, bei der sie sich versteckte, weil ihr Mann sie zusammengeschlagen hatte, damals vor zwei Jahren, was auch das Blut auf dem Schiff erklären würde, dann könnte sie sich scheiden lassen und wieder ein normales Leben führen.“

„Lass uns die Möglichkeit nicht aus den Augen verlieren“, stimmte Doro zu, „dann wäre gewährleistet, dass zumindest einer von uns nicht mehr mit falschen Papieren im Untergrund leben muss.“

„Darüber denken wir nach, wenn wir aus Florida zurück sind“, warf Julia ein, „solange Tondheimer noch uneingeschränkt Macht ausübt, sollten wir diesen Schritt nicht wagen“, sie nickte, „aber es hat was für sich.“

Als der Flug nach Florida aufgerufen wurde, verabschiedeten sie sich von Sterner und Sabine und bestiegen schweigend die Maschine. Zu viele Gedanken gingen jedem durch den Kopf. Im Flieger selbst, sie saßen in der Business Class und waren fast für sich alleine, holte Nick seinen Laptop hervor, kaum dass die Anschnallzeichen erloschen waren, schaltete ihn ein und holte den USB-Stick hervor.

„Wir haben fast acht Stunden Flugzeit vor uns, die will ich nicht nutzlos verstreichen lassen, mal schauen, was wir Interessantes von Tondheimer erfahren.“ Kurze Zeit später verschwand er gedanklich in einer anderen Welt, nahm um sich herum nichts mehr wahr und wühlte sich durch Daten, Akten und Unterlagen. Ab und zu murmelte Nick, flüsterte, brummte, bearbeitete die Tastatur des Laptops, bis er sich endlich, fast drei Stunden später, zufrieden zurücklehnte.

„Hast du etwas entdeckt?“, murmelte Doro verschlafen. „Lässt du uns an deinem neuerworbenen Wissen teilhaben, oder gedenkst du, uns noch etwas auf die Folter zu spannen?“ Mehrere Augenpaare starrten ihn gespannt an.

„Ich weiß nun, warum Alice aus dem Weg geräumt wurde, ich begreife auch, warum Cora sterben musste. Ich verstehe allerdings noch nicht, wie Linda ins Bild passt!“

„Der Akku deines kleinen Spielzeuges“, Patrick deutete auf den Laptop Nicks, „ist leer, das Essen wird gleich serviert, mach eine Pause und erzähl. Was hast du herausgefunden?“ Amanda starrte Nick an, Julia fixierte ihn mit einem durchdringenden Blick, Doro musterten ihn kritisch, und Nick ... genoss es.

Er wartete, bis jeder eine kleine Mahlzeit vor sich stehen hatte, nahm selbst einige Bissen und begann: „Tondheimer ist modern, er führt sein Tagebuch per Computer und dachte, es ist sicher, da es sich im Haus befindet und der Server von niemand sonst benutzt wird. Übrigens wäre er tatsächlich unangreifbar gewesen, wenn Doro nicht eine winzige Änderung am Schaltsystem vorgenommen hätte. Hier scheint ein Fachmann am Werk gewesen zu sein, einer, der sein Metier verstand, seinen Beruf beherrschte“, Nick sprach voller Bewunderung von der Person, die die Einrichtung, Systemsicherung und alles Notwendige an der Computeranlage vorgenommen hatte, dass er kurzzeitig, gedanklich abschweifte.

„Nun spann uns nicht weiter auf die Folter, was hast du herausgefunden?“ Julia drohte ihm mit einer unmissverständlichen Geste.

„Dieses Tagebuch ist noch nicht so alt, dass es zwanzig Jahre zurückführt. Mit den ersten Notizen fing er vor ungefähr acht Jahren an“, wieder nahm er einen Bissen, spannte seine Zuhörer auf die Folter, „er steckt definitiv hinter dem Mord an Cora, er kontaktierte Enders, fragte extra nach dir, Julia, ob du sie nicht nach Deutschland holen könntest.“

„Das verstehe ich nicht, warum ausgerechnet ich? Sicherlich, ich kannte Durante, aber ... Moment ... war Durante nicht eingeweiht? Wusste er nicht, dass ich sie überreden sollte, zurückzukehren?“ Julia grübelte, schüttelte den Kopf. „Stellt sich mal wieder die Frage nach dem Warum. Warum zurück nach Deutschland?“

„Tondheimer und auch Durante befürchteten, dass Cora Unterlagen in ihrem Besitz haben musste, die sie unweigerlich mit nach Deutschland nehmen würde. Cora gab sie dir, du hast sie nun in deinem Besitz ...“

Bevor Nick weiter ausholen konnte, schüttelte Julia heftig den Kopf. „Aber ich habe nichts. Alles, was Cora mir gab, kennt ihr. Wo soll denn da ein Beweis versteckt sein ... Wenn ich überhaupt wüsste, wofür."

„Das wissen wir, aber Tondheimer nicht", warf Patrick ein, „er glaubt immer noch, du hättest etwas gegen ihn in der Hand. Es ist egal, wie wir uns drehen, wir bewegen uns im Kreis. Es kann nicht nur darum gehen, dass Cora von der Existenz Alices und Timos erfuhr, da muss noch etwas sein!"

„Stimmt, Alice arbeitete in seinem Labor und machte eine Entdeckung. Darum geht es hier, um diese Forschungsergebnisse. Sie und noch ein weiterer Mitarbeiter konnten ein Medikament entwickeln, gegen Krebs. In der damaligen Zeit grenzte es fast an ein Wunder. Von dieser bahnbrechenden Entdeckung berichtete sie Amanda. Meditec machte aber mit einem anderen, sehr teuren Medikament einen Millionenumsatz. Es enthielt einen Wirkstoff, der Krebs zwar nicht heilte, aber die Symptome nachhaltig unterdrückte. Wäre ein neues Medikament auf den Markt gekommen, dass Krebs heilt, wäre es für die Patienten natürlich gut, aber für die Portokasse Tondheimers schlecht gewesen." Nick wandte sich nun endlich seiner Mahlzeit zu, ließ seine Worte wirken und lehnte sich zurück.

„Alice hat es irgendwie herausbekommen, dass dieses neuentwickelte Medikament nicht der Allgemeinheit zugutekommen sollte", referierte Amanda weiter, „sie drohte Tondheimer, ihrem Chef, damit an die Öffentlichkeit zu gehen und ..."

„Ja, da geht es nicht weiter", meinte Patrick, „wenn sie eine Gefahr für Tondheimer gewesen wäre, hätte er sie sofort eliminieren lassen. Aber sie heiratete Durante, und sie zogen nach Florida."

„Sie drohte ihm nicht", ereiferte sich nun Doro. „Was ist eigentlich mit ihrem Arbeitskollegen passiert? Der, mit dem sie zusammen das Medikament entdeckte?"

„Spekulieren wir! Tondheimer wusste nicht, dass Alice über alles informiert war, ihr Arbeitskollege wurde beseitigt, Alice erhielt eine Abfindung, Durante heiratete Alice, und sie fand erst später heraus, dass ihr Arbeitskollege von damals nicht mehr lebte, zählte eins und eins zusammen, erwähnte es beiläufig gegenüber Durante, der wiederum Alices Überlegungen Tondheimer mitteilte, und", Patrick stockte verblüfft, „vielleicht hat Durante gar nicht Alice aus dem Weg geräumt, vielleicht war es Tondheimer?"

„Gut möglich", Amanda fand den Gedanken plausibel, „ich konnte mir nie vorstellen, dass er seinen eigenen Sohn umgebracht haben soll, denn wir können nicht davon ausgehen, dass Timo noch lebt."

„Gut", meinte Julia, „gehen wir mal davon aus, dass unsere Überlegungen bislang stimmen, dann muss Cora etwas herausgefunden haben. Nicht nur die beiden Namen. Diesen Hinweis hatte sie nicht bei sich, er muss noch in Florida sein, in Fort Meyers, vielleicht sogar im Haus."

„Kann es sein", meinte Doro langsam und bedächtig, „dass sie das Grab oder die Leichen Alices und Timos in Florida entdeckt hat?"

„Dann wäre Coras Vermutung oder der Verdacht der Polizei unweigerlich auf Durante gefallen!"

„Nicht unbedingt, Patrick", meinte seine Frau nachdenklich, „wenn, dann muss sie die Leichen vor meinem Eintreffen in Fort Meyers entdeckt haben, ein Jahr bevor sie ermordet wurde, dann hätte sie es mir gesagt und nicht nur über zwei Namen gesprochen, die sie entdeckt habe."

„Du hast recht. Aber wenn sie ihnen, den Leichen, ziemlich nahe gekommen wäre? Unbewusst?"

„Das muss Tondheimer in Erfahrung gebracht haben, denn er hat laut seinem eigenen Aufzeichnungen Coras Ableben in Auftrag gegeben! Kann er so brutal sein?"

„Tondheimer war und ist ein eiskalter Mensch", Linda schüttelte sich, „er lachte nie, es gab nie ein freundliches Wort. Wenn er mit mir sprach, dann waren es Befehle, nicht unfreundlich, nein, er schimpfte nicht. Ein Blick genügte, und man erzitterte, eine Geste, und man erschrak, eine Gebärde, und man war eingeschüchtert. Sobald ich ihn sah, überlegte ich sofort, ob ich irgendetwas falsch gemacht hatte. Übrigens, seiner Frau erging es ähnlich. Nur der Drachen hatte keine Angst vor ihm."

Sie diskutierten einige Stunden und merkten erst, dass sie ihr Ziel fasst erreicht hatten, als der Flieger seine Flughöhe mit einem kleinen, fast unmerklichen Ruck verließ.

Bis zur Landung, knapp eine halbe Stunde später, herrschte Schweigen.

Die Einreiseformalitäten liefen problemlos ab, und kurze Zeit später erreichten sie gemeinsam den Ausgang. Freudig winkte Rudolfo ihnen entgegen.

„Da seid ihr ja endlich", begrüßte er alle, dann eilte er vor, und sie folgten ihm zu den Parkplätzen.

„Ich fahre die Damen, und ihr", er schaute Patrick an, hielt ihm den Schlüssel entgegen, „folgt mir. Ich habe einen Van gemietet und einen gekauft." Patrick griff nach dem Schlüssel, schaute sich um, Rudolfo deutete auf zwei Autos, die nebeneinander parkten.

In diesem Augenblick klingelte Patricks Handy. Kurz hörte er der Stimme zu, bedankte sich und legte auf. „Das war Sterner. Sein Informant hat sich gemeldet. Enders will eine Aussage machen.“

„Was erhofft er sich? Kronzeugenregelung?“

Patrick winkte gelassen ab. „Abwarten, sein Pulver hat er schon bei der Verhandlung verschossen. Vielleicht will er plaudern, die Hintermänner verpfeifen?“

Per Fernbedienung öffneten sie die Wagen nebst dem dazugehörigen Kofferraum und luden ihr zahlreiches Gepäck ein. Rudolfo runzelte nachdenklich die Stirn. „Hoffentlich ist das Haus groß genug, das wir gemietet haben“, zweifelnd setzte er sich ans Steuer, Julia auf den Beifahrersitz, Amanda und Doro in die zweite Reihe, während Linda auf der Rückbank Platz fand. Ein Blick seitlich und in den Rückspiegel signalisierte ihm, dass Patrick ebenfalls startklar war.

Die Fahrt dauerte eine halbe Stunde. Erstaunt stellte Julia fest, dass sie sich in der Nähe des riesigen Anwesens befanden, das Cora und Durante noch vor zwei Jahren bewohnten.

„Wir konnten hier in der Nähe eine Unterkunft finden, Eduardo meinte, das würde die Suche nach Hinweisen erleichtern, falls ihr auch Durantes Haus durchsuchen wollt.“

„Stimmt. Das wollen und werden wir. Solange Durante in Deutschland festsitzt, können wir es wagen.“

„Di Lauro hat bereits die Anwälte kontaktiert“, begann Rudolfo, „es sieht tatsächlich so aus, als ob dir das Haus auch bald gehören würde“, er bog in die Einfahrt eines gepflegten Hauses ein, die lange Zufahrt führte bis vor die Haustür. Zwei Säulen stützten ein großes Vordach.

„Nur“, Julia zögerte, „es wird uns nicht viel nützen. Wenn das Haus Cora gehört, dann werden wir hier Alice nicht finden.“

„Du meinst“, folgte Rudolfo ihren Gedankengängen, „das Haus wurde erst später gekauft, sonst würde es nicht Cora gehören? Stimmt, dort finden wir allenfalls Hinweise. Aber was ist mit dem anderen Haus, wo die Aufnahmen gemacht wurden, wohin du Cora einmal begleitet hast?“

Julia nickte zögerlich.

Sobald der erste Wagen hielt, wurde auch schon die Haustür aufgerissen, und Di Lauro trat heraus, um glücklich seine große Ersatzfamilie zu begrüßen.

„Ihr habt mich lange warten lassen, eigentlich müsste ich sehr böse sein“, freudestrahlend schloss er Linda in die Arme. Linda schmiegte sich an ihn.

„Wir sind da, wir würden dich doch niemals alleine lassen, hat“, nun schaute sie Rudolfo tadelnd an, „er dich nicht gut versorgt? Dann muss ich mal ein ernstes Wort mit ihm reden.“

Eduardo lachte hell auf. Das vermisste er seit Tagen, das fröhliche Geplänkel mit der Familie. Trotz der Bedrohung, der sie seit Wochen ausgesetzt waren, versuchten sie dem Alltag so viel Normalität abzuringen, wie es eben ging.

„Armer Rudolfo, dabei hat er extra deine Leibspeise eingekauft, und du willst ihm nun die Leviten lesen, das hat er nicht verdient.“

„Es gibt Hühnchen, ich rieche es bereits.“ Linda stürmte ins Haus, dem Duft nach, und landete in der Küche. Julia schüttelte nur den Kopf, umarmte Eduardo ebenfalls, schaute ihn fragend an und erhielt sofort Antwort.

„Die Kaffeemaschine ist eingeschaltet. Nun kommt erst einmal ins Haus, dort halten wir gleich eine Lagebesprechung ab. Es gibt Neuigkeiten“, seine Stimme wurde ernst, „aber erst essen wir!“

Doro flirtete mit Rudolfo: „Ich hoffe, du hast Nick und mir das größte Zimmer zugeteilt.“

Rudolfo ließ sich nicht beirren: „Sucht euch einen Schlafplatz, die Betten sind bezogen, es ist fast wie im Camp, nur die Zimmer sind etwas größer. Wir müssen uns kurzfristig behelfen, da ich nicht wusste, ob wir lange hier bleiben oder ein Teil von euch weiterfährt. Aber das wird euch Eduardo gleich berichten.“

Kurze Zeit später saßen alle um den gedeckten Tisch des Esszimmers. Rudolfo improvisierte ein frühes Abendessen mit Hähnchen aus dem Backofen und Toast.

„Was kannst du uns berichten“, Patrick nahm eine Scheibe Brot, „gibt es schon Neuigkeiten hinsichtlich des Strandhauses in Fort Lauderdale? Ist es noch im Besitz Durantes, oder hat er es schon verkauft?“

„Es gehört ihm noch“, berichtete Eduardo, „ich habe übrigens die Anwälte Coras besucht. Sie haben immer noch ihr Büro im Einkaufscenter“, er nickte Julia bestätigend zu, „genau wie du es beschrieben hast. Sie gaben mir noch einen Hinweis: Den Namen und die Anschrift der Notare Durantes. Cora muss es ihnen mitgeteilt und darum gebeten haben, sollten diese Leute bei ihnen, also ihren Anwälten, nachfragen, ob sie eine Cora Durante vertreten, keine Auskunft zu erteilen. Es wurde extra schriftlich festgehalten. Meine Tochter dachte in dieser Beziehung an die Feinheiten.“

„Aber es nützte ihr nichts“, beendete Julia den Satz, „manchmal glaube ich, wäre es besser gewesen, ich hätte sie nicht überredet, mit nach Deutschland zu kommen.“ Eduardo sagte: „Dann hätte Durante sie mittlerweile umgebracht. Mach die keine Vorwürfe, du hast es nur gut gemeint, hast geglaubt, was Enders dir erzählte. Du warst bis zuletzt ihre beste Freundin, die einzige Person, die für sie da war.“ Wut stieg in ihm auf, Zorn auf Durante und auch auf sich selbst, da er seine Tochter nicht retten konnte. „Ich bin es, der sich Vorwürfe machen muss, ich hätte für sie da sein müssen, als ihr Vater, als ihr einziger Verwandter“, er stand auf, hielt es nicht länger aus, ruhig am Tisch zu sitzen. Tief in Gedanken versunken lief er unruhig im Esszimmer auf und ab.

„Wir brechen übermorgen nach Fort Lauderdale auf“, bestimmte Patrick, „nur wir vier“, er deutete auf Doro, Julia und Nick, „wir sind ein eingespieltes Team und werden das Terrain sondieren. Ist es ein großes Grundstück?“ Er wandte sich an Julia.

„Ich habe Haus und Grundstück nur kurz gesehen. Cora hatte es eilig, sie war stets in Angst, von Paul entdeckt zu werden. Wenn ich es recht in Erinnerung habe, handelte es sich um ein größeres Anwesen, das Haus besitzt viele Zimmer, das Grundstück ist riesig, liegt direkt am Meer und besitzt einen eigenen Bootsanleger.“

„Was die Suche nach einer Leiche, und davon müssen wir ausgehen, erschwert. Wenn er sie auf dem Wasser entsorgt hat“, Patrick schüttelte den Kopf, „dann finden wir nichts.“

„Es besteht die winzige Möglichkeit, einen Hinweis auf Alice oder den Jungen zu entdecken. Es müsste eine Geburtsurkunde existieren, ein Familienstammbuch, irgendwelche Unterlagen. Durante wird nicht alles entsorgt haben. Er benötigte Papiere, um wieder heiraten zu können.“ Julia wandte sich entschlossen an Coras Vater: „Wo haben sie geheiratet? Hier in Florida?“ Eduardo nickte. „Damit kommen wir weiter. In den Heiratspapieren ist sicherlich vermerkt, dass er verwitwet war. Vielleicht finden wir ein Datum. Und“, Julia wurde unruhig, blickte zu Patrick, „diese Papiere müssten im Haus sein, in Coras Haus, in Durantes Arbeitszimmer. Das durfte niemand alleine betreten. Eduardo“, fragte sie, „was sagen die Anwälte. Wann können wir ins Haus?“

„Sofort. Es ist alles vorbereitet, du musst nur noch unterschreiben. Das sollten wir morgen früh kurzfristig erledigen.“ Eduardo beruhigte sich langsam, setzte sich wieder an den Tisch, schob aber seinen halbvollen Teller beiseite. „Ich brauche jetzt etwas Stärkeres.“

Besorgt blickte Julia zu Patrick, der kaum merklich nickte, aufstand und Eduardo ein Glas Cognac einschenkte.

„Das wäre also geklärt", Nick stand auf und kümmerte sich um die Kaffeemaschine.

„Wie kommen wir herein", Doro dachte praktisch, „ich gehe davon aus, du hast keinen Schlüssel, Julia. Liegt einer unter der Fußmatte, und wenn ja, wie kommen wir durchs Tor?"

„Wie immer würde ich sagen, wenn kein Schlüssel zur Verfügung steht, klettern wir über die Mauer und benutzen den Dietrich, sollte das nicht klappen, schlage ich die Scheibe ein." Julia schaute Doro an. „Siehst du Probleme? Ich nicht!"

Am nächsten Morgen standen sie in der Mall vor dem Eingang der Rechtsanwaltskanzlei. Eduardo hatte den Termin noch am späten Nachmittag des Vortages organisiert. Die Clique, müde vom Flug und von der Hektik der vergangenen Tage, schlief erst einmal und war dank des Jetlags seit vier Uhr morgens putzmunter.

Julia empfand ein lähmendes, entmutigendes Gefühl der Unzulänglichkeit, als sie nach über zwei Jahren wieder vor der Tür der Kanzlei stand. Damals lebte Cora noch, damals schien es ein glückliches Ende für sie zu geben, damals dachte sie, die Situation im Griff zu haben.

Sie schüttelte die seelischen Qualen ab. Eduardo, der ihre Empfindungen ahnte, drückte ihr aufmunternd die Hand und zog sie in den Vorraum. Sie wurden bereits erwartet. Eine halbe Stunde und vier Unterschriften später konnte sich Julia als Eigentümerin des großen, eleganten und vornehmen Hauses und Grundstückes Cora Durantes in Fort Meyers betrachten. Ein Objekt der Begierde, ein Haus, das Cora kein Glück brachte.

Der kalte Windzug, der plötzlich wehte, ließ sie frösteln, er verschwand genauso schnell, wie er aufkam.

Kapitel 37

„Ich werde es schnellstens verkaufen", erklärte sie entschlossen Eduardo, als sie zurückfuhren, „ich will es nicht haben, es brachte Cora kein Glück, wir halten es so lange, bis wir sicher sind, dass wir dort keine Hinweise auf Alice oder Timo finden." Eduardo widersprach nicht. Julia rief noch von der Mall aus die Clique an, die nun am Haus auf Julia und Eduardo warteten. Keine Viertelstunde später trafen sie sich vor dem schmiedeeiserenen Portal.

„Über die Mauer?“ Doro stand vor der Einfahrt und betrachtete nachdenklich das riesige Tor. „Du zuerst“, meinte sie.

Gekonnt stieg Julia auf die von Doro gebildeten Räuberleiter, hievte sich hoch und sprang wenige Sekunden später auf der anderen Seite der Mauer herunter.

Patrick schüttelte den Kopf, holte aus seiner Jackentasche einen Dietrich, öffnete lässig das Schloss und schob das Tor auf.

„Das kann jeder“, bemerkte Doro spöttisch, lief aber doch durch das Tor und versuchte Julia einzuholen, die fast das Ende der langen, kiesbedeckten Auffahrt erreicht hatte und zielstrebig auf einen der großen Tontöpfe zuging. Die ehemals prachtvoll bepflanzten Gefäße, die nun einen verlassenen, trostlosen Eindruck machten, standen rechts und links neben dem säulenbedeckten Eingang. Julia hob einen der kleineren Töpfe hoch, griff darunter und zog triumphierend einen Schlüssel hervor.

„Immer wieder das Gleiche, er liegt unter Fußmatte oder Blumentopf, und dann auch noch der Generalschlüssel. Damit kommen wir überall herein.“

„Bist du sicher, dass wir keinen Alarm ausgelöst haben?“ meinte Doro, die mittlerweile hinter ihr stand.

Zögernd schloss Julia die Tür auf, zaudernd hielt sie den Griff fest, unschlüssig drückte sie die Türklinke nach unten, stockend schob sie die Haustür los, schwankend betrat sie das Haus.

„Nein, aber das ist egal, Eduardo hat die Bestätigung des Notars dabei. Ich bin der rechtmäßige Eigentümer“, sie schaute sich unschlüssig um, „ist er nicht mitgekommen?“

„Er wartet am Tor und ist nicht sicher, ob er es schafft, das Haus zu betreten.“ Julia verstand seine Emotionen.

„Wir werden uns die Zimmer ansehen“, winkte sie Doro zu, „du übernimmst den unteren Bereich, ich schaue mich in Coras Räumen um.“

„Bist du sicher, dass du es schaffst?“ Patrick legte ihr tröstend den Arm auf die Schulter. „Ich begleite dich.“ Eine Fürsorge, die Julia aufatmend und dankbar annahm. Gemeinsam stiegen sie die Treppe hoch, an dessen Ende sie stehen blieb.

„Rechts, dort sind“, sie verbesserte sich sofort, „waren Coras Schlafräume.“ Patrick hielt sie am Arm fest, um ihr zu suggerieren, dass er gedanklich wie auch körperlich hinter ihr stand. Er drängte sie nicht, er wartete ab, bis sie mental in der Lage war, den Weg weiterzugehen. Sie musste pragmatisch denken, sollte die bedrückenden Einflüsse beiseiteschieben und nur an die eigentliche Sache denken. Sie holte tief Luft, lächelte ihren Mann dankbar an, nickte und lief zielstrebig auf eine der Türen zu.

Sie betrat den Raum. Der Schock saß tief. Das Zimmer sah noch genauso aus, wie sie es vor über zwei Jahren verlassen hatten, allerdings muss Durante darin gewütet haben. Ein umgeworfener Sessel, das Bett zerwühlt und aus den Regalen herausgerissene Bücher. Durante schien nach Hinweisen gesucht zu haben, Anhaltspunkte, warum die Aktion misslungen war. Dass Julia noch lebte, schien ihn maßlos in Rage versetzt zu haben.

„Durante hat alles auf den Kopf gestellt“, Patrick trat neben Julia, „lass es uns professionell angehen, wir brauchen hier sicherlich nicht nach Hinweisen zu suchen. Das hat Durante übernommen. Ich bin der Meinung, das Arbeitszimmer ist wichtiger.“

„Stimmt, wir durften es nie betreten. Ich habe den Raum nur geputzt, wenn er dabei war.“

„Wie sieht es mit den Gästezimmern, Bädern und Abstellräumen aus? Kann Cora dort etwas zwischengelagert haben?“ Nachdenklich versuchte Julia sich einen Überblick zu verschaffen. „Wo würde ich etwas verstecken, das auf keinen Fall gefunden werden darf? Dort, wo es niemand vermutet. Dort, wo es jeder sieht: in der Höhle des Löwen. Es muss ein kleiner Gegenstand sein“, geistesabwesend schaltete sie ihren messerscharfen Verstand ein. Nur das Zittern ihres rechten Augenlides zeigte eine Gefühlsregung, „sie stellte stets kleinere Dinge oder Sachen auf das Regal, gegenüber der Tür. Wenn sie sich ein neues Buch kaufte, verwahrte sie es dort und stellte es erst weg, wenn sie es gelesen hatte.“ Sie wandte sich eilig dem Regal zu. Es stand glücklicherweise noch an seinem Platz. Durante hatte es weder zerschlagen, umgeworfen oder beschädigt. Gezielt griff Julia nach dem ersten Döschen, öffnete es und kommentierte den Inhalt mit einem kleinen Aufschrei: „Das sind zwei ihrer Ringe“, sie lachte auf, „die sind ein Vermögen wert. Wenn Paul geahnt hätte, dass sie ihren Schmuck im Haus gelassen hat.“ Sie hielt Patrick einen der Ringe vor die Nase. „Der ist einige zehntausend Dollar wert, und die passende Halskette einiges mehr. Paul dachte sicherlich, dass sie alles mitgenommen hat“, sie schüttelte nochmals den Kopf, „aber wir reisten mit sehr, sehr leichtem Gepäck, das ließ sie alles hier. Nur der Umschlag war ihr wichtig. Durante hätte mit dem Verkauf der Klunker einen Teil seines Lebensunterhaltes bestreiten können. Aber egal“, sie legte die Sachen wieder zurück in das kleine Kästchen, stutzte kurz und griff nochmals hinein. Mit dem Fingernagel kratzte sie über den Boden, ein weißes Blatt schob sich hob, sie fischte es hinaus. Die Rückseite eines Fotos. Fast hätte sie es übersehen. Sie stockte einige Sekunden, schüttelte dann das kurze beklemmende Gefühl ab. Den Schmuck legte sie achtlos zurück und betrachtete die Vorderseite des älteren Bildes. Irgendetwas bereitete ihr Unbehagen. Entschlossen steckte sie das Foto in ihre Jackentasche, stellte das Kästchen zurück und suchte weiter. Der nächste Schock ereilte sie an der Tür zum begehbaren Kleiderschrank ihrer toten Freundin. Dort hingen sie, Coras Blusen, Kleider, Röcke und Hosen. Unverändert, als ob sie jeder Zeit den Raum betreten würde, als ob sie noch lebte ...

Es roch nach ihr, es roch nach Verzweiflung, es roch nach Angst.

Julia schloss die Tür hektisch, schweratmend und wandte sich dann wieder den Regalen zu.

Eine fast ärmlich aussehende Holzschachtel weckte ihr Interesse. Außer einigen Ansichtskarten war die Schachtel leer. Irgendetwas störte Julia. Sie nahm sie genauer in Augenschein, hob die Karten heraus, hielt nunmehr eine leere Schatulle in Händen, dann schüttelte sie das Kästchen, runzelte die Stirn, schüttelte es ein zweites Mal, schaute sich den Boden an, drehte die Schatulle hin und her, zog einen kleinen Schraubenzieher aus ihrer Tasche und kämpfte verbissen mit dem Behälter. Schlussendlich setzte sie das Werkzeug an der Unterseite an und brach sie auf.

„Ahnte ich es doch, ein doppelter Boden.“ Patrick unterbrach das Durchsuchen des Zimmers und eilte zu Julia, die den Inhalt staunend betrachtete: Ohrringe. „Sie gehören nicht Cora“, sie hob einen der Ohrstecker hoch, „sie scheinen älter zu sein“, legte ihn sofort wieder zurück und reichte die Holzschachtel Patrick. „An den Ohrringen finden wir vielleicht DNA. Ich glaube, ich weiß, wem sie gehören.“

„Du meinst, es ist das, wonach Durante suchte?“

„Wir sollten eine Probe nehmen und mit der von Amanda vergleichen. Ich bin mir ziemlich sicher, wir haben eine Spur die uns zu Alice führt.“

Jeder weitere Raum, den sie betrat, weckte neue Erinnerungen. Sie strich nachdenklich mit der Hand über Möbel und andere Gegenstände Coras, sie verharrte Sekunden, bevor sie sich ihrer eigentlichen Aufgabe zuwandte.

Sie überprüften die gesamte erste Etage. Anschließend gingen sie zurück ins Erdgeschoss. Doro, frohgelaunt, deutete auf einige Akten, die sie bereits auf einen kleinen Tisch neben der Zimmertür gelegt hatte. „Der gute Paul, er konnte sich von nichts trennen. Manchmal ist es nicht gut, ein Sammler zu sein, man hortet zu viel.“

„Hast du etwas gefunden?“ Julia nahm einen der Ordner zur Hand.

„Wir nehmen sie mit“, erklärte Doro leichthin, „ich muss sie mir genauer ansehen, sie sind gut zwanzig Jahre alt, es scheinen Dokumente aus Deutschland zu sein. Du hast nicht zufällig die Kombination des Safes im Kopf? Er ist hinter dem Bild.“

„Versuch es mit Coras Geburtsdatum. Nein, halt, besser mit seinem!“

„Warum?“

„Das waren seine Zahlen, seine Autonummern setzten sich immer aus seinem Geburtsdatum zusammen. Versuch die Zahlen in verschiedener Reihenfolge. Da er aus Deutschland stammt, nimm nicht die amerikanische Variante.“ Julia griff zu Stift und Notizzettel und notierte Doro Durantes Geburtsdatum: 25.05.1967.

Tatsächlich, die Nummer 25 – 5 – 19 – 67 passte bereits. Doro stöhnte laut auf: „Das gibt es doch nicht.“ Immer noch perplex, zog sie die Tresortür auf und starrte den Inhalt eine ganze Minute lang an.

„Was ist los“, Julia verstand das Zögern nicht, „ist er leer?“

„Nein, er ist groß und voll“, Doro starrte den Inhalt an, „alte Akten, mit Schreibmaschine geschrieben, ziemlich zerfleddert.“

Julia stand mittlerweile hinter Doro und versuchte einen klaren Gedanken zu fassen. „Was ist das? Es sieht aus wie ein deutsches Familienstammbuch. Das könnte uns weiterhelfen.“ Doro zog es heraus, reichte es Julia. Sofort blätterte sie es durch, schüttelte den Kopf und meinte: „Es ist nicht Durante und Cora“, nervös schob sie Doro an die Seite und schleuderte den gesamten Inhalt aus den Fächern des Safes. Patrick, durch den Lärm angezogen, schnappte einige Dokumentenmappen und blätterte sie durch. Fast ganz unten fand Julia ein altes, abgegriffenes, verstaubtes Heft, verpackt in einer rissigen Klarsichthülle, zog es heraus. „Ich glaube, ich habe es.“

„Wie kann er belastendes Material aufheben?“

„Er war sich sehr sicher, dass niemand es wagte, diesen Raum zu betreten. Noch nicht einmal Cora benutzte den Tresor für ihren Schmuck, deshalb liegt er auch immer noch in ihrem Zimmer. Auch sein Bodyguard betrat das Arbeitszimmer nicht alleine. Diese Tür war stets verschlossen. Ich vermute, er besaß, bevor er abreiste, kein Personal mehr, daher auch der unverschlossene Raum.“

Doro, die auf dem Boden in einer Ecke, angelehnt an den großen, pompösen Schreibtisch saß und in einer alten Akte blätterte, runzelte nachdenklich die Stirn. „Merkwürdig“, murmelte sie, „seltsam, fast bizarr. Warum, liegen hier Forschungsergebnisse der Meditec? Unterlagen von Tondheimer? Wie kommen sie hierher? Warum liegen sie in seinem Safe? Wenn ich nur wüsste, was dieses Kauderwelsch zu bedeuten hat."

„Was faselst du da?" Patrick kniete sich neben Doro.

„Wir müssen alle Unterlagen des Safes mitnehmen", meinte Doro, als sie entschlossen die Kladde zusammenklappte, „ich habe eine Ahnung, eine Vermutung, wenn ich die Bestätigung in dem Stapel", sie deutete mit dem Kinn auf den Inhalt des Geldschranks, der chaotisch davor lag, „finde, dann sind wir ein Stück weiter, dann reimt sich vieles zusammen." Sie sprang auf, Patrick erhob sich ebenfalls und sammelte die Unterlagen zusammen.

„Erpressung?"

„Ich weiß nicht genau, aber hätte Durante sonst die Papiere aufgehoben?"

„Dann pack alles zusammen. Einen Moment noch", Patrick lief zum Eingang, „ich hole den Van, er steht immer noch mit Eduardo an der Straße." Zehn Minuten später fuhr er vor. Coras Vater blieb unbeweglich auf dem Beifahrersitz sitzen, schaute niedergeschlagen zum Haus, konnte sich nicht überwinden auszusteigen. Julia ging zu ihm. Sie sah seinen zweifelnden Augen die Unsicherheit an.

„Möchtest du einen Blick auf ihre Sachen werfen?" Leise und behutsam versuchte sie Di Lauro ins Haus zu bugsieren. Er erwiderte zunächst nichts, grübelte, schüttelte dann aber den Kopf. „Nein, ich glaube nicht. Ich will sie so in Erinnerung behalten, wie ich sie kannte, nicht wie sie lebte, kurz bevor ..."

„Ich verstehe, aber ich brauche dich in ihrem Zimmer. Dort sind Schmuckstücke, die älter aussehen, vielleicht sind sie von Cora, vielleicht von Alice, wer weiß. Es wäre gut, wenn du sie dir anschauen könntest." Langsam nickte Di Lauro. Trotzdem schien es, als ob Julia ihn ins Haus hineinziehen müsste. Er bewegte sich wie ein sehr alter Mann, zog sich Stufe für Stufe am Handlauf der Treppe hoch ins Obergeschoss. An der letzten Stufe stockte er erneut.

„Hier entlang", deutete Julia auf Coras Schlafraum, „dort ist es." Vor der Tür zögerte er erneut, Julia legte beruhigend ihre Hand auf seinen Arm.

„So ging es mir auch gerade, aber sehe es aus der Perspektive eines Detektives", versuchte sie abzulenken, „wir suchen Beweise, und dabei kannst nur du uns helfen." Es wirkte. Di Lauro nickte und betrat nun entschlossen den Schlafraum seiner ermordeten Tochter.

„Ach", meinte Julia nun hektisch, „ich habe noch etwas unten vergessen ..." Sie hastete aus dem Zimmer, die Treppe hinunter und blieb erst im Arbeitszimmer Durantes stehen.

„Was hast du vor“, Patrick deutete nach oben, „warum lässt du ihn allein?“

„Ich glaube, er braucht einige Minuten im Zimmer seiner Tochter, vielleicht schafft er es dann, Abschied zu nehmen. Sicherlich, es war ein Vorwand, aber ich will wissen, ob der alte Schmuck tatsächlich nicht zu Cora gehört.“

Nick fuhr mittlerweile den zweiten Wagen vor die Haustür.

„Beeilt euch, ich habe ein ungutes Gefühl. Bereits zweimal fuhr ein Polizeifahrzeug am Tor des Grundstückes langsam vorbei. Sie schauten interessiert die Einfahrt hoch. Ich will sämtliche wichtigen Papiere hier raushaben, bevor man uns Schwierigkeiten bereitet.“

Doro packte weitere Akten, Mappen und Papiere zusammen, stutzte dann am Schreibtisch, zog sämtliche Stecker des Laptops heraus, klappte ihn zusammen, schnappte sich das Gerät und trug es ebenfalls zum Wagen. Zwei Minuten lang ließ Julia Di Lauro alleine in Coras Zimmer, dann stand sie wieder hinter ihm.

„Danke“, er hatte Julias Beweggründe verstanden. Sie nickte, griff dann zu mehreren kleinen, auf den Regalen stehenden Kästchen, öffnete sie und zeigte ihm den Inhalt.

„Diese Ohrringe meinte ich“, sie reichte ihm die kleine Dose.

„Nein“, schüttelte er den Kopf, „sie gehörten nicht Cora, ganz sicher. Sie hätte sich solche Ohrringe auch nie gekauft, sie bevorzugte kleine Stecker.“

Julia ahnte es bereits, brauchte Eduardos Aussage nur als Bestätigung. „Gut, schnappen wir uns den Schmuck, und dann nichts wie weg.“

„Keine Eile“, meinte Eduardo, „es war schon Polizei bei mir, als ich am Tor auf euch wartete. Ich zeigte ihnen die Bescheinigung des Notars, damit gaben sie sich zufrieden.“

„Ich habe das ungute Gefühl, dass uns von Seiten der Polizei keine Gefahr droht. Doro fand etwas in den sehr alten Unterlagen aus dem Tresor, etwas, das mir gewaltiges Kopfzerbrechen bereitet.“

Kurze Zeit später verließen sie das Grundstück.

Kapitel 38

„Habt ihr einen Hinweis auf Ally entdeckt?“ Nervös wurden sie von Amanda an der Haustür begrüßt.

„Wir haben alle Unterlagen, die uns wichtig schienen, eingepackt. Du kannst gerne helfen.“ Patrick, der bereits einen ersten Stapel Akten in Händen hielt, deutete mit dem Kinn auf den Kofferraum des ersten Wagens. Amanda schob die Ärmel hoch, ging zum Auto und griff sich die nächsten Dokumente. Das Esszimmer und auch ein Teil des Wohnzimmers sahen kurze Zeit später aus wie eine verstaubte Lagerhalle.

Doro wartete nicht auf ihren Kaffee. Sofort verfasste sie eine E-Mail, fügte Daten aus den alten Unterlagen ein, blätterte in handgeschriebenen Notizen herum, stützte ihren Kopf nachdenklich in den Händen auf, murmelte Worte, die niemand verstand und hörte, da sich die Clique aus dem Wohnzimmer verzogen hatte. Sie tummelte sich eine halbe Stunde alleine vor dem Computer, drückte auf „Senden“, schaute sich anschließend zufrieden um und marschierte in die Küche. Dort wühlte sich die Clique schweigend durch die Akten.

Seufzend griff Linda einen weiteren Ordner, nachdem sie den vorherigen zur Seite gelegt hatte. „Was suchen wir eigentlich?“

„Wenn du es siehst, wirst du es wissen“, grummelte Patrick, ohne aufzuschauen, bemerkte aber, dass Doro sich inzwischen zu ihnen gesellt hatte. „Kann man dich wieder ansprechen? Was hast du entdeckt? Geheimniskrämerei ist eher hinderlich.“

„Ich habe einem guten Bekannten eine E-Mail geschickt, meine Überlegungen sind noch nicht spruchreif. Nur so viel: Es geht in diesen Unterlagen um ein Medikament, das bei Meditec erforscht, bzw. entdeckt wurde. Es kam nicht auf den Markt. Das wissen wir auch schon aus Amandas Erzählungen. Alice war Wissenschaftlerin. Es waren ihre Resultate. Um Gewissheit zu haben, ob es eine bahnbrechende Entdeckung ist, ob es heute Vergleichbares gibt, schickte ich einen Teil der Notizen meinem Bekannten, er ist Mediziner und kann uns sicherlich genauer erklären, was wir vor uns haben.“

„Wurde Alice umgebracht, weil sie ihre eigenen Ergebnisse geklaut hat?“

Patrick schüttelte nachdenklich den Kopf. „Nein. Die Notizen waren schon einige Jahre alt, als Alice verschwand. Außerdem waren es ihre eigenen Forschungsergebnisse, also konnte sie diese jederzeit erneut schriftlich festhalten. Dazu musste sie die Ergebnisse nicht klauen.“

„Stimmt. Ich glaube eher, Tondheimer wollte verhindern, dass Alice sie an ein anderes Institut verkauft.“

„Wenn eine andere Firma dieses Mittel auf den Markt gebracht hätte, wäre es der Untergang Tondheimers gewesen, und diese andere Firma hätte Millionengewinne gemacht. In den Papieren fand ich einen Zahlungsbeleg in

Höhe von einer Million Dollar, ausgestellt auf Paul Durante. Er erhielt das Geld von Tondheimer, mit dem Vermerk ‚Hochzeitsgeschenk'."

„Könnte passen", Linda sprang erregt auf, „ich hab noch etwas entdeckt. Überweisungsbelege. Zahlungseingänge auf Durantes Konto, in regelmäßigen Abständen, immer wieder die gleiche Summe, sie fingen vor fast fünfzehn Jahren an und hörten vor zwei Jahren auf."

„Dann begannen die Zahlungen nach Alices Tod? Paul besaß die Forschungsunterlagen. Tondheimer muss Alice umgebracht haben! Aber es nutzte ihm nichts, da er weiter von Durante erpresst wurde. Aber warum Cora?"

„Kann sein, dass Paul gegenüber Tondheimer die Bemerkung fallen ließ, Cora hätte etwas entdeckt und die richtigen Schlüsse daraus gezogen. Damit lenkte er Tondheimers Spürhunde auf Cora."

„Es bleibt ein Rätsel", Doro klappte seufzend den Ordner zu.

Unbeabsichtigt fasste Julia in ihre Jackentasche, zog das Foto heraus und starrte es an. Leise, nur für sie hörbare Laute, flüsterten ihr ins Ohr, das alte, schon recht mitgenommene Foto genauer zu betrachten.

Die Zeit stand still.

Wie unter einer Nebeldecke, zogen sich die Stimmen ihrer Freunde zurück, wurden gedämpfter, fast unhörbar.

Sie fühlte etwas neben sich, fuhr verwirrt herum, sah nichts, ein Schauer lief ihr über den Rücken, kalt, entseelt, dennoch spürbar.

Sie empfand eine Bedrohung. Das Gefühl, nicht alleine hier zu stehen, intensivierte sich. Ein eisiger Hauch berührte sie.

In unendlich weiter Ferne lauschte sie einem Flüstern, spürte instinktiv, emotional Worte, die ihr zuflüsterten: Der Ort, am Meer, suche dort.

Sie wagte nicht, sich tiefer zu konzentrieren.

Welcher Ort?

Welches Meer?

Der eisige Hauch um sie herum verschwand, als sie sich nunmehr auf das Foto konzentrierte, es gezielt nach Hinweisen untersuchte.

Eine unsichtbare Hand stieß sie an.

Für einen Augenblick, einen kurzen Moment durchfuhr ein Geistesblitz ihr Gehirn. Irgendetwas klingelte an ihrem Verstand. Ein Bild manifestierte sich vor ihren Augen.

„Es ist nicht Fort Meyers", durchfuhr es sie wie ein Blitz, „es ist das Strandhaus in Fort Lauderdale", flüsterte sie, leise, gedämpft, fast lautlos.

Der Nebel lichtete sich.

„Es ist das Foto vom Strandhaus", sie wurde lauter, Patrick drehte sich zu ihr um, Julia hielt das Foto hoch und deutete auf die Person, die an einer Stelle des Grundstückes stand und nachdenklich auf einige Büsche und Sträucher schaute. Im Hintergrund: das Meer! Allerdings nicht der Golf von Mexiko, nein, der Atlantische Ozean. Nun erkannte sie es klar und deutlich vor sich, diesen Blick hatte sie einmal genossen, ein einziges Mal war sie mit Cora am Strandhaus. Der phänomenale Blick von der Terrasse aus bis hin zum Meer ließ sie damals für kurze Zeit die Welt um sich herum vergessen.

Es war eins der wenigen Häuser mit direktem Zugang zum Wasser. Das Grundstück selbst wurde von eine hohen Mauer umfasst, die Nachbarn keinen Einblick gewährte, was eigentlich nicht nötig schien, da das nächste Haus in einiger Entfernung, getrennt durch Palmen, Sträucher und Büsche, stand.

„Du meinst", fuhr Patrick nachdenklich fort, „wir sollten am Strandhaus weitersuchen?"

„Ja, eine innere Stimme sagt mir, dort finden wir das, wonach wir suchen!" Sie wollte Patrick nichts von ihrer Wahrnehmung erzählen, davon, dass sie meinte, einen eisigen Hauch neben sich gespürt zu haben, Kälte und unbeweglich eisige Luft. Mittlerweile hatte sie sich gefangen, und obwohl die Eindrücke erschreckend real wirkten, schwieg sie.

„Eine innere Stimme also, so, so", nachdenklich versuchte Patrick mit einem Blick auf seine Frau Informationen zu erhaschen, ihr Blick verzog sich in ihr Innerstes, als sie weitererzählte: „Ein Gefühl, nachdem ich mir das Bild genauer anschaute. Es ist Durante, der dort zu sehen ist. Er steht an einem wild wuchernden Blumenbeet und schaut auf den Boden, als ob er ..." Sie suchte nach Worten, lauschte auf die innere Stimme, die ihr suggerieren sollte, was sie ahnte, aber nicht auszusprechen wagte. Sie schüttelte zerstreut den Kopf, war mit ihren Gedanken wieder zurück in der Realität, ihr nunmehr klarer Blick richtete sich auf Patrick.

Genau wie vor Jahren, handelten sie wie ein eingespieltes Team, sie wussten die Antworten des anderen bereits im Voraus, sie ergänzten gegenseitig ihre Sätze. Er: „Du willst zum Strandhaus", zustimmend, sie: „Wir sollten die Stelle näher untersuchen, die Durante anstarrt", Nicken, jetzt Patrick: „Ich glaube, wir ahnen beide, was wir dort finden könnten", Zustimmung, nun Julia: „Nehmen wir einen Spaten mit und graben um", Bestätigung, nun Patrick: „Wir fahren alleine, wir betreten unrechtmäßig ein Grundstück", was ein Nicken Julias zur Antwort hatte: „Es gehört immer noch Durante, er besaß es vor der Heirat mit Cora ..." Patrick: „Logisch, wenn das Haus in Fort

Meyers Cora gehörte. Er war Jahre vorher in Fort Lauderdale, mit Alice, hat sie wahrscheinlich dort umgebracht und wechselte anschließend Haus und Frau!“

Gebannt hörten ihre Freunde zu. Die Überlegungen ergaben Sinn. Erst der Aufschrei Lindas holte beide ins Hier und Jetzt zurück. Erschrocken drehten sie sich zu ihrer Tochter um, die auf die Straße deutete.

„Gerade fuhr ein schwarzer GMC am Haus vorbei. Sehr langsam. Ich habe zwei Männer erkannt!“

Der Weg führte in einiger Entfernung am Haus vorbei, ein großer Vorgarten trennte Gebäude und Landstraße voneinander.

„Bist du wirklich sicher? Aus dieser Entfernung kann man nicht viel erkennen“, gab Patrick zu bedenken.

„Sie fuhren sehr bedächtig vorbei, und beide Männer schauten intensiv zu uns“, beharrte Linda, die mittlerweile angstvoll zitterte. „Ich glaube, ich habe einen der Männer von Tondheimer erkannt. Ich spüre ihn. Tondheimer muss in der Nähe sein.“

„Ihr beide und eure Ahnungen“, stöhnte Patrick.

„Wir verschwinden“, Doro sprang auf, „es ist zu gefährlich hier. Wir teilen uns auf“, sie drehte sich zu Julia um, „aus eurem Geplänkel entnehme ich, dass du und dein Mann nach Fort Lauderdale wollt, also fahrt hin, wir nehmen Linda mit und treffen uns“, nun überlegte sie kurz, „in der Höhle des Löwen. Dort vermuten sie uns nicht“, und leiser, „hoffe ich zumindest.“

Patrick nickte lediglich, während Julia bereits ihre Sachen einpackte.

„Ich bleibe hier“, meinte Eduardo, „wohin auch so schnell mit den Kartons voller Akten. Wenn ihr in einem halsbrecherischen Tempo aufbrecht und Rudolfo und ich uns hier im Haus still verhalten, ahnen sie nicht, dass das Haus noch bewohnt ist. Außerdem“, er lächelte Julia beruhigend zu, „werde ich das belastende Material zu dem Notar bringen, den meine Tochter sich ausgesucht hatte.“

„Wir warten eine Stunde ab, die Zeit benötigen wir, um alles einzupacken, wenn bis dahin nichts passiert, fahren wir los“, ergänzte Rudolfo.

„Linda, du fährst mit Doro und Nick“, der Kommandoton Julias ließ keine Wiederrede zu, „wir melden uns in“, sie schaute auf ihre Armbanduhr, „zwölf Stunden. Wir benötigen ungefähr vier bis zum Strandhaus, hin und zurück sind es acht Stunden, bleiben uns vier zum Suchen und Graben.“

„Das dürfte reichen“, stimmte Patrick zu, „sollten wir in der Zeit nichts gefunden haben, ist es aussichtslos. Wir können nicht auf eine Vermutung hin das gesamte Grundstück durchwühlen, dazu ist es zu groß. Er könnte Alice auch im Meer versenkt haben, dann werden wir nie etwas entdecken."

Julia stand bereits umgezogen vor ihm, in der Hand hielt sie einen Rucksack, den die Clique speziell für ihre Einsätze vor Jahren entwickelt hatte. Gut verstaut darin: zwei Klappspaten, ein Bolzenschneider und verschiedenes Kleinwerkzeug. Die Waffe steckte wie immer in ihrem rückwärtigen Hosenbund, eine zweite hielt sie ihrem Mann hin.

„Wer hat die beschafft?" Patrick steckte sie ebenfalls ein.

„Das wollen wir gar nicht wissen? Oder?" Sie warf einen Blick zu Rudolfo, der den Kopf schüttelte.

Zehn Minuten später fuhren beide los, der Rest packte und wollte eine halbe Stunde später aufbrechen.

Patrick übernahm das Steuer, verwundert, dass es keine Einsprüche von Julia gab, die sich auf das Navi konzentrierte, um das Ziel einzugeben.

„Wie kann es sein, dass Tondheimers Leute uns aufgespürt haben?" Sie zweifelte keine Sekunde an der Ahnung ihrer Tochter.

„Es gelang ihm auch bei Sabine. Sein Netzwerk scheint riesig zu sein."

Schweigend legten sie die nächsten vier Stunden zurück, Julia telefonierte einmal mit Doro, um sich zu vergewissern, dass sie das gemietete Haus verlassen hatten, und legte beruhigt auf.

„Sie warten in Coras Haus auf uns." Patrick merkte, dass sie vermied, es als ihres zu bezeichnen, und ahnte die emotionale Belastung, die wieder einmal auf ihren Schultern lag.

In Fort Lauderdale nahmen sie von der 95 aus den Sunrise Boulevard bis zum Ozean, bogen dann auf den Atlantic Boulevard Richtung Norden ab und erreichten kurze Zeit später das von Natursteinsäulen flankierte Zufahrtstor. Die hohe Umfassungsmauer ließ keinen Blick auf das Strandhaus Durantes zu. Den Wagen parkte Patrick fünfzig Meter entfernt in einer Seitengasse. Sie stiegen schweigend aus, streiften Handschuhe über, schnappten sich ihre Rucksäcke und marschierten bis zur linken Seite der Mauer des quadratisch angelegten Grundstückes. Vorsichtig bewegten sie sich an der Umfassungsmauer entlang, Richtung Meer, bis sie nach weiteren zweihundert Metern an der anderen äußersten Ecke der Mauer standen. Julia hob resigniert die Schultern: „Wann werden wir mal wieder ein Grundstück oder Haus wie jeder normale Mensch durch die Haustür betreten können? Ich hasse es, immer den Hintereingang zu nehmen."

„Wenn wir so weitermachen, wohl nie", antwortete Patrick, deutete Richtung Ozean, „lass uns bis zum Strand und dann von der Seite aus versuchen, auf das Areal zu gelangen. Ich bin mir nicht sicher, ob hier eine Überwachungsanlage installiert wurde."

Einige hundert Meter weiter, kurz vor dem Wasser, fand Julia eine Stelle, die sie mühelos überwinden konnten. Patrick kontrollierte zuvor, ob verräterische Drähte oder Funkkameras zu sehen waren. Sie gelangten ohne Schwierigkeiten auf das mittlerweile verwahrloste Grundstück, orientierten sich kurz, und Patrick deutete auf eine unwegsame, zugewucherte Stelle, die vage Ähnlichkeit mit dem Ort auf dem Foto besaß, das Julia in Coras Dose entdeckt hatte.

„Dort lass uns anfangen." Er nahm seinen Rucksack ab, öffnete ihn, zog einen stabilen Klappspaten hervor, montierte ihn zu einem funktionsfähigen Gerät, „meiner Meinung nach starrt Durante auf einen Punkt zwischen dieser Palme und dem Oleanderstrauch."

Julia hielt mittlerweile ihr Werkzeug fertig geschraubt in Händen: „Dann los, keine Müdigkeit vorschützen, je eher wir etwas gefunden haben, um so schneller sind wir wieder bei Linda." Die Sorge um ihre Tochter stand Julia deutlich ins Gesicht geschrieben.

An besagter Stelle gruben sie, zunächst heftig, mit zunehmender Tiefe vorsichtiger, an verschiedenen Stellen Löcher.

„Wie tief? Was meinst du", Julia hielt inne, schaute in eine quadratische Öffnung, circa fünfzig Zentimeter tief, „hier ist nichts, ich versuche es einen halben Meter weiter zur Mauer hin." Sie ging drei Schritte weiter und fing erneut an zu graben.

„Vielleicht müssen wir doch einen Meter in die Tiefe gehen", überlegte Patrick, beobachtete immer wieder die nähere Umgebung, sobald er meinte, ein Geräusch zu hören, „oder wir versuchen es ein kleines Stückchen weiter zum Strand hin."

Julia hielt plötzlich inne, schaute sich irritiert um. Erneut spürte sie einen eiskalten Windzug.

„Wir sind hier richtig." Mit energischer, fester Stimme grub sie weiter. Den eiskalten Hauch wertete sie als Bestätigung, den richtigen Ort, den korrekten Platz gefunden zu haben. Alice schien ihr ein Zeichen zu geben, oder vielleicht auch Cora? Wie besessen grub sie tiefer, sie vergrößerte das Loch, hektisch atmend wischte sie sich den Schweiß von der Stirn, die Sonne brannte ihr im Nacken, die Temperaturen lagen bei dreißig Grad im Schatten, und sie verspürte den Wunsch, etwas zu trinken, wollte aber nicht aufhören, da sie ahnte, dem Ziel nahe gekommen zu sein. Patrick beobachtete ihre Verbissenheit und half ihr. Wenig später stieß sie auf etwas. Eine Wurzel? Ein Stein? Nein. Instinktiv wusste sie es.

Erschöpft ließ sie sich in den Sand sinken. Kein Ton kam ihr zunächst über die Lippen.

„Haben wir Alice gefunden?" Nach fast fünf Minuten Schweigen, in dem Patrick sorgfältig und langsam weitergrub, schauten sie auf Knochen, eindeutig, unwiderlegbar.

Patrick bestätigte ihre Vermutung mit einem Nicken. „Ja. Ganz sicher, ich denke, wir haben Durantes erste Frau gefunden."

Patrick nahm sein Handy und rief Di Lauro an. Er sollte die Polizei mit einem anonymen Hinweis informieren.

„Seid ihr in fünfzehn Minuten verschwunden? Ist der Ort gut sichtbar?"

„Man kann die Stelle nicht übersehen, und ja, in einer Viertelstunde sind wir weg, wir treffen uns in Coras Haus."

Julia und Patrick packten ihre Sachen zusammen, schulterten ihre Rucksäcke und verschwanden ungesehen über die Mauer. Den eiskalten Wind, den unbeweglichen Luftzug, den unerklärlichen Hauch des Hasses, verspürte sie nicht mehr. Ruhe, Gelassenheit, Befriedigung erfasste sie.

Erst im Auto zogen sie ihre Handschuhe aus, erst als sie sich erschöpft in die Sitze fallen ließen, wagte Julia es, nach den Wasserflaschen zu greifen. Ihre leerte sie in einem Zug. Die Temperatur nahm zu. Das Thermometer stieg auf fünfunddreißig Grad, Julias schweißdurchnässte Kleidung klebte an ihrer Haut.

Die Klimaanlage im Wagen brachte Erleichterung. Patrick fuhr zurück, so dass sie die Einfahrt zu Haus und Grundstück im Blickfeld hatten, ließ den Motor laufen und lehnte sich wartend zurück. Keine zwanzig Minuten später erschien der erste Streifenwagen und hielt vor der Einfahrt. Zwei Polizisten sprangen heraus, stürmten eilig zum Tor und klingelten. Als sich nichts rührte, stieg einer der beiden Beamten über den Zaun, orientierte sich kurz und schwenkte Richtung Meer. Kurz vor dem Gebüsch stockte er, sah die ausgehobene Grube, näherte sich ihr langsam, reckte den Hals und schaute hinein. Er stieß einen lauten Pfiff aus und winkte seinem Kollegen zu. Dieser reagierte sofort, hielt sein Handy ans Ohr und gab den Leichenfund an die Zentrale durch. Sein Kollege sputete zurück, vor dem Tor hielt er, sagte etwas, worauf der andere zum Streifenwagen ging, einen Bolzenschneider aus dem Kofferraum holte und die Kette, die das Tor verschloss, durchtrennte.

Patrick legte den Gang ein und fuhr langsam zurück zur Hauptstraße. Als sie außer Sichtweite der Polizisten waren, beschleunigte er und trat den Heimweg an.

„Geschafft, alles Weitere wird sich ergeben“, sagte er, „ich bin gespannt, was sie noch finden.“

Julia ahnte, was er damit meinte. Immerhin hatten sie Timo noch nicht entdeckt. Lag er ebenfalls verborgen dort im Sand?

Die Such- und Grabungsaktion nahm Julia mehr mit, als sie es sich eingestehen wollte. Sie wollte Patrick nichts von ihren Gefühlen, dem eiskalten Nebel, der ihr über die Schulter strich, als Zweifel und Ungläubigkeit in ihr aufkam, ob sie das Richtige tat, erzählen. Würde er es verstehen? Würde er begreifen, wenn sie ihm von den ständigen Träumen, den mystischen Verbindungen zu den Toten erzählte?

Das Inferno ihrer Gefühle und Ahnungen teilte sie mit Linda, nur sie verstand es annähernd.

Die Rückfahrt unterbrachen sie nur, um etwas zu essen. Julia verspürte Hunger, nachdem sie nur morgens gefrühstückt und bis zu ihrer Abfahrt vom Strandhaus keinen Bissen herunterbekommen hatte. Die Erleichterung, wieder ein kleines Teilchen in dem großen Puzzle gefunden zu haben, ist ihr anzusehen, dachte Patrick. Eine halbe Stunde später befanden sie sich wieder auf dem Weg nach Fort Meyers. Julias halbherzige Frage, ob sie nun fahren sollte, wurde von Patrick lächelnd verneint. So schloss sie die Augen und versuchte zu schlafen.

Coras Haus machte einen unbewohnten Eindruck, als sie das Tor einige Stunden später erreichten. Julia konnte sich immer noch nicht an den Gedanken gewöhnen, es als ihr Eigentum zu betrachten. Patrick öffnete es per Fernbedienung, und sie fuhren zügig bis zum Eingang.

Die Haustür öffnete sich augenblicklich, als sie davor hielten. Doro eilte ihnen entgegen. „Und? Ist noch etwas passiert?“

Julia schüttelte den Kopf. „Es lief alles glatt. Die Polizei wird sicherlich schon erste Nachforschungen anstellen. Uns hat niemand gesehen, wir konnten ungehindert den Heimweg antreten, aber“, sie standen mittlerweile in der Diele, „haben sich Tondheimers Leute nochmals sehen lassen?“ Doro schüttelte den Kopf. „Mehr können wir hier nicht tun, wir sollten zurück nach Deutschland.“

Nick trat hinter Doro, gefolgt von Patrick. „Sammeln wir die Meute ein, oder schicken wir sie getrennt zurück?“

Doro stand bereits an der Saeco, fragte nicht, sondern drückte den Knopf.

„Also auf nach Deutschland. Amanda und Linda schicken wir zurück ins Camp."

„Linda wird nicht einverstanden sein", lächelte Patrick amüsiert.

„Sie hat keine Wahl", meinte Julia rigoros, „sie fliegt mit Amanda zurück. Habt ihr sie schon informiert?" Doro verneinte es.

„Zuerst sollten wir abwarten, was die Polizei herausfindet, ob die Leiche wirklich Alice ist. Es sind nur Knochen, anhand der Kleidung kann Amanda sie nicht identifizieren."

„Hat Eduardo der Polizei den entsprechenden Hinweis gegeben?"

„Natürlich. Man wird sich bei Amanda melden, in Deutschland. Deshalb muss sie schnell zurück."

„Also packen! Warum schleppen wir eigentlich immer die ganze Sippe mit", Nick erwartete keine gezielte Antwort, die wusste er bereits, „wir vier alleine, wir sind schneller." Als sich Julia mit Doro in der Küche aufhielt, fand Patrick endlich Gelegenheit, alleine mit Nick zu sprechen.

„Julia lässt nicht gerne jemanden ohne ihre Oberaufsicht zurück", grinste Patrick, „die Kontrolle über ihre Familie zu verlieren löst in ihr Panik aus." Dann wurde er ernst. „Was mir mehr Sorgen bereitet, sind ihre verdammten übersinnlichen Wahrnehmungen. Sie meint, ich hätte es heute nicht gesehen. Als wir nach der Leiche suchten, merkte ich es, sie stutzte kurz, schien intensiv einer imaginären Stimme zu lauschen, um mir dann zu sagen, wo wir weitergraben sollen. Wie immer hatte sie recht."

„Du meinst, irgendjemand suggerierte ihr, wo sie ..." Nachdenklich fuhr sich Nick mit der Hand durchs Haar, langsam sprach er weiter: „Wenn sie tatsächlich eine telepathische Verbindung zu Alice herstellen kann, dann sollte es auch möglich sein, von ihr zu erfahren, was es mit Timo auf sich hat, wo er heute steckt, vielleicht lebt er noch."

„Nicht irgendjemand erzählt es ihr, sie scheint eine Stimme zu hören, etwas zu spüren, nicht real, nicht existent, aber wo der Junge steckt", Patrick schüttelte den Kopf, „das weiß sie nicht."

„Wer steckt wo?" Die Frauen kamen mit kalten Getränken zurück, noch bevor Doro eine Antwort erhielt, läutete das Handy, und eine aufgeregte Linda forderte ihre Mutter auf, den Fernseher einzuschalten.

„Die Presse berichtet bereits über den Leichenfund", Julia hörte einen Anflug von Panik aus der Stimme ihrer Tochter, „wie haben sie es so schnell erfahren, es ist doch gerade mal vier Stunden her, dass Eduardo die Polizei anrief!"

„Sicherlich gab es nicht nur einen anonymen Hinweis bei der Polizei", deutete Julia an, hielt sich mit weiteren Äußerungen zurück, wusste aber genau, wie sie Coras Vater einzuschätzen hatte. „Beeil dich", ermahnte sie ein weiteres Mal ihre Tochter, „Patrick sagte es dir bereits, wir müssen verschwinden. Hast du gepackt?"

„Natürlich, im Notfall bin ich schneller als du", lachte sie, „hab erst gar nicht ausgepackt. Ich ahnte, wir würden nicht lange bleiben", sie wurde sofort wieder ernst, „du brauchst keine Angst haben, Doro hat mir vieles beigebracht und außerdem bleiben wir in Verbindung, immer."

Linda fühlte, genau wie Julia, die Stimmen der Parallelwelt.

„Spürtest du auch etwas", verunsichert runzelte Julia die Stirn, „diese Eiseskälte?"

„Den kalten Hauch der Rache? Ja, ich erlebte ihn. Wer mag es sein? Cora oder Alice?"

„Es sind keine Worte, es ist keine Stimme, es ist eine Ahnung, eine", sie versuchte ihre Empfindungen in Worte zu fassen, fröstelte, „eine Wahrnehmung im Unterbewusstsein", Linda sprach für ihre Mutter weiter: „Ein Sinneseindruck! Er schwimmt aus irgendeiner Ecke des Unterbewusstseins ans Licht. Ja, ich verstehe, was du meinst, ich bin auch ab und zu in diesem Vakuum gefangen, in dieser pulsierenden Stille."

Einen Moment lang sprachen sie kein Wort, bis Linda leise: „Bis nachher", sagte und auflegte.

Julia schüttelte die beklemmenden Gedanken ab und konzentrierte sich auf die Nachrichten. Es gab keine weiteren Berichte über den Skelettfund.

Die Härte in ihren Augen, die Kälte in ihrer Stimme signalisierten Patrick, dass sie sich konzentrierte.

„Ist alles in Ordnung mit Linda und Amanda? Fliegen sie freiwillig zurück, oder muss ich Gewalt anwenden, sie fesseln, knebeln und in einer gut verschlossenen Kiste nach Hause schicken?"

Durch den Humor Patricks verzogen sich Julias Mundwinkel zu einem Lächeln, ein Lächeln, das ihre Augen nicht erreichte. „Nein, alles bestens, wir können uns auf beide verlassen. Sie fliegen morgen zurück", absurderweise spürte sie eine gewisse Zufriedenheit, „sobald wir zurück sind, schlagen wir endlich zu! Wenn ich Rücksicht nehmen muss, was hinter meinem Rücken passiert, bin ich abgelenkt. Wer sich nicht konzentrieren kann, begeht Fehler. Fehler können in unserer Situation tödlich sein", sie klang beherrscht, fast zu beherrscht, „wir vier alleine, und sonst niemand!" Der Anflug von Gereiztheit in ihrer Stimme ließ nach.

„Packen wir unsere Sachen", Nick signalisierte Patrick, ihm zu folgen, „sie braucht Zeit für sich, Ruhe, ein aufmunterndes Gespräch mit Doro."

„Doro ist nie aufmunternd, Doro ist knallhart, sie wird ihr gnadenlos die Meinung sagen", stotterte Patrick, lächelte dann wissend auf. „Ach so!"

„Genau, Julia ist im Augenblick zu aufgewühlt, sie braucht einige exakte, genaue, zielorientierte Ansagen, und wer beherrscht das besser als Doro?"

Doros unnachgiebige Kraft, ihr unerschütterliches Selbstvertrauen, signalisierte Stärke, ohne arrogant zu wirken. „Erzähl, was ist mit Linda?"

„Die Ahnungen, diese mystischen Sinneseindrücke, sie erlebt sie auch."

„Was stört dich daran? Es ist nicht tragisch, es ist nicht beängstigend, warum irritierte es dich, dass Linda das Gleiche spürt?"

Julia zuckte nachdenklich die Schultern. „Es stört mich und eigentlich auch wieder nicht. Aber genug davon, vielleicht bin ich irgendwann froh, wenn ich ihr ein paar Geistesblitze per Nebelpost schicken kann." Julia nahm es wieder gelassener, die betrübte Stimmung schwand, sie raffte sich auf. „Wir werden mal unsere Männer kontrollieren, ob sie alles richtig machen, die Sache mit dem Packen, meine ich. Ich möchte mich noch von Linda und Amanda verabschieden, aber erst wenn es dunkel ist."

Zwei Stunden später saß sie mit Doro bei Amanda und plagte Linda erneut mit Ermahnungen und Verhaltensregeln, bis diese endlich genervt laut aufstöhnte.

„In Amandas Haus ist es sicher", überlegte Julia erneut, „wartet dort. Wir nehmen einen anderen Flug und treffen uns später im Camp. Wir melden uns, sobald es möglich ist." Sie setzte an, um weitere Erläuterungen zu geben, als Doro, Amanda und auch Linda sie unterbrachen: „Julia, nun ist aber Schluss. Wir wissen alle genau, wie wir uns verhalten müssen", Amanda versuchte es mit beruhigenden Worten, „notfalls starten wir direkt durch nach Abu Dhabi." Als sie in die erstaunten Augen Julias blickte, erläuterte sie: „Das habe ich alles mit Wilhelm und Eduardo abgesprochen. Ich habe eine Kreditkarte von Di Lauro erhalten, damit ich unabhängig bin, der Verfügungsrahmen ist enorm, trotzdem hoffe ich, niemals davon Gebrauch machen zu müssen."

Julia verabschiedete sich zögernd von Amanda und ihrer Tochter, umarmte sie nochmals und flüsterte ihr zu: „Wenn du Hilfe brauchst, machen wir es wie früher, schick mir deine Gedanken."

„Wir könnten es zur Abwechslung mal mit einer SMS versuchen, Mama, es soll da so ein kleines, hochentwickeltes Ding geben, mit dem man tatsächlich telefonieren oder Nachrichten verschicken kann."

Doro schüttelte belustigt den Kopf, als sie zurückfuhren. „Sie ist genau wie du, mehr als du ahnst. Als ich mit ihr trainierte, dachte ich, du bist es, du stehst vor mir. Sie ist eine Kämpfernatur. Denk immer daran: wir sind die Besten. Wir schaffen auch Tondheimer.“ Leidenschaftlich fuhr sie fort: „Er wird in die Falle gehen, ganz sicher.“ Die letzten geflüsterten Worte brauchte sie als Bestätigung für sich selbst.

Aber – war Leidenschaft nicht die Vorstufe zur Besessenheit?

Deutschland

„Hast du etwas herausgefunden? Ich will Fakten, Ergebnisse. Sofort“

Eifrig nickte Tondheimers Angestellter: „Ich habe das ehemalige Camp überprüft. Es wurde verkauft an einen niederländischen Rechtsanwalt, aber was interessant sein dürfte, er vertritt eine Holding mit Sitz in Abu Dhabi.“

„Abu Dhabi“, nachdenklich strich sich Tondheimer übers Kinn, sprach zu sich selbst, „immer wieder Abu Dhabi. Die Spur führt in die Emirate. Ich will wissen, wer hinter dieser Holding steckt, ich will Namen.“

„Eine weitere Firma, ein Ableger dieser Holding, ist in Amsterdam registriert. In Abu Dhabi befindet sich nur eine Zweigstelle. Leider ist das Firmenkonstrukt so kompliziert verschlungen, dass ich immer wieder auf eine Mauer stoße, eine sehr hohe Mauer.“

„Haben wir wenigstens eine Anschrift oder eine E-Mailadresse dieser Holding? Wir sollten einen Versuchsballon starten. Ich will sie aus der Reserve locken, ich muss Linda wiederhaben, es ist wichtig, lebenswichtig. Sie war hier, sie war in meinem Haus, sie hat etwas gesucht, wenn ich nur wüsste, was! Wenn ich nur im Entferntesten ahnen würde, wie viel sie weiß ...“ Er überlegte mehr für sich, wütend, nervös und überreizt. „Ich werde sie hervorlocken, aus ihrem Versteck, aus dem Untergrund ... aber erst müssen wir uns noch um etwas anderes kümmern!“

„Das ist bereits geschehen, ich habe es veranlasst. Wahrscheinlich ist der Fall bereits in diesem Augenblick endgültig gelöst. Ich warte nur noch auf die telefonische Bestätigung.“

Kapitel 39

Patricks Handy piepste, gerade als er vor dem Flughafen in Fort Meyers hielt. In zwei Stunden wollten sie den Rückflug antreten. Er kontrollierte die SMS von Sterner und erbleichte.

„Mein Gott", stotterte er, „Enders!"

„Was ist mit ihm? Hat er geredet?"

Patrick schüttelte den Kopf. „Das kann und wird er nicht. Nie mehr. Man hat ihn umgebracht, im Gefängnis."

„Wenn er zwei Jahre überlebt hat und man ihn erst zum Schweigen brachte, als er plaudern wollte, dann", Julia grübelte, „dann muss es jemand erfahren haben, der das verhindern wollte."

„Dann wusste er mehr, als wir ahnten", Patrick holte das Gepäck aus dem Kofferraum, „Cora wurde auch ermordet, bevor sie uns weiterhelfen konnte, eine reine Vorsichtsmaßnahme, sicherlich auch bei Enders."

„Tondheimer", nickte Doro, „er räumt auf!"

Leider mussten sie mit den gleichen Reisepässen ausreisen, mit denen sie angekommen waren. Sie hofften inständig, dass Tondheimers Leute die Spur nicht so schnell aufgreifen konnten, die außer Landes führte. Der Flug nach Madrid ging in zwei Stunden, von Spanien aus planten sie, per Auto nach Deutschland zu reisen. Linda und Amanda befanden sich bereit auf dem Heimweg, per Flighttrack verfolgte Julia den Flug auf ihrem iPad.

Drei Stunden später, in den engen Sitzen der Touristenklasse, zogen sie es vor, die Unterhaltung belanglos zu gestalten. Nervös schaltete Julia das iPad vor dem Start aus, beruhigend drückte Patrick ihre Hand: „Wilhelm ist zur Stelle, er holt sie am Flughafen ab, und während des Fluges können Tondheimer oder seine Leute nicht dazusteigen."

Julia versuchte ein Lächeln. Ihre Sehnsucht nach einem ruhigen Leben ohne immerwährende tödliche Gefahr für Kinder und Familie verfestigte sich in ihren Gedanken, der dazugehörige Plan ebenfalls.

„Angriff ist die beste Verteidigung", flüsterte Doro ihr zu, nachdem sie den ersten Schluck Kaffee getrunken hatte, „wir sollten endlich etwas unternehmen."

„Nachher, wenn wir alleine sind", flüsterte sie zurück, deutete mit dem Kopf auf die Männer. „Mit dem gleichen Gedanken spiele ich auch, mein Gehirn strickt gerade an einem Plan", murmelte Julia, „die Rache ist mein."

Doros Augenbraue zuckte. „Sollen wir das nicht lieber dem Herrn überlassen?“

„Sicherlich, natürlich, aber wir sollten ihn tatkräftig unterstützen, hier auf Erden“, grinste Julia gedämpft. Wieder einmal einer Meinung mit ihrer besten Freundin, schloss sie die Augen und nickte ein.

Kaffee! Der verführerische Duft von Kaffee stieg ihr durch die Nase geradewegs ins Hirn. Sie schlug die Augen auf und entdeckte Patrick, der ihr eine dampfende Tasse unter die Nase hielt. „Falls Koffein jemals verboten werden würde, wird das für dich ein echtes Problem!“

Sie schüttelte den Kopf: „Falls man je versuchen sollte, Kaffee zu verbieten, würde ich sie alle umbringen, womit das Thema ein für alle Mal erledigt wäre.“ In diesem Augenblick verließ der Flieger seine Reiseflughöhe. Eine halbe Stunde noch, dachte sie, bis zur Landung in Spanien.

Kapitel 40

„Kein Wort, zu ... du weißt schon“, Patrick stand am Kofferraum des Mietwagens, „ich will sie nicht beunruhigen, aber es strapaziert sie, Julia ist am Ende ihrer Kräfte, sie lässt sich nichts anmerken, aber immer wenn sie sich unbeobachtet fühlt, sehe ich es ihren Augen an.“

„Ich bin nicht lebensmüde“, unterbrach Nick ihn leise, „sobald wir im Camp sind, starten wir den Hinterhalt. Ich habe auch keine Lust und Ausdauer mehr, dieses Spielchen weiter zu betreiben. Wir handhaben es wie im Flugzeug besprochen.“

„Was flüstert ihr da?“ Doro näherte sich, und sie stoben wie Kinder auseinander, die beim Zündeln erwischt wurden. Nachdenklich runzelte Doro die Stirn, tat aber so, als bemerke sie nichts.

„Wir überlegten nur, ob wie in Dénia einen Zwischenstopp einlegen oder direkt nach Deutschland durchfahren sollten“, warf Patrick schnell ein, zu schnell, wie Doro registrierte. Sie ahnte es, die beiden führten etwas im Schilde. Nachdenklich warf sie Julia einen Blick zu, die ihr kaum merklich zunickte. Ein leichtes, flüchtiges Lächeln umspielte ihre Lippen.

Konzentriert packten sie den Wagen. Unaufgefordert setzte sich Patrick ans Steuer.

„Dénia mit Zwischenstopp oder sofort nach Deutschland?“

„Sofort zum Camp“, kam es unisono aus dem Mund von Julia und Doro, „die E-Mails checken wir unterwegs“, meinte Julia, „sollte etwas Unvorhergesehenes passieren, entscheiden wir direkt.“

Die nächsten Stunden verbrachten sie gelangweilt im Wagen, wechselten sich beim Fahren ab und erreichten das Camp sechzehn Stunden später.

In der Zwischenzeit telefonierte Julia mit Linda, Amanda und natürlich mit Wilhelm.

„Hier ist während eurer Abwesenheit nichts passiert. Die Polizei sucht weiter nach der Leiche Vera van Burens und findet sie nicht“, ein kurzes Auflachen begleitete Wilhelms Worte, „dass man Enders im Gefängnis umgebracht hat, das wisst ihr bereits. Wenn Durante davon erfährt, schlottern ihm sicherlich die Knie aus Angst, dass ihm das Gleiche passiert, sollte er je reden. Wir müssten ihn davon überzeugen, auszusagen und ins Zeugenschutzprogramm zu gehen, aber“, er dachte sicherlich an Cora, der man das auch versprach, „ich glaube nicht, dass er damit einverstanden sein wird.“

„Nein“, wiegelte Julia ab, „vielleicht weiß er etwas, vielleicht kennt er die Hintermänner, vielleicht ahnt er etwas, vielleicht kennt er die Rolle Tondheimers in diesem Spiel. Vielleicht ist er auch nur ein winziges Rädchen im großen Getriebe. Wir, ich meine Doro und ich“, die letzten Worte flüsterte sie in den Hörer, „haben vor, Tondheimer eine Falle zu stellen. Es wäre mir wohler, du würdest dir Linda und Amanda schnappen, sie in ein Flugzeug verfrachten und nach Abu Dhabi in Sicherheit bringen. Dann wäre mir wesentlich wohler, wenn sie nicht in der Schusslinie wären und du ebenfalls. Glücklicherweise sind Eduardo und Rudolfo in Florida.“

„Du hast recht! Aber wenn ich es mir genau überlege, wirst du dann unvorsichtig, und das möchte ich vermeiden.“ Wilhelm durchschaute sie. Zerstreut hielt sie das Handy in der Hand, starrte es nachdenklich an, ohne es wirklich zu registrieren.

Dann, plötzlich, es kam wie aus dem Nichts, spürte sie wieder den eiskalten Hauch, schüttelte sich, sah auf die Gänsehaut ihrer Arme, ballte ihre Fäuste und kämpfte gegen einen unbekannten Feind, einen Schatten. Die Ungewissheit schnürte ihr die Kehle zu, sie versuchte tief Luft zu holen. Sekunden später sah sie klar und deutlich den Plan vor sich, die imaginäre Anleitung, wie sie den Feind ausschalten konnte.

Erleichtert rief sie Doro zu: „Lass uns den 911er anwerfen, er steht in der Remise, wir sollten eine kleine Probefahrt unternehmen!“

„Du hast es gut“, seufzte Patrick, seine Gedanken weilten beim Jaguar, der seit nahezu zwei Jahren unbenutzt in der Garage stand.

„Der knallrote Flitzer ist leider zu auffällig“, grinste Julia, nun wesentlich besser gelaunt als noch vor zehn Minuten, „du solltest ihn umspritzen lassen, schwarz zum Beispiel“, sie legte tröstend ihre Arme um seinen Nacken, drückte ihm geräuschvoll einen Kuss auf die Wange, „armer, geplagter Göttergatte! Nun musstest du schon so lange auf dein Spielzeug verzichten, während ich“, Patrick schaute sie missbilligend an, „meins hier habe und fahren kann.“

„Ich lasse ihn umspritzen“, verkündete er missmutig.

„In Lila mit gelben Pünktchen? Dann fällt er garantiert nicht auf“, nickte sie, „du hast recht, dann ist er von einem Tarnmantel überdeckt.“

Ein grimmiges, aufgebracht verdrießliches „Mpff“ war die Antwort.

„Wir lassen ihn schmollen“, winkte Julia der lachenden Doro zu, „lass uns eine Spritztour machen, mal etwas die Gegend inspizieren, kontrollieren, ein wenig Staub aufwirbeln.“

Missbilligend verfolgte Patrick die beiden Damen, als sie sich zielstrebig der Großgarage näherten. „Etwas stimmt nicht“, murmelte er, „sie brüten etwas aus.“ Er drehte sich um und ging zielstrebig in die Baracke.

„Sag nichts“, empfing Nick ihn, „ich beobachte Julia und Doro schon seit einigen Stunden.“

„Ehe sie eine Dummheit begehen, sollten wir etwas unternehmen und endlich diesem Spuk ein Ende bereiten.“

„Da unsere Frauen ihre Spritztour machen, können wir in der Zwischenzeit überlegen, wie wir Tondheimer aus der Reserve locken“, Nick schenkte zwei Gläser Wasser ein, „du weißt, als unsere drei Damen der Tondheimer Villa einen Besuch abstatteten, kopierte meine Frau die Daten des Servers und Computers unseres guten Freundes Friedrich Tondheimer. Wir besitzen die Zugangsdaten, die aktuelle, sehr private Mailadresse und, was wichtig ist, seine extrem geheimen Unterlagen“, er nahm einen weiteren Schluck, schaute nachdenklich aus dem Fenster ins unwegsame Gelände des Camps, „wir müssen versuchen, ihn persönlich zu uns zu locken, nicht seine Handlanger. Sie machten in den letzten Wochen Fehler. Ich hoffe, er riskiert nicht, dass seine Hilfskräfte etwas von seinen krummen Geschäften erfahren. Wir müssen es hinbekommen, dass er selbst kommt, um die Sache endlich zu erledigen, und da setzen wir an. Also, ich habe mir Folgendes gedacht ...“ In der nächsten halben Stunde erläuterte Nick Patrick die Idee, anschließend diskutierten sie ihre Strategie.

„Die Angelegenheit hat nur einen Haken! Wie gelingt es uns, Doro und Julia abzulenken?“ Nick hielt nachdenklich sein leeres Glas in der Hand. „Da müssen wir uns einen sehr triftigen Grund einfallen lassen, einen sehr überzeugenden ..."

Patrick nickte. Er wusste genau, was ihn erwartete, sollte Julia dahinterkommen, dass er und Nick ohne ihre Frauen etwas unternehmen wollten. Ein müdes Seufzen entglitt seinen Lippen, lang und vernehmlich. „Es wird schwierig, es geht nur mit Wilhelms Hilfe, ihn haben wir sofort auf unserer Seite, wenn es um die Sicherheit seiner Mädels geht, aber trotzdem ..."

Nick sprach das aus, was er ebenfalls befürchtete. „Dann müssen wir ihn einweihen. Und das ist nicht gut", er schüttelte den Kopf, lächelte dann. „Vielleicht gibt es noch eine Möglichkeit ..."

Patricks Kopf ruckte hoch, in Erwartung, die ultimative Lösung zu hören.

Einige Kilometer weiter hielt Julia den Porsche an einem Waldweg an. Ein Zaun umfasste das dahinterliegende Areal.

„Ein seltsamer Ort, um ein Gespräch zu führen", runzelte Doro die Stirn, „aber wenn ich es mir genau überlege, eigentlich passend. Warum hier?" Der Wagen stand auf einem Parkplatz in Richtung eines kleinen, versteckt liegenden Eingangstores, durch das man auf den Friedhof gelangen konnte, ohne den Haupteingang benutzen zu müssen.

„Sie liegen dort." Doro verstand sofort, wen Julia meinte. „Drei Gräber, zwei davon belegt mit meinem Sohn und meinem Ehemann. Tondheimer hat sie auf dem Gewissen, ich weiß noch nicht warum, vielleicht finde ich es nie heraus, vielleicht doch. Kannst du verstehen, dass ich die Särge ausgraben möchte, mit den bloßen Händen?" Sie wartete keine Antwort ab. „Ich will mich vergewissern, ob sie tatsächlich dort unten liegen! Nachdem ich weiß, dass der dritte Sarg leer ist, überkommt mich immer wieder dieses starke Gefühl, nachschauen zu müssen. Es ist wie ein Zwang, eine Sucht, ich muss mich beherrschen, bis der Anfall vorbei ist. Ich fühle mich wie eine Süchtige, wie eine Heroinabhängige auf Entzug." Tränen standen in ihren Augen. „Ich habe noch nie mit jemanden darüber geredet, ich konnte es einfach nicht."

Doro schwieg erschüttert. „Gehst du davon aus, dass noch ein Sarg leer ist? Der von deinem Sohn?" fragte sie schließlich.

Julia schüttelte traurig den Kopf, spürte wieder die Kälte. „Nein, ich habe Linda gefragt, was genau damals passierte, ob sie alleine ausgestiegen sei oder auch ihr Bruder. Sie verneinte es. Holger und Christoph befanden sich bei der Explosion definitiv im Auto. Sie sind tot. Ich weiß es letztlich genau", sie zögerte, „es ist dieser eisige Hauch, der mir seit Wochen Angst einjagt."

„Das Gefühl, das dich immer wieder beschleicht, wie jetzt auch?"

Julia nickte. „Ich spüre eine fremde Person, einen Nebel, ein Individuum, kein Mensch, kein wirklicher, eher einen Geist ... Aber ich glaube nicht an Gespenster. Ich möchte den Teil meines Gehirns ausschalten, der mir keine Ruhe lässt, der mir das Unaussprechliche suggeriert und ständig fragt: Liegen sie wirklich dort? Doro, ich höre sie nicht rufen, nachts, im Traum, wenn ich die Augen schließe, so wie Linda, also müssen sie tot sein!" Verzweifelt zwang Julia sich, die Autotür zu öffnen.

„Ich komme mit", erklärte Doro. Julia ging zum kleinen Eingangstor, öffnete es, hielt an, um sich zu orientieren, überlegte und lief zögernd los.

Langsam erzählte sie weiter. „Ich habe das Gefühl, als wenn mir jemand einen Fingerzeig geben will, einen Wink, plötzlich sehe ich klar vor mir, was ich vorher nur ahnte."

„Deshalb wusstest du definitiv, wo wir suchen mussten. Ich dachte es mir schon. Du standest einige Sekunden reglos da, bevor du es in deiner bestimmenden Art sagtest, und erst als du wieder unter uns weiltest, wurde deine Gesichtsfarbe normal und war nicht mehr kreideweiß."

Sie näherten sich den drei Gräbern von Julias Familie. Kurz blieben sie davor stehen.

Erstaunt registrierte Doro die gepflegten Ruhestätten.

„Ich schloss schon vor Jahren einen Vertrag mit einem ansässigen Gärtner ab, der sie einige Zeit lang pflegen wird, und überwies das Geld im Voraus."

„Riskant, aber er scheint den Vertrag einzuhalten, oder hast du ihm mit vorgehaltener Waffe gedroht?" grinste Doro. „Aber, nun sag schon, warum sind wir hier?"

Sie blieben noch eine ganze Minute vor den Gräbern stehen, schwiegen und spürten den Wind im Gesicht, bis Julia bereit war, den Plan zu erläutern. „Dort drüben ist eine Bank, setzen wir uns, dann erklär ich dir, wie wir die Angelegenheit beenden können."

Eine Stunde erklärte sie Doro, ihrer besten Freundin, ihrer Partnerin, der Frau, der sie ihr Leben jederzeit anvertrauen würde, bedenkenlos, blindlings, der Gefährtin, die ihr schon zweimal das Leben rettete, ihren Plan. Ab und zu schüttelte diese den Kopf, ab und zu warf sie etwas ein, ab und zu nickte sie. Trotz aller Bedenken stand sechzig Minuten später der Plan.

„Aber wie schaffen wir es, Nick und Patrick abzulenken? Ich will sie nicht beunruhigen, sie würden sich Sorgen machen." Doro wirkte nachdenklich. „Wir brauchen Wilhelm, dürfen ihn aber nicht einweihen, sonst halten uns drei Männer von unserem Plan ab, wir brauchen eine Idee, eine sehr gute."

Langsam, mit einem Blick auf die Gräber, stand Julia auf. „Lass uns zum Camp zurück. Wenn dieser Albtraum enden soll, müssen wir mit dem Plan beginnen.“

Kapitel 41

Zwei Stunden später saßen einige Personen schweigend um den großen, langen Tisch, der wie eh und je die Küchenzeile vom gemeinschaftlichen Wohnraum der Clique trennte. Wilhelm, voll bepackt mit Pizzen, schneite unerwartet herein.

„Ich dachte mir schon, dass niemand von euch daran dachte, etwas Essbares einzukaufen.“ Er stellte fünf Schachteln auf den Tisch, verteilte Besteck, holte Gläser aus dem Schrank und einige Flaschen Cola und Wasser aus dem Kühlschrank. „Nun erzählt, was ist passiert?“

„Nicht viel“, berichtete Patrick. Das ungewöhnliche Schweigen schien Wilhelm nicht zu irritieren, zumindest zeigte er es nicht, er redete hartnäckig weiter über Nebensächlichkeiten. Julia, in ihren Überlegungen gefangen, weilte in einer Parallelwelt und hörte nicht zu.

„Hast du gehört“, energisch schubste Wilhelm sie an, „ich brauche dich morgen!“

„Wie? Was?“ Endlich zeigt Julia eine Reaktion. „Entschuldigung“, meinte sie zerknirscht, „ich hab nicht zugehört. Was soll ich? Morgen?“

„Ich brauche Doro und dich, morgen gegen elf Uhr. Ich habe einiges bei der Bank zu erledigen, es sind Unterschriften zu leisten, und außerdem muss der Grundstücksvertrag noch von euch gegengezeichnet werden. Ich dachte ...“

Bevor Wilhelm zu weitere Erläuterungen ansetzte, fuhr Doro dazwischen: „Morgen haben Julia und ich einen Termin.“ Sie stockte, schaute lächelnd zu Nick und Patrick. „Eine Überraschung. Wir fahren morgen nach Julianadorp“, sofort wiegelte sie ab, die Bedenken der drei Männer kannte sie bereits, „wir werden uns unauffällig verhalten, es wird uns niemand erkennen. Aber Wilhelm, du hast doch Patrick und Nick, falls Unterschriften nötig sind, dann können sie es ebenso erledigen.“

„Das ist eine sehr gute Idee“, stimmte Patrick schnell zu, zu schnell, wie Julia beunruhigt feststellte. Sie runzelte die Stirn, eine tiefe Falte bildete sich zwischen ihren Augenbrauen, nachdenklich schaute sie Patrick an, der sich eilig wegdrehte. Sie planen etwas, durchfuhr es sie wie ein Blitz, Wilhelm sollte sie ablenken.

Doro räusperte sich, warf einen kurzen, eindringlichen Blick zu Julia. „Wir müssen noch die Betten frisch beziehen.“ Sie sprang auf, Julia folgte ihr sofort, murmelte: „Ich helf dir.“ Beide rannten aus dem Wohnzimmer, erst im Schlafzimmer blieben sie erstaunt stehen.

„Das läuft ja perfekt, und dann noch ohne unser Zutun“, Doro schüttelte verwundert den Kopf, „wir müssen nicht einmal Wilhelm einweihen. Allerdings, wenn wir morgen starten wollen, müssen wir heute noch die E-Mail verschicken.“

„Ich habe alles vorbereitet, hier oben“, Julia deutete mit dem Zeigefinger auf ihre Stirn, „steht Text und Plan. Wir locken ihn hervor, ohne Bodyguard, nur Tondheimer.“

Sie meinte wieder einen kalten Hauch zu spüren, schüttelte den Sinneseindruck aber sofort energisch ab.

„Und wenn er ein falsches Spiel spielt?“ grübelte Doro. „Ich trau ihm nicht über den Weg, wir sollten einkalkulieren, dass er nicht alleine auftaucht, dass der Feind im Hintergrund lauert.“

„Das ist mir bewusst, deshalb brauche ich Rückendeckung“, Julia lächelte, „denk immer daran, wir sind die Besten, nur es weiß niemand, auch Tondheimer nicht. Wir sind auf alles gefasst. Durch Nicks hervorragende Ausbildung werden wir mit mehreren Männern gleichzeitig fertig“, sie schwieg Sekunden, „was auch niemand weiß“, sie lachte auf, „allerdings lief es fast zu glatt, ich meine, mit Patrick und Nick. Sie schienen fast erleichtert, als sie hörten, dass wir nach Holland wollen. Sie haben etwas vor, und mir scheint, Wilhelm ist eingeweiht.“

Doro nickte. „Wir lassen uns nichts anmerken, das erspart langatmige Erklärungen.“

Mittlerweile hatten sie die Betten neu überzogen. Julia wagte hastig einen Blick Richtung Wohnzimmer. Niemand in der Nähe. Eilig nahm sie ihr iPad auf, loggte sich in ihr Postfach ein und schrieb einen wenige Zeilen umfassenden Text, kurz, prägnant, dennoch mit einer unterschwelligen, nicht zu ignorierenden Drohung, überflog die Formulierung nochmals und schickte die Nachricht kurzentschlossen ab. „Erledigt“, atmete Julia erleichtert auf, „der erste Schritt ist immer der schwierigste.“

„Waffen?“

„Natürlich, sie liegen unten, gesichert, wie früher.“

„Wagen getankt? Wir nehmen den Voyager.“

„Ja.“

Es fühlte sich an wie früher, diese kurzen, prägnanten Fragen, die exakten Antworten, das berechenbare, akkurate Handeln, die gründliche Vorbereitung, nur der Plan B fehlte und würde hoffentlich nicht benötigt.

Julia schnappte sich die Wagenschlüssel des Vans. Als sie wieder ins Wohnzimmer kamen, warf sie Patrick den Schlüssel des 911er zu.

„Damit deine Augen wieder lächeln", hauchte sie ihm entgegen, „fahr mal mit meinem Spielzeug, Doro und ich werden ein paar Einkäufe erledigen, dazu eignet sich die große Ladefläche perfekt."

„Irgendwie fühle ich mich erleichtert", meinte Patrick nachdenklich, schaute verwundert auf den Schlüssel des Porsches, „aber freiwillig gibt sie ihn eigentlich nie ab!"

„Sie haben uns ausgetrickst", Nick schmunzelte, „so einfach ist das. Sie waren nicht im Keller. Lass uns nicht weiter darüber nachdenken, vielleicht wollen sie tatsächlich nur eine Shoppingtour unternehmen", redete er sich ein, glaubte es allerdings nicht, „das gibt uns Gelegenheit, mit unserem Plan zu beginnen."

„Warum Keller?" Wilhelm begriff es nicht sofort.

„Dort lagern die Waffen, gut gesichert im Tresor", erklärte Patrick, „wenn sie sich nichts aus dem Safe geholt haben, bin ich beruhigt."

Nick nahm, nachdem er sich vergewissert hatte, dass der Van das Grundstück verließ, sein iPad hervor, schrieb eine E-Mail und drückte auf „Senden". „Erledigt."

„Woher habt ihr die E-Mailadresse?" fragte Wilhelm. „Ich kann mir nicht vorstellen, das Tondheimer sie jedem gibt."

„Tut er auch nicht", Nick schlenderte zu den Schlafräumen und schaute erstaunt auf die frisch bezogenen Betten. Damit hatte er nicht gerechnet, drehte sich kopfschüttelnd um und kam zurück. „Du erinnerst dich doch, dass Doro die Daten seines privaten Computers gesichert und mitgebracht hat, die E-Mailadresse unseres guten Friedrich befand sich unter diesen Daten. Wir sind sogar im Besitz seiner Zugangscodes, es ist mal nicht erforderlich, Passwörter zu knacken, eigentlich langweilig."

„Wir haben ihm eine E-Mail geschickt. Er wird ahnen, dass wir es sind. Er wird es durchs Internet riechen, dafür haben wir gesorgt. Wir holen ihn persönlich aus dem Bau. Er wird keinen seiner Bodyguards schicken", erläuterte Patrick Wilhelm, „er wird alleine auf der Bildfläche erscheinen, um an das Beweismaterial zu kommen."

„Das ihr nicht habt", vollendete Wilhelm den Satz.

„Exakt“, bestätigte Patrick, „wir geben ihm detaillierte Hinweise, Informationen, aus denen er schließen muss, dass wir etwas gegen ihn in der Hand haben, nur so können und werden wir ihn aus der Reserve locken. Und dann ...“ Er vollendete den Satz nicht, Nick wusste Bescheid, und Wilhelm ahnte, was er meinte.

„Auf in den Kampf“, Doro richtete ihre Aufmerksamkeit auf die Straße, „ich erledige es.“

Julia schwieg. Zwei Stunden später hielten sie in einiger Entfernung vor einem Bürokomplex in der Aachener City. Doro holte ein Kaugummi aus ihrer Tasche, riss die Verpackung auf und steckte einen Streifen in den Mund, kaute hastig und seufzte zwei Minuten später: „Wie ich dieses verfluchte Zeug hasse. Wenn es nicht so wirkungsvoll wäre ...“ Sie kontrollierte ihre Waffe, versteckte sie in ihrer Jackentasche, holte erneut tief Luft, öffnete die Autotür und stieg aus. „Dass du verdammt noch mal auf mich wartest“, ermahnte sie Julia, „ich weiß, nicht fluchen, aber es hilft, hebt die Stimmung, zumindest meine, und beruhigt ungemein.“ Schnurstracks schlenderte sie auf den Eingang des Bürogebäudes zu, blieb kaugummikauend vor dem großen, dunklen, blankpolierten Mercedes stehen, warf einen Blick ins Innere, sah den in dunkelgrau gekleideten Chauffeur bewundernd an und umrundete die funkelnde Limousine.

„Mensch, ey, die möchte ich auch mal fahrn“, betont lässig bewundernd, trotzdem auf die fast dümmliche Tour versuchte sie ein Gespräch mit dem Fahrer zu beginnen, „is das Ihr Auto? Hab gehört, hier soll es noch nen Aston Martin geben. Hab ich mitgekriegt von meinem Onkel, der arbeitet für den Tondheimer.“

„Stimmt“, ließ sich der Chauffeur herab, eine Antwort zu geben, „der Boss fährt am liebsten mit seinem kleinen Sportwagen, ein ziemlich edles Teilchen“, Bewunderung sprach aus seiner Stimme, „er lässt aber niemanden mit dem Flitzer fahren, auch mich nicht. Der da“, er deutete auf die Limousine, „der ist für offizielle Fahrten, den Kleinen nimmt er privat.“

„Meinen Se“, ehrfürchtig bestaunte Doro nun das Innere, ging kurz um den Wagen herum, kniete nieder, um unter das Auto zu schauen und erhob sich Sekunden später wieder, „kann ich vielleicht mal ‘n Auge auf den Aston Martin werfen? Hab den noch nie aus der Nähe gesehen. Der soll ja immer in der Tiefgarage stehen, wie mein Onkel sagt.“

Der Fahrer schaute sich beinahe ängstlich um, zögerte, nickte dann. „Aber nur ganz kurz, der Boss sieht es überhaupt nicht gerne, wenn Fremde in die Garage gehen. Wo arbeitet denn dein Onkel?"

Doro improvisierte. „Ach, der ist nur der Gärtner am Privathaus. Da darf ich nicht rein, auch nicht aufs Grundstück", sehnsüchtig schaute sie Richtung Tiefgarage, „nur mal angucken, einmal streicheln, das wär's."

„Dann komm mal schnell mit, halt dich aber im Hintergrund, damit dich niemand sieht, einmal streicheln und dann verschwinden. Ist das klar? Mehr nicht. Anschließend sofort wieder raus. Ich will keine Schwierigkeiten bekommen. Sollte uns jemand sehen, weiß ich von nichts. Sollte es brenzlig werden, dann leugne ich, dich hier reingelassen zu haben und schmeiß dich eigenhändig wieder raus! Klar?"

Doro nickte, folgte ihm und stand eine gute Minute später vor dem Aston Martin. Hingebungsvoll umrundete sie ihn, der Chauffeur blickte nervös um sich, blieb in einiger Entfernung stehen, beobachtete konzentriert abwechselnd die Einfahrt zur Garage und die Tür zum innenliegenden Treppenhaus. Alles blieb ruhig. Trotzdem winkte er Doro zu, sich zu beeilen. Diese umrundete den Sportflitzer, bückte sich, um die Reifen zu bewundern, stolperte, erhob sich sofort, streichelte einmal liebevoll über die Motorhaube, seufzte tief, riss zögernd den Blick von dem Auto los, drehte um und bewegte sich zielstrebig auf den Fahrer und den Ausgang zu. Draußen angelangt, atmete sie tief durch, hauchte: „Danke, das war schon immer mein Traum. Keine Angst, es bleibt unter uns, ich will ja auch nicht, dass mein Onkel seine Arbeit verliert." Rasch drehte sie sich um, lief die Straße entlang bis zur nächsten Ecke und verschwand aus dem Blickfeld des Chauffeurs. Der lehnte sich lässig gelangweilt gegen den schwarzen Mercedes, um auf weitere Anweisungen seines Chefs zu warten, ohne zu ahnen, dass die letzten Sekunden von der Chefetage des Bürokomplexes aus beobachtet wurden.

Auch Julia verfolgte Doros Vorstellung aus sicherer Distanz, setzte sich ans Steuer und folgte Doro, die in einer Seitenstraße auf sie wartete.

„Wer war das?" Der schneidende Ton hinter ihm, ließ den Chauffeur herumfahren. Er hatte das Herannahmen Tondheimers nicht bemerkt. Hastig warf er die Zigarette weg, die er sich erst vor Sekunden angezündet hatte. Bleich suchte er nach einer Antwort.

„Niemand", stotterte er, „nur ein junger Kerl, der den Mercedes bewundert hat, aber eigentlich fragte er nach dem Weg. Er suchte den Bahnhof, hatte sich anscheinend verlaufen."

Tondheimer winkte ab, verzichtete auf eine detaillierte Erklärung. „War er in der Tiefgarage?“

„Nein, natürlich nicht! Es war niemand dort oder hat den Mercedes berührt, darauf habe ich geachtet!“

Tondheimer schwieg, suchte mit den Augen die Umgebung ab und verschwand wieder im Bürogebäude.

Kreidebleich atmete der Fahrer erleichtert aus. Noch mal gutgegangen, dachte er. Die strengen Regeln des Konzerns waren allgemein bekannt, und niemand wagte dagegen anzugehen, aus Angst, den Arbeitsplatz zu verlieren. Der stets gegenwärtige Chef achtete persönlich auf die Einhaltung all seiner Regeln, Befehle und Instruktionen.

„Es klappte besser, als ich dachte“, Doro spuckte das Kaugummi aus, noch bevor sie sich auf den Beifahrersitz setzte, „mal schauen, ob es funktioniert.“ Sie griff auf den Rücksitz, holte einen Gegenstand in Handygröße hervor, warf einen Blick darauf und nickte zufrieden, „gut, dass deine Tochter uns auch über die kleinen Charakterschwächen Tondheimers informiert hat.“ Doro lächelte freudlos, Julia nickte zufrieden, meinte irritiert, einen kühlen Luftzug zu verspüren.

„Scheiße“, fluchte Doro, „er hat etwas bemerkt. Er steht am Mercedes und quetscht den Fahrer aus. Hoffentlich hält er dicht.“

„Keine Sorge, sonst verliert er seinen Arbeitsplatz, das wird er nicht riskieren. Kannst du die Unterhaltung verfolgen?“

„Klar und deutlich. Puh, er schweigt. Entwarnung. Wir sollten damit in Serie gehen, wenn es all unsere Erwartungen erfüllt, und danach sieht es aus.“ Doro starrte angespannt auf den kleinen Bildschirm des Minigerätes.

Erbost schnaufte Julia. „Zweifelst du, du Ungläubige? An mir? Der Allmächtigen? An deinem Ehemann, mit dem ich es entwickelt habe?“

„Oh große Herrin, lass Gnade walten, natürlich hegte ich niemals Bedenken ...“ Beide lachten entspannt auf. Es durfte kein Fehler, kein auch noch so kleiner Fehltritt oder Ausrutscher passieren, sie waren auf sich allein gestellt, ohne Hilfe der Clique.

In diesem Augenblick läutete Doros Handy, sie warf einen amüsierten Blick auf das Display und drückte die grüne Taste.

„Nick, Liebling, vermisst ihr uns schon? Wir haben die Kreditkarten noch nicht vollständig geplündert, und im Kofferraum ist noch Platz, also ...“ In ihren Augen sah man kurz Unsicherheit: „Wir brauchen noch etwas Zeit, Julia probiert gerade das achte Paar Schuhe an“, sie stöhnte theatralisch auf, „sie kann sich nicht entscheiden, aber ich glaube, so in zwei Stunden könnt ihr mit uns rechnen.“

„Patrick und ich sind nicht im Camp, lasst euch Zeit. Wir können uns in der Pizzeria La Grotta treffen, sagen wir um acht?“

„Okay.“

Sie legte auf, starrte Julia an, die mittlerweile die Autobahnauffahrt erreicht hatte.

„Wir müssen noch im Einkaufscenter halten und irgendeinen Blödsinn kaufen, sonst glaubt uns keiner.“

Tondheimers mulmiges Gefühl in der Magengegend ließ nicht nach. Sagte sein Fahrer die Wahrheit? Hat er sich wirklich nur mit dem Kerl unterhalten? Von seinem Fenster aus überblickte er nicht den Eingang der Tiefgarage. Wenn sie im toten Winkel gestanden und sich unterhalten haben, dann wäre es nicht tragisch. Sicherheitshalber schaute er sich den Aston Martin genauer an, umrundete ihn zweimal nachdenklich, fand nichts, was darauf hindeutete, dass jemand etwas manipuliert hatte. Trotzdem! Nach den beiden E-Mails, die ihn erreicht hatten, war Vorsicht geboten. Er konnte sie nicht zuordnen, der Schock saß tief, jemand besaß Informationen, die ihm gefährlich werden konnten. Das Wissen einer oder mehrerer unbekannter Personen, die Kenntnis über Dinge besaßen, die er seit Jahren zu vergessen suchte, ließ ihn instinktiv Gefahr ahnen. Mit einem Fluch auf den Lippen nahm er den Aufzug zu seinem Büro.

Alles ging in letzter Zeit schief. Glaubte er, gewisse Mitwisser aus dem Weg geräumt zu haben, tauchten weitere Personen auf. Die Situation wurde nicht besser, im Gegenteil.

Er wollte, nein, er musste die Sache persönlich in die Hand nehmen. Die Handlanger, die er in den letzten Monaten engagiert hatte, erwiesen sich als Trottel. Idioten, die ihr Handwerk nicht verstanden. Sabine blieb verschwunden. Er konnte sich nicht darauf verlassen, dass sie nicht mehr lebte. Linda wurde bald achtzehn, bis dahin musste sie wieder bei ihm sein. Als Julia, ihre Mutter, sie vor zwei Jahren entführte, glaubte er noch an ein leichtes Spiel, wurde aber eines Besseren belehrt. Sie schien nicht so dumm und blöd zu sein, wie Enders sie stets dargestellt hatte. Ein Lächeln überflog seine verhärmten Gesichtszüge, wenigstens das hatte sich zu seiner vollsten Zufriedenheit erledigt. Enders war tot. Der dämliche Kerl wollte reden. Gut, dass er Freunde besaß, die ihm etwas schuldeten und ihn sofort informierten, ehe er eine Aussage machen konnte.

Nein, es war zu gefährlich, Fremde einzuschalten. Er durfte das Ruder nicht aus der Hand geben. Entschlossen, fast siegessicher, riss er sein Jackett vom Kleiderbügel, griff nach dem Autoschlüssel und eilte ohne ein Wort der Erklärung aus dem Büro. Der erstaunte Blick seiner Sekretärin verfolgte ihn bis zum Treppenhaus. Er rannte die Stufen hinunter zu seinem Sportwagen in der Tiefgarage und raste nach Hause. In seinem Hirn reifte ein Gedanke, ein Plan, wie er das leidige Thema endgültig aus der Welt schaffen konnte.

„Ach", stöhnte Julia, nachdem sie an einem kleinen Vierertisch Platz genommen hatten, „ist Einkaufen anstrengend. Meine Füße brennen, ich kann keinen Schritt mehr laufen, aber trotzdem ... Wir sollten es morgen wiederholen", lächelte sie Doro an, „ich habe da noch eine phantastische Bluse gesehen ..."

Doro schaffte es, begeistert zu nicken, während Nick und Patrick sich verblüfft anschauten.

„Das trifft sich gut, wir wollen morgen nach Frankfurt in einen Elektromarkt, einige Kleinigkeiten einkaufen, damit wir das Camp besser absichern können." Patrick schlug die Speisekarte zu, bestellte, ohne seine Frau nach ihren Wünschen zu fragen. Als eingespieltes Team fiel Julia nicht auf, dass es Doro durcheinanderbrachte.

„Passiert das, wenn man länger verheiratet ist?"

Zuerst wussten Patrick und Julia nicht, was sie meinte, bis ihnen der Gedankenblitz kam. Beide lachten laut auf, Julia prustete, schüttelte den Kopf.

Nick übernahm die Antwort: „Fünf Jahre Teamwork mit absoluter Zuverlässigkeit, zwei Jahre Ehe, Kinder, übersinnliche Fähigkeiten ... Dann ist es normal."

Wieder meinte Julia einen entseelten, fast eisigen Hauch zu spüren.

Kapitel 42

„Eigenartig", Julia saß am Steuer des Vans, „keine Frage nach unseren Einkäufen." Sie schüttelte den Kopf, murmelte: „Dieses Desinteresse stimmt mich nachdenklich."

Doro hing ihren eigenen Gedanken nach, reagierte nicht, lehnte sich angespannt zurück und schloss die Augen. Die kurze Strecke zu Amanda legten sie nicht zu Fuß zurück. Die Haustür öffnete sich einen Spalt, als sie anhielten.

„Warum dauerte es so lange, bis ihr euch endlich an uns erinnert habt?“ Missbilligend, aber erleichtert blitzte Linda ihre Mutter zornig an. „Ich dachte, ihr habt uns vergessen. Amanda wollte schon eine Suchmannschaft losschicken.“

Im Hintergrund lächelte Amanda und schüttelte den Kopf. „Nicht ich, Linda. Sie machte sich Sorgen um euch.“

„Langsam“, beruhigte Doro beide, „so leicht sind wir nicht unterzukriegen.“

Linda wollte gerade weiter schimpfen, als Julia sie unterbrach. „Wir brauchen deine Hilfe.“

Linda glaubte sich verhört zu haben, dann erhellten sich ihre Gesichtszüge. „Ich nehme an, Patrick und Nick ahnen nichts. Wir gehen zum Angriff über, ich sehe es euren Gesichtern an.“ Schelmisch lachte sie auf, schaute in die verdutzen Mienen der beiden Frauen. „Endlich, das lange Warten ist zermürbend.“

„Zieh dich um“, kam es von Doro, „das Übliche, und zu niemandem ein Wort.“ Dann wandte sie sich Amanda zu: „Zu keiner Menschenseele.“ Amanda verstand.

Julia überlegte kurz. „Kann sein, dass wir dich brauchen. Ruf bitte sofort Wilhelm an, er soll Tickets nach Abu Dhabi buchen, erst einmal für euch drei. Es könnte ungemütlich werden, ich will, dass ihr sofort verschwindet und keine Fragen stellt, sobald ich das Startzeichen gebe.“ Die Anweisungen kamen eindringlich über Julias Lippen. „Wir melden uns, wenn wir Hilfe brauchen. Für den Notfall haben wir unsere Sender, aktivieren wir sie, wissen unsere Männer, was zu tun ist.“ Auf nähere Details ging Julia nicht ein, und Amanda vermied es, Fragen zu stellen.

„Ist es nicht besser, Linda bleibt bei mir?“ Sie wagte einen verzweifelten Einwand. Linda war ihr in den letzten Wochen ans Herz gewachsen.

„Ihr wird nichts passieren“, beruhigte Julia sie, „nur ein kleiner Ausflug, und ehe du dich versiehst, sind wir zurück.“

Ganz wohl, trotz der beruhigenden Äußerung, war Amanda nicht.

Linda verschwand in ihrem Zimmer und kam umgezogen innerhalb von drei Minuten zurück.

Doro lächelte. „Das muss beim nächsten Mal schneller gehen, deine Mutter schafft es in zwei Minuten.“ Es gelang ihr, die vorherrschende Spannung zu entschärfen.

„Was muss ich tun?“

Julia deutete auf den Van: „Wir erklären es dir unterwegs. Du musst nur vom Auto aus das iPad bedienen. Doro erklärt dir, was zu tun ist. Sollten Patrick oder Nick anrufen, wirst du sie abwimmeln und erzählen, dass alles in Ordnung ist."

„Wir sind also shoppen, so, so", Linda krauste die Stirn, „warum erledigt ihr es nicht alle gemeinsam? Ihr müsst mir nichts verheimlichen. Wir schalten heute Nacht Tondheimer aus. Ich bin nicht blöd. Erledigen wir es nicht endgültig, wird es nie enden. Er würde uns weiterhin verfolgen, wir müssten fliehen, untertauchen, uns verstecken und Angst um unser aller Leben haben."

„Kluges Mädchen", Doro lächelte, „ich zeige dir nun alles. Eins musst du unbedingt versprechen: Du bleibst im Auto, du rührst dich nicht vom Fleck. Julia und ich erledigen die Arbeit, du hilfst uns vom Wagen aus. Verstanden?" Sie schaute Linda direkt in die Augen und wartete auf die Bestätigung. Zögernd, zaudernd und zunächst unschlüssig, stimmte Linda zu.

„Ich erkläre dir, wie es funktioniert. Es sind hier einige Funktionen gespeichert, die du nicht kennst, sie sind neu, aber da du ein cleveres Mädel bist, wirst du schnell lernen, also hör zu ..."

Eine Stunde später hielten sie vor dem Haus, in dem sie als Familie Eschwege jahrelang gelebt hatten, unweit der Stelle, wo einige Jahre zuvor der Range Rover explodierte. Ein kalter Schauer lief Julia über den Rücken.

Linda schüttelte sich, atmete tief ein. Sie empfand ein ungutes, ablehnendes Gefühl, wieder in unmittelbarer Nähe des Ortes zu sein, wo ihr Vater und Bruder in Stücke zerfetzt wurden. Froh, nicht aussteigen zu müssen, duckte sie sich auf der Rückbank, konzentriert behielt sie das iPad im Auge. Doro und Julia stiegen lautlos aus.

„Du bleibst hier und rührst dich nicht von der Stelle", flüsterte Julia, „der Autoschlüssel steckt, du lässt den Motor an, sobald ich es sage." Beide Frauen streiften Handschuhe über, setzten ihre Headsets auf, die Verbindung untereinander und mit Linda stand. „Ist das klar?" Julia ermahnte ihre Tochter eindringlich. „Hast du noch Fragen? Alles begriffen? Uns darf kein Fehler unterlaufen."

„Mama, ich hab's kapiert. Du musst es nicht ständig wiederholen. Wie das Headset und ein Computer funktionieren ist für mich keine Gleichung mit drei Unbekannten. Ich lebe seit über zwei Jahren mit euch und diesen technischen Errungenschaften im gleichen Haus. Passt ihr besser auf, dass nichts schiefgeht. Macht keine Dummheiten. Hast du den Umschlag? Ich hoffe, ihr seid nicht aus der Übung." Entnervt schaute sie auf den kleinen Bildschirm vor sich. „Der Aston Martin ist übrigens einige Meter weiter geparkt." Linda warf einen Blick auf den kleinen Monitor, drückte dann eine Taste und legte per Fernbedienung den Wagen lahm. „Ihr könnt weiter, er kann euch nicht entkommen."

Treffpunkt war das leere, von Bäumen und Sträuchern überwucherte Grundstück links neben ihrem ehemaligen Zuhause.

Das Haus wirkte unheimlich, beklemmend, fast bedrückend auf sie. Julia musste ihren ganzen Mut aufbringen, um über den Zaun zu steigen und nicht an die Detonation von damals zu denken.

Wieder atmete sie tief durch, rief sich ins Gedächtnis, dass man alles kann, wenn man nur will, und der Wille war da, zweifelsfrei. Doro tippte sie leicht an, Julia nickte und hechtete über den Zaun. Es klappte besser, als sie dachte. Also bin ich doch nicht eingerostet, es ist lediglich das ungute, negative Gefühl, das mir Kopfschmerzen bereitet. Sie wartete förmlich auf den eiskalten Windzug, den dämonischen Hauch und wunderte sich, dass er ausfiel.

Geduckt blieb sie stehen, orientierte sich kurz, spürte Doros Atem hinter sich, winkte ihr zu, wartete auf ein bestätigendes Nicken und schlich weiter. Sie wollte einen großen Bogen schlagen und sich von der rückwärtigen Seite aus an das Nachbargrundstück heranschleichen.

Doro folgte ihr lautlos. Suchend blickten sie sich immer wieder um.

Sie erreichten die hintere Grundstücksgrenze, überquerten diese, bewegten sich kurz durch den sich dahinter befindlichen Wald, hielten sich links und erreichten das unbebaute Nachbargrundstück.

Nun mussten sie durch das dichte Gestrüpp in entgegengesetzte Richtung, zurück zur Straße, laufen. Wenn es so klappte, wie sie es sich vorstellten, würden sie ungefähr zweihundert Meter weiter und aus dem Sichtfeld der Häuser einen unbefestigten Weg erreichen. Dort hofften sie, auf ihren Widersacher zu treffen.

Wo steckte Tondheimer?

Ein leises, fast unhörbares Knacken ließ Julia herumfahren. Sie runzelte die Stirn, hielt Doros Arm fest, die sofort stehen blieb. Sie spürte Gefahr, erinnerte sich an eine andere Wirklichkeit, sie lag zwei Jahre zurück.

Die Erinnerung an den Tod Coras versuchte sie mit Gewalt zu unterdrücken. Um die Anspannung zu vertreiben, rieb sie sich den Nacken, drehte den Kopf in alle Richtungen und machte eine unbestimmte Handbewegung. Sie beherrschte sich, riss sich zusammen. Bloß nicht die Nerven verlieren, fuhr sie sich selbst wortlos an, du darfst dir keinen Fehler erlauben wie damals ...

Das mulmige Gefühl hielt an. Doro registrierte es. „Der Plan wird klappen“, sagte sie leise mit einem Anflug von Erregung in der Stimme. „Wir schaffen es.“ Julia nahm sich zusammen, schluckte die Beklemmung herunter und schlich weiter über das zugewucherte, unwegsame Grundstück Richtung Straße.

Urplötzlich erfasste sie ein eisiger Wind, abrupt blieb sie stehen, so dass Doro fast über sie gestolpert wäre. Erschrocken hielt sie inne. „Nun habe ich ihn auch gespürt“, flüsterte sie blass, „den kalten Windzug. Will er uns etwas sagen?“

„Wenn ich das wüsste. Vielleicht will uns jemand mitteilen, dass es eine Falle ist, vielleicht ist es ein Hinweis, dass wir auf der richtigen Spur sind.“ Sie schüttelte den Kopf. „Mit Bestimmtheit kann ich es nicht sagen.“

„Jemand? Ein Phantom? Welcher Geist? Welches Gespenst?“ fragte Doro leise.

„Cora, Alice, vielleicht beide, vielleicht noch eine weitere Person.“

„Ich finde in deinem Satz stehen zu viele Vielleichts!“

Julia antwortete nicht, sondern huschte geduckt weiter. Nur noch wenige Meter, und sie würden die Straße wieder erreicht haben, die sie nur wenige hundert Meter vorher verlassen hatten, um sich an ihren Gegner von hinten anzuschleichen, als Julia erneut meinte, ein Geräusch gehört zu haben. Ein Schatten?

Es muss Tondheimer sein, dachte sie. Dann hörte sie Geraschel hinter sich. Sie runzelte die Stirn. Ein Tier? Ein Vogel?

Konnten es zwei Personen sein? War Tondheimer nicht allein? Auch Doro schien unsicher, stockte ebenfalls und deutete mit der linken Hand einen Kreis an. Julia verstand. Beide zogen ihre Waffen, entsicherten sie und schlichen getrennt weiter.

Doro schlug einen Bogen, beide Frauen versuchten das Geräusch einzukreisen. Nach weiteren Schritten hob sich ein Schatten gegen den Himmel ab. Die zunehmende Dunkelheit erschwerte es ihnen, genauer zu erkennen, wer es war.

Eine Stimme am Ohr ließ sie aufhorchen. Linda flüsterte ihnen zu, dass sich jemand dem Aston Martin näherte. Eine einzelne Person steuerte die Beifahrerseite des Wagens an. Irritiert starrte Julia auf die Gestalt, die sich gegen den Himmel abhob. Ihr Herz pochte. Wo befand sich Doro? Hatte sie es gehört? Es mussten zwei sein. Verdammt, damit hatte sie nicht gerechnet. Etwas lief aus dem Ruder. Hatten sie Friedrich Tondheimer falsch eigeschätzt? Machten sie gerade einen gewaltigen Fehler?

„Die Person geht vorbei, eine Frau, sie warf nur einen kurzen Blick in den Sportwagen", kam die Entwarnung Lindas durchs Headset.

Niemand beachtete die Frau, die stirnrunzelnd weiterging, bis sie zwei Häuser weiter die Tür ansteuerte, aufschloss und im Inneren verschwand. Niemand sah, dass sie wenig später wieder herausschlüpfte und sich leise dem Zaun näherte, niemand sah, als sie über den Nachbarzaun kletterte, um einen Blick auf den Aston Martin zu werfen. Eine Minute später stand sie an einer hohen, ungepflegten Hecke, die eine Abgrenzung zum unbebauten Nachbargrundstück bildete.

Sie sah Schatten, Menschen, sie schlichen durchs Unterholz, bewegten sich gebückt, versteckten sich. Es herrschte beängstigende Stille. Die Frau beobachtete, die Frau grübelte, wagte aber nicht vorzutreten. Irgendetwas kam ihr an der Gestalt bekannt vor, die sich leichtfüßig im Unterholz auf eine andere Person zu bewegte.

Julia bemerkte von alldem nichts. Sie zog einen Umschlag aus der Innentasche ihrer Jacke, während sie mit der rechten Hand immer noch fest die entsicherte Pistole umklammerte. Sie erkannte den Weg, der unmittelbar vor ihr lag und die Gestalt, die sich halb gebückt, von hinten Tondheimer näherte: Doro, ihre Versicherung, ihre Partnerin, eine der wenigen Menschen, der sie vorbehaltlos ihr Leben anvertraute.

„Bereit?" flüsterte sie ins Headset und wartete auf die Antwort, die prompt von Linda kam. „Ja", eine Sekunde später auch von Doro.

Nun richtete sich Julia auf, schwenkte den Umschlag und rief mit verhaltener Stimme: „Tondheimer?"

Ein vorsichtiges, fast argwöhnisch leises: „Ja!" drang an ihr Ohr.

„Ich habe hier etwas in der Hand, wonach Sie seit Jahren suchen, was Sie dringend brauchen: das Originaltestament meines Mannes und Coras Unterlagen, die sie mir kurz vor ihrer Ermordung gab", Julia stockte kurz, „haben Sie das Geld?"

Sie wartete auf eine Antwort, meinte nochmals ein „Ja" zu hören.

„Stellen Sie den Koffer mit dem Geld vor sich auf den Boden und gehen Sie langsam zum Auto zurück, ich will Sie sehen", sie achtete auf die Laute in unmittelbarer Nähe, wartete auf das Klicken, wartete angespannt auf das Entsichern einer Waffe, nur um einen Grund zu finden, Tondheimer abzuknallen. Nichts geschah, nur leise Geräusche, Atmen, Schritte die sich vorsichtig entfernten, Bewegungen in unmittelbarer Nähe, Äste die knackten. Julia schlich zu der Stelle, wo er den Koffer mit dem Geld hingestellt hatte, ignorierte ihn, folgte dagegen Tondheimer im sicheren Abstand. Doro musste sich rechts neben ihm befinden, sah sie aber nicht. Dann meinte sie wieder eine Bewegung auszumachen, aber nicht dort, wo sie ihre Freundin vermutete, sondern direkt am Aston Martin. Unsicher blickte sie sich um.

„Verdammt, Doro, wo steckst du?“, flüsterte sie, „ich höre Geräusche und kann sie nicht zuordnen!“

Sie wartete auf eine Antwort, die kam aber nur von ihrer Tochter.

„Mama?“ Ein ängstliches Murmeln erreichte ihr Ohr. „Was ist los? Ich sehe hier zwei Leute, einer steht am Aston Martin, und einer scheint aus dem Gestrüpp zu kommen, wenn es Doro ist, warum meldet sie sich nicht?“

Julia ahnte eine Falle. „Verriegle den Van, ich weiß noch nicht, was hier los ist, aber wir müssen Ruhe bewahren. Doro?“ versuchte sie es nochmals, als endlich eine geflüsterte Antwort kam: „Ja, ich bin dicht hinter ihm, hab alles im Griff.“ Erleichtert atmete Julia auf, als sie Doro erkannte, hörte nun eine andere Stimme vom Sportwagen her.

„Bring mir den verdammten Umschlag, wenn du das Geld gezählt hast ...“

Der Schuss löste sich genau in dem Augenblick, als sie Doro warnen wollte, sie erstarrte, als sie ihn hörte, den Knall, der durch die Lautlosigkeit der Nacht peitschte. Sie sah Doro zusammensacken.

Mit einem Mal war es mit der Stille vorbei.

Ein Schrei voller Angst und Grauen, ein Schrei, der sie bis in die Knochen erschütterte. Sie ballte die Faust, schloss die Augen und fing an, am ganzen Leib zu zittern. Adrenalin verbrannte sie innerlich.

Sie hatte das Gefühl, sie stünde in Flammen. Ihr Herz hämmerte schmerzhaft in der Brust.

Dann, von einer Sekunde zur anderen, überkam sie eine unheimliche Ruhe. Sie verdrängte den Schmerz, wurde ruhig, fast gelassen und reagierte. Sie stand unter Spannung, die intensive Wut half, die Situation zu bewältigen.

Im Augenwinkel bemerkte sie schattenhaft, dass sich zwei Personen entfernten und eilig auf den Aston Martin zusteuerten, die erste ließ sich auf den Fahrersitz fallen, während die zweite es nicht mehr zur Beifahrerseite schaffte. Kurz bevor sie die Hand ausstrecken und die Tür öffnen konnte, erwischte sie Julias Kugel und streckte sie nieder. Sie knallte auf den Bürgersteig, und noch bevor sie den Boden erreichte, blickten die Augen leer ins Nichts.

Den zweiten Gangster erwischte sie am linken Arm, kurz bevor er die Tür zuschlagen konnte. Er wollte gerade den Wagen starten, aber nichts rührte sich. Julia sprintete hinterher, rannte zur Fahrerseite und riss die Tür auf, sah ins entsetzte Gesicht einer fremden Person. Verwirrt überlegte sie den Bruchteil einer Sekunde. Tondheimer hatte sich wieder einmal gedrückt und seine Handlanger geschickt, um die Drecksarbeit zu erledigen.

Der Fremde versuchte verzweifelt den Motor zu starten. Nichts war zu hören, kein Motorgeräusch, nur der verzweifelte Versuch, den Schlüssel zu drehen – und ein leises, sachtes, gedämpftes Plopp aus Julias Waffe.

Er schrie nicht einmal auf, als die Kugel seine Stirn durchbohrte, tot sackte er in sich zusammen.

Die gesamte Aktion dauerte lediglich Sekunden.

Julia bewegte sich mit eiskalten Augen und einem ausdruckslosem Gesicht zu Doro zurück, die bewusstlos und schwerverletzt im Gestrüpp lag.

Plötzlich machte sie eine Bewegung hinter sich aus, spürte eine weitere Person, schnellte herum und zielte mit der Pistole im Anschlag auf die Gestalt hinter sich.

„Julia“, eine entsetzte Stimme, nun direkt vor ihr, brachte nur ein Hauchen, ein Flüstern hervor, „Julia, bist du es wirklich?“

Sybille Allert, Julias ehemalige Nachbarin, stand fassungslos vor ihr, starrte entsetzt Doro an, die auf dem Boden lag und blutete, erkannte in ihr die Person, der sie vor kurzer Zeit die Unterlagen Holgers übergeben hatte. „Julia! Was ist hier los?“

Julia deutete ihr mit einer energischen Handbewegung an, Ruhe zu bewahrten und zu schweigen. Sybille verstummte sofort, während Julia ins Mikro flüsterte. „Linda, Doro ist verletzt, komm sofort mit dem Van, halt hinter dem Sportwagen.“

„Linda?“ Sybille Allert stutzte. „Deine Tochter? Sie lebt?“ stotterte sie. „Ich verstehe nichts mehr.“ Fassungslosigkeit stand in ihrem Gesicht geschrieben.

„Ich erkläre dir alles später, Sybille, halt endlich die Klappe“, kam der knallharte Befehl aus Julia Mund. In dieser Sekunde hielt der Van hinter dem Aston Martin, Linda sprang heraus, sah auf die beiden toten Männer und langsam übermannte sie überdeutlich die Erkenntnis, als sie endlich begriff, zu was ihre Mutter fähig war. Sie schaute abwechselnd auf die Leichen, dann auf Julia und registrierte erst dann erstaunt und überrascht Sybille Allert, ihre ehemalige Nachbarin.

„Sybille, du?“

„Linda“, sie drückte leicht ihren Arm, „ich bin froh dass es dich und Julia noch gibt. Dann hab ich es damals richtig beobachtet, aber niemand glaubte mir.“

„Sybille, wir müssen los“, drängte Linda, „wir müssen sie ins Krankenhaus bringen.“

„Helft mir, Doro in den Van zu legen, sie ist verletzt“, bellte Julia ihre Befehle. Schnell öffnete Linda die hintere Heckklappe des Vans. Vorsichtig hoben sie den schlaffen Körper an. Linda kletterte, Doros Füße in Händen haltend, in den Van und zog sie langsam mithilfe Julias hinein.

Während Julia versuchte, Doro bestmöglich zu versorgen, gab sie Linda und Sybille einen Überblick.

„Tondheimer ist nicht selbst gekommen, dieser feige Hund. Er hat Handlanger geschickt. Wir müssen Doro schnellstmöglich medizinisch versorgen lassen, ich kann es nicht alleine.“ Während der Erklärungen hörte sie nicht auf, die Wunde zu versorgen. Doro war immer noch bewusstlos. „Sybille, im Wäldchen steht ein Koffer, vielleicht besteht der Inhalt aus Geld, vielleicht auch nur aus Zeitungspapier, kontrolliere es bitte.“ Als Sybille loslaufen wollte, wurde sie von Julia gestoppt. „Halt, zieh erst Handschuhe über“, sie griff in ihre Jackentasche, holte ein Paar hervor und reichte sie rüber, „wenn nichts drin ist, lass ihn stehen, wenn er voll Geld ist, behalte es“, sie sah in das erstaunte Gesicht Sybilles.

„Behalten? Geld? Aber ...“, stammelte sie.

„Das Geld eines Verbrechers, eines Betrügers und Mörders. Wenn das hier beendet ist, dann kräht kein Hahn mehr danach“, Julia zog eine Spritze auf, die sie aus ihrem Koffer hervorgeholt hatte, aus dem Kasten, den sie stets und ständig bei sämtlichen Einsätzen dabei hatte und mit dessen Inhalt sie perfekt umzugehen vermochte. „Sobald wir weg sind, warte fünf Minuten, dann ruf die Polizei, erzähl denen, du hättest etwas wahrgenommen, das sich wie Schüsse anhörte, traust dich aber nicht, nachzusehen, erzähl nicht, was du gesehen hast, erzähl nicht, dass wir hier waren, denn wir alle existieren offiziell nicht mehr. Ich melde mich, sobald ich kann. Wenn ich dieses Desaster überlebe, dann erkläre ich dir alles, wirklich alles. Wie lautet deinen E-Mailadresse?“

Sybille nannte sie ihr, immer noch zu perplex, zu erstaunt, verblüfft und verwirrt, um einen klaren Gedanken fassen zu können.

„Wir müssen Doro wegbringen. Mach alles so, wie Mama es dir gesagt hat, und du wirst staunen, was wir alles berichten können.“

Kapitel 43

Julia handelte zügig, beherrscht. Jeder Handgriff, jede Bewegung saß. Roboterhaft erteilte sie Befehle, leise, dennoch für jedermann hörbar. Ihre Handlungen wurden von Linda und Sybille nicht in Zweifel gezogen oder hinterfragt. Sie stoppte die Blutung, wusste aber instinktiv, dass es nicht reichen würde. Mit blutverschmierten Händen zog sie ihr Handy hervor und wählte eine Nummer, die nicht eingespeichert im Adressbuch ihres Telefons vermerkt war. Eine Nummer, die niemand kannte, eine Nummer, die eigentlich nicht existierte, eine Nummer, die Rettung für Doro bedeutete. Am anderen Ende der Leitung und, wie sie meinte, einige tausend Kilometer entfernt, wurde abgehoben. Julia sprach nur wenige Worte: „Ich brauche deine Hilfe."

„Wo bist du?"

„Doro wurde angeschossen, sie ist schwer verletzt. Sie kann hier nicht ins Krankenhaus, das würde große Probleme mit sich bringen. Sie muss untertauchen."

„Welcher Flughafen ist in der Nähe?"

„Düsseldorf."

„Verstanden, warte." Die wenigen Worte Julias reichten als Erklärung. Am entgegengesetzten Ende knallten Befehle. Laut und vernehmlich erteilte die Frau Anweisungen, die niemand in Zweifel zu ziehen schien. Geschäftiges Treiben im Hintergrund, Worte, die Julia nicht verstand, wenig später gab dieselbe Frau Julia Anweisungen, klar, exakt, eine Adresse.

„Schaffst du das?"

„Ja", antwortete Julia.

„Sie starten in diesem Augenblick bereits", gab ihre Gesprächspartnerin durch, „ich gebe dir eine Telefonnummer, die du in einer halben Stunde anrufen musst, bis dahin sollst du am Eingang stehen, ich brauche deine Auto- und Telefonnummer, damit du erreichbar bist."

Julia tat, wie sie verlangte, richtete einen Blick auf Doro, die immer noch bewusstlos vor ihr lag. Linda drückte weiterhin, ängstlich ihre Mutter anschauend, eine Kompresse auf die Wunde.

„Was hat sie gesagt?"

„Hilfe ist unterwegs. Auf zum Flughafen. Beeilung", Linda nickte. Doro, für sie die Person, der alles gelang, die immer für sie da war, ihr stets half, die Person, von der sie ein Teil ihres Wissens erhielt, die ihr beigebracht hatte, zu überleben, mit allen erdenklichen Mitteln, ausgerechnet sie lag ohne Besinnung, völlig hilflos zu ihren Füßen. „ Wird sie wieder?"

Julia zuckte mit den Achseln und drehte sich zu ihrer Sybille Allert um: „Du weißt, was du zu tun hast?“ Diese nickte, streifte sich die Handschuhe über und lief los.

Julia erneuerte den Druckverband, hoffte, dass das Provisorium hielt, und schloss den Kofferraum.

„Ich tue alles Menschenmögliche, aber meine Möglichkeiten sind begrenzt.“

„Können wir Patrick oder Nick nicht zu Hilfe holen?“

„Nein. Sie sind zu weit weg, wir müssen es alleine schaffen.“ Linda legte zitternd eine Decke unter Doros Kopf und nahm Julias Arztkoffer entgegen.

„Halte sie fest, es wird eine stürmische Fahrt, wir müssen uns beeilen, jede Minute zählt.“ Linda kniete neben Doro, während Julia zum Fahrersitz rannte. Sie ließ den Motor an, fuhr aus dem einsam gelegenen Feldweg heraus und schaltete die Scheinwerfer erst ein, als sie einige Meter auf der Landstraße unterwegs waren. Dann tippte sie die Adresse in das Navigationsgerät, fünfundvierzig Minuten sollte die Fahrt dauern. Sie würde es schneller schaffen, schaffen müssen, denn das Flugzeug konnte nicht warten.

Gefühllos, zu keiner Regung fähig, hielt sie das Steuer in der Hand und lenkte den Wagen umsichtig durch den Verkehr. Glücklicherweise achtete Patrick stets darauf, Fahrzeuge mit einem Automatikgetriebe zu beschaffen, damit man, wie er sich scherzhaft ausdrückte, die andere Hand für die Waffe frei hatte. Sie dachte im Stillen, dass ihr Mann mal wieder eine weise Entscheidung getroffen hatte.

„Press deine Hand fest auf die Wunde.“ Fast sanft, ohne in den Rückspiegel zu schauen, die Augen weiter auf die Straße gerichtet, sprach sie mit Linda, die nur ein „Ja, mache ich“ hauchte.

Sie erreichten die Autobahnauffahrt. Noch fünfunddreißig Minuten. Julia fädelte sich in den laufenden Verkehr ein und gab Vollgas. Der Van, oftmals als lahme Familienkutsche angesehen, schoss vorwärts. Nun machten sich die fast zweihundert PS bemerkbar.

Zum Glück waren wenige Fahrzeuge unterwegs, die Autobahn fast frei. Julia blieb auf der Überholspur, immer wieder schweifte ihr Blick zum Navigationsgerät. Noch fünfundzwanzig Minuten bis zum Ziel. Sie fuhr zügig, vermied allerdings einen zu auffälligen Fahrstil.

Fünfzehn Minuten.

„Wie geht es ihr?“

„Sie atmet schwer.“ Lindas besorgt geflüsterten Worte drangen schwach zu Julia.

„Versuche sie ruhig zu halten, sie darf sich auf keinen Fall bewegen. Blutet sie noch stark, oder konnten wir zumindest das stoppen?"

„Ich glaube, es wird weniger. Wann haben wir das Tor erreicht?"

„Noch zehn Minuten", erklärte Julia, „ich werde in einigen Minuten anrufen, damit man weiß, dass wir in der Nähe sind."

Linda schwieg.

Mit sicherer, fester Stimme versuchte Julia Linda abzulenken. „Kontrolliere nochmals den Verband. Hat er sich gelöst? Nein? Gut, wir sind gleich da. Halt Doro gut fest, wir verlassen gleich die Autobahn."

Julia nahm den Fuß vom Gaspedal, als das Navigationsgerät Order gab, in achthundert Metern die Ausfahrt zu nehmen. Das Tempo verlangsamte sich leicht, sie setzte den Blinker und sagte: „Festhalten."

Dann tippte sie die Telefonnummer ein, die sie eine gute halbe Stunde vorher erhalten hatte, und schaltete auf Lautsprecher, damit Linda mithören konnte. Eine Stimme meldete sich.

„Sind Sie da?"

„Noch zwei Minuten. Laut meinem Navi sind es noch vierhundert Meter."

„Achten Sie auf ein Leuchtzeichen, Sie müssten mich sehen." Etwa hundert Meter weiter blinkte eine Lampe auf, Julia antwortete mit einem kurzen Aufblenden, bremste scharf ab und stoppte millimetergenau vor einem Wachmann, der die Beifahrertür aufriss und in den Wagen sprang.

„Schnell, rechts durch das Tor, die Maschine landet bereits, wir müssen uns beeilen. Der gesamte Flugbetrieb wird im Augenblick für ungefähr fünfzehn Minuten aufgehalten", erklärte er hastig, „fahren Sie geradeaus weiter", er dirigierte Julia bis aufs Flugfeld, wo ihr eine nicht gerade kleine Maschine entgegen kam.

„Stoppen Sie", befahl ihr Beifahrer, worauf Julia mit quietschenden Reifen anhielt.

Das Flugzeug rollte fast nicht mehr, als schon die Tür aufgestoßen und eine innenliegende Gangway herabgelassen wurde. Zwei Personen, ein Arzt und ein Sanitäter mit einer Trage, eilten die Treppe herunter, Julia stieg aus, rannte um den Voyager herum, öffnete die hintere Klappe und winkte den beiden Männern zu, die augenblicklich herbeistürmten. Sie schienen über die Situation im Bilde zu sein, kümmerten sich um Doro, hievten sie auf die Bahre und bewegten sich eilig die wenigen Meter Richtung Flugzeug zurück. Der Wachmann, der Julia den Weg vom Tor aus gewiesen hatte, half die Trage ins Flugzeug zu heben, wich dann aber wieder zurück. Augenblicklich wurde die Gangway eingezogen, die Tür geschlossen, das Flugzeug setzte sich sofort wieder in Bewegung und rollte zur Startbahn. Keine weitere Maschine stand im Weg, keinen Augenblick musste der Flieger warten.

Erst jetzt wurde Julia bewusst, dass während der letzten Minuten weder ein anderes Flugzeug gelandet oder gestartet war. Sie schaute in die Luft.

„Haben sie alle gewartet?“ Der Wachmann nickte.

Sie sah dem Flugzeug nach, das nun am Anfang der Startbahn stand, augenblicklich beschleunigte und nach einigen hundert Metern abhob. Erleichtert atmete sie auf.

„Wenn man der Eigentümer dieses Fliegers ist, hat man immer Vorfahrt. Der Befehl kam von ganz oben. Ich selbst habe noch nie erlebt, dass so etwas möglich wäre, aber ...“ Er schaute Julia und Linda sehr interessiert an, die nachfolgende Bemerkung zeugte von Respekt. „Das müssten Sie doch am besten wissen.“

Julia lehnte sich erschöpft gegen den Wagen. Erst jetzt, wo die Anspannung langsam nachließ, zitterten ihre Hände, sie fröstelte, ihre Beine versagten ihren Dienst, und sie rutschte auf den Boden.

Hatte sie alles Menschenmögliche für ihre beste Freundin getan? Lebte sie noch? Kämpften der Arzt und der Sanitäter um Doros Leben, oder zogen sie nur noch ein weißes Laken über eine Leiche? Tränen standen Julia in den Augen. Sie schauderte. Doro, die ihr in den letzten Jahren zweimal das Leben rettete, ohne die sich nicht mehr existieren würde, ohne die sie nach dem Mord an ihrer Familie aufgegeben hätte, die sie immer wieder aufbaute, stets ein fröhliches Lachen auf den Lippen hatte ... Sollte sie Doro nie wiedersehen? Doro, intensiv dachte sie an ihre Freundin, schloss die Augen, versuchte geistig Kontakt mit ihr aufzunehmen, Doro, wiederholte sie nochmal, ich werde dir auf immer und ewig böse sein, wenn du es nicht schaffst, wenn du schlappmachst und mich alleine zurücklässt, und das nur wegen eines kleinen Stückchen Metalls, einer dämlichen, erbärmlichen, armseligen Kugel, der du nicht ausweichen konntest. Wut stieg in ihr auf, die sie per imaginäre Gedankenübertragung Doro zu übermitteln versuchte.

„Mama, komm, aufstehen, wir müssen schleunigst verschwinden.“ Linda holte Julia wieder in die Wirklichkeit zurück.

„Ihre Tochter hat recht“, der Wachmann winkte ihr zu, „Sie müssen zurück, ich begleite Sie bis zum Tor.“ Wortlos stieg Julia ein, Linda verschloss die Heckklappe und nahm auf dem Rücksitz Platz. Julia wendete und fuhr zurück. Am Tor ließ sie ihren Begleiter aussteigen und flüsterte: „Danke, danke für Ihre Hilfe.“

„Ich weiß zwar nicht was hier gespielt wurde, aber ich kann nur eins sagen, Sie haben mächtige Freunde, sehr mächtige.“ Er stieg aus und lächelte. „Ich wünsche Ihnen viel Glück, es sieht aus, als ob Sie das gebrauchen könnten.“

Das Tor schloss sich hinter ihnen. Julia programmierte das Navigationsgerät um und fuhr los, diesmal langsam, bedächtig, zögernd.

„Was nun?“ Linda krabbelte auf den Beifahrersitz. „Wohin nun? Zurück ins Camp?“

Julia antwortete nicht, tief in Gedanken versunken konzentrierte sie sich mühsam auf den Straßenverkehr. Linda wiederholte die Frage lauter.

„Hmm? Ja, wir fahren zurück zum Camp.“

„Sollten wir nicht Nick anrufen und Patrick informieren?“

Julia schüttelte den Kopf.

„Wann können wir frühestens damit rechnen, etwas von Doro zu hören? Wann können wir anrufen?“

„Nicht unter acht Stunden“, meinte Julia, „eher wird es länger dauern.“

„Kannst du sie nicht noch mal anrufen?“

„Nein.“ Knallhart, emotionslos. Linda wagte nicht, eine weitere Frage zu stellen, die Stimmung ihrer Mutter hatte den Gefrierpunkt erreicht.

Kapitel 44

Eine Stunde später näherten sie sich dem Camp. Julia sprach während der Fahrt kein Wort.

„Ob Sybille die Polizei informiert hat?“ Eine Antwort erhielt Linda nicht. Julia grübelte. „War Geld im Koffer? Wenn ja, warum hast du es Sybille so gönnerhaft überlassen?“

„Großzügigkeit ist ein probates Mittel, sich Loyalität zu sichern“, erwiderte Julia zynisch, „und ja, es war Geld in dem Koffer, nur sollten sie es wieder zurückbringen. Tondheimer wird sich nie die Blöße geben, etwas scheitern zu lassen, nur weil es um Geld geht, das er nicht verlieren würde, wenn seine Killer vernünftig arbeiten würden.“

Linda schaute auf ihre Armbanduhr. „Vielleicht können wir sie doch schon anrufen und fragen ...“, wagte sie erneut einen Vorstoß. Julias kalter Blick ließ sie misstrauisch verstummen.

Zwei Kilometer vor dem Camp bogen sie ab.

„Ich bringe dich zu Amanda, du rührst dich nicht von der Stelle. Ich werde alleine mit Patrick und Nick sprechen und melde mich, sobald es Neuigkeiten gibt."

Sie hielten vor Amandas Haus und stiegen aus.

„Ruf sofort an, wenn du Neuigkeiten erfahren hast", bat Linda, es hörte sich nach einem verzweifelten Schluchzen an, „die beiden Männer", sie schaute in die starren, emotionslosen Augen ihrer Mutter, „sie wollten uns töten, nicht wahr?"

Julias harter Blick normalisierte sich und verwandelte sich in zärtliche Fürsorge. „Sie versuchten uns beseitigen, wie schon so oft, sie wurden von dem Mann geschickt, der deinen Vater und Bruder auf dem Gewissen hat. Tondheimer. Und sobald er das Testament deines Vaters und Coras Unterlagen in seinen Händen hält, würde er auch dich kaltblütig umlegen. Vergiss nicht die E-Mail an Sybille." Julia drückte kurz Lindas Hand, übermittelte Zuversicht, es wirkte.

Amanda öffnete die Tür. „Wo ist Doro?" Ihr fragender Blick schweifte suchend umher.

„Linda erklärt dir alles. Ruf sofort, ich meine wirklich sofort Wilhelm an, ihr müsst verschwinden, er hat die Tickets, setzt euch in das nächste Flugzeug und fliegt zurück nach Abu Dhabi." Eindringlich gab Julia die Anweisungen. „Zögert keine Sekunde! Sofort!" Amanda wollte noch etwas fragen, unterließ es, nachdem sie Sekunden in das blasse Gesicht Julias schaute, deren Hände zitterten und deren Stimme Verzweiflung anzumerken war. „Sofort!" wiederholte sie nochmals, drehte sich um und rannte zurück zum Van.

Julias Augen nahmen erneut den Killerblick an, nichts erinnerte mehr an eine liebevolle Mutter, sie verwandelte sich in eine Hyäne, als sie allein im Wagen saß und Richtung Camp fuhr. Nach wenigen Minuten parkte sie den Van in der alten Remise und rannte zur Haustür.

Nachdenklich runzelte sie die Stirn. Nur das kleine Licht über der Eingangstür zur Baracke brannte. Im Inneren herrschte absolute Ruhe, gähnende Leere und Dunkelheit, stellte sie fest, nachdem sie die Tür per Zahlencode öffnete. Sie griff sich den Schlüssel des Porsches, der an einem Brett im Eingang hing. Nick und Patrick waren mit dem Geländewagen unterwegs. Aber wohin? Zu Patricks ehemaliger Wohnung? Zum Hotel, in dem sie immer noch Zimmer gemietet hatten? Sie versuchte es über die Handys, aber weder ihr Mann noch Nick meldeten sich.

Verwirrt schaute sie auf ihre Hand, die den Schlüssel des Porsches krampfhaft festhielt.

Sie musste Nick finden, sie musste ihm berichten, was mit Doro passiert war. Eine Nachricht, ob sie überlebt hatte, war bislang noch nicht angekommen. Wiederholt kontrollierte sie ihr Handy und das iPad, mit dem sie hastig ihre E-Mails nachprüfte. Nichts.

Eine minimale Sekunde lang überlegte sie, zögerte, stockte, dann erfasste sie erneut Resolutheit.

Eilig rannte sie zum Porsche, warf sich auf den Sitz, startete ihn mit einem lauten, tosenden Aufheulen des Motors und fuhr wenige Minuten später langsam am Eingang des Hotels vorbei, schaute sich suchend auf dem Parkplatz um, blickte zum Fenster hoch. Auch hier war alles still und dunkel.

Julia gab Gas, als letzte Möglichkeit zog sie Patricks Penthouse in die engere Wahl. Kaum näherte sie sich der Auffahrt zum Eingang, als sie blaue, blinkende Lichter bemerkte. Abrupt hielt sie fast hundert Meter vor dem Eingang an, starrte in das chaotische Szenario, bestehend aus mehreren Polizei- und Krankenwagen, allesamt standen sie kreuz und quer auf der Fahrbahn, sie sah Notarzt, Sanitäter und Polizisten, die eilig herumliefen, dann fiel ihr Blick auf den Geländewagen, der abseits stand.

Sie war nicht fähig zu atmen. Wie in Trance verließ sie das Auto, näherte sich dem Ort, um den sich alle drängten, als sie auch schon von einem Polizisten aufgehalten wurde.

„Sie können hier nicht weiter, es gab einen Unfall, gehen Sie zurück." Er versuchte, sich vor sie zu stellen, so dass ihr ein Blick auf die Person, die auf dem Asphalt lag, verwehrt wurde, und schob sie zurück. Sein Blick fiel auf weitere Neugierige, um die er sich kümmern musste, und er ließ Julia allein zurück.

Ein mit einer weißen Plane abgedeckter Mensch lag dort, sie erkannte Umrisse, die Füße, die hervorlugten, sie sah die Schuhe, die nicht abgedeckt waren, sie nahm die vertraute Hand mit der Armbanduhr wahr, die die weiße Plane nicht überdeckte. Voller Entsetzen wankte sie zurück.

In ihren Ohren vernahm sie ein lautes Rauschen, ihr wurde schwindelig.

Die Zeit stoppte, die Zeit setzte sich wieder in Bewegung. Ein schier unmenschlicher Schrei entrann ihrer Kehle.

Patrick!

Sie starrte auf die abgedeckte Leiche ihres Mannes. Sie hatte Patrick verloren. Sie hatte Doro verloren. Die Ereignisse wiederholten sich nach sieben Jahre auf grausame Weise.

In ihrem Inneren tobte ein Taifun aus Wut, Verzweiflung und Hass.

Sie konnte nicht sagen, wie lange sie dort stand. Waren es Sekunden? Waren es Minuten?

Diesmal schien es ein eiskalter Orkan zu sein, der sich ihrer Sinne bemächtigte. Sie spürte Verzweiflung und Hoffnungslosigkeit.

Tondheimer hatte ihr heute zum zweiten Mal die Menschen genommen, die ihr etwas bedeuteten, ihren Mann, den sie liebte, ihre beste Freundin.

Wann würde es endlich ein Ende haben?

Ihr ältester Sohn war tot, Holger war tot, und nun auch noch Patrick!

Sie stand alleine mit ihrer Tochter und Lennard da. Wenigstens diese beiden musste sie retten, für sie bis aufs Blut kämpfen. Von Lennard wusste Tondheimer nichts, aber Linda befand sich immer noch in großer Gefahr. Sollte Friedrich Tondheimer sie in die Finger bekommen wäre sie tot, es wäre ihr Ende, in einigen Monaten, nach ihrem achtzehnten Geburtstag.

Sie würde wie eine Löwin für ihre Brut kämpfen.

Als sie sich abwandte, hatte sich etwas in ihrer Seele geändert.

Es war der Blick einer Fremden, die Augen einer Besessenen, die Gedanken eines Vernichters.

Sie dachte nicht mehr effektiv, sie handelte intuitiv.

Sie rannte zurück, sprang in den Porsche, wendete ihn, jeder Handgriff saß, jede Bewegung passte exakt, und jagte davon.

Kapitel 45

Die Vernehmung Sybille Allerts brachte nichts Neues, wie Samantha Engel, die Kriminalbeamtin der Mordkommission, feststellen musste. Aber ihr Gefühl, dass hier irgendetwas nicht stimmte, ließ nicht nach.

„Fassen wir es nochmals zusammen“, begann sie nachdenklich, „Sie hörten ein Auto, Sie bemerkten eine Autotür, die zuschlug, und dann herrschte Stille?“

„Zwei Autotüren knallten kurz hintereinander zu“, korrigierte Sybille, „hier, am Ende der Straße, fand ich es merkwürdig, zumal meine Nachbarn, die Höfers, in Urlaub sind. Zuerst vermutete ich Einbrecher, aber die würden nicht so viel Lärm machen.“

„Okay“, begann Samantha nochmals, „also zwei Autotüren schlugen zu ...“ Sybille nickte, und sie fuhr ruhig fort: „Aber was machte Sie stutzig? Es hätten auch Bekannte der Höfers sein können, die nicht wussten, dass die in Urlaub sind.“

Sybille schüttelte energisch den Kopf. „Wissen Sie denn nicht, was damals vor sieben Jahren hier passiert ist?"

Nun war es an Samantha, ihr Gegenüber verwundert und fragend anzuschauen. „Was war denn vor sieben Jahren?"

Fast eine Stunde lang hörte sie nun gebannt den Ausführungen Sybilles zu.

„Verstehen Sie, warum ich argwöhnisch bin? Kapieren Sie nun, warum ich misstrauisch wurde? Begreifen Sie, warum ich Angst habe, dass auch mir so etwas passieren könnte wie meiner Nachbarin? Eine ganze Familie wurde ausgelöscht, und man weiß bis heute nicht, warum. Ich habe Angst, wenn sich mir fremde Autos nähern, wenn ich irgendetwas Außergewöhnliches in unmittelbarer Nähe unseres Hauses bemerke." Sybilles Stimme zitterte, Tränen traten in ihre Augen, sie knetete nervös und ängstlich an ihrem Taschentuch.

„Das verstehe ich", nickte Samantha und schaute Konrad Allert an, der in einem Sessel gegenüber seiner Frau saß und einen verwunderten, abwesenden Blick in den Augen hatte.

Er, tief in Gedanken versunken, hörte nur die ersten Sätze seiner Frau, dann kam ihm einiges an ihren Aussagen merkwürdig vor. Sybille? Angst? So kannte er seine Frau nicht. Er runzelte nachdenklich die Stirn, zog es vor, zu schweigen, und konzentrierte sich wieder auf das Gespräch.

„Wir wollten verreisen, mein Mann und ich", fuhr Sybille fort, Konrad stutzte, das war neu, davon wusste er nichts. Was ihm nun brennend bewusst wurde, war die Tatsache, dass seine Frau ihnen etwas vorspielte, mehr wusste, als sie Samantha Engel erzählte.

Beruhigend legte diese Sybille eine Hand auf die Schulter. „Das kann ich verstehen. Aber nun lassen Sie uns fortfahren. Sie hörten also kurze Zeit später ein zweites Auto, das direkt hinter dem Aston Martin hielt", Sybille nickte, „Sie hörten eine Tür zuschlagen und Stimmen, die sich laut unterhielten, ist das auch korrekt?" Wieder nickte Sybille. Samantha Engel stand auf, lief im Wohnzimmer der Allerts nachdenklich auf und ab. „Wann hörten Sie die Schüsse?"

„Ungefähr fünf Minuten später, so genau weiß ich es nicht, ich habe nicht auf die Uhr gesehen. Da wusste ich, dass wieder etwas Schreckliches passiert sein musste. Kurze Zeit später fuhr ein Auto weg, und danach hörte ich nichts mehr, es war unheimlich still."

Samantha schwieg. Alles klang logisch, zu logisch. Aber warum beherrschte eine gewaltige Unsicherheit ihre Sinne? Warum war sie der festen

Überzeugung, dass Sybille Allert ihr nur Bruchstücke der merkwürdigen Geschichte präsentierte? Intuition?

Warum? Sie nahm nicht an, dass Sybille Allert die beiden Männer umgebracht hatte. Die Intelligenz der Frau war nicht so weit unten angesiedelt, als dass sie so etwas vor der eigenen Haustür machen würde. Das Alibi ihres Mannes war auch hieb- und stichfest. Er saß bis vor einer Stunde in einem Meeting. Nein, da spielten andere Faktoren eine Rolle.

„Es ist schon merkwürdig“, unterbrach Sybille das Schweigen, „ich meine, was hier so passiert. Vor sieben Jahren die Autobombe, die meine gute Freundin und Nachbarin samt Familie umbrachte, alle tot, keiner überlebte, heute wieder zwei tote Männer und dann auch noch der Mann, der im Gefängnis ermordet wurde“, sie schüttelte den Kopf, „wenn ich das alles überdenke, möchte ich sofort weg, ehe ich noch zu den nächsten Toten gehöre!“

Konrad Allert stutze. Wann hatte seine Frau ihre Meinung geändert? In den letzten sieben Jahre betonte sie immer wieder, dass sie etwas anderes gesehen hatte, als in den Medien berichtet wurde, sie weigerte sich all die Jahre, an Julias Tod zu glauben, betonte immer wieder, sie habe Julia an der Haustür gesehen. Sie konnte also nicht in dem explodierenden Wagen ums Leben gekommen sein. Immer wieder erzählte sie der Polizei, dass sie kurz nach der Detonation einen anderen Wagen hat wegfahren hören. Sogar einen Teil der Autonummer konnte sie der Staatsanwaltschaft mitteilen. Und nun erzählte sie genau das Gegenteil. Er starrte seine Frau fassungslos an.

„Welcher Mann, welches Gefängnis?“ Sybille Allert hatte die volle Aufmerksamkeit Samantha Engels.

„Dieser Staatsanwalt, wie hieß er doch gleich“, wandte sie sich an ihren Mann, „ach ja, Anders oder Linders, nein, nun fällt es mir wieder ein, Enders. Richtig, er hieß Enders und ermittelte damals in dieser Mordsache. Er besuchte mich ein paarmal und fragte mich genau aus, ob ich etwas gesehen hätte und nähere Angaben machen konnte. Aber niemand glaubte mir. Drei Wochen nach dem Anschlag kam er erneut, um mir mitzuteilen, dass auch Julia Eschwege unter den Toten war.“

Samantha grübelte. Sollte es einen Zusammenhang geben? Erst wurde dieser ehemalige Staatsanwalt im Knast umgebracht, ausgerechnet zu dem Zeitpunkt, als er endlich reden wollte, dann ... „Kennen Sie einen Durante oder Durankowsky? Oder haben Sie im Zusammenhang mit Julia Eschwege jemals seinen Namen gehört? Hat sie ihn erwähnt?“ Samantha schwitzte, sollte sie endlich auf eine Spur gestoßen sein?

„Paul Durante? Der Ehemann von Cora Durante, die vor einigen Jahren hier in Deutschland umgebracht wurde?“ Sybille Allert schüttelte den Kopf, nachdenklich antwortete sie: „Kann sein. Sicher bin ich mir nicht. Meinen Sie, die ganzen Leichen hängen irgendwie zusammen? Julia sprach mal von einem ehemaligen Mitschüler, der in die USA ausgewandert sei. Vielleicht ist er es, da diese Cora auch aus den USA stammte ...“

Noch bevor Sybille weiter spekulieren konnte, preschte Samantha hinaus, rief noch: „Rennen Sie nicht weg, ich brauche Sie sicherlich noch mal, verlassen Sie das Land nicht ...“ Die letzten Worte hörte Sybille nicht mehr, Samantha hatte schon ihren Wagen erreicht und brauste davon.

Sybille lächelte. Konrad Allert schaute seine Frau misstrauisch an. „Obwohl du gerade erst zwei Leichen entdeckt hast, scheinst du nicht ängstlich, sondern eher ungemein fröhlich zu wirken. Was ist los? Was hast du alles dieser Frau Engel nicht erzählt? Kennst du den Mörder?“

„Das willst du gar nicht so genau wissen“, schmunzelte Sybille Allert, „aber eins kann ich dir sagen, demnächst verreisen wir“, sie schaute auf das entsetzte Gesicht Konrads, stand auf, ging zu ihrem Computer und kontrollierte, ob eine bestimmte E-Mail auch wirklich gelöscht war, „keine Angst, ich persönlich habe die beiden Kerle nicht erschossen. Wir sind nicht auf der Flucht. Ich habe lediglich der Polizei den rechten Weg gewiesen.“

Kapitel 46

Sie vernahm wieder ein Rauschen, es überflutete die unmittelbaren Geräusche um sie herum. Sie meinte erneut Qualm zu schmecken, die Detonation zu spüren, die ohrenbetäubende Explosion zu hören. Das Déjà-vu versetzte sie sieben Jahre zurück. Handeln, flüsterte ihr eine innere Stimme zu, du musst kämpfen.

Zügig erreichte sie das Haus der Tondheimers. Im Untergeschoss brannte Licht. Der schwere Mercedes stand vor dem Eingang. Das Funksignal bestätigte, dass es tatsächlich sein Wagen war. Niemand befand sich in der Nähe, auch der Chauffeur war nicht zu sehen. Julia fuhr weiter, wendete an der nächsten Kreuzung und nahm den gleichen Weg zurück. Zwei Straßen weiter und außerhalb der Sichtweite von Tondheimers Grundstück blieb sie stehen.

Verwundert stellte sie fest, dass es die gleiche Stelle wie vor zwei Jahren war, als sie mit Patrick Linda aus seinen Klauen befreite.

Es nahm ihr die Luft, es raubte ihr die Sinne, als sie an Patrick dachte, wie er dort lag, unter der Plane, abgedeckt. Tot.

Sie atmete tief durch, verdrängte die Tränen, verdrängte die unbändige Wut, verbannte das Zögern. Der Hass auf Tondheimer und seine Mördertruppe schwang sich in ungeahnte Höhen. Sie schnaubte, kochte innerlich, der Zorn nahm überhand, voller Wut schlug sie auf das Lenkrad. Sie hatte versagt, hatte ihre Familie nicht beschützen können.

Grimmig holte sie ihre Pistole aus dem Handschuhfach, griff nach der Packung Munition, lud die Waffe nach, kontrollierte sie abermals und steckte sie in die Gürtelhalterung. Anschließend streifte sie Lederhandschuhe über und verließ den Porsche. Den Schlüssel steckte sie vorsichtshalber ein, da Patrick den Wagen noch nicht mit einem Zahlencode versehen hatte. Patrick – wieder wurde sie an ihn erinnert, erneut sah sie den Arm vor sich, der unter der Plane hervorlugte, mit dem blauen Armband seiner Uhr ... Wieder Patrick – ständig schweiften ihre Gedanken zu ihm.

Wo steckte Nick? Sie hatte ihn nicht gesehen, nichts von ihm gehört. Lag er etwa auch dort, abgedeckt? Es standen mehrere Krankenwagen an dem Schauplatz herum. Vielleicht war er schwer verletzt, vielleicht ...

Sie wollte und musste es unbedingt herausfinden, nachher, anschließend, später, wenn sie die Sache hier und jetzt erledigt hatte.

Sie konnte keine Pause gebrauchen, keine Verzögerung!

Nun, auf sich alleine gestellt, ohne Rückendeckung der Clique, ohne Doro, ihren Schutzengel, musste sie höllisch aufpassen, schnellstens reagieren, nicht denken, nicht überlegen ... sofort schießen.

Sie fühlte die Reservepatronen in ihrer Tasche, sie spürte die Pistole, sie ahnte die Gefahr.

Als sie ausstieg, wurde es eiskalt, sie fröstelte und glaubte, die Temperatur hätte sich um mindestens zehn Grad gesenkt. Das Außenthermometer des Bordcomputers zeigte 22 Grad an, trotzdem fror sie.

Resolut lief sie zu der Stelle der Einfriedigung, die Linda ihr und Doro vor Tagen gezeigt hatte, und stieg über die ungesicherte Stelle des Zauns.

Sie setzte alles auf eine Karte, ohne weitere Überlegung, ohne nachzudenken, ob die Stelle mittlerweile überwacht wurde. Julia erreichte die Kellertür und fand sie tatsächlich unverschlossen vor. Also hatte man ihr Eindringen vor einigen Tagen noch nicht bemerkt.

Den Dietrich steckte sie wieder in die Halterung ihres Gürtels, die Pistole fand den Weg in ihre Hand. Sie entsicherte sie, bevor sie den Keller betrat.

Langsam schaute sie sich um, ließ die Kellertür angelehnt und schlich weiter, tastete sich an der Wand entlang und wagte nicht, Licht oder ihre winzige Taschenlampe einzuschalten. Sie lauschte, meinte Stimmen zu hören, dem Geräusch folgend, gelangte sie ins offene Treppenhaus. Hier brannten zwei Lampen.

Sie machte eine Männer- und eine Frauenstimme aus. Sicherlich Luise Tondheimer, überlegte sie.

Langsam näherte sie sich der Tür des Arbeitszimmers, nur noch wenige Schritte ... In diesem Augenblick öffnete sich die Tür. Julia rettete sich blitzschnell in den Abstellraum neben der Haustür.

Gut, dass sie das Gebäude erkundet hatten, gut, dass der Grundriss in ihrem Kopf gespeichert war.

Die Frauenstimme entfernte sich, nicht ohne lauthals kreischend Befehle zu erteilen.

Ilse Gref! Sie bot Tondheimer Kontra!

Julia runzelte die Stirn. Aus Lindas Berichten wusste sie, dass Luise als Einzige ruhig, besonnen, fast freundlich zu ihr war. Ilse Gref hingegen, die Haushälterin, sparte nicht an Ohrfeigen, giftigen Bemerkungen und Psychoterror. War sie mehr als nur die Haushälterin?

„Ich verlange, dass die Angelegenheit endlich aus der Welt geschafft wird. Wir brauchen Elisabeth nicht unbedingt, wir haben ihre Unterschrift, das reicht! Du weißt, wo sie ist, also kümmere dich darum!“ Eine Antwort Tondheimers blieb aus. Ilse Gref rauschte aus dem Arbeitszimmer.

Was war das? Elisabeth? Den Namen, den sie Linda gaben, als sie sie adoptierten? Sie wussten, wo Linda sich aufhielt? Eine Vollmacht! Konnten sie auf diese Art und Weise an das Testament Holgers gelangen?

Julia lehnte sich an die Innenseite der Tür und dachte angestrengt und konzentriert nach. Wussten die Gref und Tondheimer tatsächlich, wo sie sich befand? Ahnten sie etwas von Amanda? Oder besaß Tondheimer nur unvollständige Angaben? Wenn er sie nicht mehr brauchte, wäre sie tot, sobald er sie in die Finger bekäme. Eile war geboten.

Julia hatte genug gehört. Es wurde ruhig im Haus, also öffnete sie vorsichtig die Tür, vergewisserte sich, dass sie sich alleine in der Diele befand, und schlich zum Arbeitszimmer.

Stille. Er telefonierte nicht. Schrieb er eine E-Mail? Eine SMS? Ehe er sie abschickte, musste sie handeln, schnellstens. Ihre Rückendeckung fehlte, und wieder spürte sie den kalten Wind, der sie vorwärtsdrängte, einen eisigen Hauch, der sie anschubste, der ihr Mut machte.

„Ally, mache ich das Richtige?“ flüsterte sie. „Hilf mir, ein winziger Hinweis würde reichen!“ Die kalte Böe schlug urplötzlich in Wärme um, oder bildete sie sich das nur ein?

Innerlich zählte sie bis drei, ihr Blick wandelte sich, wurde kalt, sie hielt die Waffe im Anschlag, sprang vor, stieß die Tür des Arbeitszimmers auf und stand Sekunden später vor einem völlig entsetzten Tondheimer.

Er hielt ein Glas Wasser in der Hand, das er vor Schreck fallen ließ, es zersprang auf dem Parkett.

„Hast du nicht mit mir gerechnet? Merkwürdig, ich dachte, wir hätten eine Verabredung“, spottete sie, „wie mir scheint hast du Ort und Zeitpunkt vergessen. Aber da ich sehr flexibel bin“, sie verstummte kurz, zuckte mit den Schultern, „wenn der Prophet nicht zum Berg kommt, dann ...“

Tondheimers Züge nahmen einen wütenden Gesichtsausdruck an, zornig fuhr er sie an: „Was ...“

Er kam nicht weiter. „Was ich hier mache? Und dann auch noch lebend? Ja, das ist eine berechtigte Frage“, Spott triefte aus ihrer Stimme, „vielleicht die Toten rächen, vielleicht all den Betrügereien ein Ende bereiten? Vielleicht will ich Antworten auf ein paar Fragen, obwohl ...“, blanker Hass sprang aus ihren Augen, „sie sind eigentlich egal, du kannst Linda nichts mehr anhaben. Sie ist in Sicherheit.“

Tondheimer wagte ein kleines Lächeln. „Du wagst es nicht“, er schüttelte den Kopf, „nein, du wagst es nicht, mich umzubringen“, er lachte nochmals höhnisch auf, „dazu bist du gar nicht in der Lage, dazu gehört Mumm, Schneid, und das hast du nicht. Meine Leute könnten in diesem Augenblick hinter dir stehen, und noch bevor du abdrückst, ist es aus mit dir.“ Er lachte laut, während Julias Gesichtszüge sich in eine versteinerte Miene aus Granit verwandelten.

„Ich soll ein schlechtes Gewissen haben“, jetzt lachte sie auf, „ich? Warum? Du hast meinen ersten Mann umgebracht, meinen Sohn getötet, meinen zweiten Mann erschossen – ich soll Gnade walten lassen? Dass ich nicht lache!“

„Gnade? Wer redet hier von Gnade?“ Tondheimer fühlte sich sicher, versuchte einen Blick über Julias Schulter zu werfen. Sie ahnte, dass er Hilfe suchte.

„Da ist niemand“, sie spürte Genugtuung, „die, die die Drecksarbeit für dich machen, sind tot! Ich habe das persönlich erledigt. Rechne nicht mit Hilfe, sie wird nicht kommen.“

Er stutzte. Hatte sie wirklich seine Helfer umgebracht? Er konnte es einfach nicht glauben. Ein Blick in ihre hasserfüllten Augen ließen ein ungutes Gefühl in ihm aufkeimen.

„Wir können über alles reden", versuchte er es nun, „du willst sicherlich Geld. Das wollen alle. Überleg, was du mit einhunderttausend Dollar oder Euro alles anfangen kannst. Bar auf die Hand, nicht zu versteuern."

„Du hältst mich für sehr dumm", ihre Stimme wurde noch kühler, „ich hasse es, wenn man meine Intelligenz unterschätzt. Du hast für Alices Schweigen mehr bezahlt, wie war es bei Cora? Wie viel hast du Durante geboten?" Ihre Pistole zielte immer noch auf Tondheimer, Schweißperlen bildeten sich auf seiner Stirn. Er wurde kreidebleich. Er schwieg, zögerte, sein Herzschlag beschleunigte sich. „Nicht so viel, weniger, das war eine andere Situation, das waren andere Zeiten, das ..." Nervös suchte er nach Worten. „Holger wusste zu viel, er hatte mich in der Hand – er fand zufällig die belastenden Unterlagen auf meinem Computer, als er ein Programm installierte, er hätte mich jederzeit erpressen können, ich konnte nicht anders handeln ... Zweihundertfünzigtausend", erhöhte er sein Angebot. Seine Gedanken drehten sich im Kreis. Langsam ahnte er die Ausweglosigkeit seiner Situation.

Julia stutzte. Auf einmal wurde ihr alles klar. Holger hatte das Sicherheitsprogramm hier installiert und war auf die belastenden Papiere auf dem Server gestoßen.

„Oh, nein!" Sie schüttelte mit einem freudlosen Lächeln den Kopf. „Mehr ist meine Familie nicht wert? Oder dein eigenes Leben?"

Die Waffe, die sie ihm vor die Nase hielt, zitterte nicht eine Sekunde. Die Sicherheit ihres Handels stand ihr im Gesicht geschrieben. Er schwieg.

„Ich habe es satt, mich weiter von dir verfolgen zu lassen. Damit meine Seele und die der Toten endlich Ruhe haben, bleibt mir nur eine Möglichkeit." Das Gefühl von Macht und Selbstbewusstsein durchwehte wie ein Schwall Energie den Raum.

Erschrocken fuhr er zusammen. „Lass uns reden, ich kann das Angebot erhöhen ..."

„Versuchst du gerade mit einem Falschspieler zu pokern?" schnaubte sie gereizt. Ihre Blicke trafen sich. In ihren Augen loderte Wut, grimmige Wut, aber auch Durchsetzungskraft, Machtbewusstsein und Gelassenheit, in seinen erkannte sie Sorgen, Angst. Er biss sich auf die Lippen. Ihre Sinne waren geschärft, sie hatte die Beute umzingelt.

„Spürst du sie?" flüsterte Julia, als sie den eisigen Hauch, den frostigen Wind bemerkte, der urplötzlich im Arbeitszimmer herrschte, „spürst du die

Geister der Toten? Sie rufen dich. Sie wollen dich in den Abgrund ziehen, sie holen dich – heute, jetzt, in diesem Augenblick. Sie haben mir den Weg gewiesen, Alice, Cora, vielleicht beide, Holger, vielleicht ein paar mehr, die du ins Grab gebracht hast." Langsam, fast bedächtig hob sie das glatte schwarze Instrument des Todes ein Stück höher und drückte ab.

Ein lauter Knall hallte durch die stille Villa.

Tondheimer, von der Kugel getroffen, sackte in sich zusammen. Noch bevor er auf dem Teppich aufschlug, hauchte er sein Leben aus.

Sekunden verharrte Julia bewegungslos, bevor sie die Waffe gemächlich senkte.

Eine unglaubliche Ruhe und Erleichterung erfasste sie.

Gedämpft, im Hintergrund, meinte sie ein Geräusch zu hören. Leise, zögerliche Schritte näherten sich dem Arbeitszimmer.

Julia wusste, dass sich die Gref im Haus aufhielt. Den Schuss musste sie gehört haben. Sie stand mit dem Rücken zur Tür, bewegte sich keinen Millimeter, als sie Geraschel ausmachte. Sie hörte, wie die Tür vorsichtig aufgeschoben wurde. Jemand befand sich direkt hinter ihr. Für den Bruchteil einer Sekunde kam ihr Doro in den Sinn. Der Gedanke an sie gab Julia ungeahnte Kräfte. Unbeweglich wartete sie ab. Das Laden einer Pistole blieb aus. Ein Messer? Oder war die Pistole schon entsichert?

Ihr entging nicht das kleinste Detail. Ihre Sinne schärften sich. Sie nahm all ihre Kraft zusammen. Noch einmal würde sie nicht zu spät reagieren, noch einmal würde sie nicht zögern.

Ein Schrei, er entrann ihrer Kehle, ein Schrei, markerschütternd, damit hatte Ilse Gref nicht gerechnet. Sie zuckte zusammen. „Fahr zur Hölle, du Schlampe", keifte sie und hob ihre Pistole. Julia spürte die Gefahr im Nacken, wirbelte blitzschnell herum, starrte ihr wütend in die Augen, ihre behandschuhte Hand schnellte hervor, richtete augenblicklich die Waffe auf die Frau, die vor ihr stand. Abermals entwich ein Schrei ihrer Kehle, furchteinflößend, beängstigend: „Neinnnn ...!"

Julia drückte ab. Ein Stakkato von Salven trafen Grefs Brust, jeder Kugel traf, jeder Kugel saß millimetergenau, keine Patrone verfehlte ihr Ziel.

Ilse Gref brach vor ihr zusammen, ohne auch nur einmal den Abzug ihrer Pistole betätigt zu haben. Sie starrte in ihren letzten, lebenden Sekunden ungläubig und überrascht Julia an.

„In der Hölle ist für uns beide kein Platz", flüsterte diese und starrte auf die leblose Gestalt, die vor ihr lag, „da bin ich schon gelandet."

Langsam senkte sie zum zweiten Mal an diesem Abend ihre Pistole, als sie einen leisen, entsetzten Schrei ausmachte. Luise Tondheimer stand in der Tür und starrte entsetzt auf die beiden Toten.

Luise registrierte sofort, was passiert war, und noch bevor Julia die Waffe auch nur ansatzweise heben und auf sie zielen konnte, reagierte sie und winkte ihr beruhigend zu.

„Schnell, Sie müssen sofort verschwinden, nehmen Sie die hintere Terrassentür und verlassen Sie das Grundstück über den Zaun. Ich schalte die Alarmanlage kurz aus. Beeilen Sie sich, in spätestens zwei Minuten rufe ich die Polizei!"

Erstaunt zögerte Julia. Konnte sie Luise Tondheimer vertrauen, oder lief sie geradewegs in eine Falle? Wartete die Polizei am Ende des Grundstücks auf sie?

Julia drehte sich wortlos um, schaute Luise nochmals kurz, aber eindringlich in die Augen, sah keine Boshaftigkeit, nur ein kurzes Nicken und ... Zufriedenheit.

„Das da", sie deutete auf ihren toten Ehemann und Ilse Gref, „ist eine Befreiung für mich!"

Die Worte erklärten alles. Julia nickte, drehte sich um und verschwand durch die Terrassentür, erreichte unbehelligt den Zaun, schwang sich darüber und sprintete zum 911er, den sie um die Ecke geparkt hatte.

Luise Tondheimer wartete volle zehn Minuten, in denen sie zufrieden die Leichen, die vor ihr lagen, betrachtete. Auf dem weißen Teppich bildete sich langsam aber stetig eine rote Blutlache. Kurz tippte sie ihren Mann und Ilse Gref an, sie rührten sich nicht.

Sie erlaubte sich einen Augenblick der Erleichterung.

„Endlich", atmete sie seufzend auf, griff langsam zum Telefonhörer und wählte emotionslos und bedächtig die 110.

Kapitel 47
Sechs Monate später, Abu Dhabi

Wasser umspielte Julias Füße. Sie stand am Strand ihres Hauses in Abu Dhabi und schaute nachdenklich in die Ferne, ohne den Horizont, die Schiffe, den strahlend blauen, wolkenlosen Himmel wirklich wahrzunehmen.

Ihre Gedanken schweiften zurück. Sie hatte es geschafft. Ihre Kinder befanden sich nicht mehr in Gefahr, ihren größten Gegner hatte sie persönlich ausgeschaltet. Konnte sie nun endlich die Ruhe finden, nach der sie sich seit Jahren sehnte?

Sie erinnerte sich an die Flucht aus Deutschland. Luise Tondheimer hatte Wort gehalten und sie nicht an die Polizei verraten. Ungehindert erreichte sie zwei Stunden später das Camp, wechselte die auffällige Kleidung, rief ein Taxi und ließ sich zum Flughafen Düsseldorf bringen. Ohne Hindernisse gelangte Julia durch sämtliche Kontrollen. Erschöpft ließ sie sich eine Stunde vor dem Abflug vor dem Gate in den Wartesessel fallen. Nach einigen Sekunden holte sie ihr Handy hervor und versuchte Linda zu erreichen. Erst als sie die Stimme ihrer Tochter hörte, gönnte sich einen Augenblick des Durchatmens.

„Was ist los? Du klingst müde, erschöpft und", Linda zögerte, „so zerschlagen."

„Ich bin auf dem Heimweg. In einer knappen Stunde geht meine Maschine. Sag Wilhelm ... Ach, sag ihm nur, dass ich zurückkomme und dass es mir gutgeht. Ich erkläre euch alles, wenn wir uns sehen. Mein Flug wird gerade aufgerufen", log sie, weil sie Linda noch nichts vom Patricks Tod erzählen wollte. Zuerst musste sie selbst ihre Gedanken ordnen, „wir sehen uns in ein paar Stunden." Julia legte auf, noch bevor ihre Tochter antworten konnte, und stellte mit letzter Kraft ihr Handy aus.

„Mama, Arm", Lennard zog sich an ihren braungebrannten Beinen hoch, reckte die Arme gen Himmel und schaute Julia verträumt an. Sie nahm ihn hoch, drückte ihn fest an sich, bis Lennard quickte und wieder ins Wasser wollte.

Lennard patschte vergnügt im nassen Sand und schien überglücklich, seine Mutter wieder bei sich zu haben.

„Gib ihn mir, den Pampers-Rocker", Linda, genauso braungebrannt wie ihre Mutter, wuchtete Lennard auf ihre Hüfte. „Wollen wir die anderen besuchen?" Lennard brabbelte, Linda fasste es als Zustimmung auf.

„Grübel nicht zu lange", ermahnte sie ihre Mutter, „es hätte alles schlimmer enden können. Überleg mal, wir wären in der Antarktis gelandet, irgendwo in einem kalten, zugigen Iglu! Hier ist es wenigstens warm, wir besitzen unseren eigenen Strand, eine große Villa, ein Luxusleben ..."

Julia unterbrach sie: „Aber wir können nie wieder nach Deutschland zurück."

„Sag niemals nie! Uns fällt sicherlich irgendeine Gemeinheit ein, um wieder deutschen Boden betreten zu können, und das nicht in Handschellen", sagte

Linda spöttisch. „Aber im Augenblick muss ich nicht unbedingt zurück. Ehrlich gesagt, habe ich im Moment die Schnauze voll von good old Germany."

Ein tiefer Seufzer entrann Julias Kehle, sie lächelte. „Du hast ja recht, wenigstens haben sich die Gegner geändert."

„Nicht wirklich, wir müssen uns nur neue Namen merken. Ich hoffe, Samantha Engel schließt die Akte und legt sie zu den unaufgeklärten Morden."

Julia wanderte ein Stück den Privatstrand entlang. „Sybille muss eine blendende Vorstellung abgegeben haben. Sie hat Samantha auf die richtige Fährte gestoßen."

„Woher wusste Sybille die Einzelheiten?"

„Dein Vater, Holger, hatte brisante Einzelheiten aufbewahrt. Sie waren in der Kiste, die sie im Garten fand und später Doro gab. Sybille hatte sie gelesen. Sie wusste ja nicht, dass wir sie abholen würden, immerhin hielt sie uns beide tatsächlich für tot. Erst als sie mich das erste Mal nach Jahren wieder am Haus sah, ahnte sie, dass etwas nicht stimmte. Eine vage Vermutung beschlich sie auch früher schon."

„Das leuchtet ein, immerhin ist sie Anwältin. Und Papa hatte tatsächlich Namen notiert? Sie befanden sich in der Kiste?"

„Nicht alle. Alles wusste er nicht. Aber die Namen Tondheimer, Enders und Durante kamen darin vor. Leider kannte Holger die genauen Zusammenhänge nicht, er war der Sache mit den Forschungsergebnissen und dem Verschwinden Alices auf die Spur gekommen."

„Dann kannte er Tondheimer?"

„Ja, er arbeitete an dem Sicherheitssystem der Firma und hatte Zugriff auf den Server, als er die Sicherheitsprogramme installierte. Die besagte Datei war versehentlich auf dem Server gelandet. Er wusste, dass Alice Durante verschwunden war, und reimte sich einiges zusammen. Er kopierte die Forschungsergebnisse, hinterlegte sie bei einem Anwalt in München und setzte dich als seine Erbin ein. Mit achtzehn sollte man dir die Unterlagen überreichen."

„Aber warum?"

„Als Lebensversicherung. Er wusste, dass Tondheimer ein übler Gangster war, der über Leichen ging. Tondheimer brauchte dich, um an die Kopien zu gelangen."

„Es gibt immer wieder merkwürdige Zufälle, und wenn ich bedenke, dass es damit anfing, das er nur den Server überprüfen sollte ..." Linda schüttelte den Kopf. „Es gibt zu viele Wenns und Abers in dieser Geschichte, und wir sollten nicht weiter darüber nachdenken. Die Sache ist erledigt. Basta. Lass uns zurück zum Haus, hier ist es mir zu heiß!“

„Ich bleibe noch etwas hier, am Wasser.“ Julias verträumter Blick schweifte wieder ab. Sie schaute Linda und Lennard nach, die durch den herrlich weißen Sand zurück zum Haus liefen.

Unbeschreibliche Ruhe, eine beispiellose Gelassenheit durchflutete sie, hier, im Kreise der Familie.

Trotzdem dachte sie ein halbes Jahr zurück, befand sich wieder am Flughafen, saß mit geschlossenen Augen völlig erschöpft, ihre Baseballkappe tief ins Gesicht gezogen, im unbequemen Sessel der Abflughalle und wartete darauf, endlich das Innere des Flugzeugs besteigen zu können.

Weg, sie wollte weg, weg aus Deutschland. Das Atmen fiel ihr urplötzlich schwerer. Luft – sie meinte zu ersticken und versuchte verzweifelt das Unabwendbare zu begreifen. Patrick! Es fiel ihr schwer, nicht an Patrick zu denken. Seine Armbanduhr – mit dem Emblem des stahlblau glänzenden Jaguars, die sie ihm als Erinnerung an seinen Wagen geschenkt hatte. Sie dachte an Lennard, der stets mit Begeisterung das Funkeln der zum Sprung bereiten Katze beobachtete.

Mit geschlossenen Augen, tief in Gedanken versunken, weilte sie am Strand in Abu Dhabi, mit Lennard, mit Linda, Patrick und dem Rest ihrer zusammengewürfelten Großfamilie. Sie vernahm sein Lachen, sie hörte seine Stimme in weiter Ferne, wie durch ein Rauschen, wie durch eine Nebelwand.

In ihren Gedanken lebte er noch, bis die bittere Erkenntnis sie übermannte. Der verzweifelte Ton, der ihrer Kehle entrann, fast unmenschlich, brachte sie zurück in die Gegenwart.

Sie wischte sich die Tränen aus den Augen. Sie musste die acht Stunden Flug durchhalten, wollte und konnte sich im Augenblick keine Sentimentalitäten erlauben, das könnte sie unvorsichtig werden lassen. Noch war sie nicht in Sicherheit. Noch musste sie jeden Augenblick mit Polizei rechnen. Zum ersten Mal rann Angstschweiß ihren Rücken herunter, zum ersten Mal seit Tagen wurde sie unruhig.

Reiß dich zusammen, sagte sie sich, halte durch, in einigen Stunden, in der Sicherheit der Familie kannst du Gefühle zeigen, aber erst dann.

Die Toten verfolgten sie nicht mehr, den eiskalten Hauch spürte sie nicht mehr, nachdem sie Tondheimer ausgeschaltet hatte. War das die Aufgabe gewesen, die man ihr zugedacht hatte?

Rückblickend konnte sie sich nicht daran erinnern, was genau ihre Aufmerksamkeit auf sich zog.

Anfangs ignorierte sie das leise Gespräch, zunächst überhörte sie die Stimme hinter sich, zuerst maß sie der Tonlage keine Bedeutung zu.

Sie hörte die Schritte nicht, die sich ihr näherten, sie bemerkte die Hand erst, als sie sich ihr auf die Schulter legte. Sie zuckte erschrocken und alarmiert zusammen, erstarrte vor Schreck. Erst als sie den Kopf zur Hand drehte, die fest auf ihrer Schulter lag, registrierte sie die Person, die sich ihr von hinten genähert hatte. Langsam, wie in Zeitlupe hob sie den Kopf.

In der Mitte ihrer Brust explodierte ein Ball aus Hitze, raste wie Blut durch ihre Arterien und Venen.

Was sie sah, ließ sie mit einem fassungslos entsetzten Aufschrei zusammenbrechen.

Finsternis brach über sie herein, die Dunkelheit umfing sie erbarmungslos.

Wie durch einen trüben Schleier sah sie Menschen um sich. Sie versuchte verzweifelt die Arme abzuwehren, die sie festhielten, versuchte mit aller Kraft die Hand, die ihr den Mund zuhielt, wegzureißen, nichts half, fast besinnungslos registrierte sie, dass vier Arme sie unterhakten und wegzogen.

Das Summen in ihrem Kopf wandelte sich in ein ohrenbetäubendes Kreischen.

Wie durch Nebel hörte sie Worte, wie durch einen Schleier versuchte sie etwas zu erkennen. Die Augenlider gehorchten ihr nicht, die Worte verstand sie nicht, das Rauschen war übermächtig.

Sie sackte erneut in sich zusammen, driftete weg, wurde aber festgehalten, vorwärtsgeschoben. Jemand sprach zu ihr, sie verstand es nicht. Wieder ging es weiter, irgendwann meinte sie einen klaren Moment zu haben, sah sich in einem Sessel sitzen. Schlief sie? Befand sie sich inmitten eines Albtraums? Sie zitterte. Jemand legte eine Hand auf ihre Stirn, flüsterte ihr Worte zu. Irgendwann meinte sie lautes Motorengeräusch zu hören. Saß sie in irgendetwas, das sich bewegte, einem Auto? Nein, dazu war das Motorengeräusch zu laut.

Als sie das nächste Mal einen klaren Moment hatte, schob ihr jemand ein Glas Wasser an den Mund, gierig trank sie, dachte kurz, dass es vielleicht ein Fehler war, aber dennoch schluckte sie die Flüssigkeit hinunter. Sie wusste nicht, wie lange sie sich in diesem schwebenden Zustand befand, irgendwann wurden die lichten Momente länger, aber sie weigerte sich hartnäckig, die Augen zu öffnen. Schleppend wich die Benommenheit. Sie spürte rechts und links die Existenz weiterer Personen.

Mit geschlossenen Augen hielt sie die Luft an, rührte sich keinen Millimeter, lauschte, verharrte bewegungslos, versuchte Gesprächsfetzen zu ergattern. Langsam schärften sich ihre Sinne wieder.

Ruhe!

Motorengeräusch!

Denken!

Flugzeug?

Kurz blinzelte sie durch die Wimpern. Richtig, sie saß angeschnallt im Flieger, rechts und links neben ihr die Personen, die sie in das Flugzeug geschleift hatten. Wieder meinte sie, eine imaginäre Macht drücke ihr die Kehle zu. Sie muss leise aufgestöhnt haben, denn eine flüsternde Stimme an ihrem Ohr riss sie aus der Finsternis und holte sie zurück in die Gegenwart.

„Ich weiß, dass du wach bist." Der warme Atem berührte ihre Schläfe, wieder legte sich eine Hand auf ihre Schulter und rüttelte sie leicht.

Langsam, vorsichtig, in Zeitlupe öffnete sie bedächtig die Augen, holte tief Luft und wandte ihren Kopf der Stimme zu.

„Bin ich im Jenseits? Haben die Geister der Toten mich geholt?"

Die Stimme neben ihr lachte, zuerst leise, dann lauter, dann triumphierend ...

Kapitel 48
Abu Dhabi

Wie ein lauter Pistolenschuss, eine Kugel, die direkt auf sie zuschoss, erreichte Julia die Erkenntnis, wer neben ihr saß.

Sie wagte nicht die Augen zu öffnen, wagte nicht, es bleiben zu lassen.

Das Erste, was ihr voller Schreck auffiel, was ihr ins Auge sprang, war der blauglänzende Jaguar, dann die Armbanduhr ihres Mannes.

„Patrick ...?"

„Du hast genug geschlafen, werd endlich wach und erzähl uns, warum du zusammengebrochen bist, als wir dich in der Abflughalle angesprochen haben."

„Tot, ich dachte du bist tot", ihr Herz hämmerte, als ihr mit aller Wucht klarwurde, dass Patrick noch lebte, „die Uhr, deine Armbanduhr, auf der Straße", stammelte sie, nicht fähig, einen kompletten Satz verständlich zu formulieren.

„Ganz ruhig“, Nick an ihrer anderen Seite legte seine Hand auf ihre Schulter, „Warum bist du alleine, wo ist Doro?“

Julia schluchzte auf, die grenzenlose Erleichterung, die sich in ihrem Inneren bereitmachte, wurde durch den Gedanken an Doro wieder geschmälert. Sie schaute sich um, in den Reihen vor und hinter ihr schliefen die Passagiere, dennoch konnte der Anblick täuschen, sie sprach weiterhin leise, beide Männer beugten sich zu ihr, um die Worte zu verstehen, als sie Bruchstückhaft die Kurzversion der Ereignisse der letzten Stunden erzählte.

„Doro ist schon zu Hause, Linda, Amanda und Wilhelm auch, mit beiden habe ich telefoniert, kurz bevor ich zum Gate ging.“

„Und Tondheimer ist wirklich ...?“ Patrick sprach das Offensichtliche nicht aus.

Julia nickte. „Auch Ilse Gref und die beiden, die uns aufgelauert haben. Als ich dich sah, vielmehr die Uhr, die unter dem Tuch hervorschaute, da bin ich fast zusammengebrochen.“ Julia lehnte sich an die starke Schulter Patricks und berührte seinen Arm, immer noch konnte sie nicht glauben, dass er lebte und unverletzt neben ihr saß.

„Vier Kerben mehr im Griff deines Colts“, Patrick nickte zufrieden, „das hast du gut gemacht, wenn ich berücksichtige, dass du auf dich allein gestellt warst. Nun begreife ich auch, warum du schlappgemacht hast, als wir dich trafen. Ich ahnte, dass etwas passiert sein musste, als ich dich alleine sah, ohne Doro, vor dem Gate, es roch nach Flucht. Wir konnten der Dame am Schalter etwas von Übermüdung, Burn-out-Syndrom und totaler Erschöpfung erzählen, dann kontrollierte sie die Pässe, sah, dass ich dein Ehemann war, und ließ uns passieren. Ich hatte aber mittlerweile Bedenken, dass dir wirklich etwas fehlt, da du einfach nicht aufwachen wolltest. Erst vor einer Viertelstunde merkte ich, dass du wieder richtig wach warst.“

„Ich wollte ausloten, wo ich war. Aber was ist bei euch passiert?“

„Wir inszenierten eine kleine Showeinlage mithilfe eines guten Freundes und ehemaligen Arbeitskollegen des LKA, Oliver. Wir wollten Tondheimer in eine Falle locken, aber wie bei euch schickte er nur zwei Helfer, der feige Hund traute sich nicht aus seiner Hütte. Wir trugen schusssichere Westen, konnten ihm aber so einen Mordversuch anhängen. Die Polizei nahm zwei Leute von Tondheimer fest. Allerdings wird es ein ewiges Rätsel bleiben, wohin wir verschwunden sind“, berichtete Patrick weiter, „Oliver half uns, er war als Einziger eingeweiht.“

„Jetzt haben wir Tondheimer erledigt“, grübelte Julia, „aber zu welchem Preis ...“

„Doro ist zäh", versuchte Nick sich selbst zu beruhigen, „wenn sie den Flug überstanden und sofort Hilfe hatte, dann ...!"

„Und wir sitzen im Flieger, seit vier Stunden, es kann nichts mehr passieren. Ob wir jemals wieder deutschen Boden betreten können, ist mir ehrlich gesagt scheißegal."

„Du sollst nicht fluchen", kritisierte Julia ihren Ehemann sofort, „das überlassen wir Doro, das ist ihr Metier."

Als kurze Zeit später das Essen serviert wurde, verspürte Julia seit Tagen das erste Mal wieder Hunger.

Nach weiteren vier Stunden landeten sie in Abu Dhabi und wurden nicht von einem großen Polizeiaufgebot erwartet, verhaftet und in die nächste Maschine zurück nach Deutschland verfrachtet.

Eine weitere Stunde später erreichten sie die große, bewachte Einfahrt des Palastes und fuhren durch das Tor, das sie direkt zum Gästehaus brachte.

Sehnsüchtig wurden sie von Linda, Amanda und Wilhelm erwartet. Der erste Weg führte Nick zu Yasmine und Doro, die im Palast versorgt wurde. Sie stand unter der ständigen Beobachtung einer Ärztin, und wie Yasmine Nick beruhigte, Doro hatte einmal kurz die Augen geöffnet und ... laut geflucht.

Kapitel 49
Abu Dhabi

Julia wanderte langsam vom Strand zurück zum Haus, ihre Gedanken weilten in der Vergangenheit. Es war ruhig geworden in ihrem vornehmen Exil, nachdem Amanda vor vier Monaten nach Europa zurückgekehrt war. In Amsterdam wurde sie von Edmund am Flughafen erwartet. Einen Monat verbrachte sie bei ihm. Gerrit verkaufte in der Zwischenzeit ihre beiden Häuser in Deutschland, gemeinsam flogen sie und Edmund nach Dénia, verbrachten einen Monat bei Sabine und Michael Sterner und suchten sich an der Costa Blanca einen Altersruhesitz. Gerrit übernahm die Kanzlei in Amsterdam. Ihre zusammengewürfelte Familie wurde kleiner. Schade, dachte Julia.

Eine Stimme hinter ihr brachte sie in die Gegenwart zurück. Sie zuckte zusammen.

„Warum so nachdenklich?"

„Schleich dich bitte nicht immer so leise an, es könnte passieren, dass ich dich vor Schreck umbringe." Julia lächelte.

„Die üblen Burschen hast du doch alle ausgeschaltet, bleibt nur noch die Polizei, und die kann dir hier nicht gefährlich werden“, sagte Patrick.

„Ja“, seufzte Julia strahlend auf, „wenn wir unsere gute Yasmine nicht hätten! Ich wusste ja, dass sie einiges zu sagen hat, aber dass ihr Mann alles macht, was sie will ... das hätte ich nie für möglich gehalten.“

„Sie lenkte einfach die königliche Privatmaschine um. Ein einziger Befehl von ihr. Wir hatten Glück, dass sie gerade in London war“, Patrick lachte auf, „für Doro musste ihr Mann, immerhin der Bruder des Königs, tatsächlich warten. Yasmine schickte ihm am nächsten Tag den Flieger wieder zurück.“

Sie erreichten die Terrasse ihres riesigen Hauses, das auf dem Privatbesitz des Palastes lag, zwar als ehemaliges Gästehaus am äußersten Rande, aber trotzdem streng bewacht in einer fast tropischen Oase. Linda wartete mit Lennard vor der Terrasse.

„Sei froh, dass alles gut ausgegangen, wir alle zurück sind, halbwegs gesund. Genieße die Ruhe“, Patrick hielt ihr die Tür auf, „es hätte schlimmer enden können!“

Julia stieß langsam und bedächtig Luft aus, als sie daran erinnert wurde.

„Es ist vorbei, endgültig! Dass die Polizei dich sucht, ist nicht sicher. Sybille hat nichts ausgeplaudert und uns geholfen, teilweise ohne es zu wissen.“

Sie betraten das große, kühle Wohnzimmer, als Miriam, die Haushälterin, ihnen entgegeneilte.

„Ehe ich es vergesse“, sie schaute auf ihre Armbanduhr, „euer Besuch kommt gleich, deine ehemalige Nachbarin Sybille mit Ehemann! Ich habe einen Wagen zum Flughafen geschickt.“ Sie bückte sich zu Lennard.

„Wollen wir zum Strand deine Tante besuchen? Doro trainiert draußen, am Strand.“

„Doro, Strand gehen“, plapperte er begeistert.

„Sybille und Konrad“, Julia strahlte, „es gibt so viel zu erzählen, ich will genau wissen, was alles nach unserer Flucht passiert ist. Ich hoffe, sie bringen keine schlechten Nachrichten.“

„Nein, keine schlechten Nachrichten, aber sie bringen eine Bekannte mit!“ Als Miriam Julias verblüfften Blick spürte, erklärte sie sofort: „Deine Freundin Sybille rief gerade vom Flughafen aus an. Sie traf jemanden im Flugzeug und bringt diese Dame gleich mit. Mehr weiß ich auch nicht.“

„Ich liebe keine Überraschungen“, knurrte Julia, „wann sind sie da?“

„In einer Stunde, nehme ich an“, Miriam nahm Lennard an die Hand, „und nun lass uns Doro stoppen, sie übertreibt es mit ihrem Fitnesstraining. Sie soll sich schonen.“

„Ich kann ihr nicht genug danken, für das, was Yasmine für uns getan hat", Julia und Miriam hatten Doro fast erreicht, die im Schweiße ihres Angesichts ihre Runden drehte.

„Es war der reine Eigennutz, immerhin ist sie ihr bester Bodyguard. Sie wollte sie nicht verlieren und schuldete ihr einen großen Gefallen, nachdem sie ihr vor einem Jahr das Leben rettete. Jetzt sind sie wenigstens quitt."

Nick, der in den letzten Monaten seine Frau nicht mehr aus den Augen gelassen hatte, beobachtete stirnrunzelnd das Training und versuchte sie aufzuhalten.

„Mach Schluss für heute. Ruh dich aus, dusch und zieh dich um, es kommt Heimatbesuch!"

Erschöpft blieb Doro stehen, beugte sich vor, stützte sich auf den Knien ab und keuchte schwer. „Gleich", langsam normalisierte sich ihre Atmung, „wer kommt? Ein neuer Auftrag? Wo sollen wir hin? Was müssen wir machen?"

„Ihr beide geht nirgends hin. Und wenn es ein Auftrag wäre", erklärte Nick äußerst bestimmend, „dich würde ich vorläufig nicht einteilen, auch Julia nicht. Gegebenenfalls fesseln und knebeln wir euch, vielleicht hat Yasmine noch irgendwo einen Kerker frei. Glaub mir, ich tu's, ich werfe dich persönlich dort hinein."

„Ja, ja, also, wer kommt?"

„Lass dich überraschen, Besuch aus Deutschland, mehr sag ich nicht."

„Ich glaube, Nick ist nicht gut auf uns zu sprechen", Julia trat zu Doro und rümpfte die Nase, „er lässt uns nicht mehr aus den Augen."

„Das ist auch richtig so", meinte Miriam mürrisch, „wenn man bedenkt, was alles passiert, wenn man euch beide alleine lässt."

„Wer?" bellte Doro dazwischen.

„Sybille und Konrad besuchen uns, mehr weiß ich auch nicht. Sie bringen jemanden mit", Julia runzelte die Stirn, Doro rümpfte die Nase, nur Miriam behielt ihre kühle Vornehmheit bei und schwieg.

„Beeil dich, yallah, yallah", verfiel Miriam ins Arabische und scheuchte Doro ins Haus zurück.

Ein unangenehmes Gefühl ließ Julia wachsam und hellhörig werden. Irgendetwas lief hier nicht rund. Sie bemerkte den kurzen, intensiven Blick Doros, wie immer verstanden sie sich ohne Worte.

„Also gut, komm", meinte sie zu Julia, „duschen und umziehen!"

„Wen könnten sie getroffen haben?" Doro stand unter der Dusche, Julia saß auf dem Wannenrand.

„Ich hab einfach keinen blassen Schimmer", Julia runzelte die Stirn, „wenn wir unsere Feinde nicht alle ausgeschaltet hätten, würde ich vermuten Enders, Durante oder Tondheimer stünden in einer Stunde vor der Tür. Aber Enders ist tot, Durante im Gefängnis, und Tondheimer habe ich selbst ausgeschaltet, Ilse Gref weilt nicht mehr unter den Lebenden, bleibt nur noch Luise."

„Du meinst Luise Tondheimer? Warum? Warum sollte sie uns besuchen? Bislang hat sie der Polizei verschwiegen, dass sie den oder die Mörder ihres Mannes oder dessen Tante, Ilse Gref, gesehen hat, wie wir von den Berichten aus der Zeitung erfuhren. Nein, Luise wird es nicht sein", erklärte Doro mit Bestimmtheit. „Oder?"

Zweifelnd stellte sie das Wasser ab, griff zum Handtuch, trocknete sich ab und trat aus der Dusche. Die frische Narbe, in unmittelbarer Nähe des Herzens, leuchtete rot auf. Sie zuckte zusammen, als sie mit dem Handtuch die Stelle berührte, lächelte aber mit zusammengebissenen Zähnen. „Erfahrungsgemäß", sie schaute auf ihre Narbe, „was meinst du, wie lange dauert es, bis es nicht mehr wehtut?"

„Meine Verletzung war nicht so schwer wie deine, aber ich kann dir versichern, es lässt nach, irgendwann." Julia seufzte und reichte Doro die Kleidungsstücke an. „Wenn ich nur wüsste, welche Überraschung uns gleich erwartet."

Gemeinsam gingen sie hinunter ins Wohnzimmer. Zwei Tassen Kaffee standen auf einem kleinen Tischchen für beide bereit.

„Sie sind schon am großen Tor und müssten gleich hier sein", berichtete Miriam, die per Handy vom Chauffeur informiert worden war, „wir sollten sie in der Halle begrüßen." Wieder kam ein „Yallah, Yallah" über ihre Lippen, was Doro mit einem mürrischen „Sind wir Kamele, die sie antreibt?" kommentierte.

Das Geräusch der schweren Limousine ließ sie neugierig in den Vorraum eilen. Julia atmete nochmals tief durch, wappnete sich für einfach alles, was passieren könnte, und wurde augenblicklich die Ruhe selbst. Es wird nie enden, dachte sie, niemals. Sie wartete immer noch auf einen eiskalten Windhauch, der aber blieb diesmal aus.

Beruhigend, dachte sie und öffnete die Haustür, während der Fahrer die Autotür aufzog.

Sybille schwang sich von der Rückbank und eilte auf Julia zu: „Erika", rief sie laut Julias Zweitnamen, so dass es alle hören konnten. Julia stockte, während Sybille sie hektisch umarmte und ins Ohr flüsterte: „Ruhe bewahren, es ist anders, als es im ersten Augenblick aussieht."

Julia versteifte sich und begrüßte Konrad, der nun ebenfalls an sie herantrat. „Nett, dich nach so langer Zeit wiederzusehen." Auch er umarmte Julia, trat dann zur Seite, um die im Hintergrund Wartenden zu begrüßen. Linda wurde von ihnen natürlich besonders herzlich in den Arm genommen.

In Julias Ohren verbreitete sich ein Rauschen. Mit versteinerter Miene wartete sie auf die Person, die noch im Auto saß. Langsam wurde die hintere Tür des Wagens geöffnet.

Großgewachsen, schlank, bekleidet mit einem dunkelblauen Hosenanzug, stieg Samantha Engel aus. Mit intelligenten, wachsamen Augen schaute sie sich um.

Nachdem Sybille Doro begrüßt hatte, stellte sie Julia die Kriminalbeamtin vor. „Samantha Engel, Erika. Samantha, das ist Erika de Winter."

Wie Tiger die ihre Beute umkreisten, begutachteten sich die beiden starken Frauen, bevor sie sich die Hand reichten.

„Sybille, ich meine Frau Allert meinte, ich sollte sie begleiten, als wir uns im Flugzeug begegneten. Frau de Winter, ich freue mich, Sie kennenzulernen. Sybille hat mir viel über sie erzählt."

„Sagen Sie Erika", begrüßte Julia Samantha, hatte die Situation sofort im Griff, „nett, Sie kennenzulernen, darf ich Ihnen meine Familie vorstellen? Linda, meine älteste Tochter, mein Sohn Lennard und mein Mann, Patrick de Winter."

„Sam, sagen Sie alle Sam zu mir, meine guten Freunde nennen mich so", damit wandte sie sich Patrick zu, begrüßte ihn, anschließend Linda, die sie mit wachsamen Augen, ohne die Miene zu verziehen, betrachtete.

Lennard interessierten mehr die Kekse, die Sybille ihm gab. Besuch und fremde Personen waren für ihn nichts Neues.

„Du musst Lennard sein", Sybille rettete die merkwürdige Situation, hob Julias Sohn hoch und drückte ihn an sich, „du bist deiner Mutter wie aus dem Gesicht geschnitten. Ich habe euch beiden etwas mitgebracht", sie stellte Lennard ab, griff in ihre große Handtasche und holte die Geschenke hervor, „würdest du dich um die Wasserrutsche kümmern und aufblasen?" Sie gab das Teil Linda. „Und für dich habe ich einige Bücher mitgebracht. Von deiner Mutter weiß ich, dass deutsche Bücher hier schlecht zu kaufen sind."

„Kommt erst einmal herein, es ist heute wieder extrem heiß", Patrick winkte, „Sam, du musst auch noch die anderen Mitglieder unserer großen Patchworkfamilie kennenlernen, meinen Schwiegervater Wilhelm, Eduardo

Di Lauro, ein sehr guter Freund“, Patrick lief vor, gefolgt von den Besuchern, zurück blieben Sybille und Julia, die sich wieder einmal an einen neuen Namen gewöhnen musste.

„Was soll das? Warum hast du mir die Polizei auf den Hals gehetzt?“

„Es war nicht meine Absicht. Ich war geschockt, als sie im Flieger plötzlich auf mich zukam. Sie will hier ein paar Tage Urlaub machen, erzählte sie uns. Warte ab, was sie zu berichten hat, bevor du dir ein Urteil erlaubst. Hier kann dir nichts passieren.“

„Es gibt keine Beweise die darauf hindeuten, dass ich etwas mit dem Tod Tondheimers zu tun habe. Luise hat Wort gehalten, das weiß ich von Gerrit Albers.“

„Beruhige dich, es geht nicht um Tondheimer, obwohl Sam auch in diesem Fall die ermittelnde Beamtin ist. Wir dachten, es wäre gut, einen Blick in die Ermittlungsakten werfen zu können, und wenn es durch die Augen eines anderen Menschen ist, in diesem Falle Samantha Engel.“

„Verstehe“, Julia nickte, „langsam begreife ich, was ihr vorhabt. Hat die gute Samantha schon einen Verdacht? Oder tappt sie noch im Dunkeln? Was weiß sie, was ahnt sie? Ich brauche genaue Informationen über deine Aussage, was hast du zu Protokoll gegeben?“

„Ich habe mich genau an unsere Absprache gehalten, habe fünf Minuten gewartet, dann die Polizei angerufen und denen erzählt, dass ich etwas wahrgenommen habe, was sich nach Schüssen anhörte, mich aber nicht traute nachzuschauen. Bei der späteren Vernehmung hatte ich alle Informationen aus der E-Mail, die du mir geschickt hast. Den Koffer habe ich natürlich vorher einkassiert, er war tatsächlich voller Geld. Ich habe es versteckt, wenn du es wiederhaben willst ...?“

Julia winkte ab. „Ich sagte dir doch, du kannst es behalten, ich brauche es nicht. Also“, sie versuchte den Faden wiederaufzunehmen, „weiß Samantha nicht, was vor sieben Jahren passiert ist?“

„Sie ist gut, sie wird sicherlich recherchiert haben, ob sie dich mit meiner ehemaligen Nachbarin Julia in Verbindung bringt, kann ich nicht sagen. Ich werde mich hüten, sie danach zu fragen. Denk daran, offiziell ist Julia Eschwege tot.“

Julia atmete schwer. Endlich dachte sie Ruhe gefunden zu haben, als die Wunden wieder aufzubrechen drohten.

Die Geister der Toten waren immer gegenwärtig, sie würden immer da sein, und sie zeigten sich immer dann, wenn ihnen danach war.

„Es wird nie aufhören“, flüsterte sie, mehr zu sich selbst, „die Angst, die Furcht, das Grauen.“

Noch bevor Sybille antworten konnte, trat Eduardo zu ihnen. „Kommt ins Wohnzimmer, es gibt Kaffee und Miriams berühmte Black Forest Torte. Sie hat sich wieder einmal selbst übertroffen.“

Der Trick bestand darin, einfach weiterzumachen, ohne eine Gefühlsregung zu zeigen, abzuwarten und ... Ruhe zu bewahren.

„Es ist nur die kleine Runde“, erklärte Patrick gerade den Besuchern, Konrad hörte ihm gespannt zu, Samantha lauschte Wilhelm, der sich ausgiebig über Linda und Lennard ausließ und das herrliche Leben in Abu Dhabi anpries. Wie durch eine dichte Nebelwand hörte Julia die Stimmen um sich herum, vernahm nur ein gleichmäßiges Murmeln.

Wilhelm reagierte als Erster, gab Eduardo ein Zeichen, nachdem alle ausgiebig die Torte probiert hatten, sie schnappten sich Lennard, gaben Linda mit einer Geste zu verstehen, dass sie ihnen folgen sollte, und brachen zum Strand auf.

„Was machen Sie beruflich, Sam“, endlich reagierte Julia, „was führt Sie zu uns nach Abu Dhabi?“

„Ich liebe den Orient, und als Sybille mir erzählte, dass sie ihre gute Freundin Erika in Abu Dhabi besuchen wollte, dachte ich, das wäre die ideale Gelegenheit, endlich mal diesen Traum zu verwirklichen. Ich bin bei der Kripo, habe viele Überstunden angehäuft, und so buchte ich.“

„Und Sie können so einfach Urlaub einreichen?“

„Den letzten Fall musste ich ungelöst zu den Akten legen, ziemlich deprimierend, aber es gab keine Beweise, keine Zeugen, kein Motiv oder nur eins, das so weit in der Vergangenheit liegt, dass es nicht mehr aktuell sein kann.“

Sybille hielt die Luft an, Doro starrte abwechselnd zu Julia und Samantha. Patrick saß sprungbereit da. Die Luft vibrierte, negative Schwingungen füllten die Luft. Nick platzierte sich wie immer, beobachtend an die Tür.

„Erzähl von deinem letzten Fall“, freundlich, zu artig, „ich sitze den ganzen Tag vor dem langweiligen Computer, programmiere ihn, arbeite mit Zahlen und bewege mich geistig in einer Welt, die nicht real ist, schnappe selten frische Luft und höre als Ausgleich gerne Gruselgeschichten.“ Ein gefährlich freundliches Lächeln umspielte Julias Lippen.

„Ja, mein Job ist spannend. Wie ich schon erwähnte, der letzte Fall hat mich fast an den Rand der Verzweiflung gebracht“, Samantha zögerte, „in unmittelbarer Nachbarschaft Sybilles, deiner Freundin, passierte etwas

Merkwürdiges“, sie schüttelte nachdenklich den Kopf, „eigentlich darf ich keine Einzelheiten berichten, aber da wir hier weit weg von Deutschland sind, werde ich ein wenig plaudern. Vielleicht kannst du mir weiterhelfen. Menschen, die nicht direkt etwas mit einem Fall zu tun haben, betrachten ihn aus einer anderen Perspektiv und haben hilfreiche Ideen. Ich sehe mittlerweile vor lauter Bäumen den Wald nicht mehr.“

Sie beschnupperten sich. Julias Verstand arbeitete auf Hochtouren. „Wir sind im Orient, spielen wir Tausendundeine Nacht, du erzählst mir ein Märchen, und wir alle hören gespannt zu.“

Samantha lehnte sich in ihrem großen Sessel zurück, trank einen Schluck Kaffee und begann mit der Märchenstunde.

Kapitel 50

„Es war einmal eine junge Familie, sie lebte glücklich in unmittelbarer Nachbarschaft Sybilles, bis ein tragischer Unfall die Familie auslöschte“, begann Samantha Engel ihre Geschichte. Julia versteifte sich kurz, lehnte sich zurück, sagte keinen Ton, trank einen Schluck Kaffee und stellte die Tasse zurück auf den kleinen Beistelltisch, den Kuchen rührte sie nicht an. Samantha verharrte eine Sekunde, schien ihre Gedanken zu sammeln und fuhr unbeeindruckt fort: „Später stellte sich heraus, es war Mord. Allerdings fing die Geschichte schon eher an, aber dazu komme ich später ... Wo war ich stehen geblieben? Ach ja, das Unglück, das Attentat, es geschah vor sieben Jahren, das vergaß ich zu erwähnen. Etwas Merkwürdiges passierte: Offiziell wurde die gesamte Familie getötet. Jedoch gibt es Hinweise, auf die ich hier nicht näher eingehen will, dass die Frau den Anschlag überlebte. Aus irgendeinem Grund tauchte sie unter ...“ Sam erzählte Julias Geschichte, fast als wäre sie dabei gewesen, fast, als hätte Julia sie ihr erzählt. Julia ließ sich ihre Gefühlsregung nicht anmerken.

Als Sam von einer geheimen Gruppe berichtete, zu der die angeblich tote Frau gehörten sollte, einer Abteilung, die auf mysteriöse Art an Orten auftauchte, Verbrecher fasste, und dann wieder spurlos verschwand, lachte Julia laut auf.

„So etwas gibt es nicht“, meinte sie schmunzelnd, „schon gar nicht in Deutschland!“

Sam zuckte nur mit den Schultern. „Es ist nur eine Vermutung, eine nicht zu beweisende Annahme, leider, aber ich fand die Idee gut und überlegte mir, wie es wäre, selbst dazuzugehören!"

„Ob man es als ein Abenteuer bezeichnen könnte, immer vorausgesetzt, wir reden von einer tatsächlich existierenden", Julia grübelte kurz, „wie soll man sie nennen? Truppe? Zweckgemeinschaft? Ich glaube nicht, dass die Mitglieder es als eine tolle Sache betrachteten, ständig untergetaucht zu leben, nicht zu existieren. Wie ist so etwas möglich?"

„Mit Hilfe einer übergeordneten Behörde, in diesem Falle der Staatsanwaltschaft."

„Dann wäre es keine untergeordnete Gruppe, die Handlungsbefugnis hatte, dann könnte man sie GSG 9 nennen", Julia schüttelte den Kopf, „dann müssten sie nicht untertauchen, dann wären sie existent! Und es stellt sich die Frage nach dem Warum." Die Worte zwischen den beiden Frauen flogen wie Tischtennisbälle hin und her. Langsam machte es Spaß, das Wortduell mit Samantha auszufechten, mit dem Gedanken, dass sie ihr hier nichts anhaben konnte, selbst wenn sie ein Geständnis ablegen würde.

„Nicht GSG 9, eine kleine Gruppe, die illegal für den Staatsanwalt arbeitete."

„Illegal? Wer sollte das sein, hast du Namen?"

„Ja und nein. Ich habe wieder nur eine Vermutung, der kann ich nicht mehr nachgehen. Die besagte Person landete vor zwei Jahren im Gefängnis, nun wollte sie endlich auspacken, da wurde sie umgebracht. Diese Spur musste ich leider zu den Akten legen. Aber ich bin mir sicher, zu einhundert Prozent, dass diese Person dahintersteckte."

„Und wo ist die Gruppe nun? Gibt es sie nicht mehr? Sind sie untergetaucht, oder machen sie weiter?"

„Ich bin mir nicht sicher, Spuren führen nach Abu Dhabi und Dénia, Spanien. Leider sind sie sehr vage."

„Deshalb bist du hier? Du willst hier weiter ermitteln und suchen?"

„Richtig, mehrere Hinweise führen in die Emirate, und nein, nicht hier ermitteln, das geht nicht. Die Angelegenheit ist bereits zu den Akten gelegt worden. Offiziell ist der Vorgang erledigt. Ich bin wirklich nur hier, um einige Tage auszuspannen, und vielleicht", nun lächelte sie selbstbewusst, „vielleicht finde ich doch noch eine Spur. Das wäre eine Selbstbestätigung für mich, dass ich nicht ganz so blöd bin und die Zusammenhänge erkannt habe, auch den Mord an Tondheimer, den Großindustriellen aus Aachen."

„Welchen Zusammenhang gibt es mit dieser merkwürdigen Truppe? Steckte er dahinter?“ Betont nicht wissend hakte Julia erstaunt nach. „Entschuldige, dass ich nachfrage, aber in den letzten Jahren bin ich nicht nach Europa gekommen, und deutsche oder niederländische Zeitungen sind hier rar gesät.“

„Es gibt eine Verknüpfung, würde ich sagen. Die beiden Leute, die in der Nähe von Sybilles Haus ermordet aufgefunden wurden, arbeiteten für Tondheimer. Im Nachbarhaus Sybilles wohnte früher die Familie, die umgekommen ist. Tondheimer adoptierte Tage nach dem Anschlag, also vor sieben Jahren ein Mädchen, Elisabeth, die seit zwei Jahren nicht mehr bei ihm lebt, da die richtige Mutter sie mit Waffengewalt vom Grundstück entführte. Irgendwie drängte sich mir eine Ahnung auf, dass alles zusammenhängt. Ein Anwalt mit Verbindung zu den Niederlanden machte gerichtlich geltend, besagte Elisabeth der Mutter zurückzugeben. Tondheimer stellte einen Antrag, dass ihm Elisabeth wieder zugesprochen wird. Warum? Wer ist Elisabeth? Ist sie vielleicht die Tochter der Nachbarin Sybilles? Ist sie nicht umgebracht worden? Dann müsste allerdings die Mutter auch noch leben. Sie wurde offiziell für tot erklärt, und zwar von der damals ermittelnde Staatsanwaltschaft, der besagter Enders vorstand, der im Gefängnis umgebracht wurde. Wieder nur Zufall? Ich glaube nicht an so viele Zufälle.“ Samantha Engel machte eine Pause. „Nein, zu viele Zufälle ergeben Tatsachen, die nicht wegzudiskutieren sind.“

Julia stand auf, bewegte sich auf die Terrassentür zu, nachdenklich schaute sie hinaus. „Du glaubst also, dass die Frau und ihre Tochter noch leben! Aber warum verstecken sie sich? Wenn der Rest der Familie einem Mordanschlag zum Opfer fiel, wäre es eine gute Gelegenheit, Anzeige zu erstatten, damit das Attentat untersucht wird.“

Samantha schüttelte den Kopf. „Das geht nicht, wenn die Mutter in der geheimen Untergrundgruppe mitarbeitete. Sie hat sich einiger, ich will nicht sagen Verbrechen“, Samantha zögerte, „eher ungesetzlicher Handlungen strafbar gemacht. Ihre einzige Möglichkeit war es unterzutauchen, mit ihrer Tochter. Sie werden ins Ausland geflohen sein, zumindest hätte ich es so gemacht.“

„Stellt sich immer noch die Frage, warum sie in dieser Einheit mitmachte? Dieser verkappten GSG 9? Woher hatte sie das Geld, um ins Ausland zu fliehen? Warum hat sie erst vor zwei Jahren ihre Tochter entführt, wenn der Anschlag schon fünf Jahre zuvor geschah?“

„Ich glaube, sie wurde aus irgendeinem Grund gezwungen, dort mitzumachen. Vielleicht war ihr alles egal, bis sie erfuhr, dass ihre Tochter überlebt hatte."

Das Wortgefecht mit Samantha machte Julia ungeheuren Spaß. Längst ignorierte sie die inneren Warnungen, sie preschte vor.

Patrick legte ihr seine Hand auf die Schulter, wollte sie stoppen, daran erinnern, nicht versehentlich etwas zu verraten. Nick rückte näher zu Julia.

Julia ließ sich nicht beirren und fuhr fort: „Um ins Ausland zu fliehen, benötigte sie Geld, sie musste sich selbst und ihre Tochter ernähren. Hatte sie die nötigen finanziellen Mittel?"

„Das ist ein weiterer Punkt. Irgendwie ist sie in den Mord an Cora Durante verstrickt. Besagte Dame war nicht unvermögend."

„Cora Durante? Wer ist das? Hat sie diese Frau umgebracht, um an ihr Vermögen zu kommen?"

„Nein, nein, das meine ich nicht, ich glaube, sie kannte den Mörder, konnte verletzt fliehen – mit dem Vermögen Cora Durantes."

„Das bedeutet, diese Cora hatte bei ihrer Ermordung ihr gesamtes Geld bei sich? Das kann ich nicht glauben. War sie verheiratet?" Samantha nickte. „Kann ihr Ehemann hinter der Ermordung stecken? Hat er seine Frau des Geldes willen umgebracht?"

„Geld wird ein Faktor gewesen sein, aber es steckt mehr dahinter. Er sitzt übrigens in Deutschland in Haft, er wurde verdächtigt, eine reiche Erbin, Vera van Buren, die hier in Abu Dhabi lebte, umgebracht zu haben. Die Leiche wurde nie entdeckt, aber alle Beweise sprachen gegen ihn. Er muss eine lange Haftstrafe absitzen. Du siehst, wieder ein Weg, der nach Abu Dhabi führt. Übrigens, van Buren und seiner Tochter stammen aus den Niederlanden und lebten hier in Abu Dhabi. Das Gelände, auf dem ich die Unterkunft dieser Gruppe vermutete, wurde vor einigen Monaten von einer niederländischen Corporation aufgekauft, kurz bevor es einige seltsame Morde und Todesfälle gab. Wieder nur ein Zufall?"

„Zu viel der Zufälle." Julia setzte sich wieder, ignorierte Doros warnenden Blick und fuhr fort: „Du scheinst auf der richtigen Spur zu sein, würde ich als Außenstehende sagen, wenn es nicht nur ein Märchen wäre. Kann man nachverfolgen, wer hinter dieser niederländischen Corporation steckt, die das Grundstück aufkaufte?"

„Nein, die Spur dieser Firma verliert sich", für Sekunden sagten Sams Augen Julia etwas anderes, dann aber verschwand der wissende Blick, sie zuckte mit den Schultern, „es sind nur Geschichten, Märchen, was wäre das Leben ohne sie, ohne Romane?“

„Eher Thriller“, gab Julia zu bedenken, „es hört sich nach Spannung an, aber wie geht es weiter?“

„Springen wir etwas. Da gibt es noch jemanden, Alice!“

„Alice? Wer ist das? Von ihr war noch nie die Rede.“ Schweiß rann Julias Rücken hinunter. Sie schluckte.

„Alice war eine ehemalige Angestellte Tondheimers und verschwand vor beinahe zwanzig Jahren. Ihre Leiche entdeckte man erst kürzlich in Florida. Ein anonymer Anruf gab den Ort des Leichenfundes an, ein anonymer Hinweis gab der Polizei in Florida den Tipp, um wen es sich handeln könnte, sonst würden sie noch im Dunkeln tappen. Das Skelett fand man halb ausgebuddelt, es schien gezielt danach gesucht worden zu sein. Das Interessante ist die Tatsache, dass Alice mit Durante verheiratet war, dem Mann, deren zweite Frau Cora umgebracht wurde, und“, Sam machte eine Pause, „und er ist es, der die reiche Erbin Vera van Buren getötet hat.“

„Verstehe. Er brachte seine erste Frau um, dann die zweite“, Julia stockte, „die Dritte verschwindet. Das wirft natürlich die Frage auf, hat er sie ebenfalls umgebracht? Dann würde ich nicht mehr von Zufall reden.“

„Da ist eine winzig kleine Diskrepanz. Die Dritte, mit der er noch nicht verheiratet war, entschwand spurlos. Auch sie ward eines Tages nicht mehr gesehen. Man konnte ihm nichts nachweisen, nicht bei der ersten, aber bei der dritten häufen sich die Beweise gegen ihn. Blut, DNA-Material, alles passt“, Sam wirkte nachdenklich, „es passt – aber für meine Begriffe zu gut.“

„Die geheime Gruppe“, Julia ging aufs Ganze, „könnte sie etwas damit zu tun haben, fingierte Beweise, vorgetäuschte Spuren? Haben die anderen Mitglieder der Truppe geholfen? Wie kamen die überhaupt zu dieser Gruppe? Wurden sie auch von diesem Staatsanwalt gezwungen, mitzumachen, wurden sie erpresst?“

Samantha seufzte. „Ich vermute es, ich kann es nicht beweisen. Will es auch gar nicht“, sie grinste, „denn Fieslinge wie Tondheimer, Durante oder Enders haben es nicht anders verdient.“

„Es wäre ein großangelegtes Komplott, wenn es sich so zugetragen hat, wie du es erzählst. Dann kann man davon ausgehen, dass einige Personen zusammengehalten haben, damit es nicht aufgedeckt wird. Das bedeutet, es gibt Schwachstellen, da könnte man ansetzen.“ Julia sah Sam direkt in die Augen, was sie erkannte, war Gewissheit.

„Nein! Diese Personen haben zu lange gelitten, es gab zu viel Tote, zu viel Schmerz, zu viel Angst, sie werden immer und ewig zusammenhalten. Der Tod dieser Verbrecher war eine Erlösung, da bin ich mir sicher. Wenn einer plaudert, schaufelt er nicht nur ein Grab für die anderen, auch für sich selbst."

Julia wusste genau, warum Samantha Engel nach Abu Dhabi gekommen war. Sie hatte keine eindeutigen Beweise, nur Vermutungen. Sie suchte Gewissheit, für sich selbst. Julia ging in die Offensive, Poker mit, sagte sie sich. „Welche Spuren führen noch in die Emirate?"

„Einige – viele. Vera van Buren wohnte hier, in Abu Dhabi. Die alte Kaserne in Deutschland wurde von einer Firma aus den Niederlanden gekauft." Sam trank nachdenklich einen weiteren Schluck Kaffee. „Was mich äußerst stutzig machte: In der Nacht, als auf dem Nachbargrundstück Sybilles die zwei Leichen gefunden wurden, ereignete sich etwas sehr Merkwürdiges auf dem Flughafen in Düsseldorf." Sie ließ ihre Worte wirken. „Der Privatjet des Königshauses von Abu Dhabi landete, machte einen äußerst kurzen Halt, fast noch auf dem Rollfeld drehte er, es dauerte nur wenige Minuten, dann startete er durch und verschwand Richtung Abu Dhabi. Der gesamte Flugverkehr stoppte."

„Warum landete er? Was hat er auf dem Rollfeld gemacht?"

„Er nahm eine Person an Bord, die dringend außer Landes gebracht werden musste, eine schwerverletzte Person!"

„Warum verletzt?"

„Wir fanden am Tatort Blut von drei Personen, zwei Proben konnten wir den Leichen zuordnen, die wir dort fanden, eine nicht. Eine verletzte Frau konnte fliehen."

„Eine Frau? Konnte das so genau bestimmt werden?"

„Ja. Ich glaube – nein, ich bin mir sicher, sie wurde mit dem Flieger des Königshauses ausgeflogen."

„Wie soll sie bis zum Flugzeug gekommen sein?"

„Sie hatte Hilfe." Sams wache Augen streiften den Blick Julias.

„Gehen wir davon aus, das die These stimmt", Julia schüttelte nachdenklich den Kopf, „dann ist es ist keine Geschichte aus Tausendundeine Nacht, dann sind es Grimms Märchen", sie lachte, „allerding muss ich zugeben, die Story ist spannend. Gibt es schon einen Schluss? Ein Happy End?"

Samantha schüttelte den Kopf, erhob sich und schlenderte mit einem verträumten Blick zum großen Panoramafenster mit Blick auf Strand und Meer.

„Es ist sehr schön hier, ich kann verstehen, dass ihr hier lebt. Ich würde auch nicht wieder zurückwollen nach Deutschland oder Holland, in die Kälte, in die Nässe ..." Sie atmete tief durch. „Wenn ich zu dieser Gruppe gehören würde, wenn ich all das durchgemacht hätte, den Tod der Familie, dann zu entdecken, dass meine Tochter noch lebt, fünf Jahre Lügen gehört zu haben", sie schüttelte erneut den Kopf, „dann kann ich verstehen, dass sie, diese Frau, um endlich zur Ruhe zu kommen, den einzigen Ausweg darin sah, die Menschen auszuschalten, die ihr das angetan haben."

„Sie wird nie vergessen können, niemals. Die Schmerzen lassen nach, im Laufe der Jahre", meinte Julia leise, „sie werden weniger, sie sind nicht mehr so quälend." Doro gab Nick ein Zeichen, beide gingen leise aus dem Wohnzimmer. Nur Patrick blieb sitzen, abwartend, sprungbereit, die Sinne geschärft. Langsam fuhr Julia fort: „Wenn man das Unmögliche ausgeschlossen hat, ist das, was übrig bleibt, die Wahrheit, so unwahrscheinlich es auch sein mag."

Als sich Sam wieder umdrehte, war sie mit Julia und Patrick alleine im Wohnzimmer. Sie nickte, verstand. „Du hast recht. Das Märchen hat kein Ende, noch nicht." Dann heiterer: „Da bastel ich noch dran." Sie schüttelte den Kopf. „Für meine offiziellen Ermittlungen dagegen ist der Fall abgeschlossen. Endgültig."

„Dann hat das Märchen ein Ende? Schließt es mit den Worten: Und wenn sie nicht gestorben sind, dann leben sie noch heute?"

Samantha und Julia schauten gebannt auf das Meer, jede hing ihren Gedanken nach.

„Sie muss sehr viel Leid erfahren haben, diese Frau. Den Tod ihrer Familie mit anzusehen ist emotional nicht zu beschreiben." Samantha starrte ins Leere.

„Die Toten sind immer gegenwärtig, mal beherrschen sie die Gedanken, dann wiederum ziehen sie sich zurück und treten erst wieder in Erscheinung, wenn man nicht damit rechnet. Man spürt sie, man fühlt sie, sie geben Zeichen."

Beide Frauen standen nebeneinander, blickten sich nicht an, starrten in die Ferne, beide hingen ihren eigenen Gedanken nach, beide wussten genau, wovon sie sprachen.

„Wenn diese Frau sich im Augenblick im Ausland befindet, wenn sie geflüchtet ist, kann sie beruhigt aufatmen. Sie hat in Deutschland nichts zu befürchten. Es existiert von beiden", Samantha betonte das letzte Wort, „Damen keine DNA, kein Foto oder irgendetwas, das sie mit den Morden in Verbindung bringen würde. Wir kennen die Namen nicht, wir wissen absolut nichts. Geister. Geister hinterlassen keine Spuren."

„Dann könnten die beiden Frauen jederzeit zurückkehren? Nach Deutschland, nach Europa?"

„Welche Frauen?" Samantha tat erstaunt. „Haben wir gerade von Frauen gesprochen? Ich glaube nicht, dass wir Mädels so etwas könnten: unsere Brut schützen! Welche Mutter würde so etwas machen?" Samantha lächelte Julia an.

„Stimmt. Je mehr ich darüber nachdenke, je unwahrscheinlicher ist die Geschichte."

„Stellt sich nur noch eine Frage: Wo ist Timo?"

„Timo?" Julia zuckte zusammen.

„Timo, der Sohn Alices und Durantes! Wir fanden ihre Leiche, aber nicht die des Jungen."

„Vielleicht lebt er noch. Vielleicht ist er tot, und man findet seine Leiche nie. Wenn es die Truppe wirklich gäbe, von der du mir erzählt hast", Julia schmunzelte, „sollte man sie beauftragen, nach dem Jungen zu suchen!"

„Ich glaube, das hat sie schon. Ich meine die Truppe – nach dem Jungen gesucht. Er wäre der Erbe seines Vaters", Samantha zuckte mit den Schultern, „da gibt es nicht viel zu erben außer dem Haus in Florida, aber würde er es behalten, wenn er wüsste, dass man im Garten das Skelett seiner Mutter ausgebuddelt hat? Ziemlich makaber, nicht wahr?"

„Der Sohn, also Timo, ist und bleibt verschwunden? Wenn es zwanzig Jahre dauerte, Alices Leiche aufzuspüren, dann besteht Hoffnung. Durante lebt, er sitzt im Gefängnis, frag am besten ihn, er müsste doch ein Interesse daran haben, seinen eigenen Sohn zu finden ..."

Samantha schüttelte den Kopf, wechselte dann zusammenhanglos das Thema. „Du bist jederzeit in Deutschland willkommen. Wenn du Lust verspürst, Europa wiederzusehen, vergiss nicht, mich zu besuchen. Ich werde dich persönlich am Flughafen abholen!"

„Alleine oder in Begleitung?"

„Alleine natürlich, oder kannst du den Koffer nicht selbst tragen?" Wieder der ironische Unterton.

„Soll ich dir helfen, Timo zu suchen?" lachte Julia fröhlich auf.

„Das wäre nicht schlecht, wir beide, zusammen", Samanthas listige Augen blitzten auf, „gäben ein tolles Gespann ab, aber", ihr Lächeln verschwand hinter einer Mauer aus schelmischer Ironie, „sollten wir ihn tatsächlich finden, müsste der Fall erneut aufgerollt werden, der nun zu den ungelösten Akten gelegt wurde. Nein! Ich möchte dir die Stellen zeigen, die bei mir eine ungeahnte Vorstellungskraft erzeugten, ich werde dir den Ort zeigen, wo diese Frau ihre Familie verloren hat, natürlich nur, wenn es dich interessiert."

„Das ist ein tolles Angebot, allerdings würde ich die Reise mit einem Besuch in Amsterdam verbinden!"

„Kein Problem, kalkuliere eine Woche ein, in der du mein Gast bist." Samantha schaute auf die Uhr. „Jetzt habe ich euch alle lange genug aufgehalten, ich muss noch in meinem Hotel einchecken. Kannst du mir ein Taxi rufen?"

Patrick lachte auf. „Das geht nicht. Hierher gelangt kein Taxi, wir befinden uns auf dem Privatgelände des Palastes. Die Wachen lassen niemanden durch, den sie nicht kennen. Aber keine Sorge, Julia wird dich hinausbegleiten und zum Hotel fahren."

„Dann verabschiede ich mich von den anderen, die Einladung nach Deutschland gilt auch für dich, Patrick", sie schaute sich suchend um, Julia deutete auf das Arbeitszimmer, dort fanden sie Doro und Nick, die Konrad und Sybille den neusten Stand ihrer Technik zeigten. Sofort sprang Doro auf, verzog kurz ihr Gesicht, die Wunde schmerzte. Julia nickte ihr zu: „Ich begleite Samantha ins Hotel."

„Brauchst du mich?"

Julia schüttelte den Kopf. „Nein, alles in Ordnung."

Sie traten hinaus, die Hitze schlug ihnen entgegen, als auch schon der Wagen vorfuhr. Schnell stiegen sie ins kühle Innere. Samantha nannte dem Fahrer die Adresse ihres Hotels, und die Limousine fuhr los.

„Tja", seufzte Samantha, „all die Hypothesen, all die Geschichten, Vermutungen, Überlegungen, Theorien", sie überlegte einen Augenblick, „dir kann ich es anvertrauen: Ich könnte mir vorstellen, selbst zu dieser Gruppe zu gehören!"

Verblüffte starrte Julia sie an. „Es ist nicht einfach zu wissen, wer Freund, wer Feind ist, wem man vertrauen kann. Aber wenn man das erst einmal herausgefunden hat, dann ... lebt es sich leichter!"

„Ich verstehe. Aber diese Gruppe, diese ... Abteilung hätte in Deutschland nichts zu befürchten – sie existiert ja nicht."

Sie verharrten schweigend nebeneinander im Wagen, die Puzzleteile fügten sich zusammen, langsam aber stetig.

„Man sollte keinem Phantom hinterherjagen, da stimme ich dir zu. Trotzdem glaube ich, gemeinsam würden wir beide Timo finden", Samantha hob ihre sorgfältig gezupfte Braue und legte ihre Stirn in Falten, als sie einen eiskalten Windzug bemerkte, der urplötzlich die Temperatur im Wagen um einige Grad sinken ließ. Julia zuckte unmerklich zusammen, die Botschaft aus dem Jenseits nahm sie gelassen hin.

„Ja“, ihre Sinne waren geschärft, es fing wieder an, die Racheengel erwachten, „ich habe da auch so ein Gefühl, eine Ahnung. Vielleicht sollte ich wirklich nach Deutschland kommen.“ Der Wagen hielt vor dem Hotel, beide Frauen verharrten kurze Zeit schweigend, tief in Gedanken versunken, verabschiedeten sich zögernd voneinander, lächelnd, wissend.

„Auf Wiedersehen, Samantha, bis bald.“

„Auf Wiedersehen, Erika, ich freue mich, wenn wir uns in Deutschland treffen.“

Die Frauen umarmten sich, Samantha stieg aus, wartete, bis die Limousine anfuhr, und starrte dem Wagen nachdenklich hinterher, bis er aus ihrem Blickfeld verschwand.

„Wir beide könnten es schaffen, wir könnten Timo finden“, sie drehte sich lächelnd um, der Portier eilte bereits herbei und nahm Samanthas Koffer. „Bis bald, Julia Eschwege“, flüsterte sie.